浙江文化研究工程成果文庫

浙江文獻集成

浙江文叢

鄭剛中集

〔上册〕

〔宋〕鄭剛中 著
任群 劉澤華 點校

浙江古籍出版社

本書係安徽省教育廳人文社科重點研究項目『宋代鄭剛中及其《北山文集》研究』（SK2020A0082）階段性成果、安徽師範大學中國詩學研究中心資助項目成果。

浙江省文化研究工程指導委員會

浙江文化研究工程成果文庫總序

習近平

有人將文化比作一條來自老祖宗而又流向未來的河，這是説文化的傳統，通過縱向傳承和橫向傳遞，生生不息地影響和引領着人們的生存與發展；有人説文化是人類的思想、智慧、信仰、情感和生活的載體、方式和方法，這是將文化作爲人們代代相傳的生活方式的整體。我們説，文化爲群體生活提供規範、方式與環境，文化通過傳承爲社會進步發揮基礎作用，文化會促進或制約經濟乃至整個社會的發展。文化的力量，已經深深熔鑄在民族的生命力、創造力和凝聚力之中。

在人類文化演化的進程中，各種文化都在其内部生成衆多的元素、層次與類型，由此決定了文化的多樣性與複雜性。

中國文化的博大精深，來源於其内部生成的多姿多彩；中國文化的歷久彌新，取決於其變遷過程中各種元素、層次、類型在内容和結構上通過碰撞、解構、融合而産生的革故鼎新的强大動力。

中國土地廣袤、疆域遼闊，不同區域間因自然環境、經濟環境、社會環境等諸多方面的差異，建構了不同的區域文化。區域文化如同百川歸海，共同匯聚成中國文化的大傳統，這種大傳統如同春風化雨，滲透於各種區域文化之中。在這個過程中，區域文化如同清溪山泉潺潺不息，在中國文化的共同價值取向下，以自己的獨特個性支撑着、引領着本地經濟社會的發展。

從區域文化入手，對一地文化的歷史與現狀展開全面、系統、扎實、有序的研究，一方面可以藉此梳理和弘揚當地的歷史傳統和文化資源，繁榮和豐富當代的先進文化建設活動，規劃和指導未來的文化發展藍圖，增强文化軟實力，爲全面建設小康社會、加快推進社會主義現代化提供思想保證、精神動力、智力支持和輿論力量；另一方面，這也是深入瞭解中國文化、研究中國文化、發展中國文化、創新中國文化的重要途徑之一。如今，區域文化研究日益受到各地重視，成爲我國文化研究走向深入的一個重要標誌。我們今天實施浙江文化研究工程，其目的和意義也在於此。

千百年來，浙江人民積澱和傳承了一個底藴深厚的文化傳統。這種文化傳統的獨特性，正在於它令人驚歎的富於創造力的智慧和力量。

浙江文化中富於創造力的基因，早早地出現在其歷史的源頭。在浙江新石器時代最爲著名的跨湖橋、河姆渡、馬家浜和良渚的考古文化中，浙江先民們都以不同凡響的作爲，在中華民族的文明之源留下了創造和進步的印記。

浙江人民在與時俱進的歷史軌跡上一路走來，秉承富於創造力的文化傳統，這深深地融匯在一代代浙江人民的血液中，體現在浙江人民的行爲上，也在浙江歷史上衆多傑出人物身上得到充分展示。從大禹的因勢利導、敬業治水，到勾踐的卧薪嘗膽、勵精圖治；從錢氏的保境安民、納土歸宋，到胡則的爲官一任、造福一方；從岳飛、于謙的精忠報國、清白一生，到方孝孺、張蒼水的剛正不阿、以身殉國；從沈括的博學多識、精研深究，到竺可楨的科學救國、求是一生；無論是陳亮、葉適的經世致用，還是黄宗羲的工商皆本；無論是王充、王陽明的批判、自覺，還是龔自珍、蔡元培的開明、開放，等等，都展示了浙江深厚的文化底蘊，凝聚了浙江人民求真務實的創造精神。

代代相傳的文化創造的作爲和精神，從觀念、態度、行爲方式和價值取向上，孕育、形成和發展了淵源有自的浙江地域文化傳統和與時俱進的浙江文化精神，她滋育着浙江的生命力、催生着浙江的凝聚力、激發着浙江的創造力、培植着浙江的競争力，激勵着浙江人民永不自滿、永不停息，在各個不同的歷史時期不斷地超越自我、創業奮進。

悠久深厚、意韻豐富的浙江文化傳統，是歷史賜予我們的寶貴財富，也是我們開拓未來的豐富資源和不竭動力。黨的十六大以來推進浙江新發展的實踐，使我們越來越深刻地認識到，與國家實施改革開放大政方針相伴隨的浙江經濟社會持續快速健康發展的深層原因，就在於浙江深厚的文化底蘊和文化傳統與當今時代精神的有機結合，就在於發展先進生産力與發展先進文化的有機結合。今後一個時期浙江能否在全面建設小康社會、加快社會主義現代化建設進程中繼續走在前列，很大程度上取決於我們對文化力量的深刻認識、對發展先進文化的高度自覺和對加快建設文化大省的工作力度。我們應該看到，文化的力量最終可以轉化爲物質的力量，文化的軟實力最終可以轉化爲經濟的硬實力。文化要素是綜合競争力的核心要素，文化資源是經濟社會發展的重要資源，文化素質是領導者和勞動者的首要素質。因此，研究浙江文化的歷史與現狀，增强文化軟實力，爲浙江的現代化建設服務，是浙江人民的共同事業，也是浙江各級黨委、政府的重要使命和責任。

二〇〇五年七月召開的中共浙江省委十一届八次全會，作出《關於加快建設文化大省的決定》，提出要從增强先進文化凝聚力、解放和發展生産力、增强社會公共服務能力入手，大力實施文明素質工程、文化精品工程、文化研究工程、文化保護工程、文化産業促進工程、文化陣地工程、文化傳播工程、文化人才工程等『八項工程』，實施科教興國和人才强國戰略，加快建設教育、科技、衛生、體育等『四個强省』。作爲文化建設『八項工程』之一的文化研究工程，其任務就是系統研究浙江文化的歷史成就和當代發展，深入挖掘浙江文化底藴、研究浙江現象、總結浙江經驗、指導浙江未來的發展。

浙江文化研究工程將重點研究『今、古、人、文』四個方面，即圍繞浙江當代發展問題研究、浙江歷史文化專題研究、浙江名人研究、浙江歷史文獻整理四大板塊，開展系統研究，出版系列叢書。在研究内容上，深入挖掘浙江文化底藴，系統梳理和分析浙江歷史文化的内部結構、變化規律和地域特色，堅持和發展浙江精神；研究浙江文化與其他地域文化的異同，釐清浙江文化在中國文化中的地位和相互影響的關係；圍繞浙江生動的當代實踐，深入解讀浙江現象，總結浙江經驗，指導浙江發展。在研究力量上，通過課題組織、出版資助、重點研究基地建設、加强省内外大院名校合作、整合各地各部門力量等途徑，形成上下聯動、學界互動的整體合力。在成果運用上，注重研究成果的學術價值和應用價值，充分發揮其認識世界、傳承文明、創新理論、諮政育人、服務社會的重要作用。

我們希望通過實施浙江文化研究工程，努力用浙江歷史教育浙江人民、用浙江文化薰陶浙江人民、用浙江精神鼓舞浙江人民、用浙江經驗引領浙江人民，進一步激發浙江人民的無窮智慧和偉大創造能力，推動浙江實現又快又好發展。

今天，我們踏着來自歷史的河流，受着一方百姓的期許，理應負起使命，至誠奉獻，讓我們的文化綿延不絶，讓我們的創造生生不息。

二〇〇六年五月三十日於杭州

整理説明

鄭剛中（一〇八八—一一五四）字亨仲，號北山，又號觀如居士，婺州金華（今浙江金華）人，是兩宋之際重要的政治家、文學家。宋高宗紹興二年（一一三二）以第三名登進士第，累官至尚書吏部侍郎、川陝宣撫副使、四川宣撫副使等，紹興十七年因忤秦檜遭黜，紹興二十四年（一一五四）卒於封州（今廣東封開縣），事蹟詳見《宋史》卷三百七十本傳。鄭剛中著述頗豐，有學術著作《周易窺餘》十五卷、詩文集《北山文集》三十卷和少量詞作傳世。

鄭剛中是南宋初期政治史上不能忽視的人物，他在挽救因上書獲罪的胡銓、與金朝劃定西部邊界、穩定四川方面一度發揮過重要作用，特別是在經營四川上他的功勞最爲突出，被人譽爲西南長城，還有人甚至將他與同鄉前輩、抗金英雄宗澤相提並論。然而，他很快就從高層跌下，被貶封州，究其原因可能還是出於他與秦檜的個人恩怨。紹興五年前後，擔任温州軍事判官的鄭剛中結識了秦檜，從此仕途進入快車道，十餘年之間即躐清華，任方面。秦檜確實是他仕途上的恩主，所以數百年之後，乾隆皇帝還作詩嘲諷他『進因秦檜是邪途』（四庫本《北山集》卷首）。鄭剛中在四川的所作所為，或許與當朝路綫相左，所以秦檜對他的懲罰就特别嚴重，真可謂成也秦檜，敗也秦檜。

他在學術史上有一定的貢獻，特别是在《周易》研究方面。他的《周易窺餘》原書已散佚，今日所見十五卷本係四庫館臣從《永樂大典》中輯出。四庫館臣給予了客觀的評價，『剛中是書始兼取漢學，凡荀爽、虞翻、干寶、蜀才九家之説皆參互考稽，不主一家，其解義間異先儒，而亦往往有當於理。……其人因秦檜以進身，依附和議，捐棄舊疆，頗不見滿於公論，然闡發經義，則具有理解，要爲説《易》家所不廢也。』（《四庫全書總目》卷三）不因政治上的瑕疵，而忽略他的學術成就，四庫館臣的態度還是比較客觀的。

他的詩文集《北山文集》也有相當的研究價值，四庫館臣評説：『至其詩文，則出於南北宋間，猶及見前輩典型。方回作是集跋，稱其文簡古，詩峭健，在封州詩尤佳，其品題則頗不謬云。』（《四庫全書總目》卷一五八）這是站在兩宋文學發展的角度來肯定其價值。而書中的《西征道里記》更是研究古代交通史不可多得的文獻之一。他在嶺南所作的詩文，記載了不少當地的風物習俗，對於瞭解宋代嶺南地區有較大幫助。另外，書中所載的各疏以及與陳與義、張九成等人的信札，對再現南宋初期政治、文人交遊的細節有一定的價值。

可見，鄭剛中雖然因攀附秦檜而爲人詬病，但是他在政治、學術、文學上的諸多亮點仍不容抹殺。長期以來，《北山文集》没有得到較好的整理。本次整理以《金華叢書》本《北山文集》爲底本，並參考了當代的整理成果，如《全宋詩》、《全宋文》、《全宋詞》等（見附録五《版本考》）。限於整理者的能力和水平，本書還存在不少問題，望學界師友慷慨賜教，以期進步。

任群、劉澤華

二〇二三年三月

凡例

一、本書以《金華叢書》本爲底本，校以國家圖書館藏吴引孫舊藏康熙三十四年本（簡稱吴藏本）、天津圖書館藏康熙三十六年本（簡稱康熙本）、上海圖書館藏乾隆時抄本（簡稱乾隆本）、《文淵閣四庫全書》本（簡稱四庫本）。

二、《全宋文》中《北山文集》部分以《金華叢書》本爲底本，校以四庫本；《全宋詩》中《北山文集》部分自稱以康熙三十六年本爲底本，校以《金華叢書》本、四庫本，實則底本爲康熙三十四年本，且部分内容底本爲四庫本；本書吸收其校勘成果，并修正其失誤處。

三、底本原有之目録，删去；底本原有之凡例、序跋等，予以保留。

四、校本與底本有異文，且文意俱通，不改底本，出校；底本誤，校本不誤，改底本，出校；底本不誤而校本誤，不出校。無版本依據而理校者，不改底本，出校。

五、異體字、避諱字徑改不出校；人名、地名等，異體字不改。

六、底本漫漶不清且無版本可據補者，以『□』代替。

七、《補遺》吸收了《全宋文》、《全宋詩》、《全宋詞》成果，間有補充訂正。

目録

北山文集卷二

北山文集卷三

北山文集卷四

北山文集卷五

北山文集卷六

北山文集卷十

北山文集卷十一

北山文集卷十二

北山文集卷十三

北山文集卷十四

北山文集卷十五

北山文集卷十六

北山文集卷十七

北山文集卷十八

北山文集卷十九

北山文集卷二十

北山文集卷二十一

北山文集卷二十二

北山文集卷二十三

北山文集卷二十四

北山文集卷二十五

北山文集卷二十六

北山文集卷二十七

北山文集卷二十八

附録疏文

附　録

北山集序

胡鳳丹

北山者，鄭忠愍生長之鄉也。公登紹興間進士第，補温州判官。秦檜薦之於朝，爲殿中侍御史，識者非之。然公雖受檜薦，卒弗與比。當是時，檜主和議，公則抗疏力争，由此忤旨，降秘書少監，求歸田，弗許。繼除川陝宣撫使，適金人求和尚原，檜恐公敗盟，又改爲四川宣撫，則公之不肯依附於檜者，公之氣節爲之也。覘其氣節，可以知其文藝矣。公秉性聰慧，以文章名世，力追古人。其《初集》十二卷，《中集》八卷，皆公自定；《後集》十卷，公子良嗣所編。公有自序，已載諸集中。是編，其里人曹定遠重刻於康熙間，首序者膠西趙泰甡也。

嗚呼，始公之官於朝也，其奏疏條議，直以存亡禍福之幾，上動主聽，未嘗依阿權奸，存纖毫富貴利達念。及制蜀八年，興屯政，救錢弊，肅軍威，諸所設施，其一一形諸歌詠者，皆據事紀實，蜀之人至今猶稱其功。奈何奸宰銜之於内，悍將怨之於外，謡諑媒孽，以至始謫桂陽，再謫濠州，三徙於復，而終卒於封，其困阨爲何如也。然而人雖阨公於生前，而公之灝氣英光，卒賴是編之存而不能磨滅於身後，則當時群小百端以摧抑之者，庸詎知非所以玉成而顯鑠之耶？而或乃齦齦然猶執公受檜薦一節以相詬病，夫豈知公心者哉？公字亨仲，名剛中，金華人，殁後詔復資政殿大學士，謚忠愍云。

同治十二年癸酉夏五月，永康後學胡鳳丹月樵甫序於鄂垣之退補齋。

鄭忠愍公北山遺集序

趙泰甡

士君子身任國事，咸期有所建立，而或遭時勢之窮，權位之屈，有不得遂其意，竟其局者，天下莫不痛惜之。金華忠愍鄭公，當宋紹興二年以進士起家，由外曹洊陟台司，時與參謀國政，議論侃侃之中，又能從容調劑。迨宣撫川蜀，六年之内，田粟裕，鼓鑄行，强臣悍將懾其威而勿敢犯，遂能使國勢轉弱而爲强。奈何權奸不容，羅織鉤致，遠斥嶺徼，遂齎志以没。天乎，人乎，安得起公於九泉而慰之？

余少時讀史，至南渡以後，屈指忠義有若而人，對公之名，輒斂容起敬。不謂筮仕得婺令，問俗於城之東，過公祠下，覿公之遺像，神采奕奕如生，隱然若有殷憂而凝思者，蓋忠愛款款之忱，猶可想見者如此。其裔孫輩出其藏稿若干卷，捧讀之餘，更如聆公之謦欬云。遂亟命新其祠，而鋟其遺集焉。時有里姻曹子定遠，相與輸資以佐其事，抑亦可爲賢。余因是而知士君子立身行己，有忠義正直之志者，其人雖往，而其氣耿耿，終歷久而不磨。如公之立朝蒞民，一本乎平昔聖賢之學，全體大用，並見諸簡册之表。北山峨峨，斯文與爲不朽焉。後之讀是編者，其亦有所感興也夫？康熙三十四年歲在乙亥仲秋朔旦，賜進士第文林郎知金華縣事膠西後學趙泰甡薰沐拜撰。

序

張士紘

文章著述，歷百世而不磨者，雖代屬數更，必不湮没。然而遇合顯晦，蓋亦有數存乎其間焉。吾婺鄭忠愍公，清介耿直，不阿權奸，功存西蜀，爲宋名臣。公固顯於一時矣。獨是其生平好讀書，喜著述，有《周易窺餘》、《經史專音》、《左氏九六編》諸集，歷歲既久，屢遭兵燹，篇帙無存，而斯文爲之一晦，幸有《北山集》存焉。是集也，體多奏疏書策，氣並韓、柳、歐、蘇，斯亦不可磨滅者矣。無如時遇不值，知音者希，僅藏之名山耳。

歲在甲戌，邑侯趙公省耕於郊，經其故里，登其堂，禮其像，遂詢其後裔，而《北山集》出焉。公讀之而慨然曰：『予於史册知公之氣節政事久矣，今觀是集，而益知公之文章著述固百世不能磨者。盍付梨棗，以公諸世乎？』維時其裔孫世成、弘能、弘升，皆承教唯唯，然猶慮篇帙繁多，艱於資費。藉曹子定遠姻契，雅慕先賢，遂忻然任梓費之半，而是集遂成。夫以數百年遺文，遇趙公而是集斯顯，則信乎文章之遇合顯晦，蓋有數也。雖然，非忠愍公不能搆斯集，非代有賢裔不能守斯集，非曹子與其裔世成、弘能、弘升等不能梓斯集，先後輝映，亦足侈婺州之盛事云。

康熙三十四年歲在乙亥仲秋朔旦，後學張士紘薰沐拜題。

宋鄭忠愍公文集序

王文龍

婺故東陽郡，鉅公大儒輩出。宋建炎、紹興間，文章忠節爲尤著。時中原不靖，戎馬蹂躪，有屹然爲扞圉名臣者。時稱宗公澤如猛虎之當北，鄭公剛中如伏熊之臨西，兩公皆婺産也。而鄭忠愍公，崛起北山之陬，蘊蓄瀰澄，乘時建立，直聲振朝右。當和議既成，力莫能挽，惟於畫疆堅壘中，隱圖恢復之計。逮宣撫川蜀，威既克懾强帥，功更足植殘黎，擬諸諸葛武侯、韋南康，詎多讓焉？公之勳業彰彰者如是，而仁山金先生顧謂公勳業百未試一，洵公異代知己哉！大抵人臣委身事主，利禄身名咸勿恤，職固宜然。獨公忠愛之忱，貫始終，歷夷險，勿二勿斁，如集中所載奏疏條議，詳明剴切，居然賈、陸之儔，間及詩賦、書問、酬應、抒懷。凡處而山林，出而寅恭；遇難灾，隱身調護；遭竄斥，任運恬安。千載下讀其詞者，有聲有淚，宛與相對於簾几，瑟瑟風雨蕭颯之天。蓋其性真，其情至，而又原本經術，演迤沈潰，故其亮節洪音，足以儲三精而貫五緯，而細及蟲魚花卉、川阜土物，咸能曲寫畢肖乃爾也。公之言曰：『善爲臣子者，於忠孝之道，初未嘗析。』謂推是語，且謂善爲臣子者，於孝友、於姻睦之道，總未嘗析也。

夫往古才人，忠而被謗、放逐淪喪者，曷可勝道！而公之父子，同時遷謫嶺表，至於家室飄零，互相慰藉，又不禁撫往事而咨嗟歎惜者耳。迄今五百數十載矣。公裔孫輩藏弆遺編，與姻友曹君，共謀殺青，以傳不朽。噫，公之勛業，詎藉文章以傳？即兹文章，不足以窺勳業之百一也耶！是集也，吾師膠西夫子董其成。時文龍讀書函丈之傍，爰得卒業是編，因藉是以伸其仰止之私衷云爾。

康熙三十四年乙亥九月，定陽後學王文龍沐手拜題。

忠愍鄭公北山集叙

嚴子

文章之有顯晦，猶人之有行藏也。昔忠愍先生未遇時，寂寞於山林巖谷之鄉，樂道於陋巷蓬扉之内，誦詩讀書，名再上賢書，而未及顯，斂身而退，與一二好學服古之儒，歌吟贈答，聊寄志已耳。天下其曷知之？一旦得時則駕，盡展其胸中之奇，君得匡而民得濟。當時賢士大夫，與夫悍鎮敵國，莫不服其氣節，而大其勳名也。如《北山》一集，沈晦者五百餘年矣。雖韞匵珍藏，精氣原自不磨，其間世代屢易，兵火迭乘，保護殊難。非天之不欲終喪斯文，俟識者以表章之，韜光笥篋中，不猶公之未遇時乎？才會邑侯趙夫子之景慕，於甲戌夏初，臨祠拜像，訪是集而玩讀之，咨嗟浩嘆，諄諄命梓以公海内。而鄭裔弘能、弘升輩，聞言感激，唯唯承命。間得曹子定遠，慨然而共襄厥事，搜遺補闕，以數百載未見之鴻文，煥然新人之耳目，俾史乘之記載倍顯，先賢之題跋俱彰，其與公之用行正相符耳。服其氣節，而大其勳名者，當不僅在一時也。留傳千載，讀是書者，重其文，穆然想見其人品，其欽仰又何如耶？我夫子玉成之力，豈淺鮮哉？獨是先生撰述甚富，集編不一，第世遠年遐，或遺失無存，或珍秘不出，不得與《北山》一集同垂，良可慨已。

康熙三十四年歲次乙亥菊月，里下後學嚴子盥沐拜題。

鄭忠愍公北山文集序

余士蕙

予婺由芙蓉、赤松之萃精華，磅礴蜿蜒，抵於北山之麓，有宋忠愍公崛起是焉。公非一代偉人哉？顧一代偉人，必有一代之事業文章，可以昭回日星，黼黻河漢，而焜燿千古。則夫立德、立功、立言，古稱三不朽者，蓋戛戛乎難之。三代佐命之英卓矣，漢唐而下，罕見其儔。留侯之智，不入儒林；玄齡之才，未嫻倚馬。張華具博物之譽，而名德不終；竇儀識乾德之年，而詞章不顯。兼而有之者，孰如我忠愍公乎？公誠一代偉人也！當居内廷資政，竭忠盡瘁，而外撫川陝，減賦營田，轉甦民瘼，其碩德豐功，鼎彝勒之，汗青書之，且先賢何道夫又從顛末而叙之銘之，兹復何贅？獨其道德緒餘，言論風旨，有不容偏没者。

公生平富於學，所著有《周易窺餘》、《經史專音》，因世故滄桑，殘缺莫稽。惟《北山》一集，其裔孫弘能猶得全璧而什襲焉。予友曹子定遠，每爲之揚扢，且扼腕不置，意將請之當事鉅公，壽梓以行世，蓋有志而未逮也。幸遇邑侯趙公，宰涖兹土，文治誕興，簿書之暇，遍採名山石室之藏。已將《正學淵源》重刊行，繼謁公祠，搜訪遺集，弘能遂出篋中所有以進，即《北山集》也。我侯把玩久之，迺欣欣嘆賞曰：『美哉，大雅鴻音！其奏疏則翔鸞鳴鳳也，詞賦則擊金摐玉也，理學則伐毛洗髓也，經濟則借箸捫蝨也。文獻之遺，而乃聽其若存若亡，亦後學之責也。』遂令定遠董厥事，凡亥豕魯魚，俱經訂正，我侯更爲裁定，以觀成焉。定遠、弘能慨然捐槖，畀諸剞氏，自春徂秋，始告成功，而兹集焕然一新矣。自非我侯仰止前賢而搜柱下，及予友之留意贊勷，幾何不置是集於鼷蠹之蝕，庸詎知數百餘年後，復取而表彰之？則公之立言，得藉與立功、立德並垂不朽者，我侯之力也。且非惟有補於公，直可鼓勵後之守兹土者，其亦有所觀感也夫。

康熙三十四年歲次乙亥仲秋，邑庠後學晚生余士蕎薰沐拜題。

鄭忠愍公北山文集叙

嚴　正

婺水西流三百里，靈秀所鍾，謂當生大賢焉。説者以東萊氏倡明理學，而後何、王數先生紹紫陽正宗，信斯文之在兹，因擬之『小鄒魯』。抑知其先以氣節者，如鄭忠愍公，非尤矯然與日月争光，爲山川壯色者乎？正幼讀南宋史，至其救胡銓，抗和議，服悍鎮，畫地界，爲人所不敢爲者，公誠一時砥柱也。正常歷五都之境，訪宣撫故居，尋可友亭之遺蹟，慨然想見其爲人，益思公之忠烈不置。而有德者必有言，惜著述所留，僅存什一，近世無能表章之者，亦志士所浩嘆也。

幸德曜奇逢，膠西趙鹿友夫子以嗜古博物之英，製錦斯邑，重道崇儒，於四先生之《正學淵源》已捐俸重鐫，乃謁宣撫之祠，拜其遺像，購其傳書，復欣然命梓。夫以宰斯邑者，嘉宣撫之節，亟欲顯揚且若是，况爲之後而同其里者乎？曹子定遠，毅然感發，與其後裔鄭弘能，遵夫子之指，延梓者於家，考訂校覈，歷半載而書成。披卷朗吟，其經濟緒餘溢於詞表者，凜凜見浩然正氣矣。夫宣撫之勳業著於在朝在蜀者，《宋史》稱之，乘志載之。而抒寫情性發爲文章者，遥遥五百年，猶足動賢豪之慕，而珍異如商周法物，文豈不以人重耶？正既讀宣撫之文，益嘆此舉之非偶然也，豈非天之所以幸宣撫，而不使湮没其簡編也。夫子表章之力，與宣撫同不朽矣。而定遠、弘能見義勇爲，不亦有足多者哉？

康熙三十四年桂月上浣之吉，婺左松湖後學嚴正薰沐拜識。

宋資政鄭忠愍公文集小引

曹定遠

古來名世，不廢文章，然文章所發，本諸躬行實踐者貴耳。吾邑先達鄭忠愍公者，孤寒窮約，歷備諸艱，及壯而筮仕，遂以所學見諸行。其立朝也，正氣不阿；其宣撫也，經略有法；其居職也，盡匪躬之節；其蒙難也，懷明聖之心。顧雖觸忤權奸，竄逐殁，益見不媿所學。跡其生平著述甚富，所存者無幾，而《北山》一集則尤其精氣所萃者也。今讀其文，忠義慷爽之氣，盡露毫端，即旁及琴書花石、弔奠贈答之章，悉皆忠君愛國餘意，故其鴻文丕著，焕然與日月同光，巍乎與山嶽俱峻耳。今朝廷加意文治，偏訪遺書，名山石室之藏，無不網弋示世。況以公之文章，本乎躬行寔踐者素，寧不爲聖天子之所採納而隆重者乎？

第傳世既遠，屢遭兵燹，篇帖殘缺，幾湮没不傳。幸遇膠西趙夫子，仰體堂陛尊德右賢之意，搜羅文獻。甲戌之夏，過謁公祠，欷歔感嘆，穆然想見其爲人，因命出是集梓之。夫詎僅以其敷文揚藻之工，足以播諸藝林歟？亦謂公之懿行，既孚於遐邇，而傳其文以傳其人，所係於世道人心者不淺也。

某承夫子命，與其裔孫世成、弘能、弘升，編輯付梓，糾工於乙亥之春，迄冬告竣。是編之成，雖公之靈，實趙夫子之力也。其尊祖考以勵文孫，崇先賢以勉多士，寧無厚望於後之守是編者乎？爰不揣謭陋，爲誌其歲月於右。康熙三十四年歲次乙亥陽月，同里後學曹定遠薰沐謹題。

北山遺集引

鄭弘升

余鄭氏本固始，至建安徙居金華拱坦，傳至六世先祖忠愍公者，好學尚文，仕宦有年，其政績文章，類忝諸名公贊序品題，未敢復贅。奈世代既更，兵火重遭，其遺帖所留，僅存什一。嗚呼，痛哉！何能免夫散亡之感哉？

余性拙寡諧，卜居山右，舉業之外，若古卷異書，漫好問學，至如先祖之所撰著，雖片紙隻字，珍重如鼎。去秋邑侯趙翩翩臨境，公務之暇，詢訪人物從來，乃有以吾祖生平告者，而邑侯遂輕千金之駕，親謁吾祖遺像，仰觀榱桷，温諭重輝，備詢吾祖所遺卷稿。時獲存者僅《北山》一集也，敬呈披覽。道學之契，不啻面接焉。因囑覓殘補闕，急付梨棗，公諸海内。而同里曹君良求者，殷然有志，共襄厥美，豈不誠文章之知己耶？升雖箕裘之責有忝前人，而吾祖之光明俊偉傳諸册牘者，捧之誦之，時覺僾乎見、愾乎聞矣。是安敢不踴忭趨承，竭力乃事，致負宗祖之遺美哉？是秋梓工告竣，用慶厥成，爰勒短篇，聊申蟻悰云。

康熙三十四年桂月朔旦，裔孫弘升百拜敬引。

北山集凡例

一、北山先生所有遺書，若《北山集》即《笑腹編》，今所梓者是也。外有《周易窺餘》十五卷、《烏有編》五卷，以至《經史專音》、《九六編》、《碎碣集》、《達嘗編》、《觀如編》、《集芳編》、《避盜録》、《圃中雜論》諸書，或祕藏不出，或遺失無存，雖極意搜羅，無獲焉。

一、《北山集》三十卷，遺失二卷，尋訪完足，具載集中，雖其賢子孫寶藏之謹，或亦公護持之以貽後也。

一、《北山集》止存刻本二卷，餘皆抄録，而魯魚亥豕，字句多訛，且殘闕之餘，或無所考證，而意義難以接續者，不敢妄有增删。

一、諸先正銘贊題跋詩文原不載集中，今悉梓之，固以見其景賢好德之意，而鴻文椽筆，并垂於不朽也。

一、凡文集皆以類叙，獨《北山集》係隨時編輯，故所著雜見不同，蓋以此集前後皆公所手定也，今仍其舊，不敢變易其次第。

一、倉猝冒任正字，梓工迫速，考訂未精，既鐫之後，亦謂此書不至淪失則可，若夫較正之事，庶以俟夫博雅之君子云爾。

康熙三十四年乙亥陽月初四日，同里後學曹定遠謹識。

北山文集卷一

宋鄭剛中撰　郡後學胡鳳丹月樵校梓

論治道人材疏

臣聞人主未嘗不欲求言，嘗患言之難聽；論事者未嘗不欲言之行，嘗患言之難入。漢文帝謂張釋之曰：『卑之，毋甚高論，令今〔一〕可行也。』後世學者多指以過文帝，謂其不能抗志遠大，而限言者以卑少也。嗚呼！甚高之論，詎可聽哉？大不觀時，小不揆事，辯博之説縱之於三皇五帝之上，而濟用之實常若玉卮之無當，是果何益？文帝戒釋之，未爲過也。雖然，文帝何不要釋之以至當之論，而雅意欲其卑乎？此誠〔二〕爲過。夫高之與卑，不相侔矣。高雖不可縱，卑固不可溺。天下之理，一溺於卑，則事功衰靡，流弊不勝言，其失視甚高論者猶不啻也。人主之聽言，人臣之論事，使其上不縱爲甚高，下不溺於太卑，常守至當之論，以一天下之趨向，則亦何患乎言之難聽難入哉？故臣常謂：論治道必歸於平，論人材必歸於恕。論治道歸於平者，非謂見小利、忘遠害也；見小利、忘遠害，則陋而已矣。今恐務虚名者不得成，貪奇功者多後患，與其相夸以所難，相靡而無實，曷若因時順勢，相與守吾可行之道？敦本節用，修禮正名，未起者加工，未備者加飭，常使上正而下自服，內治而外自賓，如是則所以求治道者，不其平乎？至若廢紀綱而不修，蕩名節而不勵，謂爲遠而不肯行，謂爲重而不復舉，兹又人君之所宜勉也。論人材歸於恕者，非謂〔三〕以小人間君子也。以小人間君子，則雜而已矣。今恐皋、夔不可以世有，稷、契不可以輩得，與其舍近慕遠，異世而須才，曷若磨礲砥礪，觀其心術之邪正？苟不至畔道而害治，則自可量才而使，因能而任。常使效知無不及之事，陳力無不勝之誅，如是則所以待人材者，不其恕乎？至若倚忠爲奸，盗名欺世，無能爲而可以害吾之有爲，託能言而有以摇吾之國是者，兹又人君之所當去也。論治道歸於平，論人材歸於恕，此所謂至當之論，可以一天下之趨向者。惜乎文帝獨不以是而要釋之耶？

恭惟陛下體乾坤覆載之德，廓山藪包含之量，謂祖宗率皆疏通耳目，容納臺諫，故即位以來，加惠言事之官。雖衆智畢陳，未必有裨於萬一，而開懷屈意，舜、禹不能過。持此以濟中興之業，固有餘裕。臣以愚賤之資，誤蒙器使，未知所以報厚恩者。然考之歷古，其能隨事啓沃、開陳主意者，固自有數。餘非高而誕謾，適足以起世主之疑，則卑而淺陋，不足以廣上之心志，故其説常齟齬而不合。區區淺陋之愚，尚庶幾於犬馬之自竭，乞憐而赦之。

校勘記

〔一〕『今』，原作『人』，據四庫本改。此語見諸《史記·張釋之馮唐列傳》，作『今』。

〔二〕『誠』，原作『不』，據四庫本改。

〔三〕『謂』，原作『爲』，據四庫本、乾隆本改。

採用群言疏

又奏曰：臣竊見比者虜使造朝，人情疑慮，咸謂國家數年蟠屈待時之氣，一旦又訹甘言而自解，於是感激不平者，咸以所見抗論於上。夫論事者，言不切至則事不可回；論事而欲其必回，則其言常多偏。偏勝之論，聽者難之，而人主或至於厭聞矣。然可否相濟，社稷之福；雷同之論，古今之患。故聖人之建功立事，寧使衆智必〔一〕陳，可否相反，而不欲上下諛悦，雷同而相比；寧使發揚宣布，戇愚而面折，不敢使其緘默隱避，顧望而腹非。惟吾守中平至當之道，裁應事機，故雖衆多之論，時有偏勝過直者，亦一切虚心容納之。所以下有盡言之忠，上有兼收之美，而事亦無適而不當也。虜人之恨，臣子緘於骨髓，然國家士馬之氣力、財用之源流，智者當自默識而心計之。機雖不可不投，患亦不得不慮。虜乃肯開我以好言，示我以善意，我亦何辭而峻絶之乎？絶之誠易也，後日之策，計將安出？謂其揚旍電掃問罪破竹之勢，則平時自可用之，何待絶使者而後可以爲乎？故專意不與虜和者，臣知陛下自可優容之。古人有言：『聽者，事之候也；計者，存亡之機也。』陛下跨馬横槊以有天下，虜人情僞，何待馬援言之，然後在於目中，聽言定計，當亦審矣。踈遠之臣，懷區區不自已之意，上瀆天威，惟陛下幸赦其愚。

尋爲貢院看詳官，五月除尚書考功員外郎。

良嗣曰：『先君謂銓曹所繫，考功爲繁且重，吏姦出没，非一己所能勝。乃於視印之日，集群吏告之曰：「吾本書生，州縣間條令猶不盡知，而況於省部？自今予奪，惟爾之聽。但已揭榜於外，有不當者，許士夫再以狀來，來則窮究，於爾無貸也。」既而士夫果有來者，命之坐，呼吏使前，開拆以理，士夫知不可，無所恨。若吏情得，則立斷以法。如是不過懲三四吏，皆讋服不敢犯，而滯淹無壅，黜陟以明，縉紳德之。』

校勘記

〔一〕『必』，乾隆本作『畢』。

辭監察御史疏

九月除監察御史。奏曰：臣田野寒生，造化遺物，科名甚晚，吏瑣〔一〕何卑。朝廷召從遠方，置在樞屬，閲歲未再，試以郎曹。臣方夙夜省循，懼無以報稱萬分，而陛下又親擢而用之。夫六察，中臺之要選也，豈臣闒茸無狀者之所宜冒處？欲責報效，宜付賢才。伏望睿慈收還誤恩，以安愚分。

不允。

校勘記

〔一〕『瑣』，四庫本作『職』。

辭殿中侍御史疏

十一月除殿中侍御史。奏曰：臣禀資甚愚，立志良苦。比由考功郎官，蒙陛下親擢，繆參六察之聯，未淹三月之久，督稽違而無效，念忝竊以知慚。竄斥之虞，朝夕以俟；洊加器使，敢復叨居？今世態方艱，事功未濟，耳目之任，殿中執法者實共司之。顧臣何人，可冒兹選？伏望收還成命，更付良士。非但公朝王論之有託，亦微臣愚分之少安。

不允。

諫議和奏疏

時朝廷與虜議和。先君奏曰：臣准樞密院劄子，備奉聖旨節文，以『梓宮未還，母后在遠，陵寢宫闕、兄弟宗族之故，欲屈己就和。令在廷侍從、臺諫之臣，詳思所宜，條奏來上』。臣伏讀流涕，仰見陛下孝友格天，戎虜改意，事雖可喜可疑，至於屈己之言，則臣之所不忍聞也。且國家南渡以來，間關險阻，寒心銷志，僅能自立，謂今日可與虜争者，非癡則愚。又況虜遣使曰休兵，我何辭曰用兵？虜曰通和，我何辭曰立敵？虜曰奉梓宫母后還，我何辭曰不欲？聽其甘言，領其善意，少降辭氣，以就和議，勢有不可已者。然陛下詔群臣以屈己，則臣所未詳。夫屈己之事，非一端也。前世固有奉子女者，有供金繒者，有割土地者，有北面而稱臣者，皆上爲宗社，下爲生靈，不得已而爲之。今國家之於金虜，土地爲其所據，金繒、子女爲其所取，崇高之號，亦常自貶而臣稱之，屈己至矣！不知此外，又將何如其屈也？

父子之間，所本者孝；君臣之間，所本者忠。陛下欲爲親屈，此孝也，安能使天下皆忘陛下而廢忠乎？上而士大夫，下而國人，衆而三軍士卒，方同心而上戴。有如虜使狂悖，過一縣則欲使縣令拜，過一郡則欲使郡守拜，至中都又妄有所欲，則是傳一函紙，自北撫定而南，非通和也，人皆肯從乎？國人之情，士大夫之情也。陛下詢士大夫，則見國人之情矣。至於三軍士卒之情，亦即此而可卜。陛下倘未以爲信，試呼二三大將問之，彼不至爲鄙瑣，必不率三軍而屈膝也。士大夫之情不得順，小則去，大則其身死而已矣；三軍之情不得順，則事有不待臣言者。夫强敵之奉命至境，而吾軍民順從者半，不從者半。使者眙〔一〕愕相顧，觸藩而返，則結讎造怨，益不淺淺。曷若卑辭報使者曰：『江南雖小，要自各有君臨。以小事大，稱臣可也。獨難行之禮，無以塞大國之責，勿辱顧憐。』則是吾之誠意，不足以感動大國，而上天終未至於悔禍，末如之何也已。然後督勵將士，謹備不虞，江外塵起，則上下協心，再修甲寅之役，臣恐虜人便未能越長江如坦途也。

雖然，臣有一焉，陛下欲謝使者，必先呼集大將，更令各與近上統制官數人同定此議。陛下仍開心諉之，曰：『强虜邀我以難行之禮，汝輩其許之乎？謂可許，則後日虜再封一函紙，又甚於此，計將安出？謂不可許，即有邊陲之警，孰爲吾當之？』彼如慷慨垂泣，各願效死，則長江之氣已增十倍，謝使者何憚？臣不敢遠引前代，鋪叙爲可觀之文，直以存亡禍福之幾係於今日者，爲陛下言其梗概。愚陋不足以奉承明詔，臣罪當萬死。

校勘記

〔一〕『眙』，原作『貽』，據康熙本改。

再諫議和疏

又奏曰：臣竊聞虜使就館，朝廷差官同王倫等計議，衆論皆謂朝廷審處適中，必無過舉。和議之事，次第可成，此至幸也。然衆皆知和議之可成，而不知垂成之事亦復可敗，要須有道以濟之。何則？虜所求出於平易，其事必成；虜所求出於甚難，其事必敗。事之成也，謀畫可以繼進；事之敗也，智者無以善其後。此幾微禍福之原，不可差以毫釐者，陛下應之可不審乎？有如虜求我以甚難，則和議之敗，蓋有兩端：其一激怒於虜人也，二則激怒於國中也。有一於此，非但和議之不成，蓋亦産禍之甚速。臣請試言其略。朝廷若曰：『虜不可從，必峻辭而拒之。』虜必曰：『稱臣者汝也，請和者汝也，致我使往來者汝也。今遽去爾，是我不給汝，而汝復無信也。』其激怒將如何？和議當自是敗矣。朝廷若曰：『虜不可違，悉俛首聽之。』國中必曰：『是無中夏也，是棄君尊也，是忘宗廟也。』雖有防川之力，恐不能防人之口，其激怒又如何？和議亦敗矣。爲今日計者，必當以適中之論調護其間。其從之也，不使激怒於國中；其有可辭也，不使激怒於虜人。周旋曲折，以就其事，如是則和議可成矣。

雖然，適中之舉，要在勿速。有如未就，益擇善議論之士，熟爲使者開陳道理，使其心解意悦，共擇[一]兩平之道守而行之。仍曉然令內外通知，勿使下有憂疑之意。如是則事無不濟。漢韓安國有言：『謀事必就祖，發政占古語。』側聞咸平二年章聖皇帝謂曹彬曰：『北鄙終成和好，此事須朕屈節爲天下蒼生，然又須執綱紀、存大體，即爲久遠之利。』陛下欲謀事就祖，其法章聖之意而已矣。郅支求侍子，漢議遣[二]谷吉送至庭，貢禹持不可，曰：『《春秋》之義，許戎狄者不一而足，先儒謂節制之，不求稱其欲也。』陛下欲占古語，其合《春秋》之義而已矣。陛下孝友之心感天地而動金石，微臣區區之意，惟恐朝廷行之失當，有害成議。其數以和議爲言者，乃所以欲和議之成也。陛下恕其愚否？

校勘記

〔一〕『擇』，原作『釋』，據吴藏本、康熙本、乾隆本、四庫本改。

〔二〕『遣』，原作『遺』，據吴藏本、康熙本、乾隆本、四庫本改。

三諫和議疏

又奏曰：臣竊見講和之事，初則士大夫以爲憂，中則民庶以爲憂，今則將帥以爲憂。士大夫見朝廷審處適中，未有失策，方朝夕爲陛下同心謀慮，共圖善後之計，初以爲憂，而今少定。民庶則視士大夫爲舒卷者也，見士大夫之情稍安於前，故其憂亦緩而未迫。聞之道路，獨將帥之憂，洶洶如風濤爾。朝廷但知今日某人入館議事，明日某入内奏稟，而不知士卒切切之言，日益憤激，此其爲患，不可不慮也。蓋陛下間關之初，收拾西北流離之士，拔爲將帥，分置軍旅，相倚爲安危者逾十年矣。曰虜騎入邊，詔使守禦者，諸將也；曰盜賊據險，詔使招捕者，諸將也。諸將顧雖未能有大功名自見，然其所以事陛下者甚久且勤。今陛下一旦欲成和議，虜使在館，曾未與諸將道其曲折，寧不使其疑且憂歟？安知其不深思自念曰：『我輩平時不能相與展力，今乃使君父至於屈己降氣。』則懷厚恩而感激者，必至於自慚。又安知其不相與語曰：『和議既成，我輩自是當漸無用，而朝廷自是漸至於相忘。』則防後患而危疑者，必至於自恐。使諸將慚且恐，其終不爲朝廷憂者，無是理也。臣愚謂此後勢當選擇大臣，別作措畫，以繫諸將之心。

目今且當分遣官吏，察宣詔旨，以慰諸將之意，繫諸將之心，則和議成與不成，皆不相妨。

但少俟虜使北去之後，議之未晚，臣未敢進其説也。至於慰諸將之意，則勢有不可緩者。陛下誠即日遣人分詣諸屯，諭以至意，使知朝廷施設皆無過當。事成則與汝等强兵積粟，漸爲進守之計；不成則與汝等鞠旅陳師，圖爲後日之舉。雖成否未知，真僞相半，然皆不舍汝以圖功也。如是則將帥安而群論息，人情通而和議固矣。《傳》曰：『高鳥盡，良弓藏。』今日豈陛下藏弓時乎？愚瞽之計，願陛下即施行之，勿以爲疑也。

四諫議和疏

又奏曰：臣累具奏稟講和事，惟在審處中道，務令可行。陛下亦頗采納其説，謂北使今已在館，足可商議，臣不勝幸甚。今者如聞虜書緘藏，未肯分付，意欲陛下實行臣事之禮，拜而奉之，臣實駭懼。且今日之事，或從或違，各有大害。惟於從違之間，求得中道，乃可施行，然而不可急也。臣冒死畢其説，惟陛下留神省察。

臣聞齊、楚交善之國也，秦欲伐楚，先使張儀紿楚，約獻商於之地六百里，使之絶齊。楚王大悦，群臣畢賀，獨陳軫不賀。楚王曰：『不煩一兵，不傷一人，得地六百里，子獨不賀，何也？』軫對曰：『臣見商於之地不可得，而患必至矣。且先出地，後絶齊，秦計必勿爲也；先絶齊，後責地，必受欺於張儀矣。』楚王不聽，使勇士詈齊王，絶之；使將軍受地於秦。張儀指謂楚使曰：『從某至某，可六里。』楚之君臣始大悔。今日講和之事，臣竊謂類此而又甚焉者。夫不因謀慮，不勞師旅，而虜欲復故地、還梓宮、歸母兄、反宗族，是其所以許我者，何止商於六百里耶？秦欲使楚絶齊，虜欲使我受詔。使楚絶齊，不過孤其旁援而已；使我受詔，是欲伐吾〔一〕之本根也。墮其計而孤旁援，爲禍猶淺；墮其計而伐本根，禍無乃深乎！此不可不察也。雖然，用陳軫之計，則必使秦先出地，後絶齊，然而秦不肯也；今使虜復故地、還梓宮、歸母兄、反宗族而後奉詔，則虜亦不肯矣。軫恐後責地，受張儀之欺，則我豈不憂後求五事，爲虜所紿乎？道理分明如此，則講和之事，自當絶之。然而上之百執，下之國人，皆紆回曲折，共爲陛下圖善後之策，而不欲絶之者，古語有云：『利則行之，害則舍之，疑則少嘗之。』今日之事，正可以爲疑也。陛下孝友之性動天地而感金石，釀酒奉觴，日欲上長樂之壽。故臣子亦不敢專言其害，止欲陛下以爲疑而少嘗之爾。何則？虜見吾今日朝廷氣力稍强，號令漸一；以地勢言之，則又據長江而壅〔二〕襄漢，彼與其涉遠勞師而容有後害，曷若設謀用計而制其十全？此其智慮不淺。然萬有一焉者，彼或戎狄相攻，族類内潰，欲有中原而患力之不足，欲平故怨而念恩之無從，則革意回心，事有不可知者，此正疑則少嘗之之時也。少嘗之之道當如何？亦曰：推我誠心，領其善意。汝封一函紙來，吾謹待爾使，欽聽爾言，可從則致禮以答之，不則修辭以謝之。執紀綱，存大體，如是乃可。

今虜使就館踰數日，必欲屈陛下爲自古帝王所不行之禮，此豈謂之講和哉？是其心非但欲使楚罵齊而自絶也。然亦猶癡賈操奇貨於市，知人欲之，則予價愈多而愈不肯售。願陛下少回天意，更賜從容，命大臣於從違兩者之間，求一可行之道，與北使再三商量，庶幾協濟講和之議。陛下不可專見可從之利而忘其害。事苟失策，非但楚受六百里之欺，爲天下後世笑而已，幾微之禍有不可測者。仰惟哀憐臣子之心而俯聽之，臣不勝懇祈之切。

校勘記

〔一〕『吾』，乾隆本作『我』。

〔二〕『壅』，四庫本作『憑』。

議和不屈疏

奏曰：臣昨日與臺諫連書入奏，乞令王倫等盡力取虜書納入，方爲今日兩全之策。如聞聖意允許，不勝幸甚。然臣有一言，更須控陳，惟陛下哀憐聽之。所謂取虜書者，但欲爲虜使作道地爾。恐書至而我不屈，則虜或以爲未滿，故欲取而納入。今日納入，明日見使者，或書與使者偕入，置使者幕中，大臣授書入之，陛下徐出見使者。如是則不屈，非彼所知也，是謂兩全之策。至於陛下聖躬，則雖書入而不可屈也。聖人有言：『莫見乎隱，莫顯乎微。』隱微之中，天下所同見。陛下勿謂禁密之中，可以潛行；天日之表，可以暗屈。一人知之，什百人言之，四方萬里皆傳矣。或謂臣曰：『陛下爲親屈，傳之天下，何害？』臣應之曰：『親歸地得，播告中外，布禮以謝大國之惠，天下不敢議。正恐親未必歸，地未必得，徒取天下後世笑爾。』又或謂臣曰：『彼諾而我信之，有如負約，則曲爲在彼，於我無愧。』是又不然。墮其計則解體喪氣，精鋭銷懦，何所不有？又或謂臣曰：『虜非前日比，謀亦何用？蒼蒼悔禍，事寧可知？』臣又應之曰：『用謀者，戎虜之常情；革意者，古今之萬一。立國之道，以守常爲正，而不可以僥倖爲心。』

大抵破人之國，奪人土地者，未嘗不慮[一]其再興也。若曰『今不滅越，後必悔之』，則吴君臣所以慮越者如何？曰『汝忘會稽之耻耶』，則越君臣所以念吴者如何？非特是也，秦嘗破荆矣，後與荆人和，荆乃起爲秦敵；又破魏矣，後與魏人和，魏乃起爲秦敵。故秦之謀臣痛誚其主，謂其不早成業者，良由不絕滅荆、魏，而使其得以收亡國，聚散民，而再立宗社也。然則堅敵之待殘國，其心忍矣。故《傳》載其語曰：『削株掘根，無與禍鄰，禍乃不存。』由是觀之，戎虜之情，真可畏哉！

若乃陛下孝友格天，祖宗德澤在人，强敵改心，事隨世變，於理不可謂之無，獨不可全信之爾。一書遠來，未見端的，天子屈帝尊而受之，無乃信之全乎？陛下爲親而意切，天下念君而心危矣。臣又得之王倫，謂虜後日有南北羈縻之請，此尤不可之大者。一言許之，後不可爽。今日奉詔之事，乃是和議之初，未嘗速慮，但作悠悠之語，不思事至之時，遂至無畫。今若又以此事許其後日，則今雖平和，後復難處。惟陛下稍回聖心，思慮後日。祖宗基業不全矣，民力窮矣，人心危矣，更令失計，悔將如何？伏望憫臣戇愚，察臣疏淺，但見人情物論有不允當，故盡取以告陛下。使陛下初不過聽，置臣言責之地，則臣豈敢越職犯分，累冒天威哉！臣不勝懇祈之至。

校勘記

〔一〕『不慮』，四庫本作『不患』。

缺題

奏曰：臣聞自下劘上，非全身之謀；再三而瀆，非得已之計。竭陳愚悃，仰冒帝尊。臣比緣使事，條陳利害數千百言，大要欲得和議不敗，天子不屈而已。昨與臺諫乞令專委王倫取虜書納入，陛下念祖宗存大體之訓，畏古人犯衆怒之言，俯從其計，事以獲濟，不勝幸甚。然臣尚有私憂者，敢因事濟之初，妄獻預謀之策。

南北羈縻之請，臣所憂也。果有是邪？其不然邪？今或不正其始，則他日從違無策，利害益深矣。臣料陛下旦夕必再見使者，與之計議。大抵虜有所欲，寧難之於初，不可悔之於後。難於初，彼自見理而止；悔於後，彼固得以歸曲也。如聞朝廷亦嘗扣問驛客，所有羈縻之人欲於何時交付。臣謂審之是也，問其時則非矣。要當爲虜言：如某等人可還，某等人不可得。開言創意，宜懷遠圖，勿謂事未至而謾云也。且如今來許我者，事事皆得，籍兵之虜而可遣乎？臣請備論之。通和之後，其割以還我者，必止是空地，無府庫也，無蓄聚也，無大姓豪民也。梗莽丘壠之間，所留者老病孤弱，豈復有强壯可戰鬭之人？郡縣既開，東南虛匱，籍兵之虜平時倚以爲用者，又一旦舉而還之，則衆心解散，不待立六國後而人各指其故鄉矣，可不念哉？

和議既成，萬端偕起，凡有措畫，便當爲經久之計，不可僥倖而苟就也。説者謂數年卑屈，祈哀自請，迨敵國專使來臨，許以通好，豈容輕失其意？他時虜遣萬騎臨江，人情駭懼，吾内顧財用自知不足，外督將士或恐難用，則事亦可虞。此陛下之所慮也。紀綱散矣，士馬空矣，衣食竭矣，得宗族而復不能保，得土地而復不能定，大河之南，藩籬蕩然，如失元氣之人，忽忽待盡。此臣子之所慮也。陛下之所慮，能作而起之，豈不在我？臣子之所慮，苟至其時，則無策矣。審量輕重，顧久圖遠，惟聖心加察焉。

臣聞爵禄者，勵世之具也。陛下操爵禄而欲有爲，何所不可？然群言交入，衆智紛然。好謀能聽，此前史獨稱於漢祖。蓋事方危疑，國論未定，必有揣摩傅會之士投隙而進，其心雖止欲獵取陛下之爵禄，而不知禍毒可流於天下，惟陛下禁其萌焉。臺諫，天子以爲耳目，臣愚陋不足以當陛下視聽之責，斷不敢導吾君以姦聲惡色也。感〔一〕激言狂，至於流涕，冒瀆天威，罪在不赦。

校勘記

〔一〕『感』，原作『威』，據吴藏本、康熙本、乾隆本、四庫本改。

申救胡銓疏

奏曰：臣竊聞樞密院編修官胡銓上書論使事，其言狂悖，力詆大臣，聖恩寬容，聞止除名，送昭州編置，可謂父母之矣。然臣區區尚欲一言者，非謂銓無罪也。臣獨以陛下南渡以來，未嘗拘顧忌諱，逐一言者。豈不以時方艱難，事功未濟，與其罪狂夫而容有後悔，曷若并包並受，以來天下之言？故内懷一概者，雖伸吭感激，怨咨天地，陛下率聽而納之，如是者有年矣。今也豈不能容一胡銓，以增盛德之光乎？重念銓一介書生，坐無思慮，但聞衆論洶洶，不知使事曲折。原其用意，亦爲愛君。銓本貫吉州，奉老母於此，銓竄遠去，母將疇依？陛下方孝友格天，欲成和議，若置銓於聖度之内，使其子母相保，不至狼狽，誠莫大之恩也。臣不勝禱祈之至。冒犯天威，罪當萬死。

劾施庭臣疏

奏曰：臣聞人主褒功賞善，不及於邪佞；人臣持説論事，戒在於反覆。臣伏見新除起居郎施庭臣，比緣抗章陳事，陛下初自監察御史超遷南榻，物情大駭。立朝有識之士，聞其姓名者，皆掩鼻唾之。臣以備員殿中，欲論數其短，迹實有嫌，兼是時國事計議未决，不欲褻瀆天聽，故噤默而不敢吐。今和議已〔一〕定，群聽咸孚，而庭臣又别有差除，臣固不得不言矣。

和議，國之大事，所見異同，計謀相抵，皆不害其爲正。今庭臣之得罪於公論者，爲其反覆也。庭臣初語人曰：『吾持講和之論，獨與句龍如淵同。』且如淵之論使事，陛下所知也。其説大率欲得和議不至於敗，天子不至於屈就，從違兩者之間，平允成之。此如淵之論也，亦臺諫之論也，亦朝廷侍從、百執事之論也。故陛下采而用之，卒以有濟。若庭臣之論，其告陛下者不可得而知也，其語人者則不復更存綱紀，不須更有商議，必令兵民投降，天子屈體而已，是安得與如淵等議論爲同乎？然其初則宣言與如淵同者，蓋幸臺諫之説勝，則彼未爲異故也。今來忽自立説，則無所不至，指金人爲中原湯、武。嗚呼！不知指誰爲桀、紂耶？以至詆誚上下，咸蒙繆稱，慨然有自任天下之意，何其欲重誤蒼生歟！徒以虜書未入，人情憂惑，又妄〔二〕意陛下厭群言之交進，慮和議之或失，故持傅會之説於危疑急〔三〕迫之際，試一嘗之，有如投合，則市道之態，不過欲與沈該輩獵取陛下之官職而已。供職之後，自知不爲公論所容，先探問詞頭美惡，對客議論，又輒變改，巧情黠狀，日益以甚。夫和議之不可失，雖三尺童子知之。陛下受和之初，所進用之人，宜得端詳静審有謀慮之士，爲國家外修和好，内爲自立之計，然後天下不至於疑，他日施爲，必皆聽命。今若所用如此，則鮮廉寡耻者漸以累集，邪佞小人皆懷諂順之心，寧不使天下反以和議爲疑乎？

陛下收拾俊彦，圖濟艱難，其布在朝廷者，亦須外允公議。今使庭臣入侍殿陛，瞻望清光，出則士大夫惡之，道路指之，重爲朝廷之羞矣。伏望聖斷，罷黜庭臣，以快輿論。臣不勝區區之心。

校勘記

〔一〕『已』，原作『以』，據乾隆本改。

〔二〕『妄』，原作『妾』，據乾隆本、四庫本改。

〔三〕『急』，四庫本作『交』。

又劾施庭臣疏

又奏曰：臣初四日曾劾奏施庭臣論事反覆，乞賜罷黜新除起居郎指揮。臣俯伏待命，未蒙施行，不勝疑懼。臣伏仰陛下孝友格天，和議允濟，聖意必謂更取庭臣輩進擢之，則可以勸率臣下，固和議於永久。臣謂庭臣不黜，則講和之意不明，適足以起天下之疑而已，何則？講和之議，出於天意，斷自聖心，國論之決久矣。北使入境，百執事朝夕之所講究者，止爲屈與不屈，非爲和與不和也。庭臣何得於議論屈己之時，力陳不和之害，以速君父之拜乎？使其在靖康時，臣知其爲徐秉哲、王時雍矣。且不和之害，何獨庭臣知之，臣子未嘗不以是爲言也。

但庭臣則置屈己之害而不言，操市道之姦於危疑急迫之際，專以敗和之害摇動陛下之心，迎合陛下之意。茲豈憂國之人哉？陛下見而悦之，傳於天下，人且疑之，曰：『存綱紀者朝廷未以爲信，務順從者朝廷獨厚其賞，通和之後，得無可憂？何天子寵諛臣以勸臣下歟？』臣故曰『庭臣不黜，則講和之意不明，適足以起天下之疑』者，此也。

使庭臣而有憂國之策，獨不可從容一二日，俟禮文允當，虜書納入，徐爲陛下陳之乎？且屈己一事，乃左右、大夫、國人皆曰不可者，萬目注觀，群心憤激，如防積水於危堤之内，一穴而出，其勢不靖。今庭臣之疏，聞其有『將帥不足畏，兵民不足恤』之語，真有是乎？此非教陛下以涉春冰、馭朽索之道也？有如宸意難回，此言可入，則毒流天下矣。賴陛下采聽群言，舉行中道，帝尊不屈，國事自定。得百辟之心，得六軍之心，得萬姓之心，得鄰國使者之心，實不因庭臣之計而至是也。嗚呼！官爵，礪世之具，陛下持以賞穿窬，何耶？聖王之法，誅人必以其意。庭臣於群言逆耳之時，進傅會揣摩之説，意可誅矣。矧其持論反覆，自叛自合，一日數變。其爲侍御史也，自知不安，則供職之後，託官長以爲辭。其得左史也，自知不爲衆論所容，則省劄到門，遍出看謁，作妾婦自明之態。爲人如是，而可以親殿陛、邇清光乎？陛下初雖悦之，事定理明，今可以見其奸矣。

臣嘗謂元帝御樓船未定，便有沉舟之患，然諫者爲宗廟社稷之計，不得不切。張猛徐陳安危之理，則帝亦霽威而聽之矣。試使元帝不説之時，張猛之言未進，薛廣德免冠未起，或有一人從旁刺船而前，曰：『檣有虎，必毋往，請登舟以濟。』彼元帝亦何爲而不説也？但書之史册，傳之後世，不知肯爲刺船者爲賢乎？前日陛下念親欲屈，將輕其身，此欲乘危之時也。群臣持不可，則欲陛下之從檣也。舉行中道，則元帝感諫者之言而自悟也。庭臣乃從旁刺船而請者，陛下盍亦察其爲人乎？投之遐陬，未爲過典；寢其除命，大是寬恩。願乘得士之昌，永遠佞人之殆，臣不勝犬馬之愚。

三劾庭臣疏

又奏曰：兩具奏劾施庭臣苟合希進，論事反覆，乞行罷黜，聖意保全，尚此寬貸，臣實疑懼。若庭臣論事情狀，臣於兩奏中言之盡矣，不復敢〔一〕陳。但庭臣初除侍御史，給事中檄之，恬然就職。後讀沈該之章，怨恨言者，始託官長爲辭而求罷。逮除起居郎，臺章論之，傲然不顧。受劄之後，遍走人門，知不爲衆論所容，復杜門而辭免。則庭臣之爲人也，無廉耻極矣。十手争指，萬口同非。臣爲執法之官，而使螟螣在於朝行，鳥雀遊於殿陛，臣亦胡顔以寧？三陳懇扣之章，屢犯尊嚴之怒，必期竄逐，以允師言。

校勘記

〔一〕『復敢』，乾隆本作『敢復』。

自劾奏疏

奏曰：臣聞臣之事君，貴在不欺；子之事父，可以情懇。雖犯〔一〕雷霆之怒，敢陳螻蟻之私。臣比緣北使在館，計議不決，於十二月二十三日，與御史中丞句龍如淵、右諫議大夫李誼連名入奏，乞於二十四日同赴都堂，見宰執商議，聖旨許之。緣當日所議未盡，復連奏，乞二十五日再赴都堂，聖旨許之。議定，理須躬稟聖訓，復連奏，乞二十六日合班上殿，聖旨又許之。忽於二十五日晚，宣押句龍如淵、李誼赴内殿奏稟，而臣不與也。臣憂懼惶惑，不知所處，即欲闔門待罪，而國事未定，人情不安，小己之私，豈敢輒布！今也使事已定，群聽交孚，臣可以懇祈陛下矣。

臣聞臺諫之官，天子以爲耳目，蓋所親信而不疑者也。官有小大，而受責則同，陛下呼臺諫議事，而臣獨不與，必臣於和議之計有不可與聞者，其爲耳目也疏矣。禍福之幾，係於使事；計謀不臧，繆以千里。陛下呼臺諫議事，而臣獨不與，必臣於和議之計而不能宣力者，其爲耳目也廢矣。居陛下耳目之任，既疏且廢，雖聖庭包容，未加誅竄，而臣負此二罪，豈得自安？陛下方收拾俊彦，圖濟艱難，必得有氣節之人聚之朝廷，然後他日可責以事功之效。使臣僥倖誤恩，但知苟禄，則陛下亦何所用之？人不劾臣，臣當自劾。伏望聖慈罷臣殿中侍御史職事，特賜黜責，庶協公議。

良嗣曰：當争論講和之際，先君自度與廟堂不合，俾家人裝以俟譴，而上知其忠，悉納焉。

校勘記

〔一〕『犯』字原無，據乾隆本補。四庫本作『值』。

懇留曾開疏

奏曰：臣竊得於傳聞，曾開罷禮部侍郎，衆論疑惑。開之所坐，臣未得而詳也，然聖恩從來優禮侍從，未嘗輕有罷黜，雖言章論數其短者，猶委曲保全其去，此開之罷所以人不能無疑。每見人稱開厚重質實，有文采，論今日朝廷人物者必指爲善類，宜無顯過得罪於清議也。或謂止緣近日議論使事，略有異同，遂至牴牾。獨臣以謂不然。陛下聖度如天，物物並受，數降詔旨，謂：『今此通和之事，無非審處中道，務令經久可行，固嘗許群臣條奏利害一一來上。』陛下之心，可謂酌人情而濟世者。則開也，雖有大同小異之見，吾君父寧不諒其心乎？謂緣論使事而罷者非也，求其所以致罷者而勿得。無乃開戇愚太甚，至有〔二〕妄發狂瞽之言，聖意初〔三〕而不能容者？則開之罷，疑或出於此也。

臣數日前，嘗上疏乞罷柳約召命，未聞施行。夫約之爲人，陛下當自知之。事童貫而求其薦，事路真官而問其術，姦淫之事又詳於孫悟之妹，其素行不待臣暴章而後露也。然如約者，陛下猶欲拔拭而用之，則如開者，豈不能容忍而留之乎？約之來，陛下雖未必待從之：，開之去，陛下雖未必終忘之，但朝路見一曾開去，一柳約來，進退人材，似有可疑，此衆論之所以惑也。一曾開去，便未損於朝廷，恐如開者又或去焉，則有損矣：，一柳約來，便未累於朝廷，恐如約者又或至焉，則爲累矣。聖人虚心屈己，禁萌於甚微，而防患於甚久。方今虜使遠來，計議未定，愛君憂國之人，心魂夜悸，謂禍福之幾皆在乎此。是雖衆智交陳，群策並入，原其用心，皆爲區區，正當容納，各領其意。他日事成，使論事者自懷無遠見之羞：，脱或不成，陛下回思言者，不至有悔，如是可矣。況陛下南渡以來，聖德日躋，略無過舉。如前日胡銓上書狂悖，削吏瑣而投荒宜矣。然猶從大臣之請，俯加原貸。則開之罷，臣誠有望於聖恩焉。

武帝初不能堪汲黯之言，其後則曰：『天子置公卿輔弼之臣，寧令從諛承意，陷主於不義乎？』故卒優容之。此臣所以懇祈於天聽也。臺諫，天子以爲耳目，下有公論而不上聞，則是耳目失其所司也，臣忍爲是哉？縷縷之言，期以報陛下而已矣。上瀆天威，罪當萬死。

校勘記

〔一〕『至有』，原作『有至』，據四庫本乙。

〔二〕『初』，四庫本作『忤』。

修纂屬籍總要疏

時修纂《屬籍總要》。先君奏曰：臣契勘紹興五年内宗正寺丞孫緯等修纂《祖宗仙源慶系屬籍總要》，共二本。一本進入，一本崇奉在寺。其書以太祖皇帝爲一總，太宗皇帝爲一總，秦王爲一總，又以母氏、始生、宗婦、宗女、宫院、官爵、壽考、賜謚，各爲一條，分類成書。書成被旨：候及二三年再行接續。紹興八年十一月内宗正少卿張絢以元降聖旨申請條纂。臣見與寺丞陳確等參照施行外，緣三京宗司報到事迹名件與舊額有牴牾，謂如某人舊書若干子，今所報狀或多寡之不同；某人舊書係某位下，今所報狀或生出之不同。此類不一。謂舊書信也，則孫緯所編，初有得於傳聞者；謂舊書誤也，則今報所責，未必皆其親的所供，未敢便以報狀爲信，輒廢舊書。臣等今將諸司所報，詳加考訂，除與舊書並無增減交互者，即不再行開具外，其有增減交互去處，兩書並用小字注入，庶幾新舊俱存，前後可考。更二三年，真僞復互見矣。如當聖意，乞將孫緯等前來進本降下本司，以憑修注施行，候畢日再行呈進，庶幾仰稱陛下惇宗厚本之意。

請除罪籍〔一〕

二月，與方庭實兩易爲秘書少監，先君喜曰：『吾好古之心，惟日不足。今得平生未見之書而讀之，一何幸也！』侵疆既歸，上遣樞密樓公炤出諭京陝。四月，命先君以本職爲參謀，轉宣教郎。行府所至，選將帥，隸軍馬，訪疾苦，經用度，以至表揚忠義，振卹隱孤，先君之晝爲多。其所撰文字，有《請除罪籍》。

奏曰：臣檢會今年正月五日赦書内一項，新復州縣見停廢文武官將校公吏，未經甄叙人，並許赴所在自陳，保明以聞，當議時與甄叙。臣竊詳劉豫僭竊，逆天悖道，謂之有功者，實助豫爲虐之人；謂之有罪者，未必真坐累也。今豫所録者，朝廷包含混貸，捐其舊惡；豫所斥者，朝廷從而棄之，可乎？方使無辜抱恨之人，伸吭自訴，有司錙銖原減，論如常程，則是朝廷尚爲僞齊行法也。臣愚欲乞應新復州縣官吏、軍民被罪，有文字照驗者並不理遺闕減降，未經叙復者，即依本等叙復。内有元因劉豫補受，復爲劉豫廢奪者，永不在甄叙之限。庶幾罪功兩平，衆論惟允。

校勘記

〔一〕此篇諸本與上篇相混爲一，惟乾隆本别作一篇，今析之。原本無題，據鄭良嗣語補。

又請放王樞等〔一〕

奏〔二〕曰：臣准今年六月四日尚書省劄，備坐環慶路經略安撫使趙彬奏，逐處申到西賊出没事，奉聖旨令臣相度措置，務要彼此情通，各獲安帖，仍詳具聞奏者。臣契勘李世輔捉到西夏招撫使王樞，見在四川宣撫司收管看養，并據趙彬申到前後捉獲夏國一百九十四人，送邠寧州、慶揚府等處羈管。臣相度關陝初復，正與夏國爲鄰，欲令將帥通書，恐計議未必周盡，而於國體有傷；置而不問，則彼此疑礙，莫之肯先，情亦無自而通矣。兼前項人留之無益於事，還之則感恩荷德，更相告諭，理或有補。臣愚欲望聖慈將王樞并趙彬羈管一百九十四人，許臣呼至行府，犒勞放還夏國，不惟使戎狄有感嚮之心，實可以示朝廷廣大之意。如蒙允許，乞作睿旨行下。

校勘記

〔一〕原本此篇與上篇相混爲一，吴藏本、康熙三十六年本自上篇『未經叙復者』至此篇末『乞作睿旨行下』爲雙行小字，四庫本别爲一篇，今析之。

〔二〕『奏曰』，乾隆本作『疏』。

重監司郡守疏

奏曰：臣聞内外之臣共持法度，今雖未治，積久必安；内外之臣共懷苟且，今雖少安，積久必亂。監司、郡守，朝廷委以治外者也，今付授之際，曾不審擇，出而爲政，率多苟且之人。臣頃於州縣間，見大而獄訟，小而筦庫，奸藏不法、庸繆昏老者，在處有之，而監司郡守熟視不顧，以不按治爲長者，以能容忍爲得體。百姓號呼怨詈，以日爲歲，作過小吏，方偃然自安。朝廷幸而廉得一人，時有竄謫，大率去不過二三程。州郡又復容庇，於所在私酤過税，請囑公事，愈更擾人。究其原，皆初不審擇監司、郡守之過，而又屬吏犯法，朝廷未嘗問所屬以容庇之罪。彼苟且者，謂吾終更之日能幾何時，何用拂人情而歛怨，故坐閲吏奸，漫不加省。嗚乎，爲陛下赤子者何辜哉！臣願陛下詔大臣，使先重監司、郡守之選，無狀者勿以輕授；次嚴監司之法，容庇者輒坐之。圖積久之安，去苟且之弊，天下治矣。

良嗣曰：『先君自當言責，抗論無隱，排擊邪佞，不去不休。權臣秦檜嘗有以喻意，輒以理却之。』

除宗正少卿疏

九年正月除宗正少卿。奏曰：臣自幼讀書，惟務行己，晚而筮仕，但知愛君。至於智慮暗愚，材力綿薄，則叨冒器使之初，盡懇祈於陛下矣。然臣待罪殿中，今纔兩月，凡所論奏，悉荷包容，有可施行，即蒙采聽。此臣所以昕夕自誓，願效萬一。而適當多事之日，略無展力之勤。陛下使居耳目之任，而下情不以上聞；使居風憲之地，而奸佞不能力去。則是陛下所以待臣者，不啻天地父母；而臣之所以圖報者，可謂孤神明而負寸心矣。按其亡狀，付之司敗，臣亦流涕而知恩；若猶憐之，俾從補外之禄，臣尤刻骨而懷感。屬籍亞卿，地清職峻，厚顔以處，臣亦何安！伏望聖慈收還成命，與一在外合入宫廟差遣，庶安愚分。

不允。

請褒贈李喆疏

請褒贈李喆。奏曰：臣訪聞故文林郎、前原州彭楊縣令李喆，建炎四年原州陷没，移治界上，僞彭楊令執以獻虜，虜三予官，三辭。其後指爲歸附，轉儒林郎。喆持牒自言曰：『初因捕獲，不敢受歸附之賞。』封還之。劉麟聞其名，委京兆府，以禮津致，終拒勿起。臣入陝西，或謂喆無恙，下原州訪之，則喆於今年六月已死，遺孤尚幼，生理蕭然，志節分明，衆所嗟憫。伏望聖慈將喆特賜褒贈，録用其後，庶幾存没感恩，尚知忠義之有報也。

褒進三老疏

又請褒進三老人。奏曰：臣初入陝西，即訪問高行之士，有奉議郎、前原州通判米璞，朝請郎、前知隴州劉化源，奉議郎、前簽書博州判官廳公事劉長孺。士民衆口一辭，謂璞當廢齊亂常、群僞争進之日，杜門謝病，終不受污。關陝之人見璞則知有朝廷，今雖童稚能道之。化源守隴，孤城既陷，虜守視之，不得死。驅入河北，鬻蔬果，隱民間十年，卒不屈辱以歸。長孺當逆豫萌凶之日，嘗致書備陳祖宗德澤，勸其轉禍爲福。豫怒，毀除告牒，囚之百日。後復起之以官，長孺堅卧自若也。三人皆本貫曜〔一〕州，業儒登科。亂離以來，糠豆不贍，而高風善行，藹然有聞。臣於本州津致前來，親加勞問，而璞苦風痺，右足幾廢；化源等已老，步履亦艱難。雖作聖旨行下，發赴行在，緣以老病，各不能就道。伏望聖慈憐其陷没之久，察其志節之高，特與除宫觀差遣，仍進官一二等，償其閑廢之日，使璞等優游祠禄，爲鄉曲門户之榮，實聖朝激勵風俗之道也。

校勘記

〔一〕「曜」，康熙本作「耀」。

十一月除權尚書禮部侍郎轉通直郎

奏曰：臣困頓餘生，羈〔一〕孤弱植，脱身下吏，厠迹周行。蒙陛下奬擢之恩，已非一日，展力從事者亦屢試矣，迄無片善，可效萬分。未從司敗之誅，繆竊道山之禄，兹復叨冒，人其謂何？又況宗伯之司，國之所重；貳卿之職，其選甚高。法從清聯，朝廷所以命士，非若庶工之冗，容可以一介充也。側聽以行之命，實懷非據〔二〕之憂，仰冀〔三〕鴻慈，俯從愚悃，收還恩寵，以副公言。

不允。

校勘記

〔一〕『羈』，原作『奇』，據四庫本改。

〔二〕『據』，原作『處』，據乾隆本、四庫本改。按吴藏本、康熙本作『攄』，此爲『據』之異體，金華本係形近而訛。

〔三〕『冀』，原作『翼』，當爲誤刻，據改。

辭尚書禮部侍郎疏〔一〕

尋兼詳定一司，敕令十年九月以年勞轉奉議郎，遇明堂恩封滎陽縣開國男，食邑三百户。十二月除試尚書禮部侍郎。奏曰：臣學識荒疏，人材猥下，攝官宗伯，誤蒙器使之恩，而黽勉周皇，寸長不效。已知踰分，更俾即真，不懇祈君父而求避焉，則公朝銓擇之鑒，臣實累之也。伏望聖慈收還成命，别選通才，庶幾可以佐官長之討論，措禮文於隆盛。

不允。

校勘記

〔一〕原本此篇與上下篇相混爲一，今析之，篇題據文義擬。

辭寶文閣直學士樞密都承旨疏〔一〕

兼權尚書刑部侍郎。十一年五月，除寶文閣直學士樞密都承旨。奏曰：臣竊以侍郎分曹治事，其選高矣，而密承上旨者，其職爲尤重；階官辨秩爲等，品已貴矣，而陞華内閣者，其資爲甚崇。兼以付之，則朝廷委用之意，蓋自可見。而臣禀資駑下，賦性愚蒙。怙恃已無，雖有一意事君之願；而筋力向暮，實懷十駕難及之憂。冒昧以居，愆尤將至。伏望聖慈收還成命，别付時髦，外穆師言，下安愚分。

不允。

良嗣曰：先君既爲侍從，獻可替否，薦賢舉能，凡所見聞有關朝廷利害、天下休戚者，無鉅細皆以告於君相。或不著於文字，則人所不知也。

校勘記

〔一〕原本此篇與上篇相混爲一，今析之，篇題據文義擬。

定謀齊力疏

又奏曰：臣聞中國之治有盛衰，夷狄之勢有强弱，執權應變，因時制宜，此聖人撫中國、御夷狄之道也。伏自夏五月，封疆之臣以敗盟之警聞，陛下惻然慨傷，知曲直之有在，爰戒師律，奉天威，克獲之書，以日來上，制宜應變之道，誠得之矣。夫以虜人輕視中國，無謀妄動，宜其一跌塗地，盡斃犬羊而不返。然猶能收拾餘衆，撫〔一〕有大河之民者，無他，蓋去年修還地之好，今年報敗盟之警，長驅之馬，觸盛夏而甘暍死；顧吾猝遽之間，謀既不得素定，諸將之戰力亦未能齊一，此宜渠酋之誅，尚以頃刻淹也。雖然，今兹中冬，歲之杪日無幾，朝廷所以爲來年計者，盍亦蚤正而先定乎？中國之盛衰，比前日自可見；夷狄之强弱，比前日自可料。願陛下乘萬寶亨昌之始，即乾剛運動之初，開廓規模，沉潛機算，與二三大臣預爲來歲待敵之畫。動静戰守，皆使謀素定而力齊一，則中興之功成於此矣。謀之素定在朝廷，力之齊一在將帥。但朝廷之謀素定，則將帥之力自然齊一。側聞太祖皇帝兵不過十萬，而平定四海，指麾如意者，用素定齊一之道也。臣不勝區區願望之切。

校勘記

〔一〕『撫』，原作『撫』，據四庫本改。

爲宰相言一〔一〕

又爲宰相言曰：邊事平日不敢輒論，今日亦不得不論。數日傳聞，虜嘗以數十騎踰淮，繼以數百騎，今則寨合肥之北。傳者信，則朝廷須極力料理，不可緩也。且雷仲輩退壽春而南，是欲據淮受敵也。敵濟渡而吾虛其南岸，非縱敵乎？縱敵合肥之北，則長淮已爲平地，廬州豈能守？長江舟楫之區，虜更得之，勢難遏矣！或謂虜鋒不可觸，稍延之深入，然後依江擊之，可以得志。某謂今日之事，當論成否。敵臨淮〔二〕而吾將帥信能合力擊之，善固無以加，否則他時大江之南，猶今日長淮之南也。長淮之南不能戰，而必曰江南可戰，愚之所不諭也。且力戰於淮之南，而敵猶未已，則長江之戰，自可圖也。今必欲不援淮南，而須其至江，此何理哉？今日之計，張俊渡江與劉錡合軍而進爲上策。若俊未渡，分精兵萬人，暫聽劉錡使換，仍督錡進保廬州，此爲中策；若謾遣一軍，以援劉錡爲名，顧望而進，節制不一，定無成功。仍更須督岳飛下上流之師，詔世忠分精兵之騎，更爲犄角，乃爲盡善。

校勘記

〔一〕此篇與上篇相混爲一，今析之。原本無題，據文意加，後同，不另出校。

〔二〕『淮』，吴藏本、康熙三十六年本、乾隆本、四庫本作『江』。

爲宰相言二

韓世忠、張俊、岳飛，各以宣撫使久握兵於外。上一日命爲樞臣而收其權。先君爲宰相言曰：竊見降制，除三宣撫爲樞密副使，以其兵歸樞密院，合朝廷中外之勢，通諸帥彼我之心。

凡前日天下以爲憂、以爲難者，一旦變爲平易安强之道。廟堂之上，聲色如故，三大帥惟恐奉上兵籍之不允〔一〕，一何盛也！雖然，利害得失常對倚而不廢，遇事更變則激發而復起，就其利不忘其害，見其得愈憂其失，而後可以大有爲。伏願相公周思熟計，益善其後。其試以所見，條列於左方。

沿邊州縣，倚兵爲安。比自淮甸蹂踐之後，人情往往憂危，大帥又舍之而去。給罷之初，傳聞或失實，遠地何知？一家狼顧，餘皆相和而驚矣。俾知本末，不可無告喻之文。三宣撫之兵，紀律不同，平日分而用之，各安其所主。他日合而用之，固有以更屯易帥爲便者，亦有顧恩念舊而不能忘者，安慰人心，當有混一之道。三宣撫所分之地，平日有警，便各任責。今既只是統制將官在外，有如塵高敵厚，使誰糾合而前？必待飛檄告急，然後朝廷遣發，晚矣！豫爲期約，當有應卒之策。宣撫司諸將首領，盡是收拾散亡與殺降劇賊，其間悍狠虐下，頑鈍嗜財，蕩淫縱慾者，色色皆有。平時畏大帥不得逞，一旦釋去，其陵損士卒，交相貨利，藏匿子女之弊，豈得無之？彈壓整齊，當有畫一之政。君子可以義勸，小人可以利誘。前日諸帥恐其下有見利而逸者，故或質其文書，屬其妻子，以係累其心。今一旦去其統帥，敵人朝暮伺之，垂釣設餌，寧無貪啗之人？然則察視防閑，當有杜絶之計。宣撫司教閲之法，最號嚴肅，垂賞示勸，人人精進。今既分立頭項，其淬礪思奮、立功自拔者，必多有之；至荒廢燕安、苟且自便者，安得無也？訓練作成，當有勸沮之術。諸軍錢糧，專係總領司應辦，宣司按月勘請；所有器甲，盡係朝廷頒降，宣司量事分給。今宣司既罷，合漸就法制，使無冒請之弊；立爲准程，使無損闕之患。

《傳》曰：『平亂責武臣。〔二〕』相公以道佐人主，提綱振領而收其成功，軍旅之事，宜盡以責右府，經畫曲折，一一使之思慮，相公酌其可否，裁其議論，付之使行。他日進退攻守，彼皆不得以爲言矣。

校勘記

〔一〕『允』，《建炎以來繫年要録》卷一四〇作『先』。

爲宰相言三

東陽民或嘯聚。先君爲宰相言曰：東陽有少盜賊，聞朝廷欲分軍捕取之，甚爲得策。但婺七邑鄉民多事魔，東陽、永康尤甚。根株連結，雖弓手土兵，躬受其法，蓋不如是則其家不安。故一處有盜，他邑爲盜用者已不可勝計。若竊發處團聚已及一二千人，非官軍決不能了。仍須遣發神速，出其不意。多用文移，遍下旁郡，銷其應響之患。其所遣統制官，更須審擇厚重練習善部轄者，不至令百姓先被〔二〕騷擾之害，乃爲盡善。萬一遣兵淹留，或雖遣其數目不多，與統制官輕敵縱横，則百姓之被害均爾。蜂蠆有毒，願廟堂毋忽。

校勘記

〔一〕『被』，乾隆本作『受』。

論白契疏

奏曰：竊見典賣田宅法，限六十日投印，又六十日請契。恐其故違限約，則扼以倍納之税；恐其因倍而畏，則寛以赦放之限。疑若無弊矣，而其弊今有不勝言者。買産之家，類非貧短，但契成則視田宅已爲己物，故吝惜官税。自謂收藏白契，不過倍納而止，遇赦限，雖倍納猶是虚文，必待家有争論，事涉關礙，始旋行投印。此無他，官無必懲之法，開因循之路而使趨，宜其資豪猾而失公利也。虧失公利，猶害之小者；至有不識書計之人，飢寒切身，代書售産。閲時既久，富家管業亦深，或爲書人已死，或牙保關通，乘放限之便，改移契券，以典爲賣。他日子孫抱錢取券而不得，則飲泣縣令之庭而已爾。臣願朝廷詳酌，下有司立爲信限。出限一日，更不〔二〕認爲交易，錢不追理，業還本主。典賣田宅者，並依條爲合同契，一處赴官投印。如是則白契可以盡革，上不致於虧損官錢，下不致於以典爲賣，公私偕利矣。

校勘記

〔一〕『不』，原作『示』，據四庫本改。

除銀絹疏

先君自密承上旨，聲望寖隆天下，柄用之意可見，而忌之者容心矣。十月，除寶文閣學士，以本職出爲川陜宣諭使。令户部支賜銀絹二百匹兩。〔一〕

奏曰：除銀絹係自來聖恩霑惠出使之人，臣不敢辭，所有職名，臣實不敢祗受。緣臣今年五月，由禮部侍郎進直西清，叨承密旨，半歲之内，無補涓埃，日侍軒墀，方切憂懼。今雖躬稟戒飭，奉將德意，欲布之坤維。未勤況瘁之夫，已被陞華之命，隆恩雖逮，私義豈安？臣亦不敢過爲辭免，止乞聖慈俯察愚誠，暫留誤寵，俟臣使事歸報，不以亡狀累司敗，申行今日之命可也。臣無任皇懼激切懇祈之至。

不允。

校勘記

〔一〕此段文字原在篇題前，今移至篇題後，作此篇前引之文，後同例，不另出校記。

過襄陽〔二〕

是行也，上以西南去朝廷遠，征戍良苦，特勞勉之。又適因岳飛死，慮江鄂諸軍有所未喻，因慰撫焉。乃若省民俗，察吏姦，覽困窮屈抑之詞，按綱馬驛程之弊，亦上所丁寧者。先君即日就道，一一布宣，悉如上旨。

奏曰：臣契勘襄陽府城池深固，三面阻水，一面依山，新作山寨，並已畢備。今係統制李道、梁興等戍守，上下安帖，不煩聖慮。

校勘記

〔一〕乾隆本題作『勘襄陽府疏』。

議和分劃復旨疏〔一〕

朝廷再與金虜約和，就委先君見北官，分畫地界。先君以十二年正月抵河池，與宣撫胡公世將會。聞揭示陝西，將取鐵山，且預差守將，薦以甲馬臨關，稱欲交地，人情駭懼，謂無鐵山則無蜀矣。先君以事當從長，榜於通衢，仍牒北官云：『當司被旨商議，難以便行交割。』得報如約，衆乃定。一日，北官於陵贊謨尚書、孟浩郎中及境，先君出關迎之，而士庶遮道者數百人，車馬不得進。乃集其父老豪傑而問故，皆曰：『宣諭從長之榜，殆欺我耶？今不延之入關，而以身受制，是必如其所欲而後已也。』先君曰：『某慮之熟矣。彼能制我，我無以制彼也。延之入關，使坐於吾家而不去，將何以處之？當是時也，關門閉則啓釁，開則任其人之往來，禍不可測，是必如其所欲而後已也。故吾以謂彼入則使者安而國事危，我出則不過使者一死耳，後豈無繼耶？』遂出見贊謨、浩於白馬關外之百家村以分畫。贊謨曰：『甚處是陜西舊界？』先君曰：『自黄河以南，皆陜西舊界也。』贊謨笑曰：『自鐵山以西，至階、成、岷、鳳、秦皆是，今當盡割還。』先君曰：『朝廷尚恐大國更有所與，不謂反有所取。』贊謨曰：『奈何是舊界。』先君曰：『若論舊界，朝廷郡縣在上國者多矣。』贊謨曰：『與岷、階兩州，須割成、鳳、秦。』先君曰：『某愚陋，不善思慮，不知上國講和之意，爲休兵息民耶？爲土地耶？爲休兵息民，何苦較量土地；若爲土地，似非講和本意。建上國基業，必不因尺寸凋殘之區可以增高也。』贊謨顧浩曰：『不奈何，更與成州。若秦、鳳兩州須要，此是國王説定底事。』先君曰：『若已説定，尚書何故不取階、成、岷公文？又何以稱從長商議？見得此事只在尚書，願更斟酌。』贊謨曰：『且問賢，只如四川有個仙人關，又要散關，又要和尚原，應是關隘都要占，却是甚意思？』先君曰：『此是朝廷土地，豈可謂之占？今上國講和之後，將關隘須要見奪，却是甚意思？』贊謨曰：『都承只要裏面討便宜。』先君曰：『人各事其主，豈不爲本朝討便宜！若論實情，上國於江南土地，恨不盡取而有之。今所不取者，非是留作人情，力不足也。本朝自白溝以南，皆祖宗土地，旦旦有恢復之心。今所未復者，亦不是忘了，勢未可也。但既講和，日前事皆當不論。』贊謨曰：『爲是講和，却須着還。』先君曰：『譬如兩家仇怨，各欲吞併財産，一旦解仇釋怨，結爲親家，聘幣交歡之後，反臨門而强取其財，曰：「汝爲親家矣，當以所有歸我，切不可争。」如是可乎？如秦川等處，以兵力尚不能取，講和之後乃欲取之，是亦親家取財之義。』贇謨笑曰：『都承亦不可説道上國無所還，且如國王年裏大兵已至淮南，淮南多少州縣，講和後一時退還江南了。』先君曰：『尚書却是論行兵，不是論疆界也。兵鋒到處，豈有便是自家州縣？且如往時，岳飛兵至郾州，韓世忠兵入山東，不成許多州縣皆是朝廷退還上國也？』贇謨曰：『休如此説！都承何似且承當却？』先君曰：『尚書説且字不是，今日和議質諸天地鬼神，主上欲子子孫孫世守之，何且之有？』浩曰：『此言極是。』贇謨曰：『休休。寶鷄縣界直至大散，看都承面，更與鳳州，截散關爲界。』先君曰：『若商量到極處，某豈敢固執，只得申朝廷。但尚書須爲朝廷思量，教他行得。江南府庫單貧，尚書所知。此後歲幣，盡是百姓膏血，須教天下出得歡喜。若土地更割去，關隘又取却，軍民怨怒，亦非大國講和本意。』贇謨以手畫案，曰：『此外是没商量。』先君曰：『且俟具奏取旨。』贇謨曰：『都承所得少便申，今得多何用申？』先君曰：『尚書便以河南見還，亦不敢受，須候朝廷指揮。』二人相顧笑。先君出圖示之，問：『商州如何？』浩曰：『國王已有指揮要割，且俟作公文去。』各退歸次。

良久，令人傳語，送到牒一紙。牒首曰：『今與江南人使議定下項：第一項，永興軍路東南至唐、鄧，西至秦、鳳，南至不係永興軍路州縣。』牒後云：『已差閤門祇候李某日下交割。』先君再往見之，將與言而牒已無所付，迺顧左右，俾設案，置其上而指示之，曰：『早來商議，並須取旨，初非定議也，當須先改定字。』又問永興軍路一項是甚處，浩曰：『是商州。』先君曰：『何不明言商州？兼四至亦須指定，不宜包裹。』又問最後一項，祐州是甚處，贊謨曰：『便是岷州。以岷字是國諱，故改爲祐。』先君曰：『但減去字畫，亦須明言祐州即係岷州。』贊謨曰：『也得。』先君曰：『具奏取旨，須待回報。』贊謨曰：『江南已說定，都承不肯交割，如何？』先君曰：『前日爲見來文有「交割」二字，即牒貴司先理會，此來只是商議。貴司回牒云：「即無便交割之理。」回文具在，今乃不然，何也？』贊謨曰：『若不交割，定是不便。』先君曰：『使者但能遵守朝廷指揮，若專輒却是不便。』贊謨曰：『國王必怒。』先君曰：『國王亦須聰明，豈有使者不遵稟所受指揮，而擅以土地與人？』贊謨曰：『若未交割，且便退和尚原〔二〕兵。既是講和，又却聚許多軍馬，要做甚？』先君曰：『若不係所割之地，如何管得屯兵？若是合行交割，早得指揮，兵自晚退矣。』贊謨曰：『都承又不交割，又不退兵耶？』先君曰：『使者非主兵之官，當問宣撫司。且如淮陽軍與淮東對岸，不知上國因何聚許多軍馬？今雖講和，尚書能一面移文，使淮陽退軍否？』浩曰：『尚書何如且如令都承申去？』贊謨曰：『某却如何得回？』遂置公文袖中。先君曰：『急遞公文祇一月，願尚書少待之。』贊謨曰：『不交割，且自去。』既而又曰：『某今夜不去，都承甚處宿？』先君曰：『尚書宿此，某亦宿此。』少頃，贊謨起曰：『某有氈帳在前面，可同往帳中飲耶，更商量此事。』先君曰：『日已曛黑，有商量俟來日。』揖而上馬，命作樂以送之。俟其去久，徐引而歸，彼亦無所措也。先君即上疏云。

奏曰：臣所與北官商議，其初欲盡取階、成、岷、鳳、秦、商六州，論難往復，漸次聽從。其確然欲得者，秦州、商州、和尚原。三處乃川陜咽喉要害之地，皆不可輕許，而和尚原最爲不可，此原内蔽四川，而尤切於鳳。金人在原口，我得鳳州無益；失鳳州，内有仙人關，川固未能遽入。但騎兵長驅，歷興州而至梁、洋，三郡路平如掌，並無限隔，我以輕兵戍之，勢決不保，悉重兵屯之，糧道不繼。當是時，川之一臂枯矣。宣司之兵，今多屯於梁、洋，若鳳州危，則階、成、岷悉在外。數郡歲供和糴近二百萬，一旦動摇，則梁、洋之兵必不能聚；欲收以入川，四川不能盡給也。商州在南山諸谷之間，爲金、洋、均、房之門户，外有七盤關，下瞰長安，故金人以此爲急。金人得商州，則與唐、鄧聲氣相接，非但金、洋、均、房不可立，襄陽勢必甚孤。前日烏陵尚書面出分牒一紙，包裹四至，不明言商州，但云永興軍路，東南至唐、鄧，西至秦、鳳，南至山南，不係永興軍路州郡。問之，則曰『永興軍路乃商州也』。如此，則於均、房、金、洋凡在山南郡縣皆有妨礙。再三商議，不肯改換。臣須具奏取旨，遂取去公牒。秦州在渭南，而地勢與河特侵，渭北熙河反出其後。金人不得秦州，則與涇原諸路相隔；朝廷無秦州，則階、成、岷、鳳外無屏蔽。但以輕重較之，金人於秦利害爲重，在朝廷爲稍輕爾。此三處無一可與。臣緣和議大計已定，北官自鐵山以西，旋次裁减，十去五六。如成、鳳等處，皆已差知州隨行。今所欲三處，確然不肯商議。度其勢，未可遽回，故欲且與具奏，續爲陛下計之。而北官强臣交割退兵，臣不敢從。若朝廷徑遣人赴軍前求之，皆尚有説。北官謂商州時侵出，山北與南山不齊，不可立界。然自長安南入容道，尚二百里方及商州，自商州，又山行百里至豐陽，豐陽百里至上津，乃今商州移治去處。朝廷必不得已，取商州舊治捐與之，而以豐陽爲界，則門户猶半存也。秦州舊城已廢，今乃新築小壘，勢茍不能，皆全捐以與之，求貸和尚原爲藩籬，恐或可得。如其不然，少增歲賂以贖之亦可。此外，臣不知其可也。異時吴玠固嘗失此，然出於一時倉卒，金人暫得之後，由和議旋亦舍去，勿謂曩嘗失而無深患也。

校勘記

〔一〕原本無題，據《叢書集成》本加。

〔二〕原作『尚和原』，今據前後文改。

除端明殿學士疏〔一〕

三月，坐向者刑部有差誤事，降一官。五月，除端明殿學士、川陜宣撫副使，兼營田使，轉朝奉郎。

奏曰：臣竊以朝廷以上流爲重，上流以陜、蜀爲本。雖鄰國通和，兵甲不用，然取百郡之賦，饋十萬之師，惟安靖不擾，漸與圖爲休息，然後可以上寬西顧，非輕責也。顧臣何人，輒當此選？崇資峻職，復畀付之。臣欲盡瀝肝膽，極懇固避，則軍無主帥，事已留積，帝閽萬里，何日可聞？臣除將宣撫司職事已行管幹外，所有轉三官并端明殿學士恩命，伏望聖慈特賜寢罷。選德望威名著立者，倚分一面之憂，然後爲稱。臣無任皇懼激切懇祈之至。

不允。

校勘記

〔一〕原本無題，據《叢書集成》本加。

樞密虞公允文嘗誦言之，曰：『某舊與諸將往來，見其私居言動之間，罔不忌憚，如家家有一鄭宣撫在焉，殆不可曉。』又曰：『吾蜀困敝，如巨瘡日益潰爛，爲之悉力醫此瘡者，非鄭宣撫乎！而卒以禍其身，可痛也。』蜀人之論，大率如此。至今田夫野老，每一言之，以手加額。有繪其像而置祠者，未始或替也。檜既隙矣，而先君所嘗按劾如宋蒼舒、賈思誠輩，寖媒蘖之，最後總領錢糧趙不棄、臺諫余堯弼、巫伋從而迎合誣陷，以取富貴。檜所使爲勘官宋仲堪者，蒼舒之弟也。遂將父子分置嶺表，骨肉流離，生計蕩盡，而先君竟没於瘴，天可問耶！當興獄時，舉世知其冤而莫敢言，獨添差利州路軍馬都監賀仔，疏述先君勞績，以一家四十口保其無罪。檜大怒，即除名勒停，枷項送横州編管，仍許管押使臣兵級等，以回日推賞。仔到横，遂死。仔非管軍者，先君與之無素也。

二十四年甲戌，先君自春感疾，至夏以其生之月日，終於封之寓舍。謂家人曰：『吾生死於是日，非偶然也。』索紙筆，書兩頌，翛然而逝。舊聞先君寤生，盛夫人先夢神者以『甲寅』二字相授，尋推之，則生之時也。其將使蜀也，有大星自紫薇垣入於參井之間，而遂不見；及將出蜀也，復有大星墜於利之寶峰山，彩散而聲裕，見之者以爲異。先君所爲宣撫司奏報，及其他文章稿册十數，盡爲宋仲堪之所追〔一〕取，後莫知所在。故良嗣録鎮蜀以來事，皆不得繫先君之文。又先君遇子弟特嚴密，而良嗣在侍旁日，復騃不習知。今據所記憶者，恐不能十〔二〕一二，姑爲之傳藏於家。後之子孫，其有立者，能搜訪而續之，尤所望也〔三〕。　乾道五年孟春男良嗣百拜謹書。

校勘記

〔一〕『追』，四庫本作『逮』。

〔二〕『十』，乾隆本下有『之』字。

〔三〕『尤所望也』，乾隆本下有『使不至泯没』。

北山文集卷二

宋鄭剛中撰　郡後學胡鳳丹月樵校梓

修修窗前蘆

修修窗前蘆，孤瘦倚青玉。心虚知夜凉，風葉亂相觸。使我入幽夢，如在江湖宿。方兹困炎曦，愛爾眼中緑。奈何柔脆姿，行犯秋氣肅。霏霏霜露中，菱荷等摧覆。大抵無勁節，不及歲寒竹。

砌下兩修竹

砌下兩修竹，翠色含烟新。盡日肯相對，蕭然如可人。清風動遥虚，亦不厭我貧。時時一相過，吹拂席上塵。二物有嘉意，慰我窮悴身。常觀有道者，尚與鹿豕群。奚必廣團聚，鬨鬨如飛蚊。清風與修竹，吾不失所親。

讀坡詩

公詩如春風，着物便新好。春風常自然，初不費雕巧。又如荆山玉，不問與多〔一〕少。傳流落人間，皆作希世寶。吾獨恨造物，生我殊不早。不得拜堂下，朝夕事洒掃。追扳邈難及，清淚出幽抱。

校勘記

〔一〕『與多』，四庫本作『多與』。

書齋夏日

五月困暑溼，衆謂如蒸炊。惟我坐幽堂，心志適所怡。開窗面西山，野水平清池。菱荷間蒲葦，秀色相因依。幽禽蔭嘉木，水鳥時翻飛。文書任討探，風静香如絲。此殆有至樂，難令俗子知。

寄別左與言

寒生坐孤窮，浪迹遠羈寓。千金買卜龜，所用良失措。如聞過瓜期，騫揚引雄翥。放直州縣腰，闊作臺省步。念欲拜公别，心往足不赴。銘肌荷恩知，痴坐乖禮數。可但顔甲厚，頗亦背芒負。梅雨五月寒，泂泂緑烟樹。二嶺遮夢魂，不到船行處。安得赴雙槳，翩翩若鷗鷺。

寄贈張叔靖

堂堂張侯好眉宇，照人氷玉無塵土。憶初解後共杯盤，姓字未通心已許。參商别後各天涯，屈指流年不勝數。何知策馬忽東來，扣我柴扉叙寒暑。相親顔色愈敷腴，不俗胸懷細傾吐。使人頻歲飢渴心，如飲甘泉餉腵脯。吾生寒苦衆所知，眼高無人人不與。技窮漸覺蒲柳衰，進取一塗方首鼠。有心斸治土田園，束手抽身事農圃。荷鉏今亦粗成趣，頗有嘉蔬待春雨。所恨松根長茯苓，僻寂無人堪共煮。安得溪霜素月高，促膝與公長夜語。

謝潘令衛惠松木

子美欲得廣厦千萬間，大庇天下寒士俱歡顔。嗟我一室久疏陋，風飄雨剥堵不環。欲具茅茨小編葺，斤斧四顧家無山。誰謂潘郎坐華屋，肯爲湫隘興永嘆。惠以南山好松柏，剪伐既就皆丸丸。我今樸斵遂有日，居處可望菴冗寛。方知廣厦庇寒士，子美之論非高談。古人骨朽高義盡，習爲鄙吝風俗慳。皆使如公眼青白，古人風義當復還。吾聞淵明謝主人，冥報止謂因盤餐。公今飯我德何啻，淵明詩來猶可攀。

觀溪漲

入夏天不雨，溪流僅成派。一夜漲梅霖，拍岸輒澎湃。衝犯無隄防，奔騰起湍瀨。鷗鷺驚以翔，蝦魚鼓而快。聒耳如殷雷，聲勢殊未怪。曉風吹亂雲，日出陰氣退。所謂暴集者，縈紆已如帶。浩浩北海若，遐想見尊大。溟漠函萬象，吞吐容百怪。小哉此溪流，其涸可立待。是以古君子，德量戒褊隘。

家有小園比他處果蓏倍登或問鄭子何術致此告之曰漢武帝使海上縣官親漁魚皆不出其後捐以予民則魚復來因知天之生物本以惠濟窮民彼富足者不可兼而得也吾貧甚矣安知造物者不以是少私之耶戲爲一詩

吾聞縣官漁海魚不出，捐以予民魚乃復。天之生物豈無意，殆欲憐貧補不足。吾家元無二頃田，卒歲何人分半菽。小園自幸有餘地，背負經書力鋤斸。年來種植類槖駝，隨手高低便新緑。魁然瓜芋塞區肥，無數桃梅壓枝熟。既收弄煖開鬢麥，又摘多穰遇拳粟。雖無蓄積累瓶盎，采掇猶能飫腸腹。天於此圃非偶然，坐作山居野人禄。

罪回禄 并引

宣和辛丑，睦州妖賊嘯聚，服絳衣，執兵戈，破郡縣，所至〔一〕民居無小大焚之。鄭子謂：『五物皆有神，火爲物，回禄司之，此盜之興，以火爲威，灼燎惟盜所用，神惡得無過哉？』作《罪回禄》。

回禄爲火神，威權尤貴重。年來何失職，權爲盜所弄。此盜假爾威，蜂蟻聚徒衆。煌煌萬炬光，灼燎隨所縱。烟氛障白日，烘炙盛騷動。老幼哭無家，禍虐人所共。使人不見此，聰明欲何用。神而審其然，可得亡制控。忍使盜意滿，生民負焦痛。爾過不可文，反躬當自訟。

校勘記

〔一〕『至』，乾隆本作『過』。

辨畢方 并引

柳子厚按《山海經》謂：『鳥有赤文而白章者，名曰畢方，善爲火之祥。』常爲文以逐之。往年東南寇，大火熾，説者謂所在不能司察畢方之過，欲大修驅禳之術，以戒未然。鄭子聞而笑之曰：『窮民失業，乃相攻剽，白晝秉炬而相焚，初無祥也。』作《辨畢方》。

比屋皆良民，爲盜豈無以。富足義所生，貧窮盜之始。凍餓家無儲，追呼官不已。妖幻隨鼓之，安得不群起。縱火資盜威，勢固自應爾。可笑説者愚，輒欲效柳子。赤文而白章，召禍豈其理。東南瓦礫墟，所向輒千里。如何好事者，逐此不逐彼。

前山尋蘭

眼債未全無，惜春心尚有。喜聞幽蘭臭，尋過東山口。披叢見孤芳，正似得佳友。小鍤破蒼蘚，護致歸座右。秀色逼塵埃，清芳動窗牖。愛媚固無厭，嗟惜亦云久。今爲花木者，貴重無與偶。第能吐青紅，貢獻率奔走。官舟塞古汴，往往載蒲柳。爾何守幽林，國香空自負。所幸無改芳，可使名不朽。

簡潘義榮

高槐記得緑陰垂，見公承詔趨丹墀。今兹疏梅弄香粉，公坐鞭切還棲遲。甘辭軟煖定速售，此獨難使壯者爲。苦言瞑眩上所急，出林之木風摧之。嗟吁世路每如此，我常感激横涕洟。賈生妙論逮伊管，絳灌之屬猶可移。長孺忠言豈真〔一〕戇，其如御史能飾非。到頭至始天所惜，未肯容易登皋夔。且今投置在閑散，藥傷補敗終見思。公還故鄉掃一室，古書名畫四壁圍。賓客相過具杯酒，一笑萬事榮辱齊。雖然公豈忘世者，終念后稷由己飢。吾皇嘗膽愈思治，宣室賜對行可期。當有今時張萬福，懽呼再拜迎公歸。

校勘記

〔一〕『真』，吴藏本、康熙本、乾隆本作『貞』。

酩酊且飲酒

料峭社日寒，酩酊且飲酒。中原困干戈，黠虜未授首。隣邦復蟻聚，傷殺官吏走。使者部民兵，經月但斂手。豺狼群小心，伺隙欲嗥吼。吁嗟一身多，况復家數口。信如古人言，天地在杯斗。

建炎丁未自中夏徂秋不雨七夕日戲成一詩簡牛郎織女云

今夕知何夕，織女逢牽牛。雲軿擁高漢，仙事傳風流。人間適焦窘，龜兆生田疇。當時大軍後，皆抱糠粃憂。我勸二星者，鵲橋無謾遊。曷不攀天河，駕浪鞭龍頭。共化油然雲，白雨淋九州。無庸事機巧，下副兒女求。良宵幸款曲，願爾深〔二〕自謀。無令一年中，虚煩天地秋。

校勘記

〔一〕『願爾深』，四庫本作『深願爾』。

代答

高才沐新詩，筆力回萬牛。諷我挽河漢，溥將膏澤流。吾聞天甚仁，愛民頒九疇。人間失彝叙，乃有偏疵憂。列星但隨旋，一氣同浮遊。詎敢弄天柄，私恩回旱頭。胡不自修德，和氣浹九州。奚煩雕腎腸，詩章遠相求。君其諭鄉鄰，此外無良謀。尚幾駐車軿，俯爲觀有秋。

巨濟弟書夢求詩爲賦古風云

稽首叩微妙，下筆書符若風雨。又復沃之瓊丘〔一〕泉，過口腹腸如火煮。臨行戒以食腥穢，轉首蘧然成栩栩。吾聞有夢皆想成，此夢怪奇非想取。良由夙業種根浄，故此通玄受真語。會當役使三足烏，倒景乘風見王母。惟予墮入世網中，非孔非顔莫知祖。獨知抱正禦魑魅，符篆常疑不吾補。但留真火固臍下，每視丹砂賤於土。飢來得飽即快意，荼薺羶臊等甘苦。那知好慕長生人，保練形神乃如許。因觀倈夢悟昔非，嘆恨此身殊椎魯。便尋金篦去眼膜，爲汝他年看輕舉。

校勘記

〔一〕『丘』，原作『血』，據四庫本改。

送林懿成解兵掾

公喻如龍媒，秋游身有神。暫此地上行，氣壓凡馬群。我喻如麇鹿，野性不受馴。逼迫到城市，邇邇常畏人。自知兩相懸，無以追後塵。故其拜典謁，曠廢不及頻。時於清夜夢，論議容相親。公今瓜過期，行色催車輪。窮達稍異趣，細歡復何辰。悔不忘鄙陋，日爲門下賓。周旋奉誨語，藥此傷敗身。追念已無及，扳緣寧有因。但能側兩耳，聽公登要津。上固知倪寛，俗吏徒云云。

午睡

藜羹飯脱粟，窮達未須計。日中困炎曦，到枕即昏睡。營營百爲擾，合眼盡遺棄。倏然一榻間，爛熟見真意。欲識太古風，去此不多地。我願四海平，圭竇永無事。夏卧法曹簟，冬夢公孫被。

寄姚文發

芳蓀小繡肩相拍，拍初同作江湖客。夢裏春風三十年，青銅照我頭都白。與公常日話瀟湘，恨不此身生兩翼。何如附驥得千里，再此搜尋舊蹤跡。荷公覩物能我念，小字密書盈一尺。報言扶膝所經由，興廢存亡皆歷歷。吾家甘棠人所憐，今不見鸞空枳棘。至如叙述所知友，但若前生略相識。恍然沉痛念平生〔一〕，讀盡寄書清淚滴。自嗟顛悴百憂身，慘慘中腸常感激。去年邂逅見中都，我正蹶蹄遭棄斥。相隨扶病出幽巷，買酒歸來款顔色。懷書亦復渡清灞，從此參商遠睽隔。公今館置得賢府，厚禮温顔同古昔。車魚足意長鋏閑，越聲不用思莊舄。果能援筆賦鸚鵡，自可使人皆辟易。他時依倚就聲價，蔬蹻何由不離釋。惟予投置奥渫中，轉轉窮愁滿胸臆。春蠶未繭官督之，將穗輸租瓶盎窄。誓將斸治十畝園，竹徑柴門閉聲寂。聲名雖不暫羶香，不願埋頭如李赤。爲公書此報東風，一夜楓林關塞黑。

校勘記

〔一〕『平生』，乾隆本作『生平』。

天　寒

清寒作新雪，玉花僅堆積。雲破煦朝曦，數霤忽消釋。餘陰變小雨，頗似烟冪冪。時見庭前槐，枯梢水珠滴。破愁無尊酒，慰眼有書籍。涵泳度窮年，所得固清適。

自笑

他人將錢買田園，尚患生財不神速。我今貸錢買僻書，方且貪多懷不足。較量緩急堪倒置，安得瓶中有儲粟。自笑自笑笑我愚，笑罷頑然取書讀。

歲暮

頑風動高空，陰雲壓平野。霰雪跳珠璣，歷亂擊疎瓦。袖手對寒窗，寂寞如噤啞。良朋莫相過，誰可慰懷者。豈不念得醉，傾壺絶餘瀉。火銷燈燼殘，一被不踰踝。天道無私窮，其窮則命也。

家旁有廟其巫每歲旦必鳴角作法以觴其神隣里聞角聲則知其將曉矣

村巫吹角天將曉，里巷拜年爭欲早。我驚節物懶下床，眼看屠蘇心惝恍〔一〕。未能免俗出門去，禮數乖煩無所考。春風堂堂不顧人，自向池塘緑春草。誰知此髮不堅牢，一回如此一回老。

校勘記

〔一〕『悼恅』，吴藏本、康熙本、乾隆本作『恅悼』。

浦江書院中

弱雲障陰黑，踈雨弄纖細。寒燈不生花，庭户起愁吹。蟲話已停聲，夜半亦何啻。失手置書卷，撫心自驚悸。念此十年間，分明隨夢寐。一從雙鶴飛，顧影亦顦悴。病添女子愁，貧喪丈夫志。遠去松楸旁，團聚類兒戲。千金買卜龜，所用良失計。孤悲愈綢繆，萬感集腸胃。捲被拂空床，斑斑落清淚。

六月初八義榮司諫自福慶山見過奉陪遊西巖以新茶享石佛抵暮出山明日成古詩一章爲謝云

窮巷絶輿馬，衡門翳蒿萊。煩公赤墀步，踏我幽徑苔。念舊昔云有，此道今微哉。俗薄風義重，稍壓萬古回。衣冠冒暑至，笑語帶凉來。愧無一尊酒，臨風相對開。乃得陪杖履，崎嶇訪巖隈。野寺生網蟲，長廊闃顛摧〔二〕。睟容守孤殿，坐對寒爐灰。公獨屑瓊草，芬馨薦中懷。但念石佛古，豈顧多塵埃。妙語入幽隱，高情肆徘徊。良覿苦易奪，半規忽西頹。溪分隔流水，歸途恨難偕。獨立久瞻望，烟林緑洄洄。

校勘記

〔一〕『閴顛摧』，乾隆本作『閒摧頽』。

晚村

暑雨霽餘飛，翻溝水鳴玉。半規入嵐霧，平疇愈新緑。時有牧歸牛，一笛過山曲。吾廬附幽深，四面蔭修〔一〕竹。垂雲下林梢，驚鳥自争宿。夜色迫書卷，呼童具燈燭。

校勘記

〔一〕『修』，《永樂大典》卷二二五八一作『松』。

始生之日石子壽我以詩所以相屬之意再三甚厚飲其酒歌其詩既至於醉也援筆爲十韻報之

五月居山晝清永，槐度微風舞疏影。兒童喜我懸弧辰，洒掃庭除具盤皿。烹鳧隽鵨未易辨，肴核隨時享桃杏。頗當杯杓念吾親，每歲在旁珠炯炯。今兹坐席小睽異，便覺親朋歡意冷。遠煩濃粉研蠻牋，細寫親書過修嶺。堂中久闕起予論，遽此讀之雙眼醒。遐年厚福定由天，囑我既勤當謹領。永懷嘉意不能休，少慰蓼莪心耿耿。爲君儘放酒杯深，搔首浩歌成酩酊。

讀蘇子美文集

嗟乎吾不及識子美，誦讀遺文淚如洗。公文意氣何所似，猛虎負山蛟得水。或如秋風入松竹，或如春温煦桃李。文章乃爾人可知，何事亨衢半途止。定應豪氣壓凡夫，不學持圓媚唇齒。孤芳獨寄叢林中，安得飄風不狂起。一盃失舉强名之，包裹鋒芒扼而死。天乎天乎庸可問，如子美者使作滄浪之釣民爾。

招潘文虎

親朋數日闊，俯仰作禮數。既事還書齋，妙畫倚庭柱。春蚓細縈紆，知子常我顧。坐此塵俗因，顔色阻良晤。遲疑負中心，恍若失所遇。新詩今鼎來，車馬審留駐。撥置或少閒，尚幾枉前步。别來胸腹奇，彼此欲呈吐。當爲掃中庭，柏子香一炷。

感秋時寓龍德寺前

西風吹澹雲，小雨送殘熱。負砌兩梧桐，黄落下一葉。中宵暗燈火，囧囧窗前月。孤懷掛清愁，誰此伴心折。自顧欲何似，幽巷在窮穴。感動發悲鳴，啾唧夜不絶。曉起對青銅，兩鬢生華髮。

辛丑正月十三飲南廳

小槽瀝瀝流香乳，玉壺注入金鸚鵡。甘脆鋪陳薦肴俎，環爐數客不停舉。酒酣耳熱燈前舞，呼嗚不作兒女語。未到山頹且撐拄，窗外濛濛正春雨。

寓靈峰寺感懷

遥風入林篠，淅瀝生夜愁。明月過窗牖，照此虚室幽。念從出懷綳，志在承箕裘。唯知業書卷，何嘗識戈矛。去年妖寇興，盡破東南州。烟來走官吏，火過成墟丘。豺虎恣搏噬，鼯鼪嘯朋儔。砧俎血忠義，罝網羅善柔。皇皇勢窘急，有罅即願投。挈妻負幼子，敢謂生可偷。潛遁得幽僻，如魚初脱鈎。妥尾定驚膽，餘魂漸能收。今者王師來，元凶已拘囚。巢窟有餘類，尚此稽討搜。參商隔弟妹，阻塞無書郵。家在北山口，烟林裏滄洲。更此亂離後，當無一椽留。何但一堂廬，最苦悲松楸。使我思歸夢，枕邊清淚流。嗟嗟廟堂客，爲國須早謀。積薪從下燃，誰云無後憂。願令弄兵者，依舊操鋤耰。勿俾太平世，蟣蝨生鞮鍪。

靈峰聞秋雨

夜静荷池葉翻翻，聲如珠璣落冰盤。小窗客夢忽驚破，知是秋雨來池間。清曉陰雲壓前山，涼風飄蕭起林端。病身便覺衣袂薄，蒲葵已作無情看。田家喧呼各相勸，年豐可望糠籺寬。更願朝廷念東南，吾儕自勉加盤餐。

宿長安閘口

天寒雲氣陰，地闊江岸敞。鼓動風勢狂，掀簸浪頭長。單繩纜扁舟，避雨宿深港。上有阿蘭若，危鈴作孤響。一夜魂夢寒，鄉國勞遠想。清霜作朝晴，舟師動帆槳。

安之叔盜後爲素求詩以此寄之

青黄固非瞽者事，五色亦解盲人目。皆知鬼瞰高人家，争欲相夸造華屋。吾門今已似參元，更喜吹簫有名叔。樞蓬牖甕編此居，憎視紛華如桎梏。凝塵滿席一爐香，不以色界爲可欲。自非純白不受垢，脱洗安能異流俗。我方草草排數椽，隨分鷦鷯一枝足。簷前但許風月到，門外不妨松竹緑。其他世幻何足云，自古賢人在巖谷。

憶書

先子晚漂泊，家藏無全書。屋壁零落者，雨壞鼠竊餘。余生苦嗜古，葺治十載逾。上自大父來，手澤之霑濡。下自予從學，筆力之傳留〔一〕。蓄積稍浩浩，籤牌漸疏疏。去年聞盜興，烈炬燃通衢。反覆竊自計，蕭然一先廬。茅茨蓋空壁，下無金與珠。盜當知我貧，肯爲留此居。方更埋〔二〕書帙，顯號緘鎖魚。誰知妖焰來，一燎鄰里墟。家雖託南巷，屋火書亦無。萬古聖賢語，隨烟入空虛。所聚忽消散，腸熱唯驚呼。吾憐衰蹇身，視人百無如。每幸對黄卷，白日聊自娱。今者坐窮寂，頓覺雙眼孤。夜夢亦驚枕，憂心梗難舒。大虛廢文字，寖久成頑疏。未免伴畦丁，冥然荷犂鋤。

校勘記

〔一〕『留』，四庫本作『摹』。

〔二〕『埋』，乾隆本作『理』。

壬寅年南遊離白沙

木杪日未昇，四野落寒霧。昏濛失崗巒，咫尺見行路。我獨何區區，犯此寒色去。重傷寄蹇身，百事已遲暮。既不早衝躍，要津先自據。又無二頃田，林泉閉門户。方此念友朋，升斗活車鮒。行行乖素心，芒刺欲誰負。

至金谿與康功

客子遠羈棲，天寒夜幽獨。擁被薦孤枕，感嘆不自足。念與公平時，書卷共燈燭。事業志遠大，可但慕爵禄。驟裹頭不垂，果此先噴玉。駸駸官職場，意氣已神速。我方坐困苦，一命綫相續。盜雖哀王粲，屢作磓上肉。屋廬化飛烟，瓶盎無儲粟。豈不鄰北阮，分者誰半菽。今兹尋友朋，慚甲生面目。波濤歲云暮，正作垂翅鵠。公無遂獨笑，忍聽窮途哭。

宣和壬寅仲冬二十六日留别臨川陳泰穎

江南浙東千里遥，雁聚沙汀無定跡。偶然握手如平生，祇恐前身已相識。不然安得一羈旅，披露煩君出金石。我今漂泊又西去，草草分衿實堪惜。孤舟漾水如輕葉，何處烟村倚灘磧。明朝横枕清浪頭，夢破霜風正相憶。

至豫章茂直座上戲書

憶與故人分此袂，倒指數年今不啻。天涯何意得相逢，一笑向君聊破涕。静垂雙耳聽韶護，濯洗凡襟無鄭衛。頻將短燭翦寒花，正恐今宵如夢寐。

别茂直

故人官江濱，藹藹起清望。因漂似木偶，千里遠相向。窮達懷異趣，雅故恐遺忘。暨我即門牆，公喜不可狀。握手問辛苦，容我細伸吭。凛然高義生，開懷出雲上。銜恩在雙腮，圖報心愈諒。歲暮天益寒，江湖足波浪。篋中乃得詩，安流反門巷。

盜焚浦江龍德寺經藏與卷軸化爲玉諸公談禪論佛指真晝僞如泥中洗泥余竊不取且火之焚物無所不壞獨經卷不隨土木灰燼者理固灼然豈俟多談因戲爲一詩然不可以付寺僧也

盜火阿蘭若，一燎無餘屋。獨此龍宮書，入火變爲玉。琤然斷甓中，幖帙猶可目。衆謂有哲匠，秘願發心腹。提斧入崑山，雕鐫作奇福。不然紙墨灰，委地安可觸。或謂刻楮者，一葉尚難速。安〔一〕能俄頃間，就此千萬軸。吾聞一切法，萬物皆具足。法存形豈忘，法壞形乃覆。彼既自斷滅〔二〕，智者莫能續。是書佛所傳，法性妙含蓄。無盡如虛空，生滅自興伏。貞當無動摇，堅固莫摧辱。文字遂因依，清凉逼炎酷。吾又稽儒書，如彼莊周屬。亦謂忠信人，水火不能毒。矧此微妙語，天人共歸宿。豈容輕破壞，一概隨土木。想當妖焰燃，人驚鬼神哭。烟消火力寒，撥灰開韞匵。告爾緇衣流，營修愈宜篤。當求琅玕類，刳以函其牘。勿謂字晝泯，不可事觀讀。目擊道猶存，况復具輪轂。

校勘記

〔一〕『安』，吴藏本、康熙本、乾隆本、四庫本作『誰』。

〔二〕「滅」，吳藏本、康熙本、四庫本作「壞」，乾隆本作「裂」。

玉女泉以招提孤僻而名高華清泉坐天寶荒淫而取誚元章寺丞作古詩一章廣坡公之意爲抱器適用而不擇所處者之戒鄭子竊謂天下之邪正美惡分明如黑白其有失所處者非知而爲之蓋見善不明而自以爲是也自以爲是則雖有先生之辨將奈之何哉次韻作玉女泉

安陸玉女泉，寒流隱叢薄。驪山華清泉，顯貴頗昭焯。二泉仙所留，煖氣注潺㶁。後世入山人，塵垢賴疏瀹。詩翁道眼明，賢否善商搉。以謂驪山泉，有過不可藥。其他雖寂寥，清譽未衰落。都由天寶時，淫侈正乖錯。山水濫榮遇，譏誚亦難濯。出自安陸者，於今澹如昨。耕樵資滌弄，巖竇不扃鑰。地僻號幽窮，名高等河洛。猶人抱材器，戒在羞寂寞。詭笑事權豪，溫顔奉杯杓。豈不暫羶香，遺臭非略略。噫嘻此誠然，但可付談噱。趣向如東西，岐路本來各。君子有顧藉，小人無愧怍。營營在聲名，遑恤墮溝壑。如古李赤者，章句頗能作。溷鬼豈不污，自謂得所託。清都與鈞天，盛事咤揮霍。諂面就椒蘭，挽救不可縛。萬有一如赤，其肯在窮約。乃知詩翁言，可忌亦可樂。政恐華清〔二〕池，憎翁非善謔。

校勘記

〔一〕『華清』，原作『清華』，據乾隆本改。

臨刈旱苗

我懷高卧心，而爲貧所迫。挽我赴塵賤，動與幽趣隔。磽田能幾何，旱穗止容摘。豈便得收斂，半屬租種客。分争既不賢，烈日仍暴炙。勞生可羞嘆，皆爲糠籺窄。使得一頃肥，凶年不相厄。豈復論錙銖，驅馳在阡陌。自當杜衡門，清坐對書册。餘粟釀醇醪，笑似雙鬢白。

即事

夏木垂嘉陰，中夜微雨集。晨興涉西園，爽氣衣外入。側身過幽林，葉上見餘溼。菰蒲暗池塘，有鷺如玉立。樂哉吾此居，時平足堪葺。

丁未四月與李叔佩還錢塘道浦江井坑嶺賦此詩

扁舟絶驚濤，芒履陟修嶺。躋攀雖小勞，窈窕豈人境。巨石開雙關，有道細如綆。其中漸寬虚，闊步隨所逞。古木垂嘉陰，一覆餘里頃。寂寂艷山花，沉沉晦龍井。時有飛泉落，噴薄珠玉冷。毛骨皆清凉，反顧發深省。麋鹿聞人聲，駭去山之頂。春禽正對弄，决起不留影。豈知道上翁，甚愛幽獨景。如何蒙鄙外，一笑不相領。負負出前山，遲疑夢初醒。

王倅生辰

日馭駕輪入東尾，望後黑月將浹旬。惟時十月二十四，積慶高門生異人。霏霏霜華翦寒梢，天地嚴肅無妖氛。秘藏和氣付賢者，粹然不受世俗塵。觀其玉潤得嘉耦，義之正恐爲前身。自從平步官職場，事業磊落難具陳。東陽古郡號富壤，寇火之後風俗貧。征財榷利日擾擾，藉公獨與人爲春。坐令七邑再生育，此德重大無比倫。吾聞造物甚昭爽，報公以壽當如椿。我公骨相已奇艾，道氣日日生精神。他時雍容入廊廟，端以黄髮爲甫申。題輿雖此暫留滯，隨分亦可酬佳辰。庭前香霧欲雲起，可無一醉歡邦民。

暑　雨

結廬在深寂，芳簷蔭松蘿。天晴風日温，時有燕雀過。今兹夏暑雨，衡門可張羅。永嘆復自慰，幽興吾亦多。

和何元章

持此樽中酒，試共評韓柳。高才鳴道奥，俱是希世有。宗元失所依，論者微謂醜。退之甘窮約，名字全不朽。至今雌黄言，流落書生口。大抵貴致遠，成者未爲首。遑暇議古人，吾其御所守。

潘叔愚詩有歸家更讀萬卷書之語義榮司諫爲其未切於道也則作詩以警之而其序乃有終日談禪之語鄭子聞而笑之且書既不必讀則禪亦何必談乎復作一詩呈司諫公用前韻也

弟見兄賢文學飽，意欲書卷窮探討。兄知紙上道不真，爲弟談禪説枯槁。弟兄遊戲作三昧，妙語生風洗煩惱。頭鑽故紙大是癡，口祇談禪癡不少。冥冥道妙不容聲，口語文書俱未了。雖然公豈不解此，慧力絶人先洞曉。暫借北山葛藤話，誘引群生入深渺。雲堂齋散歸時想，自把萬緣俱一掃。

題赤松

世謂仙易得，漢武吾所知。終老坐迷妄，海上求安期。世謂仙難得，二王等兒嬉。安期自來顧，一笑相與歸。難易詎能詰，惝恍誰復窺。千古赤松事，話者君勿疑。凌遐與倒景，物外非無之。要須功行滿，乃可超塵泥。無懷輕誕心，鶴鹿浪欲騎。安期寄語謂世人，初平不是牧羊兒。

覽鏡

短髮不盈梳，年來半斑白。吾今四十二，敢望能滿百。負郭苦無田，安居未成宅。況復世路艱，國步日侵迫。未必松楸旁，常得看書册。區區抱短見，貧賤中外隔。寄此鄉國間，蹤跡亦如客。覽鏡酒杯空，浩歌天地窄。

代上傅帥十二月二十三日生辰

牙城霜月紅，稚毫擁晴晝。百拜黄堂前，共上太守壽。皆謂去年時，黠虜已深寇。一砲驚江南，衢婺幾失守。傍徨千里心，竄逸欲相蹂。公以活人手，銜金力營救。信賞激忠勇，厚禮羅傑秀。坐回虜馬頭，遁去如驚獸。邦人未遑息，鼠輩復狂嗾。郡兵無奇畫，轍亂失領袖。閉關守孤城，惴慄〔二〕鹿在囿。我公登高墉，威德即下覆。仰見吾父者，歡舞悉解胄。一犂春雨耕，樂業遂如舊。生成荷終始，銘刻念前後。公之所常活，庸可億萬究。吾聞天地間，禍福靡虚授。陰功滿東吴，冥報豈容繆。當能壽我公，炯炯如列宿。下吏聞此言，喜躍倒冠綬。中興須鉅人，理亦天所祐。矧復有厚德，福禄宜愈茂。自恨如漂萍，孤迹太冗陋。邑佐雖賤役，不許久奔走。行將罷摘尾，違遠去左右。斂板集公門，依依已延脰。

校勘記

〔一〕『惴慄』，乾隆本作『惴惴』。

石季平題李南畫石之傍曰疊石爲山已是一重公案况畫者耶鄭子見而笑之明日戲成伽佗問隨緣云隨緣居士即季平道號也

筆畫與石疊，二者均是假。惟彼世間山，如疊亦如畫。要當論真空，萬物同一馬。隨緣判此公案時，不知筆作麽生下。

每年家釀留一器以奉何元章今年持往者輒酸黄不可飲再以二尊賸過仍爲此詩云

吾廬託窮巷，有酒無佳客。年年家釀香，延首定攀憶。分持遠相遺，豈問杯杓窄。所貴明月前，共此一尊色。去年冬苦寒，雪水填四澤。甕面蟻不浮，弱糟無勁力。瓶罌貴潔清，而器不親滌。泥封意雖勤，審視頗無則。如聞近所往，惡味同食檗。恨無醇德將，非緣踰日昃。大類獻空籠，報賜煩雙璧。元章先有二詩見謝。想當設肴餌，清興隨太白。流涎不及味，顧我豈逃責。我貧如陶侃，每蒙鄰舍德。牆頭有餘惠，不敢自專得。今復再分獻，庶以補前慝。願公領微衷，畢此無餘瀝。

對竹

勞生分素定，大患天所辱。時於塵埃中，許我對修竹。此君風味高，瘦骨不生肉。烟梢墮新籜，當面變蒼玉。風邀嘉月過，衆葉亂相觸。寒光下照之，到地影猶緑。誰能相從飲，莫聽人間曲。細響侑孤斟，洗却一生俗。

擬和

馬瘦未爲病，不仁人乃辱。樂哉仁者居，更對蕭然竹。何曾不解此，日食萬錢肉。寧如祇藜藿，却有階前玉。影亂鄰侯書，顛倒手都觸。清風過餘凉，散作酒尊緑。疏金忽瑣碎，天際一鈎曲。婆娑觀此身，要俗不得俗。

北山會飲

四圍明窗香霧塞，酒射玻瓈成琥珀。無多酌我先有言，須識次公爲惡客。長鯨豈問湖海寬，偃鼠定知胸次窄。後園雜花如錦折，風雨顛狂那可測。主人娱賓寧愛酒，勿以杯計當以石。君圖繼晷膏可燃，若欲留春古無策。

南陔五章二章章八句三章章四句

《南陔》，補亡也。念劬勞之恩重，痛逮事之無日，故作是詩以慕焉。

陟彼南陔，有風惟薰。曷念劬勞，華髮盈巾。彼髮之華，尚可翦也。嗟嗟吾親，不可見也。

陟彼南陔，其薰遠兮。慨我功名，今亦晚兮。功名之晚，尚可爲也。嗟嗟吾親，不可追也。

彼居之子，庭闈休休。愛日之念，胡弗省修。

瞻彼禽鳥，亦哺其母。養而弗驩，於孝奚取。

敬爾身矣，澤其親矣。逮其暮矣，云何吁矣。

北山文集卷三

宋鄭剛中撰　郡後學胡鳳丹月樵校梓

贈范茂直

范君才力信超群，與我睽離未十春。脱體文章都换骨，從頭宦業便通神。不應蓮幕淹餘刃，莫只花甎卧此身。好傍玉皇香案立，放教膏澤下斯民。

壬寅年南遊至衢州

分開平緑渡寒溪，溪外垂空日脚低。城郭重重隨望遠，峰巒處處與雲迷。窮通默定非難識，勞逸時閒太不齊。又向孤村烟樹下，見他烏鳥一番栖。

入信州

郵亭方此越三衢，已是江南十里逾。幽谷日來禽對語，平沙霜重雁相呼。溪旁障水横魚網，竹下開門出酒壺。物態人情隨處好，不煩客子嘆羈孤。

此心

金華山下赤松鄉，何日横門杜短牆。皮几鶉衣甘淡泊，竹陰花徑任徜徉。雨餘静聽溪流激，風過時聞稻米香。緘負此心剛未遂，羡渠陶子傲羲皇。

甲辰年得男子經道以詩相賀因報之

兩夢嘗占女子祥，偶懸弧矢亦非常。渥洼方合生騏驥，枳棘安能出鳳凰。自顧此身無遠業，所期前世有遺芳。新詩相賀來何晚，湯餅惟公不在堂。

越江之岸人家皆臨水種竹叠石作徑其屋蕭然嗟今齒髮踰壯方坐兵火驚焚安得一居如此見之不勝饞慕

何人此地得幽居，竹石中間宅一區。可意江山千百里，有情花木兩三株。應無俗客驚吠犬，時有輕船過賣魚。卜築他年期效此，更添數架古人書。

和吴唐輔雪中同遊西湖之作

平生聞説西湖好，眼礙紅塵未得看。款奉親朋今始到，俯臨波浪不知寒。異鄉把盞人都〔一〕醉，同道論情我最歡。莫向城頭聽傳漏，且將燈燭照更闌。

校勘記

〔一〕『都』，乾隆本作『多』。

和仲模梅花

亭亭清瘦出塵埃，高格端從物外來。先對雪霜含素艷，任教桃杏作紅腮。芬芳多向閑中得，孤寂偏尋静處開。長願一枝横夜月，春風謾誕莫相催。

用韻寄仲模

又煖屠蘇入酒杯，可憐年去復年來。但能雕琢愁肝腎，豈慣縱横强頰腮。先子丘園荒不理，故人懷抱遠難開。行藏事業皆前定，祇恐吾儕鬢髮催。

和王才鼎懷錢塘

錢塘叛卒又嬰城，報至令人失意驚。天子於今猶自將，藩臣何以不知兵。官無良吏因循致，廟有成謨次第平。所惜湖山辛丑後，至今澄洗未曾清。

再　和

我雖巖谷豈其卿，多壘於郊亦可驚。徒有丹心思報國，無因緩頰得論兵。跳梁狐怪今方逞，奮角狼星久未平。盍亦付之公子繡，慨然持斧爲澄清。

臨刈旱苗二首

黄梅雨斷水如湯，百日連秋苦亢陽。所在自應知孝婦，孰云今尚有弘羊。沛然天澤因誰靳，蠢爾黎民重可傷。罪己伫聞頒〔一〕聖詔，中興仰首望君王。

可怪書生命分窮，頻年荒歉苦天公。枯陂盡作龜紋裂，旱穗渾如雀啅空。佃客腰鐮癡不割，長官受狀遠難通。歸來笑向兒童道，定是今年餓殺儂。

校勘記

〔一〕『頒』，吴藏本、康熙本、四庫本作『須』。

己酉正月大風寒米價騰踴菜色之民皇皇於道感而作是詩

昏昏日影有還無，謾誕春風勢力麤。品物固知春用意，細民其奈米如珠。未相秦越嘗憂國，不再皋夔愧服儒。骨髓有奇深自負，緘封無路薦區區。

義榮見示和禪月山居詩盥讀數過六根洒然但余素不曉佛法今以受持孔子教中而見於窮居之所日用者和成七首

世態攲危轉覺難，年來宜我面西山。高情不出窗几内，至樂亦非文字間。願得好風常款款，不妨流水自潺潺。箇中有味誰同享，俗子卑陬莫强攀。

不曾貪進不曾休，俯仰人間今白頭。一切有爲皆妄幻，十方無礙足浮遊。誰言學佛須披衲，頗笑求仙唯造樓。只有隨緣是真諦，穩憑舟楫濟安流。

陋屋三間草蓋成，四時蘭菊薦芳馨。但知後圃多栽橘，何必陽山獨采苓。破睡雪花茶滿盌，慰懷春色酒盈瓶。與人無怨亦無德，自覺長年心自寧。

官不追求盜不窺，得閑終日閉荆扉。有時斸圃趁春事，幾度荷鋤隨月歸。酒裏最〔一〕思陶靖節，江邊時憶謝玄暉。自知此外無他障，一任蕭然鬢髮稀。

松林竹塢雨冥冥，對坐焚香一縷青。掃壁静開摩詰象，研朱閑點太玄經。愚癡我豈能無漏，警悟人皆誚不靈。允願凉風吹酗毒，要令舉世得醒醒。

瓜滿前疇菜滿畦，赤松屋北寺居西。不村不郭常安穩，非律非禪自整齊。静見游魚潭底樂，任從幽鳥葉間啼。此心得趣知誰解，一月寒光印碧溪。

經史何須萬卷開，書多方朔反詼諧。能言正恐迷難出，絶學方知進有階。角逐英雄都〔二〕掃地，留傳功業謾磨崖。若無反照觀心術，永墮諸塵萬事乖。

校勘記

〔一〕『最』，乾隆本作『醉』。

〔二〕『都』，乾隆本作『多』。

石季平嘗爲于仲模詩改二字後仲模有詩來復用韻報之且慶朋友間漸能琢磨責善追復古風焉

趙璧微瑕豈易攻，抉磨深賀得良工。古人規誨有餘樂，近世交朋無此風。二字相裨何預我，一篇兼報重煩公。新吟若掛高門外，價比千金逈不同。

寺前書院中寄季平

已投幽僻避塵坌〔一〕，更向簷頭著小門。滿案韋編供白晝，一爐柏子對黄昏。後生秀爽慚無補，舊學荒涼喜再温。此外清愁是何許，杜詩韓筆少人倫。

校勘記

〔一〕『坌』，四庫本作『喧』。

後圃石榴初爲夏日所暴得秋雨所爛易落雀又從而竊之樹間日以凋疏顧其餘尚可侑吾小飲因成一詩而摘取之

初見纍纍小圃中，鼠偷雀啅樹將空。久遭日暴皮先皺，未借霜寒子半紅。爽味尚堪供齒頰，清漿聊可潤心胸。小籃親摘提取〔一〕便，聊得鋪排薦飯鍾。

校勘記

〔一〕『取』，乾隆本作『攜』。

磨茶寄羅池一詩隨之後以無便茶與詩俱不往今謾録於此過眼便焚切勿留

有人遺我建溪香，茶具鄰家自借將。親磨無從親付汝，一推惟是一回腸。趨庭愧我繆知鯉，證父憐兒那得羊。淺啜飯餘深自省，再生天地屬君王。

幾先坐上贈友人

去歲吴江秋水平，繫船聊得一班荆。相思只道心長折，此會那知眼再明。離合悲歡言不盡，東西南北恨還生。勸君勿復吝杯酌，漏箭銘盤將五更。

宣和壬寅十月余游江南二十五日道出月巖方崇寧甲申先子休官長沙挈家人宿巖下此後二十年間哭父母失姊妹禍患百端今日雖使余富貴過此尚當悲感不自已况復羈孤無聊爲萬里旅人耶欲作一詩梗切未能就止以二十八字叙其事翌日得四韻

先親膝下共游人，孤影飄零只我身。今日再來如隔世，泫然衰淚落江濱。

石漏遥空一片天，月巖之號古相傳。孤輪高潔誰爲比，老樹婆娑亦宛然。山礙不容千里見，崖侵常蝕二分偏。故知僞物誰叨冒，終竟天教不十全。

題洪州新建張令寄齋

合倚金華步石渠，丹砂寧駐葛洪車。有成用底三年政，必葺聊成一日居。簿領優游閑製錦，籤牌盤礴飽觀書。後來令尹須留意，莫道前人託宿廬。

和安之叔灰齋

見説灰齋只數椽，先生燕息此於焉。聲名應耻暫時熱，喜怒端知不復然。春到豈無繁杏火，日高惟有篆爐烟。清幽此外萬緣冷，笑殺人間百慮煎。

送張季平歸永嘉

霜葉摇風九月秋，披披歸袖挽難留。知君久作陶山夢，無意相從鄭谷遊。率略杯盤常共醉，艱難身世最同憂。人情易得成疏冷，頻有音書寄我不。

和何元章新秋

玉露寒凝顆，銀河澹瀉流。每年纔到此，無處不驚秋。便有清凉意，潛消旱涸憂。附炎蚊弄喙，可笑不知休。

鼓子花

鼓子花堪愛，疏葩淡碧時。未陪葵向日，且伴菊當籬。土厚根條遠，凉多世俗希。可憐紅槿類，無益自衰遲。

和潘叔愚書懷

冷落秋風宅一區，悲歌豈爲食無魚。去來虜馬潛窺伺，出没神姦未掃除。許國有心雖感激，濟時無路謾欷歔。何當成就周宣業，再勒岐陽石鼓書。

癸丑年暖閣初成

枯葉寒梢夜夜聲，圍爐小閣喜初成。護風簾密香烟潤，弄日窗低書卷明。况有酒漿初暖熱，從他歲律自峥嶸。塊然危坐得佳處，萬事人間一唾輕。

和思老夏日山居

世俗沸如湯，公於静處藏。忘機身不老，無事日偏長。地僻松篁密，僧疏殿閣凉。何須有妻子，涕泣似王章。

和石希孟

睽闊星霜又欲周，詩書深恐廢前修。相承韡韡常怡悦，有罵申申正噢咻。一暴而寒非所喜，半塗之畫最堪羞。茅簷紫竹窗前榻，我尚慇懃爲爾留。韡韡，兄弟相依喻也。屈平以行己未善，姊常申申詈之。此蓋言吾子居家，雖艾愛可樂，而姊常悲痛其失學。噢咻，蓋悲痛云。

偶書

望春樓上倚闌時，祇此霜天也自奇。遠水平山渾似畫，新寒愛日穩催詩。不知木葉藏村舍，忽有鷄聲過短籬。閑却主人朝省步，經年端坐看清暉。

悼八嬸孺人

當年棗栗奉高堂，顒額俄驚哭杞梁。目見兩孤成乳酪，坐聞一節勝冰霜。仙遊已作朝霞會，塵世空將舊履藏。莫問生來壽何許，曾孫兒女亦成行。

最幸平時省拜頻，雍容常欲面生春。鬢華雖覺年彌老，齒宿其如語自新。兩劍共埋知有日，一杯持奠阻無因。泫然空落風前淚，終愧西山執紼人。

悼陳庭玉

力就揚雄宅一區，知公有意賦歸歟。兩楹豈謂哲人萎，三徑空留君子居。厚德所傳唯裔嗣，清名難朽是詩書。天公到底慳風俗，不使斯人在里閭。

悼六兄宗魯

王粲全身不偶然，意公所享尚綿綿。誰知慶弔在反掌，到底死生難問天。萬頃良田空沃壤，九原幽恨獨新阡。階庭富有諸郎外，所喜東床兩壻賢。

去歲擔簦入上都，公能別我意踟蹰。微疴未覺鴒原急，永訣那知雁序孤。奠拜昔猶棺在殯，送車今又客登途。爲公回首生清恨，空有池邊宅一區。

悼顧與權夫人

高文司諫筆如椽，肯作夫人識墓篇〔一〕。但考銘詩無玷闕，自應遺行遠流傳。女無妒色誠希有，士不妨功可並賢。安得芝蘭勿叢秀，藹揚餘懿屬他年。

校勘記

〔一〕『篇』，原作『偏』，據康熙本改。

悼陳子濟教授

憶昔聯書上辟廱，公如玉樹照春風。騫騰尚惜十年晚，銷散俄驚一夢空。世事正兹同沸鼎，我身今亦類飛蓬。愴懷爲執歸山紼，松柏蕭森淚眼中。

悼潘權仲

一生丘壑賦幽閑，雅躅飄蕭未易攀。時縱高談塵俗外，頗傳佳句里閭間。身名昔已無虧闕，世路今方足險難。公獨高培一阡土，想應無恨入桐山。

悼潘義榮母

去年兩槳泛清深，正是隨雛出鳳林。綵仗渾如天上去，壽光俄向斗邊沉。金花象軸恩雖在，雲隴山原痛可任。我亦堂前飛鶴起，强成哀挽倍傷心。

北山文集卷四

宋鄭剛中撰　郡後學胡鳳丹月樵校梓

上婺守范龍圖書

某竊謂先進之士有志於立功名者，凡所薦引未嘗不擇人；後進之士有志於立功名者，凡所攀附亦未嘗無所擇。某年三十五歲，雖賦命奇蹇，未食清時五斗粟，不足以備王公大人采擇之數，然篤志讀書，好閱當世貴人有譽望者，參以古人而窺其行事，非敢僭越犯分，竊議短長也。妄意枯木朽株，得見春陽，則功名之會，激昂衝躍，庶幾不倚冰山誤人。

每見唐史稱李揆門地、人物、文學皆當時第一，竊嘆之曰：『揆之在唐末爲名世，然執是說於今人中，擇其門地、人物、文學，信能顯顯過人而又加賢焉者也，亦自〔一〕難得。』去年間有太守來殿吾邦，嘗微隨棨戟而覘望風采。見閣下珠庭日角，奇龐福艾，昂昂偉岸，焕然如景星在上。而見者無不以手加額，私自喜曰：『太守人物第一矣。門地、文學自當相應。』然某終以昧晦怪奇聾瞽自棄，既不識渥洼之所在，又不見管中之一斑，唯自負恨。比如蘄春，謁侍郎松〔二〕公。公，某從母父也，親而教誨之，盛稱閣下門地之賢，文學之妙，且責以拜荊州之不早。某謝過而請，公曰：『汝聞相國富公之爲人乎？』某曰：『鄭公正色立朝，安危所繫。陰功碩德，邁種人間；德信威聲，流入戎狄。雖草木亦知其名，蓋有宋之伊吕也。』公曰：『汝太守，鄭公之外孫也。』又問：『知有伊川二程之學乎？』某曰：『伊川先生淵源高妙，自成一家，脱去翰墨畦徑。出其門者，皆温潤通達，過人一等，蓋一方之指南也。』公曰：『汝太守，伊川之弟子也。』某既再拜承教，因念桓公稱何無忌，嘗曰：『無忌，劉牢之外甥，絶似其舅，孰謂無成？』由是知人之賢否，其種裔固有得於母族之親者。況鄭公之爲人，天下仰之如泰山北斗，一經品題，便作佳士。今板輿所奉，實其幼女，積習名教，門地可知矣。昌黎送王塤之《序》，謂『孔子没，群弟子皆有書，孟軻氏獨得其宗』者，以其師子思。子思之學，出於曾子。由是知傳道受業，源流所來，不可不正。況伊川兄弟，洛中視爲標準，聞其風而悦之者，固已面目可喜。閣下得其議論而親炙之，步趨、言辯、文學可知矣。夫以鄭公之孫，伊川之學，而又風裁秀整，炯如寒露玉壺之冰，則三絶之稱，自可揖李揆之風流而奪之氣。後進有志之士，正願得以攀附。今乃兩年之間，不能薦區區姓氏於盈尺之紙，可謂無識不靈者，於是即日求歸。方其歸也，松公又提耳而教之，曰：『汝太守，允非州郡可借。初以鼠盗乍平，有一方瘡痍之苦，故卧治之詔，暫此付託。今吾里巷間霑被德化，聞已帖帖飽暖，朝廷行且召太守去矣。汝行無緩，吾今授汝以先容之書，到可筮日文座下。』某陸走水涉，繚繞二千里，及郛而問，咸曰太守在。某然後知遭遇之私，尚煩造化者留以相待也。重念某受性愚僻，與衆異趨，平時願見王公大人之賢者，常〔三〕以夢寐。方慕李揆於三百年之前，今自有太守顯顯如是，而又加賢焉，可謂厚幸矣。此所以忘其困賤卑陋，而勇於自獻也。

閣下標鑒通悟，非特皮裏陽秋。其閲人物，如明鑒〔四〕之對妍醜，自當隨手見露。今日之來，賢否真僞，料已洞然，不識肯進之坐末，容〔五〕其謦欬而一擇之乎？果蒙回眼一顧，則所願攀附閣下者，非止今日。正恐閣下雍容廊廟，爲人主斡〔六〕運天下，薦進人才之時，牛溲馬勃，不能無助於藥籠，而破甑敝箒尚可增價者，其遭遇自今日始耳。私情如是，閣下進退之。

校勘記

〔一〕『自』，乾隆本作『是』。

〔二〕『松』字，疑誤，當作『梅』。據鄭剛中的生平交際，梅公爲梅執禮。

〔三〕『常』，原作『賞』，據乾隆本改。

〔四〕『鑒』，乾隆本作『鏡』。

〔五〕『容』，原作『客』，據四庫本改。

〔六〕『斡』，原作『朝』，據四庫本改。

上婺倅王學士以門客牒試書

昔柳子厚謂東祠有浮圖，病躄者十年矣，扶服輿曳，羞媿側匿，已爲廢人。會里中諸釋以經律授人者悉以故去，其徒無所取法，相與謀曰：『躄師有道，可出而事之。』乃盥濯扶持，獻巾餽食，浮圖遂有聲。中廄有馬駒，病顙者十年矣，垂首披耳，懸涎屬地，已爲廢馬。會刺史至，他馬痺狹短小，廄人恐不足以授轡，相與謀曰：『病駒有相，可秣飾〔一〕之。』乃浴剔搔翦，刮惡除洟，馬駒遂見用。某自禮部退黜之後，病窮亦十年矣。坎壈憔悴，苦險頓挫，已爲廢士。比蒙閣下拉拭提携，收置門下，人皆謂遭遇之勢正與，每觀斷簡遺編，未嘗不捧持再拜，涕泣横落。莊子謂流人去國之久，往往見似人而喜。閣下至潤之名，實由蘇出，可謂似之者矣，故某尤以遭遇爲可喜也。子厚又謂士之顯寵貴劇，則其受賜於人也，無德心焉。何也？彼必曰：『我力能得之。』是其所出者大，而其報〔二〕必細。窮厄困辱，則感激捧戴，萬萬有加焉。是其所出者小，而報也必大。某今日受門下知，其感激捧戴，必將有加矣。未能圖報，姑借子厚起廢之説，爲堂下拜謝之禮。冒浼，不勝恐懼。

校勘記

〔一〕『秣飾』，原作『抹節』，據四庫本改。

〔二〕『其報』，原誤倒，據四庫本乙正。

上浦江周令書

昔有同學醫於秦越人者，其一問於師曰：『醫之道若何？』師告之曰：『醫者，方也。虚者補之，盛者瀉之，伏者汗之，猶匠者之有繩墨規矩，當一遵其方。』又一人問於師曰：『醫者道若何？』則告之曰：『醫者，意也。藥餌之所投，鍼石之所刺，湯熨之所和，猶匠者之出於繩墨規矩之外，隨意用之。』二人者感秦越人教之，曰：『尋常之病，書之所常載者，則用方爲先；非常之病，書之所不載者，則用意爲先。如是而疾可已。』自是二人者見國中有經絡不平，榮衛不理，薑桂可以發散，參术可以調和者，則節宣補治，悉由其方。氣逆而厥，風壅而痰，頑可以伏烏喙，猛可以勝狼毒者，則衝激鈎擾，以意爲主，治病無不愈者。某謂學者之治民，正亦類此。簿書法度，醫之方也；隨宜適變，醫之意也。年穀順成，風俗安靖，其間痛痒乍作，如人體中小有不平。當是時，詳慎審酌〔二〕，不可不以簿書法度爲約。兇梗未去，殘賊尚在，其間痞結傳染，如人關膝内外壅塞。當是時，疏決拯救，不可不以隨宜適變爲事。

國家安平垂二百年矣。去年山谷妖厲之氣，化爲盜賊，如癰痔結聚，初不出於尺寸之膚，而血脉鈎連，毒氣旁貫。婺七邑，浦江受病尤甚，銜毒而死者骨尸相枕，餘皆鬼手脱命，負痛呻吟者。閣下今日携持良藥，來作醫師，起膏肓不臘之人，再使食新，誠此邑之司命也。其間啗土炭，嗜鹹酸，短蟯修蛕，肝伏腎浮之狀，皆在法善鏡中矣。然某竊謂此邑所遭，乃非常之病，拘守方書，難以立功，正當出規矩繩墨之外。藥餌、鍼石、湯熨，隨意用之，常使烏喙狼毒之力，行於桂薑參术之先。瞑眩之功，即日可見。何則？簿書法度，乃治康持久之具，而隨宜適變者，正今日此邑之所急也。

某久爲太平男子，手紋鏡影，不成公相，跛倚重膇，不能軒舉。自前年由金華寓食於此，遭阻禍艱，生事如掃，魂魄不召，自視如行尸。今幸以虢國餘喘，託閣下拯救之手，斷不敢緘默如衆人，故於閣下涖事之始，妄挾小説，效古人一言之獻。雖閣下自有肘後奇方、籠中妙藥，能爲百里之民安穀母氣，平復所若，然區區之誠，亦進見之一端也，閣下以爲如何？

校勘記

〔一〕『詳慎審酌』，乾隆本作『審酌詳慎』。

上浦江于令書

始元五年，有乘犢建旐、詣北闕自稱衛太子者，吏民聚觀以萬數。公卿疑惑，莫敢是非，惟雋曼倩知其誣，叱使吏縛之。建始三年，京師無故相驚，言大水至，百姓奔走，老弱號呼相蹂躪，惟王子威知其訛，長安遂定。噫，二人真男子也！且誣罔之造姦，訛言之震恐，衆人憂惶不決，二人乃能平心定氣，辨明鎮壓於擾攘之中，非胸中過人，不能如此。國家刁斗不鳴二百年矣，今者犬鼠爲盜，初失於捕搏，噬毒跳梁，焚掠寖廣。郡邑間紆章綰印，高論大言，以尊貴自處者，率同婦人女子，挺身竄伏。其上負國家，下負所學之罪，此固未易云也。

某族居金華，自去年挈妻子寄食姻家，託閣下之治，親見執事以百里小邑孤立狼居虎穴之中，人卒不多，甲兵非利，獨以忠義至誠之氣，率約僚佐，安坐不摇，不啻有誣罔訛言之驚，而綽有曼倩、子威之勇，胸中過人可知矣。某竊謂此邑之内，扶老携幼之民，所以自保不死者，皆倚閣下爲命，而烏合嘯聚之輩，所以未敢嚮應者，以畏閣下之威。願閣下持聰明而不改，固膽略而不破，念子思『君誰與守』之言，而終始如一，則妖孽剗除之後，定可爆然有聲於東南矣。蚍蜉撼樹，勢必不久，旦夕安堵如故。道路之間，行見父兄相率牽載嘉石，求文人爲閣下立頌德碑。苟爲不然，閣下匹馬朝去，此邑暮爲墟矣。利害相懸，不啻白黑，閣下審處之，無忽。

謝梅右司作先夫人埋銘書

某聞玉出崑崙，流沙萬里之外，經千譯乃至中國。有文章於此，與美玉同，而其來之遠，則有類於流沙千譯之勢。某方語人曰『我欲得此』，則人信之乎？必不信也。金鑛於山，篝火餱糧而後進，崖崩窟塞，則取者遂葬其中。有文章於此，與良金同，而其得之難，則又不啻有崖窟覆壓之虞。某方語人曰『我欲得此』，則人信之乎？必不信也。

某前年失母氏，昏迷中但念罪逆重大，無消除之理，懿行隱没，無發揚之路。故不避僭冒，以誌銘血懇，上及座下。當是時，正猶越流沙而求玉，探深鑿而取金。其高下隔闊，内負惕息之狀，固有倍萬於金玉者。是故無親疏之愚，皆謂某不善量度，無可得之理。何則？某至窮賤者也，公當今貴人也，分既不相及；東西數千里，情亦不相通。安可投置番紙短書於潭潭之府，遂欲得其無價文章？又况旌人遺德，刻之金石，所以垂信後世，其事甚重，其不可得固無疑也。獨某狂妄之心，謂公殖學播名，正躋顯道，方欲鎮壓偷俗，激揚義風，其於葭莩舊屬，瓜葛遺情，當未泯也。是以無晝夜延頸西望，定期螻蟻之誠有所感動。果以八月十三日奉教書，悉遂所請。霑濡膏馥，不但枉勤大筆，而古篆小楷，皆得顯者爲之。披卷發函，爛爛在目，徬徨感激，涕淚迸流。再拜叩頭，移入翠石。窀兆既啓，謹已鎖置幽堂；而妙刻流傳，今亦不可以數計矣。此皆右司德厚仁深，情堅義重。念昔時齊眉廡下之賢，故以某母氏爲可録；享今日戲綵高堂之樂，故以某孤苦爲堪傷。不靳毫芒，勒爲藏史。流芳託此，遂播無窮。嗚呼，豈不謂之厚恩也哉！是小人忘生殺身之地，刳腸奉首之報，今得之矣。

昔杜舍人嘗謂：『自古言懇者莫若申包胥求救於秦，以其七日七夜哭聲不絶；言喜者莫若虢國太子，以其死而復生。』某曩爲母氏乞銘時，正類包胥之懇，非不哭也，第公不聞其哭爾。今此過蒙恩憫，充足所願，且得於憂患禍災之餘，付以輝光，是亦死而復生者，其爲喜也不減虢國。謹以石刻一本，隨此封獻，少通謝意。辭語煩碎，不勝惶懼流汗之至。

謝宇文郎中書先夫人埋銘書

某嗜古讀書，竊有惡圓之僻，每見傳記間有立身謹嚴、行事端正者，則傾心慕望，恨不可一見如天神。其後有教某者曰：『子雲有言「書，心畫也」，公權亦謂「心正則筆正」。欲察昔人賢否，第於今石刻間視其筆法行動，則忠佞邪正，一眄〔一〕可得。』某審其言，似或可用，凡殘碑舊字，皆收拾驗視，參合其人。又見如魯公輩勒名著行，皎如星日，而字畫之存者，堅剛方正，嚴毅整肅，定無零亂嫵媚之態。自是始信教者爲不謬。每欲挾此術以觀當世貴人，則廊廟館閣之間，端人正士既非窮賤寒生所及識，而又翰墨尊貴，秘藏難得。脱或揮灑到人間，則又非窮賤寒生之所可見。故孤懷常抱慕望不足之嘆。前年失母氏，冒禍毒，丐銘於右司梅公。公視某之父，則昔之僚婿也，憐而與之。且賜某書曰：『吾既爲汝銘其母，又得宇文公書之，無忽。』某踴躍再拜，既感母氏有没後之光如此，竊自慶幸於今日得見當世貴人之書，可以驗信其術。聚族共觀之，則滿紙燦爛，皆持重舒和，遒峻緊結，無點畫不有法度，而終不爲邊幅所窘。正如冠劍大臣儼立於朝堂之上，風采威儀，自有貴氣。嗚呼，誠無價之寶也！顧賢傑之士，志業超爽，豈嘗留情小藝？乃其忠純温厚之氣根著於心，故發揮於外者自然如此。恭惟郎中力正學而收峻科，行直道而領要職，蘊藉風流，標緻高遠〔二〕。在搢紳間沉邃有韻，故字畫鋒力俱全，不蹈前蹟，挺挺奇偉，非苟然也。觀人之術，真可驗矣。

某東浙書生，藉箕裘之業，免爲聾瞽。然自幼時所受者，皆窮苦頓挫之氣。已三十年虚爲太平男子，衆方指爲溝中窮人，一旦乃能爲母氏得柳書，遂與唐人子孫争孝。吁可怪哉！自非閣下與右司公雅相交厚，不忍其鄉里姻戚中輒有棲棲抱苦者，則此等字畫，正爲神佛護持，豈在寒家墓石上耶？人非木土，安得無知。銜荷厚恩，死而未已。于今而後，所謂立身謹嚴，行事端正者，又何必遠慕古人。如或終坐坎壈，不得見餘塵而一拜，則松楸之下，高懸妙刻，自可終此身而仰事之。不勝拳拳之至，謹以母氏墓誌一軸，同此封獻，伏幸采目。

校勘記

〔一〕『眄』，四庫本作『盼』。

〔二〕『高遠』，乾隆本作『遠高』。

謁聶大尹書

某嘗觀今人處事，大率輕重緩急倒置，可怪。試舉一端言之。有人啓數千里之行，戒塗之日，或告之曰：某處有勝觀，太行之阪，崑崙之墟，蒼梧之野，雲夢之澤，崒嵂寬曠，可以展清眺而廓志意。又某處有神仙，安期之居，偓佺之里，玉笈金經，石田丹竈，變化縹緲，可以覿真風而警昏滯。又某處有古跡，峴山之碑，仲宣之井，玉華宫之馬，武擔山之鏡，隱約茫昧，可以探古意而弔興亡。是皆不可不見者，往往昕夕慕念，願至其旁得一見之，鮮不徘徊徙倚，周旋而後去。萬一齟齬不前，則跂望太息，常有遺恨。至於地靈物秀之鄉，中有王公大人，挺然特立，則聞之者未必以此相告，知之者未嘗以此爲懷。牽舟駕車，米鹽既具，一介行李，不可少駐，則掉臂而去，未聞有息肩弛擔，望門牆而一見者。此蓋不知輕重緩急故也。

某東陽之鄙細人也，家無兼晨之産，以書卷爲業，骨寒命薄，百事遲頓。坐去年焚掠之禍，衣食艱勤，有道路之役，然心志激昂，未忍自棄。戒塗之日，不問人以勝觀所在與夫神仙古跡之地，而汲汲以王公大人之可見者爲心。意謂品題之恩，傥緣有託，則衙躍攀附，成就器業，政有望於他時，斷不爲目前計也。如聞大尹侍講規模廣大，人物高爽，凡所舉措，魁岸磊落。説者爲臨川地氣自有相種，舒玉往矣，顧猶和氣生芝，當時融結，未盡藏聚，于今復有出而爲瑞者。果欲求偉人，自當一見。某又竊自念，平昔尚欲求古人於方册中，安得道閣下之鄉里，聞説者之言夸大，而不知自勉。萬一閣下不以富貴驕人，回眼下榻，進之坐隅，使得挹高標而聽宏論，某亦將游泳波瀾，參以古今〔一〕，管中所見，審知閣下爲偉人，則衙躍攀附，豈止爲今日計哉？固當使尋勝觀、求神仙〔二〕、問古跡者，悚然下汗而不已也。率爾之言，冒涜爲甚。

校勘記

〔一〕『古今』，乾隆本作『今古』。

〔二〕『神仙』，乾隆本作『仙人』。

代上湯尚書書

某嘗觀韓愈爲布衣時，仰首伸吭，以書自達于宰相，待命不聞。後十九日再上書，又不聞。

後二十九日又上書。三書雖具，竟從董宣武辟命，入仕爲推官。用是知以疏求親，用賤瀆貴者，其難如此！今也，某以江浙寒生求見當世貴人，其將意通情、冒干典謁者，止一書爾，無三書也。見而憐之，拉拭提撕，一書而進；見而棄之，逡巡卷縮，一書而退。非韓愈求知懇進之難，而某敢狂率僭易如此。蓋愈之求，求未知己者；某之求，求已知己者。王公大人未知己，則發露底藴，希恩晳報，其言不得不多。而又退之負材抱器，當壯盛之年，唯恐譽望之衰，功名之晚，其於先達之士，必欲依倚攀附，以就聲價。故祈懇之言，累三書而不已也。王公大人既知己，則稱述姓氏，叙説平生，雖一言可見以意。而又衰遲頓挫之人，志氣凋落，苟摇尾長鳴於雅故之前，而又不蒙收恤，則枯木朽枿，行就僵仆而已矣，無復多云。此某所以一書而足也。

崇寧舍法之初，小人負笈西行，天爲今日之私，使均茵凴而進。雖是時猪龍氣象，自有貴賤，而高懷傾蓋，一笑春陽，出入周旋，遂陪逸駕。其後閣下雍容紳笏，乘時奮飛，回首塵埃，已在天上。而某奇窮顛躓，流轉人間，齒髪復尋，化爲老境。雖夙昔之好，銜負心骨，而勢位相懸，自成疏絶。年來閣下以經綸大手，拯溺扶傾，爲中興名臣。某也何人，敢念疇昔？其敢恃而來者，如聞平日訪逮之言，每有記齒不忘之意。親朋夸耀，更相告語，皆謂某於此時不能衝躍勉旃，上副奬提之賜，則是終無奮發之期矣。此所以不避僭越之誅，具陳終始，幸照知之素，而自免於緘書三上之勤也。

某又聞，天下之理，否不極則泰不來，窮不極則通不至。靖康而後，國步艱難，蜂結蟻聚，百怪並作，顛倒縱横，離絶中外，否則極矣。故閣下挺然仗義，與諸巨公應時而出，掃滓穢而太清開，壓狂瀾而寰海靖，太平儀物，日日就新。何者？否極而泰故也。如某則志願相違，觸事顛錯，有幼學之業而老奪之，有養老之資而盜奪之，進無章句科舉之能，退失饘粥爲生之計，窮則極矣。今閣下以堂堂漢相之材，懷戀戀故人之意，凡對客一言之間，天涯片紙之書，莫不因風宛轉，道及孤寒，則所謂窮極而通者，其有資乎？夫閣下攄發妙藴，既進而爲朝廷天下回否中之泰，其敦崇高義，退而爲朋友故舊發窮中之通者，亦閣下而已矣，復誰望哉？恭惟閣下英資偉氣，絶邁古人，倜儻襟懷，杯斗雲夢。其扶正乾坤，斡回造化之後，行將陶冶士類，盡取天下人才，青黄丹雘之。況此萬里羈旅，僦建康一突而炊者，乃閣下半面之識也。私自計念，尚當愈於牆角短檠，未遽忘之否？

代人求知書

嘗謂州縣小吏，其懷材抱器、落落超絶者，雖不求人，譬如千金之璧，在人眼中，自有名價，如是者顯貴無疑。餘一輩進身極難，欲衒躍而自獻也，則冶旁之金，戒在不祥。而又王公大人之門，不輕許與，正欲觀人藴藉，陰識輕儇之士而廉黜之，故好自言者多取辱焉。欲俛默而不鳴也，則見殺之雁，正坐噤啞。而又當路特達之士，倚門者衆，稍自昧晦，則往往遺棄而不及取，故不自言者多取困焉。坐此二患，捶楚塵埃之中，終身坎壈，不爲清鑑之罪人，則爲明時之棄物，兹惟艱哉！

某江左一介小生，藉門地之恩奉紳笏，又幸會夤緣，託身驅策之下，勢孤援寡，疏冗不能動人。私自省循，正墮二説之間。何哉？閣下以高名重望，嶽鎮一方，進退賢否，升黜〔一〕良窳，默有程品。堦墀屬吏，恰勤撿押，克己奉公，不累司敗，則已過望幸甚，不當衝躍，以取自言之辱也。然倚注日隆，留滯寧久？不日回轉輸之手，入參造化，門牆高第，嶷嶷在側。當是時，破甑敝帚不復可前矣。是今日之不當俛默，以取不言之困也。二者之患，營營不能决，則有教某者曰：『公方開賢網以羅幕中，自言之辱，尚可洒也。迨公擁華蓋而奉皇極，則不言之悔，不可追也。』某忠其告，故今日輒敢忘僭冒而來，唯閣下進退之。

校勘記

〔一〕『升黜』，乾隆本作『黜陟』。

又

某聞達而在上者，未嘗不以汲引爲心，然有識之士，其所引者必佳士；窮而在下者，未嘗不以求之爲急，然有志之士，其所求者必端人。蓋得一佳士而用之，則建功立業，緩急可倚，量才責成，定有報效。彼闒茸椎頓，無益於事者，雖沉滯坎壈，彼固未嘗經意也。得一端人而出其門，則勵激心志，終始可託，駿步翔飛，不失攀附。彼側媚柔脆，無聞於時者，雖不吾與，我固自省無憾也。

某奉紳笏之初，嘗從尊老問所以進身之術，告者謂當如是。然某自聞其言，載憂載喜。喜則喜今之王公大人，以才德名世者岌嶪相望，當有所歸；憂則憂告者之言果信，則擁腫凡下，豈在佳士之目，往必呵棄矣。既而謂王公大人之收斂人才，正如富家翁之蓄物，雖所實者在於瑰奇偉妙，而犓醜瑣細可以備器用者，當亦不廢。天下寧皆席珍而囊穎乎？恭惟某官扶天英氣，爲世偉人，議論高明，心術方正，暫輟禁密，輓計南邦。此蓋後進有志之士旦暮衝躍，所願出其門而惟恐後時者也。某愚且賤，天實爲私，得斂板堂下，驅策之末，固知閣下之門如嘉木垂陰，可以託身取蔭。然自揆志能，豈敢以佳士自取許？特犓醜瑣細，尚有於餘富耳。又柳宗元嘗論北郭鐵爐步求釜、錡、錢、鎛、刀、鈇而不得，因謂世之實去名存、叨冒故號者類皆如此。某江左小生，承門閥之恩，得塵仕板。閣下今日如將按責而求其實，則釜、錡、錢、鎛、刀、鈇〔一〕非所有也。萬一垂情加惠，不使沉埋以辱家世，則鐵爐冒號，亦可資以求知乎？

校勘記

〔一〕『鈇』，原作『鐵』，據上文及柳宗元《永州鐵爐步志》改。

代上樓浦江乞免租官田書

昔敖倉令嘗有轉輸之役，使綿力者十輩，人負十鈞，半塗力盡，十輩俱廢。有愚者過其旁，令輒諉之曰：『烏獲能荷千鈞，今十輩之負，合不過百，若有力能并爲荷之，使疲者得蘇而官無留事，仁人之所爲也。』愚者以道遠辭。令曰：『夫豈久哉？十輩氣蘇力强，再以負還之。』愚者無他腸，信而不疑。十輩既脱，駭去不留，令得所託，泛然不顧。百步之外，若掉臂而去矣。其人背負百鈞，前瞻後顧，喘喘不勝其苦。遇行者輒祈懇之，使代其壓，則皆謂貪多喜重而至此，奈何痛苦及此，已則欲移之於人？悉唾罵之。憤悶力窮，遂以壓死，知者憐之。某之佃官田也與此類，閣下能憐而聽其説否？

吾邑有官田數百畝，久荒弗墾，厥後邑宰周公命鄰伍數輩佃之。鄰伍以草深土硬，不能遽治，願先得有力者犁墾之。此正類綿力十輩求脱十鈞之時也。而某之在邑中，昧晦疏拙，無機變之巧，又類愚者。周公見而諉之，某以後累辭。公曰：『夫豈久哉？鋤荒之力，姑借一年爾。後鄰伍具在，還以歸之，使疲者得蘇而官無遺利，仁人之所爲也。』某無他腸，信而不疑，此蓋與合百鈞而負之之時無異。鄰伍幸其脱也，亦駭去不留。一年之後，某自欲求脱，則周公去矣。此又類夫令得所託，泛然不顧之時。遂至背負百鈞，前瞻後顧，喘喘不勝其苦。祈懇他人使代其壓，則皆謂某於此田，官無租則利而取，官取租則欲辭而去，是亦貪多喜重而至此，復唾罵之。曾不知百鈞之壓，初爲援人之急而當其事。一墮計中，反謂痛苦及己而欲移於人，憒悶可勝言哉！力窮未死之間，幸閣下有憐之之意矣。恭惟閣下厚德服人，高義鎮俗，暫抑翱翔雲漢之翼，棲遲百里之間。而某也忝與士民列在桑梓。閣下視事之始，固嘗以此浼嚴明矣。閣下憫之察之，許某又一年之後，爲追集鄰伍，還以歸之，此厚德也。而某以百鈞重壓，念念在於釋去，心以一年爲遠，遂詣五馬卜之，庶幾惻然之念有如閣下，則相與爲某釋其重負，可以即日掉臂而去。五馬之意若曰：『汝邑之大夫，凡所裁決，必已中理，非若他邑之可以去取云也。』一年之諾，亟拜厚賜。某徐思之，一年之佃，令尹既諾之矣，心已爲遠也，而請之五馬，五馬不從，則一年之諾，令尹無乃怒而奪之乎？某又思之，令尹爲天子行法，惟理所在，豈容私喜怒於其間。

今我負持百鈞，進退無路，赬肩流汗，喘喘將死，令尹當愈憐之爾。故今日輒持小說，且謝且懇，願閣下憫其不勝任之苦，使終此一年，爲某釋百鈞之負，使十輩分荷之。在彼不爲甚重，在此不壓而死，則閣下之恩矣。夫前賢有言『自古役人，必用鄉户』，猶川之必用舟航，地之必用牛馬。雖其間或有以他物充代，然終非可常行者。某叨竊儒冠，不能早自衝躍，窮蹇顛頇，至於今兹，尚不能追逐後生，作進取字文。其於笠首荷鋤，耕田種稻，誠非所長也。前令尹周公使之代鄰伍承佃，正所謂以他物充代，决非可常行者，幸閣下察其無他腸而已矣。干冒尊嚴，不寒而慄。

謝漕司秋舉啓

合三路之秀，謾爾隨群；較一日之長，適然居上。與之偕者踰千輩，出其後者止三人。得非所宜，媿亦增重。竊以還科舉而復熙豐之制，設漕試以防州郡之私，論其爲法則豈復有加，所以待士者無所不至。文章丕變，追還渾厚之風；場屋一新，革去對偶之病。顧常規之稍徹，宜清鑒之無差。如某者江浙孤生，箕裘末系，弟兄終鮮，事朋友則小巫之見。訪問儒雅之風，矧屬古文，暫罹中否。

科舉乃祖宗之舊，人材皆教化之餘。不應多故之時，無待價深藏之玉；遂用新科之制，求處囊立見之錐。當得鄉賢，使爲舉首。如某者受才冗惡，賦性疏愚。蚤嘗踴躍於功名，今漸侵尋於齒髮。然憤時振翼，忘其爲腹背之毛；顧影長嘶，恨正作纏牽之馬。心懷秘計，夢騁良圖。旋聞科詔之音，勉作書生之事。戀耕鋤而首猶躑躅，學詩賦而口尚囁嚅。忘意桑榆，非緣利禄。譬猶滋味，自知咀嚼之遲；徒若秕穅，常在簸颺之首。得之增媿，尤所歸恩。此蓋判府給事國士無雙，唐朝第一。非徒筆語妙天下，蓋亦智術過古人。留威名於□〔一〕廷，布仁恩於輔郡。孤城屢寇，指麾纔及於期年；萬井俱生，全活不知其幾口。復引鄒生之吹，散爲寒谷之春。恨借寇之無由，惜丐戎之已晚。但堅操節，上報恩私。庶因堂下之言，可備籠中之藥。過此以往，未知所裁。

校勘記

〔一〕『□』原爲墨釘，吴藏本、康熙本空而不書，四庫本作『朔』，疑當作『虜』。

謝及第啓

丹墀待問，謾懷千慮之愚；清禁臚傳，繆玷三人之列。省躬羞媿，聞命震惶。竊以取士之科，得人爲貴。然在上者，或偏私而自用；則在下者，多諂媚以求名。苟容汲黯之忠，豈乏劉蕡之策？國家運罹極否，數啓中興。於干戈僅息之時，講科舉必行之制。求此多士，坐之廣庭。聖詔謙恭，深見虚懷之意；衆心感激，誰非流涕之人？宜得英材，式符優選。

如某者東陽冷族，南巷貧家，虚功業於半生，恥姓名之三上。昔遊學校，妄求烏啄以充飢；回顧詩書，似種石田而無效。志雖堅而身向老，禄未及而親已無。瘦馬嘶風，飢鷹側翅。念晋州男子，尚包葦蓆以自言；彼新店民家，猶因畋獵而得諫。幸厠奏名之籍，敢虞犯上之誅？既逭斧斤，復叨紳笏。但猶滋味，頗嗟咀嚼之遲；徒媿粃糠，多在簸颺之數。深惟忝冒，實有夤緣。此蓋僕射相公學貫古今，材兼將相。以周公、伊尹之業爲己任，以宣王、光武之事望吾君。機務益繁，智力旁出。取虞淵之日，再俾光明；堅魏闕之心，不辭險阻。大慰蒼生之望，實爲洪業之基。永鑒賣冰，無煩乞火；致兹庸瑣，亦預甄陶。某敢不益勵前修，勉圖後效？不能衡躍，過爲私己之謀；惟有朴中，無負恩門之賜。過此以往，未知所裁。

上王舍人啓

金頑鑛老，曾煩鎔鑄之功；地遠根寒，復託庇庥之下。念殊恩之有自，詫小己以何榮。每自省循，惟知感激。竊以相知之道，夐有所難。先達者固於此不敢輕，後進者亦未嘗無所擇。收之藥籠，雖求旨味之佳；唯以冰山，亦戒依憑之誤。必親道德端方之士，斯有功名攀附之期。嘗怪末流，沿成敝習。其仕進也，以爵禄爲重；所師表者，惟聲勢爲高。但慮訔申申，急欲綬若若。附炙手之熱，趨沸羹之門。朝廷有大利害而不知，生靈有甚休戚而不顧。乘盜奪之器而方云得計，居鬼瞰之室而自謂能安。初也紛營，揮扇猶來武君坐；忽焉衰落，設羅不到翟公門。故古人不肯妄施推轂之恩，志士所以慎重執鞭之禮也，此也。

某切〔一〕念賦材庸陋，稟數奇屯。幼隨薄宦之親，飄浮萬里；長事垂年之母，寒苦一門。遇朋友則小巫之見大巫，託宗族則北阮之望南阮。上賴孟機心切，柳葉功深。故得研志典墳，爭名學校。奈何鼠能甚短，蟻術無多，半過此生而益窮，三上其名而始奏。越兹數載之内，具見百憂之侵。園收芋栗，則未謂之貧；家有詩書，故弗羞其賤。所念風波靡定，塗炭方深。虜若潰疽，已作腹心之疾；兵猶驕子，弗知衣食之勤。姑息之政不悛，欺罔之弊猶在。名存而實不舉，法立而官尚貪。公論不名，私情頗勝。牆已敗矣，而不防有盜；火未燃也，而因謂之安。

空哦復古之篇，未見太平之象。竊稽往哲，遐慕偉人，思得海内之英，與論天下之事。屬因末技，輒預鼎科。雖獻計稍愚，或蒙見取；然習事不慣，多謂可憎。旁無乞火之言，中絶賣冰之欲。守其孤操，竊此微官，備觀外物之去來，盡識貴人之風采。

猶吾舍人先生，閎深浩渺，高爽英奇。凡有文章，皆造經術精微〔二〕之處；所得富貴，不自黨與阿附中來。一語驚人，九重垂聽，謂乃公輔之器，試之臺閣之儀。載守奉常，盡擇帝王之典；擢居内史，最親日月之光。正眷倚以加隆，方清切而騰上。而謙懷自抑，高趣不凡。請繁劇以率人，示廉退以勵俗，皆合古人之體，端非俗吏所能。匪緣一眄〔三〕之恩，報膺天子；固已終身自許，受業我公。曁來沈約之邦，光續仲舒之裔。仰視仁人之布政，深知君子之用心。俾良民無告之冤，督墮吏不决之事。無持牒追呼之擾，禁舞文出入之姦。初雖髣髴許張衡，下車事肅；今已優游如汲黯，卧閣風移。切欣宣化之有人，自喜依仁之得所。

重念某桑榆漸晚，蒲柳易衰。羹無潁谷之嘗，《詩》有《蓼莪》之感。待海邦之一闕，甘家食之三年。顧影長嘶，破涕爲笑。憂時惟切，仰禄亦輕。必不枉道以求人，姑俟因時而自效。仰惟吹噓善類，獎借寒生，勵而使之成，援而與之進。虜塵尚暗，非壯士高枕之時；王室再成，乃大匠取材之日。愚所志者，公其鑒之。

校勘記

〔一〕「切」，乾隆本作「竊」。
〔二〕「微」，乾隆本作「深」。
〔三〕「眄」，四庫本作「盼」。

請婚啓

有室之期，必俟壯年之及；養親之志，疇云一日而無。敢陳猶子之私，上布華門之請。某人薛鳳居幼，柳態最憐，頗思身率之賢，共濟色難之孝。某女修循姆教，練識儒家，决無驕奢鄙吝之風，可作勤儉温恭之助。族如秦晉，請婚不謂相卑；類匪薰蕕，同器諒惟所欲。謹伸微款，佇聽嘉音。

又

曩緣雅故，獲綴葭莩。每覯弟婦之賢，嘗有世姻之願。惟此微款，非謂偶然。某女擇配累年，間已得人而不遂；某人受生多難，初嘗有室而今虚。偶因冰上之言，願證帶問之約。儻副今兹之望，實酬平昔之懷。男女之倫爲大倫，吾敢請爾；兄弟之子猶己子，公其圖之。

又

簪纓久替，雖塹門地之中微；聲跡相聞，每慕里閭之密邇。輒有葭莩之願，敢因柯斧而陳。某女懿行著聞，不止女工之事；某人儒冠無效，方圖内助之人。眷言伉儷之求，無易閨門之秀。奉緘書於一紙，斷以不疑；遲重諾之百〔一〕金，必蒙無拒。

校勘記

〔一〕『百』，乾隆本作『千』。

諾婚啓

夙敦雅契，平時已類於崔盧；不負初心，今日更同於裴魏。矧慇懃之先辱，敢退避以他辭？某人秀爽多才，雅副家聲之託；某女綿纖稚質，尚資姆教之閑。顧鄙陋之無堪，宜奉承之弗稱。然世姻重疊〔二〕，嘉意綢繆，雖無匪斧之言，允合牽繩之義。夤緣如此，願爲箕帚之歸；感激何深，益固葭莩之好。

校勘記

〔一〕『疊』，四庫本作『累』。

又

里閈不遺，過有婚姻之問；箕裘久替，僅存門閥之稱。義罔可辭，卜乃云吉。某人温純無玷，宜有室之甚難；某女稚弱多艱，亦擇配之惟謹。執罍篚而事君子，豈不幸哉！奉羔雁而拜華緘，既聞命矣。

又

華緘委曲，過爲兩姓之求；敝族蕭疏，正坐崔門之替。矧婚姻之嘉約，契兒女之良因。顧義何堪，考卜則吉。某人天姿秀嶷，貞若玉而未冠；某女稚質綿纖，方比齔而扶膝。既拜不忘之惠，敢興弗稱之辭？申此世姻，出於高誼。既攀齊大，冀此郎詩禮之早成；所媿阮貧，恐他日貨財爲不及。其爲感愧，罔既敷宣。

又

傳家世譜，受姓不類於他楊；誤我儒冠，坐困獨貧於南巷。雖門户免粥婚之誚，顧兒孫非畢嫁之人。抱此慚衷，敢希華祓？某人天姿秀整，德性醇温。於今不過寒書生，爾後當是奇男子。某女桑麻素志，燈火寒窗。媿吾家無分僮遺嫁之財，但他日有移母事姑之禮。再三循省，欲稱匪稱之辭；萬一夤緣，遂拜寵臨之問。

又代石氏作

伏奉華緘，猥蒙嘉貺。以奕奕安劉之後，聘寥寥數馬之家，惠莫大焉，禮無違者。竊承某人出於大姓，素聞坦腹之賢；長而好書，未作牽絲之會。而某女匪云擇配，僅越勝笄。正孤寒舉桉之流，非驕貴縵窗之女。顧敝族之非稱，何以堪之；荷厚意之不遺，既聞命矣。

納幣啓

卜文肇吉，懿侯初諾以書名；掌判載言，周禮今宜於入幣。顧念貨財之薄，負懷紂帛之羞。恃猶子之希恩，庶小人之免戾。

賀參政啓

顯奉綸言，起裨大政。輟留鑰殿邦之重，置參機近弼之尊。玆謂殊恩，允符清議。門牆之慶，悃愊尤深。惟藝祖之開基，訪廷臣而定制。聖謨垂訓，降丞相一等官；累世用賢，自乾德二人始。位高睠厚，責重禮優。此夙昔之所期，今周旋而始契。

恭惟閣下養心醇一，造道全深。由舍法而脱崇觀之卑，在布衣而有公輔之器。既從紳笏，果用羽儀。唐室文章，衆服仲舒之誥；漢家德意，争扶鄧禹之車。爰寄藩宣，益隆問望。考蓍龜而協吉，宜富貴之鼎來。而況甲至上元，泰當初九，守大信而遠人已率，保成功則庶事皆康。如聞論道之師，夙有惠疇之意。克俾厥後，惟暨乃僚。須事信而言行，庶志通而功遠。

某奇孤弱植，衰病餘生。費君恩于廪粟之多，總軍政于邊防之暇。自惟徼幸，動負愧慚。傳聞君子之立朝，愈見生靈之蒙福。四川峽阻，望賓客以神馳；八詠樓高，覺鄉邦之增氣。

北山文集卷五

宋鄭剛中撰　郡後學胡鳳丹月樵校梓

笑腹編序

世傳王勃爲文章，先磨墨數升，酣飲，引被覆面，覺則援筆成篇，不易一字，人目之爲腹藁。余喜爲文，而才思鈍滯。嘗集紙爲編，每撰著必先藁其上，俟竄易定，乃浄書之。念古人一腹之間，包羅蓄積，遇事感物，决而發之，則文不加點。余今有爲文之膏肓，無古人之腸胃，綴緝之言，依倚紙筆，爲吾腹者真可笑歟！又念世有聾盲屬厭之人，徒能負其腹以納膏粱五味，使其知有古人，往往亦能捧腹一笑。然余方自笑，不暇笑他人，因題其藁曰《笑腹編》。

送石尉序

李益《送洛陽留守》詩曰：『還似汀洲雁，相逢又背飛。』嗟乎，余於德臣，今正如此。初春，賊徒〔一〕南來，與德臣别。後二百日，復會於浦江。見不及再旬，車輪又欲西轉，使人重有感戀不足之情，信乎其如益之詩也。雖然，丈夫志四方，聚散亦古來有之，無足多道，所謂感戀不足，爲此邑言爾。宣和二年，妖賊見怪，公嘗親探虎狼之穴，既而欲以百里小尉，部敗殘不教之兵，坐與〔二〕賊抗。邑人恐徒失公而無益也，則泣涕擁蔽，相率而强公使去。公去未十里，而邑已爲灰。三年秋，氛埃廓清，群醜殄戮。是時所在修治牆屋，邑人見鄉邦之復，思前人之所愛，則懷思跂慕，念念而望公之歸。未幾，公果抱印而還。既至，則已有先公而攝者。蓋兵興之後，部使者皆得辭請，一〔三〕官虛則數輩銜檄而來，有力者居之，浦江尉宜其不以還公也。嗚呼！古者建官，乃因民而用君子；後世用人，則因官而循私情，時焉而已矣。去矣哉！朔風愈高，平道如掌。豈無梧桐竹實，待鳩鷃於前途？

校勘記

〔一〕『徒』，原作『曉』，據四庫本改。
〔二〕『與』，原作『於』，據乾隆本、四庫本改。
〔三〕『一』，原作『虜』，誤，據四庫本改。

送僧如澤序

浦江黃氏如澤者，置身浮圖，而得儒書觀之。既通其義，則不能自已，深探博取，遂能作歌詩文章，有識見，脱島、可之寒，而與才士相及。於縣西四十里小刹中，得一室居之，閉門宴坐，忍饑誦書，不知其身之釋也。宣和庚子春，又欲走中都，以詩文求見今中書舍人梅公。余私計之，舍人以道德文章鳴世，正此貴顯，紳笏士人尚倚門牆不得見，是師漫不加省，萬里徑往，有如潭潭之府，無門可入。且不能持齋鉢取人施利，敗篋中所有者皆無用詩句，其顑頷當甚於山間也。因其過別，且言之。師曰：『曩日嘗以詩句進謁公堂下，大蒙賞激。一鄉之善士所以假借名稱者，自公發之也。今吾此行，恐無拒絕之理。』余驚謝之曰：『舍人益貴矣，言日益重矣，師之詩又益工，信如前所云。公見之則當益喜，喜則吹噓薦道，師之名當益聞。顧雖榛枯翠羽，終還山林，然他時紙窗竹屋之間，瓦爐柏子，飽食垂老，定非今日澤師也。』師笑而領之，余書其語於紙。

避盗録序

《避盗録》，録方臘之亂所見於浦江者也。耳目之所不臨者，不可得而紀焉。一邑之間，人材忠邪，民情去就，禍患之幾，僭逆之勢，凡繫於風俗政事者，皆因以見之。傳之子孫，非特使其知吾處世之難，所遭如此，至於行己莅官，除惡禁暴，皆可取以爲鑒云。

鄭安之總録序

越山之前，不見范蠡之宅，所存者陶朱井而已；峴山之前，不見王粲之宅，所存者仲宣井而已。二公皆奇偉之士，時移物化，僅有踪跡在故井間，則後世之修椽大屋，營營作百年計者，信愚夫爾。

吾叔安之，宣和庚子未兵火之前，有適軒草堂。宣和壬寅，已兵火之後，有素廬石室。軒有詩，堂有歌，廬有銘，室有記，或在蕭疏故宅之間，或在寂寞松楸之側，或在幽深梵刹之內。隨所僑寓，不過數椽之地，皆得借名而書之。夷考前後，無非輕擲利名，脱略疣贅之事，然後知先生之無有住著心也。先生志趣高遠，器局不凡。讀《總録》之文，則可以見四居之意；觀四居之名，則可以見先生之心。他時香題文檉、雕櫟繡柱之輩，窅然磨滅之後，吾意先生之清名，尚得與故井同傳。謹書以爲序。

代序忠厚録

近世士大夫氣習浮薄，群居談説，多蠹敗名教、曖昧輕誕之語。若曰某人附誰得某官，某人因官成某事，或計廩稍之厚薄，或較資格之久近，甚者以滑稽供人之笑，萋斐媒〔一〕人之短。闢首一言，抵掌相和，可發羞嘆。宣和壬寅，余竊禄豫章，悼傷此弊，思有以革之。議竊於〔二〕幕中奉公之餘，日書一則，凡傳籍所載，耳目所際，可以信神明而雅風俗者，皆以次書之，庶幾合高義而洗其習。屬同僚好古莊士也，咸曰：『唯。請先序之。』作《忠厚録》。

校勘記

〔一〕『媒』，原作『煤』，據康熙本改。

〔二〕『竊於』，原作『置竊』，據四庫本改。

華孫命名序

韓退之贈元協律詩云：『子今四美具，實大華亦榮。』四美，謂書讀多、思義明〔一〕、學不已、行所學也。由是知英華之發，必有其實。鄭氏上世讀書起家，四美之實具，故發而爲華，枝葉蕃茂，芬香達於鄉里。族既華矣，培實之心，各不自勉，三二〔二〕世之前，華已漸衰。年來世故艱危，異端相習，實既蔑爾，其華落焉。猶子叔義，近得一子，在懷綳間，頗有香氣。其母抱而見余。余謂願其子之華貴者，天下父母之心也，然不知培養其實，則他日何自而可榮？而又培養之道，不可不在其初。余無以爲侄孫壽，書『華孫』二字以名之爾。父母汲汲培養其實，英華之發，他日尚期不忝於上世。

校勘記

〔一〕『明』，原作『名』，據四庫本改。

〔二〕『三二』，乾隆本作『二三』。

陳仲餘改名序

仲餘初名〔一〕裕，一日請更其名。余告之曰：今之爲士者，其患在於有好裕之心，而無致裕之實。孤陋寡聞，眼不見道，而盱衡厲色，廣己造大，平居所爲，無非奪心術而敗德性。方自謂胸中所存，種種不乏，一旦是非惑於前，利害迫其後，乃始顛沛窘急，不知所措，是果得所謂餘裕者乎？求餘裕者莫如修德，修德者，致裕之道也。仲餘不敢自以爲裕，而願更其名，其志可嘉矣。觀其樂與〔二〕勝己者處，不敢少有虚驕自滿之心，則修德之計，莫良於此。積善在身，日加益而不已，是雖無心於求裕，而致裕之實，此其漸焉。余請更其名爲修卿，而字之曰子漸。

校勘記

〔一〕『名』，原作『居』，據乾隆本、四庫本改。

〔二〕『與』，原作『於』，據乾隆本、四庫本改。

吴德先命書序

李常容書，於中卷論五行最密。浦江吴德先獨得其傳，言人貴賤貧富壽夭，如季咸之言死生也。前日來，謂某曰：『予欲爲今年貢士爲災福書，既豫言逆料，可以驗其術，又可取薄資以周吾貧。如是可乎？』某曰：『言人分定，恐好勝者怒；取人金資，恐愛財者鄙。公其審之。』德先曰：『命係五行，自有定論；書取二緡，未爲傷廉。子姑爲我序之。』某曰：『唯。』

送相人〔一〕蔡道人序

紹興辛亥冬十月，有相士姓蔡者，自號碧雲道人，訪予於金華。予時已冒禮部，蔡道人云：『廷試當在第三，春試當爲第一。』留小詩一絶，其末云：『學館色如藍，不作鰲頭亦第三。』余不敢領，又坐貧，無以酬之，因其求詩，謾書以付之。俟道人術信，則持此書以見余。

校勘記

〔一〕『人』，乾隆本作『士』。

送相士張允序

紹興辛亥，張居士以相術遊婺女。是年，朝廷類試禮部進士於臨安，吾鄉中選者七人，多居士之所預言，而余之名次高下，言之皆驗。一日，居士欲道浦江入會稽，過余求詩，余告之曰：『大凡挾術之士求覓詩序自粥者，皆其術之不至，欲假借好語，爲道路取容之資。君今阿堵神照，炯炯如電，非但可以知人，人亦當自有知君者，何以詩爲？』姑書以付之。

送蔣惠民序

蔣惠民，宣和庚子從余學於浦江，紹興癸丑從余學於金華。庚子距癸丑，蓋十四年，中間惠民娶妻長子，兵火艱難，無所不有，而好學之志益堅，相從之意益厚，其藴蓄於中者，益滋潤可喜。嗚呼，可謂賢也已矣！然庚子之學，始正月至十一月，不三百日而余去；癸丑之學，始正月至八月，不二百日而子歸。其相與群居，皆不逮久，余復運斤手老，不知能果盡子鼻端之翼否耶？念此後余當試吏，而子亦行有良圖，宦游東西，後面何日？於其告行，誦曾子之言而送之。其言曰：『尊其所聞，則高明矣；行其所知，則光大矣。高明光大，不在於他，在乎加之意而已。』子其勉哉！

圃中雜論序

柳子厚謂郭橐駝若種樹，所植無不碩大且蕃。人問其故，則曰：『能順木之天而已矣。』由是知根荄微物，皆有理性，得其性，未有不毓者。鄭子家貧，自顧齒髮，知功名之已晚，荷鋤涉園，不覺成趣。蒔種之際，圃人有陳説相告者，度其言似合於理，則悉書以記歲月。既久，遂致叢聚，因編録而名之曰《圃中雜論》。

可友亭記

鄭子居北山之下，傍無鄰牆，與衆異趣，每恨無與友者。近即舍西開小亭，初非擇勝，而適與西山相對，向人日有佳意。因喟然嘆曰：『人孰無友？大率爲富貴貧賤所移。』何以言之？兩貧必相友，一或富焉，則氣味俗惡，鄙吝畏人，貧者固不肯與之友矣。兩賤必相友，一或貴焉，則羶香炎熱，各從其類，賤者又不與之友矣。此所以參差不相得，而貧賤之人常有索居之嘆也。顧西山在前，歲寒不改，我貧而彼不爲富，我賤而彼不爲貴。此身未死，濃嵐爽氣之間，賦詩酌酒，結歡固不止於朝旦，是可友也，因以名亭。

石磨記

鄰有叟置石磨一小枚於壁角灰壤之下，余偶見之。其形製雖甚拙，然石理温細可喜。問叟何以棄之，則曰：『大不堪用。每受茶，磨傍所吐如屑。』余假而歸，洗塵拂土，翌日用磨建茶，則其細過於羅蹍所出者。又取上品草茶試之，亦細。獨磨麤茶，則如叟言也。蓋石細而利，茶之老硬者，不與磨紋相可，故吐而不受材。叟無佳品付之，遂以爲不堪用，而與瓦甓同委。嗚呼！器用之不幸亦如是耶！有德之士，藴藉和粹，不幸汩没於簿書鹽米之間，責以筆楚會計之能，一不見效，遂以爲鈍拙〔二〕不才者，世固多矣。洗拂塵土，付以所長，亦當自有識者云。并書於記之末。

校勘記

〔一〕『鈍拙』，原作『銅榷』，據四庫本改。

小窗記

書館當暑雨時，地氣潤溼。小室文字擁隘，窻壁周障，如坐甑釜。前日〔一〕破窗紙三分之一，易以藍紗，則有二好樹，徘徊對簷，茂密可喜。樹外小池，得雨弄漲。復有三四老柏樹立其前，微風過之，新緑摇動，爽氣虚徐而入，眼界豁然清快，始恨抉紙破窗之不早也。鄭子喟然嘆曰：『性地中正亦如此。平時汙漫蔽蒙，翳塞兩眼，不異深坐小室之時，第不知自有佳處，在障礙外耳。抉除則可使神明還舊觀也。』其事可記，因書其歲月云。

校勘記

〔一〕『日』，原作『目』，據乾隆本、四庫本改。

雙蓮膏露辨并序

侍郎梅公宣和壬寅夏四月出爲蘄州。秋八月，郡池有蓮，並蒂而華；越冬日至，膏露降於松，浹三十里。公不敢自當其瑞，既歸報於上矣。蘄之士夫，復不能掩公之德也，則爲賦爲序，爲詩爲歌，翕然頌之。表甥鄭某自念學術荒替，而又揄揚詠道之語盡爲諸公所先，不復更可摹畫，姑取他人漏落餘意，穿鑿而足其説，再拜獻於堂下，名曰《雙蓮膏〔二〕露辨》。

鄭子一日問蘄之老人曰：『知若太守之瑞乎？』曰：『知之。』『能言其所以乎？』曰：『能之。』鄭子使之言。老人曰：『吾太守令嚴而政簡，信順和洽，欺誣屏息，薰然流入草木烟露間，故今效祥如此。』鄭子曰：『噫嘻！水芝駢蒂，天酒成膏，雖學語小兒，亦知爲和氣所感，尚奚從老人問之？蓋以土物之生，蕃鮮而萼者多矣。花之雙也，何衆卉無與，而獨見於蓮？曲直而枝者多矣，露之降也，何凡木不受，而獨在於松？若不如此，而謾謂和氣所召，無乃昧化工之意哉？吾今爲若辨之。蓮之爲物，泥不能汙，水不能著，脱卑垢而自致於清明之上，蓋花之至浄者。今太守志明行潔，教化清浄，皎皎如秋月孤高，塵埃不可翳障，非蓮無以瑞之。松之爲物，寬容庇下，蟠固錯落，犯歲寒而冬夏不能易其操，蓋木之至堅者。今太守心正氣剛，節義森薄，凛凛與霜雪争嚴，炎凉不可變易，非松無以瑞之。不然，荻笋包泥，蒲柳柔脆，顧可使之爲瑞乎？今人知蓮與松之爲瑞，而不知其所以爲瑞，能爲雙花膏露爲説，而不能爲蓮與松言之，此吾所以不得不辨也。雖然，物瑞君子之所罕道。吾與若輩雖鋪陳附會，以累太守，安知調和雨暘，惠養一方，使蘄民飽暖嬉笑，知有爲生之樂者，太守自有上瑞也耶？』老人唯而退，鄭子於是乎書。

校勘記

〔一〕『膏』字，原無，據乾隆本、四庫本補。

戒鷄説

暑雨敗牆，群鷄聚食牆下，餓狸探隙而入。内一雌顧戀雛子，獨不飛竄，遂爲所搏。諸雛終日零散，暨昏暮團聚，則驚呼啾唧，不勝其悲。鄭子痛老雌被害而遺其孤，傷孤雛失母而無所託也，晨興以糠籺聚群鷄於庭，而戒之曰：『蒼牝不幸，受餓狸之殺。遺四孤於此，羽毛未長，嘴距未利，煢煢相倚。爾等既無義鶻復讎之勇，當念卵翼同群之愛，切保護雛子，棲息之間，飲啄之際，皆善視之。勿謂天性喜鬬，氣盛有力，幸彼孤孱而摧壓之也。毛血未乾，無遽相忘，正當以氣愛相結，自蕃其族。噫吻之禍，尚須自省。雖非尸鄉翁，此言無戲。』

相説

今之所謂四民者，士則有學，農則有畎畝，皆不游散四方。其游散者，惟工商二流。所以爲工商者，必有所挾。工挾藝，商挾貨，猶舟之維楫，鳥之羽翼，無須臾可捨。故有所挾則得，無所挾則困矣。相士毛生之來，未露見所挾，而先出其集詩，又要余同賦，語意勤切，三四至。

余憐而問之曰：『處士之藝何如耶？』對曰：『吾之藝，視人貴賤壽夭，如開眼見黑白，探隱匿而中其微。』余曰：『得所挾矣，何患無知者。携一敗篋，自可弛擔得名聲，不但蘇妻子也。詩何所裨耶？詩文亦不當相付，無乃使人疑子之術，謂其挾彼不挾此耶！』毛曰：『不然。吾家三衢，以儒爲業，箕裘隳敗至此，故所在非特喜爲士大夫談説，而士大夫亦喜爲吾賦詩，此篋中之所爲富也。』余曰：『若謂種習自筆硯中來，則請子收拾詩編謹藏之，第余終不敢以詩所挾。』

畫説

唐人能畫者不敢悉數，且以鄭虔、閻立本二人論之。其用筆工拙，不可得而考，然今人借或持其遺墨售於世，則好古君子先虔而後立本無疑。何則？虔高才，在諸儒間如赤霄孔翠，酒酣意放，搜羅物象，驅入毫端，窺造化而見天性。雖片紙點墨，自然可喜。立本幼事丹青，而人物闒茸，才術不鳴於時，負慙流汗，以紳笏奉研硯〔一〕。是雖能摸寫窮盡，亦無佳處。余操是説以驗今人之畫，故胸中有氣味者，所作必不凡，而畫工之筆，終無神觀也。吾友王能甫温潤博雅，器局高遠。探古之餘，感物寓意，見諸揮灑之間，莫不種種高妙。余念篋笥無物，冀〔二〕得一紙爲家藏之富，而十日一水，五日一石，正如古人所謂『能事不受相促迫』，久而未得。今得之矣，而余驗畫之説益又可信，故喜而書以謝之。

校勘記

〔一〕『研硯』，乾隆本作『筆研』。

〔二〕『冀』，原作『幾』，據乾隆本改。

記旱

紹興〔一〕戊辰，歲無秋。鄭子磽田不數畝，在横溪之陽，旱穗猶可捋也。八月十一日，與租客分取之。是日大熱，張小蓋坐大田中，無林木可依，左右烘炙，去暍死無幾。忽自謂曰：『居無苦樂，隨吾所安；物無小大，生於所見。以樂視苦，以大視小，安知今日焦熱之非清凉也？』既作是念，目前種種閑曠，阡陌委曲，如深簷廣廡；禽鳥往來，如幽人佳客。一塊之土，高於泰山；一根〔二〕之蔓，茂如喬松。俯視螻蟻蚯蚓之竅，亦邃然幽隱，有巖谷之趣。微風入凋叢瘁葉之間，佳聲颭〔三〕然，小蓋翻飛，而長空熾焰，已化爲嬋娟萬頃之寒浸。御風之興，泠然不淺。鄭子然後知動静哀樂，窮通得喪，大率如是，當作一理觀。蝸角有綿蠻之國，非莊生過論也。作《記旱》。

校勘記

〔一〕『紹興』，原作『建興』，誤，徑改。宋高宗紹興戊辰即紹興十八年（一一四八）。

〔二〕「根」，乾隆本作「莖」。

〔三〕「颭」，原作「颸」，據四庫本改。

樂冕説

堂上堂下，《韶》之樂也；前俛後卬，周之冕也。上下前後之不可相易，如東西之不可易位。去古既遠，寖以訛謬，遂有混其樂、平其冕者。一朝士憫之，越職而言於朝，以爲韶樂之作，欲象宗廟朝廷之治也則上之，象鳥獸萬物之治也則下之。周冕之制，前而接物也則俛之，後而入道也則卬之。今樂無上下，冕無前後，非聖人之意，請更正之。當時議者稱是。朝廷下其説，而有司罪其越職，乃謂作樂自有上下，以門閾内外〔一〕爲辨，謂無上下者，不識門閾界辨故也。冕之俛卬，自如古制，謂無前後者，乃其人反戴之爾。衆口證之，朝士不能辨，獲譴而去。嗚呼，疑其跡之無以自明，則目前可見之事亦至反覆，其奈之何哉！雖然，越職言事，朝士之過固也，謂不識門閾與反戴周冕，則寧有是耶？不知以門閾爲界，容或有之，謂反戴周冕，豈有士人而不識裹帽乎？甚可笑，書以示季平。

校勘記

〔一〕「門閾内外」，乾隆本作「内外門閾」。

説二賈

昔有二賈，俱自藍田持玉入長安。其一所齎温潤光細，可爲裁雲之尺，可爲搔頭之簪，可竅而簫，可凹而盃。又如西王母之白環，晉靈公之宫硯，帝王符璽之璞，宗廟瑚璉之材，亡不有焉。其一所齎牿醜雜碎，玷而不可圭者，瑕而不可璧者，黑色之玖，赤脉之璊。又如范增已碎之斗，盧仝〔一〕已破之碑，燕國不暖之礦，李氏餐餘之屑，如此而已。二人相遇於道，互見所有。弱者自料曰：『彼所藏瓌妙如是，遇識者必得善價，吾恐他時能與鬻釜錡、賣土甓者争先爾。』巨賈既至，坐稠人中，出一二微者，則人已蹂躪〔二〕争售，韞匵而不能拒。弱者曾未及關，偶昏暮失道，墜於百仞之谷，吮吸霜露，惴惴有餘息。一日巨賈過其上，其人仰首大呼曰：『亦當念藍田有同懷玉者乎？失足陷穽，無路可出，飢寒雖切骨，然私視篋中，牿醜雜碎者尚在，撼之猶覺琤然有響。君能扳援〔三〕出我，飽暖安慰，還其傷敗之魂，則非特脱死之恩甚大甚重，他時羅列鄙物，萬一争先於釜錡瓦甓之間，尚有遠德。』巨賈憐而遂之。某也平時學校間挾持小技，跣踔相繼，心知左右出人數等，類二賈抱玉求入長安時。其後左右發露所學，曾未萬分之一，而富貴衮衮欲至，類巨賈售玉時。某身遭寇盗，失家無産，衣食單薄，類弱賈失道陷谷中時。負背〔四〕芒，戴顔甲，乞憐吐實，類仰首大呼時。故書是説，以告左右。

校勘記

〔一〕『仝』，原作『同』，據四庫本改。按盧同、盧仝皆有其人，此謂『已破之碑』當指盧仝《哭玉碑子》。

〔二〕『躪』，原作『躙』，據乾隆本、四庫本改。

〔三〕『援』，原作『摇』，據四庫本改。

〔四〕『背』，原作『輩』，據乾隆本、四庫本改。

北山文集卷六

宋鄭剛中撰　郡後學胡鳳丹月樵校梓

祭叔通判文

伏自甲午孟春，與吾叔别，幕阜之山，洞庭之水，摇摇心思，一日千里。于時恨不見公之音容，而翰墨淋漓，徒捧公之書也已。及月當季夏，凶訃在耳，蒼皇驚問，痛哭不止。此後遂不見公之書，而丹旐飄摇，徒迓公之柩也已。今之靈輌在道，窀兆已啓，闔而藏之，萬事已矣。此後又將不見公之柩，而松柏蓊葱，徒拜公之墓也已。嗚呼哀哉！豈不逾遠而逾疏，逾疏而愈僞，所謂公者，果在此也耶？抑亦蒼苔黄土，其所覆者止公之蜕也耶？揮涕流風，何嗟及已。

祭族兄巨中并同母姊姚氏文

伏自庚子，盜起鄰邦。時方羈寓，于彼浦陽。越辛丑春，所在搶攘。鄉曲甿隸，化爲豺狼。兄于是時，遺我書曰：『姊命爾歸，俱遁巖穴。』念欲從兄，道已阻絶。遥遥北望，回首心折。仲春之初，有逃者來，具言我家，爲鬼爲灰。如我兄輩，等罹禍災。痛哭狂走，肺肝已摧。王爲出師，蕩滌鋤取。我得生還，如魚脱罟。亟走社里，手足蹈舞。愿見吾姊，如愿見母。顧瞻里巷，且問且驚。豈爲吾姊，亦已逝傾？當此徬徨，籲天無聞〔一〕。魂魄不召，欲無此生。維後姪玠，嗣立門户。我恨坐窮，愛莫知助。兩家相歡，誠心則著。究觀其跡，今弗如故。玠亦年來，困於狂求。畚鍤累土，大事宿留。今已得卜，手蒔松楸。將奉二靈，永藏諸幽。

我念我兄，自昔相友。婦姚以還，情款彌厚。娣撫視我，亦自年幼。南北侍親，如足如手。爰失母氏，我孤一身。幸有吾姊，克省慈親。今亦相棄，爲土下人。終鮮如是，天胡弗仁？凡此中抱，緘秘已久。至于今兹，曾未皇剖。輀車將行，敢薦肴酒。有淚零然，靈其知否？

校勘記

〔一〕『聞』，四庫本作『聲』。

祭申屠伯村并亡妹文

君以門户淪落，飄泊異邑，力弱而摇。孤年未蹈歷苦辛，僅幸安處，一旦死于狂賊之手，非命也歟？妹以寒家女子，蚤歸屠氏，貧患相須，哭乃夫荼毒之禍，未百日抱病而亡，非命也歟？命也如此，吾何籲辜，以愛之痛蓋久而未定也。今春之首，賊聲已熾，于時艱蹇之身，匏繫一隅。固知别後必有兵火之恐，豈料吉人而不免夫。君死矣，能以一妹付我，猶可蓋痛。月在仲夏，微恙而殂，老懷念此，何以堪諸！

始余之歸也，幸傳者之謬，幾得握君手而拊吾妹。既歸之後，凶訃不誣。不見人，不見尸，不見棺，荒崗梗莽之間，畚土龜起，一婦一夫，使我涕泗交落，椎心吁呼。君與吾妹，聞不聞乎？嗚呼君乎！君與吾妹，手足視余，患難安樂，兩家常俱，豈可今日，幽明永殊！余年三十四矣，肺腸悲愴，觸目感絶，所遭所見，咄咄可怪，皆平生之所無。念君與吾妹，殯留殘土，棺必速朽，謹用良日，啓靈柩而付之火車。此外君且無承家者，萬事已矣，嗚呼君乎〔一〕！

校勘記

〔一〕『乎』，四庫本作『子』。

賜第後告祖廟文

某爰自丱角，考妣付之師友，使讀書，事科舉，非謂某可教也，蓋上世之業不可墜也。去年禮部上某名於天子，天子策問而官之。忝竊科名，遂叨仕版，非某之能也，蓋上世之德覃於後也。持牒奉告，君命惟寵。拜陳於庭，惟我曾大父下逮考妣之靈鑒之。

祭先妣太孺人文

某自七歲讀書，從吾父宦遊南北，于時家有薄禄，可以糊口，姊妹未大，不至逼人。非但某未知爲學之方，而吾母教督之意尚未切也。又十年，吾父捐舍，于時薄宧遠歸，家四壁立，孤遺相倚，糠豆不贍。母嘗撫某而戒之曰：『嗇衣食，躬桑苧，爲爾力當門户之責，爾其刻意礪志，求寸禄以活諸孤。』某感激在念，夙夜不忘，冀能稱塞萬分。而奇蹇不孝，顛躓場屋，積累罪釁，不自滅亡，使吾母終守寒素，抱不滿下世。欲殞身自死，下從母遊，則兄弟終鮮，祭祀之託在其身，不能也；欲焚棄筆硯，遂爲庸人，則先世之業不可墜，吾母之志未及伸，不忍也。故雖世路艱危，衣食勤苦，而所學不敢置。幾得〔一〕晚節末路，忽自衝躍，則亦足以補前愆而圖後效。

嗚呼！亦既有階矣，科名紳笏，無媿於先。然回念吾母鎖置幽宫，音容邈然，叩之而不聞，拜之而不見，風樹之悲，痛入心骨。《蓼莪》之感，將抱以終身，而又手足之親凋零已盡，煢然跪起於豆觴之前，所以涕流而不自已也。雖然，持牒奉告，具陳庭下，國恩君命，事亦良寵，不識可以少慰泉下之靈否乎？

校勘記

〔一〕『得』，四庫本作『行』。

祭官田諸冢文

某由草茅見天子，以狂愚論國事，非不幸也；脱布衣得紳笏，自書生爲幕吏，非不寵也。

幸且寵，於某亦何憾，然歸視先壠，則寇盜以來，垣壁頹毀，松楸凋零，茅葦蕭然，積有時歲，是皆某窮賤困厄，不能光大之所致。今日之所謂寵且幸者，猶未足以續終身之恨。展拜諸塋，秖自痛感，尚期勉奮，以報後來。

祭中散墳文

伯祖中散以書生起家，五福備具，爲時聞人。後世支分派别，各自生業。繼以方臘之變，禍毒流行，所謂生業者亦復凋替，吾家之風流掃地矣。每見規模寖墮，志業不繼，詩書文字，化爲異物，則未嘗不撫膺痛恨，涕下沾襟。今者某得以進士取科名，於八十年寥落之後，非敢以爲光也，庶其可以承先志而激將來。惟吾伯祖，尚當有知。

祭馬澗墳文

盛衰之理，天道所不廢。惟吾滎陽三公，垂德流芳，爲鄭始祖。支分派别，孫子繁昌，號金華巨姓，猗歟盛矣！然惟馬澗諸塋，遠託鄰邑，吾家餘澤不徧，賢否並生，祭祀弗躬，省拜惟闕。遂有不肖子弟，剪伐松楸，侵鋤禁隧，年來蓊然崗陌之青，化爲荒落黄茅之野。雖昔時之盛，數或當衰，而感念興言，痛亦何極！

今者某以耳孫之列，叨玷甲科，弗墜前芳，復塵紳笏，不忘五世之休，來上一觴之奠。久衰之後，理亦當然。選置守視之人，嚴行戒約之令，庶懲前弊，以示後來。躬拜斯墳，靈其安樂。

祭顔子文

惟公具體亞聖，優爲世師，凡後世之内以修身、外以治人、窮以守義、達以行道者，皆公當[一]日所學於夫子者也。顧惟某服膺景慕，讀書肄業，既學其道爲進身之資矣。今天子命之以官必試以事，則又將以其道推而行之，是其所以願學者蓋始終焉。紳笏之初，謹率諸生再拜堂下。屋廟未崇，俎豆尚闕，薦以誠意，庶其有臨。

校勘記

〔一〕「當」，四庫本作「昔」。

祭孟子文

惟公繼夫子之傳，知言知德；承三聖之道，距楊距墨。障異端，闢正路而去其塞。高風凛然，萬世之則。今戎狄之禍流入中國，朝廷之患而生靈之賊。如某者，學古入官，憤時思奮，尚幾窺公之勇，望公之功，庶幾髣髴。諸生一觴之奠，蓋在誠而不在物。

代淇弟祭母文

伏自春首，狂賊嗾凶，善良殘害，鮮得其終。奉侍吾母，周旋竄伏，依蒿萊爲命，謂度此艱厄，則吾母遂享永壽如椿松也。嗚呼！時既平矣，豈知吾母，棄淇云亡〔一〕，此人心所以難遂，不可致詰於蒼穹者也。今雖持險奉凶，粗亦成禮，然追念如此，終亦啣哀抱痛而無窮也。

校勘記

〔一〕『亡』，原作『忘』，據乾隆本、四庫本改。

代玠姪祭祖母文

維靈生於名家，歸於令族。克配時彦，文章膏馥。蚤雖畸孤，志願亦足。迨厥後來，有子有孫。高堂垂白，壽福咸臻。以是言之，死何憾云！誰知彼蒼，有冤難問。使我夫人，終抱遺恨。夫人未亡，玠父傾没。夫人既亡，玠母隨没。三喪在堂，止踰百日。嗚呼哀哉！祖母之旁，若堂之所。今以祔焉，當千萬古。

代玠祭考妣文

嗚呼吾父！嗚呼吾母！誰使我身，罹此荼苦。越自去載，禍毒百端；煢煢今日，魂魄未還。既念先廬，爲火蕩爇。旋痛几筵，留寓别業。爰開瓦礫，踵尋故基。室屋稍具，奉二靈歸。肅駕輿旐，門巷非昨。兒女在旁，靈其安樂。俟得吉卜，乃營新阡。忍須臾死，奉藏深泉。

代玠舉葬父母文

玠奉凶持險，凡五閲歲，使吾考妣，久未歸土，玠之罪不可量也。疾病纏之，征賦困之，忍死於今，僅克舉事，玠之罪或可贖也。嗚呼！嚴父慈母如天地，今方厚壤深泉掩而藏之，永爲孤子，謂之無罪奚益！哀哉哀哉！

代玠祭妻方氏文

汝於鄭氏，婦我十年。艱難憂患，備嘗萬端。盜興之初，舅姑凋殘。披冒白刃，汝斂汝棺。盜既平定，再立門户。諸喪在堂，力不克舉。賦斂誅求，家以空窶。紡績夜燈，汝勤汝苦。飢不敢食，寒不敢衣。嘗戒我曰：『君無遨嬉，俟能畢葬，我無君違。』如是勤儉，夙夜以之。爰爲舅姑，僅越窀穸。虞祭未還，汝已抱疾。黄塢之阡，土墳未畢。汝隨棄捐，今止十日。嗚呼！將憂患薰心，積日累久而致然耶？將哀號過傷，形勞力竭而至此耶？抑修短之數受於天者止如是耶？嗚呼！汝遺二女，大者未五歲。棄我而死，愛猶可割；棄此二孤，痛心入骨。

代瑀姪祭考妣文

被衰絰而持險，禍莫大〔一〕於喪親也，而吾考妣之亡，乃在夫艱棘搶攘之際。營棺槨而送終，禮莫大於葬親也，而吾考妣之柩，宿留五六年而後克舉。瑀夙夜抱呼天之痛者，唯此而已。雖然，喪親之酷非天也，坐不孝也；葬親之晚非不孝也，爲貧也。窀兆既啓，敢陳此意於一觴之前，唯考妣鑒之。

校勘記

〔一〕「莫大」原誤倒，據乾隆本、四庫本乙正。

代琉姪等祭母文

吾母以積慶厚德下蕃六子，鞠育之恩，深無涯涘。琉等無毫髮以報罔極，而不孝之禍，忽已上延。丘山之罪，重大如此，自當殞喪厥軀，無復戴天履地。其所以尚苟喘息者，吾父在焉而未敢死也。哭奠一觴，清血裂眥。

代四五叔祭叔母文

長子養身，期在於老。中道棄予，二子隨夭。此有天數，不復悲惱。而數年來，兵火驚擾，予復坐貧，葬汝不早。今雖僅舉，事皆草草，興言及兹，有淚不少。抱溪之崗，山回〔一〕水遶。惟汝暨驄，於焉永保。

校勘記

〔一〕「回」，乾隆本作「圍」。

代宗魯兄祭蔣嫂文

維靈蚤銜命戒，婦於我門，柔和舉案，垂三十春。蕃盛安樂，不可具論。雖幻化有時，棄老鰥而先死，追念如此，似無憾之足云也。奈何越自去載，兵火驚焚，憂危險苦，與汝同分。哭吾母矣，哭及吾兄；既哭長子，又哭女孫。而我年來疾病相因，賴汝爲吾營舉死喪，創立門户，追樹再生之本根爾。孰尸造化，肆爲不仁？禍不厭意，毒及而身。一病伏枕，遽不食新。棄遺諸孤，號泣忍聞！此蒼天所以難問，而私情痛結，不能措手於莊盆者也。棺斂成禮，肴奠式陳。世無妙藥，莫返而魂。酒滴此恨，渺其無津。

祭儺文

季冬之月，却慝驅厲，國朝之常典者，當其時，則長吏稱而行之。今兹月窮於紀，歲將周天，以陽勝陰，良不可緩。所謂執戈揚盾，爲此方率百隸而儺却鬼物者，當有靈焉。卜靈而有知，則今今日之祭非苟然也。欽鑒此誠，用共爾事。

祭白沙求雨文

伏聞開官府以治民者皆吏也，而有所謂長吏；享牲血以祐民者皆神也，而有所謂大神。簿書獄訟，播刑播德，小吏不可與也，惟長吏得專之；旱乾水溢，降災降福，小神不能爲也，惟大神得司之。婺爲州，治七邑，自數年軍興以來，吾民凡疾苦無聊、争訟紛擾之事，既有長吏治之矣。今者時雨不降，苗將枯槁，顧非小神所能援也。惟王爵號尊崇，典禮高大，非尋常香火豚蹄淫瀆之鬼，則變災爲福，易凶歲爲豐年，將誰禱之！重念人無闔藏，時亦艱苦，上未能無取於民，下亦當致力於上。萬一今又無歲，則良民困於征求，盗賊起於貧窮，流離僵仆，無復事神之禮矣。又況物無幽微，而神眄〔一〕睞之間，靡不週見，豈可連疇接畛，地坼如龜，而神有不知者乎？區區之意，非特邦人不可不告於王，王固不可不勉。

校勘記

〔一〕『眄』，四庫本作『盼』。

祭龍門求雨文

深山大澤，水石勝絶之地，乃能鍾靈氣而藏異物，神龍之居是也。惟神積德累功，陰行圓滿，秉靈氣，據幽深，故能變化風雷，呼召雲霧，滋膏徧布，福利一方。斯民有求未遂者，皆得往而告焉。今吾邑中多稼既殖，甘雨遽愆，禱禬乞靈，莫副所請，意者其亦未扣於神乎？涓擇嘉辰，躬詣廡下，使某奉靈潭一酌之泉，致吾里千畦之秀，實爲大惠。萬一不報而還，豈但徒行有愧而已，叩龍門而不雨，亦惟神羞。

代浦江令祈諸廟文

出力以養吏，備禮以祀神者，民也。民有不安，明則責之吏，幽則責之神而已。今兹旁郡有噬，盜毒跳梁，迫臨境土，邑之民無小大跼蹐畏懼，朝不謀夕。吏之於此，雖已盡心竭力，爲之神者，正當護持扞蔽於冥冥之中。吏與神要，欲共安吾民而已矣。故即此歲首，躬率僚佐，以一觴詣祠廡而致意焉。若乃調和雨暘，招致康阜，以福百里者，皆神每歲之常德，不俟告而知也。

北山文集卷七

宋鄭剛中撰　郡後學胡鳳丹月樵校梓

族兄巨中嫂王氏姚氏合葬銘

吾兄巨中，諱溥，婺之金華人。宣和辛丑，盜據婺城。二月戊辰，掠拱坦，謂巨中鄭姓，家世宦學，害之。其妻姚氏銜負禍毒，哭之百日不絕聲，以其年五月乙巳卒。子玠艱難險苦，嗣立門户。乙巳十二月庚申，始克奉二喪，并遷其所生母巨中始娶王氏之柩，合葬於東陽鄉之黄塢焉。巨中，故中散大夫詳之孫，故鄉貢進士汝能之子，享年四十九。姚，故同郡士人公度之女，享年四十一。巨中失王氏，欲不復娶，則念無以事其母；姚亦歸故三班奉職廖幾道矣，寡居誓守，堅其志而迫於貧。巨中聞其在家孝甚，力求婦之。姚不得已，執其罍篚，柔順莊靚，果懽其姑。一子曰珌。巨中不能飲酒而喜賓客，非富有而樂施惠，讀書能文而不事進取，居今之世，可以爲難矣。王，故縉雲縣尉秉均之女，死今二十有一年，玠以所葬不吉，徙從新卜。誌雖弗爲具載，然克相巨中而成其德者王始。識墓有石，族弟某哭而銘之曰：

惟兹黄塢，松柏之蓊然者，巨中之阡。挾堂封而左右者，王、姚祔焉。豈若人而無報，吾固知自玠而後，必有學古揚名而慰幽泉者。

蔣持志墓誌銘

婺之浦江蔣氏，有諱承漢者，生子用亨，用亨生浹，皆隱居不仕。浹生真〔一〕，真字持志。持志蚤年警悟，善〔二〕記誦。某初遊學校，見其文采詳華，人物古澹，場屋間朋輩推高，已加愛重。其後某升貢去鄉里，日怪其淹延未鳴，乃云持志收裹筆硯，掉臂而歸者久矣。聞其有言曰：『舍法向敝，文體卑弱，士氣不振，乃失已爲名之時，循此以求進，非吾所能。』遂闔户不出。今方聚書闢館，料理田園。貲産饒裕而優游深肆，足以涵養其業，益知君有過人者。建炎中，盜起君舍旁，弄兵大剽，乃盡棄其財，挺身亡去，論者謂持志積以遺盜矣。迨王師縱火加兵，民居之在中者亦不能辨。他日君歸尋其區，則牆屋不毁，文籍窗几如故。人然後信其德於鄉鄰，雖盜不忍加不仁，王師過之，亦知其居爲君子之居也。嗚呼！學者爲進取所累，揣合俯仰，苟且求售，其能脱然疏遠科名、探本求道者固鮮。至於事生産作業者，則又多不識取予積散之術，無以善富，故黷貨嗜利，無厭以自及。如君之爲學爲家，皆無媿焉。

君天性簡約，顏面嚴冷，童稚皆知畏之。門巷幽潔，所與遊者，必一時佳士。平生未嘗以私事溷官府，而井里有争者，則多取決於君。紹興二〔三〕年五月丙午，以病渴而卒，享年五十。娶職方外郎陳確之孫、進士汲之女。二男子：曰次乂，游上庠，志趣激昂，行能可喜；曰次夔，稟資厚重。是皆可以光大君後者。三女子：長適鄉貢進士陳某，次適進士汪某，次許嫁進士陳某。孫男三人：曰槐、松、柏。卜以其年月日，葬於某地。次乂泣血致書，以鄉人馮光之《狀》來請銘。某於君雅故，義不得辭，銘曰：

學而不爲名所拘，富而不爲財所累。嗚呼，持志可以無愧！

校勘記

〔一〕『真』，吴藏本、康熙本、乾隆本、四庫本作『寘』。

〔二〕『善』，四庫本上有『最』字。

〔三〕『二』，乾隆本作『五』。

楊氏女弟墓石書丹

兹墓有女，婺州進士楊應夢之孺人也。孺人，同郡承事郎鄭公諱某之幼女，生於衛之汲縣。年七歲，誦書〔一〕寫字。稍長，能屬對吟詩，習音樂。承事公没，母兄以之歸楊氏。楊雖大姓，暨孺人歸，則其家已凋，産去税在，征求窘切，無以自存。孺人乃略鉛黛，躬紡績，買絲織帛，求羨餘賙一門之急。乃夫勞之，則曰：『姑老矣，不如是則君學必廢，恐無以稱吾姑。』如是矻矻勞苦，晝夜不休，竟感疾而卒，建炎丁未八月十七日也。嗚呼賢哉！孺人享年三十一，男僅五歲，死時就蓐終三日，與所生女嬰併亡。斂之日，家無餘衣，葢其夫之貧未蘇也。嗚呼痛哉！

某，其兄也，既用西方荼毗法哭而火之，而遺孤煢然，念其他日必能尋母之墓。以其年九月丙申匵其灰而藏諸山，復用柳子厚書磚故事，述其秘行於墓石之蓋，以慰楊氏子之心云。銘曰：

嗚呼！夫之貧也如此，未知所立；子之幼也如此，未知所成。嗚呼，吾妹已矣！

校勘記

〔一〕『書』，乾隆本作『詩』。

代族兄宗〔一〕魯作母侯夫人行狀

吾母族裔，皆舅氏所詳，洙不敢具，謹約其節行之實，泣血而叙之。母氏年十又七歸鄭氏，歸四十年而寡，寡二十二年，以宣和庚子某月日終，以癸卯某月日葬於東陽鄉保福原，祔吾父司録公之塋。男三人，女三人，孫男十一人，孫女八人。此其大略也。

吾祖中散多男子，夫人在諸婦間，孝謹有特譽，不忤妯娌之色。司録公雖入仕，雅意不在富貴，日以詩酒賓客爲樂，夫人周旋承順，以廉謹相之。歷四任而洙孤。洙自念髮齒踰壯，不自衒躍，今無以奉事吾母，因與兄濬棄置筆硯，共力丘園，生事稍給。夫人無累，則誦佛書，不葷茹〔二〕。賙賑貧乏，宗族之有疾病者，無親疏大小，治療皆如己子。見人有過，委曲規切之；

聞其〔三〕有善，則樂爲道説之。歲時〔四〕時廟享，肴醴不自其手出，不敢以祭，老而益嚴。年來略鉛黛，疏綺帛，雍容康寧，而門户整肅。下逮諸孫、孫婦，輯睦和洽，無一人敢立禮法之外，夫人怡怡笑語而已。給事劉公爲賀之明年，夫人年七十一。劉公視侯氏爲姻家，登堂上壽，而遠近親族以寶貨幣帛爲禮者，不知其計。夫人謹不敢受，謂洙等曰：『吾今日得孫子詵詵，坐受安樂，正宜〔五〕歸慶於汝之祖父，是禮非吾所敢當。』既不得辭，則盡取以散施貧窶，一物不留。捐舍之日，橐中蕭然，人皆服其有識。某竊謂此等皆宜爲舅氏所書，謹泣血叙次如前。謹狀。

校勘記

〔一〕『宗』字，原無，據乾隆本、四庫本補。康熙本原無『宗』字，有墨筆校補之。

〔二〕『菫茹』，乾隆本作『茹菫』。

〔三〕『其』，乾隆本作『人』。

〔四〕『時』，四庫本作『四』。

〔五〕『宜』，吴藏本、康熙本、乾隆本、四庫本作『當』。

族兄宗魯行狀

鄭宗魯，諱洙，字宗魯，以宣和六年二月甲子卒於里第，享年五十八。按其譜，世居婺之金華。祖詳，以儒學發身，官至中散大夫；曾祖克從，以中散累贈至金紫光禄大夫；父汝嘉，以中散任子恩爲安州録事參軍。録事公大姓之後，在官以潔廉自將，不治産，食口衆，且好客，而又疏放不事上位，向窮躓矣。宗魯告其兄資深曰：『兄弟徒守書卷無益，盍亦歸治田園裕我家，使吾父無衣食之累，而益得自遂其志，亦人子一事，書固徐可讀也。』資深以爲然。宗魯自是不一志於學矣。録事公捐舍，哀毁踰制。奉其母侯氏夫人，旨甘惟謹。嫁諸妹與接内外姻族，惟恐不稱，故治生愈力，善視惟恐不稱，故治生愈力，善視豐凶而低昂積散，妙於一時。數年間，資産大殖。宣和辛丑，睦賊猖熾，所在奔走，蹂躪族屬不相收。太夫人年且八十，宗魯與其婦蔣昇致山間，營營其旁。賊執宗魯而不敢害，卒得護持夫人以壽終。宗魯既衝冒良苦，且失太夫人，哀憂成疾。方印〔一〕故址建大厦，督工視事，矻矻不休。人或勉之曰：『公病矣，何爲是〔二〕苦？』宗魯曰：『鄭自上世，門户蕃大，寇餘無復前人蹤跡，吾安忍坐視其凋也？』畢力爲之。落成之後，於其間奉太夫人襄事，迎款賓客，比上世爲不衰，人始服其善承家。

宗魯方懲艾厚藏之禍，欲買書教子，益修禮義，力振祖考之遺風，而不幸死矣。宗魯爲人奇龐厚重，外若雄偉可畏而中實和易，接人熙熙笑語，宗族上下相得無間言。六男子曰：瑎、琉、珷、瑶、瑢、瑷。三女子：長適進士侯知彰，次適承務郎劉讜，次尚幼。蔣氏先以壬寅八月十四日卒，葬於無相院山之原。琉泣血來告，將以甲辰十二月庚申，舉宗魯之柩，合於無相山之壙，欲求銘於給事劉公，願狀其行。審其行，宜爲名卿所書，謹録按如右。謹狀。

校勘記

〔一〕『印』，疑爲『即』字形訛。
〔二〕『是』，乾隆本作『自』。

北山文集卷八

宋鄭剛中撰　郡後學胡鳳丹月樵校梓

擬策進士

問：郡千里而爲之守，邑百里而爲之令，非一日也。守令得人，則千百里之間，財用可足，盜賊可去，禮教可興。不然，華轂朱輪，銅章墨綬，掛朝廷法令於牆壁間，負上多矣。諸生咀嚼仁義，研弄翰墨，他時入官，固將持槖簪筆，爲瀛洲文人，必亦有志於撥煩。然不擇事而安之者，臣子之節。萬一分符拜印，受一方之託，則建立治功，不可使與武夫、法吏等。財用以何道而足？盜賊以何術而去？禮教以何修而興？顧雖施設之權，臨時自有次序，然亦不害爲有司逆陳其端。

問：朝廷者，天下之根本，得賢宰相焉則朝廷治；郡邑者，朝廷之枝葉，得賢太守焉則郡邑治。二者不可偏也。雖然，人材難得久矣，鼎足三公，方面刺史，豈得皆〔二〕賢？必不得已，則爲官擇人之際，先宰相耶？先太守耶？論其提綱振領，則宰相之選恐不可緩；論其臨民親近，則太守之任又在所先。

諸生當天下多事之時，聖主一旦諏訪群策，下逌布衣，則論將安出？

問：内志正，外體直，審而後發者，射之事也。故射可以觀德，而古之爲士者習焉。今之爲士者不然，誦詩讀書，玩弄筆墨，朝夕之所從事者，未聞以弓矢爲急也。今國家正當講武修戎之日，彼挽五石之弓，雖非識字書生之事，然先王六藝之數，當亦闕一不可。又況習而精焉，則内可以成己德而見威儀，上可以壯國容而張武備，顧不韙歟？

今欲上於朝而頒其法於天下，諸生以爲宜否？

問：《周官》之書，理財居其半。財用在先王太平之日，尚不可緩，況夫用武之時乎？《兵法》曰：『興師十萬，日費千金。』斯言信矣。

國家自祖宗以來二百年，以仁恩德澤涵養天下。每歲取其常賦，惻然猶恐斯民之匱。比歲虜人入寇，深及東南，天子選將練兵，而貔虎之師，動以萬計。縣官供給，其費不貲，府庫無私藏之錢，天下無助邊之粟。將盡取於民也，則民力重困，非國家之福；不取於民，則飛輓饋餉，誰其給之？諸生將應秋詔，不可以虚言苟進，當有長策深籌可以流錢地上者告於有司。

問：詞賦之學，前世有之，國朝行之。爰自王氏專門，指爲雕蟲之技，請於朝而罷其科。今者有司春詔[二]既復用此矣，而取人之制尚與經義參行。

夫科目既殊，師承各異，喜經義者必謂詞賦爲破碎，尚詞賦者必謂經義爲迂闊。二者不能無異也。然概以至論，則果孰優？而得人之效，後日亦有輕重否？諸君考古驗今，併言其略。

問：孔子謂群弟子曰：『以吾一日長乎爾，無〔三〕吾以也。居則曰不吾知也，如或知爾，則何以哉？』此蓋使子路之徒各言其志也。蓋人之平居，鮮不以窮賤拘縶不及施爲恨，自顧其中，往往皆有他日欲爲之志。既得位矣，亦未必皆能有爲，良可長慨。

諸君生文明之時，適艱難之會，所謂風俗之利病，時政之得失，人才之臧否，與夫還兩宫之策、平僭竊之謀、殄夷狄之計，皆在群居議論中，但朝廷未及知，故懷材抱器者，未及有爲爾。自此入官從政，應聘而起，若孔子所謂『如或知爾』，則尊君强國之術，由輩將何以哉？

問：唐太宗臨朝謂侍臣曰：『朕爲天子，常兼將相之事。』侍中張行成極言其不當與臣下争功。由是觀之，委任英豪，付以重柄，巖廊之上，談笑而俟成功者，天子之事，縱横方略非所知也。及馮異爲光武言，則曰：『以詔敕戰攻〔四〕，每輒〔五〕如意。時以私心決斷，未常不有悔。』則明謨廟算，又當自九重出，所謂臣下者姑奉行之爾。嗚呼！用兵者，帝王之重事，何在昔君臣論議之際，反覆不同，如此其遠也？

國家運適中微，否極未泰，談兵講武，正其所急。信如行成之言也，則主上聽政訪問之餘，自可游神淵穆，責將帥以成效，攻守形勢不必問也。如其不然，則馮異豈能無望於吾君乎？執經侍講之臣，亦宜取古人得失之迹，啓沃於冕旒之前，而諸將出師之際，畫地聚米，宜亦先賜臨軒之問矣。諸子以謂如何？

問：爲學者以經術爲宗，爲政者以法令爲本，二者殊途也。故善爲學者，未必能爲政；能爲政者，不必在於學。此傳籍之所載，古人之所有，可考而知也。雖然，子皮欲使尹何爲邑，子産至有操刀製錦之譏，則欲善其政者，不可不求之於學。至漢薛宣有言，則曰：『吏道以法令爲師，可問而知。』則爲政之要，或不在於學矣。二者常竊有疑，不識有官君子陳力就列之際，施爲注措，其果有待於學乎？將文學政事，不相爲用，而書生之空言，無用於臨民治物之際乎？試辨明之。

問：疆埸之警，頻年未已。虜人恃其彊黠，復須使者而邀重幣。如聞朝廷具貨賂、遺〔六〕樞臣，又將卑詞而予之。聞之議者，頗謂順從虜意，則無厭之求，萬一難給，抗章論列，亦動冕旒之聽。

夫金虜之强盛也，而國家適漠災之厄，氣弱力敝。將不與之耶？狼貪虎噬，何所不有。勞軍動衆，塗炭生靈，異時之禍可一二鑒也。將與之耶？野燒漏卮，何時而已。欲之無窮，供之益困，後日之患未易言也。廟堂之上，聖君嘗胆，賢相痛心，夙夜咨謀，當有至論。然學者亦不可不知，願言其策。

問：漢高，天下之英主也；班固，天下之良史也。以良史之筆，書英主之事，宜其萬世燦然。以余攷之，頗有疑者。沛公之先入關也，項王豺虎之威，意在不測，項伯夜見張良，具告其端，遂免鴻門之殆。彭城之西，固嘗不利，而丁公弗之窘，聞兩賢不相扼之論，脱之使去。項伯、丁公，是俱有德於高祖者也。然有天下之後，於項伯則封之，於丁公則戮之，是何所施同而所報者異耶？平生所憎者，莫如雍齒，以其數相窘辱，有故怨之深，此群臣所知。平生所惡者，莫如丘嫂，以其戛羹轑釜，無長者之風。此布衣之恨。雍齒丘嫂，是俱有隙於高祖者也。然有天下之後，於雍齒則先侯之，於丘嫂則至其子猶未忘〔七〕也，是何所負同而所報者異耶？將孟堅編叙得於傳聞，容有未審耶？抑亦聖君之行事自有深意，不可以常情料之耶？諸生留心經史有日矣，試爲辨我疑焉。

問：除戎器，戒不虞，雖萃亨之時，有所不免，而謂艱難之時，可以忽略兵制者，無是理也。國朝之制，兵屬樞密院，移用進退，朝廷主之。今爲密院者實不主兵，諸將各擁衆號軍，不可移用，而其衆又皆寇盜凶猾之夫，勢如豢養虎豹，常懷咆吼决裂之憂，此豈經久爲國之道哉？故余嘗謂諸將皆如今日懷忠尚義，慕子儀、光弼之爲人，而以再造王室爲心則可，萬一他時倉卒之際，檄之不來，驅之不動，懷姦相視，莫可誰何。當是時，不知朝廷何以處之？虎臣矯矯，决不至是，然理之所在，不可不慮〔八〕，試條其利便可以經久施行者著於篇。

校勘記

〔一〕『皆』，吴藏本、康熙本、乾隆本、四庫本作『偕』。

〔二〕『春詔』，疑當作『奉詔』。
〔三〕『無』，乾隆本、四庫本作『毋』。
〔四〕『攻』，原作『功』，據《後漢書·馮異傳》改。
〔五〕『輒』，原作『趣』，據《後漢書·馮異傳》改。
〔六〕『遺』，原作『遺』，據吴藏本、康熙本、乾隆本、四庫本改。
〔七〕『忘』，原作『望』，據四庫本改。此語本《史記·楚元王世家》。
〔八〕『慮』，原作『盧』，據吴藏本、康熙本、乾隆本、四庫本改。

北山文集卷九

宋鄭剛中撰　郡後學胡鳳丹月樵校梓

與梅和勝

某頃坐荼毒，冒昧以銘文爲請。顧母氏餘懿，雖當爲大筆所播傳，尚慮執事以某不孝荒謬，凡今日禍災窮困皆其自取，無足憫憐而拒絶之。八月十三日，吴彦成附致所賜緘書文字等，縷縷誠懇，無不充足。是夜，率諸孤於柩前，號泣拜領。翌日，付鎸人載諸嘉石。謹以短書一通，隨石刻持獻，具于别函，少見卑懷荷載之意。伏望裁覽。

與章少董

伏自清漣岸下挽舟一别，今已六年，書問不相通者亦許久。蓋身在溝壑，衮衮流轉，無日不爲窮愁所役，所以懷想雖勤，而候問之禮無從可致也。别後竟不知守官何地，中間粹中，始謂得簿海鹽，是何棲息之卑也！仕宦不能自售者大率如此，第學者有薄禄可食，隨小大以利澤及人，不與俗吏俱化，便自可喜。然少董亦何所不至耶！如聞兩失賢助，且未得子，良爲在懷。

某今亦三十五歲矣。前年，既奉母氏歸土，挈家入浦江，作學堂教人子弟。匏繫踰年，遭阻凶盜，苦險百端。歸尋故居，化爲瓦礫，鄭氏非命者以數十計。坐此艱難，胸中荒落，諸況不復云也。今日得便稱遽，而不肖來日欲道衢、信如蘄春，行李亦怱怱，此猶未既所懷爾。幅紙數字，因風亦有望於故人云。

答范茂直

晚來雪意已成，客子畏寒懶出，坐馳高論。忽被密帖，承尊候萬福，深感深慰。某嘗謂有人持一鈎之絲，坐沮洳之上，雖未得魚，然魚之小大，已自可見。操長竿巨緡，睥睨東海而立者，雖未知所得何物，然其人決不爲蝦蛽科斗而來也。區區所懷如此，餘俟面列以盡。

與潘義榮

某今年正月十四日，在梅蘄州座上讀邸報，見書館新除，大用欣慰。伏惟神明俱贊，福順交集。公少年取巍科，而涵養器局，一洗時病，校讎小寵，未足爲賀。第芸署所藏非人間書，想其咀嚼攬取，日以增積，他時施設運動，福利生靈者，今皆可得而充矣。歆仰歆仰。

某伏自閑闊，忽忽歲月。鄉里盜後，禍患百出。去年於母氏墓園之旁，編蓬爲居，且此收召魂魄。今春道江南入蘄春，見和勝，得一書與婺守，求試漕司，到鄉已爲他人所先。雖守二似有那融之意，正恐難必。齒髮暮矣，黔驢之技，轉不似前，故人聞此，尚當千里相憐也。未参悟間，千百愛重。

與周務本

某命薄骨寒，春試文字，有司復不喜。試後傷寒，萬死中得生，閏三月十九日，纔能抵家。日欲通致一書，又念敗北而歸，有辜平時賞激之意，簡牘難自文飾，每臨紙而不敢書。比見浦江士友所被之帖，傳問之言，番番有之，然後知某雖奇蹇無能，而公尚愛憐未弭也。奥渫中此身又復流轉，不敏之罪，未有面叙之期，執筆慙汗而已。

與張叔靖

某自去歲奉别，呰窳偷生，百無足道。今年夏不雨，薄土磽惡，粒穀不登場，淖糜不給，懷抱亦營營爾。所幸村野孤寂，俗客不到門，癡坐觀書，可以百日不出。每念睽闊之久，欲作一書，苦無便，有便興盡輒已。亦恃叔靖道眼無礙，千里自能相照也。今日天寒，得酒歡甚，亟寫此書，憑季弟達之，并有一詩奉寄。區區之懷，悉具於詩，故不多及。

與潘義榮

冬寒，伏惟使節按行之暇，尊候萬福。某去年羈旅卧病，出京時如醉夢中人。雖不能道一語而别，然〔一〕依戀之心，猶能扼以東歸。到鄉之後，氣蘇意定。念在中都荷眷存非一，旋承擁旆淮東，稍施所學，見之政事，日欲爲賀謝之書，而窮居孤寂，寡便未能。左右平時懷憂國憂君之意，今者朝廷輟於文書鉛槧之中，俾爲部使者，則一道吏民當被厚賜。某技窮退屏，百念灰廢。惟俟故人衮衮光大，剗除蠹弊，休聞拭目，得再見三王之治，快意而死，如此而已。其餘祝頌不情之語，不敢道也。

校勘記

〔一〕『然』，四庫本下有『其』字。

答姜秀才

昨日承訪逮，副以長牋，叙致勤誠，感何如〔一〕也！嘗謂求師固難，爲説尤難。吾子以退之《師説》見告，請復得以《師説》爲謝。柳子厚謂魏晋氏以下，世蓋不事師，唯退之奮不顧俗，作《師説》一篇以勉誘後進。然猶召鬧取怒不已，况餘人乎？今之晚學，在里巷中團聚小生，以所不知，更相授受。不龜之藥賣不百金，至於挽人而售之，使人輕慢而不知尊，非徒自輕，亦輕道也，故予深以爲戒。又自知學術荒淺，幼年貧甚，不得專精於學。獨受性愚狠〔二〕，不甘爲聾俗羈紲，故鋭致讀書。今方技窮退屏，無所成就，正不敢導人以所短也。

去年吾子過聽，猥謂可從之遊。自顧有不可得而辭者，故得數相往來，磨琢甚樂。今年予既多事，而吾子似亦抗走營營，意謂秦青之歌已得之矣，豈敢竊竊然挽而教之也？此無他，不敢好爲人師而已。長牋之臨，方知有幣帛不至之歉，無乃失所疑乎？圖裂地而取封，意豈在於百哉！紙窗竹屋之間，時得賢士顧訪，商確今古，抵掌一笑，政窮人之所望也。屬嗽疾作苦，奉報草草。

校勘記

〔一〕『如』，原作『有』，據四庫本改。

〔二〕『狠』，四庫本作『懇』。

與潘令衛

午刻尊候萬福。前領薑母百斤，且勤枉過。他出，迎肅不迨，蠶老葉忙，詣謝亦復不果，當蒙亮之。苗已出土，而園丁不識薑性，盛介切告，頻遣至看覷，合作如何培養，祇自備人工爲之，左右當不使其有半塗之廢也。已有折簡之約，更不圓封，切望照恕。

答潘叔豹

叔豹吾友：

辱誨字，承日來所苦不衰，使人執書慨歎久之。失意遠歸，貧病如此，其何以堪！來書謂夏初一書往復之後，無一字相及，視安否如秦越，疑若有之，然自揆於心則有説。夏時既報來帖，家人就蓐，小子生不旬日，以毒瘍化去，家人憂苦成疾。盛暑中，子死妻病，百端煎悲。八月十三日，遂般挈還金華。到家則官中征羅絹紬帛，免無錢，里胥每登門，徬徨無所出。坐此懷抱無一日好，然念吾叔豹之心，則猶夢寐不忘也。數日前，郡中見章子云，曾得左右書，具言體中未平。欲附藥去，又不知近來疾狀如何，相對憂慮，得書始大驚懼爾。平生友善相知如左右者有幾？尚期他日相扶行道，萬一終坐坎壈，則桑榆暮景，鷄黍往來，冀終此身，公何謂舊約之易寒如此乎？

乍寒，病人易〔一〕覺增重，惟寬心調治。某更數日，定走左右面叙，此不多及。媿媿悚悚〔二〕！

校勘記

〔一〕『易』，四庫本作『益』。

〔二〕此當作『愧悚愧悚』。

與潘義榮

前日奉誨帖，已登輿就道，紙筆不便，不皇報謝。拜賜而歸，媿不自安。古文《尚書》、《孝經》，實所未見，開卷一覽，如聞琴瑟鐘磬之聲，而字畫奇怪，氣象深穩，又如今人中見古人也，幸甚幸甚。越夕，伏惟治行之餘，尊候萬福。

左右取科名十年矣，行己趨操，士大夫雅論高之。今日之召，正當國步艱虞之後，非獨朝廷責任於公者甚重，而有識之士所以相望者亦不輕矣。切須攄發所學，力救今日之弊。某窮顇之身，不能奮發，見之行事。然竊嘗思之，爲治者貴乎知大體，毛舉細故，非所急也。蓋治道之舛繆，如人之有疾病。元氣虛耗，根本搖動者，病也；瘡瘍癬疥，見於皮膚者，亦病也。若元氣充實，足以滋養肢〔一〕體，則瘡瘍癬疥無自而作，有亦隨手平復；苟元氣中潰，則其外雖充實光潤，終亦僵仆而已矣。國家累年綱紀破壞，風俗頹靡，小人方且上下欺慢，種種兒戲。當時如取元氣向絶之人，飾其衣冠，傅以粉澤，而指爲姣好。賴天地宗廟之靈，於未僵未絶之間，扶而起之，此大幸也。竊見比來諸公施設政事，雖未敢加衣冠粉澤於病人之身，而目前所留意者已在瘖瘂疥癬之末，所謂元氣之未還也，漫未省也。

嗚呼！於今日國勢一變之時，扶之不正，過是恐難爲力矣。左右亦有意於此乎？元氣之還不還，在小人之去不去。雖然，小人非能盡去也，堯舜三代之時，所用者豈能無小人，要之君子勝而小人寡，治既積久，小人革焉，故不害爲治。歷代衰弱之際，所用者豈能〔二〕無君子，要之小人勝而君子寡，弊既積久，君子微焉，故不害爲亂。今日朝廷之上，小人雖未能盡去，要當使君子之道勝，相與講求大體。其不係於人心之去就者，姑且緩之，俟氣充力强之後，徐徐施行，未晚也。苟坐視元氣之耗，獨尋瘢痛不平處把抓〔三〕以塞責，他時當復有飾衣冠、塗粉澤以相欺者矣。

義榮前日又謂『所見必言之，言而不合則去』，愚恐此論過矣。大抵獻言進説，要當使實利及人，得虛名而輒已，無益也。蓋一人之尊，不能獨治，故委之宰相；宰相又不能獨爲也，故託之庶僚。人君有所未省，宰相則論之，臺諫則論之；宰相有所未省，庶僚則言之，臺諫亦可言之。上下相規，期在於得其是而已矣。使皆爲義榮之説，則言而見從固大善，一言不從，委而去之，庶僚持此以事宰相，宰相持此以事人君，尚誰與求治乎？彼仲尼、孟軻，亦何爲而徘徊於諸君之門也？願義榮直其道而平其心，婉其辭而和其氣。君相之間，從容贊議，共進君子，去小人，勿相與把抓〔四〕瘢瘍以塞責。如此，則天下幸甚，朋友幸甚。屬以告别，無緣再詣，道中千百加愛。

校勘記

〔一〕『肢』，乾隆本作『身』。

〔二〕『能』，乾隆本作『必』。

〔三〕『抓』，四庫本作『搔』。

〔四〕『抓』，四庫本作『搔』。

與潘令衛

城中款晤，甚慰卑抱。繼皆族人詣門下，不值而還，逼於日暮，不遑奉候也。移昔，伏惟萬福。示諭創立義社，招募武勇，此二事與某謀合，大同而小異。然須得太守決意力行，則利博而功大，行之不決，則此論近乎迂闊，此某所以懷區區而不敢獻也。

五馬固不識之，聞頗好言采善，然亦不能專主。昨日又歸與諸公議之，大凡行事須出於誠意，乃見功效。借使條陳利害，以兩事進之太守，太守聽而欲行之，又一人持異説搖動其間，則吾事沮矣。蓋獻説者多而太守不專聽故也。某徐思之，與其懷高論而不得施，坐視其失，曷若以此策斟酌行於一鄉，保全里社，尚爲德不細。春塘之人素歸重左右，若還此相與防捍盜賊，暗消奸雄，使更相視效，彼此聯結，亦可外助太守也。專人布露，更在詳察。

與葉彦法

伏自癸卯告别，迨今六年，中間一二三書相往復之後，音耗不通矣，懷仰如何！即日秋深氣爽，福禄駢集，紳笏之榮，實所忻快。異時小人根連黨結，欺慢君父，已靦顔受禄，又盜其餘，霑〔一〕及婚友。市恩之罪，天未顯戮，而附炎得志者方沾沾自寵，正如得盜財爲盜役，而自以爲得志也。留守宗丈懷志秉節，於衆人憂危撼動之中，忘身勇奮，脱天下生靈之急，傳之後世，可以贖今日人材猥敝之羞。是雖竭美官高爵，未足報稱。矧坦腹其門、學行兼美如吾友者，受朝廷九品官，不爲忝矣。每欲以數字馳賀，又念前日無書問往來，一旦見人有名稱，便奉竿〔二〕牘，此正世俗之薄習，故因循至今，左右鑒其忠否？

前月緣幹抵城，似聞里巷有不憖遺之嘆，繼見宗學士起復之詔，方知果然。留守丈晚節騰奮，草木知名，無所愧恨，第可爲朝廷惜，不敢爲左右及閫内孺人之弔也。京畿闕在何時？美赴有日矣否？某窮居如昨，進取事的不在懷。但得四野安靖，保守松楸，盡讀未見之書，爲樂亦大，他無足云也。未問蓋練器業，前報寵休。

校勘記

〔一〕『霑』，吴藏本、康熙本、四庫本作『露』。

〔二〕「竿」，四庫本作「簡」。

與張叔靖

去秋握手，無十日從容之歡；隔闊相疏，已抱經年之恨矣。因循度日，治問不時，則公與我均有懶病，可不怪也。冬序稍寒，伏惟尊候萬福。

某自去年得瘧寒疾，百療不愈，今年五月纔脱然。窮蹇中病復苦之如此，奈何！季平久在甥舍，今挈家而歸，想手足相得之歡，倍於疇昔。爲别一年，奇禍萬變，使人嘗有卧不安枕之憂。吾生歲暮日斜，所遭如此，憤今懷古，嘗無佳抱。何當密坐，共開此懷！未開千百壽重。

答何元章

石季平過門，奉誨帖并文字。即日秋暘明爽，伏惟尊候萬福。山居和詩，初無佳語，推借過情，非所敢望。解紛伽陀，盥讀數過，真入道者之指南也。叙述三詩之意，復撰成《詩話》一通，再此寫呈，非好辨也。往反掌距，又且作得一篇文字，亦可解頤否？兩嶺礙人，不得早暮承顔，傾倒日甚。時因順風，以片紙數字驚發鈍根，是亦教誨之而已矣。邇來浮論稍定，時事施行，似有次序，貧者遂得力田場圃，竊豐年一飯之飽，萬幸萬幸。未參晤間，惟善保寢興，行迓泰來之福。

寄張叔靖

異鄉不得從容爲恨。然家姪每得季平書，則動静之祥，因亦聞之。潔己兄還舍，授以華示，伏承日來探道愈深，德履康固。又得審問，德晬奉議一房眷聚還自江湖，上下萬福，宛轉慰懌。某鑽頭書册，窮坐而老，熟見時事寖窘，而憤結不平之氣無路可舒，方日如游鼎之魚，不足道也。得便甚遽，捉筆爲問，不多及。

謝主文陳用中

十月二十四日，戴秀才附到所賜緘書，捧讀之餘，悚然汗下。何諸生未有一字見意，而教誨輒已在門？豈寵之以先辱之賜者，乃所以開其不敏之罪歟？加以提獎太甚，禮數勤縟，皆非門下生所宜蒙者。私情媿惕，良不自安。忠孝互用之語，此正爲頓挫之久，内生霾霧，一時用筆之誤。掩瑕之德，銘於肺肝矣。

又

某自幼讀書，竊嗜古人文章。自舍法入學，至癸卯漕臺試，中間偶十爲第一，輩行略相推許。年漸長，身漸窮，則人漸輕笑而不與。今年自顧齒髮四十有三，世態欹危，年益老而身益困，所挾之技當亦不爲人所喜，故決意退縮。而婚友相挽，使强顔有司，不謂寸長，遂有遭逢之幸。雖然，老而得此，夫何足云。尚恐失之東隅，得之桑榆，受知門下，自今日始而已。

與沈元用給事

先生譽望所以壓服人心者，已在大名表暴之先。既歷清切，則識與不識皆浩然屬望。宣和甲辰，某以浙漕薦書，厠先生禮部筆硯，是時固嘗微隨馬塵，覘識風采。迨擁節南來，卧鎮桑梓，而某以奇蹇無聊之身，日託大庇。念欲俯伏堂下，一拜台光，則貴賤相懸，無所陳説，恐與旅進後生均冒典謁之誅，坐以不敢前。今復道里阻修，正遠旌棨，瞻仰崇重，不勝旦暮之心。

又

東陽郡自去年孤危耗敝，日可寒心，非給事救護百計，則即今耕鋤著業之民皆成盜賊，而衣冠之士已爲溝瀆埋藏之鬼矣。雖然，大人君子有康時濟物之功，而其身抱謗譏不明之嘆者，古來如此。執事以全活千里生靈之德，豈不足以塞一二萋斐小人？行將賜環前席，付以大柄。徵今日毁譽好惡之所親嘗者，而以公論進退人材，使其皆得勉力就事，則旦暮之淹，乃所以啓後日廟堂之業也。

又

某疏賤寒生，困躓場屋，輒煩舉送。適廬舍負郭稍遠，揭榜之明日，趨走言謝，值將兵告變，關閉不得入。後數日再詣，則已在邦人卧轍之後。坐此參差，不及面奉一言之教。心隨大旆，踰日未收。上賴台明，有以照察。

答徐彦思

某正月十七日，奉臘月十四日所惠教，如獲對面，審聞尊候起居之詳，慰感并集。中都甲辰之别，扁舟東還，塵埃萬狀，不能以片紙奉高郵之問。年來世事危迫，率不數日，傳聞一變。蓋某雖家居里閈，而襆〔一〕被束裝，常若流落之客。前年冬，始聞之官潯陽，爾後遂不知動静。經年不到郡城，到亦早出暮還，無從問故人消息也。得書，始知周旋勞苦，亦尚徘徊待次，可量傾倒！彦思負持才術有素，今日萬事顛錯，不知當以何道救之？慨然憂傷，必有康濟斯民之策，如僕但能爲時流涕爾。

去秋緣業未净，親友挽使作詩賦，正以爲慙，無足道也。一男子六歲，二女子皆過十歲，此曹相催，已成老翁。田桑雖粗可衣食，但轉手作事，便覺窘短。來書乃謂近來優裕，此語必自不相知者得之。建昌闕在何時？未行間或尚須到城，當探伺館舍上謁。數年相别之懷，非握手促膝，未易開也。未間，多愛。

校勘記

〔一〕『襆』，原作『樸』，據四庫本改。

寄章少董

伏自疇昔一拜海鹽之問，其後人事變更，身計窮蹇，浮沉宛轉，十五年間，遂成隔闊。雖書問不通於左右，然追懷雅故，一一於心。想少董亦不爲蹤跡相疏，遽忘情睠也。去年見戴元質，話起居甚詳，大足爲慰。即日春和，復惟燕居優游，寢膳萬福。永康舊歲爲過兵所略，高居如故否？生計當不至耗殘？世態如此，不知以何道救之，恐未易論也。

某困卧村野，苟度光陰者已四十四年。蒲柳早衰，種種情嬾，獨有鋤斸田園一事，尚須料理，其餘不問也。政和相從之樂，礙隔於非常憂患之前，已成異夢，念之悵然。車馬何時能一到城，馳想之心，尚幾少塞。不爾，傾嚮未易休也。未間，保重。

與薛世德

初二日一見，不得款，繼辱賜過，復值出。初三日，薄暮還家，不敢扣門，皆以爲恨。冬晴，得雨便寒，伏惟静坐窮經，其樂無量，寢食休裕，自可知也。某抗走營營，未暇寧息。湖上相從之樂，念之難忘。左右負材種學，種種高妙，今暫不偶，安知非後日驚人之漸？不爲折閲不售，乃良賈之志也。方時小寒，柿紅橘熟，園籬林落之間，奉板輿而游觀，樂亦多矣。某更三五日略如浦江，月末或緣幹再入郡中，當詣門一款。會從可諸友，亦爲話此意也。區區奉狀。

與潘義榮

往者福慶嘗有《唐鑑》之約，公今榮被除書，即造宣室，此書願如前言，春首却携至會稽奉納。荒陋之人，熟見古人用心處。後日仰首伸吭，不至以謏言鄙論玷辱朋舊，公之惠多矣。

與張子韶

屬者天爲小人之私，附大名之末，爲幸甚。至兩月之間，出均茵馮，入承謦欬，爲跡甚稔。執事略去聲勢，垂意延接，所以相與之情，比衆人加厚，何感如之！奉違之日，已見呼紹興迓吏，意謂五月視事。迨此孟秋，有自越來者，詢之，猶未聞耗。傳者又謂體中嘗不平，今猶未愈。坐貧不能專治問，惟是瞻思之心，夢寐不忘湖山之西也。近潘義榮得叔倚家問，始知已至紹興，驚喜中草草具此，託宛轉遇便附達。蚤以數字相寄，要知動静也。

某自離臨安，至桐廬，值大水，間關山徑，五月半到家。了人事，即閉門静坐，植蔬種菓以給鹽酪爾。後若衣食更無計，則復如異時作書會爾。他無足論者。俟知大旆所止，即旦暮跨驢款段上謁，如向來之約也。餘懷非面不能具道，臨書增情。

答梅秀才

辱長緘，爲禮過當，屬歲除冗擾，遂稽報謝，中心慙負不可言。漢唐史家亦無本，蓋少時已坐貧，無錢買書，宛轉貸借，手自傳寫，故粗得誦〔一〕記。其後頻經兵火，雖家藏古書散亡略盡，二史固不能保。年來老大，霾霧內生，舊學荒落，二史非但無本，其藏於心者亦捨我而去矣。吾友安貧力學，談經之餘，有志於此，深可慶慰，殊以不及承命爲媿也。雖然，有一言敢爲吾子獻。或者謂經以傳道，史以傳事，此大不然。使天下俗學晚生知經而不知史者，必此言也。夫經曷嘗無事，史曷嘗非道？道與事，散於經史之間。治亂安危，存亡成敗，明聖仁惠、昏蒙〔二〕暴虐之君，忠良俊乂、奸邪險曲之士，靡不具道，學者不可不知也。

崇觀舍法之弊，肉食鄙人倡爲膚淺之説，學校之士從而聽之。自本經、《語》、《孟子》外，盡指爲駁雜不純之書，漫不加意。間有論議漢唐間人物者，則朋友笑之，師儒黜之，曰：『是安得羸拙之語？』故一時氣格〔三〕意象，熟爛委靡。及化爲紳笏貴人，則進無保國捍難之功，退無仗節死義之行。此無他，無古以鑒今爾。吾友今者漸能畏避俗學，求味古人，內懷不自已之志，豈患無書哉？善學之士，問其有志與無志，不問其有書與無書也。昔人讀書不知義者，猶受書肆説鈴之誚。苟堆積文籍，而不能游目於其間，與無書等爾。濟南老生未死，《尚書》可以口傳而滿天下〔一〕，漢唐史亦人間書爾，心果慕之，何患其不獲？蓬瀛道山，異書奥秩，無不具有。立身揚名，自可取而觀之。恨無鄴侯萬軸之多，不稱子雲奇字之問。區區更俟面言而已，謹奉狀以謝。

校勘記

〔一〕『誦』，下原有『寄』字，據乾隆本删。

〔二〕『蒙』，吴藏本、康熙本、乾隆本、四庫本作『童』。

〔三〕『格』，四庫本作『概』。

答潘義榮

某窮居村落，坐廢時序，疏遠執事，惟日瞻思。春雨微寒，尊候動止萬福。比叔愚送到二日書，捧讀感媿。書藁叔愚强取去，不爲有玷清目，區區之意，初欲一鳴，後見時政施行，自有次序，不容更以春蟲之聲，煩聒〔一〕天地，遂收藏不敢出。寵借之譽，非敢當也。鄉里今年盜賊竊發，頗聞司諫移害就利，常有裨於太守，信仁人之言哉！

某比於圃中創小亭，名『可友』。今以小記奉呈，暇日能以一詩光之否？時危，此身尤覺如影泡，一室猶傳舍，顧方爲安居計者，此亦一日非葺之意也。福慶之約，慮使堂偕行，難以趨詣。不爾，則同叔愚自山間逕道，可以一日之款。區區奉狀布〔二〕謝。

校勘記

〔一〕『聒』，原作『聒』，據康熙本改。

〔二〕『布』，四庫本作『希』。

與范茂〔一〕明

伏自丙午正月，蘭溪藏院拜違，憂危艱棘，擾擾四年，莫知公家弟兄所在，日夜掛念，非若尋常闊別之人，漫爲懷想之言也。今年二月十六日，始得寺丞之報於淮甸來者，笑而不信。蓋進狩之時，雖臣子蹂躪，而茂直明哲絶人，於紛擾中自有保身之理。又數日，傳者再三至，憂疑繼之。三月十三日，義榮報甚詳，乃知果纏此禍，旅櫬之還，殯葬已畢。痛哉！何公家種德之厚，而凶變遽及此耶？豈緣業之會，雖仁人智士有不能自免也？自聞此報，痛在心骨。但與賤累輩正當訛言相驚之時，坐貧不能城居，惴惴村落，頃刻不自保，兼亦不知從人所寓，含蓄涕淚，茫然無赴哭弔問之地，可勝痛哉！時事變更，百怪並作，日望材術之士如茂直輩力相挽救，速成反旆之功，而今又至於此極，天意不可問也。

伏惟罹此手足虧離之苦，友性自天，愛何以割！即日感念之餘，尊候作止蒙休。城居每事如意否？日來傳聞稍静，當少安心。區區面列之情甚於飢渴，屬鬒事正冗，未能如願。承教，當以秋初爲約也。謹上狀。

校勘記

〔一〕『茂』，原作『浚』，據吴藏本、康熙本、乾隆本、四庫本改。按范浚，字茂明，蘭溪人，著有《香溪集》。

答石季平

某正初留寓門下甚久，值軒蓋展親遂安，不獲聞教。被帖，承還第之餘，履兹春序，尊候萬福。蒙惠《可友亭詩》，字字高妙，不勝珍感。近潘子賤、范茂直〔一〕惠到兩篇，甚佳，怱怱未暇録呈也。小亭殊陋，而留語者皆高人大筆，第恐從今爽氣不在西山矣。感刻之情，非面不既。上狀希列萬一。

校勘記

〔一〕『直』，吴藏本、康熙本、乾隆本、四庫本作『明』。按范浩，字茂直，爲范浚之兄。

與陳去非

癸巳辟雍獲陪燈火，其後間關險阻垂二十年，南北升沉，無從瞻晤。今者偶以枯朽發榮，而舍人方隱躋清切，正此騰上，其爲幸會，亦豈偶然！屬坐愚拙，人事極疏，得官海邦，待三年之闕，未有驅策之便爾。臨書豈勝增情！

與淩季文

某鈍朽無堪，得忝同年已大幸，而臚唱之聲，切聯高躅，於時但知參附爲榮，而未知有相與之樂。奉違之後，抗走營營，倏忽歲月。念臨安兩月之間，辱慇懃而蒙厚意者，無所不至，然後始邈然追思，慨然相懷矣。

敝居在金華最村處，仲夏望中抵家，應接人事略遍，則閉門孤坐在深井。八月七日，田子侔忽附到數字，九月七日再得書。發緘快讀，既知履此窮秋，作止萬福，又知子韶動止之詳，非尋常慰喜之心也。季文醖藉風流，又名聲灼灼，今只以幕吏待次，何也？豈造物者之於寒士，常有意相扼耶？某自還鄉後，夏不雨，薄土旱失什五，窘短尤甚。前望遠闕，日月不可勝計，欲從人干覓，則面生慙熱，公謂奈何？季文生事當薄有涯，親戚間有可借力者否？因書顧見報也。秋風益高，千萬涵養，以茂遠業，餘無足言者。謹上狀。

與張子韶

某奉違之久，杜門深坐，兀如枯禪。九月八日，領八月二十日所賜教，大用慰喜。子韶名塞天下，前此謗論嘲毀鬨然四起者，物理之常然。某嘗謂仕宦之初，若便令俯仰柔順，顔面可喜，衆人憐愛如處子，則他日恐無可觀。聚駡招嫌，崎嶔歷落，偃蹇不仆者，恐後日却是硬脚根。子韶以謂何如？

邱簽之事，此間所聞又却不然。邱公聞甚長者，迓吏不如法，恐非其力。至於邀官謗死之論，政不自邱公起也。願更審其所從來，移怒懷鋪，恐有鬼神交鬬之誤。某素不識邱，因所聞如此，不敢不告爾。某異時作書會，養百指，亦時作瑣瑣經營以紓目前，今皆不復爲。欲從人干覓，則如有鬼神扼其咽，使言不得發，獨坐食以待遠闕，艱勤甚矣。儉〔一〕懷叢結，非面不能開也。

校勘記

〔一〕『儉』，吴藏本、康熙本、四庫本作『餘』。

答陳用中

九月六日領專書，教誨周悉，慰感并至。某前此凡三問起居，皆呈達否？拜賜之明日，即遣内史書，曲折盡如來戒。但〔一〕旋聞諸貴人紛紛就讉，慮内史亦預其數。今日得渠報字，始幸不爲虚行。但云文字諸公，自春夏之交，已爲有力者所取，不能自效，又文書填委，不及報復長箋之勤。内簡具言，恐欲見，今以封納。才業如吾先生，朝夕便當衝躍，恐亦無復作吏部錙銖計也。某夏五月還家，杜門窮坐。家貧闞遠，且無攀援，增浩嘆爾！手力晚到，夜具書，侵明即遣，不究所懷，惟以時保重。

校勘記

〔一〕『但』，四庫本作『後』。

與章少董

某今年二月，於令姪德文處領所惠教筆，具審年來起居之詳，且承韜誨益深，德行彌著。蓬門高潔，不見風波反側之憂，浩然馳想，如見古人。奉教之明日即如臨安，不皇具報，媿荷之意，日對令姪言之。某枯朽餘生，末流中偶叨紳笏，無足稱道。少董潛心抱器，古人有所不及，而世無有知者。見傅丈子駿數爲執政者言之，欲以鄉校奉浼，其言竟未行。德文少年力學，醞藉深遠，定爲令器。蓋家有名叔，自當薰染如是也。霜風益高，夢寐不忘君子之側。仰幾惠令保綏，别膺殊命，願望之切。

答徐彦思

庚戌季冬，邦佐附到其月十四日所惠教筆。辛亥正月十三日具短書，仍託邦佐尋便附上，當不至沉墜。旋聞琴瑟斷絃，復抱閨房之戚，驚悼未皇慰問，而車馬不久亦爲江西之行，人事交奪，因循至今，極深媿負。冬序已寒，伏惟治邑有道，尊候萬福。某衰朽餘生，偶成戲事，皆朋舊教督之力。廷唱後期集百日，司事既罷，隨例以幕吏出都。蓋孤寒無援，又同年一二三公皆以鈍拙自信，不能干覓，所以至此。還鄉，夏時稻無粒可糜，百事窘短，爲況可知爾。南城如何，隨分安堵否？賢者所至必理，想雖艱危誅剥之中，自熙熙爲樂邦也。未間，保重。

與淩季文

十二月十日，領教并信物等。審聞履此殘年，待次豐暇，尊候萬福。爲别滋久，瞻念日深。一郡之遥，如在天角。比得書來，辭意委曲，恍若半夜長廊，夜半〔一〕孤燈對話之時也。承能增置屋賃，少脱煎熬之患，何喜如之！吾輩前望官期，歲月甚遠，他無利害，獨伏臘無計爾。今果經畫略有次第，高卧讀書，豈不樂且休哉！若拙者殊未有策，雖不至無飯可炊，但兒女長大逼人。新春圖與四五友生入北山深處，尋一書室，爲長年安坐之計，他未暇置胸次也。歲窮苦寒，冰雪又作，念與故人握手一笑而未可得，切幾益加保護，以迎新旦大來之休。

校勘記

〔一〕『夜半』，四庫本作『紙窗』。

與王子野

某去年道仙里，雨中杯酒分散之後，晚渡桐江，風大作，道上漲水漫天。迂回山間三百里，凡四日始及蘭溪。還鄉日與人事相接，遂不得附至一書，謝前日過門顧遇之勤，負慙無地。拜別風誼，整整一年，瞻跂之懷，以日爲歲。念法慧兩月之間，承顔接辭，最辱厚意，紙窗孤燈，長廊夜坐，無復可忘。自去冬即聞美赴臨安，伏惟到官之初，視事豐暇，尊候萬福。某蹭蹬之迹，百無足言。仰首同年藉藉，飛奮如子野，高譽在人，郡幕小官，豈能相留？行見峻除，坐即清貴，諺謂『要得官，近長安』，公官守已得地矣。相距正遠，未有良晤之期，此心惓惓。謹奉狀。

答周希甫

某悚息，他〔一〕幅之問，媿非所堪。如希甫之政，士民皆能頌之，不俟小人羅列以進也。小官無大設施，所先獨廉勤，二者既盡之矣，夫復何慮！承欲訪民間利病，助太守半年條具之目。此尤見君子存心之美，不爲官職苟且之計，必欲有實利以及人。幸甚幸甚。雖然，民之利病，係於朝廷則可爲朝廷言之，係於守令者爲守令言之，非無益也。今之係朝廷者，豈單言所能移;係守令者,使守令得人,則吾民自可一一訴而求理矣。敝鄉亦無甚利害,其瑣瑣者,恐不足以裨賢者之聽。容徐思之,有所見,當繼此以進。

校勘記

〔一〕『他』,四庫本作『簡』。

與戴端甫

自景德廡下一話遂别,風雪滿道,公方衝冒成行,爲之感嘆。二月初見端修,問公起居,則云今復如建康矣,益相懷念。二月末,某病傷寒,醫者誤投熱藥,幾至委頓,不能行坐者四十日。後來得公到湖所寄書,始知動静,且承勉從辟書,俯就曹掾〔一〕,禮上之餘,尊候萬福。入仕之初,種種尤當戒慎,端甫易得推情任意,凡百宜少思之。又前此奔馳道路,汩汩不休,他人或以爲言,某獨知公母老而貧,興國又未可赴,雖經畫稍勞,未爲卑也。既就禄矣,太夫人在堂,隨分菽水,已是膝下無窮之歡。正當静養,爲他日千萬里之計。官職功名,皆有定數,慎〔二〕勿忙也。端甫人物高妙,未可輕用。朋友道喪久矣,區區一言,未必有補,然設以苦勁取憎,亦足以洗末世相諛之病,端甫恕其愚否?

某今年復得少蠶,兒女遂免號寒之患。又與三四友生入北山深處,治一小室,尋未見之書讀之，自可度日。其餘惟俟友朋光大，敦篤古道，一援泥塗之困，他無足云。時益向熱，萬萬自愛。

校勘記

〔一〕『掾』，原作『椽』，似爲誤刻，今改。

〔二〕『慎』，原作『頊』，據四庫本改。按吴藏本、康熙本、乾隆本作『御名』，蓋避宋孝宗趙昚諱。

答張子韶

二月二十日，領所賜緘書。是時病傷寒，伏枕誦讀，猶再過也。某嘗觀古君子及當世偉人，其躋清貴，登要近者，率須綿歷州縣，親見民間情狀。故他日運動天下，薦進人材，建功立業，無不一當於人心。近世文章政事，分爲兩途。朝廷貴人雍容高談，指州縣爲猥冗之司，謂非清選者所當與。俗吏又謂非我無以辦事，故貪污不法，恣其所爲。此風俗凋敝之由，百姓困窮之本也。子韶以文章名海内，暫輟臺閣，爲州郡幕官，閲牘聽訟，矻矻加意，如積勞求進，孤寒寸禄之人，何其美也！仰見設心措意，常在於遠者大者，向所謂綿歷、親見者，正高懷之所樂爾。某杜門窮坐，虚用光陰，自春抵夏，苦於多病，稍欲觀書，必倦乏而止，亦福緣淺薄所致。但村落間蠶熟麥秋，春種已緑，無憂矣。因風未忘，時賜鞭策。

答淩季文

二月間叔倚附至緘書，五月初義榮又附到四月六日所寄，厚意薦蒙，媿荷深矣。即辰暑雨未收，伏惟遠業益茂，動止愈佳。某初聞季文能增置房賃，有度日之計，如己有之。旋聞回禄一行，一掃而盡，今復窘短如故。有自鹽官來者，則云季文在鄉里，不免圖錙銖以紓目前，聞之使人驚嘆。才名蓋世，人如冰雪，而使公爲是，信乎貧之能累人也。方欲附書，奉勉作書會，而四月六日之書已報。越帥有謀授之請，欣慰可勝言哉！

某異時在鄉里，衣食窘迫，又不能借温於俗子，時亦營營，自過省後，即不復爲。今在鄉里，教授四五童蒙，以所得添助歲租，得亦不至闕食。然自經費之外，謹不敢動，殊未見有官况也。一笑。季文孤寒無援，亦與小人相似，得熟忍貧賤，此外無他術也。陳仲文諸公君試宗卿，學官魁中，皆所未聞，殊荷見報。同年軒翔，秖益歆嘆。彦柔近蒙幅紙之問，荷意不忘。有一書附謝，切爲辱佳便達之。力行古道，前副異寵，區區之願也。

北山文集卷十

宋鄭剛中撰　郡後學胡鳳丹月樵校梓

感雪竹賦

鄭子夜半聞風過庭竹，細響淅瀝，寒入茵被，光在窗壁。晨興啓户，四顧皓然，乃堦除之雪積也。竹有高出林表，受雪既多，壓而低者。竿拳曲以屬地，葉離披而附枝。心固虚而自若，根亦牢而不移。然不畏其寒而畏其重，頗見高標困阨之可悲。余乃呼童兮，假長鑱之巨柄；使盡力兮，擊修篁之涷壓。觀負荷兮，類積羽之將沉；忽奮起兮[一]，信泥塗之可拔。色娟娟其復浄，節落落以難合。寒梢一伸，所謂此君之風流，自不可奪也。蓋其與蒲柳異類，松柏同條。遭玄冥之强梁兮，雖抑遏而謾屈；分嶰谷之餘煖兮，終槭矗而不凋。故積累之勢，暫可枉其直，復還舊觀，則又吟風而飄摇也。其在人也，初如蔽欺之隔君子，權勢之折忠臣。其窘迫而寒冷，則夫子之被圍，原憲之居貧也。終則如浸潤决去，朋黨遽消。其氣舒而體閑，則二疏之高引，淵明之不復折其腰也。雖然，雲兮正同，雪兮未止，勿抰瀌瀌之勢，孰見猗猗之美？在物猶然，人奚不爾？亦有窮卧偃蹇於環堵之間者，誰其引之，使皤然而起？

校勘記

〔一〕「兮」，原作「分」，據吴藏本、康熙本、乾隆本、四庫本、《歷代賦彙》改。

秋雨賦 并引

秋雨踰旬，門巷窮寂，訟百愆之在身，知再生之有德，中夜感而賦之。

維歲庚午，白露戒之前夕，燃膏不繼，於夜未央，非風非雷，聲在四窗。居士醉醒相半，覺寐都〔二〕忘，横枕聽之，則秋雨之至於西江也。盧仝之屋，雜然以鳴；原憲之樞，颯焉而入。槖駝之樹，振舞而響動；子猷之竹，飄蕭而細集。其初若有若無，類李愬入蔡州之肅；後則若馳若驟，如光武破王尋之急。少焉再作，風松沸鼎，山城百家，想萬絲之斜溼。

居士耳受心感，坐而嘆曰：辰角未見，孰挽河耶？然資以入土者，宿種欲麥；待以流脂者，大田有禾。收豐歲之美利，壓厲氣之偏頗。薰嘉味於酒醴，暢吾民之笑歌。是皆助天地，釀中和，予不敢以爲多也。爲腹疾乎？入蒼苔於陋室乎？將望舒得天澤之意而離於畢乎？兹未必也。化魚乎？添柳耳乎？將瓜爛文貝，棗落青璣之實乎？抑又何足惜也。雖溝畝之迅流，猶河伯之未溢。予貧甚，而門外無裹飯以來者，知子桑之病未十日也。然則予何嘆？曰：嘆陰晴之遞見，寒暑之易流也。君恩重而身已老，知己厚而心莫酬。行百里者，信九十之始半；失桑榆者，亦何時而可收？雖使驟漂横落者，盡爲孤臣之淚，猶不足以定痛，故不若息群籟，閑清夜，庶予悲之少休。

校勘記

〔一〕『都』，乾隆本作『多』。

大易賦 并序

觀如居士既取漢魏以來《易》學參訂其説，竊拾餘意，撰《窺餘》十五卷。每旦，又陳《易》書案上，往復誦之，作《大易賦》。

風雨冥冥，爐香晝清，初被濯以危坐，徐玩味乎羲經。有奇偶兮，探《洛書》之數；有肩足兮，具《河圖》之形。彼《連山》、《歸藏》兮，雖絶編之已久；吾文王、孔子兮，尚端拜以猶生。秘七八而勿示，著九六以通靈。極三才而盡變，鬱萬化以含精。得鬼神以至理，發蟲魚之隱情。聖人謂象而用之，必有物也，故有以萬有二千五百二十之數，藏之於四十九莖。大矣哉！概其凡，雖曰潔静精微，其教也，乃若挈天地、襲氣母者，要不可以容聲。揚子雲之骨朽矣，孰弔之曰：『此三大聖相授之妙，而方州部家敢以準自名乎？』吃魄不能對。

有客出而難予曰：『子謂《易》不可談，則今之學，古之學也。按《隋經籍志》，自漢抵魏，費直古文之訓，康伯《繫辭》之作，鄭玄之《易》，王弼之《卦》，合四家之注，已二十二卷，豈其皆糟粕歟？諸授業師探微抉隱，邃者稱聖，雄者折人角，河内女子亦得以《説卦》三篇補散落。子患言之多，曷不泛其浩浩而守其卓也？』予曰：『噫嘻！客孰知無跡則槖籥虚，竅多則渾沌鑿。字三寫而烏焉不真，語再傳而唾蚪皆錯。是以説象則義遺，論數則象格。至有以龍爲驪，羊爲羔，果蓏爲果墮。是皆好奇之病，無病而進藥。又怪則五行傅會，六情假託。如蛇下梁，魚入寺，一牛兩首，逆陳幸中，僅巫祝之相若。大抵《春秋》可以言災異，而談諧射覆或流爲東方朔也。』客辭屈，則拜而請曰：『先生之《易》何如？』曰：『我知我愚，我戒我慧，實擁腫之似，而罔象之比。中夜以興，未明而起，高揖聖賢，如忽相值。讀《乾》、《坤》知覆載之恩，推《損》、《益》洞盈虚之旨。《恒》則可亨，《蹇》則當止。謂《中孚》兮則好爵之可縻，惟《無妄》兮則勿藥而有喜。既遠實兮斯爲《困》、《蒙》，矧考祥兮天常視《履》。《壯》兮則爲觸藩之羊，《睽》兮則見負塗之豕。危厲已熏於《艮》背，遲泥必成於《遯》尾。故折獄致刑者《豐》之用，而赦過宥罪者《解》之理。火在天上兮，當出門而同人；天與水違兮，作事而謀始。飛鳥以凶兮，蓋山有雷；尚口乃窮兮，豈澤無水。《泰》兮則小往而大來，《震》兮則驚遠而懼邇。益戒顛頤，無忘滅趾。《井》念羸瓶，《鼎》思出否，勿在《旅》以焚巢，將濟《涣》以奔机。卑以自牧，立不易方，然後藉用白茅，而爲慎之至。吾之所得於《易》者，如斯而已。乃若兼收象義，精粗不棄，窺竊衆説，拾其餘意，肴蔌同甘，莫分彼是。集而藏之，所以備遺忘於衰齡，教箕裘於不肖之裔，客勿視爲京郎之細也。』

山齋賦

觀如居士榜所寓爲『山齋』，有叟趨其下，仰而笑曰：『名何謂？ 是翁號書生，頃嘗履玉階之方寸，奉天威於咫尺，非山中之人。今者囚竄，正木偶因漂，南冠而縶，非愛山之時。前有謝亭長之閣，右乃見督郵之縣，非居山之地。名何謂？』趨而出。追問之，不告。觀如感而賦曰：

予世居金華赤松之下，深林豐草，曠野平岡，奥而爽，動而藏。初環翠以通幽，鑿嵌巖於邃府；忽數峰之拔起，入寒翠於穹蒼。蓋初平叱石之處，孝標讀書之鄉。雖雲可耕也，類子真之谷口；而盤之樂兮，無李愿之太行矣。有桑有麻，有梨有栗，吾非耕而俋俋，則灌而搰搰。或無餌而釣寒溪，或帶經而鋤晚日。不知芰製之異乎簪裾，不知編茅而類乎營窟。桃飛花而送春，雪擁門而入室。所以鹿豕不驚，烏鳥相得，蓋是山中之一物。

欺吾者曰：『爲儒要當釋屩，作賦可以得官。不牧羊而隨人燒尾，何爲守枯槁而遠長安也？脱如豹隱，豈霧中許久，猶未成乎一斑也？盍亦捨蜩飛之控地，觀鵬翼之垂天乎？』聞而甘之，炙背食芹，誠忘其陋，不謂沐猴之已冠也。奈何草茅之性終在，烟霞之痼不〔一〕痊。服勞而力已朽，願息而中愈頑。雖俟與伯，鶉且特，而憂悲眩視，此心無一日不在乎山間。果以滄浪不濯之身，負藪澤難藏之垢。大不足以禦魑魅之祥，小不足以汙豺虎之口。風静雷收，天高地厚。爰葺此居，使韜百醜。蓬蒿兮隱前，松筠兮蔽後。湖光兮蕩左，江聲兮注右。賓客難〔二〕過於高軒，書記不通乎下走。蘘茀蓁蘙，崎嶇巀嶪。蓋蠻〔三〕洞丁之所雜蹂，罪戾者居之不妨，戴隆恩於崧岱，寄危根於培塿也。寂無人聲，柴門晝扃。隅坐一窗，度秋林之策策；如臨萬壑，聽風雨之冥冥。掃庸神之滯困，對孤爨之餘清。盥瓶罍而小汲，雜荼薺以同烹。問迷塗於貝葉，窺奥義於羲經。是皆追省愆尤，收召魂魄，處陰休影之地，洒心修行之庭。彼何叟也，謂吾小齋爲無實而名，殊不知憂幽之病，既定於中，州縣在旁，何落吾事。不須笏以拄頰，自披襟乎爽氣。故園之夢不生，稚子之迎且置。惟松楸之悲，或感動於造化；則首丘而死，尚有望於終焉之計。

校勘記

〔一〕不』，乾隆本作『未』。

〔二〕『難』，原作『雖』，據吴藏本、康熙本、乾隆本、四庫本、《歷代賦彙》本改。

〔三〕『蠻』，《歷代賦彙》本下有『獠』字。

北山文集卷十一

宋鄭剛中撰　郡後學胡鳳丹月樵校梓

離平江

橋外客舟連夜發，飽吹十幅風蒲滑。天明無處覓高城，但見吴江波浪闊。

讀光明經捨身品

摩訶薩埵真奇特，虎口捐身資福德。却有同時畏避人，後來亦自成彌勒。

浦江道中

驚憂度歲月，靡覺佳序臨。玉露破金菊，方知秋氣深。

偶　書

何時見池館，一二佳友生。酣飲入深夜，竹間燈火明。

潞公與梅聖俞論古人有純用平聲字爲詩如枯桑知天風是也而未有用側字者翌日聖俞爲詩云月出斷岸口照此別舸背獨且與婦飲頗勝俗客對大爲潞公所賞追用其語作側字四絶平字

梅花一篇『側』字同『仄』

久雨閉陋室，薜荔絡敗壘。乙子語大慧，我聽勿入耳。具酒作社飲，此事古倡始。孰肯具果蔬，被肘醉子美。節物暗老我，壯志特未已。事業力自致，貴賤命可委。案上具筆硯，砌下秀菊杞。我顧乏大屋，尚賴有此爾。

平字梅花

江梅非凡根，先春花南枝。玲瓏皆瑶英，雕鐫誰爲之。天高孤芳寒，風來幽香隨。朝暾晞霜華，蘭膏塗真妃。移之當疏簾，吟腸清相宜。吾將譏花神，妖紅徒紛披。何如令江梅，芬芳無休時。終愁芝蘭嗔，侵渠名聲衰。

得雨偶害

夏暑踰秋驕未盡，萬物皇皇久焦窘。大雨一霈天地凉，星斗明焕草木潤。

曉　起

昨夜花間成酩酊，今日天風吹始醒。爐香深炷坐中庭，獨看竹梢移午影。

夜　坐

酒軟剛腸愁脉脉，夜静微風摇老柏。七星插卯雲縱横，月影昏昏半牆白。

村居二首

山風拂拂墮松釵，午日亭亭覆矮槐。一唾閑名歸酒盞，萬鈞清思入詩懷。

清心只有前溪水，息念唯憑一炷香。不覺青春倏過去，滿村桑葉吐新黄。

浦江道中三絶

瘦骨巖巖禍患餘，追隨人事愈馳驅。何時洒掃松楸畔，小蓋茅庵只讀書。

籃輿風緊揭疏簾，雨著春衣潤欲粘。滿眼陰雲壓平野，此時懷抱惡憎嫌。

寒梅蓄積香成蕾，古柳安排緑入縚。景物年年覺新好，所憐幽獨自蕭騷。

寺前書院

竹屋紙窗無限好，觀書學字不妨清。誰知夜夢饒驚枕，莊舄依前自越聲。

和季平哭小女時避地靈峰

荒山藤束木皮棺，見此令人鼻骨酸。自是杳殤風易剪，不須慙痛淚闌干。退之赴潮陽，喪小女於層峰驛，有詩哭之曰：『致汝無辜由我罪，百年慙痛淚闌干。』

題後鄭壁

滿眼烟塵雜鼓旗，經冬首鼠負憂疑。樹頭新緑今如此，辜負春光固可知。

題靈峰見山閣

兵火相尋音問絶，登高寓目空傷神。金華山且望不見，況乃欲見山下人。

避方寇五絶

皇家休運正無疆，撼樹蚍蜉不自量。未作天街一杯血，暫憑山谷恣跳梁。

啖惑愚民倚怪神，誅鋤當見不淹旬。何嘗耳目親旗鼓，只是流離失業人。

朝廷平日秖尊儒，文武於今遂兩途。聞説官軍又旗靡，誰收黄石老人書。

獵獵霜風捲地寒，狼星奮角夜漫漫。書生無路堪馳騁，被酒燈前把劍看。

將軍失策又顛摧，感激令人動壯懷。安得帳前圍百萬，悠悠旌旆夜銜枚。

即　事

梅子垂垂傍短牆，淡烟微雨暗池塘。年來日覺傷春甚，覽鏡欷歔淚數行。

清明前十日大雪二首

五花素色逼窗簷，紙帳重將布被添。天爲韶陽太妖冶，故令剪水作清嚴。

南山春晏蕨生芽，怪得清寒數倍加。一雪洗將紅紫去，高低林樹試瑶花。

度金沙嶺

兩行古木影交加，山欲侵雲水見沙。最好嶺前鷗鷺起，竹林深處兩三家。

渡胡源口二絶

暫出篢輿上小航，眼明重喜見江鄉。夢魂孤寄浪頭宿，一夜隨潮入富陽。

梨棗迎霜壓樹黄，蓋茅新屋漸成行。人情喜見兵戈息，路上時聞酒甕香。

吴江有三高祠謂鴟夷子皮步兵校尉甪里先生也先有〔一〕一人題其祠曰是非名利等煎熬見盡英雄兩鬢毛自古五湖風月好至今分付屬三高因和之

外物由來如夢幻，達人輕視等毫毛。投身爲有區區者，始覺諸公節行高。

校勘記

〔一〕『有』，原作『生』，據四庫本改。

道旁贈梅花

一枝横出小橋東，凡木旁邊迴不同。未肯臨風吐香粉，先將蓓蕾試輕紅。

蕭山老儒余志寧求拙庵詩爲賦之

紙窗竹屋閉幽深，古木簷頭對好陰。大巧家風秖如此，世人何苦用機心。

題横溪坊客館二首

吹暖東風自不忙，徐徐一例與芬芳。輪皴倚岸老楊樹，也向梢頭開嫩黄。

朝曦却雨作春妍，緑嫩黄輕物物鮮。村落可憐秖依舊，稀疏茅屋起炊烟。

春到村居好四絶

春到村居好，茅簷日漸長。杯深新酒滑，焙煖早茶香。

春到村居好，園林興味長。蠶貪桑眼出，蜂趁蜜脾忙。

春到村居好，枯腸飽可圖。笋尖將露角，麥秀欲生鬚。

春到村居好，清明欲禁烟。亂紅桃下雨，輕白柳飛綿。

呈周務本三絶

民因吏擾愈荒疲，不得田園破一犁。此邑端須知令尹，春來處處麥連畦。
浦江方此幾人家，生事高低各有涯。安得巨靈開二嶺，放教仁術過金華。
撫字心勞清愈甚，潔廉官小俸無多。知公但欲邦人樂，雖瘦雖貧不奈何。

偶書

身名蹭蹬元無況〔一〕，杯酒流行强自寬。夜半窮閻閉梅雨，昏昏燈火淚中看。

校勘記

〔一〕『元無況』，四庫本作『原無礙』。

休牧軒

自是牛圖不早傳，向來牛鼻不須穿。軒間縮手見真意，始悟控持非自然。

緑净軒

小小軒窗冷逼人，竹無俗韻水無塵。正如蘆葦瀟湘浦，不見樊然花柳春。

水　碓

遶岸車翻水碓鳴，誰於春事亦經營。斯民惜費蓋如此，力役從今莫謾征。

客夜霜寒

曉寒欺客入疏窗，夢破江南一夜霜。可但山林小摇落，樹頭無葉可飛黄。

貴谿道中四絶

人見寒雲凍欲垂，喧呼争願玉花飛。誰知萬里征途上，季子囊中未有衣。

竹邊小徑跨寒溪，息念臨流萬慮非。山鳥不知幽客意，背人相顧却驚飛。

村村土物各風烟，物性無私秪自然。斂翼汀鷗隨水下，藏頭野鴨傍沙眠。

晚投村舍款柴扉，一望門前野色微。西日墮雲斜照盡，半山秋雨落餘飛。

和張叔靖三絶

學圃自緣非肉食，杜門誰謂避閑名。大都野性如麋鹿，不解將身朝市行。

後生修飾正争妍，老者何顔與拍肩。竹逕柴門閉深寂，嵇康只願得高眠。

屋後瓜疇接芋區，門前寥落翳菴間。愚癡不顧妻兒笑，依舊燈窗〔一〕夜讀書。

校勘記

〔一〕『窗』，四庫本作『前』。

楊思恭惠酒作小詩戲之

炎炎酷暑日偏長，饞吻常思累百觴。封寄瓊醅雖甚美，一甕何以潤枯腸。

讀蘭臺詩 并序

蘭臺先生常宿潯陽天慶觀，有行年四十九，還此北窗宿，蓋其地乃唐之紫極宫也。李太白年四十九時宿其宫，常有詩曰：『四十九年非，一往不可復。』異哉先生，其謫仙之後身耶？先生遊戲斯文，談笑化爲珠玉，誠不是塵網中來，其德行文學，尚非太白所敢望。

蓋太白死垂四百年矣，英爽之氣，太空間陶鍊許久，通明圓悟，自應過之，因爲詩云。
天遣長庚下碧空，再將太白作坡翁。不然安得四十九，還宿潯陽太極宫。

每歲正月度太陽嶺半山間有梅花嘗以此時開每見必折一枝丙午歲成一絶

孤根抱石半巖生，玉骨知春自發榮。我有此間來往債，年年須挽一枝行。

即事二絶

春風盡日恣顛狂，吹散遊雲夜月光。露帶清寒入花骨，暗尋簾幕度幽香。
暮春景物稱山家，屋角團團緑葉遮。薄晚微雲疏過雨，一番小麥顫輕花。

偶　成

亂尋花木傍山栽，雖有柴門未必開。過眼利名休挽我，年來心地已如灰。

聞百舌

圓吭百舌語千般，豈是春來不耐閑。爲見幽人無與語，故來相對作間關。

送季平道中四絶

霜風落葉小寒天，去客依依馬不鞭。我最平生苦離別，可能相送不悽然。

與君今夜宿郵亭，遲曉東西各去程。記取短橋携手處，明朝都似夢初驚。

田夫擊鼓祀田神，盤案相呼盡欲醺。我願四郊無犬吠，常令此輩樂耕耘。

野蝶成團夾路飛，秋郊此景最佳時。寒梨霜柿渾無葉，緑橘黄橙半壓枝。

次桐廬

回舟逆水甚徐徐，尚距桐江百里餘。只有夢魂無阻礙，夜來先已到吾廬。

夜聞雪聲

怒號中夜忽收聲，枯葉寒梢細細鳴。曉起一杯簷外立，滿階無處認梅英。

己酉立春前一日得雨時有百日之晴

陽春明日五更回，破旱先令一雨來。要得群生蒙實惠，故將膏澤潤枯荄。

二月二十一日枕上聞鶯時霖雨之後

山前急雨促春耕，廢我徜徉小圃行。今日定知晴有意，咤然林際一聲鶯。

三月五日圃中

人愁春去少花枝，我愛園林春晚時。嘉木陰陰吐新葉，好風微度緑參差。

己酉三月二十一日夜夢中作

曲闌干畔短籬邊，用意春工剪不圓。一夜西風借霜力，幽香噴出小金錢。

王能甫作葡萄一枝於圓扇之上戲作小詩報之

妙筆窺天頃刻成，渾如小架月初明。扶疏老蔓敷新葉，下蓋纍纍紫水晶。

和元章春風三絶

方欣解凍入花叢，籔籔俄驚萬片紅。草木豈能勝造化，吹開吹落任東風。

平分四序遞收功〔一〕，豈但留情白與紅。莫訝曉來成謾誕，清微欲换舜絃風。

一掃園林寂寂空，抱枝蝴蝶尚尋紅。摧殘老物無人惜，不比窮秋九月風。

校勘記

〔一〕『功』，吴藏本、康熙本、四庫本作『巧』。

題西巖

終日徘徊得好凉，一懷炎暑變冰霜。會須月上出山去，更看芰荷生夜香。

題雷石寺潤公環翠軒

窗外小山重疊好，陰陰松竹翠排簷。老人嘉我幽尋意，深炷爐香爲捲簾。

宿鶴巖二絶

巍然山骨自天成，上與穹蒼斗極平。安得衲衣燒柏子，不聞山下是非聲。

巖頭一望萬家低，已覺塵寰不整齊。此秖人間最高處，况遊物外照群迷。

夜寒覺有霜

不勝孤潔寒窗月，分外清圓遠寺鐘。後圃便當收橘柚，無疑侵曉一霜濃。

至夜獨酌二絶

一册韓文酒一杯，居然獨酌興悠哉。夜寒徑醉即就枕，卧待新陽明日來。

久苦群陰不可排，一朝驅退亦宜哉。萬年誰上君王壽，爲奏門前欲泰來。

雪後觀月

風高天闊净無塵，萬瓦生光冷射人。不見曉來迷晚雪，但看霜月益精神。

枕上聞雪聲

日落天風徹骨清，疏疏玉片舞中庭。夢回細響鳴松竹，誤作春蠶食葉聽。

梅花三絶 并序

昔日多以梅花比婦人，唯近世詩人或以比男子，如『何郎試湯餅，荀令炷爐香』之句是也。而未有以之比賢人正士者。近得三絶焉，梅常花於窮冬寥落之時，偃傲於疏烟寒雨之間，而姿色秀潤，正如有道之士居貧賤而容貌不枯，常有優游自得之意，故余以之比顔子。其詩曰：

溫溫玉質傲天貞〔一〕，俯視凡花出後塵。静對寒林守孤寂，有顔氏子獨甘貧。

至若樹老花疏，根孤枝勁，皤然犯雪，精神不衰，則又如耆老碩德之人，坐視晚輩凋零，而此獨攖危難而不撓，故又以之比顔真卿。其詩曰：

樹老根危雪滿巔，令人頗意魯公賢。同時柔脆皆僵仆，正色清芬獨凜然。

又一種，不能寄林群處，而生於溪岸江皋之側，日暮天寒，寂寥悽愴，則又如一介放逐之臣，雖流落憔悴，内懷感慨，而終有自信不疑之色，故又以之比屈平。其詩曰：

水邊寂寞一枝梅，君謂高標好似誰。潔白不甘蕪穢没，屈原孤立佩蘭時。

校勘記

〔一〕『貞』，四庫本作『真』。

和潘仲嚴八絶

春　陰

澹雲不雨翳朝曦，簾幕沉沉燕子歸。細起一爐香霧潤，猶扶酲滿怯單衣。

露薄雲輕物色佳，平平淥水映人家。鳩鳴村暗開桑葉，燕舞風斜落杏花。

春　晴

午夢悠颺一蝶輕，隔窗驚覺搗茶聲。偶然尊酒得佳趣，半夜花間燈火明。

青烟漠漠晝無人，垂柳遮凉不見塵。飲水曲肱眠細草，絶勝肉食坐車茵。

春　雪

天散琪花壓晚春，豈將災沴禍吾民。爲嗔竇貨歸夷虜，故種人間萬頃銀。

冰柱垂檐雪滿山，今年寒食不勝寒。何門可曳長裾語，高卧從教刺墨漫。

春　雨

燕集深條簾未開，柳添新耳雨生苔。悲歌莫作子桑態，裹飯無人爲我來。

春　風

劉郎桃樹欲撓春，一夜飄零最惱人。不似窮秋作霜露，摧殘蒲柳有誰嗔。

八月初一夜聞雨

過山秋雨響臨池，深夜書齋枕獨攲。正似蓬船倚江浦，夢回牢落聽潮時。

戲題秋香

香染鵝黄衣綷縩，輕披環珮玉交加。異哉秋氣方淒冷，風露何能作此花。

獨　坐

午枕幽禽破夢時，明窗過日竹陰稀。小爐翻轉香殘燼，猶有清香一縷飛。

石希孟寄示賦論甚佳有未盡善處輒爲塗改因成小詩寄之

寄我雄文麗且新，冰寒於水豈無因。故將丹粉畫西子，要見濃塗淡墨人。南唐潘佑，嘗從高遠學，後過之，然遠每見佑文必加塗竄，朱銑無以〔一〕鉛黄，輒畫西子，因以濃墨，復塗遠之淡墨焉。

校勘記

〔一〕「朱銑無以」四字，文津閣四庫本作「潘佑每用」，文淵閣四庫本於「朱銑」後有一「曰」字。

偶書

未抱床頭酒甕乾，暮來樓上倚闌干。濃雲垂地捲不起，細草連天都是寒。

題石幾先書院壁

萬柄高荷碧玉圓，芙蓉時見一枝鮮。何年種此北山北，便向中間安小船。

荷花

美豔向人花灼灼，青圓如鑑葉田田。月明徙倚闌干處，細得真香憶去年。

呈范茂直時在豫章

窗竹翛翛度晚風，濃香醇酒小寒中。玉人尚作桃花色，我輩蒼顏何惜紅。

諸暨道中遇雪

亂花催臘舞江干，村酒沽來豈問酸。僊女雲間休剪水，孤松嶺上不知寒。

北山文集卷十二

宋鄭剛中撰　郡後學胡鳳丹月樵校梓

臘月三日義烏道上寄潘義榮

天風生暮寒，一夜新雪積。遲明兀篼輿，亂入山徑窄。茅簷兩三家，雞犬不見跡。冬令頃弗嚴，草木僭春色。愆陽入桃杏，弄暖浪蕊坼。肅然變霜威，犯者輒衰息。獨餘山上松，不動與寒敵。十丈偉標致，四面風淅瀝。時於翠葉中，碎掛瓊玉白。忘我道路嘆，但覺心志懌。擁鼻作孤吟，清思浩無極。

陪權郡符正民九日遊西山

符公寄郡理，犀刃不可觸。白晝〔一〕庭無訟，一切就整肅。秋風九月涼，閒暇顧僚屬。謂兹落帽會，千載有賢躅。西山多爽氣，盍亦具騶僕。曉出古城隅，薄霧隱疏木。乍見溪山明，已洗簿書俗。雲間阿蘭若，小步徧深曲。逸興不受制，更到山〔二〕之麓。弔古動高懷，臨風展遐矚。扶光迫西汜，回棹泛清渌。鈎簾陳密坐，羅列進肴餗。賓客岸巾幘，禮數免拘束。時因笑語驚，鷗鷺入蘆竹。導從偃旌旗，城郭初燈燭。我愧人物微，情睠久虚辱。終日陪後乘，可但玩黄菊。亦復見民田，枯秸瘦無穀。那能給租賦，止可縱芻牧。吾民窘窮狀，蠹損非一目。願施膏澤手，小使千里足。化此登高樂，泮散入幽谷。盡令登春臺，老稚同鼓腹。公餘登廟堂，摩天逞鴻鵠。下瞰清中原，更作四海福。

校勘記

〔一〕『晝』，原作『書』，據吴藏本、康熙本、乾隆本、四庫本改。

〔二〕『山』，原作『卜』，據吴藏本、康熙本、乾隆本、四庫本改。

和趙晦之司户三首

文士務悦目，常患器局卑。余雖嗜古勁，而乏嫵媚姿。紬繹起深愧，漸摩賴良規。温言謾相訹，何以慰所思。

吾子澤天潢，努力能自效。詩句如春風，容易亦新巧。簡編多生〔一〕賢，要在謹相傚。更願觀南山，其中藏霧豹。

老過日斜時，貧唯懸磬室。釋耒著青衫，自顧亦何得。方作斗升計，敢憚簿書役。相觀摩善道，正賴朋友〔二〕力。

校勘記

〔一〕『生』，四庫本作『聖』。

〔二〕『朋友』，乾隆本作『友朋』。

寄題李監酒不俗閣

高士常徇俗，無心欲違世。野鶴在雞群，飲啄同斂翅。昂昂望九皋，自有物外意。下士求免俗，正恐俗難避。嫫母學西子，象玉徒瑱揥。低回雖斂容，不改凡冗氣。聞君開小閣，潔具高風致。隨硯翰墨香，雨帶春煙細。盡將窗几閑，一洗簿書累。漢有弘羊者，榷酤善言利。流風至今兹，已作千古弊。君方聊爾爾，升斗亦云寄。顧我困埃塵，俛首甘俗吏。均是爲貧人，噫嘻勿羞媿。

送蕭德起赴召

□□□□□，□□□中原。八駿涉沙漠，春風移十年。壯士磨寶劍，怒氣常裂肝。荆湘跨閩浙，米貴仍無錢。征求未可罷，民力悉已殫。嗟我無遠識，念此心獨寒。九重益思治，久席坐不安。先生爲時起，素抱今可言。治近與治遠，二者將孰先。堂堂東海風，千載猶凛然。餘芳勉自振，家世無相懸。愚生啖寸禄，州縣方迍邅。感激欲起舞，袖短無由翻。臨風重相别，江湖催發船。

送符正民罷倅永嘉

去年斂板趨庭側，門前楊柳如金色。今年公去柳何如，已作涼陰舞寒碧。歲月忽忽無足恨，離合人生那免得。身如汀雁偶相逢，自是不須論定跡。我今胡爲抱不滿，攀轅益爲邦人惜。永嘉雄望城海濱，吏久不良民弊積。年來開府皆鉅公，旁助剗除知有力。歲當乙卯夏不雨，旱霧吹風千里赤。愛人節費惜錙銖，廩廥單窮猶足食。北方興師日千金，州縣皇皇慮供億。博〔一〕哉時發仁人言，未至取魚憂竭澤。青衫幕吏有何能，造物見憐相拉拭。自知愚拙生霾霧，臨事昏蒙無遠識。天機遇觸狂態作，掐鼻炙眉成痼癖。唯公道眼借餘青，頗許披心露真率。人生感恩未易言，正恐不能同木石。仙才秀骨公所有，化作文章可華國。持身況若玉壺冰，透裏無塵只青〔二〕白。暫分半刺〔三〕聊爾耳，此豈能令公議塞。行當擺脱州縣冗，下跨秋風開六翮。夔龍有室俱可入，願吐詩書資碩畫。自餘強飯無足云，轉首潮平江樹隔。

校勘記

〔一〕『博』，四庫本作『溥』。

〔二〕『青』，四庫本作『清』。

〔三〕『剌』，原作『刺』，據四庫本改。

贈周希父

憶昨被嚴召，同時具行李。海風九月寒，孤翮相次起。扁舟下雙溪，鼓棹共秋水。覽勝定徘徊，得酒對歡喜。欲將〔一〕骨髓奇，先後獻天子。六馭駐松江，端門晝高啓。披雲就堯日，五色炫光煒。孤根際春陽，生動自兹始。掄材有時相，小大聽所委。茵馮忽東西，分此舊窗几。公居陋室中，屋壁初料理。人静夜燈孤，葉動聲入耳。數日皆大風，簷冰凍相倚。坐想髯鬢逸，清吟不知已。慎書緘錦囊，莫貴洛陽紙。

校勘記

〔一〕『將』，四庫本作『得』。

丁巳年七月二十一日禱雨中元水府八月六日展謝祠下皆被旨也然禱後越七日始雨神所爲耶其不然也審自神出不無愆期之尤有如不然神之饗上賜也多矣爲詩以問之

奉祝出闤闠，禱雨祠中元。陳祠信已薦，拱俟心亦虔。山雲屢觸石，散去如飛煙。慗衷迫秋陽，汗流頸徒延。趦趄念亡狀，歸馬不敢鞭。雲臺欲旬浹，蹇兆方解懸。皇慈喜嘉霔，報貺禮弗偏。謂乃百神功，共相成豐年。遣昨致祠吏，奔趨各如前。我載謁水府，意惑口莫言。黄屋四海心，責己湯未賢。抑畏動黎庶，精誠格高圓。正恐三日雨，帝勑下九天。神令享豐報，然乎其不然。貪功認有者，鄙賤人所憐。神聰冠四瀆，宜弗蹈爾愆。益思贊元化，後效圖所先。小臣此將命，芒刺終未捐。

送宋叔海郎中總領湖北

余生得奇疾，傲世事矜倨。錯落氣少合，指摘〔一〕心不恕。人亦謂可憎，不作朋友數。自分與西山，終焉約良晤〔二〕。憶昨奉嚴召，孤跡踏朝路。楓落吴江冷，此是識君處。東廚竊餘饌，西府共官署。文書入同閲，茵凴出聯馭。從違一毫髮，所適無異趣。重愧牛鐸凡，不與黄鍾迕。霜蹄入天衢，先我呈遠步。所幸時從容，一笑或相遇。君今持使節，忽此戒徒御。分袂固良苦，餘懷尚能布。北方暗虜馬，君相勤遠慮。正當收杞梓，留作廟堂助。何爲使吾子，千里治財賦。蒼璧白鹿皮，似亦失所措。君如玉壺冰，透裏無滓污。清詩近道要，容易不肯吐。人於寸管中，時見斑一露。其如濟劇手，妙敏難悉疏。刀硎未輕發，千牛已神怖。使圖中興業，吾知有餘裕。無乃上流勢，貔虎夕屯聚。三軍儻不飽，難以責堅戍。千金日致之，又懼民生蠹。聊煩笑談頃，非君可誰付。長江八月風，帆飽舟楫具。結束持行李，功名戒遲暮。如聞豫章北，下接武昌渡。公餘一尊酒，時可對親故。孰與紅塵中，輪蹄日馳騖。嗟余蒲柳姿，領髮已垂素。雙溪有小園，清流鎖煙霧。年來枕邊夢，合眼見鷗鷺。奚〔三〕堪久勞役，短豆成戀顧。不待相汰逐，襆被行亦去。今兹懷别恨，密坐不能訴。酒闌可無言，君行已稱遽。

校勘記

〔一〕『摘』，原作『謫』，據四庫本改。

〔二〕『晤』，吴藏本作『俉』，四庫本作『伍』。

〔三〕『奚』，吴藏本、康熙本、四庫本作『焉』。

送方公美少卿宣諭京畿

春風入江南，紅蕖小桃拆。亞卿何壯哉，持節使江北。牙牌刻金字，黄旗書御墨。奉將出雲天，萬里布恩德。十載分三光，河洛蠻霧黑。夜泣孤鬼魂，毒貫生靈臆。胚胎此禍者，起自燕山役。今兹欲澄明，造物豈易測。關中幾萬人，性命懸兆億。虜雖識天意，按舊反圖域。聞其所車載，取及墓前石。民間一尺布，持去如卷席。罄盡脂與膏，遺我百州骨。嗷嗷萬孔瘡，傒望沐天澤。江南今復貧，萬室生理迫。瘠此欲肥彼，又恐非得策。使者宜孰先，第一安反側。不須增甲兵，當務修稼穡。聲名無欲夸，奏報須盡實。隨宜養官吏，著意看蟊賊。偏私生忌讒，戲怠藏隱慝。舉手從簡易，慎勿耗民力。要令鄧禹車，到處便休息。九重愛物心，八荒欲安宅。行行致功名，男子惟報國。

胡德輝郎中由禮部出守桐廬同舍取令狐楚移石幾回敲廢印開箱何處送新圖之句字分爲韻某分賦移字〔一〕

春風吹楊花，楊花亂江湄。中有使君船，雙橈倚漣漪。少駐一盃頃，容我成此詩。人生天地間，用舍當聽隨。楝幹無衰氣，匠石寧肯遺。姑存萬牛力，輕重惟所施。方公在瀛洲，衆論稱瑰奇。圖書浩探討，笑閱寒暑移。取作南宫郎，漸欲爲羽儀。雍容入青瑣，人以旦夕期。承流急師帥，小試煩一麾。淮陽正不惡，安用薄彼爲。第令牧民心，常如護嬰兒。休息戒擾動，飽煖毋凍飢。清净乃要道，中庸亦良規。桐江古佳郡，幽勝公所知。一水緑浩蕩，千峰影参差。鳴鳩〔二〕桑葉暗，雨過稻花垂。不妨乘事外，時訪嚴陵祠。囊中得新句，因風寄所思。

校勘記

〔一〕『令狐楚』，原作『劉禹錫』，據四庫本改。按：此爲令狐楚殘句，見宋敏求《春明退朝録》。『字分』，乾隆本作『分字』。

〔二〕『鳴鳩』，四庫本作『鳩鳴』。

紀關隴

十載三光分，號令南北阻。四達禮義鄉，限礙成蠻楚。帝王豈無真，社稷固有主。欃槍不待射，避路過河滸。職方閲輿圖，十已歸四五。窮民病巨瘡，延頸待摩拊。子翼上所親，暫輟自應許。詔書下雲天，所至若甘雨。車前拜且迎，稽首立如堵。無家不壺漿，有市皆肴脯。葉底窺烏鵲，牆頭出兒女。其中老人者，横涕自相語。脱命向鬼手，魂魄掛網罟。豈料須臾身，復此見官府。願上萬萬年，左右常伊吕。護持三綱全，保我在田畝。予前拜老人，愧謝難縷縷。塗炭置赤子，不痛非父母。如問嘗膽心，念念惟率土。驚風吹胡沙，北望曾後汝。成功當問天，字養難用武。今兹結新懽，不試師一旅。開籠出飛鳥，汝亦良得所。予獨顧秦關，異世目可睹。郊原掌心平，猶是周膴膴。崗巒抱河洛，四面踞龍虎。惟時蓋世英，制馭立區宇。不應移造化，私用貯狐鼠。見還雖必然，永保更精處。銷兵聞造兵，欲取必知與。吏良民自安，德盛豈招侮。道義尊本朝，好約信强虜。整頓天地間，事事皆就祖。吾民百憂足，可使再辛苦。冠巾作人家，耕鉏飽禾黍。會須太清塵，一掃凈千古。兹行豈不勤，道里以萬數。見公自清涼，蕭然失袢暑。日隨下幕吏，一馬行似舞。月明見旌旗，夢寐聞簫鼓。棗火餅肥炊，漿酸粟饒煮。徧覽江山勝，腸腹浩撐拄。不見少增重，政自太無補。

和李公實郎中燕歌行

李侯氣爽常清涼，上奉慈親髮垂霜。弟兄如鳳皆翱翔，秋吟胡爲慘中腸。白雲孤飛客他鄉，然此王事游有方。晏嫂老醜勝空房，我獨熊膽念莫忘。已無針線在衣裳，歲歲臨風感清商。侯門忠義慶綿長，象軸金花當滿床。板輿歡愛未渠央，倚門亦莫苦相望，樞密將春布岐梁。

和公實書懷

學古謾拙僻，高談成繆悠。吾今百念冷，泛泛如虛舟。參佐〔一〕託裴度，道路無一愁。願同陳元龍，時卧百尺樓。

校勘記

〔一〕『佐』，四庫本作『伍』。

答江虞仲機宜歸語

侯公説行高祖迎，趙璧在懷出秦庭。白首屬國還漢旌，印綬纍纍妻嫂驚。疏家叔姪辭公卿，彭澤柳外陶淵明。又如長鋏成悲鳴，沂浴〔一〕既罷風舞輕。斐然成章孔不稱，浩然之志孟豈平。登山臨水賦有情，回船上馬詩句精。又如虜營之氣已見，華山之馬將逸，丘園之夢欲成，天際之舟可識。其在今兹則還報王事，秣馬脂車與離長安之日。

校勘記

〔一〕「沂浴」，乾隆本作「浴沂」。

金房道間皆蠟梅居人取以爲薪周務本戲爲蠟梅歎予用其韻是花在東南每見一枝無不眼明者

邊城草木枯，散漫惟蠟梅。花蜂不成蜜，深黄吐春回。如行沙礫中，眼明見瓊瑰。初謂此邦人，推爲百世〔一〕魁。文房與幽室，佳處定使陪。羞死蒺䔧類，屏置山牆隈。事有大不然，驚吁謾徘徊。頑夫所樵採，八九皆梅材。餘芳隨束薪，日赴煙與埃。曲突幾家火，靈根萬花灰。我欲從化工，緩語摇頰腮。天涯有清客，不善爲身媒。鮮鮮犯霜露，旦旦斤斧摧。寧若橘變枳，甘心擯長淮。今渠負幽姿，風韻元不頹。胡爲雜榛棘，僅與樗〔二〕櫟偕。謂〔三〕工爲垂手，毋令識者哀。

校勘記

〔一〕『世』，《永樂大典》卷二八一一作『芳』。

〔二〕『樗』，《永樂大典》卷二八一一作『社』。

〔三〕『謂』，《永樂大典》卷二八一一作『化』。

再和

我賦蠟梅什，吁嗟何獨梅。天衢誰謂高，富貴容姦回。世路可憐窄，巖穴定奇瑰。劉蕡策如虹，李郃方爲魁。漢帝稱盛禮，太史不得陪。楚亦多大夫，靈均葬江隈。天馬縶四足，悲鳴謾徘徊。楩楠遇拙匠，血指成棄材。高岡鳳鳴資〔一〕，竈下隨煙埃。泛觀無不爾，何〔二〕歎花〔三〕爲灰。我欲勸處子，無庸畫紅腮。我欲勸朝士，無庸巧相媒。時來雞犬仙，勢去金石摧。置器戒如斗，酌酒當如淮。陶陶醉鄉中，壯心休自頹。小視造物者，令與兒輩偕。浩氣塞天地，容易毋悲哀。

校勘記

〔一〕『資』，四庫本作『姿』。

〔二〕『何』，四庫本作『可』。

〔三〕『花』，四庫本作『化』。

送陳季常判院

去年奉使天西角，遇事才疏多自覺。不應尚或人改觀，增重端因君在幕。君才如刃新發硎，到手萬牛髖髀落。豈能隨我困邊徼，定自〔一〕摶風上寥廓。峽東秋江風浪清，美君出峽舟楫輕。去年聯馬聽簫鼓，今也恨不同此行。古人持兵喻槃水，顧我何者能獨檠。幸留藥石苦資助，勿謂相捨真忘情。

校勘記

〔一〕『自』，乾隆本作『是』。

送周務本機宜

霜風吹西湖，與君持行李。瘦馬共邊笳，寒燈對孤邸。新涼秋葉驚，歸櫂君獨理。棄我天一方，穩下大江水。丈夫志四海，吾豈較遐邇。行藏天所爲，况自非偶爾。獨憂綿薄資，負重力難起。嘉賓日以遠，緩急尚誰倚。置此勿復論，遇坎各有止。我積漢中穀，君種彭澤米。努力隨小大，同在毓生齒。他年脱冕歸，對酒各懽喜。

送何元英

己〔一〕未夏入秦，馬足臨渭水。辛酉冬使蜀，去渭亦無幾。君於兩年間，同我三萬里。我今寄戎闔，君復持行李。客衣掛塵埃，間關亦勞矣。垂髫讀詩書，平視取青紫。側翅隨人飛，此計寧得已。人生功與名，天付在男子。有物執其柄，小大聽所委。請君但强飯，加意重生理。見蜺儻弗駭，换骨正刀匕。青春到邊城，雜花亂如綺。儲粟三百萬，護種一千壘。日與諸少年，醉卧春風裏。行行勿我念，峽東江未起。辦〔二〕事早言還，下榻當設醴。

校勘記

〔一〕『己』，原作『乙』，按紹興九年四月，鄭剛中與樓炤往陝西宣諭，考是年爲己未年，據之改。

〔二〕『辦』，吴藏本、康熙本、四庫本作『辨』。

寄别張子公尚書

昔我初至秦，使旨不到蜀。延首錦城春，千里寄孤目。逮公今出峽，賤跡仍羈束。夢看使君船，翩翩轉江曲。西州去思者，何啻連萬屋。攀轅猶弗還，我意豈能足。所憐蜀人病，羸骨未生肉。公兮胡弗留，共與營糜粥。自惟救護心，寢食對溝瀆。回顧莫有助，此志亦單獨。公兮那得留，峽水峻而速。蚤去登堂廟，大作天下福。病身鷄肋瘦，别恨容千斛。勢須更勉强，渭上幾一熟。郡縣減苛賦，廩廥貯餘粟。便當乞身歸，徑去友麋鹿。

類試院放榜衆論以得士爲慶作古詩一章呈詳定錢憲元素及同院諸公紹興甲子十月二十八日也

書生業辭藝，不爲覓科舉。胸中負器識，筆下有今古。君看阿房賦，豈是布衣語？獨其在糊名，貴賤惟所主。得之類至寶，棄去秖如土。有司開化爐，鎔鑄要精處。時方爲鼎鏞，小冶不應鼓。諸公皆名流，學海浩吞吐。丹靈骨先换，入榜盡龍虎。訪以執文柄，我以費羅取。書生家風寒，僕馬在何許。趼足赴重圍，裹飯坐長廡。視公簾幕間，若有霄漢阻。那知先達心，每事必念祖。未把短檠棄，尚記燈燭苦。關防周罅隙，考校到毫縷。雜置戰場文，一字不輕與。如持古黄鍾，端坐分律吕。在處拔其尤，可但十得五。奉此賢能書，足以上天府。蜀士多豪英，父老自能數。謂或有遺珠，勉使相接武。我輩酒尊空，邊城隔煙雨。

北山文集卷十三

宋鄭剛中撰　郡後學胡鳳丹月樵校梓

送樓仲輝知温州序

某與舍人樓公鄉井、學校、硯席所業經，幼時無不同也。故欽慕之心，爲久且親，至其聚散出處之跡，則常不及同焉。政和辛卯，某不得爲鄉貢士，而公升禮部。越二年癸巳，某以貢士不得第，而公奏名矣。是其初已不得同也。其後公歷仕路，翺翔二十年，而某以布衣窮悴，亦若是之久，中間自覺如水禽浩蕩，見人即飛，自然相避。是其後又不得同也。紹興丁巳，公爲左史舍人，某適爲西府屬官，省户邸舍鄰比，意謂異時學校之歡可尋矣。而公乃謂名不可以獨享，將有忌而争之者，束手藏筆，六請君相，鼓枻一笑，而扁舟已在大江之外矣，至於今。是又不可得而同也。噫，聚散之異乃爾耶！雖然，初不得同，則業不侔也；後又不得同，則命不侔也。二者皆非策蹇所及。今所謂可得同者，則暫而已矣。

門方吹竽，操瑟焉往；衆求鼠腊，懷璞安〔一〕之。如某失耕鋤之利而從升斗，廢山林之夢而觸塵埃，寧能久〔二〕爲是耶？赤松生春雲，吾其望故廬而歸矣。公於時回首三十年之雅〔三〕，略去名勢，鷄肥黍熟，相與開書論古今，慨興亡而浩歌，則後日之樂，庶乎其可以同焉。俟他日有翻然出爲天下之志，則予當起彈其冠。

校勘記

〔一〕『安』，康熙本作『何』。

〔二〕『觸塵埃寧能久』原脱，據吴藏本、康熙本、四庫本補。

〔三〕『於時回首』原脱，據吴藏本、康熙本、乾隆本、四庫本補。『三』，原作『二』，據吴藏本、康熙本、乾隆本、四庫本改。

韡孫小名序

《詩》曰：『棠棣之華，鄂不韡韡。』箋謂：『承華者，鄂也。鄂得華之光明，則韡然而盛，亦猶弟以欽事兄，兄以榮覆弟。』恩義之顯，詩人興之。余既名叔義長子爲華孫，今有弟焉，可爲韡孫。

蓬孫小名序

章郎生子之月，余新除監察御史，書至其家，德文小名其子曰『臺孫』。邢郎生子之月，余以秘書少監出陝西，得詔〔一〕遣書見報，且請小名其子，余名之曰『蓬孫』。烏臺、少蓬，皆借外祖官，他時兩孫長大，登科書小録，能念老人否？

校勘記

〔一〕「得詔」，疑當作「德昭」。按爲鄭剛中婿邢晦，字德昭。

胡仲容廛隱序

木偶困漂，古人所嘆，蓋流落羈寓，終不若里舍田園之樂也。鄉士胡仲容，不見且二十年，一日相訪臨安，問其所止，則曰：「買居華亭。」勞以羈寓流落之語，則仲容殊不領，方從容謂予曰：「華亭之居，前名之以廛隱，後榜之以茅廬。置其間者，皆書史圖畫、琴瑟筆硯之類，與之遊者皆邑之賢士大夫。」予聞其言，始恨慰勞之語，不應爲仲容發也。大抵學者急於修身，身修則無往而不得其所。仲容去桑梓而無羈寓流落之色，買居清閒而有里舍田園之趣，蓋善修其身者歟！雖然，修身不可一日怠也。君之告我者果信也，則書吾言於壁，而益自勉焉。

送井都運出峽序

自古理財佐軍興，惟劉晏有功於國。晏之爲財可計乎？曰專漕事，歲置四十萬斛；曰榷鹽，歲收六十萬緡；曰用常平法，諸州米率有三百萬之儲。用是三者，操其低昂，故自見錢流，而舊史謂爲管、蕭之亞。西南被兵而來，理財佐軍者，其入數可計乎？曰用糧則歲食一百六十餘萬斛，而糴居其半；曰用錢則歲支三千萬緡不啻，而鹽酒税亦半之。心勞力苦，皆有功於國，然而以罪廢，以病免，以憂死，不得善後而去。理財之數，過晏遠甚，而名稱不得與晏齊，何哉？蓋晏繼第五琦之後，其所羅取徧江淮，非若今日，東不出陝，西不至渭，掊聚朘削，垂二十年未已者，止蜀一隅受之。其不晏若者如此。晏專以懋遷爲術，而佐以禁榷，諸州儲米，復周流出之，以救所無。今所以取蜀者，既倍越常賦，而粟帛之征責辦於鈎鎌機杼之間，軍猶以愆期告，無餘資可以貸匱矣。其不晏若者又如此。江淮之財，轉以輸軍，舟車可致，故庾有粟，帑有金，則官不復憂，百姓不復知。非若蜀道險巇，推挽不進，萬山之間，急流盤屈，舟破米沉，則追逮填塞，無有窮已。其不晏若者又如此。今昔之勢，不同如是，尚安得與士安争名乎？况復印紙爲幣，取於民與真錢同，用於市三幣僅比一真。取數愈多，用數愈賤，軍不加裕而民益貧。主計者以廢、以免、以憂死，無多怪者。

吾友憲孟大監以材能任用，自維揚受命入蜀，爲帥、爲漕，再爲四路轉運副使。其理財佐軍之日，心勞力苦，比他人獨久且多。紹興甲子，代者合符，治行有日。某命酒酌而賀之曰：『右護軍十萬衆，劍内外分戍之，供饋散取諸郡，而艱難之狀，如前所云。支出愆後則諸營已無炊煙，雖婦人女子亦譟而出，此皆異時已見之事。若乃馬嘶塵起，關外有急，則芻糧倉卒，頃刻有禍，宜乎主計之官，不得善後而去。今憲孟俛仰數年，軍中飽暖如一日。申酉之役，重兵夾〔一〕輔成功，不以無食而還。大將裨佐卒隸，今皆願留不可得。公乃乘春水未滿之時，舟楫告具，浩然望三峽嘯歌而出，勢如釋縛解縶而就安曠，豈不樂甚矣哉！』又再酌而言曰：『憲孟去，無負吾軍矣，然則蜀人思之乎？曰思則吾勿知也。大抵吾民之財，憂危取之則彼輕，安樂取之則彼重。朝廷方爲生靈偃兵，蜀人但知閉户休息，以補養累年刻剥之痛。往時襆被抱子，驚恐相問之事，今已忘之矣，而乃謂軍籍增倍，備禦不可廢，取財猶如故。幸一旦舍籌算而去，尚安爾思乎？或者士大夫之思在其後，所未知也，憲孟安恤此？酒闌舟動，子行矣。』

校勘記

〔一〕『夾』，吴藏本、康熙本、乾隆本、四庫本作『陝』。

烏有編序

長短句亦詩也。詩有節奏，昔人或長短其句而歌之。被酒不平，謳吟慷慨，亦足以發胸中之微隱，余每有是焉。然賦事咏物，時有涉綺靡而蹈荒怠者，豈誠然歟！蓋悲思歡樂，入於音聲，則以情致爲主，不得不極其辭如真是也。毛居士逢場作戲，烏有是哉？輒自號其集曰《烏有編》。

忠義堂記

永嘉州治之北，有堂曰忠義，前太守程公之所建也。紹興丙辰，端明殿學士、禮部尚書會稽李公來鎮是邦，既見吏民，問疾苦，頒條教，約與爲清净之治。一日過其上，顧謂僚屬曰：『是堂規模閎偉，而創立命名之因，無所稽考。吾聞魯公唐人之英，言忠義者莫先焉，後五世流落爲温人。魯公末年，親書告牒，其家傳寶之，郡嘗爲刊於石。爾者天子官其家永嘉者二人，家樂清者一人，所以彰遺烈而播餘芳者多矣。雖魯公之名，所在咸仰，要之此邦乃其遺跡流風之地。吾今求其像繪置堂上，徙其石刻列之兩旁，使後人知堂名之有屬。公等以爲宜乎？』幕吏東陽鄭某避席改容而言曰：『真卿，小邾子顔公子友之後。自顔含爲晋侍中，相傳七葉，皆以忠孝名世。至有唐真卿、杲卿，以堂兄弟門户並立。杲卿常山之名既凛凛如霜雪，希烈之變，真卿復振顯於後，天其以忠義萃一門乎？嘗考魯公上世，凡能盡忠於國者，無不以孝行稱。由是知善爲臣子者，於忠孝之道初未嘗析。後世道德不純，風俗凋落，臣子分兩途，始以忠義爲難事。至若魯公處死之節，論者偉之，而識者猶以爲不足道。觀其平日議論慷慨，落落難合。唐旻誣之，李峘非之，李輔國、元載、盧杞輩怨恨切骨，而公益自信，知愛君憂國而不知禍之及己，此蓋能以事親者事其君故也。忠義，天下之大閑也。偷生假息固可以延亂臣賊子之命，而英聲偉烈常出於姦鈇〔一〕逆鼎之旁，二者唯人所自擇而已矣。公爲政之初，暴揚兹美，非但可以慰顔氏之精爽，亦足以銷杞、載、輔國千古糞壤姦人之氣，其誰曰不宜？』公曰：『衆以爲宜，則子爲我記於石。』

校勘記

〔一〕『鈇』，原作『鉄』，據四庫本改。

西征道里記〔一〕

紹興乙未〔二〕，上以陝西初復，命簽書樞密樓公諭以朝廷安輯混貸之意，某以秘書少監被旨參謀。是役也，審擇將帥，屯隸軍馬，經畫用度，詢訪疾苦，振恤隱孤，表揚忠義，公皆推行如上意。故其本末次序，屬吏不敢私録，至於所過道里，則集而記之。雖搜覽不能周盡，而耳目所際〔三〕，亦可以驗遺蹤而知往古與？夫兵火凋落之後，人事興衰，物情向背，時有可得而窺者。以其年四月二十二日舟出北關，六月二十四日至永興，七月十三日進至鳳翔。越三十七日，府告無事，公率官吏以歸，水陸凡六十驛，往來七千二百里。本計七千一百九十里。氾水〔四〕以未至縣十里，河水南侵，自嬰子坡移路旁山，回程衍十里。右通直郎、尚書户部員外郎李若虚，參議；左朝請大夫、新差知吉州軍州事江少虞，左朝請郎、新除陝西轉運副使姚焯，機宜；右從事郎、新湖州德清縣主簿樓垍，書寫機宜文字；左朝奉郎、行大理寺丞王師心，右奉議郎、監行在権貨務閤大鈞，右宣教郎、前温州平陽縣丞郭子欽，幹辦；左朝散郎、主管台州崇道觀李孝恭，提舉錢糧；右丞〔五〕直郎、前江西提刑司幹辦〔六〕事穆平，左承直郎、新泉州永春縣丞王晞韓，右文林郎、前監潭州南嶽廟曹雲，右迪功郎、新潭州善化縣主簿宋有，右從事郎葉光，准備差遣；右文林郎、前建州建陽縣尉李若川，點檢醫藥飯食。凡一十五員。左宣教郎、試秘書少監、充樞密行府參謀鄭剛中〔七〕序。
行府舟具，欲發前一日，宰執出餞於接待院。
二十二日，道銅口、臨平鎮、長安閘，宿崇德縣。
二十三日，石門、皂林、永樂，由秀州城外，宿杉青閘。
二十四日，兩界首，宿平望。
二十五日，大風阻吴江，不進。
二十六日，吴江縣，登垂虹亭，宿平江府。
二十七日，許市、望亭，宿無錫縣。
二十八日，潘葑、欒社、横林，宿常州。
二十九日，犇牛、吕城閘，宿丹陽縣。
三十日，新豐、丹徒鎮，宿鎮江府。
五月一日，行府官望拜於府庭。
二日，會茶丹陽樓，登連滄觀，觀人馬輜重渡。
三日，濟渡，至瓜州鎮楊子橋，宿揚州城外。
四日，邵伯閘、車樂，宿高郵軍，會茶韓世忠園。

五日，樊良、丁至、梵水，宿寶應縣。

六日，黄蒲鎮、河橋，宿楚州。

七日，磨盤，宿淮陰縣。

八日，高秋堡、洪澤閘，宿瀆頭。

九日，龜山鎮，宿泗州。僧伽有像而未塔，劉麟嘗因賊翁誕日祝辭，而鐘輒無聲，叩之墜地，麟縱火焚寺去。住持云。

十日，治陸。

十一日，機宜姚焯等三員管押激賞庫行。

十二日，唐家店、湖口，宿臨淮縣。

十三日，中路，宿青陽驛。

十四日，馬翁店、通海鎮，宿虹縣。城因隋渠爲壕，潴水深闊，城具樓櫓。虹西諸邑往往皆城，虹獨堅密，豫賊蓋自此爲邊也。隋自虹以上爲陸，木已叢生，縣以東水接淮口。淮地卑而縣西北隅有湖曰萬安，東西百里，北南半之。豫賊引湖擁城，而東南出其流於隋。又淮潮可登三十里，與湖水接，通小舟。若置閘於泗，以時入潮，又略治隘塞，則數十斛之舟可致。宿無疑〔八〕。或謂引五丈河水入蔡河，上皇奉玉清之所也。由殿後小竹徑登景命殿，出前廊福寧殿。福寧是謂至尊寢所，簡古不華。殿上有白花石，闊一席地，聞祖宗以來，每旦北面拜殿下，遇雨則南面拜石上。東廡下曰洗面閣、曰司旆閣，餘不能記。由殿後稍北至坤寧殿，殿屏止畫墨竹、蘆雁之類，然無全本矣。他殿畫類此。自福寧至孝思殿，前一殿即欽先。欽先奉諸帝，孝思奉諸后，帳座供具皆在。由欽先出肅雍門至玉眷堂，規模宏壯，非他位比。後見陝西諸將，自言數對劉豫於此堂。堂左竹徑之上曰迎曦軒，石爲圍爐，對迎曦日月屏。屏有御書銘曰：『嶷然屏石，秀色拔塵。仰止雲竇，乃與月鄰。安符厚德，静樂深仁。俯鑒沼沚，永固玉〔九〕春。』之〔一〇〕下鏤石爲曲水。又至修内司，謂是寶繪堂，兩旁軒閣不能悉記。復由延春閣下稍東，今太母之故居，不敢詳也。過小門，入錦莊，無雅飾，用羅木作假檀香。堂後有池，左曰挹翠軒，右曰觀瀾軒，上曰棲鸞閣，寢室之旁曰紫雲閣。中有小圍爐，可坐三人，爐四柱，承以雕蓮。入睿思門，登殿，殿左曰玉巒，右曰清微，後曰宣和，庭下皆修竹。殿後左曰迎真軒，右曰玉虚軒。迎真之上曰妙有閣，玉虚之上曰宣道閣，又一殿忘其名。自此列石爲山，分左右斜廊，爲複道平臺，臺上過玉華殿。由玉華下，入〔一一〕抵後石屏，亦御書。左序有軒，曰稽古、宣和。東廡下五庫，以聖、德、超、千、古爲號，皆塗金抹緑小牌。庫上曰翰林司，曰寶閣。西廡下曰尚書内省，餘不能記。復由宣和西趨曲水，出後苑，至太清樓下，壁間有御書《千字文》、法帖之類。登瑶津亭，亭在水間，四面樓殿相對，不能徧至。自瑶津趨出，過拱辰門，上馬出。後以閲視所置忠鋭將，留二日。京師舊城外不復有屋，自保康門外西至太學，道無數家。太學止廊廡敗屋中存敦化堂，堂榜猶在，兵卒雜處其上，而牧彘於堂下。國子監令以養太學生，具窗壁略如學校。都亭驛東偏廳事，楝牌尚是僞齊年號，糊窗用舉人試卷，見當是試題及舉人文字，專用本朝廟諱。瓊林苑，虜人嘗以爲營，至今圍以小小城。金〔一二〕明池斷楝頹壁，望之蕭然。

四日，八角鎮、醋溝，宿中牟。

五日，白沙鎮、圃田，宿鄭州。

六日，侯家莊、須水鎮，宿滎陽縣。滎陽，濟水復出之地也。濟入江不與江合，横江而出於滎陽，復入地，至陶丘而出。故《禹貢》記濟水，謂『入於河，溢爲滎，東出於陶丘北』。往年京師之水，人不知所從，但言鄭州積水不决，蓋濟水也。周德修侍郎云。

七日，洪〔一三〕溝店。道旁隸三大字，曰漢洪溝。今雖草莽間似有長坎，然必非楚與漢畫者。又孟店、汜水縣、鷺坡子、洛口鎮，宿鞏縣。汜水即行慶關也，過關乃下視大河，與虜營相望，洛河又在大河之南。洛口牆數圍，問之即所謂洛口倉者。

八日，十八里，朝拜昭、厚陵。又七里，過黑石頭渡。十里，鳳凰臺，又拜。五里，會聖宫，宿偃師縣。仁廟永昭陵最與英廟永厚陵近，昭陵因平岡種柏成道，道旁不垣〔一四〕，而周以枳橘。陵四面闕角，樓觀雖存，頗毁亦半。隨闕角爲神門，南向門内列石羊、馬、駝、象之類。神臺二層，皆植柏，層高二丈許，最下約闊十五丈，作五水道。臺前與内門裏及大門外，皆二大石人對立。欽慈曹太皇〔一五〕陵望之可見。又號下宫者，乃酌獻之地，今無屋，而遺基歷歷可問，餘陵規模皆如此。永〔一六〕厚陵下宫爲火焚，林木枯立。諸陵洛河在前，少室在左，嵩高在右，山川佳氣不改，而室屋蕩然，聞皆爲寶玶所毀。守陵兵卒〔一七〕云。

九日，石橋店、白馬寺，宿西京。京號三川者，即黄河、洛河、伊水也。伊闕又名闕塞山，又謂龍門。大内對伊闕，望王屋不百里。宫牆之内，草深不見遺基。舊分水南水北，居水南者什七八，今止水北有三千户，水南墟矣。回程日，知州翟襄謂予城外近添五百餘家。白馬寺，漢明帝所建，今惟瓦礫。府治後圃有堂曰晝錦，翟襄所爲。襄本西洛人，今爲鄉郡，故云。

十一日，榆林鋪、磁澗，宿新安縣。未至新安十里許，道旁山石一柱裂，勢欲傾危，過者畏仰視。父老與縣令皆言章聖封永定將軍，半山有廟，月嘗賜錢三十千，然無文識可攷。

十二日，缺門鎮、千秋店，宿沔池縣。行十里，過會盟臺。沔池、新安之間，溪山人家如東浙，用溪石壘牆。

十三日，東西土壕、乾壕，宿石壕鎮。杜甫作《石壕》、《新安吏》二詩，即其地。是日，陝府安撫吴琦甲馬來迎。他郡守迎送不録者，行府專爲陝西出也。

十四日，魏店、横渠，宿陜府。

十五日，望拜召公甘棠，木舊在府署〔一八〕西南隅，今亡矣。郡有召公原，原盡處置府縣七，而夏縣、平陸、汭城今皆隅河。夏距城九十八里，即温公涑水也。虜瀕河築二小城，時一二騎揭小旗值〔一九〕邏，或放牧堤上。馬鬃渠在城之東南，虜人破陝所自入。初，陝之圍也，郡將李彦仙固守。彦仙遇士卒有恩，方城中食盡，煮豆以啖其下，而自飲其汁；雪寒單露，將校反加以衣，彦仙復持以予寒者。城破，巷戰而死，覆其家。郡之婦人女子，猶升屋以瓦擿賊，哭李觀察不輟，故陝無噍類。父老謂虜久不得城，無食，欲去，適有人告以馬鬃渠可入，城遂破，虜始敢西，而全陝没矣。

十六日，新店、曲屋，宿靈寶縣。縣南五里即函谷。

十七日，黑曲、稠桑、静遠鎮，宿湖城縣。

十八日，乾伯鋪、盤豆、攢節店，宿閿鄉縣。閿鄉、胡城二縣，元屬虢州，太平興國三年隸陝府，自府界至虢三十里。是日，虢守竇玶、父老迎於胡城之東。胡城南桃林塞，即武王放牛之地。閿鄉縣治對荆山，一山自秦川起，至閿鄉。荆山之西皆爲秦嶺，退之赴潮陽度此嶺也。中條在大河北，與潼關相對，又東則首山也。伯夷居水北〔二〇〕山南，故謂首山爲首陽。

十九日，關東店、潼關、關西店、西嶽廟，行府官謁於祠下。至華陰縣，出南門，朝謁雲臺觀，然後還宿潼關，或謂是古桃林塞。河山之壯，俯視他關，獨城内蕪廢。華州差使臣潘〔二一〕休守關。關門北向，入踰半里，大河洶湧，乃涇、渭、洛三水會處，號三河口。洛水有二：一水自藍田由商入西京，所謂伊洛者；一水自西夏由韋、鹽之間出保安、同州，至陝、華，與涇、渭合，所謂三水之洛。潼關三，獨河口下無屏障，道上人馬，河北皆見之。若稍加營治，戍兵其間，未易踰也。關以西漸與河遠。是日，知華州、武功大夫龐迪甲士迎於關西店。嶽祠草創，門右明皇大碑火後剥裂，有隸〔二二〕數百字，不復連文，約六丈高，蓋壘石成之。庭下四石闕，裴度出淮西，題名刻其西偏，副使馬總、行軍司馬韓愈、判官馮宿、李宗閔之徒，不能悉記。雲臺觀屋存無幾，獨聖祖并章聖皇帝御容所在曰會真殿無恙，壁間御像如新。老道士云，以南極壽星榜其上紿虜，故得不毀。觀後希夷祠堂，堂前石刻太宗皇帝御書并詩，詩有『蒼生往世弊凋殘，今我如同赤子看。大闡無爲三教盛，承平方説四夷寛』之句。又一章，有『餐霞成鶴骨，餌藥駐童顔。静想神仙事，忙中道路閑。』注謂：『朕萬務忙中，亦得悟道之閑也。』〔二三〕又一章：『曾向前朝出白雲，後來消息杳無聞。如今若肯隨徵詔，總把三峰乞與君。』章聖皇帝《賜道人鄭隱》一章，有『酣醉〔二四〕皮裘思晦迹，行高終自有人知』。又一章《賜鄭隱歸山》：『盡日臨流看水色，有時隱几聽松聲。徧遊萬壑成嘉遁，偶出千峰玩治平。』仁宗皇帝《賜武元亨》一章：『只向身邊有大還，胎神月殿在秋天。三靈密像誰分别，戶質清虚本自然。』詩石皆無毀闕。老道士又指一古槐，謂是無憂木，希夷嘗藏書槐腹中。觀依華山而立，蓮華峰、仙人掌、石月、玉女盆、二十八宿、明星館、石鼓山，皆在最高處，獨蓮華峰、仙人掌可望而見。蓮峰下有瀑布水簾，仙掌石間隱然有跡，如人對面出右手，上擎偃月。玉女盆，即杜甫所謂『安得仙人九節杖，拄到玉女洗頭盆』是也。雲臺西，即劉禹錫所見道士種桃若霞之處，所謂玄都觀者，今亡矣。華山，《書疏》謂『華山十字分之，四隅爲四州』，蓋謂東北爲冀，東南爲豫，西南爲梁、雍。又土人言有康通判者，嘗與東坡爲僚，踰百歲，從弟子四五人往來諸峰間，無定處，然土人不能具道其名。又有道士能言張確之子宲爲豫賊守華，嘗題詩曰：『群山起伏朝靈嶽，恰似千官奉至尊。

吳蜀未平宜假手，願將餘力致乾坤。』

二十一〔二五〕日，敷水鎮、柳子店、將相鄉，按石刻乃郭汾陽之里。宿華州。州治對少華，對太華者華陰也。

二十一日，赤水鎮、東西陽村，宿渭南縣。

二十二日，零口鎮、新豐市，道北一里有馬周廟。宿臨潼縣華清宫之西館，宫後即驪山。新豐古城，故驪戎國，故山以驪名。山間宫殿基址皆在，連理木在長生殿之上。蓮花湯發自山足，爲石渠引泉入室，雕白石爲蓮，開十竅以湧泉，號白蓮池，即妃子浴所。次太子泉，次百官泉。雖蒙故號，僕隸今游之，獨白蓮尚浴士大夫。西館即當時遊幸梨園憩寓之地。明皇自臨潼爲複道往來長安，按石刻可盡見，今止有玉石像一軀立荒廟中。

二十三日，灞水漲，不進。是日，知永興軍、節制諸路軍馬張中孚渡輕舟來迎。

二十四日，灞橋鎮、滻水、長樂坡，宿永興軍。軍以漕居爲府治，後有凉榭，别爲一區，堂下張芸叟輩數人題名刻石。東門外興慶池，乃明皇藩邸；灞橋，漢周勃以下迎文帝之地；常樂〔二六〕坡，唐人餞真卿使希烈之處〔二七〕。鄠縣，夏之扈國。府西北一百五十里，即奉天。奉天元隸乾州，熙寧五年廢乾，故隸府。

二十五日至七月七日，行府並治事永興軍。

八日，楮林店、沙坡、偏店，宿咸陽縣。縣在渭水之東北，未渡渭二里許，有故墟，謂是舊咸陽。自楮林道旁土堠西入十里，即未央宫基。又蒼頡制書臺、樗里子墓，皆渭河南，不及至也。是日，環慶帥趙彬甲士迎於咸陽橋。

九日，魏店、馬跑泉、高店，宿興平縣。馬跑泉、高店之間，塚土數尺，高拱雜木二三本，曰楊妃塚。

十日，東陽臺、馬嵬坡、東扶風，宿武功縣。馬嵬旁短牆周圍，路人指謂妃子死所。縣之報本寺，唐太宗所生之第。殿後一堂中有神堯像，而繪諸帝於壁。報本之東又有大佛閣，寺僧亦謂是李氏故居，實太宗之所生，未能詳也。自滎陽以西皆土山，人多穴處，謂土理直，無摧壓之患。然見路旁高山多摧拆〔二八〕，存者尚如半掌，則土穴疑有壓者，居人當自能擇爾。惟武功大佛旁一洞數里遠，報本寺僧云：『洞置自巢賊時，今人又增穿之，中間避亂千餘家入其中，虜知而不能取。』陝西往往爲洞，皆所不及。穿洞之法，初若掘井，深三丈，即旁穿之，自此高低横斜無定勢。低處深或四五十丈，高處去平地不遠，烟水所不能及。凡洞中土皆自初穿井中出之，土盡洞成，復築塞其井，却别爲入竅。去竅丈許爲仰門，陳勁弩，攻者遇箭即斃，如是者數重。時於半里一里餘斜氣穿道，謂之哨眼。哨眼或因牆角與夫懸崖積水之旁，人不能知。其下繫牛馬，置磑磨，積粟鑿井，無不可者。土久彌堅如石室，但五年前一洞壓死者千餘人，僧云此亦天數。然今陝西遺民，半是土洞中生。今人居者，頗懲覆壓之禍，於洞下多立柱布仰板矣。武功今屬醴州。是日，知州武功大夫趙立來迎。

十一日，杏林店、邏店，宿扶風縣。

十二日，東新店、龍尾坡、青陽店，宿岐山縣。后稷封有邰，岐山即其地。或謂別有邰城，今𣛱鄉是也。又云郿之𣛱亭，或謂是武功，皆未能詳。郿縣在府東南百里，有塢，即董卓所築。是日，涇原帥張中彥、知鳳翔府賀景仁來迎。

十三日，任官村、橫水店，至鳳翔府。府古扶風郡，壤地饒沃，四川如掌，長安猶所不逮。岐山之陽，蓋周原也，平川盡處，修竹流水，彌望無窮，農家種床尤盛。《生民》之詩曰『維穈維芑』者，蓋謂床也，俗今書穈爲床。秦州有床穰堡。床米類稷，可麵可餅，可爲碁子，西人飽食麵，非床猶飢。將家云：『出戰，糗糧乾不可食，嚼床半掬，則津液便生，餘物皆不咽。士卒用小布袋置馬上，遇水，取袋漬潤之，尤美。』邊郡刈床則自外而內，刈麥則自內而外，蓋床以寒熟，麥以暖熟故也。府置廳事，李希烈所建，無甚雄大，而四面出簷，制度如殿。後圃薜荔堂，東偏中和、燕申二堂，亦舊屋，餘皆近創。東北隅有凌虛臺，東坡嘗記之。臺高纔二丈，不見凌虛之勢，然水竹幽勝可喜。燕申堂後龜趺大刻，蓋《茂正德政碑》，後人磨去，刻《維摩頌》，游師雄後刻《九成宫圖》於其陰。九成宫，隋仁壽中所建，去州百里許。按圖，大略與驪山相似，以有圖，且不親到，故不詳載。師雄《記》謂文帝遣楊素營之，土木之役困一時，死傷甚衆。宫旁夜鬼哭，文帝聞而怒，獨孤后爲言於帝，乃解。後遂與后每歲避暑，多遊樂不歸。東有華清，西有九成，訪遺跡，則見隋唐之不競也。寶雞縣，府西南六十五里，本秦武公所都，所謂陳倉者。自是入大散關、河池，河池在漢爲故道。爲西蜀之吭。虜之犯蜀也，吴玠既敗走之，道迷不能出，糧且盡，垂軍待斃。趙立爲畫歸路，乃得脱，其後立又爲先驅道之。虜再入，而玠少却。

十四日至八月十九日，行府皆治事鳳翔，新鄜延路經略使郭浩、熙河路經略使楊政、秦鳳路經略使吴璘、四川都轉運使陳遠猷以下，各稟議分職而退。

二十日，行府遵舊路歸，次舍道理〔二九〕如故，獨至泗州，由平源、天長、大儀出鎮江府，然後舟行。陝西兵歸者，禁軍合計三萬四千有奇，雖分隸諸帥，然各有將分逐，將仍存正副，蓋祖宗之軍政舊法猶在也。涇原禁軍僅八千，比諸路爲勁，而涇原勁兵盡在山外。陝西弓箭手舊一十六萬，今存七萬，復以土田不均，兵疲〔三〇〕無法，雖七萬人，未必可用。夏國主興州，謂之衙頭。衙頭至麟府路近處可九百里，秦鳳六百里，環慶三百里，會州界二百五十里。諸路今與西界接壤，惟鄜延最闊。熙河會川城至涇原甘泉堡止百里，以北皆西界也。夏國左厢監軍司接麟府沿邊地分，管户二萬餘；宥州監軍司接慶州、保安軍、延安府地分，管户四萬餘；靈州監軍司接涇原、環慶地分，沿邊管户一萬餘。兹其大略也。

某自吴踰淮，道京入洛，至關陝，其所經歷，得於聞見者靡不具載。竊觀今日天下之勢，東南爲天子駐驆之區，朝廷臺省、監司、守令耳目親近之地，故治具比他道爲修。陝西諸郡雖號新復，然自渠魁元惡用意變易三綱五常之外，自餘軍民，無不内懷天日，相與持循檢約，未敢有無國家、毁法度之心，故其風俗綱紀，視東南猶整整也。獨京西、京畿與夫接淮甸之地，一時陷没於劉豫兇威虐焰之中，郡邑無民，官府無法，田野未耕，荒穢猶在。如久病困瘁之人，頭目手足皆有生意，而中焦痞涸，蓋未易全復也。朝廷誠能精選長吏，審擇牧守，仍於三京量戍士夫，使之撫視凋瘵，修治關塞，於年歲間生養氣血，與東西上下脉絡流通，則天下平矣。

校勘記

〔一〕此篇原無。《金華叢書》將《西征道里記》自《北山集》中摘出，與《清溪寇軌》、《涉史隨筆》、《洪武聖政記》另合爲一册，此據是本補。

〔二〕『乙』，疑當作『己』。按紹興九年四月，鄭剛中與樓炤往陝西宣諭，是年爲己未年。

〔三〕『際』，四庫本作『及』。

〔四〕『里汜水』，原作『汜水里』，據四庫本乙。

〔五〕『丞』，疑當作『承』。

〔六〕『辦』下疑脱『公』字。

〔七〕『剛中』，吴藏本、康熙本、乾隆本、四庫本作『某』。

〔八〕『宿無疑』，下疑有脱文。

〔九〕『玉』，四庫本作『千』。

〔一〇〕『之』上，四庫本有『玉眷』二字。

〔一一〕『入』，四庫本作『乃』。

〔一二〕『金』，原作『今』，據四庫本改。
〔一三〕『洪』，四庫本作『鴻』。下同。
〔一四〕『垣』，四庫本作『坦』。
〔一五〕『皇』，四庫本作『后』。
〔一六〕『永』字，原脱，據四庫本補。
〔一七〕『卒』，吴藏本、康熙本、乾隆本、四庫本作『級』。
〔一八〕『署』，吴藏本、康熙本、乾隆本、四庫本作『置』。
〔一九〕『值』，原作『傎』，據四庫本改。
〔二〇〕『水北』，四庫本作『此』。
〔二一〕『潘』，原作『番』，據四庫本改。
〔二二〕『隸』，原作『肆』，據四庫本改。
〔二三〕此注原作『注萬謂朕中亦得悟務忙道之間也』，據四庫本改。
〔二四〕『醉』，四庫本作『醴』。
〔二五〕『一』字，疑衍。
〔二六〕『長』，原作『常』，據上文改。
〔二七〕『處』，原作『塘』，據四庫本改。
〔二八〕『拆』，原作『折』，據康熙本、四庫本改。
〔二九〕『理』當作『里』。

〔三○〕『兵疲』，原作『古破』，據四庫本改。

溧水縣學記

九州之俗非大陋鄙，未有不樂教化、崇學校者。溧水縣學建於熙寧己酉，邑宰闞袒爲政之年，至紹興丁巳，邑宰李朝正謁廟之日，學所存者僅惟門殿，梗莽頹翳，蕭然煨燼之餘。李侯延長老問之曰：『邑萬户，俊秀可儒雅者宜衆，其不相與出力飾新兹廢者，豈薄子弟乎？』長老愀然進曰：『披猖而來，邑政之廢甚於學，田桑不殖，賦取不均，餅餌糠豆不能飽，文書至門征所無，則憂苦無聊，勞吏爲無計，今獨幾得良令求生全，他未皇也。』侯聞之，夜不能寢。旦起治政事，謂隱租匿役，邑之大弊，置度立程，若將廉治者。欺吏悍民，咸歸誠自出，邑賦太〔一〕平。於是富者安，貧者樂，婆娑從容，皆於暇日問孝悌忠信，争先爲之。長老又進而言曰：『公向謂廢而不飾者，今兹敢請。』侯即日爲率僚佐，詣荒宫，經營四顧，默有區處，則退而市材鳩匠，以繩墨授梓人，俾次第旁屋，皆以舊殿爲制。爲堂爲廡爲樓，處士之舍，寓賓之次，器用之庫，庖湢之所，外至小學，爲屋一百八十楹。自經始距紹興十年二月丙午，凡二十有八月而落成，皆廉用積餘，植仆補壞而爲之者。士既鼓篋〔二〕，上丁釋奠，升降拜起，人方知在儒雅教化之中，而輪奐鼎新之自〔三〕，初弗知也。

嗚呼！家有塾，黨有庠，遂有序，古之制也。而夫子答問之言，則曰『既富矣，又何加焉？

曰教之』，故知學校之興，必在富庶安樂之後。苟斯民終歲勤動不得養其父母，雖有庠序，其得遊之？此邑長老之意也。雖然，韋布之士群居於詩書禮樂之府，漸染以仁義中和之澤，他日得時行道，與夫朝廷取以備公卿百執事之選者，靡不由此以出。侯既稱長老之意，則所以待邑士者，今無不至矣；邑之士所以自待、所以報侯者，猶未能知也。侯名朝正，字治表，登建炎某年進士第。

校勘記

〔一〕『太』，原作『大』，據乾隆本改。

〔二〕『笈』，四庫本作『篋』。

〔三〕『自』，四庫本作『日』。

知旨齋記

《學記》曰：『雖有嘉肴，弗食不知其旨也；雖有至道，弗學不知其善也。』嗚呼！古人能取喻如此，世之甘穅籺、嚼蔬薺者，雖五鼎七牢、百珍八醬置其側，彼未必以爲美者，以其未嘗得味耳。鄭自五季家金華，皇伯祖中散洎先公、奉議三數公，皆涵泳儒學。後世枝葉分派，詩書凋零，子弟鮮〔一〕幹蠱克家，其嗜以爲日用者，或至食蓼忘辛，而韋編瀋泊之言，有在醬瓿間者矣。某稟生奇孤，耕無田，居無屋〔二〕，見他人有芻豢雋永，則染指流涎不能自已，故得粗見道腴無甚餒。紹興二年，既登進士第，至九年備數禁庭。雖自知事業無以踰人，而人或不見謂不肖。族兄信仲慨然嘆曰：『旨哉！嘉肴之肥人也，吾知之矣。雖然，吾宗蕃大，豈無醍醐酥酪？若盡取六經諸子之言，設爲膾炙，以作成其美，則他日饜而飫之者，何獨弟也哉？』於是即舍之東偏，闢館聚書，教其孫子，而使某命名焉。欣然援筆，誦《禮記》，而榜其齋曰『知旨』。

校勘記

〔一〕『鮮』，原作『用』，據四庫本改。

〔二〕『屋』，四庫本作『廬』。

思耕亭記

紹興十二年十二月，上命川陝宣撫司自河池移治利州，示休息兵革、裁省用度之意。本路轉運判官、兼權知利州事王陟，乃移治城南，虛其郡舍而宣撫使居焉。舍在城之西北隅，有亭名『清暉』，築於城上。郡山東，嘉陵江峻潔於其前，亭蓋以是名也。歲月久深，榜目已廢，規橅冗陋，土木垂壓，轉運公治而起之。

某一日置酒其上，會賓幕，問曰：『茲亭新矣，吾以「思耕」易其故號，可乎？』客疑而進曰：『是於亭何義？且强而仕，老而休，一犂谷口之雲，於公豈不甚樂？然公方爲上經理西南，斯民日幾阜康，不思以此報政，而歸耕之思乎？』某曰：『噫嘻，豈爲是哉？覽長江之險，思營田之利，予實有感於斯亭。夫嘉陵之源發於鳳之大散，旁由故鎮，繚繞漁關，循崖〔一〕而出，力未能載。自漁關下武興，浮三泉，南流二百六十里至於亭下，又順流踰劍入閬，東走安漢，疾趨於合之漢初。已則會東西二川，併勢望夔峽之道，争門而出。回視漁關，不知其高幾里，皆終歲漕餉之所浮，水既不得平流，皆因地而淺深。自灔澦逆數至漁關之欒水，號名灘者六百有奇，石之虎伏獸犇者，又崎嶇雜亂於諸灘之間。米舟相銜，旦晝〔二〕犯險，率破大竹爲百丈之篾纜，有力者十百爲群，皆負而進。灘怒水激，號呼相應，却立不得前。有如竹斷舟退，其遇石而碎，與汩〔三〕俱入者，皆蜀人之脂膏也。小人恃有此，頗復盗用官米。度贓厚罪大，則鑿舟沉之，歲陷刑辟與籍入亡家者，亦累而有。故漕粟之及漁關者，計所亡失常十二，吾然後知田之不可不耕也。武侯以草廬素定之畫，頻年兵出，皆以食盡而歸，則西南漕餉之艱，蓋千古矣。吾君誠心善鄰，邊鄙不聳，命中外以寬厚之澤蕩洗煩苛，塞卒十萬，今皆櫜弓捲甲而卧。吾誠能借其餘力，雜耕關外，率以平歲縵田爲準，不計狼戾，第得粟一鍾，即減漕粟三鍾之力。俟諸營儲食，能如晁錯所謂足支五歲，則時赦農租，當下天子之詔。凡此，皆某臨流之所深念者。』賓幕聞而稱善。某曰：『謂吾言善，則願與公等勉之。』紹興十四年七月日記。

校勘記

〔一〕『崖』，四庫本作『岸』。

〔二〕『旦晝』，原作『且盡』，據四庫本改。

〔三〕『汩』，四庫本作『浪』。

北山文集卷十四

宋鄭剛中撰　郡後學胡鳳丹月樵校梓

出官辭先妣墳祭文

嗚呼吾母，抱恨終天。藏於深壤，垂二十年。我廬其旁，裴回周旋。方池小徑，朝霞暮烟。雜植梅杏，薦以芳妍。每眷兹壠，髣髴慈顏。脱巾筮仕，承乏蜃川。風樹之悲，負痛何言！今當遠去，吉辰既涓。依戀松柏，中心愴然。江山阻修，道里及千。白雲孤飛，此恨有焉。敢陳薄奠，具告於前。靈其安樂，勿動勿遷。當博〔一〕寵休，以賁九原。尚享。

校勘記

〔一〕『當博』，四庫本作『尚當』。

代姪琚祭外舅文

母氏與公，曰妹曰兄。惟公與琚，曰舅曰甥。公有季女，我實婦之。柔順勤孝，惟家之宜。歲在壬子，公女永訣。棄我而亡，琴瑟斷絶。不越三載，公亦歸壽。既失淑子，又忘外舅。吾婦不可復見，我公不可復親，嗟嗟此身，抱痛何深！一奠已矣，涕淚盈巾。尚享。

祭潘朝議文

公之享年也，尊於吾里，而又耳目聰明，心志寬裕，對人無衰老急迫之容，故人之有親者，無不指公以爲願。公之有子也，賢於天下，而又醍醐酥酪，以次皆佳，雍容紳笏者半一門矣，故人之教子者，無不視公以爲法。嗚呼美哉！某伏念異時雖與舍人兄弟輩有場屋舊，自顧身方窮賤，勢不可求親，然公每見必開懷笑語，示以雅故不相忘之意，不謂今已使我追望如古人矣。嗚呼悲哉！鄉邦賢大夫云亡，而拘縻寸禄，遠在海濱，哭不望帷，葬不臨穴，遣一介之吏持觴豆以薦區區。雖臨風愴然，有涕如綆，負負多矣。嗚呼愧哉！尚享。

又代人作

惟公蚤年，修身慎行，稱於州里，不以家貧爲累，而以教子爲心。及其後也，安榮壽考，坐收教子之功。家貧如故，而休顯之名享之甚寵。嗚呼，可謂賢也已矣！高掩九原，計無遺恨。一觴之奠，聊薦區區，非爲悲也。尚享。

同官祭石監場文

惟公千里扁舟，一官遠宦，於某輩無款曲游從之雅，而握手懽然，皆如平生，蓋聲氣相同，則笑言顔色不待約而契也。舍館未定，斗粟未得，事不辭勞，中暍而死，曾未旬日，使其家爲惸惸無告之人，蓋造物難問，而死生聚散不可逭而免也。嗚呼哀哉！世無和扁，不能起公已仆之身，寮友之情，雖痛何及！棺斂既具，更當津致公之孺人奉旅櫬以歸，使善視扶膝之孤，長育教誨，期於成立而已，不識可以少慰九泉否乎？如有精爽，一觴之奠，爲我歆之。尚享。

辭文宣王祭文代人作

爰自禮謁之修，今未旬日，恭被上旨，移守會稽，聞命肅征。雖當去此，然化民成俗何往而非聖師之道。其推以爲政者，雖四海之遠，猶當奉以周旋，不爲二郡而有彼此也。載陳清酌，用告首塗。尚享。

祭中元水府文

旱久傷稼，皇帝憂動顔色，謂神之能以雲雨出靈者，惟中元最聞，命小臣鄭某祝於祠下。二十一日，某既致命矣。念其還也，非得霔雨嘉澤以報天子，則某所以爲朝廷來者，無乃虚乎？九重徹膳以俟，而乃不得報以歸，罪宜如何？王以水府之尊，爵號顯著，人所欽事，天子遣使祝辭，而邈然無所報稱，則自餘以靈感望神者，將疑而怠矣。使者微甚，宜勿爲神所聽；王者號令百神，使之受職，其庸可忽？又況時方孔艱，豐凶所係，神亦有焉，當能一一鑒也。謹再拜告王以歸。尚享。

擬宰執祭吕安父文

國家恩洽九軍，視士卒如愛子，而淮西獨至於逆天乎？師無主將，胎禍云久，而公獨當其變乎？釁孽之作，莫不有朕〔一〕，豈公勇於奮身而料之有不逆乎？此某等所以慚汗多於流涕，而痛惜公者，爲是而增悲也。嗚呼公乎！如聞豺虎，變起倉卒。血刃在旁，公不失則。叱咤如霆，震其狂悖。反虜下堂，相顧已屈。如聞僭僞，諾爲巢窟。執公而潰，幾以爲質。上遣追救，萬馬馳突。痛傷後時，狂寇皆逸。聞公臨淮，號召群賊，謂不濟渡，有如白日。下馬危坐，罵語刺骨。血濺五步，天地改色。惟公之壯，岱華同力。數萬之衆，挽不能北。淮水洋洋，鑒此英特。頭壁碎地，尚皆可得。嗚呼公乎！爰從艱難，屢見反側。雀鼠微命，多自愛惜。如公之死，未見髣髴。當與古人，霜雪相逼。我念初終，公無負國。國事累公，負痛何極！惟公之家，上已優恤。公有諸孤，皆許紳笏。興言及此，衆爲感激。拜陳豆觴，如見英物。尚享。

校勘記

〔一〕「朕」，原作「眹」，據四庫本、康熙本改。

祭外姑文

鄭與石雅，自上世先。我造甥室，垂三十年。繾綣之好，豈朝夕然。夫人視我，視之不偏；我視夫人，視母無嫌。初我布衣，半世蹇連。書生窮瘁，受萬目憐。惟吾夫人，遇我無愆。不爲其女，計飢念寒。眨捐齊大，厚意彌堅。揮斥瑱揥，資我晨烟。嗟嗟此意，今何所言！念自紳笏，睽違累年。東嘉峻嶺，建鄴長川。道途阻修，迎之未緣。我既扈從，定舍臨安。夫人具舟，許以翩翩。中春之杪，拜於江干。來見其女，未笑而歡。母子相謂，指秋未旋。中暍暴下，何勞劑砭！病亦良已，而命在天。維日戊辰，若扼其咽。醫姓三易，鬼求百端。越彼辛未，一語弗宣。噫嗚眄睞，以就終天。修短之數，莫可控摶。夫人之死，深負痛冤。諸子在遠，省問未前。病不嘗藥，死惟見棺。桀哉此禍，可摧肺肝！靈芝净剎，暫憇輀軒。尚須小凉，奉以東還。薄奠薦哀，涕泣漣漣。精爽未泯，爲我歆焉。尚享。

外姑葬遺祭文

哀哀夫人，纘屬錢塘。巽女婦我，實偕在旁。曰棺曰衾，曰斂曰藏。堅美嚴潔，用慰諸郎。

哀哀夫人，泉扃故鄉。諸郎大事，謂能力當。曰姻曰賓，曰兆曰岡。會集相視，我皆弗皇。仲冬乙酉，日云最良。巽女歸哭，扶棺下堂。獨慚吏瑣，在天一方。霄載之奠，外孫捧觴。慘慘之悲，貫於中腸。惟我考妣，告身尚黄。焚進之念，旦旦不忘。儻因是歸，敢違浦陽。新墳草青，溪花幽芳。尚圖墓下，金爐薦香。尚享。

祭章且叟尚書文

嗚呼！士之在天壤間，名稱不足以載德，氣節不足以動人，蠢然閲造化歲月而虚之者，是雖累百年奚益！如公名稱，如公氣節，身雖掩於九泉，亦當自有生氣，況已再見甲子乎？人嘆不憖遺，而我固不以爲悲也。雖然，問其家則無一區之宅，問其田則無百畝之地，問其堂則有九十歲之母，建疇營窾，方從朝廷賜錢葬之，此則可悲。某頃奉事公於永嘉，惠顧最厚；去年見公於金陵，話言最親；及别公而來也，音問最疏，而今復奠祭最晚，悲甚矣。嗚呼哀哉！尚享。

樞密行府祭江神文

某被〔一〕旨宣慰關陝，偕屬吏將佐，以五月初吉俟渡於鎮江。惟神知輿圖之復還，喜三光之再含〔二〕，收風浄浪，安濟舟楫，以佐行李者，亦神之事〔三〕。解縴之先，謹遣某官再拜以告。尚享。

校勘記

〔一〕『被』，四庫本下有『上』字。
〔二〕『含』，四庫本作『合』。
〔三〕『事』，四庫本作『賜』。

庚申歲焚黄祭文

某紹興七年，以文林郎爲樞密院編修官，品視陞朝。明堂勑恩，封贈如法，皇考承事贈宣教郎，皇妣盛氏贈孺人。維吾考妣，不以某爲愚而命之學，擇師友以成其業，躬桑苧以濟其須，德不我負矣。而嗣承不肖，蚤弗衝躍，方掛冠垂老，倚門寡瘁，計日待養之時，乃困窮場屋，左顛右仆。歲三十二，布其衣，木驚風矣。嗚呼，尚忍言哉！逮今進官晚成，叨塵禁地，回首慈容，皆在泉壤。雖能躬持告牒，奉上君恩，衹爲痛爾。而又贈典得於丁巳，副黄焚於庚申，中間扈從往來，參佐南北，實未皇暇。今復予告嚴程，迫於王命，遽成展省，禮儀未修。謹遲後日之歸，申煥再郊之寵，亦尚休哉！尚享。

祭外舅姑文

維外舅姑之視甥，己子若也，以所愛女歸書生寒士，謂其後日或能振拔，則可以爲富貴之地。外舅姑之懷此意，有遺恨矣。某拜舅於政和甲午，而哭於己未，其從容款密之歡，贖摧傷痛割之悲猶不足也。某忝紳笏於紹興壬子，姑則見之。至於戊午之冬，蒙上誤眷，自省户爲臺察言事官，越庚申叨塵禁班，而姑乃死於戊午之夏。是其前日以女歸書生之意，不及見而償矣，痛何窮哉！今也予告還鄉，焚黄先壠，道出浦陽，謹以薄奠，哭於墓下。言有盡而悲無窮，嗚呼痛哉！尚享。

祭樓通奉文

嘗謂人之享年也皆惡夭，然亦豈能必永，公數逾八十，鄉黨稱仁，一亡恨。人之仕宦也皆惡窮，然亦豈能必達，公官至三品，始終無玷，二亡恨。人之有子也皆惡不肖，然亦豈能必賢，公子爲二府，中外是賴，三亡恨。人生得三亡恨而死，其於身名之美，州里之光，亦休矣。雖然，公之子以奉親爲願，而不以富貴利達爲榮；公之心以山林爲趣，而不以珪組冠裳爲樂。故去年震子丐歸切至，上止令奉金帶，將德意，予嚴程之告，俾迎公以來，而公終弗肯至也。今年熒惑犯昴，五星出東方，正丙大夫案簿，裴丞相請行，邇日公遽爲朝廷致樞臣於苫次中。諒薄遺易簀之恨，而嘗藥不逮之痛，頗聞過禮。嗚呼！夔龍之室自難久虚，他日建立功名，成就恢復之畫，以中興名臣流涕而拜於廟下，則公之微恨可以盡釋，而孝子茹荼之感弭焉。苟禄輒生，係拘省户，一觴之奠，寓悲無限。拜遺斯文，有涕零落。尚享。

宣諭祭江神文

某被旨由江鄂撫諭將士，既事，使川陝，欲以今月二十六日與一行官吏渡大江而西。某嘗謂天子之命，非但行於明也，亦行乎幽。朝廷之事，非但百官受職也，百神亦受其職。夫安静江流，順濟舟楫，此王今日之職也。雖然，某亦豈敢持天子、挾朝廷而不丐於王哉？謹遣某官先一日再拜焚香告於祠下，惟王鑒之。尚享。

宣撫謁廟祭文

吾民奉牲牢祀神以求福，輸貢賦養吏以求治，神與吏，同惠民者也。某愚且陋，天子之命帥，所謂拊循士卒，墾闢土田，固邊鄙以牧此方者，非曰能之，竊有意焉。視事之初，瞻謁祠下，并告區區之心，惟神鑒之。尚享。

祭胡宣撫文

惟公高文大筆，時所推重，凡燦然朝廷之上者，皆公之華藻。收爲韜略，出護諸將，則三軍持循，咸父母公而相保。嗚呼哀哉！此一時英特之士，兼資文武之才，上所貴重，以爲寶者也。歲在壬戌，見公河池，野鶴丹沙，不足以比氣象顔色之好。季春之初，背云有瘍，曾不兼旬，人也哭不憖遺之老。嗚呼哀哉！泰山之裂，當兆於夢，曷不治之於其蚤也！繐帳之間，泣者呱呱，阿郎可憐，而幼女僅離於抱。我緣使事，在天一涯，涕目持觴，痛霄載之臨道。嗚呼哀哉！扁舟東下，萬事已矣。其留於此者，數載戰守之名；其載以歸者，資右紹志未成之稿也。嗚呼哀哉！尚享。

祈雨祭文

某五月十八日，被旨吏於此〔一〕。視事之初，不雨者兼旬矣。西方宿重兵，勤遠餉，夏田已不苗而槁。吏與民倚犁鋤，治廩廥，前指秋成爲命。今也烈日如焚，風埃燥飛，所播殖者復有夏田焦灼之漸，吏猶衣冠而履湯火。伏自計料，修身弗謹，爲政弗惠，未應遽得罪於神靈，如欲因是以警平素之不敏，則此民何負哉！神其膏澤之。尚享。

校勘記

〔一〕『此』，四庫本下有『土』字。

又

某聞蜡祭合百神於南郊，以爲歲報者也。先一日，户部以水旱蟲蝗之報禮部，使黜其方守之神而不祭，爲其平日享一方香火牲牢之奉，而不能庇護其民，故黜之也。鳳之河池縣，大軍屯泊，財賦會聚，吏民蒙境内百神之休相多矣。今年夏旱異常，衆會巾子，山靈助王，可禱而雨。王有廟焉，貌其像於山之陽；有龍焉，湫其神於山之陰。取湫水赴邑禱之，逾旬不報也。豈使民之過惡酷烈，雖神無所致其力耶？抑所謂神者，頃亦得名於偶爾也？二者某未能辨也。或初禱弗虔，未當神意，故甘澤嘉霔，閟而未與，亦不可得而知也。今宣撫使涓辰祓濯，躬詣祠下，遣官再酌靈湫而奉之，謹與神爲三日之約。儻能如約相報，惠雨盈尺，則躬率鼓吹餞歸之後，亟當修嚴廟宇，羅列羊豕，上靈休於朝而永侈爵號。若曰三日有未能，約五日；過五日雖雨，非神之賜也，而神之祠自是衰矣。某謹再拜以告。尚享。

祭胡忠烈文

維天設險，連秦蔽蜀。方時中艱，虜馬南牧。五路塵高，所向顛覆。蜀不儲備，民顧駭鹿。無與遮闕，勢將流毒。公於是時，張膽明目。呼吸豪傑，變化神速。横截渭上，如虎據谷。一劍晝〔一〕出，萬鬼夜哭。酋長眙愕，勒馬退縮。迺營迺壘，迺邑迺城。爲號爲令，爲準爲繩。既作壯士，俾吏而兵。亦勸農子，俾散而耕。方圖四出，尊大朝廷。天道叵測，物化難明。敵不能困，而病可傾。遺名浩浩，義概亭亭。其所措畫，莫可變更。後人遵之，亦足安寧。帝聞鼓鼙，有詔若曰：『惟我虎臣，是爲忠烈。其許廟祀，世享勿絶。』將士奉命，涕泣自竭。土木必興，瓦甓具設。兩序旁蔽，巍棟中傑。丹雘炳耀，曾未累月。我使治尊，椒漿清潔；我使治俎，羊豕羅列。持此告成，神其欣悦。公有賢季，威名隱然。上方注委，屏蔽西邊。公之門下，忠義相傳。節旄侯牧，寵賁綿延。率皆謹畏，罔敢恣專。功名之後，又何保全？公惠斯人，稚老能言。人之懷公，今昔弗愆。山色晝暝，庭花暮烟。豚蹄香火，永無愧焉。尚享。

校勘記

〔一〕『晝』，四庫本作『晝』。

祭樊宣幹文

某政和壬辰爲貢士，見公辟廱，學苦而志修，賢書生也。紹興辛酉使川陝，見公南鄭，官小而行潔，賢令尹也。既而某負荷重責，此身孤寄，賓幕之助，首以屬公。相從而來，再歲於此，謂可以因辟廱之雅，償南鄭之勞，却日揮戈，少補東隅之恨，而公死矣。嗚呼哀哉！殯車在道，聊致奠觴。酒酬車行，萬事已矣。嗚呼哀哉！尚享。

祭郭少保文

惟公器度宏廓，儀貌英偉。山西之氣，蚤壓邊鄙。錦裘繡帽，蓋奇男子。不縱不暴，不貪不侈。惟戒惟慎，惟德惟禮。福善之道，謂天甚邇。安享豐報，尚期萬里。如何難諶，而數止此！數也在天，非人所爲；爲於人者，公無少虧。軍律簡易，家訓整齊。平生忠義，君父知之。節旄入覲，上壽天墀。視儀亞保，寵光而歸。身固朽矣，名當永垂。秋風九泉，無恨可齎。載念初終，我則感動。如奪手足，安得無痛！四川東門，倚公爲重。有鄰欲睦，有險欲控。民欲不擾，兵欲可用。誰來繼公，施設皆中。我開尊酒，公無復共。靈如有聞，聽我長慟。尚享。

吴嗚道求錢葬親疏文

吴嗚道家七閩，知書能文，爲貧而去鄉里。自前年聞二親俱亡，殯留淺土，其家爲貧而不能葬。嗚道日夜抱痛，夢寐欲歸，又爲貧而不能行。余雖甚憐之，亦又爲貧而無以相振，敢叙其事，以告諸高義不貧者。雖然，不敢自謂貧而以空言相惠也，聊以薄禮，先見寸心。

北山文集卷十五

宋鄭剛中撰　郡後學胡鳳丹月樵校梓

余彦誠墓誌銘

建隆初，睦之遂安余氏有諱鍾者，徙居婺之義烏，再世而生榮，榮生喜，喜生明。彦誠蓋明之季子，諱信，彦誠其字也。某異時遊義烏，過流慶陂，見其旁有民田數千畝，比歲沃稔，問之邑人，則曰：『彦誠用家錢百萬修廢堰，潴源水，遇旱歲，無高下彼我均浸之，鄰里霑足。』予嘗嘆曰：『余氏其昌乎！設心如此，必有過人者。』既而聞彦誠果好義輕財，折節下士，雖高貲巨産雄視一鄉，率皆因低昂積散，知予爲取，而坐制其利，鄉人無不稱其長者。故紛争鬬怒者，得其一言則釋然以平〔一〕。宣和庚子，青溪盜起，浙東西諸郡往往失守。彦誠糾率里豪，扞蔽鄉曲有奇功，大帥上其名，補承信郎，調青州准備差使。居官以廉謹聞。是時燕雲初復，人皆張皇自得，彦誠被檄往來幽薊間，常忽忽不樂。語其僚曰：『虜情叵測，而漫不爲備，正猶狎虎豹而去其閑，咆吼之患，近在朝夕，盍早圖之！』度無有能用其言者，遂解官求罷。既歸，則又語所親曰：『時危矣，與其無益而死，曷若奉親教子以終餘日。』當路交辟，不應。紹興四年五月甲寅，以疾卒於寢，享年六十一。

彦誠爲人倜儻尚氣，雅好賓客，至終日忘倦。宗族貧窶、姻戚孤嫠、知交〔二〕流落者，斥帑廪濟之，無不得所。事繼母尤孝，家道肅睦，内外無間言。晚嗜佛書，誦之寒暑不移。家旁雙林寺，寇東南兵火後，數年爲墟，彦誠倡始施財，不逾時而還萬楹。其餘津梁斷壞病涉之地，靡不修舉。蓋其心志開朗，凡所爲數皆落落可喜。

某初與彦誠昧平生，因其闢館舍，遣子弟迎予猶子瑱者爲師，禮意頻年不衰。一日過其門，瑱率舍中後生數輩羅列藏書，質問義理，率秀嶷不凡，彦誠從容其間，一話言皆有激勉教誨之意。由是深得彦誠之用心，遂爲相知。乙卯二月，某將之官永嘉，公之孤汝評、叔齡相與踵門而請曰：『先子卜葬有日，壙中之名〔三〕，竊願有託。』某非但義不得辭，亦喜爲彦誠譔述平生之事，悲而許之。

彦誠娶同里王氏，生兩男子：汝評，承信郎，避公諱，就校尉；叔齡，右迪功郎，和厚而通敏。一女子，適士人許師顔。孫男五人：文焕、文粹、文炳、文質、文昌，皆力學進業。自汝評而下，其所成就，異日當有可觀者。王氏先十有二年而卒。彦誠以乙卯某月某甲子，葬於雙林鄉蜀墅源，從王氏之藏也。銘曰：

富其家又仁其里，禄其身亦昌其子。諸孫詵詵，業以書史。徜徉暮年，其壽而死。余之喜爲彦誠銘者以此。

校勘記

〔一〕『平』，乾隆本作『明』。

〔二〕『交』，吴藏本、康熙本、乾隆本、四庫本作『友』。

〔三〕『名』，四庫本作『銘』。

外姑墓誌銘

浦江進士杜諲妻謝氏，生女晬而諲死。後四年，謝携其女再適故贈朝請郎何至。至育之十年，擇同邑士者石〔一〕子文歸之，今孤子石知彰之母夫人是也。夫人生三男：長曰知彰，次知柔、知言。女三人：長適具位鄭某，次適士人鄭玠，次適承節郎何邦獻〔二〕。某頃聞石大人用幹蠱棄筆硯，夫人申申恨之，歎曰：『吾父業儒蚤死，今吾夫學又廢，奈何？』會朝請公之子粲登上舍第，夫人歆慕感激，謂知彰輩眉目皆秀，必可澤以仁義，故力爲求師友，又以巽女見婦，冀諸子得遊從之。蓋於時石氏蕃大，非豪門不姻，人見以所愛女歸一寒士，家貧姑嚴，營糠豆而事禮法，皆不以爲樂，獨夫人甘心焉。其後，某雖忝竊科名，可以少塞相貴重之意，然知彰病復不能卒業，知柔出爲伯父采之後，爲舉子者獨知言一人，而夫人死矣。養所不能洎也，悲夫！

夫人莊靚寡言，動有儀則，凡婦道治内之美無一不備，蓋以女子而知儒學之貴，其資性可知也。紹興戊午三月，來訪其女於臨安。六月甲子，感微恙而卒。七月甲子，知言輅柩以歸。

十一月甲子，葬於邑之南溪園。石大人初葬不吉，先以丙辰十月甲子徙南溪，故夫人祔之。夫人享年六十三。

方諸子嘗藥不逮之辰，夫人顧謂某曰：『三魁石氏，名稱高甚，嘗懼吾諸子不克髣髴，今安得一言而死，使兄弟相勉，念先業而思奮，庶幾吾不齎志而没地也。』嗚呼！覽《寒泉》勞苦之詠，誦《蓼莪》劬瘁之詩，斯言可忘哉？某既爲之銘，左朝散郎、尚書吏部員外郎黄珪書之，左朝請大夫、司封員外郎曹璉題其額，俾知彰刻而藏之云。銘曰：

坦岡原，奥水泉，兹爲南溪之園。兆斯遷，祔旁穿，石氏考妣藏之慶延綿。

校勘記

〔一〕『石』，原作『粢』，據四庫本改。

〔二〕『獻』，乾隆本作『憲』。

左中奉大夫致仕符公神道碑

魯頃公之後，有仕秦爲符璽令者，以符爲氏，傳漢唐五代，家世可考。建昌南豐之符，蓋今世之名族也。左中奉大夫致仕符公，是爲南豐之賢。公諱授，字天啓。曾大父俸，大父懷德，皆隱德弗耀。父明遠，累贈金紫光禄大夫。金紫公已讀書自奮，然慶喜之澤，猶涵閟未發，衆知其必有子。公生果不群，器度明爽，洽聞彊記，辭華如綺，場屋老生斂筆避之。中元豐二年進士第，調興國軍司理參軍。丁母南康郡夫人瞿氏憂，服除，調邵州邵陽縣主簿，就移筠州上高縣令。終更入遠爲彭州録事參軍，改京秩，差歙州婺源縣。丁金紫公憂，服除，知越州剡縣。用年勞陞朝，賜五品服。秩滿，差通判龍州，未行，户部辟主管在京左廂店宅務。又通判海州、唐州，旋提點西京崇福宫，再提舉江南太平觀。淵聖即位，覃恩轉朝議大夫，賜三品服。上〔一〕嗣歷，覃恩轉左中奉大夫，遇郊恩封南豐縣開國男，食邑三百户。公解褐入仕，歷五朝六十年而歸禄告老。紹興乙卯，某爲温州判官，公之子行中通守是邦，決除粃政，利敏難事，而又論議踔厲，志行峻潔，無一分巧宦計，僚士竊議是必名教積習所致者。或曰：『此南豐符中奉子也。』中奉一生静退，雅不與躁進者争急流，至其耿耿胸次者，則賁、育不能折。樞密吴公居厚嘗薦之於朝，且使見宰相。公曰：『筦庫何傷！自媒求進，其傷實多。』終户部官，足不至時政之門。逮題輿海邦，專務簡約，凡推剥刻深之政、應奉媚悦之事，斷然不爲，而公亦低徊向老矣。某由是詳公之爲人。歲戊午，某備員行在所，聞公之夫人湯氏前一年卒，公已上章掛冠，亟遣書行中，慰其母夫人之憂，且使爲偏侍節哀，善事中奉，致期頤安榮之養，則孝子之心尚有餘樂。越庚申，行中以黄州童使君之《狀》，爲公丐神道碑矣。讀其《狀》，蓋己未十二月辛酉以疾終於正寢，庚申四月己酉巳葬太平鄉石榴原，合湯夫人之兆。悲哉！

公爲人端莊清净，有信義，無聲色。蚤歲儒雅緣飾，翰林楊繪頗推重之。有《南豐居士詩》

十二卷，平澹峻激，雜見於波瀾動静之間，自成一家。當官號令簡嚴，而遇繁必辦，所至吏不敢遑，遑則鉏盡之乃已。民間愛慕，咸父母懷之。其在上高，嘗與高安兩令易，二邑之民争於境上，今猶以爲美談。晚年志意蕭散，耳目聰明，對燈火讀細字書。享年八十四。男五人：長建中，右承議郎、知信州貴溪縣，次用中，皆前卒；大中，右迪功郎、監潭州南嶽廟；行中，左朝奉郎、主管台州崇道觀；幼未名而夭。女二人：長適右迪功郎、臨江軍清江縣尉辛爽邦，次適右奉議郎、通判韶州上官閔，亦前卒。孫男十二人：懃、愿、慭、悊、悊，皆登仕郎；忞、憲、思、意、恕、忐、愬。孫女七人，皆幼。湯夫人，處士詳之女，有賢行，與公齊年，歸符公甲子凡一周。大中、行中才皆適用，久奉親不肯出。每歲時，老人雍容堂上，二子帥諸婦孫子捧觴上壽，庭間煒然，人皆指爲偕老之慶。

嗚呼！爵禄猶滋味也，人所同嗜，公獨安義命，守澹泊，不爲滋味所毒，而平生所享，比他人往往反爲甚豐。彼有貪饕冒昧足陷[二]無厭之域者，一失所嗜，并與所當得者失之，聞中奉之風有愧矣。某既知公爲詳，而黄州之《狀》復緘以來，其可辭？銘曰：

符氏德善，著於南豐。有闕其祥，發之自公。公之文章，以取科第。陶冶鍛鍊，亦傳永世。公之政事，克振厥職。豈弟詳明，爲後之則。弗争而進，弗取而得。富貴壽考，衆如公何！石榴之原，兆久窽矣。黄土蒼苔，公則掩矣。鎸彼金石，載此銘詩。維其邦人，實咏歌之。

校勘記

〔一〕『上』，四庫本上有『今』字。

〔二〕『陷』，乾隆本作『蹈』。

何氏考妣墓表

建炎元年四月丁亥，將仕郎何君卒。明年正月己酉，葬於邑之同義鄉長松塢。又明年某月甲子，君之夫人鄭氏卒，以其年九月丙午，合葬長松之原。紹興十四年，其子椝致書爲某言曰：『椝不孝，併失怙恃，屬時多艱，風波靡寧，僅於鞍馬之隙，奉二柩藏於土〔二〕，所謂彰遺德而傳後世者，未遑及也。念遂湮没，則罪逆之身殞越難報，尚惟論撰世次，發揚幽光，表於墓上，則無窮之恨，萬分可塞。鄉人劉友端謹《狀》以請，兄其爲我圖之。』某因念兒時，聞族有姑歸義烏何氏，勤儉慎淑，克相其夫，而何氏以昌，即夫人也。夫人之賢，蓋先公諸父平日所相與稱道者，某其敢忘之。

君諱先，字謙終，世爲婺之義烏人。曾大父湜，大父祐，皆不仕。父京，亦守將仕郎。將仕公生三男，君仲子也，幼子賁遊學蚤死。君與伯兄奉承乃父，經畫其家。將仕公賦性嚴毅，智度深峻，而又奮志爲生。君獨從容啓悟，得其懽心，以古人積散取予之道開陳其旁，使貧窶受惠，孤嫠得所，田園自饒，而州里稱爲長者。將仕公即世，君則以所以事父者事其兄，恭謹遜順，發於至誠。相處六十年間，周旋曲折，如手足之不相忤。既孝友著聞，門户和氣粹然，故凡與君締結姻好者，皆吾鄉之賢士也。其居在重巒曲水之間，聚書闢館，門巷幽雅。夫人鄭氏具肴醴，延賓客，君得以徜〔二〕徉蕭散，享安逸而廣名譽。宣和庚子，盜起清溪，朝廷分兵鋤治，鄰黨所在，蟠結牢甚，槼鋭然上破賊之策。東南平，朝廷命槼以官，人咸謂槼之休顯其親當自此始，不幸君與夫人死矣。君享年七十，夫人七十，皆以疾終於寢。鄭爲金華大姓，夫人之懿德，幼藹吾宗，凡君孝友之行終始無缺者，皆其贊助之力。

君爲人簡潔方正，寡笑言，平生不事進取，而涉獵經傳，談道今古，得其理義。晚年尤好修塔廟，治津梁，樂施惠，蓋其與夫人輩設心在於化人爲善，非因〔三〕感於禍福之説也。嗚呼！世之作德者，孰謂無報也哉！余觀何氏自上世綿積，然將仕公三男子，賁最力學而器業不就。君四男子，窠、杲、槃皆先卒，所存者獨槼爾，乃能奮布衣取官，今爲保義郎，磊落慷慨未可量。孫男三人：忻、恪、憮，咸積學自進。女一人，適進士陳阡。孝友之澤，至今未已，是雖金石之傳不在壙中，而鄰里稱道，自可傳於後世。惟兹墓上之碑，姑見槼之孝思云爾。某月某日，乃立石。爲銘曰：

長松之原，戊申之阡。惟兹壙中，無金石傳。所傳後者，鄉黨之言。歲越甲子，具此深鐫。長松生風，朝霞暮烟。視我銘詩，何千萬年。

校勘記

〔一〕『土』，原作『上』，據吴藏本、康熙本、四庫本改。

〔二〕『徜』，吴藏本、康熙本、四庫本作『彷』。

〔三〕『因』，原作『固』，據四庫本改。

族嫂陳氏墓誌銘

某族有兄諱濬，字資深，世居婺之金華，故中散公諱詳之孫，故知録公諱汝嘉之子。宣和辛丑，東浙盜平，某還自外邑，資深已下世，族人凋零破壞，無家不孤〔一〕。資深之夫人方卧病，指其子瑄輩爲某哭且言曰：『兄不幸，枉禍之餘，獨四男子，敢以累叔。儻詩書義理之言時開道之，他日爲家爲學，僅立門户，獲蓋前人之大痛，所以友兄之誼高矣。』某聞而嘆曰：『嫂志如是，資深之業，其憂不昌乎！』自是，瑄與琚者苦志經營，條尋遂緒，力振起之，而瓌與琈者，未嘗一日不以書卷自隨。紹興壬子，某既登進士第，蒙上委使，十年未得歸。聞瑄輩各專其業，築第闢館，聚書延士，園池花木，庭幃晬温。夫人雍容其間，莊笑言，慎禮則，起居康寧，規矩勤儉，中散公之家世風流如在也。歲癸亥七月乙丑，夫人以疾卒。明年甲子，瑄遣人走益昌，以葬請余銘。某曰：『夫人之賢，鄉里宗族能道之，不銘可傳也，至歲月次序，則宜永之金石。』

夫人姓陳氏，同郡贈中奉大夫諱鄰臣之女，享年六十八。男五人：長曰瑞，先卒；次即瑄、琚、瓖、琈。女六人：長適貢士陳柄，次適進士張頔、陳格、陳正己、陳嵃、陳岠。孫男女一十四人。以甲子十月二十日葬保福山，合於資深之窆。銘曰：

滎陽中艱，義理其子家再昌。若堂之封，壤泉鍾聚深且長。有緘銘詩，爲瑄萬里下巴江。

校勘記

〔一〕『不孤』，四庫本作『斯時』，屬下句。

右承議郎致仕曹公墓誌

某族叔千之，名士也，以女歸同郡曹毅君佐。嘗怪君佐以田家改業爲太學士，而士夫之賢者樂與之遊，是必有道。識者曰：『君佐之學，蓋其兄安雅公實畀之。安雅辛苦治生，生事理，則請其父買書擇師教其弟，又教其子績，曹之白屋改矣。』政和丙申，某遊鄉校，績爲同舍。明年績貢辟廱，又明年中上舍高選，自是名宦益振，而安雅教子功成。紹興癸亥，公隨績官益昌，越乙丑二月十九日卒。績奉喪歸葬如禮。前期以左朝奉議、前知渠州流江縣事練祇柔之《狀》，泣血請銘，誼其可辭？

公諱宏，字安雅，世爲婺之金華人。曾祖光明，祖歡，父享，皆隱德不仕。安雅天性孝友，遇人誠信和易，喜愠不形於色，鄉黨欽愛之。君佐雖未第而死，然績已成立，諸孫相次進，茂穎者復自湖北漕司薦送。安雅知門户儒學之風不衰，則圍棋飲酒，所在自得。方某之宣諭四川也，請於朝，以績偕行。及被旨留師，欲請主管機宜，績曰：『願歸從老人問行止。』至則安雅欣然隨之。謂所親曰：『顧夷險，擇遠近，非吾望子孫意。』自入蜀，遇峻阪輒下馬，行步如飛，左右者趨之莫及。居益昌且二年，每相過，必叙説鄉曲，持杯笑語，盡醉而去。一日，忽令績寄謝知友，治後事，家人驚勿敢聽。翌旦，正衣冠，翛然逝矣。嗚呼賢哉！安雅六被恩封，官至右承議郎，享年八十一。娶章氏，五男子：績，今官至左奉朝〔一〕郎；曰綱者，蚤卒；曰縉、曰總、曰紹，悉知愿守家法。女二人：長適胡璿，次適其從弟璉，皆舉進士。孫男女二十六人，曾孫男女一十人。以丁卯正月壬午葬於所居之鄉萬家塢，合章夫人之窆。銘曰：

惟公種德，自其父祖。公有子弟，自公學古。學古而修，坐觀成效。安榮壽考，亦享其報。幽幽壤泉，鬱鬱松柏。萬家之塢，藏此詩曰。

校勘記

〔一〕『奉朝』，疑爲『朝奉』之誤。

北山文集卷十六

宋鄭剛中撰　郡後學胡鳳丹月樵校梓

跋許右丞詩

近世家者欽慕右丞如古人，某愚坐山林而不及識。近見所爲《越倅潘公哀詩》，氣質中和，字畫端重，粹然不減親見也。此詩傳之後世，可以知右丞，而潘公之名亦因以傳矣。

跋中散留題

元祐中，某爲兒，聞伯祖中散嘗宰樂清。至大觀中，叔父承議宰平陽。紹興五年，某爲州幕吏，蓋三世仕宦於温矣。六年秋，過雁蕩龍鼻，石間有中散書一十三字。遣人平陽尋之，則無承議公字畫。蓋平陽經盜火，宜無存者，中散刻於巖壁，雖百年猶新也。再摹於石，煩今樂清宰括蒼季〔一〕公立於靈巖寺。

校勘記

〔一〕『季』，乾隆本作『李』。

擬跋御書羊祜傳

紹興七年九月，宗祀明堂。前二日，皇帝書晉《羊祜傳》五千四百二十九字，以賜臣某。臣既再拜受賜，命良刻摹入琬琰，奉墨本藏之什襲，爲私門世世之寶。復再拜而言曰：孫皓失德，虐據吴氏〔一〕，地險力悍，未易取也。惟祜專務撫循，使晉朝之德如陽春暖日，行於積陰之上。和氣既至，冰凍皆不約而解，所以吴不得存〔二〕，長江不得阻，而晉已混有之矣。皇帝陛下以威武鎮艱難之運，以仁厚申祖宗之德，雖城中赤子，暫謂南北，而兼愛之心，同一視也。祜書之作，豈但遊神翰墨，燦奎璧而已哉！垂休黎元，意蓋有在。顧臣老矣，不足以對揚盛美，俟布宣德惠有如祜者出，爲陛下奏平吴之策，於時臣當自山林間捧持宸翰，稽首闕廷，躬上萬歲之觴。臣無任區區。

校勘記

〔一〕『氏』，四庫本作『中』。

〔二〕『存』，吴藏本、康熙本、乾隆本作『吴』，四庫本作『抗』。

跋左達功所示李泰發詩卷

宣和丁酉，某以桑梓拜天台左先生於金華。於時達功纔十歲許，侍立先生之旁，照人如玉筍。後二十二年，達功相訪臨安，而衫猶未青也。高材淹泊，乃至是耶！既而誦參政李公四詩，見其稱道許與如此，知達功富貴不晚矣。

跋劉光遠百將詩

吴越抵隋唐，稱名將者可百人，延安劉侯爲一詩頌之，美矣！雖然，後之視今，猶今之視昔。威名勇怯，勳業高下，又當有他日好事君子玩弄乎筆墨之間。侯其卒自勉也。

跋了翁帖

了翁所簡記室，今予不及見而識也。紹興戊午，禮部試進士，有以《周易》義奏名者。揭榜，實記室之子，予所羅而得者也。是時場屋富文章，而《周易》卷特議論邃深，知其必有家學。拔以魁經，是爲陳璿氏。今讀了翁帖，則陳氏之門，果芳馨久矣。

跋東坡帖

東坡先生之賢，天下所同仰也。退翁則又先生之所與，賢可知也。不及拜東坡，而睹其遺墨；不及親退翁，而識其遠孫。想高躅以猶存，攬餘芳而有感。余生雖晚，亦少慰矣。

跋張大夫景修詩卷

某少年時，聞毗陵有先生，以詩名而不得見，即今卷中姓名是也。宣和壬寅，識先生之子寺丞君於南昌〔一〕；又二十年，見先生之遺墨於小蓋。玩筆力之遒勁，詠句法之中和，薰然慈仁〔二〕，如對君子。平昔之心，亦少慰矣。

校勘記

〔一〕『昌』，四庫本下有『郡』字。

〔二〕『慈仁』，四庫本作『仁慈』。

跋胡帖

資政胡丈筆語，今時士大夫稱高，書記翩翩，不足論也。諸帖類皆氣味醇厚，議論詳密，所以待幕屬之意何温與！機宜公裨報贊助其間者，計亦數數矣。

跋雷公達所示潘仲嚴詩卷

金華潘氏與予同鄉井，子賤學校游從尤雅，仲嚴才氣之豪，筆語之秀，不因今日詩卷而後詳也。然公達自東吴道長沙，逆犯三峽風濤之險，行李間關者萬里，而篋中仲嚴三十八詩，與偕來無恙。珍藏愛護，所嚮不忘，公達友朋之誼，信如子賤所謂賢於人遠矣。

北山文集卷十七

宋鄭剛中撰　郡後學胡鳳丹月樵校梓

擬策進士

問：漢高之王蜀也，子房佐之，反掌而成帝業；先主之王蜀也，孔明佐之，數載不能窺中原。嘗謂巴蜀地勢，先主與漢高之時無異也；孔明之才，視子房未爲相遠也。而又蓄積訓練，漢高不如先主之久；懷輯感動，漢高不如先主之深。天下之民，謳吟而思者，亦皆願吴魏之化爲漢也。然久而不能成功者，其義安在？豈漢高與先主不可同日而語也？抑亦彼此之時異，不可以一概論耶？忠臣義士，鑒古思今，嘗有子房、孔明之志，欲扶助王室，掃胡塵而取〔一〕中原，計將安出？

校勘記

〔一〕『取』，四庫本作『靖』。

又

問：《易》與天地準，未易可知。雖然，潔静精微，《易》教也，垂教者非聖人固不能，若乃率教而學之，其亦可論矣。平居觀象玩辭，有疑於心者，故今日敢與諸君談之。《巽》，風也。如『風行天上，小畜』，『山下有風，蠱』，若此者非謂《巽》乎？然諸卦有不以《巽》爲風而曰木者，何哉？《離》，火也。如『天與火，同人』，『火在天上，大有』，若此者非謂《離》乎？然諸卦有不以《離》爲火而曰電、曰明者，又何耶？以至『地中有水，師』，『地上有水，比』，類以體之，遇《坎》則以水名象也。然諸卦有不以《坎》爲水而曰雲、曰泉、曰雨者，又何耶？作《易》者果有意耶？偶自爾耶？按卦求義，不知如此類見於上下經者有幾？諸君不謂精微爲難言而略之否？

又

問：卦以二體成者五十有六，餘皆重體，《乾》、《坤》、《坎》、《離》、《震》、《巽》、《艮》、《兑》是已。聖人設象名卦，重體之意皆寓乎其中，獨於《乾》、《坤》隱而不見，曰天行地勢而已。此其故何也？於天行不曰《乾》，於地勢則曰《坤》，又何也？《坎》曰習，《離》曰兩，《震》〔一〕曰洊，《艮》曰兼，《巽》曰隨，《兑》曰麗。雖是指名重體，抑有辨乎？其無辨也？謂無辨，則習、兩而不可〔二〕相易而用否？果有辨也，則六者之義各安卦以對，庶祛其惑。

校勘記

〔一〕『震』，原作『雷』，據卦名改。

〔二〕『而不可』，四庫本作『果可以』。

又

問：伏羲氏始畫八卦，神農氏重而爲六十四，文王分上下經，周公作爻辭，孔子作十翼，皆古學者之論也。此五聖人也，而《易緯》止曰『《易》歷三聖』，何哉？或曰重卦者大禹也，如是則六聖人矣，《易緯》何所據而三云耶？謂禹無與於《易》可也，奈何孫盛之言？謂周公無與焉亦可也，奈何韓宣子之言？又《彖》、《繫辭》，文王之所作歟？抑亦夫子之所作歟？謂文王作，則《彖》與《繫辭》乃十翼之數，似非也。謂爲夫子，夫子不應自贊曰：『知者觀《彖》辭則思過半矣』，又曰：『聖人設卦，觀象繫辭焉而明吉凶。』是皆可疑矣。非特如此，十翼之目，惟《序卦》、《説卦》、《雜卦》無異論，餘則或以《彖》、《象》分上下，或以《文言》分《乾》、《坤》。十之數雖在，而所以爲十者異矣，將何所遵乎？晋太康初，所得古人《易》有上下經，而無《彖》、《象》、《文言》、《繫辭》。《漢藝文志》列於學官者，乃十二篇，又何哉？其所謂十二篇者，比今所傳本同歟否也？諸君繙經有年矣，願聞至論，以祛其惑。

又

問：『皋陶歌虞，奚斯頌魯』，此班固《兩都賦序》論也。讀《書》誦《詩》，竊有疑者。何則？歌虞之言，《書》可詳也；求之於《詩·魯頌》乃史克所作，奚斯無與焉。固稱其頌魯，何所見耶？《閟宫》卒章，有曰：『奚斯所作』。豈《泮宫》以上三篇，則出於史克之手；其《閟宫》一詩，乃公子之頌乎？信爲此論，則又有愧乎正俗之作。夫固一世名流也，其文章豈無所據？如謂賦《靈光》者，亦有奚斯頌僖之言，或者過不在孟堅乎？又頌者，所以美盛德之形容。雖史克敢於魯作之，又何也？願併其告。

朝旨策吴援

問：將者，國之輔也。將門英種，多在山西。不識所謂輔國家者，止於攻城略地、却敵奏功而已耶？抑亦戰攻之外，猶有輔國安民之道也？或謂平亂責武臣，則介胄之士，自有常職；或謂無事之際，愛惜財用，整齊士卒。簡練而汰老弱，屯田而減饋餉，禁徼幸開邊之舉，體信義綏遠之圖，是數者有爲輔國之深。恭惟治朝講好修睦，疆埸安靖，君輩櫜弓矢讀書，群居論議亦有及此者，願詳以告。

朝旨策楊庭

問：楊雄曰：『天地裕於萬物，萬物裕於天地。』此言上下相資，施報不可以偏廢也。漆身吞炭，結草銜環者，古書具載，不復縷數。恭惟主〔二〕上御世之德，有如乾健；接物之温，過於春陽〔二〕。中興爪牙之臣，爲國宣勞者固自不淺；而天地父母之恩，所以遇將帥者亦深矣。高官厚廪之外，推金帛，輟玩好，賜田園，錫飲食，厚意無一不至者，宜諸將之鏤骨銘心，以碎首捐軀自誓也。君將家之秀也，上〔三〕俾策試藝文，又將易其紳笏，所以寵君門者益至矣。不識他日莅官從政，圖與乃父共報上恩者如何其心？願悉聞之，將告於朝。

校勘記

〔一〕『主』，四庫本上有『我』字。

〔二〕『春陽』，四庫本作『陽春』。

〔三〕『上』，四庫本上有『主』字。

北山文集卷十八

宋鄭剛中撰　郡後學胡鳳丹月樵校梓

獨坐偶書

焚香閉草廬，滯念掃無餘。世事尤宜静，交情秖可疏。屈伸當視蠖，濡沫戒如魚。暖甚一窗日，三冬宜讀書。

寄徐彦偲〔一〕

都城判袂十年餘，世路艱昏迹頗孤。顧影不知天際雁，置身方類鼎中魚。危言空慕〔二〕劉蕡策，痛哭難看賈誼書。一笑何時成破涕，爲君握手話區區。

校勘記

〔一〕『偲』，疑當作『思』。

〔二〕『慕』，乾隆本作『負』。

和周希父至日雪

風吹雲葉碎，顛倒六花團。臘近先呈瑞，陰消故作寒。懶遊悲季子，高卧媿袁安。出處君休問，長謡向酒闌。

和符倅上范相喜雨

聖詔謙慈類禹湯，雲臺得蹇破〔一〕驕陽。漢明帝時大旱，上登雲臺，筮得蹇卦。帝不解，以問沛獻王輔，輔對曰：『蹇，坎上艮下，此水在山之象。』果得雨。三秋正此憂焦窘，萬室今咸共喜康。袁扇風清端有助，庾蓮水渌但知凉。東都豈是留裴地，公亦相從早趣裝。

校勘記

〔一〕『破』，乾隆本作『怕』。

送仲列王

去年我到柳垂金，今日君行柳再陰。碌碌文書嘗共事，怱怱歲月歎分襟。薦才已見名難掩，送别何辭酒滿斟。夢憶西湖好風物，須煩着意細登臨。

送張仲仁教授

自從文墨困徒勞，欽仰先生絳帳高。豹固可窺嗟礙管，牛雖未解見藏刀。笑言契闊生離恨，歲月侵尋逼鬢毛。金馬玉堂門户敝〔一〕，會須平步慰吾曹。

校勘記

〔一〕『敝』，四庫本作『敞』。

贈張叔靖

窮達乘除自有天，豈須騰上賦鳶肩。千牛疾解多憂折，十駕徐行未必鞭。再上公孫方見用，蚤成賈誼晚堪憐。第令飽貯唐虞道，慷慨行觀孟子前。

和吴清叟吴江歲晚書懷

雪銷〔一〕殘臘净無塵，官柳溪梅欲試新。星籥暗移驚客夢，帝閽高啓際昌辰。補天煉石曾無計，却日揮戈正在人。莫效〔二〕兒曹念剛卯，酒杯書卷足相親。

校勘記

〔一〕『銷』，四庫本作『消』。

〔二〕『效』，乾隆本作『學』。

早過烏龍嶺

烏龍嶺上萬峰巒，疑是羊腸九曲盤。山麓吐雲人世遠，松梢滴露客衣寒。驅馳寸禄意寧樂，蕪没小園心未安。早願車攻歌復古，不須垂老掛衣冠。

憶梅

古園深處讀書窗，窗外疏梅破臘芳。日暮獨陪修竹静，露寒偏帶晚風香。清吟但喜花孤瘦，醉賞那知樹老蒼。千里遠移無健〔一〕步，一枝横倚記東牆。

校勘記

〔一〕『健』，乾隆本作『遠』。

和友人書懷

君似冰壺透裏清，豈容隨衆話鉏耕。自應才大難爲用，無奈詩窮益有名。禍此遺民緣俗吏，扶回興業賴書生。欲煩盡挽天河水，一洗當年海上盟。

和方景南乍晴

闌暑知秋近，淮濆氣已清。風雷驚夜雨，鐘鼓報新晴。霧散槐庭曉，雲開魏闕明。馬行朝路穩，人喜積陰傾。初鳥方争出，殘蟬莫亂鳴。小窗偏得睡，更待晚涼生。

九月二十二日侍祠明堂口占

明廷百辟奉君王，祀事嚴稱肅建章。天拱星辰陪日表，風回燈燭避龍光。侍祠官拜聞鳴玉，導駕班回散寶香。宣室受釐誰入對，爲時陳論莫荒唐。

和丘師悦二首

白　菊

先放恐輸梅，籬邊趁早開。素心甘冷濇，秀色肯塵埃。眼老書慵看，官閑吏不催。煩君助幽勝，小甒爲移來。

深　夜

鼓鼙傳永漏，風露結新寒。小熱金初冷，孤斟玉屢乾。感時方自歎，假寐敢求安。且撥爐中火，清吟琢腎肝。

希父删定惠近詩一軸成四韻謝之

小硏花藤字畫精，五言重喜見長城。工深斧鑿渾無迹，意静波瀾轉覺平。湖上幽奇君勝賦，筆端蕪陋我堪驚。貪多獨有珍藏計，他日山間要眼明。

隋堤口占呈李公實郎中

十年堤上草青青，今日重來春夢驚。載路壺漿皆再造，向人楡柳若平生〔一〕。漸看英蕩傳聲教，永願銀河洗甲兵。鄧禹車前略無事，幕中棋局夜燈明。

校勘記

〔一〕『平生』，原作『生平』，據乾隆本與後《再用青字韻》一詩乙正。

再用青字韻

黄旗分破柳梢青，旗尾穿林鳥不驚。感極老人翻欲泣，赦餘污吏始偷生。帳閑縹緲傳新曲，酒賤蹣跚醉老兵。與子相從亦云樂，袖鞭吟看遠山明。

和公實早行二首

夢破事行李，窗燈尚半存。寒更傳古縣，落月暗孤村。道遠馬蹄薄，形勞神觀昏。高眠憶吾〔一〕里，布被擁朝暾。

客子發中夜，小爐香半存。病軀憑瘦馬，殘夢過前村。柳近和風緊，塵高望月昏。何時展書卷，竹屋對朝暾。

校勘記

〔一〕『吾』，原作『五』，據吴藏本、康熙本、四庫本改。

和樓樞密宿泗道中書事用存字韻二首

堠碑殘字缺，市屋故基存。榆柳欲千里，桑麻能幾村。短鞭追白晝，疏幕對黄昏。客枕寒無夢，孤吟待曉暾。

老柳不多在，故家寧復存。鼠癡穿敗屋，虎玩出平村。天遠楚山秀，浪高淮月昏。吟鞭破霜曉，馬首待朝暾。

己未十二月二日致齋惠照

壇殿夜漫漫，臨祠愧禮官。降神欣樂奏，望瘞肅更闌。雨意垂簷黑，風聲過竹寒。曉庭人寂寞，烏鳥拾餘殘。

庚申二月二十二日宿齋省中

齋所深嚴客過難，逼人書債未須還。簷遮暖日桃夭瘦，鳥踏風枝竹影閑。細細乳花新茗碗，霏霏香霧小爐山。滿庭斜日無公吏，祇似東陽田舍間。

譚勝仲卿有册寶禮成新句用韻和呈

寶函重鎖環金密，册櫝雙盤帶錦斜。長樂春風迎母后，未央和氣集皇家。簾垂禁衛收黄繖，禮畢天仙下玉花。班退笙鏞猶在耳，五絃歌舜未須誇。是禮畢，雪作。

初夏憶故園

四山木葉緑〔一〕交加，數架茅茨是我家。窗隙微風入飛絮，竹邊清露養孤花。得眠穩寐夢須好，無句不幽詩可誇。底事年來祇流汗，文書埋没鬢毛華。

校勘記

〔一〕『緑』，乾隆本作『亂』。

道中雜詩呈子勉寶文有便寄叔海也

度歲塵沙汩没中，乍趨閒曠意何窮。孤叢晚秀霜菊浄，脱葉已疏山柿紅。馬恃賜閑韁不勝，雁知王命信常通。功名成處非人力，到手先令玉盞空。

馬　上

蚤酒銜寒不滿觴〔一〕，日高猶踐馬蹄霜。烏依密樹傍邊語，梅在遠林幽處香。西去流移還未復，東來書訊且都忘。征途一任如天遠，不過歸時杏子黄。

校勘記

〔一〕『觴』，吴藏本、康熙本、乾隆本、四庫本作『腸』。

初　寒

邊城秋意老，寒色到庭除。雨久苔花暗，風高柳葉疏。異鄉思骨肉，多病喜方書。豈是無歸計，東陽故有居。

仙人山寨至日

戍兵列柵半空蒼，俯瞰嘉陵萬仞江。山下不知傳鼓角，天邊時見引旌幢。歲寒木落鳥穿屋，晝静簾垂雲遶窗。教罷諸營無一事，錦腰催拍照金釭。

寒食偶書

楚鄉孤坐掩重扉，素髮荒唐酒一卮。眼闇久因書卷得，心閑全自世緣知。臨流問米方終日，踏雪看梅是幾時。欲上高樓望吴越，無邊烟雨正垂垂。軍前連日以米爲急，踏雪看疏梅故園壁。

擬送楊帥

久戍思賢日，中興入覲時。旌旗生喜氣，梅柳動寒枝。報國心偏苦，安邊計自奇。一軍嘗北出，萬騎絶南窺。結軌聞修好，櫜弓謹退師。浩歌藏戰甲，雅拜習朝儀。天近雷風迅，雲深雨露滋。告庭行有命，祖載敢無詩。雪意留金勒，歌聲寄玉卮。明年秋秫賤，釀酒約歸期。

偶　書

癡風連日塞雲低，庭榭清寒小雨飛。葉底孤花無奈瘦，牆邊新笋不妨肥。將迎賓客幾成債，撥遣文書似解圍。辜負佳時幾尊酒，故園松菊望人歸。

送吴信叟

人生聚散祇尋常，特地關情是異鄉。夜話不知邊月落，離愁還似峽江長。摶風有力須騰上，守塞無能合退藏。黄閣有人如見問，爲言衰病憶東陽。

偶　書

午庭吏散日侵堦，坐向春陽亦樂哉。看蝶得香穿竹去，等鶯求友過花來。三年客夢隨天遠，萬里家書對酒開。雖有是非榮辱債，其如方寸只如灰。

晚春有感

櫻桃已熟酴醿放，春去雖忙意尚誇。葉底紅圓珠照〔一〕樹，架邊香瘦玉開花。有書可讀常〔二〕無暇，對月方閑奈憶家。始悟渭城寒夜唱，餅爐須是小生涯。南唐遺事，有朝士與餅家隣，旦旦聞唱《渭城》，愛而假之金，自是遂不復聞，問之，則曰：『有金須營運，無暇歌矣。』予昔爲布衣，聚童蒙而樂賣餅時也。

校勘記

〔一〕『照』，四庫本作『映』。

〔二〕『常』，原作『嘗』，據四庫本改。

寶信堂前杏花盛開置酒招同官以詩先之

晴光先已媚簾櫳，炫晝那堪杏吐紅。柳色半分高致外，鳥聲全在豔香中。催科共喜錢初減，種藝須聞麥已豐。官府吾儕亦云暇，可來携榼對東風。

四月二十日登烏奴山

烏奴樓閣起江皋，特地携樽上最高。城郭〔一〕帶烟無十里，舳艫銜運過千艘。箇中官事暫時少，明日吾生依舊勞。未到張燈猶晚渡，錦腰催拍送陶陶。

校勘記

〔一〕『郭』，四庫本作『閣』。

悼王思〔一〕中

風前不見玉壺冰，追想欷歔淚欲橫。官小僅能離令尹，家貧述祇似書生。深沉每見仁人勇，惠愛常留長者名。不負銘詩〔二〕并篆字，千年松柏共佳聲。

校勘記

〔一〕『思』，乾隆本作『師』。

〔二〕『詩』，乾隆本作『書』。

悼東陽許誠之父

昔同令子業膠庠，知有德行厥後昌。開廓襟懷雖善富，堅持氣節亦剛腸。掩棺往事成千古，刻石高文冠一鄉。梅峴速培松柏茂，便看褒寵賁幽光。

悼馮元通母夫人

去載湖山春雨霏，阿爹專爲板輿歸。相迎定約魚供饌，入弔那知鶴對飛。九子始終循懿德，一門中外被餘輝。送□不拂東南客，西望高原涕落衣。

悼句龍府君

自古英豪在釣耕，先生傳後豈其卿。筆端不合窮天巧，名下須還缺勢榮。已見春風移世夢，所留賢子是家聲。細吟絮早梅遲句，何恨九原青草生。

悼方公美母夫人

太傅先生志行全，夫人内助實稱賢。寡居勤儉五千日，享福安榮九十年。已作芝蘭綿後裔，却將金玉閟深泉。『如金玉，藏深密』，夫人《銘》詩語也。月卿手自栽松柏，遠寄哀辭爲慘然。

浙江文化研究工程成果文庫
浙江文獻集成

浙江文叢

鄭剛中集

〔下册〕

〔宋〕鄭剛中 著　任群　劉澤華 點校

浙江古籍出版社

北山文集卷十九

宋鄭剛中撰　郡後學胡鳳丹月樵校梓

長沙道中

微雨過雲春半濕，曉風留雪柳偏寒。一身扶病方爲客，馬上哦詩强自寬。

宿撞抗劉家店

虺隤老馬踏深泥，投宿村坊燈火微。休問客衣何似冷，床前猶有雪花飛。

趙知監惠牡丹二首

太守分花春滿盤，謂從郴嶺翦來看。恩寛罪大方流涕，渠敢伸眉向牡丹。

遠衙嵐霧香如故，再照春陽色轉紅。親手滿瓶添净水，一時回獻〔一〕梵王宫。

校勘記

〔一〕『獻』，四庫本作『向』。

法會堂前蒲萄一架每晨日至其上厨人輒報飯具感而爲此

竈下釜聲成菜糝，階前日影上蒲萄。頑僮不用催人飯，每食焉知媿爾曹。

桂陽〔一〕本覺院以屯將兵住持舜長老於前山松竹深處結草庵居之求詩擬而不與

咫尺樓臺是上方，問師何事此中藏。解頤謂我隨緣好，不欠中庭一炷香。

校勘記

〔一〕『陽』原作『暘』，據康熙本改。

即事二首

微凉可愛是薰風，嶺外風行瘴雨中。渴暑四圍如甑釜，不妨蒸得荔枝紅。

雨和山色得能好，風攬梅花箇樣香。本是吴儂歸不早，青鞋天遣踏諸方。

茉莉

真香入玉初無信，香欲尋人玉始開。不是滿枝生緑葉，端須認作嶺頭梅。

久雨

門前苔緑路無迹，窗下書昏雲滿樓。况是幽人本多睡，飲空小社一尊休。牧之有『幽人本多睡，更飲一尊空』之句。

四月間讀杜牧之荷葉詩一時回首背西風之句嘗擬爲立春絶

冰霜枯凍度窮冬，昨夜陽和始用工。多少柳條知此意，一時開眼望東風。

雲中偶書

幾日山頭臘雪飛，人生悲樂自隨宜。抱衾萬感客無寐，踏濕孤燈僧夜歸。

用立春韻和賣藥周道人

萬金家信隔秋冬，欲往誰能化鳥工。遷客何爲未憂〔一〕死，直緣君有古人風。

校勘記

〔一〕『憂』，四庫本作『幽』。

即事五首

娟娟好是簾前竹，净緑相依乍曉時。萬葉忽驚風不定，都翻宿雨下清池。

窗外斜陽弄晚暉，酴醾更在小窗西。莫言無酒堪供醉，花氣熏人已欲迷。

面西樓閣受午暑，傍砌蒲萄生暮凉。我作城居無去意〔一〕，一方新緑亦難忘。

古寺孤雲際，寒齋落葉中。消愁惟是酒，無奈酒尊空。

日暮鳥雀瞑，空庭風雨悲。方知古今夢，同寄老槐枝。

校勘記

〔一〕『意』，吳藏本、康熙本、四庫本作『憶』。

馬伏波請征蠻據鞍矍鑠時年六十一陸鴻漸景陵人蚤年事比丘後始改業爲儒今復州東門外小寺斷碑猶言是鴻漸當時受業院也予去年蒙恩謫桂陽正年六十一今徙復州嘗訪鴻漸之遺蹤戲成一絶

去年寥落征鞍急，矍鑠殊非馬伏波。今此有緣希陸羽，暮途求佛又何如。

鴻漸後宦遊廣中有詩云不羨黄金盞不羨白玉杯不羨朝入省不羨暮入臺千羨萬羨長江水曾向章華亭下來予自章臺謫廣右荆渚間巡尉督迫良遽竊賦小詩

自訟縲囚深負罪，不須醉尉苦相催。有如陸羽須驚羨，我向章華亭下來。

栽竹種紅蕉後數日阻雨不見賦小詩

瘦竹犯寒扶直節，花蕉〔一〕垂老抱丹心。小園半月隔風雨，搔首相望空苦吟。

校勘記

〔一〕「花蕉」，四庫本作「蕉花」。

贈傳神者

我向無中生出妄，君從妄裏却求真。葫蘆可畫雖依本，阿堵知君畫不親。

睡起

雨過雲深竹屋低，老人睡起亦多時。風飄嫩竹侵簷入，手挽竹梢題小詩。

數日相識多以荔子分惠荔子雨久而酸予方絶糧日買米而炊戲成二十八言

窮居無米糝蒿藜，筠籠相先送荔枝。安得仙人煉丹竈，試將紅玉甑中炊。

梅花

擬求冰雪向劉叉，琢作方壺不帶瑕〔二〕。要把露華和月貯，將歸書室浸梅花。

校勘記

〔一〕『瑕』，乾隆本、四庫本作『霞』。

廣人謂取素馨半開者囊置卧榻間終夜有香用之果然

素馨玉潔小窗前，采采輕花置枕邊。髣髴夢回何所似，深灰慢火養龍涎。

良嗣以予生朝將至以古賦一首爲壽作三絶與之勉其省愆念咎當在念親之先

乾坤高厚愛無偏，罪大其如未許憐。莫向歲時加念我，共須憂畏補前愆。

五月榴花照午時，三年知汝憶親闈。小牋寫賦隨香到，信是今年已庶幾。

乳燕飛飛竹色深，阿樞嬌賀想同斟。要知此日婦姑意，便是南方子父心。

柳子厚放鷓鴣詞首章曰楚越有鳥甘且腴嘲嘲自名爲鷓鴣前日相識惠野雞一籠云骨脆而美糝之良妙視之則鷓鴣也使庖人具蔬食作小詩送之山中

腸腹元無一字書，杯羹那敢嗜甘腴。廚人不用催煙火，已學羅池放鷓鴣。

老翁真箇似童兒汲井埋盆作小池退之句也去歲用此嘗爲小詩云半區茅屋裏疏籬無地容盆作小池祇有案頭翻筆墨老翁髣髴似童兒鄰舍老近以石方盆見借可容水三升置小魚其間終日觀之不厭復借退之全句成一絶

誰鐫紫石僅如斗，我貯清泉將作池。養得小魚終日看，老翁真箇似童兒。

無兔而用雞毛無直幹而用粗竹坐是二者故封州〔一〕難得筆近有工以羊毛易雞以松梢當竹筆既勁利而管尤可喜爲賦四絶句

小鏤松梢作管城，肉枯鱗瘦不妨輕。快隨醉客翩翩處，尚帶山頭風雨聲。

老根先入遠煙膠，更取纖枝束細毫。再作一家香氣聚，幽人研弄亦風騷。

何用生花曾入夢，豈如大筆〔二〕要如椽。自應優冠湘東品，斑竹容渠作比肩。梁元帝爲湘東王，筆有三品：金管、銀管、斑竹管。

不因蒙製巧相規，柯葉風霜未改移。今抱寸心何所用，助君多寫歲寒詩。

校勘記

〔一〕『州』，吴藏本、康熙本、四庫本作『川』。

〔二〕『筆』原作『册』，據康熙本、四庫本改。

題異香花俗呼指甲花

小比木犀無醖藉，輕黄碎蕊亂交加。邦人不解聽誰説，一地稱爲指甲花。

立之惠生花數穗，類藤蔓閒花，微黄，四出蕊，如半米，肥而緑，疏葉圓而不鋭，十花百蕊，其下不四五葉。初不知其香之異也，置几案間，大率〔一〕氣味如木樨，而酷烈過之。三二日後，清芬徧室，凡平時茉莉、素馨所不到處，皆馥馥焉。問其名，曰邦人號『指甲花』。樹高三四尺，花於枝杪，自窮秋至深冬未已。嗚呼，指甲之名陋矣。求之於花，亦不類。豈受名之始，或者無以付之耶？將山鄉習誤而至是耶？抑有事實而今不能傳也？有一於此，皆花之不幸。竊易其名爲『異香』，録於詩後。

校勘記

〔一〕『率』，乾隆本作『約』。

初　寒

初寒未便成寒色，好似春時天氣陰。手把菊花無一語，臨風時嗅傲霜心。

菊　花

露染黄金一樣圓，風來香在短籬邊。雖然不解將春買，未與癡人當賭錢。『買却春風是此花』，陸龜蒙正爲金錢花也。梁時荆州掾屬雙陸賭金錢，錢盡，以金錢花賭之。

夜　寒

獵獵風吹屋上茅，夜寒都在早梅梢。明朝管取東窗暖，又看羲經過一爻。

庚午冬至夜

旋尋村酒不須濃，飲少愁多酒易供。燈下一身家萬里，今年恰好是三冬。

所居苦多鼠近得一猫子畜之雖未能捕而鼠漸知畏矣

嫩白輕斑尚帶癡，斂身摇尾未成威。已知穴内兩端者，低〔一〕齧餘蔬少退肥。

校勘記

〔一〕『低』，四庫本作『祇』。

就寢

夜坐蒼顔得酒紅，困來頭重觸屏風。徑趨布被燈花落，夢在春寒細雨中。

虩虎捕蠅壁間極輕利砌下蝸牛宛轉涎中不勝其鈍許慎以蠅虎爲虩

窗罅回旋憐虩虎，堦前遲鈍念蝸牛。静中物理曾觀妙，一歎世間堪白頭。

辛未中春旦極熱流汗暮而風雨如深秋

起來流汗對朝曦，暮雨如秋意轉迷。信是嶺南秋半景，不須榕葉亂鶯啼。柳子厚有『春半如秋意轉迷』及『榕葉滿庭鶯亂啼』之句。

無　題

雨出筍尖高玳瑁，風開花蕾入燕脂。恐須費盡東君力，造化無心本不知。

偶書

芭蕉嫩緑小開葉，茉莉香幽疏著花。雖設柴門多避客，如今端的似僧家。

窘匱中復大雨殊憂悶聞諸僮聚食笑語爲賦一絶

建瓴敗屋方傾雨，垂罄空囊正念飢。暫見炊煙多笑語，可憐僮僕太無知。

高補之十月旦生朝一絶 高獻賦得教官

明光覽賦爲終篇，政恐前身是漢賢。何似高門掛弧矢，漢家此日恰新年。

戲簡文浩然詩成不往也

臨賀山泉清似政，公厨釀酒色如泉。囚山相望雖千里，豈是江頭無便船。

至夜予編集經史專音

送紙迎神各就醺，病奴難喚自關門。暫收古訓書千字，静對寒燈酒一尊。

至日

寒風已是識新陽，昨夜千林不禁霜。七日欲知天道復，丈三先看土圭長。

書室中焚法煮降真香

村落縈盤草半遮，到門猶未識人家。終朝静坐無相過，慢火熏香到日斜。

酒盡

落花無夜雨，孤坐減春愁。黑白餅俱罄，誰能爲我謀。公厨以白餅載酒，知識所惠白黑餅。

泮宫出示盛作一編并諸父還還集一册作二十八字先還其編

墨帶殘膏濃復淡，筆生春意睟而温。昨朝借我還還集，須信芝蘭别有根。

廣中菩提樹取其葉用水浸之葉肉盡潰而脉理獨存綃縠不足爲其輕也土人能如蓮花累之號菩提燈見而戲爲此絶

初疑雲母光相射，又似秋蟬翼乍枯。智慧有燈千佛供，菩提葉巧一燈孤。

九六編成考左氏所載卦象以近世占法合之得一絶

静坐義規三易古，焚香蓍布六爻靈。反身修德前賢意，莫把窮通扣杳冥。

封州極少酴醿近得數蕊瘦小如紙花而清芬異常

小盤和雨送酴醿，瘦怯東風玉蕊稀。豈是書窗少培壇，大都香足不須肥。

無　題

池塘好處煙迷柳，簾幕昏時雨過山。燕子不知春有恨，銜將花片入梁間。

傅推官勸農七絶句擬和其五

出　郭

偶因官事出郊坰，更向春時得好晴。山鳥自應知客意，不須相背苦飛鳴。

登　嶺

一握天邊兩角雲，嶺頭都見嶺南春。莫懷小魯東山意，祇是早來平地人。

山家

蓬蒿深處有人家，户外蛛絲網露華。數樹芭蕉乾未得，長官親自見生涯。

田父

老人聽讀勸農章，扶杖興言意味長。但願門前少呼唤，自然工力到耕桑。

勸農回

五馬蕭蕭不醉歸，秪從阡陌捲旌旗。今朝故爲勸農出，未與諸君泛酒池。

南方紫笑粗葉大花人稱其香予但聞其如酒敗醯酸有酷烈逼人之氣戲爲二十八字記之

紫笑花香非所媚，人言香勝亦予欺。初疑丙吉車茵汙，又似微生乞得時。

即事

小徑客來穿竹入，草亭涼到枕書眠。鳥〔一〕呼人笑荔枝熟，如此封州已二年。

校勘記

〔一〕『烏』，原作『烏』，據吴藏本、康熙本、四庫本改。

子禮和道者寮古詩復遺一絶

蒼璧〔一〕方薦〔二〕白鹿皮，瓊瑶更似木瓜詩。從來持得吟詩戒，此是愚翁破戒時。以白鹿皮薦蒼璧，喻以寮而承大刻也，事〔三〕見《西漢書》。

校勘記

〔一〕『璧』，原作『壁』，據四庫本改，下詩注文同改。
〔二〕『薦』，原作『漸』，據四庫本改。
〔三〕『事』，原作『自』，據四庫本改。

窗前種小梅樹今年未著花但春來緑陰亂眼每過之必徘徊注視冀葉間或青圓如豆也成二十八言

水邊移得竹邊栽，樹小條新花未開。緑葉參差須細看，尚疑低處有青梅。

早春

雨過花梢些子濕，曉來窗下霎時寒。江鄉此際春猶靳，長是疏梅帶雪看。

壬申年封州自正旦連雨至元宵不止城中泥淖没骭而人家猶燒燈也

山城泥淖裹人家，雨脚連綿更似麻。元夜何妨燈數點，汙渠合是有蓮花。

草亭遠望

酴醿試玉在新條，風肅朝陽宿霧消。侵曉不知花有露，清寒惟覺夢無聊。

草寮書事

争巢野鵲噪木杪，得友黄鶯栖柳陰。都與老夫供一笑，笑他禽鳥亦勞心。

無　題

柳色幾番隨雨暗，蕉心閑處向人開。箇中豈得無詩句，滯思如膠索不來。

早春有感

帶煙柳色〔一〕陰晴好，趁暖花苞日夜肥。有宅一區園十畝，不知天遣幾時歸。杜老有『天遣幾時回』之句。

校勘記

〔一〕『色』，四庫本作『外』。

竹間見雙蝶

東山桃李錦成堆，粉翅飛飛又却回。向此相隨穿緑竹，須知端爲道人來。

秋　思

曉來自掃寒堦凈，雨後又還黄葉添。秋色庭前容不盡，隨風蕭颯過疏簾。

受崧兄弟赴漕司試作二十八言送之

丹桂亭亭五十尺，共持玉斧取來看。從前知有姜肱被，莫怕早春天上寒。

風竹

蕭然風竹亂猗猗，孤立梅花竹四圍。宫女回旋翻翠袖，中間玉瑩豈真妃。

假山

真山固自玉簪碧，秋意亦到假山中。峰潤雨因窗罅入，洞寒雲與小爐通。

秋雨遽凉

數日窗無疏竹影，煙中長有萬絲飛。不知小雨催時節，但覺朝來欠裌衣。

雜興二首

頻婆隨我泛江湖，更到南方一物無。相識只餘孤嶼鳥，好看那有丈人烏。『所以孤嶼鳥，與公盡相識』，退之詩也。身之影爲頻婆，見《華嚴經》。

村酒向人雖是薄，寒梅於我未全疏。山齋獨酌已半醉，自看小童尋晚蔬。

梅

默坐觀書久不言，爲梅驅我到詩邊。月明孤影瘦如畫，曉起數枝清欲仙。

醉觀子禮家兩姬舞

彩雲裝髻縷金衣，舉袖蹁躚玉一團。自是屋深雙燕入，不應簾裏有花飛。羅隱詩『舞雪佳人玉一團』。

僮方搗茶知予晝寢輟搗以待呼而戒之

頑童來聽老夫言，困至如今我欲眠。汝但閉門推客去，破茶不礙夢魂圓。

雜興

不似張蒼作瓠肥，衰顔白髮就昏癡。近來終日扃柴户，静看微風過竹枝。

薔薇

一架薔薇四面垂，花工不苦費胭脂。淡紅點染輕隨粉，浥徧幽香清露知。

傅經幹以所業一編出示戲贈一絶

萬里一身同影到，自餘無物與偕來。篋中驟富人休怪，新得明珠十一枚。所惠詩文大小十一篇。

偶題窗間

一騎山行豈是侯，霸陵要自莫呵休。蒙恩君欲知輕重，曾督坤維六十州。

飯後以水噀蟻時予有華嚴日課

蟻子尋香滿地旋，豈知鍋釜久無羶。贈渠一滴華嚴水，好去生他忉利天。

元信自潯州遣朋尊以明徹冰壺名酒作二十八言謝之

是翁明徹一塵無，養就江心秋月孤。自舊相從杯酒裏，豈惟今日見冰壺。

孫立之以酴醾奉太守贈二絶予戲用其韻

玉笛曉寒梅片舞，誰可更將春事付。薰然璀璨卧東風，亦是小軒清絶處。

牆裏一區誰氏宅，照牆不作夭桃色。翠條乞〔一〕怪玉花繁，馨香借與新詩力。

校勘記

〔一〕『乞』，四庫本作『競』。

翌日趙守轉以酴醿惠予用前韻謝之

壓架新蕤香未露，先得一枝天所付。既得復持平等心，膽瓶轉施愚翁處。

染露檀心嫌粉白，數花欲作鵝兒色。圃中不爲客分春，使君自有分春力。

擬爲孫立之謝

肯爲酴醿題好句，句成更肯輕相付。明年公對紫薇花，欲得此詩無覓處。

酴醿只作酴醿白，自得新詩添秀色。花頭已是戴恩光，更漬露華無氣力。

暮春

雕巧春風弄物華，有春無巧是天涯。鳩鳴近似見桑葉，村暗全然無杏花。『鳴鳩桑吐葉，村暗杏花殘』，梅聖俞詩也。廣中桑如茶葉，樹未及青，已取而飯蠶，封州未嘗識杏花。

盆池白蓮

芬陀利出盆池上，妙香薰我三生障。月明風細愈嚴净，政恐下有威光藏。十風輪〔一〕最上輪名殊勝威光藏，上持香水大蓮花，即華藏世界千葉白蓮花，名芬陀利。威光藏見《華嚴經》，芬陀利見《合論》。

校勘記

〔一〕『輪』，原作『輸』，據文義改。下同。

杜門

柴門深閉豈須開，謂可張羅亦陋哉。閑聽竹間幽鳥語，絶勝門外俗人來。

癸酉年梅花開已踰月而窗外黄菊方爛然

江梅久矣報塗粉，籬菊傲然方鑄金。嶺外四時惟一氣，難分冬霧與秋陰。

長春花 俗謂『月月紅』者是也

小蕊頻頻包碎綺，嫩紅日日駐〔一〕朝霞。氣温已是如三月，更向亭前堆落花。

校勘記

〔一〕『駐』，四庫本作『醉』。

五更霜寒擁被不寐

酒憑孤枕聊成寐，寒入霜鐘更覺清。户外只知居士睡，那知寂默念平生。

枕上

三面屏圍屈曲山，篆爐灰冷柏無煙。霜鐘不管春陰薄，聲到寒窗客夢邊。

北山文集卷二十

宋鄭剛中撰　郡後學胡鳳丹月樵校梓

答詹德餘

某再拜。德門君子，蘊藉不凡，老者何榮，獲忝姻契！顧蹤跡區區，相從未款，譬如美玉，雖未得久在眼中，而温潤之姿已一見不可忘矣。別後癡坐田舍，且與浦〔一〕江便順相隔，未及奉一字爲問，已爲來教所先。其爲媿感，不易言喻，何嘗從容。以既中抱，臨紙惟有傾跂耳。

校勘記

〔一〕『浦』，原作『蒲』，據吴藏本、康熙本、四庫本改。

又

某再拜。中間所辱教，乃中和〔二〕後來附到，詢盛皂則還矣，無緣即報，尤切媿負。某永嘉闕尚在一年外，所幸時事苟安，五穀皆稔。熟炊飽食，輟州縣文墨之勞，爲田舍讀書之樂，豈非所欲？德餘妙年好學，其氣味又自積習名教中來，加意不已，未可量也。惟自愛而已。

校勘記

〔一〕『中和』，吴藏本、康熙本、乾隆本、四庫本作『和中』。

與戴端甫

某頓首，端甫司法：

某四月二十五日曾託令兄附問，計已呈達。自後老妻卧病，度夏以來，呼醫尋藥，及秋纔定。回首省記，不與故人通音者，今忽半年，可量傾倒！邇辰秋序漸涼，不審尊候何似？伏惟學古入官，每事加意，職業修舉，有神相之，動静之福，不俟言而知也。

某碌碌亡奇，賴友朋之庇，坐苟歲月。今年〔一〕鄉里比異時謂之稔歲，貧者遂無糠籺之憂。第閑坐之久，其他用度窘短可笑，公當不復念此也。霅川官况如何？賢者之居，所在皆樂。甘旨之奉必如意，老人當甚安之。朱文叔數相款否？子韶遂爲浦江馬子從婿。昨日得書，九月初吉成迎。某正欲同家人輩歸妻家，當與子韶得數日款也。時事如何？傳聞似亦〔二〕寧净〔三〕。

端甫才器高遠，法令小曹，當亦從事不久。今在州郡間，如良馬駒，不必多行，但其嘶鳴顧盼，人已不敢作凡馬視矣。獨老者塊然癡坐，阻遠良朋，無規誨之益，昏氣盈於面目。何當一見清風，洗此塵抱也？有便順還鄉，不惜時賜警論。窮達相忘，雖今時風俗所尚，然敦篤古道，敢以望於吾友。此外唯加愛而已。

校勘記

〔一〕「今年」，乾隆本作「年來」。

〔二〕「似亦」，乾隆本作「亦似」。

〔三〕「浄」，乾隆本作「静」。

答蔣茂先

某再拜。去冬襄奉，某深欲爲黿潭送車之客，適風雪異常，不滿初意，悵然抱不臨窆之恨。還家懶放自便，亦恃親故炤其無他，不復奉一紙别後安問。專介之來，辱以緘書，勤意再三，深媿簡疏之罪，尚煩闊略如此也。區區未皇面既，臨書但有傾倒。

答潘叔倚

某愚坐山林，懶放自便，有親故如叔倚，懷仰雖勤，而踰年不奉一紙之問，負負何言。子韶來，首被緘誨，辭情委曲，和氣睟然，深所愧感。子韶親迎抵吾鄉，爲十日款，備聞左右勤敏奉公，清潤如玉，同僚傾仰，邦人受賜，殊增氣也。拱坦一居，每事如舊。今年時雨順成，淖縻粗給。門無賓客，可以踰年不出，猶是春時一到令兄龍圖門下，叔愚常相見也。其他百無可言，但得時事措畫有方，疆埸無警，田園間安樂讀書，志願徑足。每書賜以假借，不情之語，非所望於叔倚，宜深照之。自餘惟有馳嚮。

與王元渤舍人

某頓首再拜。某奇屯聊〔一〕落，坐場屋三十年之困。先生振拔出之，去年賜以温顏，藥以至論，相與之意厚矣。其後雖聞琳宫均逸，暫去朝廷，然竟不知師席所在。前日子韶親迎過此，具道起居，乃承卜居諸暨，寢饋裕然，大尉夙夜瞻望之勤。君子之用舍係乎時，時之治亂係乎天。中興之治，天其相之，則用舍行藏有定論矣。某闔門百指，窘短不給，海邦官期，尚在五年。正月復作書會，教授童蒙，以資歲計，此外無他技能，然亦不敢玷累知己者。區區遠冀知察。

校勘記

〔一〕「聊」，乾隆本作「寥」。

與徐彦思

某頓首，彦思知軍朝奉：

中間曾以幅紙奉寄〔一〕，未知浮沉。近見所惠石季平書，審已呈達。仍聞南城之政，公議已明，即遂之官，暫還仙里，神明共相，尊候動止萬福，殊慰傾渴也。以彥思才力，而行於私情交勝、忌嫉妨功之時，有觸礙齟齬者，此固其理。要之君子之道久乃光明爾。如聞因季平之言，與浦江方氏爲親，甚喜甚喜。世路方艱，吾儕齒髮如許，尋姻不對者，諒非所樂。顧得一賢婦承家奉祀，他時林間閑老，相助爲善，如佳朋友，豈不美哉！

某自叨冒後，兒女長大，目前用度，亦復增廣，殊無以爲計。去年還自行朝，不免且作書會，以待遠闕。年與兄相若矣，於末流中得一官，又習事不慣，未必能如今人俯仰仕宦也。近抵浦江，聞動静之詳，因得附致保嗇之請。自餘有懷，惟面可究，未知當在何日也，臨書增情而已。

校勘記

〔一〕「寄」，原作「記」，據乾隆本改。

與康才老

某咨目拜上，才老奉議：

癸卯仲冬，倚舟錢塘，僅得一見之後，非但頓挫無聊，而世故敧危，變態百出，遊魂假息，常如鼎中魚，非不念異時傾蓋不可忘，而東西阻塞，兼與廣口絶往來之便，無從探伺動息。近抵浦江，如聞使車暫此憩止。審惟别後吉德契天，行己無愧，神明俱贊，尊候動止萬福。

某奇蹇餘生，偶叨紳笏，得官永嘉，坐待遠闕，諸況如故。法慧之款，回首十年，其寺今雖再立，比前時不能十五。去歲期集，偶置局其間，凡吾人笑歌燈火之地，盡爲瓦礫之場。遺址依然，每一過之，尚如小閣夜半望友人未至之時也，其如傾想何？某寓邑中，更須旬日，相望一舍，無緣參謁，臨書增情而已。或尚從容廣口，此後當圖求見。區區有懷，非面莫既。自餘唯祝保練，前迓殊寵。

與林材茂

某咨目頓首，材茂知丞奉議：

某鄉聞朋友談蘊藉，故願一見。近抵邑下，遂披風度，洒然如見冰玉，所恨館寓親舍，日與俗事應接，未暇款叩至論。此意併與傾蓋之私，顧遇之禮，抱以歸耳。别後冬陰戒寒，伏惟信道益堅，德政彌著，有神相止，尊候萬福。某敝舍杜門如昨，無可言者。邑事施行，當益有次序，更願委曲贊論，力愛百里之民。不爲惡寒輟冬者，君子爲善之度，他日行之天下者，如此而已。使車或緣職事趨郡，當道我里，無惜寵過，開此區區瞻嚮之懷。自餘更幾善調眠食。

答吴鳴道

某頓首再拜。適辱賜過，兼拜長牋之寵。偶出謁，迎肅不逮，愧感增懷。小人凉薄無堪，衆所鄙棄，何以蒙此！伏承二親在殯，客寓〔二〕遠鄉，無窮之感，見於霜露。情深言切，讀之感動，悲激不知所措。而又暗投妄置，求道於瞽，問聲於聵，深恨發言之未審也。昔有寒女，與富家爲鄰，伺夜竊隙其壁，富家問之。對曰：『貧無火，不能夜績，願借隙間餘光，爲一絲之便。』富人許之。後世孤寒之士，多談此爲求裕之資。某嘗戲論此事：夫寒女之借光，幸其與富人鄰爾，故壁外燈燭之餘，可以相及；萬一與車嗣、孫康鄰牆，而冀其餘光，不亦難乎？今日得左右之言，正如車、孫二公之家，夜爲壁外寒女所隙，雖有相憐之意，不敢自惜。顧蕭然螢雪，自照不暇，安能相振也耶？

某家故貧，在鄭氏如南巷之阮，艱難險苦，漂泊流轉。自記識人事後，今將四十年矣，年來雖得紳笏，而五窮相隨，不使諂事權貴，動取憎嫌。閭門百指，米鹽不具，則論文講學，教授生徒，以待海邦之闕。在鄉曲間，正賴爲識者所憐，不意左右之過聽也。左右高才力學，其人不爲不賢；求財葬親，其事不爲不美。而某素嘗貧賤，於窘窮之味不爲不知；書册上高誼古人，其所舉措不爲不識。非敢張燈塗隙，忍視寒女之暗，誠以螢雪自照，壁無餘光可以少助夜績之勤。來書以元振、堯夫之事見教，豈所敢當？然某亦嘗與朋友論之，曼卿輩幸而得所遭爾，脱或赴愬之時，元振家書未至，堯夫船無麥錢，不知何以取之？以此知士之求人，人之爲義，皆必在其可也。觀左右詞氣慷慨，知度不凡，當自一言可曉。某敢喋喋爲説者，誠以虚辱盛禮，進退不皇，庶幾吐實之言可以少贖不敏之罪爾。尚遲面見，并叙此懷，皇恐皇恐。

校勘記

〔一〕「客寓」，乾隆本作「寓隔」。

答張子韶

某頓首再拜，子韶狀元：

去歲季秋之别，忽忽數月，因循多故，雜以慵懶，所以書記曠廢許久。四月間，德起寄到三月二十五日所惠教誨，佩領雅眷，深自愧感。竊承度歲以來，尊候動止萬福。直道勁情，竟不容於當路，一笑罷去，扁舟江湖。想其胸中浩然，無得而屈折之，可勝快哉！君子之學爲道也，非爲仕也。道之行不行在時，而不在我，聽之而已。

某官期猶半年，近纔與交代通書。平時亦自顧寡合愚鈍，雖此叨冒，不敢全爲仕宦計。如向來江下布襪草鞋之事，常自不廢。邇來又見吾子韶觸事如此，前日於家旁，益樹桑種果，浚池糞田，作老農家活。庶幾下敕劣相發時，亦便可掉臂而歸。季文久不得書，思之不忘。渠到會稽，又不知作何應對也。同舍中獨聞子野不幸，戴國衡死於湖，人生信如泡影，可傷可傷！浦江常通問否？便中幅紙之教，不能無望於左右，幸時賜警語。自餘唯幾珍護。

與淩季文

某頓首再拜，季文推官：

比得子韶三月二十五日書，書中具道動止，殊以爲慰。書後今又兩月，想惟般挈貴聚，已遂之官，視事之餘，神相吉履，尊候萬福。教翰之及，猶是去秋，後來杳不通問，計亦事緒冗併，不應相疏未久，相忘之易也。公雖乍撥州郡之繁，然會稽人情當已相安，諸事悉見條理否？子韶興〔一〕用憲不相能而去，何以至是也？子韶謂『仕路可畏，不是吾輩出頭時』，甚令人煩惱。某官期尚半年，自得渠此書，益樹桑種果，整葺書舍，辦爲方拙容身之地，季文以謂如何？向來見子韶談道會稽同官之賢不容口，云相處極歡，計季文到彼，自當有佳況也。法慧同舍，獨子野、國衡不幸，痛傷何已！同年數相通問者爲誰？彥柔今在何許，已赴江陰否？時向大暑，唯幾惠今保綏，行聞峻召。

校勘記

〔一〕『興』，疑爲『與』字誤刻。

與新守章尚書

某皇恐。判府龍學尚書非但今日致位禁密，爲一世所仰，騫翔未展之時，氣象固已廓廓萬里矣。然平昔身臨州縣，徧閲人材，真僞賢否，不可欺惑，計門下必無闒茸妄人之迹。某何人，乃得斂板奉事，爲下執之吏，念之且榮且懼。惟大雅含容，扶掖成就，使其得以方拙效愚，不至即以瘝曠自敗，幸也。

與范丞相

某頓首再拜。一歲更新，群陰退伏，亨嘉之福，大人得之。相公先生論道經邦，功參造化，固嘗斡美利以及群生。今兹令辰，天人顯相，所以萃吉祥而下報者，當無不至矣。伏幾深惟眷注，精御寢興，即奉綸言，再還鼎席，天下幸甚。

慰潘義榮

某頓首再拜。先朝議康寧百歲，鄉人所共尊仰，而又舍人兄弟爲之子，起居飲食，笑語而終，不見世路艱危之狀，無可憾者。第人子愛親之心，豈有終盡？他人以爲足，而公當益以爲悲也。如聞三月十七日已襄奉歸福慶山，果然否？拘係海邦，無由躬陳弔問，謹令西巖寺僧具少薄禮，乞賜台察。

又

某頓首再拜。中間新除，雖嘗與士大夫相慶，未皇具書以慶也。繼得鄉問，知先朝議貴體中不平，意謂如往年飲食不美，旋即平復。見報狀，忽有賜葬錢之詔，驚悼失匕。禮當即日走慰，而州縣塵埃，日與簿書流轉，舍人有以原貸之否？久違台範，瞻望教誨，其何有已，顧紙筆不能盡爾。

與潘義榮

永嘉去歲旱損異常，秋冬間民已極餒，賴章尚〔一〕書遣人浮海，招致客米，粗可不乏，但民間無錢可糴。某夜出録飢民，得垂死者數百。勸率在城豪户作普濟會，淖糜日給萬人，以百日爲期，官又出常平米副之。然春寒多雨，秧種未緑，使人食不敢飽，奈何奈何！有可警教者，願時錫之〔二〕。

校勘記

〔一〕『尚』字，原脱，據乾隆本補。

〔二〕『之』，乾隆本下有『幸甚』二字。

與范丞相

某頓首再拜。相公調一天下，初不以彼此爲心，而永嘉士民戀德依仁，追恨當時臥攀轅轍之不力也。永嘉民無儲粟，雖朝廷得明州米五千斛，并客販繼來，但貧者無一金可糴，今饑矣。其他皆不異疇昔，伏幸鈞察。

答薛德老郎中

某頓首再拜。仙鄉距〔一〕朝行不遠，凡百必自聞知。自五月十七日一晴，遂無雨，田家饑困頻年，無力車注。早禾適當孕育之時，相顧憂懼者，萬室以之。六月十日，始獲通濟，來書乃五月望日，謂雨暘應期者，蓋在焦窘之先也。前日攢聚本州賑濟及米自外來者，凡十七萬有奇，民尚不飽，歲復不登，計將安出？今幸少蘇耳。

官告錢章書走介至督府，懇祈甚切。邦人初不知此錢，永嘉之民豈能如數？若欲取足，則不得〔二〕爲郡矣。幸督府從三限之請，又諸邑所勸者，不拘元降官資多少，只就初品，今遂少寬。其間不能盡滿人意者，蓋某力有所不及也。章書移鎮吴門，秦相開府，邦人戀且喜，但州郡單薄，迎送之費亦所不堪。聞子韶請告歸，卒未來，何謂也？彦柔在監官，數通問否？淩季文必時相見，此以忿遽，未能作書。度夏中暑卧病數日，今尚疲薾，拜問草草，甚愧。有可使奉周旋者，因書不外一二及之。

校勘記

〔一〕『距』，乾隆本作『去』。

〔二〕『得』，乾隆本作『復』。

與何倅

某頓首再拜。執事才德兼茂，朝望隱然。式政蕃宣，此雖東職之漸，飛綫臺閣，政自不晚。鄉邦陋甚，而溪山樓閣，昔人之臨賞，風流尚存，政事之餘，亦有可以發公之高吟清思者否？投身吏役，恨未得款曲從公遊也。

又

某再拜。某占籍金華，家城北三十里。紹興初，公造化其山野田園之氣，因得變换紳笏，固嘗面叙此恩萬分矣。然一行作吏，塵埃逼人，坐擁文書，又復化爲俗物，上負知遇，無可言者。永嘉民頑喜訟，弊如鼠穴，持身效力，然亦不敢自欺。尚賴庇庥，未即曠敗，自餘言不能究也。

與凌季文

某頓首，季文學士：

不奉起居之久，非敢簡也，蓋更易長吏，送迎旁午，民饑財匱，觸事費力，塵埃中遂不覺曠廢許時。公在芸館中，疑若無事，而亦久不作一紙同年書，何也？豈人事紛冗，處處皆然耶？不見顔色益久，瞻仰無以爲諭。秋暘正驕，伏惟百神相休，尊候動止萬福。中間得薛郎中書，言子韶予告還鹽官，勢必未來。近又得相識書，云子韶不久參告，不知已至臨安否？坐此未敢治訊，相見爲言區區也。

某竊食逾年，抗走營營，已爲俗吏，而俗吏分上事亦未易了，日虞罪去，有負交朋之望耳。館中書當漸備，想季文日翺翔其間，樂哉樂哉！佇聞進用，益慰老懷。自餘爲遠業强飯。

與章尚書

某頓首再拜。永嘉弊如鼠穴，皆起於胥吏之擾民。龍學尚書深鋤抉去之，郡民始知有生之樂。去年旱潮相仍，計不知所出。海上之米一來，而比屋皆飽，判佐小吏因得竊福無慚色。其所以德永嘉者，固不俟誦説之區區也。秦丞相開府七日而有紹興之命，李端明逐吏，已遣符倅受代解去。郡中送迎旁午，勞費既不堪言，而姦黠健訟之輩又頗因此時而出没。獨陽春之愛，斯民藏於心府者，念念不能忘耳。

與陳去非

某頓首再拜。掌制勸講，朝廷之妙選，儒者之至榮。直院舍人被九重眷倚之隆，兼三職清華之寵，伏惟歡慶。器業益茂，中外咸仰。其所以屬望我公者甚大且遠，未敢以此而言賀也。半面微生，姑見區區拜候之誠。

又

某頓首再拜。王公之門，名位益隆，則寒賤之人，迹日以疏。直院舍人衮衮騰上，行且入夔龍之室矣。如某者不識尚可以寸紙短緘，爲修問之資否乎？執事上或許之，則記室几格之上，時有三十年白首同舍生之書，亦敦篤風教之一也。皇恐皇恐。

與李端明

某再拜。某十六日既離侍右，風潮不與舟相得，宿孤嶼。翌日抵青田，暫寓湧泉寺。更三五日行矣，去大座益遠，懷仰益不自勝。不日朝廷爲生靈，以廟堂起公，則因時濟物之心，計亦不可藏，當須欣然赴之。愚拙孤生，尚幾竭其區區。

又

某再頓首拜。伏蒙寵頒臺翰，并石刻二本，拜賜榮幸。魯公之英風，大丞相之文，端明之跋，皆傳遠信後者。某何人，亦得以名姓附致其間。蓋大人君子筆端小爲造化，亦足以借人無窮之寵。願檢此身，以承大惠。

又

某悚息。姻事卜以二十五日成禮，遠蒙頒賜，不勝感激。章壻書生，頗能以小官節約。前日端明舉揚義榮，聚范氏幅幔，杯酒因緣，嘗以教之矣。然十尊盎盎如春，酌以授賓，衆固不知寒女之貧也。

答太平州陳守

某頓首再拜。某十九日受省劄，二十日早奉祀以行，二十一日抵祠下，即刻成禮。前此移文者，蓋祠屬盛治，不得不布諸執事故也。上託餘庇，得以既事。方茲懷感，更蒙賜諭，愧益深矣。

又

某皇恐再拜。九重既分遣祠祀，徹膳以俟嘉應，小臣乃不得報以歸，方屏營憂懼，莫知爲計。閤下華緘縟禮，專介臨之，懼用增甚。銜命無狀，敢復饕竊以累司敗乎？寵頒並用回納，具於别狀，逆知執事愛憐之故，敢列其區區。

又

某皇恐再拜。别紙嗣至，已同圓緘拜領。瑣吏關白後時之罪，願賜闊略。前一夕亦遣本院人吏一名，詣采石料理，曁臨流，至使某與路人争渡。所遣者尚爾，瑣吏何責焉？偶府中亦治醮，貳車臨督之，備見州郡分體朝廷之憂無所不至，豈勝欽仰！某歸途，衆謂得一小舟，可以夜發曉至。亦嘗面白貳車，知彼處並無和雇，遂騎而還。亦以禱祠無功，不敢託清流而自安也。蒙寵諭，謾及之。

與陳師與

某頓首再拜。某自幼年仰德，未遂披書，屬者一見，大慰疇昔，而公亦開懷笑語，相接如平生。雖嚴程見迫，徑遠門下，懷此厚意，千里不能忘也。去年建康夏不雨，秋淮西軍潰，入冬虜僞變怪，終歲不得伸眉。迨六飛還幸，則奔走道路，追隨人事，某遽有不可言者。雖欲修裁短幅，上候興居，久而未能，亦照恕之否？未即參晤，尚勤瞻望之心，臨紙惘然。

又

某再拜。某不敢以世俗不情之語，上諛盛美。如安撫文武才華，氣節落落與古人比，一經顛躓久而未振者，豈君子之用舍自有時邪？願益調護，坐俟善類之興。某遲暮亡奇，日竊東厨升斗，背有芒刺。臨安一居差安便，第午晚出省，不過接三數客，報一二書，遂對燈火，薾然昏睡，不復眼到書卷中，豈勝愧恨！何當從容高論，破此頑鄙。

與潘義榮

某頓首再拜，義榮中書舍人：

即日初冬戒寒，伏惟祠宫高閒，台候動止萬福。江干見公於小閣波浪之上，一語成別，豈勝悵然！自後雖滚滚度日，未能拜書爲問，而公之起居得之甚詳，深以爲慰。如聞扁舟抵岸，徑自蘭江，與眷聚同爲北山之居。行朝是非傾側之地，車馬之氣，上成烟霧，而公乘輿一來，蕭然脱去。想當秋晴日暖，徜徉杖屨，樂有不可勝言者，殊使人懷想歆慕爲無窮也。

銓曹考功，最爲關要，日得與群胥〔二〕爲敵。每搜見情狀，使士大夫不至户外有滯抑之聲，則欣然自得。今者移置臺中，旦入午歸，遂無所用其心。素餐之恨，益不自平矣。但如舍人，必不得久在山間。事定理明，則公論又將驅公以出。承教之幸，固在旦夕間爾。鄉里聞今歲可得上熟，拱擔田瘦如石，亦有穗可鐮，餘可知也。泰發近得書矣。懷間萬端，非幅紙可盡。未聞，惟保練生經，坐待殊渥，區區至望。

校勘記

〔一〕『胥』，乾隆本作『吏』。

答曾天遊

某再拜。公之去國也，某文拘不能通謁郊外。自念仰德有素，某在省户，雖間得一見，而文書填委，坐窮日力，不能從容名理爾。後承乏爲言官，則一見之款又不得如在省時。參差闊遠，今遂千里，其爲愧恨，未易可平。尚惟珍重鼎茵，爲國自愛，即還禁近，以慰士大夫日日之望。自餘難以寸筆殫布，伏幸臺照。

又

某再拜。屬有遠役，離北闕之一日，拜緘賜於舟中。伏承爲别以來，體中嘗小不平，今以全愈，豈勝慰喜。至於問勞周旋，則感愧之情，抱以西去矣。朝廷遣樞臣視陝右，而鄉人牽累，率偕攸行，恐復無補分毫，則爲懼滋甚。區區行李，已次符離，當以六月半至永興，半年後可還。長途萬里，惟有瞻嚮之懷。

與秦丞相

某稟自再拜，僕射相公：

即日炎夏，伏惟從容廟堂，神明共護，鈞候動止萬福。某備員行府，何補事功。道路無虞，咸託大庇，行李即今已次穀熟。郡縣愈北物愈賤，米粟愈多。如永城、會亭，皆小鎮邑，亦庾米萬數。聞京洛間斗粟不三十金，造化所以相佑者，是豈淺淺！第三年之旱，人斯具舟，不得不爲之計也。新疆百姓所以望摩拊者，事非一條，得賢守令則朝廷不必一一措畫，彼自能因時順勢，種種辨集。選守令似常談，區區之愚，謂今日之計莫先於此，仰惟留意。更旬日，當至故都，道路節次具稟。未緣參覲，伏乞爲天下生靈保重。

與李參政

某稟自頓首，參政：

某道路怱猝，不能時具申稟。伏計德宇洪深，且復蒙眷之厚，不賜過尤，下情感愧。即日炎暑，伏惟協濟廟堂，鈞候動止萬福。樞府二十八日到京，一行官吏，咸託大庇。舊城之内，十廢六七，獨内前槐柳茂密，樓觀尊嚴如故，望之使人涕下。新疆百姓如久病乍復之人，實無氣力，但米多肉賤，且能一飽度日。至於摩拊料理，爲經久之計，日有望於朝廷也。尚遠參侍，惟勤仰德之心，伏乞上爲眷倚保重。

答胡承功

某再拜。察學丈今時第一等人，羽儀禁路，參贊堂廟乃宜，而淹留城都亦一年久，何也？四川關利害甚大且重，九重所深念。豈不謂四川安寧，則天下休息，俟時中興，致公政地未晚？今者輿圖復還，虜意馴〔一〕順，既中興矣，公其益厚鼎茵，倚須騰上，以允人望。

校勘記

〔一〕『馴』，四庫本作『降』。

又

某再拜。樓丈出關陝，某被旨參佐。自四月末離臨安，區區道路，亦既百日。關陝人情安帖，措畫大略亦定，旦暮歸矣。樓丈日望大旆之來，庶得面盡曲折。第聞暴水敗路，往來不快，計行李亦須少阻。願嚴督前驅，於行府未去間，得拜光儀，不勝大幸。

答孫學士

某頓首再拜，太冲知郡學士：

前日同朝甚慰，然鹿鹿抗走，與公未得親也。去夏山間承高論兩月，且開懷相與，便如平生，私自欣懌。後來承乏省户益多事，而公亦不爲朝廷留矣。旦暮懷想，惟心自知。拜教之辱，伏承待次高閑，臺候動止萬福。上以關陝初復，命樞臣出使。夏四月被〔一〕旨參佐，七月抵鳳翔。西南望巴山如圖畫，念吾太冲飄蕭其間，而不得見也。兹忽被教，審聞動履。

趙丈又具言日來爲況甚佳，既以慰浣，而華示委曲，奉之温然，恍如小山飛瀑，留燈夜坐，共讀舉子試卷時也，如馳想何！樓樞措畫分屯事大略已定，惟候一見趙丈，付以茶馬數端，便爲歸計，此只兩日間。示王普州極醇雅，第到此太後時，然亦不敢不爲官長稱其才。趙丈雖老，而精明可喜，樞還朝廷，當能力言於上也，併惟垂察。

某自去秋作言官亡狀，自合引去，今尚强顔奔走者，公當照見其心。更兩月到臨安，初春當得歸。雅眷未望，他日尚蒙放死生，願以幅紙問我於金華山之北。來書累紙，不敢效尤，亦幸加諒。自餘保重，不日騰擿所蘊，以福利天下，至望至望。

校勘記

〔一〕『被』，四庫本下有『上』字。

與張全真

某頓首再拜。去歲冬月，某備臺察員，參政大資擁節行朝，覲對而去，拘文不得伏謁麾下，人物疏微，又不敢聊修記候南昌起居，愧懼之心，積一歲矣。即日恭惟卧鎮名藩，十州受賜，坐膺顯相，鈞候動止萬福。某夏四月被〔一〕旨，參佐樞密行府，逾關陝，抵秦鳳，半年萬里，幸不墜鞭策以歸。今兹攝吏儀曹，叨竊益甚。念異時隨衆人出入門牆，均奉教約，而盼睞獨厚，受知最深。庥〔二〕庇之因，豈無所自；緘封恩意，惟心自知。雖無世俗竿牘之禮致其區區，公未必拒而勿領也。南昌控阨江西，所繫重大。往年饑民狼顧，聚爲盜賊，今皆一一安集，爲郡縣如故，則九重之憂，亦日以解。促還禁密，講求所以福利四海之道，公其旦夕歸乎，此心復朝夕以幾。歲鑰將更，臘寒方重，仰惟精調茵鼎，上副眷倚之懷。

校勘記

〔一〕『被』，四庫本下有『上』字。

〔二〕『庥』，原作『床』，據四庫本改。

答陳長卿

某頓首再拜。即刻臺候萬福。某前日蒙臨過，喻以令祖銘文事，中懷感愧，殆不勝言。累日念之，終不敢承命。竊讀《行狀》，見所以種德遺後之道，汪洋深厚，非文氣蓋世者未易發揚。顧此窮悴衰老之筆，出語蕪陋，自蓋藏不暇，敢承命乎？又念辛亥歲，公考蘭省進士，某以舉子被選，宜有諸生禮。今欲論撰先世之令猷，不仰求名手，而反下須之，某所以尤不敢者此也。懷二不敢不以告諸執事，則輕率不揆之羞，實自貽之，願賜孚察。《行狀》藏之篋中，他時閒坐，祓濯開卷，欲與古人同過目，故不以歸納。併幸裁照，區區尚幾面言。

謝何直閣惠詩文

某再拜。前日得見，已如對冰雪。徐讀所惠詩文，五采交眩，正味粹然，真所謂赤瑛之丹所不能抗，金莖之露所不能擬也，豈勝欽嘆！某行有萬里之役，置此篋中，可以洗濯道路之塵，鎮壓風波之險，敢不再拜。

答井都運

某頓首再拜，都運中大：

春序晼晚，伏惟臺候動止萬福。某數拜車馬之臨，已深銘荷；昨日又被長牋之辱，有所悚感，意勤而禮過，非所宜蒙也。某嘗謂事功之不立，非世乏材而然也。天生一世人，自足一世用，謂乏材者非也。不材者貪進而忘其陋，有材者計功而愛其力，此事功之所以不立也。不材者貪進，不自知也；有材者愛力，智太過也。古人則不然。揣力知分，不材者退聽，故無僥冒之譏；念國憂時，有材者展用，亦無獨善之蔽。君上馭人群而立事功者，如此而已。左右綿歷之久，養成俊偉之望，甚盛甚休。夫取四路之材，供億十萬之衆，此非綿薄者所能。左右如探帑藏而餉賓客，取之〔一〕用之，一談笑而辦。真念國憂時之士，騰驤展用之日，而雅志方有鼓枻出峽，泛長江秋水之興，無乃近愛力之嫌乎？使者雖甚愚，爲朝廷奏退有材之士，非所敢也。借曰瓜時將戒，未見代者，然太師卧病，從他司上之，於賓主之間若有未盡。勉出袖中之手，力扶關蜀之民，誠有望於左右。勤書言謝，不覺縷縷，切幸深察。

校勘記

〔一〕『之』，乾隆本作『而』。

與何樞密

某再拜。樞密一日峻除，固知慶慰；萬里遠使，諒亦勤勞。如聞孚通和意，太母回鑾，成此休功，尤爲盛事。某被眷甚雅，贊喜獨遲。拘縶之身，不能自力，惟切瞻望而已。

又

某再拜。某辛酉之行，爲上流而出，仰託朝廷，不至敗事。抵襄陽，被受分畫指揮，便知此責不輕矣。畫疆分界，元無定處，止令與北官商議。索價之高，勢自當爾。使某滿足其意，委之而歸，則勒馬東還，豈俟今日？調和内外，事有萬端，不失此軀，真爲天幸。使樞密不聞其略，當亦想而知也。稽留使事，朝廷既不以爲罪，而虜意似亦稍緩，豈密庸之功有及是耶？幸甚幸甚！然疆埸凡百皆已措畫，不至上煩鈞念，仰惟照察。

又

某再拜。某受生艱難，所遭無易者。去歲一病瀕死，衰羸顛眩。力病赴事，正此擾擾，胡宣撫疽發，不十日而死，軍無主帥，百事散漫，人心摇兀，不敢顧避小嫌，悉爲料理。誤恩過聽，就畀付之，不勝憂懼。某豈辭難避事者？誠以病後心志凋落，體力未全，又積習之餘，觸事掣肘，累政務以姑息苟安，寖至難遏。今費用自十萬緡以下皆不〔二〕論也，四川又嗔催常賦，黨庇遊謁，一不如志，嘲謗四起，此其奈何？區區之懷，有未易言者，續一一布之堂廟矣。

校勘記

〔一〕『不』，乾隆本下有『足』字。

答何憲掄仲

蚤辱故人華示，惕然悚懼，退而祓濯誦之，悚懼增甚〔一〕。薦士，盛德也，惟魁傑有重望、氣力可以運動感移者，乃克當之。區區綿薄，敢事此語？藍田有賈，既貧且病，每見道旁寶玉，雖眼明心動，然欲市而取之則貧無資，欲懷而去則病無力，抱空恨而已。雖然，朱邑嘗爲張敞曰：『皋、夔、稷、契，其人不因閣下而進矣。』此言薦舉之力，止可施於中人；非常之才，不待薦而猶興也。岷峨多士之鄉，所謂中賢之可薦者既坐綿薄，而非常之士又將不因推轂而進，反復無以當厚意，此所以增悚懼焉。行大用矣，願以今日所以見告者，他日躬行之，以寵善類。敢持是説以謝。

校勘記

〔一〕『甚』，乾隆本作『盛』。

答張子公

某再拜。下喻稱提本末，具悉臺意。此事在酒務言之，利害昭然，豈有無本而能取利者乎？在宣司言之，亦有不得不論者。成都有稱提錢近二十七萬，其借有酒本者二十六萬有奇，借而復還，闕而復取，乃爲旋轉。若一去而不返，久假而不歸，所謂稱提錢者，殆虚名也。一旦引法有敝，孰稱提乎？然某所謂取者，非謂遽竭之也。量與趲那，庶一歲之内於酒務自不覺欠，而於稱提錢本漸有復還之理。所以止令本利相度，自趲那數目漸欠補還，而不敢科爲定額者此也。敝司無綱紀甚矣，諸庫務或出入無文記，或金銀與雜物同歷。每放一事，悉名在而實亡。營田有石數在歷，而倉則無之；馬有匹數在歷，而廐則無之；官有請受在歷，而人則無之。其他不可概舉。某備員以來，例皆考究，略使就實。如稱提錢，亦是愚意所見如是，未嘗與人謀也。到此未久，人未知心腹。所欲知者，皆博詢遠問，而斷以愚意而已，至其中〔一〕否則未可知也。尚書試爲深思之。

校勘記

〔一〕『中』，乾隆本下有『與』字。

又

剗佑錢一事，尤荷下諭，豈不深感！承公不勝怨罵而罷去，某所親聞於胡丈〔一〕者，而愚意復不以爲然也。剗佑舊法，在處行之，而獨四川能起怨者，何耶？此猶未論，而於軍中有大利害，尚書亦聞今年冬絹幾敗事乎？七月初，諸處多是弊絹，都漕司無以爲計，乃至退還，彼此推託，不肯收受，資、閬二州是也。退而去者，無人擔負，則道路驅率鋪兵，捉拽人户，而絹無所歸，今年已如是矣。州郡官吏，安得皆是賢者？所在容情作弊，期限甫逼，弊絹畢至。欲盡退還，則軍衣不敢後；欲以弊絹與之，一夫有語，三軍不能平也。欲取官吏加罪，能盡停廢乎？尚有剥佑之法可以防閑，俾汙官黠吏知其必償，而少自戢爾。以聞向來剥佑錢不依法取於合千人，而科之民間，或剥佑不以實，而良絹亦或遭之，殆恐招怨之由，有在是也。若取絹之真弊者，以實佑之，以所佑之數，從合千人征之，取一二尤無狀者按黜之，似亦無害。若旋行允當之後，尚有無稽之論，則付之勿恤而已。更望尚書不以其〔二〕愚而終告之，幸甚。

校勘記

〔一〕『丈』，原作『文』，據康熙本、四庫本改。

〔二〕『其』，乾隆本作『某爲』。

與樓樞密

某頓首再拜。某正月至軍前，蜀人皆襆被入山，士卒懷見啖之意，謂其必以土地予虜也。二月十八日，還自渭上，人心方少定，而胡承公死矣。倉卒之間，中外譁然。某夜半入府取其印，盡籍府庫而收其文記，呼諸將戒諭之。至明，出榜通衢，一〔一〕應軍事許詣宣諭司自陳，方得安帖。數日之後，率楊政以五千人，齎十日糧，城興趙原，以控虜來路，可守可戰，蓋諸路之衝也。城成而耕者四集，於時已恐爲朝廷所留，亟遣人致懇丞相，且猶妄以鈞府爲言，謂不起之廟堂，則宜付之西方。今乃大不然矣。宣司積弊，不可開眼，不免略以法度繩之。已措畫數千牛，勸將士盡耕緣邊之田。來歲不儉，則蜀人其少寬矣。恐欲知此間曲折，謾縷縷布之。

校勘記

〔一〕「一」字，原脱，據乾隆本補。

答何憲子應

某頓首再拜，提刑直閣：

伏被置中惠帖，審聞即日臺候動止萬福，不勝感慰。某去歲既一見，各有萬里之役。自中夏孤寄西南，便願相從晤語，第以夏秋不雨，關外民饑欲死，水運方斗升而進，一司弊事，無處開眼，意欲撥遣措畫，略見次序，然後屈致旆從，相與閉閤密坐，開道心胸，以慰平生。今得書，而公以奉常之命，背我去矣。賢俊得路，羽儀朝廷，豈不深慶！惟瞻見之未期，亦撫躬而增慨爾。《丞相外傳》并道中佳什，遠辱寄示，價重萬金。東林後壁小詩，不謂亦煩過眼。三〔二〕帖俗謬，公獨不掩覆之，俾人得以相暴章，何也？并用愧感〔二〕。公之東去，指日騰上，爲名公卿何疑！然澄清之志，陰德之語，雖朝夕勿忘也。某蒙〔三〕上委寄，無他奇畫，惟嚴法度，示信義，使人漸由綱紀之内。自餘買牛置農器，力勸將士盡耕緣邊之田，歲儻不儉，公私其少寬乎？屬在原頭按閱，草草爲書，姑慰愈遠跂望之懷。其他不能周盡，惟道塗保重是望。

校勘記

〔一〕『三』，吴藏本、康熙本、乾隆本、四庫本作『二』。

〔二〕『愧感』，乾隆本作『感愧』。

〔三〕『蒙』，四庫本下有『主』字。

與樓樞密

某再拜。會稽大府，密邇行朝，增職付之，可見上意，蓋旦暮召還，參秉政事之資也。阻遠，無緣詣門下稱慶，東望瞻仰，何勤如之！伏幾益保粹和，即膺真拜，不勝區區頌願之心。

校勘記

〔一〕『見』，四庫本下有『主』字。

又

某再拜。去歲九月，遣介持書謝政府，仍奉短記至永康。人行未遠，已聞帥起之命，計只就紹興投呈也。正初，王直閣附到緘貺，備審曲折，深以感慰。東朝就養，天下休息，樞密從容輔郡，爲朝廷增重威德，計亦可樂。某遠守邊徼，坐移晷景，一無足言。其未至曠失者，實餘庇及之，此朝夕之所以懷感也。戒諭寬猛之道，書紳感銘。某受於天者終不能改，而人事矯揉，今亦庶幾焉。

又

某再拜。承乏窮邊，當綱紀盡廢、財用殫竭之時，加以夏旱秋霖，無所措手。雖自去年人馬無調發，而日前調發之費，方與了絶。幸朝廷可移司之請，遂得併罷官吏百輩，遞那人馬，就食水運，并以營田所得，兑賣計司。以此數項，自利州而上，已減水運二十四萬，減和糴十萬，罷催布佑錢三十二萬，激賞絹錢四十三萬，激犒錢四十萬，軍器物料錢十萬。關裹外大小麥在土者八百頃，稍得一稔，更當痛爲捐減。秋冬間力懇朝廷求歸，雖不得祠宫之禄，亦所願。儻有未遂，一言之助，豈無望於公乎？是時續布再三之瀆。

與程樞密

某再拜。伏承擢從内相，超置右府，得士朝廷之福，用儒吾道之光，伏惟歡慶。樞密蓄積待用，爲日已久。雍容班列間，識與不識皆知爲廊廟器，士人相賀，不在今日。更惟益調興寢，寖承寵眷，以副中外之望。

又

某再拜。某蒙上寄委，承乏西邊，才短人微，日虞曠敗。非朝廷假借，使得自竭，則此地未容以歲月苟也。商、秦、岷、隴，凡利害重大處，分畫一切了畢。若無所與者，今月十七日已移司利州。自是併減官吏，省節漕運，利復不可言。旦夕别具呈稟。自餘疆埸寧靖，不乞鈞慮。

慰句龍中丞

某頓首再拜。頃聞先朝議以微恙終壽，初不敢信，而傳者衆至，知公果抱此憾，驚吁悲悼，不能自已。何造物者專以桀禍扼公，使凶險相仍，而不得振耶？親猶失之，他尚何云！至於孝愛絶人，一旦孤立，起居笑語，以時追慕，其痛傷顛顇，銜毒茹悲，當有大不堪者。節哀自重，持平奏吉之後，以大勳業照映門户，則九原猶可慰也。

與程舍人

某再拜。某前年冬使道西出，至江鄂間見邸報，伏讀姓名，恨已遠外不得見。去夏以來，獲接西南士友，所以講聞盛譽甚休。日以君相得賢爲慶，而不敢爲左右賀也。方圖移司小定，修咫尺求自通叙，不謂肯臨之記，萬里先到。懷此愧感，無言可喻。果不彼外，區區幅紙〔一〕，當繼此以〔二〕進矣。

校勘記

〔一〕『幅紙』，乾隆本作『短幅』。

〔二〕『以』，乾隆本下有『更』字。

又

某再拜。朝廷尊榮，武事向息，必有雋傑，出爲華藻，宜舍人之不掩於蜀也，欽仰之甚。彦實、器先諸公，頃皆省户相從之久，粹然之氣，今猶不忘，自應有同舍之樂。順之聞其請祠，不謂已爲古人，聞之傷痛。併蒙見告，尤知眷意。

又

某再拜。孫法曹得稱譽如此，賢可知也。弟本司官屬，機宜而下凡十員，除兩員專管治種田不用士人外，餘八員乃張漢之、曹績、湯沂、成伶、樊奕、熊彦璋、范寧之、范芑，皆已入幕。內三四人未奏名者，先試以事，然已充數矣。某去年孤入西方，眼無相識，訪而不可得，如法曹也豈易聞耶？獨承命之晚爾。雖然，不敢忘也。

與李殿院

某再拜。伏審密承殊眷，擢置副端，朝廷得人，士類稱慶。殿院殖學抱器，藴藏有日。今此發揮其剛明之氣，忠厚之澤，雍容於人主之前者，想惟炳炳然也。富貴鼎來，前有萬里，此正未定爲左右賀，少見區區之意云爾。

又

某再拜。某辛酉之冬，奉使西方，睽闊以來，今涉三載，傾遡道誼，曷日而忘。其不能以時上記，則遽冗奪之，亦辱照恕之否？邊〔二〕徼在天一涯，邸吏以狀至，喜君子之得路，書不逮占辭而遣。并遲旦夕，别奉峻除之賀。

校勘記

〔一〕「邊」，乾隆本、四庫本作「遠」。

答資州邵知郡

某再拜。某萬里遠來，目見陝蜀利害。朝廷既自有所處，虜意後來亦漸衰，謂可以不至甚愧而歸矣。軍無主帥，忽被承乏之旨，憂愧殊無計，但重爲力而誅不勝。朝廷他日雖憐之，無及矣。眷照頗深，亦有以相警悟否？不勝因風之願。

又

某再拜。軍前解甲，士卒皆休息，不勝幸甚。但屯列十萬之衆，饋餉激犒，器械寨柵，無一可罷。用度動以百萬計，略州縣而不問，則他無從出。外有闕誤則内爲郡邑之憂，督而急之則郡邑亦窘可憐。第恐彼此照察，於本司合起窠名不至有闕，是爲大幸。下諭激犒錢，方且圖之，尤見留意也。因示，故縷縷。

答提刑何秘監

某再拜。丁巳參際於建康，戊午周旋於臨安，其後某承乏省户，舟銜上夔峽之水，自是不得均茵馮矣。東西萬里，郵置渺然，雖劇奉懷，何以自見？今不復縷云也。執事學業風流，久當羽儀朝廷。持節鄉邦，固自遠有光華，而論人物進退者，未嘗不竊以爲悵。行觀騰上，以滿輿言。

又

某再拜。去歲被旨出使，止是撫諭江鄂，因爲川陝之行。中道得分畫指揮，遂此留滯。數月之間，以身嘗死者屢矣。今復掛繫於此，憂深責重，如擎槃水而立。來示委曲，深見朋友之意，尤切感荷也。關外大旱，合江而上，水流如帶，軍儲〔一〕升斗而進。又興、洋間憔悴尤甚，近減戍入關，盡捨二州支移及減免和糴之類，方有生意。欲推而廣之，勢猶未能者。一司千瘡萬孔，皆未補塞，區區之懷，欲言不盡〔二〕。

校勘記

〔一〕「儲」，乾隆本作「持」。

〔二〕「不盡」，乾隆本作「難盡耳」。

答巴州周知郡

某再拜。縷縷之諭，一一備悉。某到此，愛惜錙銖，如私帑中物。聞左右節用之言，豈勝欣喜。雖然，吾人又當體國觀時，較量輕重，不可一概論也。靳數夫之費，此郡縣之小節；撫存來歸，乃朝廷之大恩。至於不循教令，爲孽害民者，自當付之以法。更惟財〔一〕照。

校勘記

〔一〕『財』，乾隆本作『裁』。

答喻運使

某再拜。省户遊從之樂，回首如夢。每念小窗孤寂，側耳聽公高雄偉捷之論，於今使人不能忘也。漕粟輓餉，已非所宜，今復投置，可爲浩嘆！何當見左右騰上青雲，以文字飛鳴，慰此旦夕之望乎？臨書之懷，猝猝難道，所謂心之精微，不能致萬分〔一〕也。

校勘記

〔一〕『分』，乾隆本作『一』。

答鮑右司

某再拜。别後瞻企，良勤中怍。兩嘗修問，皆徹視否？初聞榮躋宰蜀，方竊慶慰，旋知復出江上。國事勤勞，自無〔一〕外内，委之重者，豈非付之親耶？更少展力，徑登禁近，無疑矣。某因緣使道，遂成留滯。屬歲不登，一司蕩然，無復綱紀，隨事補塞，未見功效，惟日憂畏也。此〔二〕懷何當面既，臨書增仰。

校勘記

〔一〕「自無」，乾隆本作「循撫」。

〔二〕「此」，乾隆本上有「區區」二字。

答簡州李知郡

某再拜。爲別累年，不輟西望，緘書不致，愧亦如何！去冬銜命而出，正月抵故鎮。諸郡記問如束筍，而公無一紙相訪，每切疑怪。今領惠帖，乃知嘗辱遺教，何所遺墜，使不及拜也？簡政固報成矣，而北山之約，遂成謾語，深切慚負。此身流轉於利害之場，久而未脱，狀如孤舟縱入波浪中，勢雖未定，抵岸之心元不忘耳。懷嚮道誼，惓惓無以爲情。何當密坐，傾倒此意？臨書惘然。

答簡州文知録

某再拜。盥讀緘書，已知鼎味，詳覽巨編，究見所存。某何人，苟不彼如此，深感幸也。踐執事之言，不至虚辱，庶其可以酬厚意爾。

答潼州宇文龍圖

某再拜。自聞抱琴瑟斷絃之悲，日欲修慰，遲頓不敏，汩没於文書兵食之間，久而未暇。來緘先辱，奉之惕然，且認拊存，不見斥絶之意，愧感深矣。奉祠之請，初何爲而上？朝廷重違雅志，聞已報可，伏計命至即行矣。拘繫終無緣瞻望，以慰平昔，爲恨何窮。

與王参政

某再拜。自聞鈞旆，奉迎淮上，東望延頸者今已閲月。九月二十九日，果聽〔一〕德音。想惟寶馭渡淮，率先拜舞，雍容班首，驩動百僚，君臣之慶，可謂盛矣。無緣面贊，但切馳情。

校勘記

〔一〕『聽』原爲墨釘，據四庫本補。

又

某再拜。某遠守邊徼，朝廷有大慶，而不得與百執事之後塵，蓋亦骨相之貧也。比見省劄，知有新執政，而未知爲誰，不敢輒具啓。續當遣發，乞參政爲一言之，干冒皇恐。

與兵部程侍郎

某再拜。紹興壬子，廷策進士，某忝隨諸生後，獲望光塵。又三年，試吏永嘉〔一〕，此身日多事矣。瞻仰道誼，雖無日不謹，而候承記室之禮曠不及修。疏慢之罪，欲自文而不能，侍郎丈尚存雅故而炤察之否？臨書叙列，愧怍滿懷。

校勘記

〔一〕『嘉』，原作『喜』，據乾隆本改。按宋高宗紹興二年三月鄭剛中登進士第，授温州軍事判官，紹興五年二月赴官温州。

又

某再拜。某去冬被旨出使，中道讀邸報，知執事者將還朝，竊自慰喜。謂旦夕使道東歸，不以罪斥，則均茵馮而耳教約，尚可幸也。疆場無人，就蒙留師，不惟綿薄淺闇，不克負荷是憂，而相距萬里，承顔未逮，中亦歉然矣。百遽爲書，姑見萬一。

答渠州知郡郭直閣 郭思之子

某再拜。持辱緘示先閣學士詩，盥讀再拜，如見風采。其憂時之心，先見之明，與古並駕，而潞公之知人接士，又何其絶俗也！三復欽仰，非言可盡。

答京西蔡運使

某再拜。信叟來，能言動静，謂爲政甚力。及讀來緘，果見料理荒殘，所以爲國爲民之意甚遠，不勝欽嘆。某猥當邊寄〔一〕，責重憂深。疾病之餘，志意衰落，非前日上竺山間人物也。何當一見，道此心曲。

校勘記

〔一〕『寄』，乾隆本作『計』。

答江西蔣運使

某〔二〕再拜。伏自拜違，今將一歲。所謂僧坊夜話，道次語離，此懷未嘗頃刻置。誠以回首萬里，各在一涯，抗走塵埃，略無修問之暇，記室指以爲尤，某亦何辭！來緘臨之，更被甚温之語，使人益以感愧。此懷猝猝，萬一不究。

校勘記

〔一〕『某』，乾隆本下有『頓首』二字。

答簡州李知郡

某再拜。類試特恩進士，念非老友，莫可爲諸公持衡者。盥讀策問，欣然嘆仰，不知勤動之有愧也。更辱遺問，感亦深矣。區區之懷，餘不能盡。

答懷安羅知軍

某再拜。臨安仕宦，大抵相值頻而款晤之日少。及其別也，飄忽東西，各隨所向，惟自企懷爾。棘寺美解之後，記問不能通，今忽被貺，感慰如何！獨以相距正遠，未緣面叙，臨紙此懷，尚有不勝言者。

答銅梁王知縣

某再拜。去歲入西方，便聞賢譽，獨以未見爲恨。繼而承乏軍前，相距正遠，一紙之薦，姑見區區欽慕之心，無足德者。率易之罪，恐未免爾。尚幾仁明，有以原察。

又

某再拜。別紙之諭，備見君子之心，不相視如他人矣，深所感佩。軍儲不可減，誠如來教，吏禄可裁者尚未諭其說，願詳及之。求之節儉，真是確論，此區區蚤夜所不敢忘者。某自到官，獨以寸計，果以枚計，人或笑其瑣瑣，而某獨謂積習爛漫之餘，不先從自己與本司正之，莫可回也。今已得移司指揮矣。併省官吏，輕減水運，又復力勸諸將盡耕沿邊之田。來歲儻不儉，庶可漸寬。每取州郡一錢，如割截身體，敢忘痛耶！因左右縷縷布之。

答譚監務

某再拜。長至令辰，以軍中後於治禮，不敢修問。駢緘寵臨，愧荷深矣。新陽已亨，道德方應時而茂，百順之臻，不復以頌賢者。惟幾爲遠業自愛重。

又

某再拜。書記之妙，意眷之温，佩〔一〕荷雖深，亦有餘愧。督苟簡以治職業，率將士以就計律，人儻不以爲難而諒其愚，庶幾可濟。至於朘膏血就饋餉，内已困弊而外猶告不給。殫竭愚慮，欲救萬分，而未得其策。三慶之目，獨此爲未敢領。雖然，終期不負閣下之意而已。

校勘記

〔一〕『佩』，乾隆本作『感』。

答賈茶馬

某再拜。馬政朝廷所先，茶賦蜀人所病，隨宜兼濟之，當有能者，宜九重之不能捨左右也。久跂來音，頗勞東望，茲忽被貺，何慰如之！少出袖中之手，以秦之政，便可一新。不勝至望。

答劉黻户部

某再拜。去年中夏到官，秋冬間臨安故舊有遺書道盛美者。及接此間士友，其稱謂閣下同一辭。所恨事權非前日比，自官屬之外，盡是〔一〕朝廷除授，無路可以振揚光輝。然以所得人物姓名，布聞造化者，當爲左右勉之。計朝廷以簡拔善士爲急，當亦自有進寵之命，何待鄙人之言？

校勘記

〔一〕『是』，乾隆本作『自』。

答喻郎中

某再拜。去年中秋被專帖，時以病後目眩，忽猝之報，命筆史床前書之。使者去，事隨日生，又四面書問如束筍，奉懷雖深，不復通記矣。正此愧仰，遽領華示，便若對面，何慰如之！山居無事，文思當益清苦。相從之日，渺未有期，臨紙傾〔一〕遡。

校勘記

〔一〕『傾』，乾隆本上有『不勝』二字。

又

某再拜。駢緘爛然，與來帖俱玩，不能去手。齒〔二〕宿意新，字字有來處，非後生淺學所能讀也。東朝就養，朝廷禮文新煥，必尋執筆華藻之士，爲時特書，公其可以趣裝矣。

校勘記

〔一〕『齒』，四庫本作『詞』。

答賈茶馬

某再拜。左右持心剛明，發於政事者，類非習敝玩常之態，欽仰未易一一云也。顧方孤寄遐邊，每以區區無所借助爲恨，今少快矣。雖然，久壞者難遽治，違人者衆怨集。委蛇曲折，以濟利刃，此所望於左右者也。辱知敢爾。

答瀘南安撫李待制

某再拜。某東陽陋人，晚就科名，竊斗粟以活其孥。平時講聞盛譽，願識而不果，今兹備數守邊，雖有聯事之幸，而參晤之期，猶坐拘繫。馳遡道德，何勤如之！區區此懷，言不能盡。

又

某再拜。瀘爲名府，付之得人，朝廷無慮。第老成君子當羽儀華近，淹之師閫，未爲允也。某疾病之餘，志力衰落，負此重責，蚤夜憂懼。警悟之益，後當丐諸左右，兹未敢爾。

答韓參議

某再拜。撥煩之久，付代而歸，想如解縛。至於親故相見之歡，園舍幽適之趣，樂亦無涯矣。第憂世之心，功名之會，方相違而未遂，識者豈容無恨？更煩别啓，爲禮過勤。俗冗相仍，占辭不逮，併惟照恕也。

答致政李中大

某再拜。伏承賜閑之命，已遂所乞。蓋易退之風，朝廷之所樂聞，而士夫之所欽仰也。休養天和，年德彌劭，其與俛仰於名利之場者，固自有間。無緣面慶，更辱先貺，感愧之懷，言有不能盡者，諒察之可也。

又

某再拜。遇知友必詢動静，如聞日來體力稍安，固已爲慰。今兹被貺，喜可言哉！脱俗吏煎迫之苦，而就家食從容之樂，宜不藥而愈也。某備數鹿鹿，凡百如式，裁節用度，漸爲蜀人求安樂之道，未知得濟否爾？因知愛言之。

答虞運使

某再拜。賢者撥煩，非所宜易，漕夔子未厭衆論，然不擇事而安，古人之心也。比以遣發田候一軍，老小逾二萬衆，舟車之須，供饋之費本司雖已一切戒約，各有定數，然經由路分，儻不調護出之，必遺州縣之憂。故冀得君子，蚤來協濟。田今行已久矣，公亦可無事，然度亦未出峽，且煩在司照顧，下訪少遲無害也。伏幾諒察。

與羅中丞

某再拜。往者漢中饑，又關外居處之民，日有移徙。今夏漢中麥大熟，而關外疆埸已定，人情甚樂。雖對境時有文移，整會細故，及陝西叛亡欲來者，不過以禮酬答，善言謝去，率無足慮。惟是疾病之身，年來衰替，勉策鈍滯，終恐顛錯，上累雅故，此其所以不能頃刻安也。中丞亦有以警教之否？

與樓樞密

某頓首再拜。四川連關外大稔，營田所入及二十餘萬斛，魚關、合江上下廩廥皆滿，水運之弊亦十去五六。今秋又與吴少師於興趙之外，馬嶺之間，修築營田大寨，軍民安樂之。來歲科敷，於所減百八十萬緡外，當更裁損。近又約到北官，定洮、岷界，馬路並無妨阻，應分畫事一切了畢。第某自賤累到此，幼累翻病；豚犬新婦，六月末〔一〕妊子，中胃反而死；又老身疾病，比舊遽衰，黽勉從事，其亦何聊！俟及兩考，從君相丐祠宫之禄，未知得遂否爾。

校勘記

〔一〕『末』，原作『未』，據四庫本改。

答句龍中丞

某再拜。某守邊何能，行亦再歲。蜀士夫固客之，而區區自省，實無以自容也。兵未可遽銷，費未可遽削之論，如坐吾軍中而見其情狀，豈不銘嘆！至謂其間自有寬省之術，則小人日夜計慮而未得者，公其終惠之乎？惠一言，使見大略，更容思索以進，則豈獨某之幸，公所以幸鄉里者多矣。至叩至望。

與樓樞密

某再拜。某去年冬月，嘗拜禀目，計遂呈浼。近領六月二十八日所賜緘帖，既荷不忘，又得以詳起居，慰浣殆不勝言。久不收鄉書，但聞夏旱異常，深以爲慮。會稽大稔，仁人之澤自應爾也。某鞭策駑鈍，凡百粗見倫理，前記亦布其略，謾以裁減數目拜呈。右護軍昔養六萬，今九萬人；又十年功賞，三師下轉行十萬餘官，歲計尚牽拽不合。其所裁減，皆本司所用度也。利州以下，水運減三分之一以上。至魚關一節，僅減五分之四。以本司營田及糴買數，就關頭兑那，故有是也。魚關計司四月支，歲計有一年之積。本司儲粟今百三十萬斛，異時備邊米常不滿六萬。今歲再稔，數當加多矣。然蜀人獨以不盡除去窠名爲恨，此所不能辦也。今年五月成二考，專人丐祠，文字已在道，未知便得遂否爾。

又

宋修撰之諭，恐應命不及。此間並無辟差窠闕，屬官舊係本司專用，近稍稍從朝廷除授矣。此外惟關外四倅，計辟皆已有人。其爲代者，近亦朝廷差人矣。范徹者若在川中，渠當自知。蓋今日宣司，非異時比也。一書報修撰公，乞鈞旨送達。周會稽介潔而能官，託大庇之下，惟惠顧之，幸甚！中間相隨宣諭一出，墮馬損臂而還，亦嘗干扣廟堂，命薄無所成就。某氣力微弱，有言無效，樞密能造化之否？率易爲致區區，皇〔一〕恐皇恐。

校勘記

〔一〕『皇』，乾隆本上有『某』字。

答瀘南李待制

某再拜。願見懷日日之私，拘繫不得前也。下諭有訪逮之約，奉之欣懼。左右以法從名流，上煩卧治，豈當輕戒行李，貽館人道路匽薄之勤？公文不敢輒違，來命姑依應而往。若以所欲論者違幅紙詳告，自足以通千里之心，公其深照之可也。

答成都路榮運使

某再拜。下諭職事二件，備見留意，祗以欽服。貫頭錢逐年承例入帳，得旨科撥計司，非敢輒取也。水火不到錢，亦是有制置司以來取用，獨今年某奏知，推與計司，令分州郡之窘。使非舊例，敢創開耶？目今養兵如昨，邊備不可弛。頃所減二百萬，皆是苦意裁節、宛轉那兑之數。若計司歲帳雖一一盡得，猶闕三百萬緡，朝廷方今多方㓶刷爾。鹽井所亦是歲帳，得旨之物，約時價爲高下，初無定值。貴司知市價，則知計司所取爲虛實矣。至於必欲取鹽自賣，恐亦紛紛。已禁止計司，仍於價值，令相周旋。旦夕因見，自可與之面論也。

答賈都大

某再拜。下諭督過之言，聞之愧悚，然愚意以左右申請爲是，則不敢也。使臣請給，既無所歸，自當申明，但欲以歲帳内所取絹互相支兑，則不相關矣。茶馬司錢絹，前官與宣司辨争非一日。某頃時所以一切聽命者，非不能争也，知左右純誠無他，前人起瑕釁，置機械，欲使公蹈而發之，故專爲左右破此爾。今若更指前項絹爲押馬使臣請受，則似太甚；若此絹可支爲利路使臣請受，則責司凡有闕乏，皆得指矣。老先生其亦出於一時勿思耶？某愚無能，惟平心論道理，自謂無愧。至於督過長者，豈某所敢？職事所在，時乃一鳴，正惟知友見諒也。愧悚愧悚。

答夔路鄧運判

某再拜。鹽事以所未安，再煩條畫。以繫重大，雖四顧無害，及其舉行，尚當有礙，切勿憚往復論議，令見的確也。夔路米比十二、十三兩年所運，已減三分之一，近又兩次將利路餘舟分借，然而米運終不前，何也？零落留滯於江干寂寞之鄉，米敗而人散，動踰歲月，豈仁人君子每形愛物惠衆之言，見於施行者乃如是相戾乎？左右必有以處也。利米欲於閬州出卸，亦戒都漕司，如所諭矣。併幾諒察。

答簡州何教授

《尚書》，上古之書也，但《尚書》傳於今者，非上古之本。上古書皆科斗文字，孔氏已謂時人無能知者。更以竹簡寫之，則易科斗爲隸書，遂多訛謬。或謂《逸書》『若稽古』之上，猶有『粤』字。字既脱落，又以『若』爲『順』，以『稽』爲『考』。左右破安國此論，而專以稽古爲義，此可以類見左右之學矣，可勝欽嘆！後漢所傳《尚書》，孔融作傳，鄭玄註解，陸德明知其非孔氏本矣。《學記》引《説命》曰：『念終始典於學。』鄭氏註云：『高宗夢傅説，求而得之，作《説命》三篇，在《尚書》，今亡。』是知玄果不見孔氏《尚書》也。孔氏《書》，晋元帝時復出於豫章，流傳至今。今日適吏休少閒，因與左右論之。

答潼川路于提刑

某再拜。獄因姦淫，宜端人之所共嫉，前期申明，使黠計不得逞，豈不甚善？但先列罪人之詞，而繼之以今來勘狀，則惡跡昭著。今乃謂勘狀雖爾，而罪人之詞云云，疑若助桀也。來書示諭再三，已曉然矣。吾人何心，激濁揚清，深有望於賢使者，故不得不爲左右辨之。道理既明，便自不足置慮。幸察。

答范運使

某再拜。牛車之喻，備見經畫，所以求欲寬民者無所不至。但聞卓筒與牛車，自是兩般，不可更相爲用。兼水脉增減不一，大井之水，人力取之有不勝，則至於用牛車；歇水小井，雖牛亦當暫停。今概變卓筒爲牛車，未詳其説。蜀人困敝極矣，要當以不擾爲先，徐徐因事調護，乃爲得計。又欲尋遺利而取之，雖意在裕之，恐後日不能無患。賢者之心，洞洞可見，職事有疑，不敢不進其愚。更望詳察。

答韓知郡

某再拜。傷農之憂，尤見遠識，此蚤夜所不敢忘也。諸漕大率以無錢爲辭，勢亦不能辦。宣司分託諸郡，微增市價糴之，而悉意相助者十不二三，殊可嘆也。目今已糴數亦五十萬，通營田儲積，凡百四十萬矣。但勞心費力，譬如粟粒，不知頭數，蓋相助者寡爾。今年營田比去歲增廣，公當亦爲我喜。因照愛故及之。

答西路何提刑

某再拜。久不瞻晤，雖日對文書，未嘗不懷冰雪而跂思也。忽被專教，豈不慰感！然連紙爲劄，相置於疏絶之地，不復具記問如知友，當有獲罪於執事者，顧勿自知爾，愧甚愧甚！令弟雖未見書，聞氣格已可喜。稱薦出於率易，不足爲德。某承乏邊陲，行欲再歲，區區無補，何愧如之！凡可警悟者，日願不彼臨之，而未之有聞，不勝叩望之至。懷間萬端，因書不能具道，諒察幸甚。

答合州楊知郡

某再拜。三江之衝，饋餉之冗，雖各有專職，亦賢守是賴。左右材器敏博，不惟自當以惠人濟務爲己任，而人亦以是望公矣。扶助整齊之計，亦不得辭也。譽望既休，寵進直可倚而俟爾。

又

某再拜。凋瘵之民，久思休息，而某以綿陋闇淺之資，適當其責。非諸郡肯同出力，則區區鄙人，其曷有濟？經營之助，警發之言，則惟朝夕以聽之。無實過情之譽，既不敢領，亦非所望於〔一〕知友者。馬正惠公守邊之事，誠至論也，敢不欽拜！

校勘記

〔一〕『於』，乾隆本下有『我』字。

與李中丞

某再拜。中司之選，尊重而光榮，祖宗以來，非學問行實兼著者，不以付之。蓋參贊大政，惠休生靈，皆便自此途出。中丞其爲時茂對兹寵，區區賀幅，當繼是以行。

又

某再拜。某甚陋人也，蒙上寄委，不得以陋辭，黽勉邊陲，行亦兩載。爲蜀人旋減科賦，今亦二百四十萬緡，種營田一千二百餘頃。第養兵如故，而陞轉十年以前軍功未已。蜀人方欲盡捐所賦，此所不能辦也。至於謹關梁，練士馬，凡百不乞貽慮。

答榮運使

某頓首再拜，運使大監：

奉教，伏承夏氣已炎，神相吉德，臺候動止萬福，不勝感慰。别久，懷間願道者非一，然千里遺書，精微難盡，則亦付之因循而已，辱貺所以尤愧怍也。激犒錢之諭，備見君子薰然之意，第某亦無可爲計者。欲取諸軍更戍之錢，將士有名之費，自今一切罷去，則違拂人情，似非爲國慮事者。彼乞盡行蠲減者，皆州縣小吏無知之語。此輩無事則瞑目亂道，有事則斂尾如鼠，左右當自照知。若元降指揮，則已令報下，至如今年所取之數，亦有近晝之旨。某必不敢鑿空爲名，誑欺貴司，罔取西路之錢。至於所取窠名，則自有累年舊例。大旆坐府固未久，如同官運使，應副軍前者，非一宣撫矣。何今日而獨見詰歟？雖然，如左右所論，豈不較然？但吾人職事當通而爲一，凡有利害，均爲國事，不可見此而忘彼。大抵今日之事，在於同心講究，共尋撙節之道，經營一件，然後補除一件。此錢自百八十萬緡，裁減〔一〕將一半，今一半者，念念捐減而力有未能。每歲終具支用數上之尚書省，非不敢使朝廷聞知也。自領來示，夙夜思之，必不得已，則去年十月以後所添井户錢引一道，當指以爲窠名。儻用此塞激犒之冗，似可少寬，旦夕當行下矣。區區愚陋，煩左右鐫誨。至於縷縷而未能相稱，使公盡洗煩苛之志未得行於四川，可勝愧恐！更望深諒此心而原貸之，於理有未當者，却須再示。皇恐皇恐。未緣參〔二〕晤，伏幾爲遠業加愛。

校勘記

〔一〕『減』，乾隆本作『汰』。

〔二〕『參』，四庫本作『修』。

答錢宣幹

某再拜。綿陋當重寄，願得賢知友之助，此旦旦之心也。左右辱臨之，豈不幸甚！但無所被受而增一官，有所不敢。先煩權攝，以待後命。又既無員使，左右自諒所以處此者，當亦無策矣。更俟檢會前申，求速置以稟堂廟，併望照悉。

答夔路鄧運判

某恐悚。論事各有所見，不能使人同也。第官中文移，必得應報而後已，省部日日行下，某豈得終已哉？若疏駁却有未當，條析再來，自是無害。吾人於官事何所容心，大率只如爐亭中講題目，衆説交攻，歸於至當之論，其爲友朋者常自若也。願公無疑，幸甚幸甚！

答柴倅元章

某再拜。與元章別後，無非瞻仰之日。然一從流轉西南，責重憂深，惟軍旅財賦是問，不暇作書寄遠矣。被帖恍然，如夢寐中與故人語，其爲欣喜，猶疑未真也。廬陵古佳郡，隨事爲利益，自有樂地。但儒雅藴藉，宜上清華，尚使撥州郡之煩者，亦何理哉！厚自珍護，以俟知寵。

又

某再拜。辛酉出使道上，一病瀕死。壬戌二月，與北官會議渭河上，三月胡資政物故，五月被旨留帥，自是與東南遠矣。始至之日，帶甲者十萬，仰口待哺，而廩庾無儲粟。四川久輸之民，氣銷力盡，喘喘將絶。念無以救之，則亟買數千牛，率將士盡耕漢中之田。年來歲得粟近三十萬斛。覆實虚冒，裁節用度，歲爲蜀人捐減亦五百萬緡。疆場安靖，勁兵精卒斂而不用，誠可藏拙。第疾病增進，志力凋落，祠宫之懇，日至堂廟，引首望之不置也。萬一得遂，乘峽江未起之時，笑謝軍民而出，徑卧山中，亦無甚愧。因書，輒爲知友言之。

北山文集卷二十一

宋鄭剛中撰　郡後學胡鳳丹月樵校梓

先君守官醴陵日予嘗隨先生讀書岳麓山法華臺上時年一十五今兹再來四十有七年矣置榻設几之處歷歷可尋感而賦〔一〕

愚翁髫髦昔垂耳，曾向華臺借窗几。小冠短褐隨先生，風雨孤燈讀經史。氣麤胆大眼無人，拔擢犀象角連齒。那知物外有沆瀣，但欲書中覓青紫。嘗持杯酒望高城，弔彼洛陽年少子。棘闈裏飯三十年，百煉自知俱繞指。後來脚蹈官職場，恩重如山報無幾。今兹疏髮蓬霜顛，蹤跡舊遊真愧恥。一松一石如雅故，應笑愚翁今乃爾。愚翁明日便南去，歲月曷其重致此。憑欄之恨在無言，珍重湘西山與水。

校勘記

〔一〕『賦』，乾隆本下有『此』字。

濛濛雨中春

濛濛雨中春，回首失殘臘。茸茸亭〔二〕前草，新舊已相雜。纍囚守僧窗，日懼萬鈞壓。有罪可糜軀，無僕堪荷鍤。門前蒼蘚深，户外蛛網合。時與逢迎者，雲中一孤塔。

校勘記

〔一〕『亭』，乾隆本作『庭』。

荆州之川曰江曰漢曰沱曰潛曰三澨其澤曰雲夢漢志謂三澨在江夏竟陵竟陵即今之景陵復州是也春秋傳楚子與鄭伯田於江南之夢夢與雲自不同渡武昌道漢陽至復州非冬晴水涸則渺漫極目乃三澨之尾所謂夢澤也己巳二月春水未生行蒲稗間累日將至景陵望孤城蓋大澤中之環堵州治即古章臺也

江氣藏空闊，春雲壓洲渚。蒲稗迷遠目，斷續川陸阻。野鹿頗公行，寒花自幽吐。不知何處村，時擊祭神鼓。遥望景陵治，大澤置環堵。行行即城闉，民舍雜官府。編蘆辨門巷，具體亦何數。幽哉沮洳旁，謂是囚伏所。茅茨隱柴扉，一竹便撐拄。四圍榆柳青，風擾亂花舞。十日南窗下，卧聽清明雨。此是古章臺，家山在何許。

鄰家送蘿菔并借棋具戲作一篇欲簡泮宫後不往

有客餉園蔬，借我兼棋局。幽人本多睡，欣起快雙目。念兹兩奩中，勝負等榮辱。勿作勝負觀，此戲殊不俗。要須先生來，一笑供捧腹。餘罌猶有酒，晚食正無肉。願共南窗風，糝此菜根玉。

知識相問多以封川〔一〕氣候寬凉爲言大暑中因念退之云郴之爲州在嶺之上中州清淑之氣於是焉窮矣封川去郴又幾里〔二〕氣候不問而知因賦此篇

退之序郴陽，水駛山不平。中州清淑氣，至此鬱以停。封川在炎方，更過郴幾程。不瘴已甚幸，謂凉兹豈情。山窮人盡瘦，草茂虎公行。濃雲從地起，地氣還相蒸。霪雨洞洗之，十日不得清。閉門坐小室，歛尊視餘傾。見酒暫歡喜，孤吟步中庭。炎燠亦何有，感恩淚縱横。

校勘記

〔一〕『川』，四庫本作『州』。以下二『川』字与此同。

〔二〕『里』，四庫本作『程』。

偶書

冬温霜氣薄，日暮嵐烟重。蕭然一區宅，半與主人共。門前行跡稀，病足免迎送。觀書忽倦懶，酒力亦微動。寒燈吐孤花，布被尋幽夢。僦蒙氏廳廊爲居，廳壁而後主人居之，故有半共之句。

對月再用韻

團團滿庭月，冷侵華霜重。何人萬里外，與此孤光共。摩雲度征鴻，天闊目難送。三杯見妙理，一静服群動。陶然夜氣中，可以觀幻夢。

封州學東池歲率孳魚冬晚粥之用佐養士教授高公補之至以紹興己巳之春夏偶微旱至秋掌計者告匱試出池魚則比舊加三倍得衆謂公躬自臨池魚不化爲苞苴故所獲如是觀如居士曰漢武帝時海旁民入租漁海魚不勝計縣官利而取之魚不出捐以予民魚乃再來由是知物之繁夥皆天道益寡之意教授念念以廩餼不繼爲憂則盛池魚以豐其入亦天意哉戲賦之

縣官漁海魚不登，捐以予民魚乃復。一物豐耗皆有道，大抵天心憐不足。先生手持尺二槐，教養專爲周王來。旦旦升堂説書罷，祇恐廪餼生塵埃。池魚賣錢補司計，此是從來學宫例。今年張網牽紫鱗，魚出錢歸稱數倍。青衿摩腹談經史，笑謂東池昔無此。豈識先生東海頭，一竿不數任公子。

八月來大濁暑小屋真甑釜土人謂自是以往雖窮冬亦然既而十二日得秋分之氣窗牖凉生與東南無異固知造物之妙人豈能盡識之賦此四韻

萬物由造化，誰通天地心。柴門閉濁暑，汗雨如滂淫。便謂嶺外熱，四序常相尋。露氣潤清曉，方知秋意深。

梅花

玉骨透花寒，冰壺清露滴。暗香驚返魂，移自芝蘭側。殷勤置書几，粲粲百態出。徘徊欲與語，奈此雪霜色。高標邈難親，欲疏還不得。箇中須有詩，苦〔二〕覔不到筆。要須明月來，託之問姑射。

校勘記

〔一〕『苦』，原作『若』，據四庫本改。

學山野燒異常登高望泮宮如在火池中間泮師率諸生救之下至齏漿飲食悉以投火久而撲滅護持一學固有功然不豫除草莽絶火路亦其過也戲爲賦之

傳道官頗清，防患計微拙。學宮墻外草，十里望不絶。芟除失豫備，滋蔓久盤結。野燒因風起，四垣俱烈烈。堂上簾低垂〔一〕，飛灰如落雪。天矯逼檐檻，流熛向門闑〔二〕。何〔三〕但光孔聖，亦已照十哲。諸生固猝猝，矩步未敢越。相與望而畏，鹿駭驚鷗决。似聞先生窘，書篋自提挈。傾盆漿一空，戛釜羹亦竭。勢過萬輿薪，杯水謾毫末。頗欲伏忠信，石壁驗莊列。顧兹烟燼高，難試膚與髮。護持終有物，遠近同撲滅。趨凉尋木陰，氣定始焦渴。三日冷官門，炙手猶可熱。先生聽我言，事細不堪忽。徙薪與去草，此理同一轍。勿謂草今無，火過茅已茁。

校勘記

〔一〕『簾低垂』，乾隆本作『垂簾低』。

〔二〕『闑』，原作『閬』，據康熙本、四庫本改。

〔三〕『何』，原作『可』，據四庫本改。

冬至春不雨元夕後一日雨作邦人甚喜

晴冬釀春温，氣候如濁酒。我雖六塵清，亦若醉一斗。朝來天風雲，高葉聚良久。向晚等甘露，數點斷還有。迤邐萬瓦鳴，飄蕭〔一〕近窗牖。鬱陶散襟懷，秀潤入花柳。出門聞笑語，蹈舞皆白叟。指予西江水，不可到南畝。十日田無秧，奈此家數口。乃知天地心，慈愛均父母。吾儕拙於言，額上但加手。人窮詩或工，肯爲作詩否。

校勘記

〔一〕『蕭』，四庫本作『瀟』。

久　雨

山嵐變濃雲，地氣洩冬熱。急雨春風顛，十日聲不絶。舍中流水入，牆外古溝咽。塊然檐下雀，狀若木雞拙。我亦類禪定，癡坐萬慮歇。厨兵忽相報，謂已糝藜蕨。隨緣就一飽，再看柏香爇。

又

東君滋萬寶，雨點無頭數。窮巷一居深，編茅四簷注。風平江静流，山近雲低度。州城杯斗小，没肝泥藏路。遠望池塘緑，似是春生處。幽人本多睡，麴蘖仍相助。陶然醉復醒，鄰雞管朝暮。

清明前風雨兼旬城外桃李無在者書室中有酴醿一缾置之甚久蓋風雨所不及也爲賦五韻

素質吐孤芳，柔條敷瘦緑。誰將刻楮手，作此數蕤玉。園林烟雨多，百卉飛蔌蔌。小室偶深静，花意猶清淑。置之硯席間，鼻觀常芬馥。

廣南食檳榔先嚼蜆灰蔞藤葉蔞作聲讀上津遇灰藤則濁吐出一口然後檳榔繼進所吐津到地如血唇齒頰舌皆紅初見甚駭而土人自若無貴賤老幼男女行坐咀嚼謂非此亦無以通慇懃焉於風俗珍貴凡姻親之結好賓客之款集苞苴之請託非此亦無以通慇懃焉余始至或勸食之檳榔未入口而灰汁藤漿隘其咽嗽濯踰時未能清賦此長韻

海風飄摇樹如幢，風吹樹顛結檳榔。賈胡相銜浮巨舶，動以百斛輸官場。官場出之不留積，布散僅足資南方。聞其入藥破痃癖，銖兩自可攻腹腸。如何費耗比菽粟，大家富室争收藏。邦人低顔爲予説，濃嵐毒霧將誰當。蔞藤生葉大於錢，蜆殻火化灰如霜。雞心小切紫花碎，灰葉佐助消百殃。賓朋相逢未唤酒，煎點亦笑茶甌黄。摩挲蒳孫更兼取，此味我知君未嘗。吾邦合姓問名者，不許羔雁先登堂。盤奩封題裹文繡，箇數惟用多爲光。聞〔一〕公嚼蠟尚稱好，隨我啖此當更良。支頤細聽邦人説，風俗今知果差别。爲飢一飯衆肯置，食蔞忘辛定誰輟。語言混雜常囁嚅，懷袖携持類饕餮。唇無貴賤如激丹，人不詛盟皆歃血。初疑被窘遭折齒，又怪病陽狂嚼舌。豈能鼎畔竊硃砂，恐或遇仙餐絳雪。又疑李賀嘔心出，咳唾皆紅腥未歇。自求口實象爲頤，頤中有物名噬嗑。噬遇腊肉尚爲吝，飲食在頤尤欲節。酸醎甘苦各有臟，偏受辛毒何其拙。那知玉液貴如酥，况是華池要清潔。我嘗效尤進薄少，土灰在喉津已噎。一身生死託造化，瑣瑣誰能汙牙頰。

校勘記

〔一〕「聞」，原作「問」，據康熙本、乾隆本、四庫本改。

清明前三日將晚風雹大作枕上賦此

寒雲壓初曉，簷溜如飛瀑。驚雷下簷來，萬瓦鳴枯竹。長髯不敢卧，起視亂雙目。報言此何祥，衆寶歸我屋。細大同蘜栗，照耀比燈燭。又如傾水晶，一掃可數斛。翁速共羅取，富者人所欲。長髯爾何癡，妄相堪捧腹。降雹注大雨，是豈誦不熟。都緣春風老，地遠孤花木。瘴裹荔枝林，東皇意寧足。騎龍作清明，雲間散珠玉。

聞杜鵑

少年聞杜鵑，不領杜鵑意。朝將書卷開，暮對春風醉。啼急落花飛，不廢書生睡。年來聞杜鵑，萬感集腸胃。罪大畏斧鉞，恩寬見天地。桑榆寄晚日，骨髓瑣深媿。草舍燈火寒，瘴鄉烟雨細。休作斷腸聲，孤臣已無淚。

茉莉

嶺上老梅樹，歲晚等凡木。霜風吹枯枝，曾有花如玉。茉莉抱何性，犯此炎暑酷。琢玉再爲花，承以敷腴緑。憐渠一種香，徧歷寒與燠。空庭三更月，酒醒人幽獨。有如高世士，含情不虛辱。時於寂默中，至意微相屬。鼻觀既得趣，就枕便清熟。夢中見靈均，九畹皆芬馥。

鄰翁以紫石斛承矗山〔一〕一塊爲予書室之奉斛蓋端溪之不堪爲硯者然較以所載山石則勝矣予是以有白鹿蒼璧之句白鹿蒼璧事見西漢書若乃忘真假遺美惡則予不知此石之與真山果同異哉

見山不見理，真假析爲二。看假作真山，細大豈殊致。鄰翁憐索居，奉我石一塊。嵌空坐短小，枯澀少堅膩。承以下巖紫，其體潤而細。翁言白鹿皮，蒼璧漸倒置。慇懃加謝翁，分別非所會。但見眼中山，屹立出塵外。侵寒欲清癯，向晚亦孤翠。蕭蕭風雨天，雲氣或冥晦。雖無禽鳥聲，頗若巖洞邃。側耳聽其中，恐有隱者在。

校勘記

〔一〕『山』，四庫本作『石』。

或問茉莉素馨孰優予曰素馨與茉莉香比肩但素馨葉似薔薇而碎枝似酴醾而短大率類草花比茉莉其體質閑雅不及也

茉莉天姿如麗人，肌理細膩骨肉匀。衆葉蕤蕤開緑雲，小蕊大花意淑貞〔一〕。素馨於時亦呈新，蓄香便未甘後塵。獨恨雷五雖潔清，珠璣綺縠終坐貧。雷五事，見《柳子厚集》。

校勘記

〔一〕『意淑貞』，四庫本作『氣氤氳』。

焚　香

五月黄梅爛，書潤幽齋濕。柏子探枯花，松脂得明粒。覆火紙灰深，古鼎孤煙立。翛然便假寐，萬慮無相及。不知此何參，透頂衆妙入。處静動始定，惟虚道乃集。心清杜老句，高韻不容襲。餘馨夢中殘，密雨窗前急。

降真香清而烈有法用柚花建茶等蒸煮遂可柔和相識分惠爇之果爾但至末爨則降真之性終在也

南海有枯木，木根名降真。評品坐粗烈，不在沈水倫。高人得仙方，蒸花助氤氳。瓦甑鋪柚蕊，沸鼎騰湯雲。熏透紫玉髓，換骨如有神。矯揉迷自然，但怪汲黯醇。銅爐既消歇，花氣亦逡巡。餘馨觸鼻觀，到底貞性存。

晚雨

連日午後雨，勢欲漂茅屋。雨從炎海來，初不洗煩溽。殘虹掛雲端，落照明如燭。舍中不勝困，散步眺林麓。渾無一葉動，寂立類枯木。徘徊傍西簷，意頗不自足。舉扇招微風，送之入修竹。

黎伯英解元贈予一大缶封泥如法初謂酒也至乃西山泉云暑中時可一酌珍重其意爲賦此章

有客渡西山，泉源出山足。初酌〔一〕愛其甘，既享不能獨。汲取得陶罌，置滿彭亨腹。携持若抱甕，前致且勤祝。是爲清明淵，可用洗煩溽。珍重客此言，其敢付僮僕。新手注方壺，尚帶峨山緑。我坐三生貧，大嚼非所欲。半世蒿藜腸，兩飯惟脱粟。豈無牢醴羶，恥豢色身肉。交淡況可新，味厚實爲毒。願兹等甘露，蕩滌糟與麴。醺酣六經間，作我清浄福。旁有教者云，奢儉貴從俗。下有龜蒙竈，上是盧仝屋。中置短尾銚，細煮茶花熟。時可邀清風，同餉一甌玉。

校勘記

〔一〕『初酌』，原作『别勺』，據乾隆本、四庫本改。吴藏本、康熙本作『初勺』。

黄彙征以石菖蒲一本相〔一〕遺石圓而蒼小竅數十大率與蜂窠無異又類蓮房竅中皆菖蒲地也石生海旁俗號羊肚云

細腰結垂窠，藏精事生育。兒已傅翼飛，孤懸尚憑屋。水仙脱霓裳，美實青如簇。實盡秋房枯，衆竅存虚目。何人得一物，妙手夸神速。摩搓小變之，形在質爲玉。徐拾菖蒲子，小大量其腹。一種一根青，有地皆充足。浸以西山泉，秀色遂可掬。使我讀書舍，凉意無三伏。常若菰蔣中，静看江湖緑。奉貺宜有詩，所媿詩篇俗。

校勘記

〔一〕『相』，乾隆本作『見』。

即　事

新凉到郊墟，秋水滿陵澤。主人坐輕船，恰受二三客。入網旋烹鮮，逢蔬方小摘。甘同芡實肥，酸分去聲石榴拆。所欣情款親，豈問坐席窄。岸草度幽香，退後金三尺。風摇水光緑，照作杯中色。沃此慷慨腸，看朱漸成碧。我今非次公，醉甚狂不得。眩眼既生花，蒼顛先墮幘。假寐便尋夢，那知紅袖拍。殘燭照歸時，分破三月白。

小飲木樨花下

東山有佳處，修竹臨滄浪。上下秀色中，木樨寄孤芳。玉露後叢菊，先作萬蕾黄。置之婆娑杪，金釘澹熒煌。或云仙人醉，披披緑羅裳。隨此小珮玦，散落天一方。我來便酌酒，是否那能詳。但怪秋山老，猶有幽意長。哦詩未得詩，已照明月光。樂哉徑酩酊，知在夫〔一〕何鄉。豈非化蝴蝶，以夢棲其旁。明朝整冠坐，開卷書亦香。

校勘記

〔一〕『夫』，乾隆本作『無』。

山齋霜寒

山齋僅容身，寒到不嫌窄。小窗壓茅簷，虛静自生白。寂寥賢聖心，顛倒文書册。限以一簾垂，中外塵事隔。時於高樹杪，野鳥翻凍翮。南方得此冬，天用享孤客。秖恐明朝晴，復作三春色。長橋楓葉落，終有吴江憶。

索　酒

奴僮爾趨勿遲久，去省缾中有餘否。毋論多少速携來，我已持杯先在手。長年燠熱類炎夏，今日寒風透窗牖。籬邊黄菊帶清露，沙際疏梅似初有。嘗臨書卷問古人，教我真筌如一口。不須辛苦學餐霞，但祇開懷多食酒。時有教予吐納者。食酒見《于定國傳》。

對　菊

淵明不可作，遺芳落天涯。幽香抱孤蕊，正色敷金蕤。眷言出俗韻，寒透方相宜。南方十月温，不見落葉飛。江氛與嶺祲，負此傲霜姿。向晚過微雨，月波湛明輝。風高便覺好，獨酌臨東籬。對之不須寐，要看清露滋。

有客致木綿椅坐爲山齋之用

桃歇冬花蕉葉乾，寒到廣東真是寒。山齋竹椅冷如水，欲以薦坐無蒲團。鄰翁未必藉華繝，顧此流落心所憐。臨溪汲水下藍碧，爲染吉貝包木綿。長針引線作方衲，軟暖厚薄無一偏。雖是凝塵少來客，瘦骨拄衣身獨便。領君此意覺温甚，我亦虚坐其敢安。家世窮愁豈今日，廣文之老先無氈。

庚午臘中苦寒不雪不雪嶺南之常而苦寒爲希有矣

簷風動修竹，終夜玉相戛。曉望山頭松，孤瘦凍欲折。欣然掃茅亭，凖擬看飛雪。待之既踰時〔一〕，脚硬冷如鐵。青山全不老，暮雨空凄絕。豈非地氣偏，濕濁舊不泄。翦水下雲來，衹向虛空歇。今年臘中寒，萬口稱凜冽。此是雪先聲，蕩洗嶺南熱。蜑叟且莫驚，造化無差別。會須煙瘴林，都有琪花結。草色潤如酥，看取焦枯活。

校勘記

〔一〕「待之既踰時」，原作「待之踰時脚」，據吴藏本、康熙本、乾隆本、四庫本改。

辛未元夜

輕寒擁山城，遠緑生春草。迎神樂元夜，笑語聞蠻獠。惟有團圓月，報我時節好。寸燈豈爲孤，卮酒未爲少。微醺短檠旁，人静茅屋小。

竹間孤坐

遠竹竹自如，親竹竹不可。移床向前軒，與之相並坐。受日一心虛，搖風萬塵破。忽作雪窗聲，斷雲疏雨過。

閏四月夜草亭獨坐翫月

山城向中夜，暑氣亦暫〔二〕歇。幽蛩互喧静，飛螢亂明滅。清風開竹杪，入此半軒月。坐久觀我身，不見煩惱熱。天邊白玉盤，只恐有時缺。頗思得詩句，頌道好時節。着意搜萬象，萬象無一説。

校勘記

〔一〕「暫」，四庫本作「漸」。

擬州學橫翠軒

太華戴雪十丈寒，砥柱中流萬夫愕。未教聳翠入青蒼，故對書窗且横着。平鋪秀氣一里許，不露雲尖與山脚。何人半破好東絹，畫出瀟湘秋色薄。

無俗軒

軒前疊小山，山下生新竹。秀色逗幽光，都作軒窗緑。公來坐其上，更置一株玉。岸巾人亦凉，意飽不須肉。落屑隨飛香，是中安有俗。

讒桃花

手提銅壺汲漣漪，去年曾浸寒梅枝。今年汲水浸桃蕚，明玉之瘦紅粉肥。夭夭灼灼豈不佳，如酒透骨春頗宜。孰與山齋雪將飛，彼孤者芳抱清姿。幽香入我苦吟筆，此意似非桃所知。我今顛倒六鑿癡，對花下悟靈雲疑。何人道眼絶世態，試以公論分妍媸。東鄰有女厭綺縠，雷五不簪珠與璣。

寒食

江鄉時節逢寒食，花落未將春減色。嶺南能有幾多花，寒食臨之掃春跡。花多花少非我事，春去春來亦堪惜。柴門風雨小庭寒，無奈池塘煙草碧。欲將詩句慰窮愁，眼中萬象皆相識。欣然應接已無暇，都爲老來無筆力。

遊西山

我來西江邊，兀坐閲寒暑。水外有佳處，欲往輒阻。昨朝主人閑，聯轡臨洲渚。開船入江雲，絶渡不須櫓。杖策徑登岸，騎從單可數。松杉生好風，導我緑陰舞。迎門野僧疏，對佛香爐古。峻上百級棧，竹屋亂撐拄。旁導得小徑，窈窕通深塢。石蘚布青錢，巖泉迸飛〔一〕乳。幽蘭隱高人，孤芳秀寒女。樹静忽啼猿，林密疑藏虎。春半果如秋，空翠元無雨。蒼崖隔桃花，不可至其所。但聽葉間禽，似與秦人語。不會武陵溪，端的在何許。裴回聳心骨，感歎就尊俎。麴蘗驅我醉，豈復更爾汝。一笑諧真懽，萬事落塵土。謂已脱囚拘，夭矯升洞府。顧兹懽與適，天暫慰孤旅。此身當有累，未是得輕舉。驪駒已載〔二〕歌，蘭棹倚前浦。中流望林泉，隔岸聞簫鼓。上馬向柴扃，山際玉鈎吐。

校勘記

〔一〕『飛』，乾隆本作『流』。

〔二〕『載』，乾隆本作『再』。

客惠賓州竹簟甚佳取退之鄭群贈簟詩讀之數過成古風云

卷送風漪光八赤〔一〕，竹新漸作琉璃色。世人貴耳便賤目，那知不抵蘄州笛。年來媿汗常浹膚，夏日自嫌汙枕席。有時追誦法曹句，悵恨宗人不多得。山齋置榻客〔二〕一身，君惠清凉到心骨。門前客至莫見嗔，老子解衣喧鼻息。

校勘記

〔一〕『赤』，四庫本作『尺』。

〔二〕『客』，乾隆本作『容』。

偶題

軒前有修竹，穿紙入窗櫺。清風動摇之，壁間影縱横。軒後有修竹，山花依以生。幽芳吐孤艷，不與翠色争。愚翁坐其間，萬慮蠢不萌。不識動與静，但覺懷抱清。千古媿張籍，眼明心已肓〔一〕。

校勘記

〔一〕『肓』，四庫本作『盲』。

白蓮草亭前盆池所出也慣見紅華忽遇此本孤高淡素有足愛者衆皆以比婦人而予獨以擬顔子云

鮫人織綃已奇詭，輕梭引絲不濡水。何爲玉人雕琢玉，亦在泠泠水泉底。截肪磨玷既成花，蓋以青銅聳而起。體色當從太虚來，五采世間俱一洗。似云嫦娥醉步跌，誤墮汙渠出清泚。又疑驪山妃子泉，老藕拔根浮到此。華清宫白蓮湯，以玉石鐫半開蓮花，湯自蓮的中湧出，妃子浴則坐花上。但不知今所存，果開元時故物否也。斯言謾誕何足稽，况乃窮鄉寧有是。我聞賢者在泥塗，其涅不緇豈無以。外觀不逐紛華遷，虚室常隨吉祥止。心齋自厭葷酒肥，坐忘盡黜青黄美。薰然蓄積爲德馨，表裏絶塵無與比。黄昏陋巷風雨寒，細看豈非顔氏子。

道者寮成人爲書額擬成一詩

寮額高懸太守書，方盤炯炯連三珠。唐賢正筆久寥落，柳公權謂心正則筆正。忽此相遇南海隅。是寮今雖茅草新，元是東鄰寒士居。士貧更在玉川上，三間破盡四壁無。我借得之稍營葺，灑掃共費十日餘。竹窗掛處青山入，水色坐照髮與膚。焚香下簾百念静，雖未得道道不殊。假道爲名亦道者，竊復慕道名豈虚。風流閒暇兩幡朱，筆含墨光能卷舒。醺酣爲我小飛動，到紙先有神鬼扶。我身漂零秋葉孤，短景日就桑榆枯。願憑大刻消百癘，呼吸瘴霧同醍醐。小説，顔魯公字逼瘴。

白居易有望闕雲遮眼思鄉雨滴心之句用其韻爲秋思十首

積雨蕩蘭暑，一凉纔有望。夜氣入燈花，細影摇書幌。楓葉飛紅薄，夢到吴江上。孤笛過蒹葭，鱸魚出烟浪。覺來空惘然，猿子啼青嶂。

頃隨千官群，曉入丹鳳闕。侍立近金爐，下殿香未歇。宫槐零露清，馬穩寧憂蹶。日近長安遠，福過難辭拙。聖主骨肉恩，孤臣眼中血。

天高不礙眼，矯首見堯雲。況復烟霧〔一〕清，八荒静無塵。垂空不可狀，變化何輪囷。遥知五色光，上下藏北辰。我今在人世，悵望那得親。

凉至欲飲酒，此興不可遮。手提皤腹罌，傾之若流霞。可但飲文字，搜尋到魚蝦。忽焉見妙理，眼亂皆成花。方知水底眠，杜老言不誇。

天邊定何物，洗此瘴鄉眼。初如黄金盤，便似白玉椀。明河注其中，無處光不滿。與杯對之飲，萬慮覺蕭散。竹風吹我睡，不得終夜款。

西風催户西，落葉動相思。柏香穿石鼎，孤起學遊絲。簾垂草亭静，籬菊弄幽姿。萬物同一氣，榮悴只如斯。哦詩詩未成，覽鏡添霜髭。

南方秋不悲，奈我居異鄉。不見楓葉丹，但憐菊花黄。掃迹燕如客，斜書雁成行。夢中清愁闊，云此是瀟湘。瀟湘連洞庭，何處是東陽。

憶昨離帝都，一别遂如雨。莊舄雖不病，亦作越人語。茅屋終夜寒，單衣晝還暑。荷葉未全蛀，桃花已微吐。西湖蓮藕香，今也在何許。

日落紅練净，山近空翠滴。争枝鳥未棲，閉户人先息。孤坐明月中，寒光入胸臆。衣潤毛骨冷，萬劫塵土滌。誰知茅簷下，我獨對姑射。

老松成偃蓋，瘦竹抱虚心。清風度其中，瑟瑟韶濩音。聽之遂熟寐，飄然歸故林。三洞既微款，赤松亦幽尋。高樓〔二〕訪沈約，四窗桐葉陰。

校勘記

〔一〕『霧』，原作『露』，據康熙本、四庫本改。
〔二〕『樓』，原作『數』，據四庫本改。

風俗

民生各異俗，王制論不詭。惟兹封州郡，山之一谷爾。麥秋無青黄，霜冬有紅紫。嗜好既殊尚，言語亦相牴。問之彼不通，告我此物〔一〕理。駭去如鹿麇，團聚若蛇虺。如何蘇屬國，胡女爲生子。已而忽超然，天下同一理。嶺南自嶺南，勿用嶺北比。况自江山情，雅故均鄰里。暮夜松桂間，受月如受水。根根抱虚明，葉葉萬塵洗。先生一杯酒，月到酒尊底。畫以寄吾鄉，吾鄉祇如此。

校勘記

〔一〕『物』，吴藏本、康熙本、乾隆本、四庫本作『勿』。

静獨

飲酒或濡首，作詩防嘔心。疾走欲避影，不如常處陰。階前享明月，但鼓無絃琴。清風儻相過，付之修竹林。一静服群動，萬緣寧我侵。

壬申年封州自正旦雨至元宵不止

人圖作元夜，翦紗累紅蓮。天欲下膏澤，萬瓦飛流泉。燒燈雨何損，不過市井喧。春若無此雨，從誰覓豐年。癡兒騃女臨管絃，見雨不止意缺然。百千燈光祇照夜，山下一犁知幾錢。人間萬事有輕重，況是作止當從天。

趙子禮勸農回有詩和者盈軸然皆頌德詩非勸農也擬和一篇

山鄉窮甿不知春，鹵莽之種那復耘。勸使一日臨郊坰，曰爾父老爾勿寧。敕書勸諭因人情，要使秋稼如雲平。饋爾飲食煩厨兵，爾醉且飽其力耕。麻麥荏菽非一名，農有農事毋虚稱。齒革羽毛上勿登，貰租但議頒殊恩。自今無問陰雨〔二〕晴，扎扎聽爾耰鋤鳴。柳子厚有『扎扎來〔三〕耜聲』之句。

校勘記

〔一〕「雨」，四庫本作「與」。

〔二〕「來」，原作「未」，據康熙本、四庫本改。

又

山田磽薄高低春，田者緣山嗔鳥耘。惰農不趨林外坰，每以憚此求暫寧。守出見之告以情，爾輩勿視米價平。官今不用農爲兵，雖屢豐年自當耕。醉飽酒食爾有名，田畯至喜非肇稱。衆曰此亭公所登，願當去聲甘棠頌公恩。祁祁之雨明日晴，聽我吹豳擊鼓鳴。

良嗣壬申年來爲生朝壽作一詩答之

惟吾始生朝，汝祖五十八。甫及賈誼少，祖易大夫簀。懷綳至不天，能有幾歲月。不得著斑衣，慘慘意常缺。吾如汝祖年，汝已雙髻茁。似我蒲伏歲，汝方事紳笏。我更得祖壽，尚有十年活。汝之事親日，加我一陪闊。其如父與子，灾福勢相軋。災勝福力微，萬罪如箭發。向非天地恩，誰肉兩軀骨。後效皆渺茫，前愆正磨刮。今茲各天涯，瘴水東西隔。汝作飛雲感，我類寸〔二〕腸割。天之加汝者，如與復如奪。每見榴花紅，爲汝惜時節。手持祝生香，自向爐中爇。但願早團欒，盤餐共麤糲。將此離別數，造物爲除豁。少寬寒暑期，未作枯木折。

校勘記

〔一〕『寸』，原作『杏』，據四庫本改。

夜聞雨聲賦古風時趙使君祈雨之翌日也

山齋道人夢魂清，夢中細響忽可聽。三峽流泉出幽隱，萬蠶食此春葉聲。又疑相如夜病渴，蟹眼亂沸石鼎鳴。呼童起視果安在，云是四簷甘雨傾。於時火流祇三日，田兆正作龜縱橫。昨朝太守拜壇下，五龍奉命雲雷驚。小兒放散蜴蜥去，神鼓罷擊巫舞停。田翁翻溝出臏水，婦子田邊笑相迎。商量今歲多釀酒，是間指日當雲平。山齋一飽想無慮，摩腹卧看秋風生。

癸酉中冬四日江行

新寒蕩餘暑，小雨結離愁。行人向西去，江水自東流。我趁孤船歸，回腸千〔二〕萬周。假寐槳聲中，清夢何悠悠。恍若傅兩翼，飄然得浮游。仙風入山骨，佳氣遮林丘。塵外人物古，雲間樓殿幽。自念此何許，而容區中囚。旁有老人笑，謂予失初謀。貪前慕垂餌，遂爲香所鈎。今兹窮瘁身，抱病炎荒陬。終歲骨肉念，百年離合憂。僶默〔三〕事迎送，嗟嗟亦良羞。予欲從之拜，江波拍船頭。危坐記儻恍，熏心省愆尤。玉玷容可磨，水跌那許收。

校勘記

〔一〕『千』，吴藏本、康熙本、乾隆本、四庫本作『車』。

〔二〕『默』原作墨釘，據吴藏本、康熙本、乾隆本、四庫本補。

自訟

我昔貧時冬少袴，四壁亦無惟有柱。自從脚蹈官職場，暖及奴胥妻子飫。線因針入敢忘針，入室古云當見妬。雲衢跌足泥淖寒，涕泣牛衣復如故。銜恩省咎到骨髓，萬罪一愚難自恕。山深坐覺困烟瘴，天闊日思霑雨露。性中不愛賓客詩，亦或未然工部句。文章誰謂不得力，陋儒豈是冠相誤。

郡治西廳錦被花不爲治架每花開覆地而紅或緣他木以升予分其本植草亭之東家僮相與栽木於地高七尺許上布圓竹復破竹交加之外出四簷如屋之狀通小窗側户以窺視而出入餘皆花地下置一榻一几可以獨酌作詩以記之云

栽花傍庭砌，立木爲花屋。小户虚一偏，横窗置其腹。分竹接柔蔓，尺寸引句曲。春工直解事，夜雨頻澆沃。枝條日滋榮，滿架籠新緑。紅淺暗香深，揖遜薔薇服。此花名錦被，覆我四圍足。比之公孫布，豈不堪華縟。自慚流落人，尚此享癡福。我欲飲其中，亂影交醽醁。擁被即長謠，傲枕眠清熟。又欲效王勃，醉處先磨墨。引此略覆面，腸胃成機軸。染筆起臨風，定作花芬馥。王勃每醉，先磨墨數升，引被覆面，覺乃爲文。

米盡

米賤今年不論錢，雀鼠厭飫人留殘。青蚨不過百枚去，可得明珠一斗還。其如客寄已淹久，羞澀囊中無可看。今朝欲寫魯公帖，四顧門外將誰干。經營薄少置厨舍，呼童告使知艱難。從今且作淖糜計，雜以山芋供兩盤。嗟予是身亦老矣，造物未置飢與寒。何當甑炊七寸粳，飯香及處皆同餐。北鬱單越之國，粳米長七寸，火珠熟之，飯香所至，人皆來食，事見《嚴經》。

春雨村居

茅簷竹屋吹山風，兩山流水環西東。如閉蓬窗小舟坐，四面烟雨春濛濛。塊然擁被看周易，炯炯萬象羅心胸。瓶罌所容可半斗，妙理盡在皤腹中。杜牧詩：『皤腹瓶罌古。』明朝晏起寒庖空，市小米賤升斗豐。携籃挑薺奴勿慵，熟煮爛糝供乃翁。

園中錦被花始開一枝紅白二色趙守以二詩見報依韻答之

兩種色，一枝花。何郎汗〔一〕湯餅，妃子醉流霞。寂寥難伴山齋客，風味宜歸太守家。

又

機上紅，江頭紅，其織其濯皆春風。平鋪豈是寶刀剪，怯日尚用輕烟籠。何人不置芙蓉帳，置向山園寂寞中。欲尋詩句贊天巧，亂藹秀發詩不工。一枝和露奉明牧，知我陋室非所容。果然花去玉爲報，瑣細换得光玲瓏。頹然只擁公孫布，曉枕不知傳鼓鐘。

校勘記

〔一〕「汗」，原作「汙」，據康熙本、四庫本改。

出江

四岸出前江，開帆破洪浪。何必春水船，而後始天上。一家五年别，萬里遠來訪。自聞櫓聲近，延首日顒望。今朝兩相即，悲喜不可狀。牽衣小兒笑，叙事老妻愴。一杯藜藿羹，敢謂復同餉。地氣既疏泄，山居亦清曠。米賤不愁貧，時和定無瘴。相與戴君恩，形影且依傍。惟憐囚罪身，此去幾時放。欲以問白鷗，白鷗波浩蕩。南方諸州，惟山逼江遠者瘴重，蓋地氣不泄也。

又

隨緣禽在籠，觀道蟻旋磨。忽此作江行，開窗得虛坐。回首城邑卑，極目天地大。千山雨後緑，瘴烟不敢涴。古木猿數枚，野渡僧一個。蕉心黄漸肥，荔子紅欲破。浄練鋪其中，到底只容拖。烟消日午出，四顧無所唾。退之云：『緑净不敢唾。』隨行欠王維，筆墨願借過。收作小圖畫，素壁時横卧。

大暑竹下獨酌

新竹日以密，竹葉日以繁。參差四窗外，小大皆琅玕。隆暑方盛氣，勢欲焚山樊。翛然此君子，不容至其間。清風如可人，亦復怡我顔。黄昏開竹杪，放入月一彎。緑陰隨合之，碎玉光斕斑。我舉大榼酒，欲與風月懽。清風不我留，月亦無一言。獨酌徑就醉，夢凉天地寬。

閨門詩三首

幽思春雲亂，擬向琴中説。徽寒錦薦高，未鼓絃中絶。尚有無絃韻，或可奏明月。階前望冰輪，去去不停輸。薄命如妾何，秋風河漢闊。

無心事鉛黛，采采菊金黄。徘徊欲寄遠，雲夢連瀟湘。豈不懷君子，念念不敢忘。西鄰擊神鼓，東鄰鬧笙簧。三嗅籬邊英，淚落秋風香。

晨光入幽户，手織回紋書。聞古有雙鯉，爲人致區區。書成立江邊，天寒渺無魚。微懷既莫致，慘黛何由舒。歸來更無語，悵望庭花疏。

正月十一夜燈開雙花

鉛杯壓短檠，清膏沃虚草。炯炯孤焰〔一〕瘦，吐此雙花好。誰爲〔二〕夜氣温，暗助春〔三〕風巧。碎翦朝霞紅，緣以金粟小。或云兩玉蟲，飛來抱釵杪。美人輕燎之，要看火中寶。我聞家道〔四〕和，可以感穹昊。門闌將有喜，每事吉先兆。而我方朽衰，負戾落南嶠。胡爲今夕光，熠熠似相報。無乃天地慈，四海施洪造。陽和隨根性，溥爲脱枯槁。吾其得歸歟，頂戴君恩老。

校勘記

〔一〕『焰』，《永樂大典》卷五八四〇作『艷』。

〔二〕『爲』，《永樂大典》卷五八四〇作『回』。

〔三〕『春』，《永樂大典》卷五八四〇作『東』。

〔四〕『家道』，四庫本作『道家』。

北山文集卷二十二

宋鄭剛中撰　郡後學胡鳳丹月樵校梓

登嶽麓法華臺嶽麓兵火後寺已兩刱惟臺爲舊物當時住持鄰道者物故二十年矣

湘西嶽麓法華臺，四十年中又再來。惟石與松如雅故，問僧并寺已塵埃。區區獨恨恩難報，負負無言志已頹。退宿道鄉〔一〕愁不寢，四簷春雨雜驚雷。

校勘記

〔一〕『鄉』，《永樂大典》卷二二六〇三作『林』，康熙本、四庫本作『相』。

投宿蒲圻縣

咫尺蒲圻縣，泥深路屈盤。小橋飛雪急，破帽蹇驢寒。家信無人寄，愁悰賴酒寬。轉坡聞有寺，一榻借偷安。

初至法會

正媿修途煩僕馬，忽投幽寺息塵埃。杜門隻影惟便静，覽鏡雙眉未忍開。春色更兼山色好，雨聲常帶竹聲來。呼童起視榼中物，爲爾愚翁進一杯。

乍〔一〕晴

幾日春山雨作霖，曉風端爲破重陰。登樓物色渾如畫，倚檻情懷未易吟。萬里斜陽鳥飛去，四圍煙樹客愁深。箇中定有超然法，趺坐端須仔細尋。

校勘記

〔一〕「乍」，原作「昨」，據乾隆本、四庫本改。

十月初夢寄良嗣詩三句云相思一載餘身隨雲共遠夢與汝同居覺而足之

武昌分別處，江岸倚籃輿。對飲三杯後，相思一載餘。身隨雲共遠，夢與汝同居。何日秋風夜，燈窗聽讀書。

口占

僧房花木疏，鳥雀下庭除。氣候争寒煖，春光半有無。四山雲外瘦，一塔雨中孤。誰用詩人筆，收將好畫圖。

未至鼎州道旁有甘泉既酌泉過松竹百步投宿小寺翌日又酌泉登輿松竹間蘭香甚盛感而賦之時自移封

一宿招提又裹糧，寸心孤影自匆忙。客從瘴嶺暑邊過，蘭在幽林深處香。動静於人争〔一〕兩意，升沈如夢亦都忘。但悲垂老恩無報，淚眼瞻依日月光。

校勘記

〔一〕『争』，吴藏本、康熙本、乾隆本、四庫本作『曾』。

予嗜茶而封州難得有一種如下等修仁殊苦澁而日進兩杯

一瓢方此寄天涯，用巧居貧拙有加。晚食正爲顔牖飯，空腸却嗜玉川茶。長髯亂磨輕於土，短尾濃煎不見花。撐拄可堪書卷少，空教癯瘁髮生華。

岳陽道中

客子方憂畏，津亭更寂寥。亂雲藏野寺，積雪覆溪橋。米潤還難買，酤遲轉不饒。梅花有何故，冷笑背寒條。旁有酒肆，終日不售。予往沽之，倍貴，謂予無占位牌，訴官也。

即　事

可信南方氣候温，冬寒未退已飛蚊。庖霜豈復冰魚膾，翦雨定無春韮根。向晚孤城人寂寂，閉門幽夢酒醺醺。起來欲向寒梅説，一見眼明惟是君。

故　居

北山三十里，憶得舊書堂。小徑通蔬圃，新醅壓酒牀。晚凉荷葉嫩，細雨橘花香。此夢今何許，隨緣又一方。

元旦二首

傍城山曲處，草徑一居幽。元夕孤燈裏，殘香静夜頭。久晴無苦冷，獨坐祇清愁。也擬尋詩句，吟哦醉却休。

正月燒燈夜，封川轉覺幽。十分憑月色，數點照城頭。俗習那知陋，安陵諒不愁。家家松火畔，春米未曾休。人家大率每夜無燈，遇春碓則然松明。

春　熱

地氣冬來不復藏，桃花都向臘前芳。無寒疑是青春老，耐静從他白日長。野蝶舞餘還自去，沙鷗飛斷却成行。迎風儘着單衣坐，净几留心看藥方。

即　事

晚來登眺處，寒煖正争春。城古亭臺少，門嚴鼓角新。趙守新建譙門。江山真是好，風俗不妨貧。克已從清約，須知太守仁。

憶　昨

憶昨少年日，家無斗粟藏。銜盃須徑醉，得意必真狂。老去唯思睡，年來祇念鄉。幽齋誰共語，看徹篆紋香。

久雨

漂泊初時尚念鄉，如今意定已都忘。小窗積雨韋編潤，慢火薰籠藥裹香。正要門前蛛結網，何妨籬上蟻成行。山前春雨非常好，出鉢應須飽十方。

有客問予每日何事客退賦此

杜門管得酒餅乾，餘事誰能著眼看。髣髴殘香幽夢斷，冥濛細雨落花寒。林梢寺隱孤鐘晚，水外人喧社飲懽。萬里一身聊爾爾，此生惟覺上恩寬。

封川大率園不蔬人采小蓼食之葉尖而細號尖頭蓼亦謂之辣蓼誤食往往殺人又春水肥時河豚魚極賤二物郡人所酷嗜也作詩自戒河豚本草一名脹肚魚

遠地窮鄉口腹殊，居然孤客莫隨渠。路旁施采尖頭蓼，江上争尋脹肚魚。野葛可嘗雖是慣，馬肝不食未爲疏。此生餘日皆君賜，饘粥充飢自有餘。

吾鄉城外北室宛轉皆亭園自北門外南徹浮橋最爲遊春勝地因清明念之賦此

短牆疏竹小園亭，記得東風婺女城。久醖菖蒲催祓禊，半肥梅子待清明。橋邊沙印驕驄跡，水外花藏醉客聲。年少不知身解老，曾將豪氣與春爭。

茉　莉

小鍤移根帶蘚苔，暑中相對亦佳哉。素英吐處衹如玉，清思牽人全似梅。淺緑翦羅和葉看，真香擣麝逐風來。覲君可與酴醿並，高士寧容俗子陪。或謂茉莉花帶葉而香，可比酴醿，故有是句。

西鄰桑間有隙地從可五丈其横五分之一荒蔓瓦礫之所聚也鄰翁借予栽竹因賦之

荒園茅塞閉牆隈，多謝西鄰借我開。力課頑僮移斷甓，小通幽徑養蒼苔。種雲無處容檍木，遮日聊須買竹栽。十畝故鄉松與菊，不須便望主人回。

民入錢抱儥公庫東塘決水取魚甚盛漁翁謂抱儥者販婦則旁午於塘上者皆婦人也

積水翻深畎，輕舠徧遠灣。鳴榔時撥刺，挈網亂斕斒。販婦貪趨市，漁翁喜動顏。輸他鷗鷺飽，煙際不勝閑。

封州

莫道封州是小州，封州雖小客何愁。荔枝受暑色方好，茉莉背風香更幽。得醉便眠尋夢蝶，欲行還立看沙鷗。向非造物曾留意，誰把餘生爲我謀。

五更醉卧

獨坐前軒引破觥，滿牀書卷任縱横。明蟾自可當燈燭，修竹便爲佳友生。眩眼添花知輕〔一〕醉，小窗欹枕夢春耕。日高推被還思起，聽得厨頭有菜羹。

校勘記

〔一〕「輕」，乾隆本作「淺」。

栽竹

信緣移老竹，觸暑種瓜根。小雨回生意，蒼苔覆斸痕。影還隨舊葉，涼已到清尊。相對如佳友，何妨儘閉門。

閑中

須知造物有恩深，遣我閑中見物心。掠水高低鷗自在，過花先後燕相尋。門前父老忽聞語，種罷今年常值陰。秋熟甕頭添釀酒，異鄉孤客與多斟。

哦詩

怕醉還思醉，哦詩未得詩。過雲飛雨急，斜照晚涼遲。嫩緑開荷葉，新紅入荔枝。躊躇搔短髮〔一〕，倚檻立多時。

校勘記

〔一〕『短髮』，四庫本作『髮短』。

時官多以封州俸薄井邑蕭條居處湫隘爲歎觀如聞而賦之

相逢都説在天涯，禄似蠅頭舍似蝸。畫角樓前皆郭外，虛棚竹上是人家。草深正恐鹿爲虎，日暮漸迷鷗與鴉。老子豈知差别相，高眠飽看荔枝花。

幽居

蠻徼分來氣未清，江風吹雨瘴烟腥。出巢燕老榴花落，抱樹猿啼荔子青。人客漸稀真省事，古賢相對可談經。缾中況是無多酒，更把柴門著意扃。

偶書

帝恩容貸比天寬，天見孤臣涕淚潸。數日得看書半卷，一身猶占屋三間。團團便是故鄉月，疊疊只如東越山。第引滄浪澡心骨，堯雲終自不違顏。

重五

異鄉逢午節，卧病此衰翁。竹筍迸新紫，榴花開小紅。山深人寂寂，氣潤雨濛濛。煮酒無尋處，菖蒲在水中。

又

記得山居暑服輕，石榴低照酒尊明。綵茸花裏占詩句，角黍盤中脱錦綳。浙人重午以竹籜爲粽。老去容身惟有睡，午宜採藥懶能行。謾令門外篸蒿艾，且免炎鄉瘴癘生。

夏夜用人韻

散員居事外，罪籍比刑餘。敢歎〔一〕山樊熱，惟驚歲月除。城樓傳漏遠，河漢曉星疏。兀坐窮清景，明朝曉看書。

校勘記

〔一〕『歎』，原作『歎』，據四庫本改。

元信昨日惠八桂酒兩尊今日惠蓮數頭實圓而大云盆池中白蓮子也

盆池初泛小青錢，俄有盈盈淡佇仙。香老不隨明玉墮，子肥争露寶珠圓。乍披紺色神都爽，欲擘柔房意尚憐。檢點朋尊亦新貺，心知無報且陶然。

夏夜小雨獨坐

杜門惟一静，夏日不知長。竹下小窗暗，燈前飛雨凉。棋低無對手，飲少信中腸。此意此時節，尋眠未用忙。

經月門無客客至必謂予此居蕭然如僧舍

東望麟山聳若幢，碧羅盤曲注西〔一〕江。鄰家蜜滿蜂臣分，屋角窠成燕子雙。門設雀羅遮坐客，燈排金粟照書窗。須還住處如僧舍，拄杖挑雲到此邦。

校勘記

〔一〕『西』，乾隆本作『清』。

閑居常自足

閒居常自足，謂欠亦誰增。辟穀知難學，餐霞豈易能。菜非饕地主，米不慁鄰僧。白日惟扃户，黄昏便點燈。地主送子美菜，鄰僧送盧仝米。

黄彙征惠石菖蒲既賦古風復成四韻

附石菖蒲誰手種，形模姿色妙難如。黄蜂變去惟窠在，緑玉抽來衹寸餘。夜爲露華離几案，曉添塞〔一〕井向堦除。如何便得生秋意，更欲中間置小魚。

校勘記

〔一〕『塞』，四庫本作『竈』。

初　秋

包飯腰鐮洞户忙，芭蕉葉底稻田黄。微風有意回闌暑，小雨頻來作夜凉。煙際輕舟分霽色，望中飛鷺點山光。初秋便自宜孤客，鄰舍數家都酒香。

秋夜聞雨

海風吹屋亂疏更，花結燈昏背短檠。暑避新凉知有漸，酒扶孤夢未曾成。滿簾都作芭蕉響，四壁時兼絡緯聲。曉起茅簷落餘滴，爐香癡坐不妨清。

讀杜子美三大禮賦

牢落長安賦就時，青苔到榻有誰知。年踰四十猶無禄，筆下千篇祇有詩。風雨飄零長是客，干戈悲梗獨憂時。平生愛作驚人句，博得如今杜拾遺。

闌　暑

闌暑秋郊暮，前山瘴霧中。猿猱都下飲，鳥雀未歸叢。弄影〔一〕試新月，披襟招好風。銀潢向何夕，零露濕梧桐。

校勘記

〔一〕「影」，原作「飲」，據吴藏本、康熙本、乾隆本、四庫本改。

秋夜山居

路轉城西一里餘，不妨山徑自崎嶇。四鄰酒熟人常笑，萬木秋深葉不枯。空翠入窗濃欲滴，夜涼扶月静尤孤。有時雖是風翻屋，賴我元無屋上烏。

重陽太守招登東山以腹疾不能赴

卧對佳辰兩鬢斑，幽憂深閉屋三間。芎能去濕方摩腹，菊可延齡少慰顏。骨瘦免教先落帽，酒行無分作頹山。遥知太守登高處，座客詩成燭影閑。

相識有遺予以紫石硯者謂是下巖石名曰玉斗予自湖南北轉之嶺畏行李重滯舊所用委棄不存正以無硯爲窘得之喜甚且愛其名捧而戲之曰亞父後爾尚無恙耶爲賦此

眼如鸜鵒色如肝，此語傳聞謾有年。李覯匣中方念往，范增撞後豈知全。臨池欲試曾親滴，把墨重看未忍研。何幸却同郴筆句，貯雲含霧到封川。柳子厚《謝楊尚書寄郴筆》有〔一〕『貯雲含霧到南溟』之句。

校勘記

〔一〕乾隆本『有』上有『詩』字。

鄰翁以黄菊一本見贈是歲冬暖梅已成蕾以四韻戲菊

鄰翁情鄭重，贈我小金錢。半鍤開蒼蘚，全根帶曉煙。數花浮酒面，三嗅種籬邊。舍北〔一〕疏梅近，馨香更勉旃。

校勘記

〔一〕『舍北』，乾隆本作『比舍』。

哭潘義榮二首

沈約樓前落葉黄，朝來玉折報潘郎。一區每嘆懸如〔一〕磬，三版俄驚戒若堂。泉石半生閑日月，絲綸餘事入文章。但應祇有凋零恨，雁盡雲空不見行。公六兄弟，相繼物故，至義榮而盡。

少年聯轡入京華，闊步超群便起家。親覽聲名高漢殿，憂時蹤跡僅長沙。公頃自司諫，出監汭口税。藏刀所在留餘刃，懷璧終身不見瑕。老眼看公春夢散，不勝哀涕落天涯。

校勘記

〔一〕『懸如』，吴藏本、康熙本、乾隆本、四庫本作『如懸』。

晚望有感

霜作晴寒策策風，數家籬落澹煙中。沙鷗徑去魚兒飽，野鳥相呼柿子紅。寺隱鐘聲穿竹去，洞深人跡與雲通。雁門踦甚將何報，萬里堪慚段子松。

客致〔一〕木綿坐已爲長韻又成四韻

就温嫌冷性同然，况是冬深凛冽天。莫訝塵生楊綰席，都緣坐少席文氈。感君四坐平分暖，爲我長針細衲綿。從此門前有來客，不須稱遽足留連。

校勘記

〔一〕「致」，原作「至」，據乾隆本改。前卷二十一有《有客致木綿椅坐爲山齋之用》。

庚午冬至夜

今夜雲開北陸風，丈三將到土圭中。剥窮誰見陰陽妙，來復方知天地功。孤坐看燈渾是夢，蒼顔被酒不生紅。却憐土俗追時節，言語雖殊意亦同。

衡嶽左右道旁茅舍竹門中有老人八十一歲宣和間嘗爲蕪湖尉因兵火棄官寓湖湘無生涯學者時過之問經義遂相資助皆自言如是予飯其旁飯已即行馬上擬成

茅舍柴〔一〕門晝亦扃，松姿鶴骨向人清。闔門饘粥千金重，九品冠裳一唾輕。仁義到頭焉用稼，聲名真是豈其卿。我慙瘦馬衝烟雨，不得從容慕老成。

校勘記

〔一〕『柴』，乾隆本作『蓬』。

自憐

木偶漂來萬里身，自憐藏拙向三春。人窮但有哦詩債，意懶終無下筆神。屋後雲深雞失曉，厨中飯盡鼠嫌貧。五更小雨却堪喜，數壠寒蔬色已新。

春晝

深村春晝永，事事不相關。花少蜂蝶瘦，水清鷗鷺閑。柏香熏紙帳，竹枕傍屏山。付與儵〔一〕然夢，樂哉天地間。

校勘記

〔一〕『儵』，乾隆本作『蕭』。

頻夜燈花顧予有何喜其可喜者又心之所自知不待燈報也

何煩喜事燈來報，喜事山間足可誇。緑竹乍移都出筍，素馨銜臘小開花。疏牙送飯匙猶健，細字抄書筆有加。況是山前膏雨足，平平春水浸秧芽。

草亭假寐

菜畦深處短牆西，中有茅亭客未知。天許病身全得懶，日烘春困恰如癡。壁間花影簾休隔，案上書篇燕莫窺。更語東風輕過竹，老夫假寐一些時。

涉園偶成

頽齡正是投閑好，膽薄誰知與拙兼。棋信天機那論失，酒隨客量不教添。静銜小雨看花蕾，時撥蒼苔候筍尖。幽鳥葉間如有語，比翁難作逸群髯。

懷　舊

家近西山雲滿籬，曲塘深處芰荷稀。雨餘燕向花間出，飲散人從竹後歸。炊到戾㕓真〔一〕是窘，食他糠籺不知肥。半生享過清閒福，回首乘除事事非。

校勘記

〔一〕『真』，原作『貞』，據四庫本改。

去冬

去冬竹瓦迎新雪，曾下珠璣到酒盤。正月便回春意暖，五更微帶雁聲寒。門諳寂寞何須翟，鬢就衰殘豈是潘。祇有報恩心耿耿，自餘都作六如看。是身如夢幻泡影露電。

夜坐

静坐始知閑有味，懶行終是病相侵。雨聲歇處亂雲薄，月影來時清夜深。幽蛬傍堦如有話，皤嚚在手更孤斟。寥寥萬古聖賢意，落盡燈花空寸心。

晚涼小酌

城頭暮角送闌暑，倚檻頃之風滿襟。去鳥漸迷山落日，鳴蟬忽静木垂陰。弄雲初月光猶淡，出水新荷緑未深。蕭散晚涼君解否，一杯尋見古人心。

山齋疏陋每焚香旁舍聞之而齋中不甚覺蓋香隨風以流也爲四十言

聞時清透骨，聚處細成緺。灰厚火得所，山深風奈何。四牕都紙破，比舍得香多。利彼與自利，吾心寧有他。

寒　意

嶺南霜不結，風勁是霜時。日落晚花瘦，山空流水悲。棲鴉尋樹早，涷蟻下窗遲。季子家何在，衣單知不知。

循　省

僦居栽竹暮清幽，縶係其如是楚囚。高枕亦成驚枕夢，小窗長作客窗愁。捫心罪在愚臣戇，肉骨恩歸聖主優。日有省循千點淚，臨風分付與江流。

臘月十三日送邢婿還鄉

鄂渚分携驚昨夢，如今豈謂一尊同。塵埃萬里玉自〔一〕潤，風雨對眠床亦東。問得平安歸客子，留將思憶與衰翁。征衫瘦着不須遽，漸向湖南春色中。

校勘記

〔一〕『自』，四庫本作『常』。

辛未除夜

爆竹懶能熏，桃符又上門。老身迷歲月，春色徧乾坤。桂嶺家何在，茅堂酒滿尊。小籠温衲被，清夢接黄昏。

壬申年封州自正旦雨至元宵不止

江風侵山雲不乾，迎春送臘雨霪霪。勾〔一〕萌潛識化〔二〕工意，泥淖莫嗟行路難。閉户定無元夜醉，擁衾如對九秋寒。池塘煙草弄風日，此景當從晴後看。

校勘記

〔一〕『勾』原脱，據吴藏本、康熙本、乾隆本、四庫本補。

〔二〕『化』，原作『花』，據吴藏本、康熙本、乾隆本、四庫本改。

無寐

瓦裂慨平生，柳子厚云：『男兒立身一敗，萬事瓦裂。』無眠枕半横。逐臣常内訟，謫夢自多驚。投曉星日〔一〕澹，近山鐘鼓清。晨炊知米賤，猶恐費經營。

校勘記

〔一〕『日』，吴藏本、康熙本、乾隆本作『月』，四庫本作『河』。

又

孤衾萬感不能平，籍也〔一〕捫心未覺盲。疏雨過雲纔數點，宿酲扶夢正三更。瘴煙侵我須教老，春物牽愁自在生。疇曩犬雞無寸效，如今方媿子真耕。

校勘記

〔一〕『籍也』，四庫本作『幽獨』。

草亭遠望

村舍無樓可望遠，茅亭遠望似登樓。飽看聚散雲無住，最愛縈回水自由。詩思已隨芳草動，春寒少爲好山留。誰將裘馬换美酒，與我同消萬古愁。

春　晚

寒雞不飽亦知鳴，布被堆中又五更。唤此枕邊烟浪夢，雜然風外鼓鐘聲。花籠宿霧方衝濕，窗識朝陽已弄明。盥濯是身無始業，一爐香火向三清。

無　詩

草創園亭隨意坐，任緣花竹倩人栽。雁聲與客將寒去，柳色知春有信來。逸氣暫時因酒見，物華空自把詩催。案頭禿筆無才思，不賦一言真陋哉。

幽趣十二首

幽趣無人會，閑居我自知。筍尖穿落葉，花蕊掛遊絲。寒在蜂來少，風斜燕不遲。老夫無定力，破戒爲題詩。

幽趣無人會，閑居趣自成。孤舟横水静，宿鷺入烟明。風絮低還起，苔錢斷復生。小門無客款，睡犬不聞聲。

幽趣無人會，須還我獨親。開書風爲揭，得睡懶相因。雨後竹枝〔一〕净，月中梅意貞〔二〕。北山小園景，莫怨未歸人。

幽趣無人會，人應爲我愁。山深雲易聚，市遠酒難謀。恃力貙驚鹿，争巢鵲避鳩。老夫春睡美，蝴蝶是莊周。

幽趣無人會，池塘又吐青。雲間萬里客，竹下一門扃。空翠侵書帙，飛花入草亭。杖藜尋柏子，慢火待餘馨。

幽趣無人會，欣然自解顔。雨來飛鳥急，沙静小魚閑。翠滴峰巒表，香霏草木間。吾心久忘物，物意苦相關。

幽趣無人會，春風自過門。青圓梅弄子，緑隘竹生孫。花少蜂蝶瘦，霧濃鷗鷺昏。草寮藜藿飽，癡坐等庸髡。

幽趣無人會，清閑五月中。魚跳荷葉暗〔三〕，猿笑荔枝紅。撥竹看新月，鈎簾入好風。神仙赤松地，正恐自相通。

幽趣無人會，雖然亦有爲。晚涼尋薜荔，細雨架酴醾。掃屋除蛛網，添花助蜜脾。黄昏方隱几，酒興又催詩。

幽趣無人會，天寬物自容。夔休憐踸踔，魚勿爲噞喁。吟苦秋蟲適，身閑沙鷺慵。舉頭常見日，山水任重重。

幽趣無人會，閑中見物天。緑虚甘露結，紅皺水晶圓。倒孕潛資化，成行出暮〔四〕羶。寰中無巨細，動静各隨緣。

幽趣無人會，雲依遠岫行。寒塘時潑刺，古木屢敲鏗。壁殼拖涎鈍，花飛度粉輕。山泉烹石鼎，孤啜不勝清。

校勘記

〔一〕『枝』，吴藏本、康熙本、乾隆本、四庫本作『色』。
〔二〕『貞』，四庫本作『真』。
〔三〕『暗』，四庫本作『緑』。
〔四〕『暮』，原作『慕』，據四庫本改。

讀柳子厚若爲化得身千億散上峰頭望故鄉之句有感

茅屋三間晝掩扉，遮藏足得訟前非。雨餘燕踏竹梢下，風動蝶隨花片飛。閑自鈎簾通野色，時因酌酒見玄機。思鄉化作身千億，底事柳侯深念歸。

擬題黎簿尉梅隱用其韻

梅仙隱去事難論，故種疏梅隱小軒。雖似〔一〕掃除顔色冗，不妨遊戲簿書繁。月明客共藏花影，醉夢君應到酒尊。我亦寄身修竹裏，頗欣成性得存存。

校勘記

〔一〕『似』，乾隆本作『是』。

自寬

瘴濃複嶺煙如墨，照以澄江一洗開。芳草望中春去遠，落花寒處鳥聲回。風飄空翠入修竹，潤滴幽蹊生緑苔。不是從前賦清苦，未應得向此中來。

山人

自古山人合在山，山人何幸此偷安。身閑不束休文帶，髮短聊簪子夏冠。小冠杜子夏也。酒量自來惟恨窄，僦居隨分不須寬。惟餘骨髓緘封者，盡是君恩報答難。

雜興

秋風城壘小，遠望一消凝。洞客雲中路，漁舟水底燈。有鐘聊是寺，半俗不成僧。羈旅其間者，塵埃料可憎。

八月間對月獨酌

月到空庭色界虛，酒壺安頓向冰壺。須臾萬瓦清露濕，髣髴一輪丹桂孤。獨酌難成狂態度，閑身惟有醉工夫。醉中孰與參禪趣，此妙須知禪所無。

簡孫立之

無分雙清岸醉巾，蒼頭煮藥與誰親。空煩食指報珍味，阻向歌喉聽平聲落塵。檻外寒花應照户，座中明水定生春。僊翁莫〔一〕苦催歸旆，不比山齋酒困人。

校勘記

〔一〕『莫』，四庫本作『若』。

黄義卿知郡母夫人挽章

往歲封川秋水肥，板輿行色照萊衣。江魚來處使君去，弔鶴飛時孤子歸。脂澤一匳留舊藹，銘詩千古載餘輝。阿參與我同題塔，慰問苫茨涕欲揮。

臘中會桂堂太守勸客滿觴嘗曰怕渡野塘寒酒罷且歸又曰月掛竹梢明愛此二語借爲兩詩云

不辭芳酒滿，怕渡野塘寒。淡月侵燈暗，新春逗臘殘。主人方鄭重，客意敢闌珊。聚散皆如夢，相陪且盡歡。

風穿花塢冷，月掛竹梢明。淺量三杯酒，狂歌萬古情。使旌浮夜色，歸棹有寒聲。倦客無漿蔗，朝酲未肯清。蔗漿析朝酲，見《西漢書》。

冬大暖桃李花飛如雨已而遽寒綿裘猶薄也

冬令常温客不愁，日來還用理衣裘。浪開易落驚花雨，過暖成寒似麥秋。木葉摇風摧宿鳥，江煙帶暝起沙鷗。何人有酒生春意，驅我新詩到筆頭。

擬送傅推官吉先予以紹興己巳六月自復徙封吉先後一月到任

漂流憶昨到封川，相繼人看渌水蓮。屈指君猶成一任，過頭吾已出三年。款門對坐惟棋局，判袂論情付酒船。九月秋風去帆疾，可能相望不依然。

病酒

酲病初非病，尋真却損真〔一〕。孤愁如送別，清渴欲生塵。嗅菊時思杜，薰香未愜荀。蔗漿知可析，莫致一甌新。

校勘記

〔一〕二『真』字，乾隆本皆作『貞』。

砌下黄菊暮秋始開爲賦此篇

小欄培土待重陽，雨洗金錢未肯忙。終籍九秋扶正色，誰能三嗅爲清香。陶潛屬意空詩好，胡廣隨緣却壽長。古昔風流無處問，碎花浮泛一尊黄。

十月二十三日趙守侵早泛舟游西山有詩即席和此

開船侵曉霧，轉棹順江流。寺徑盤龍腹，州旗映馬頭。水邊香草細，雲際小橋幽。寫物欽清絶，賡篇媿繆悠。

再　和

曩會今千日，光陰趁水流。楚囚聊寓目，古佛不擡頭。鳥避人聲雜，雲藏洞穴幽。一舟横晚渡，回首興悠悠。

初春五言

積暖浮陽過，輕寒宿沴消。廉纖飛雨線，清潤入花條。節物病身老，家山歸夢遥。華嚴存至教，不復見無聊。

又七言

古人書卷漫〔一〕翻尋，齒髮蕭疏歲月侵。萬里家山孤枕夢，滿城風雨五更心。蒙茸軟草涵空翠，寂歷初花弄曉陰。燕子未來寒意重，數峰圓瘦入雲深。

校勘記

〔一〕『漫』，吴藏本、康熙本、乾隆本、四庫本作『慢』。

初　夏

春〔一〕物闌珊逐曉風，芰荷欹角草茸茸。野梅結子疏枝重，老竹生孫翠影濃。煮酒情懷還是客，異鄉歌笑且相從。薰〔二〕然就枕皆佳處，醉夢何妨度曉鐘。

校勘記

〔一〕『春』，原作『眷』，據四庫本改。

〔二〕『薰』，四庫本作『醺』。

寒食雜興二篇

安居豈是安居地，木偶漂來且庶幾。日向柳邊回晚照，雨隨雲去斂餘霏。相逢又説分新火，孤坐誰憐尚袷衣。試破泥頭開煮酒，菖蒲香細蠟花肥。

小小園亭晝掩關，身閑不用更偷閑。柳綿盡日高低處，春色於人去住間。已醉更應將酒解，負花須索把詩還。我今已是霜顛禿，不比休文只鬢斑。

閑　興

陰陰修竹小茅廬，足可安閑置老夫。懶不觀書蟫得計，貧唯煮菜鼠無圖。吏今更肯來橋外，鵬亦相疏遠坐隅。閲遍華嚴方灌頂，焚香千古問毗盧。

出　江

净練已欣平似熨〔一〕，更因過雨助清深。何人孤笛穿雲杪，遠岸歸舟入樹陰。鷗鳥慣看遷客面，江山偏識老夫心。半鉤小捲黄昏月，欲得新詩箇裏尋。

校勘記

〔一〕『熨』，原作『慰』，據吴藏本、康熙本、乾隆本、四庫本改。

緑净軒

我刱新軒不費錢，小將屋壁敞東偏。誰留止水涵千丈，今爲陳人洗萬緣。樹近直疑藍作幕，月明方見玉爲天。箇中豈敢容凡客，獨與清風泛酒船。

病後涉園

百病相尋體未平，幽懷感物强星星。『煩懷却星星』，退之《納涼》句。地卑積潤野梅瘦，歲晚無霜山柿青。覽鏡但存心慷慨，杖笻猶覺步竛竮。如何每事難精進，日廢華嚴千字經。予自去年寫〔一〕《華嚴》，日以千字爲程，後增至二千字而病。病起欲寫，復課千字，猶羸倦未能，候稍蘇耳。

校勘記

〔一〕『寫』，原作『手』，據四庫本改。

北山文集卷二十三

宋鄭剛中撰　郡後學胡鳳丹月樵校梓

甲寅九月末雨至十月二十三日得晴聞是日六飛進狩諸將告捷

密雨重陰一月餘，似聞虜馬又長驅。怪來林外升晴日，已奏江邊報捷書。

季天叙爲人相宅過余求詩戲書二絶

由來南巷獨甘貧，季老徒誇眼有神。未暇相煩展高棟，方圖種德效前人。

一區懸磬已偷安，常念風波世路艱。若謂他時庇寒士，會須令我作千間。

別家山二絶

簡書催我就征途，對坐西山暫索居。聞説仕途巇險甚，未應從此便相疏。

就荒松菊莫相嗔，未肯微官縛此身。若有督郵須束帶，定將秫米付他人。

代　答

塞污鉏蔓致蕃昌，草木懷君豈易忘。出爲蒼生施此手，他時寧使故園荒。

雪中度馮公嶺二絶

雪積雲騰晝杳〔一〕冥，萬山玉立不勝清。舉頭秖恐是尺五，松栢已爲環珮聲。

琪花風亂欲成團，度嶺人言路已漫。我斥征夫第前邁，山翁不畏雪霜寒。

校勘記

〔一〕『杳』，原作『查』，據吴藏本、康熙本、乾隆本、四庫本改。

范才翁惠酴醾

寶刀分惠過牆西，瘦比寒梅不肯肥。只恐東風苦無賴，爲君吹作玉花飛。

題黄德老西亭二絶

花木横斜轉小蹊，疏簾竹屋任高低。何人移得僧窗静，置在君家廳事西。

吏冗文移紙作堆，誰能亭榭静中開。直須事外關門坐，莫放人從門外來。

和李端明題靈峰

靈峰特立萬山中，秋逼濃嵐愈欝葱。旁絶逶迤雖寡助，其如氣象自摩空。

題大龍湫

龍湫噴薄高且清，自料吾心略相似。因流順勢無隱情，傾倒向人只如此。

題妙明師静軒

小徑禪房鎖緑苔，坐中聞葉亦幽〔一〕哉。此居不是能瀟洒，但我初從鬧處來。

校勘記

〔一〕『幽』，乾隆本作『悠』。

臘　梅

縞衣仙子變新裝，淺染春前一樣黄。不肯皎然争臘雪，只將孤艷付幽香。

宿長蘆寺下四絶

北風吹水拍船頭，晚泊長蘆秖欲愁。試遣長髯伺〔一〕煙際，望中李郭亦來不。懷李叔海。

來帆風飽自行快，去槳浪高知進難。舟子勿生淹泊恨，偶然遲速我殊安。

建鄴春江水拍天，趨〔二〕潮先發六宫船。何時彤筆嚴清禁，縹緲金鋪生瑞煙。

風伯清塵過浙西，隨春萬騎擁旌旗。野人不識巡方意，警蹕還憂爲虜移。

校勘記

〔一〕『伺』，原作『同』，據吴藏本、康熙本、乾隆本、四庫本改。

〔二〕『趨』，吴藏本、康熙本、乾隆本、四庫本作『趁』。

八月初四日謝雨采石中元祠

山柳葉疏容夜月，古松枝勁起秋風。定知明日便回首，百里牛磯烟霧中。中元祠，古牛渚磯也。

和樓樞密過洛陽感舊二絶

十年滓穢已澄清，訪舊寧須得便行。早闢關中奉高祖，重興禮樂定章程。

夢眼由來過幻差，焚香秖好誦南華。雲深漢殿猶衰草，風緊洛陽無舊花。

樓樞密過華山浩然有念古慕希夷之心謹用韻作二詩以箴之

四皓已閑猶管事，留侯事了始〔一〕求仙。仙人石上出一手，寓意後人非偶然。太華絶頂一峰上有跡如巨手，俗號仙人掌。

且説高王〔二〕寬法律，從他漢武好神仙。關中脱使鬧如鼎，自屏山樊能安然。

校勘記

〔一〕『事了始』，原作『始了事』，據四庫本改。

〔二〕『王』，四庫本作『皇』。

陝西戲成二絶

邊城土俗自隨宜，物色人情浩不齊。略有江鄉相似處，午煙林下一聲鷄。

出門上馬雖所樂，乍見秋風亦念家。何日隨堤霜後路，亂飛榆柳踏平沙。

隨鳳翔有何日隨[一]堤霜後路亂飛榆柳踏平沙之句今至堤上復用前韻

沐雨抗塵幾萬里，勞生令我憶山家。秋風小艇浮棋局，野色侵簾水見沙。

校勘記

〔一〕『隨』，吴藏本、康熙本、乾隆本、四庫本作『在』。

早行二絶

風柳驚霜日夜飄，客程中夜馬蕭蕭。據鞍髣髴如殘夢，曉月一鈎猶未消。

頳肩携擔又催程，寸許孤燈照壁青。破縣殘更誤傳曉，馬行十里見明星。

和江虞仲華山二絶

仙人掌

意象軒軒勢入雲，爲誰出手若經綸。夜扶星斗朝擎日，氣力何知幾萬鈞。

陳希夷無憂木

世累都忘春復秋，婆娑槐木亦無憂。不知千古雲間夢，夢見山前虜馬不。

馬上口占三絶

秋陽未作結霜風，沙細堤平落日紅。客子何須念行役，馬蹄多在柳陰中。
露濃紅透棠梨葉，風緊落疎蕎麥花。馬首漸東京洛近，小寒無用苦思家。
小枝圓〔一〕熟棗纍纍，短緑尖新麥透泥。父老隨車説豐歲，相公何苦出關西。

校勘記

〔一〕『圓』，原作『園』，據四庫本改。

九　日

倦客飄零若轉蓬，一尊深念菊花叢。馬蹄踏處黄〔一〕塵起，費盡天涯落帽風。

校勘記

〔一〕『黄』，乾隆本作『紅』。

鴻　溝

天下共知歸漢德，東西那可限鴻溝。雖令羽割大河水，分得人心兩處不。

靈壁驛有方公美少卿留題戲和於壁

君把使旌臨洛水，我參樞幕過潼關。秋風想見吹歸渡，先看淮南第一山。

雨　過

雲壓江邊草樹低，麥摇秋色望中迷。却知向晚有晴意，雨過一聲村落雞。

眼　昏

月下對花燈下字，年來漸覺老相關。頗思瞑坐收餘力，他日歸家秖看山。

勝仲少卿公惠巖桂并詩二絶用韻和之

摇風暗緑疏疏葉，困日輕黄小小花。細認幽香已清絶，更隨膏馥出君家。

秋桂荷君親折贈，傾盤高插傍胡床。兒童謾自温金鴨，三日爐金不敢香。

十二月二日臘祭前一日致齋惠照呈清叟察院三絶

峨冠執法公宜整，端冕臨祠我亦嚴。深炷爐香通問訊，小寒清坐隔疏簾。
臘祭精嚴古院幽，鄰房不敢對茶甌。何時芒履扶笻竹，度嶺相尋溪岸頭。
柳眼淺窺湖水畔，梅花瘦著竹籬邊。殘年未便無冰雪，春意云何已斷然。

懷山居二絶

春淺酒寒人密坐，花深雨細蝶移枝。十年未解作歸計，此恨故園鶯自知。
披叢尋得晚花瘦，帶雨翦來春韭香。憶把餘醺付松枕，明朝春夢不勝長。

即　事

竹輿曉出見湖山，小室焚香暫得閑。簾動東風入雙蝶，清愁何處不相關。

觀橘花

漸看緑葉秋來密，最愛輕花露未晞。何日增枝充素裹，爲渠臨酒脱金衣。素裹金衣，皆見

《橘頌》。

禮部直舍枯竹嫩篠叢出燕雀飛來欲折以二韻記云

火邊遺竹但枯枝，瘦筍叢生未及齊。篠嫩不禁風燕立，緑稍煙外起還低。

發風水洞

山逼新寒驚遠夢，風收細雨作初晴。曉光微動鷗鷺起，黄葉亂飛旗幟明。

離家

我有君恩未報身，勿因雲出念行人。閉簾小閣團團坐，爾輩何妨暖到春。

道中四絶

過雨山間雲出没，夕陽天際鳥浮沈。男兒馬上志四海，不是尋常客子心。

水渌沙明不見泥，寒煙漠漠樹垂垂。漁人不識閑中趣，輟網咨嗟望使旗。

敗篋衝霜思往歲，舊遊如夢慨平生。鬢華已逐心事老，溪水秪如前日清。

寒意無多曉色交，雲隨踈雨又還消。山行全似三春日，林際一聲婆餅焦。

頻夜燭花

密炬香光照夜紅，垂垂簾幕静無風。金盤五寸花成穗，可但釵〔一〕頭綴玉蟲。

校勘記

〔一〕『釵』，《永樂大典》卷五八四〇作『花』。

題安仁汪宰絶覽亭

目力所臨皆在下，亭名絶覽未爲叨。大〔一〕夫心地須超出，此外當知更有高。〔二〕

校勘記

〔一〕『大』，四庫本作『丈』。

〔二〕『大夫』二句，《蘆浦筆記》卷十作『大來心地當如此，此外應知更有高。』

十一月十三日宿東林是日小雨不見廬山戲留絶詩於方丈

濃嵐暮雨隨人密，遠壑幽巒向客慳。清曠本吾胸次景，不須雲裏覓衡山。

過大冶縣

吏民俱困市廛小，鷗雁相呼湖海寬。蓄息誰能力耕鑿，絃歌依舊好爲官。

二月十七日馬上

愁多鬓白惟知老，病起花飛不見春。我得此生真偶爾，休貪畫餅作癡人。

河池秋雨

一雨一凉秋氣味，添愁添病客情懷。故園十畝檀欒好，箇裏歸心未得諧。

夜坐戲書

窗前寒雨正無邊，案上含花燭影偏。莫念江湖家萬里，一盃徑醉且高眠。

春　日

朝來弄日花頭密，暗裏窺春柳眼多。任是老人情意薄，箇般時節奈愁何。

移司道中四絶

危梯破雪入河池，今日還轅歲一期。道是得歸元未是，却移邊角利州吹。

魚驚鼓吹寒猶出，鳥避旌旗去肯留。顧我才疏何所用，空將行李溷清幽。

千山似筍憐渠瘦，一水如藍對我寒。今日看來心未静，畫將歸去静時看。

隨車千騎鐵成圍，諸將前驅辨皷旗。不似東陽村舍畔，芒鞋踏雨看山時。

戲題堂前梅

健步移來知未久，危根猶用小欄遮。似能向我憐幽獨，旋放南梢一兩花。

憶故廬

不如當日在山家，修竹叢中一徑斜。飽食醉眠渾没〔一〕事，風朝雨夜秪愁花。

校勘記

〔一〕『渾没』，乾隆本作『無一』。

寒食日

休日文書得少閒，試尋高處凭闌干。落花芳草不勝恨，細雨斜風都是寒。

登烏奴

金壺皤腹貯春醪，路入山堂脚脚高。但得遠塵寬俗鞅，不須臨下見秋毫。

一絶寄家

驚枕夢回常半夜，倚樓魂斷是斜陽。如何行李猶淹泊，未報蒲帆過武昌。

骨肉聞已至廣安而連日有雨甚念之戲成絶句

行人未到雨蕭蕭〔一〕，最苦酴醾葉盡飄。風雨不遮春去路，障泥空滯馬蹄驕。馬惜障泥，或遇雨不肯行。

校勘記

〔一〕『蕭蕭』，四庫本作『瀟瀟』。

二絶寄章氏女子

女子有家難戀汝，外甥似舅豈忘渠。春風萬里空相憶，但願平安數寄書。

益昌春晚百花開，骨肉今朝對酒盃。共説相思悲復喜，就中憐汝不同來。

寄吴信叟

聞説吴郎入漢中，掃除亭榭〔一〕祝東風。三年不與故人醉，留取數枝桃杏紅。

校勘記

〔一〕『榭』，原作『掃』，據吴藏本、康熙本、四庫本改。

春　晚

東望故園天一涯，官身到處且回〔一〕家。六房吏散無留事，滿袖亂紅携落花。

校勘記

〔一〕『回』，乾隆本、四庫本作『爲』。

甲子春晴久三月晦得頻雨喜而爲二絶句

夜半風雷破久晴，四簷侵曉尚泠泠。欣然擁被重尋睡，夢見漢中春麥青。

春晚鬱蒸如濁〔一〕暑，朝來蕭颯似清〔二〕秋。千山雨後陰雲凝，三日樓前野水流。

校勘記

〔一〕『濁』，四庫本作『溽』。

〔二〕『清』，乾隆本作『新』。

元夜二絶

春風燈火傾城醉，明月花枝滿地寒。不是隴頭新麥緑，田夫未肯遠來看。

門前又結綵爲山，千騎從容鼓吹間。孰謂柴扉連竹塢，一燈和月夜深關。

益昌霪雨踰月負郭皆浸禱祠之後倉廩保全居民復業運使國博喜而賦詩輒成三絶句以報來貺

一月山前雨帶風，拍天江水漲驚洪。朝來莫怪波瀾静，收向詩翁筆勢中。

千倉積粟棟崔嵬，夜浸洪流亦殆哉。不是脂膏天所惜，豈應水到却平回。
朝廷德〔一〕澤遍封畿，避水人家即日歸。獨愧因漂如木偶，未還田舍理柴扉。

校勘記

〔一〕『德』，原作『得』，據乾隆本、四庫本改。

送何元英出峽三絶

呼兒携婦裹書編，月色灘聲共一船。回首已遊三峽水，此行那不謂登仙。
莫憶雙溪水似藍，暫留荆渚脱征衫。更煩頻向沙頭望，望我西風出峽帆。
壯士椎牛進酒卮，五年不享鱠鱸肥。君如亦有垂涎興，準備輕蓑隨我歸。

出峽題舟中

才疏任重覺艱難，今日東歸意已閒。勿謂一舟輕似葉，君恩端的重如山。

忠州豐都觀乃陰長生之地山最高處欄檻圍一古井謂是真人丹成乘雲仙去之遺跡道士云時有雲氣出井中過而賦之

莫向山頭覓古人，青山之外已爲塵。彈圓朱橘懷中物，雲氣有無何足詢。

北山文集卷二十四

宋鄭剛中撰　郡後學胡鳳丹月樵校梓

落職宫觀桂陽監居住謝表

積爲大戾，罪動神明；姑示小懲，慈猶父母。念省修之已後，徒感涕以何追。中謝。伏念臣植根奇孤，振迹寒遠。官箴初服，天眷薦温。坤維分寄閫之權，政殿竊崇資之寵。曾微稱塞，動輒妄迷。是宜過惡之滋，用致滿盈之罰。捫心刻責，糜軀豈復可文；伏地震皇，擢髮皆其自取。雷霆之上，斧鉞猶輕。敢期聖度之私，曲付鴻恩之内。乾坤善貸，螻蟻俱全。此蓋皇帝陛下愛本堯仁，明齊舜哲。法同繩墨，示一世以無偏之平；惠比春陽，開萬物以自新之路。再生之賜，過望若驚。臣敢不痛悟前非，恪遵古訓！第惟晚節，莫知報答之辰；所假餘年，盡是省循之日。臣無任激切屏營之至。〔一〕

校勘記

〔一〕『臣無任』句原無，據四庫本補。

謝宮祠表

罪重責輕，既居善地；命微恩大，更畀貞祠。竊稟飆以兢慙，捧訓詞而感涕。中謝。伏念臣妄窺糟粕，久困膠庠；偶脱塵埃，遽依日月。寵優而實無以稱，福過而災亦隨生。夙夜惟寅，言行相失。風雷在上，震懼衆謂其必當；父母雖慈，容忍未聞其及此。初蒙混貸，默契隆私。肅遵去路以兼行，愈覺此身之負國。甞收危魄，恭投循省之誠；忽聽郵傳，秪拜矜憐之告。逡巡自失，跼蹐靡皇。此蓋皇帝陛下德邁湯文，性同堯舜，簡易而總大要，高明而建中和。稱物平施，自有至公之度；容光必照，尤通在下之情。包此罪愆，賜之寬宥。臣敢不静修往行，仰戴鴻恩？軀或可捐，誓竭區區之志；天何以報，惟知蕩蕩之仁。

到封州謝表

成法難寬，自投憲網；〔一〕大君善貸，仰戴仁天。念孤恩至此以何追，雖流涕痛懲而莫及。亟收危魄，祗拜温詞。茫然晨夜以奔趨，惟是寢興而震悸。中謝。伏念臣桑榆得路，韋布起家，遭逢盡出於聖神，報答不忘於頂踵。而臣取窮有道，召福無門，心思暗以皆迷，禄食浮而取敗。敢效愚之勿勉，寔體國之未知。違戾彌年，含洪有日。彼天視履，既招盈滿之祥；惟道平施，宜正偏私之罪。雷霆所過，斧鉞猶輕。陛下以仁爲恩，朝廷於帝其訓。百愆俱宥，一切優容。

全收震曜之威，止從輕典；許集傷殘之氣，再保庸神。無所糜軀，惟知頓首。此蓋皇帝陛下功高治古，道契格王。體簡易以示人，象著明而在上。訖内外不罹於咎，大德曰生；無隱微不得其情，容光必照。自詒戚者，亦惟教之。致此妄迷，仰蒙全貸。臣敢不熏心知懼，伏地省非！靖惟積沴之身，遠傾葵藿；獨有再生之賜，難報乾坤。臣無任屏營之至。〔二〕

校勘記

〔一〕『成法』二句原作『成法□投憲網□□』，□爲墨釘，據四庫本改補。乾隆本作『微瑣何知，爰投憲網』。

〔二〕『臣無任』句原無，據四庫本補。

缺　題

積戾孤恩，上誤朝廷之託；藏瑕薄罰，仰知堂廟之慈。感雖無窮，言則有媿。伏念某學不聞道，仕誠爲貧，一辭州縣而來，便冒清華之選。西南之役，委任所專，久知庸凡，當致傾覆。蓋寵優禄厚，豈虚食而無災；且識闇智昏，必迷津而失據。咎皆自執，過莫可文。省循内顧於洒心，釁累奈何其擢髮。理難從恕，望豈圖全！顧於寛大之條，已絶覬覦之念。協同論議，贊成元化之功；運動樞機，溥施皇慈之澤。此其爲德，非所敢忘。

兹蓋某官識洞古今，才兼文武，智圓以静，氣正而温。深閎善藏，久蓄發揚之道；順流沛决，是皆平素所期〔一〕。夙高忠厚之風，旁借孤危之勢，致兹罪廢，今獲保全。某敢不拳拳服膺，旦旦思理！借書可讀，益求爲善之心；窮巷卜居，不替依仁之願。其爲感懼，罔既敷陳。

校勘記

〔一〕『期』，乾隆本作『宜』。

回朝提舶啓

某猥承台眷，枉墜雲緘。以一時遴簡之賢，分二廣專司之寄。方光華之特異，豈枯瘁之敢通！諒體堯仁，録此省愆之意；故矜楚繫，忘其罪戾之因。曲借温辭，遠形高誼。某自蒙寛典，盡識前非。獨念散置之非員，罔敢駢封而上記。中懷微布，短楮嚴題。掃篋笥以無塵，謹藏珠玉；望旌麾而寓跡，如見帡幪。伏冀仁慈，有以恕察。

擬賀發解舉人啓

明詔搜賢，趁槐花而獻賦；有司造榜，先桃浪以開程。伏惟懽慶。解元稟賦已精，磨礲云久。已於秋漢，快觀犯斗之雄；行即春風，必覩化鱗之異。

北山文集卷二十五

宋鄭剛中撰　郡後學胡鳳丹月樵校梓

周易窺餘序

《窺餘》，窺竊《易》家餘意，綴緝而成也。老來心志凋落健忘，自覺所學漸次遺失。恐他時兒童輩有問，寖就荒唐無以對，故取平時所誦今昔《易》學與意會者，輒次第編録，時自省覽。此《窺餘》之所爲作、所爲名、序之所爲縷縷也。

伏羲氏畫八卦，古無異論，至重卦則指名不一。鄭康成輩謂神農，孫盛謂大禹，史遷、楊雄謂文王。攻爲神農之説者曰：『耒耨之利，日中之市，固已取諸《益》、取諸《噬嗑》，豈應後來方重卦？』神農之説破，則盛以下自當無語矣。孔穎達、王弼又謂伏羲氏始用蓍，十有八變而成卦。觀變之數，則用蓍猶在六爻之後，造書契以代結繩之治，而書契之作，取諸《夬》，重卦者非伏羲乎？伏羲氏畫卦，又爲重卦；文王爲卦下之辭，又分上、下經；孔子爲《十翼》；周公爲爻辭。此《易緯》所謂三聖人，而周公不與者，周公本文考之志而爲之，舉文王則知周公之聖也。穎達既堅守弼論不移，後之立異相可否者猶未已。要是指擿相勝，無明白證據，當以王、孔爲允。復有疑者曰：『爻辭亦文王所作，非周公也。』此蓋不考《明夷》爾。文在羑里，無自謂文王之理，亦不得先謂箕子爲《明夷》。韓宣子適魯見《易象》，云『吾乃知周公之德』，則公作爻辭何疑？馬融、陸績皆知此意也。《繫辭》曰：『知者觀《彖辭》，則思過半矣。』又曰：『聖人設卦觀象，繫辭焉而明吉凶。』遂又疑夫子不應自贊如此，《彖》、《繫》必文王所爲也。曾不知卦下之辭，乃文王所繫，其所繫辭亦可謂之《彖》。夫子於上下《繫》特贊序之，與夫子所爲《彖辭》自不相礙。范謂昌誤疑《乾·彖》與《文言》重複，而謂文王爲《彖》者，亦此類也。至於十翼之目，亦復紛紛。以《彖》、《象》、《繫辭》三者各分上、下，而與《文言》、《序卦》、《説卦》、《雜卦》四篇號爲十者，潁達主之；以《彖》也，大、小《象》也，上、下《繫辭》也，乾、坤《文言》也，而與《序卦》、《説卦》、《雜卦》三篇號爲十者，胡旦主之。以《象》分大、小，而不以《彖》分上、下，旦説爲勝；以《文言》分乾、坤，似未安。去古遠矣，學者要當以意所安者爲是，故兩存之，以俟來哲。通乎此，然後可以讀《易》。

或問曰：『子爲書，始《屯》、《蒙》，何也？』曰：予於《乾》、《坤》，不敢談也。《易》者，天地萬物之奥，《乾》、《坤》則又《易》之奥。聖人妙《易》書之神而藏之《乾》、《坤》，其所示人者，猶委曲載之《文言》，孰謂學者可以一言定乎？尊《乾》、《坤》而不敢論，自《屯》、《蒙》而往，以象求爻，因爻識卦，萬有一見其彷佛，則隨子索母，沿流尋源，《乾》、《坤》之微，或可得而探也。今固未敢妄有窺焉。又問《易》曰：『商瞿子木親受業夫子，下抵漢魏，專門名家者不勝計，雖互有得失之論，大概不過象、義二者。就其意趣不合最甚者，惟李鼎祚、王弼。其專用象變三十餘家，而不足義者，鼎祚也；盡掃象變，不用古注，而專以意訓者，弼也。子爲書，爲象乎？爲義乎？」曰：有象則有義，以義訓者，不可以遺象也；義不由象出，是猶終日論影，而不知形之所在。偏於一而廢其一，學者所以難，予《窺餘》所不然也。近世程頤正叔嘗爲《易傳》，朱震子發又爲《集傳》。二書頗相彌縫於象義之間，其於發古今之奧爲有功焉。但《易》之道廣大變通，諸家不能以一辭盡。有可窺之餘，吾則兼而取之。杜預《春秋經傳集解後序》，載晋太康元年，汲縣發舊冢，大得古書，皆科斗文字，不可訓知，獨《周易》及《紀年》，最爲分了。《周易》上、下篇，與今正同，而無《彖》、《象》、《文言》、《繫辭》。預疑於時仲尼造之於魯，尚未播之遠國，而《漢藝文志》『《易經》十二篇』，謂上、下經及《十翼》也。以是考之，漢之《易》已十二篇，但經與《十翼》自爲篇秩，非若今《易》之各附卦爻。先儒謂費直專以《彖》、《象》、《文言》參解《易》爻，謂王輔嗣《象》本釋經，欲相附近，故《辭》與《象》，各附於當爻。要之取古本輒相分合，二子不容無過，然聖人之旨未大悖也。併見於序之末。紹興壬申正月旦，觀如居士山齋書。

左氏九六編序

《左氏》載春秋卜筮頗詳。筮之遇《周易》者之卦一十三，變爲二十有六，無變者三，論卦體以明事而不由筮得者八，總三十有七卦，《蠱》凡兩書。予志欲集爲一書，久而未暇，近乃成之。凡卦之見於《左氏》者，各畫其所得象，具載事本與筮史之論，其有疑滭，可加臆説。或近世推占之法，似相契驗者，輒附會其後。仍以八宫分卦，并逐宫之變體先之，共三卷，通號曰《左氏九六編》，庶簡而易求也。所集成，偶讀元凱書，『太康元年，自江陵還襄陽，會汲〔一〕縣民有發其界内舊冢者，大得古書，皆科斗文字，藏入秘府』。元凱晚得見之，書多雜碎奇怪，惟《周易》及《紀年》，最爲分了。又别一卷，純集《左氏傳》卜筮事。上下次第及其文義，皆與《左氏》同，名曰《師春》。師春似是抄集人名，異哉！予今所作，是乃《師春》之意乎？其人其書，茫然千古之上，疏集同異，不可得而知矣。紹興庚午正月日，觀如居士序。

校勘記

〔一〕『汲』，原作『及』，據吴藏本、康熙本、四庫本改。

經史專音序

凡字書一音者，《韻略》科以四聲，各從本韻，用之無疑。自一音以上，韻輒圈之；附圈者，皆字之有他音者也。甚矣，他音之多岐，而專音之易失也。後學狃於傳誦，初或失真，場屋之間，迫於晷刻，義復不審，往往謂圈字可以通用，而不知六經百氏，固有專讀之音。誤取謬用，所不能免。予病此，近爲旁通書，取音一以上，經史有專音及名物定號不相爲用者標於上，而以又音繫其下，訓釋可以發明者疏於後，本字外事實可以資益者并載之，蓋簡而易見，辨而可守也。惟是《韻略》音注比《釋文》容有不同，而予於圈字，其去取亦各有音，别爲《叙例》，附序之後，通號曰《經史專音》，凡五卷。陸氏有言：『書音之用，本示童蒙。』予爲是書，攷據不能周盡，其於示童子也，庶幾焉爾。紹興十九年十二月日，觀如居士序。

達嘗編序

不知病而投藥，非藥之失，用藥之罪也。寒温違性，佐使非宜，此方之失，亦信方之過也。己巳以來，憐予病者，既分以藥，必授以方，所以體朝廷好生之德，保全瘴癘之身，仁亦至矣。近取所得方集而編之，是皆用而有信，非所謂未達不敢嘗者也，因號之曰《達嘗編》。紹興二十年正月日，觀如居士序。

畫記

紹興丁卯，承乏坤維，嘉州僧鬻舊書畫於益昌，有絹畫《渡水羅漢》一軸。絹長二尺許，中破半幅爲之，云是孫太古筆。太古固蜀人，然以素不知畫，其真僞不能辨，但用筆簡易，鋪次有倫，頗似善作五言絶詩者，篇小而意足，如所欲價售之。事外或觀書少休，必取過目，如是逾年。越戊辰，畫隨余歸東陽，遂亡失。居閒處獨，念之不能忘，因志其大都於此。十六尊者行臨清流：立盂中者一人；置杖於水履其上者一人，背負尊宿杖而涉者一人，將濟回顧者二人，脱履就涉者一人，坐而舉足欲脱者一人，笠首後至者一人；溪之前則坐石上語者二人，旁立一人，濯足浣衣二人，浣已以衣置木杪者一人，舉手招未渡者一人。人物不及寸，而相貌衣服竟輒無一同。嗚呼，爲此者可謂能矣！

嘗觀韓退之《古今人物小畫記》，謂在京師與獨孤申叔彈棋勝而獲者。後至河陽，以示趙侍御，覺其愍然若有所感，問之，則曰：『手所摹也，亡之二十年。』退之舉而贈之。予伯祖中散公敏甫，慶曆間仕宦於蜀，至今其家有《花木翎毛》，皆當時所得趙昌輩名筆。竊自念素飽西南近七年，所收畫惟此半幅，雖無侍御手摹之勞，然易以善價，較之彈棋而獲者猶愈爾，特不知能再遇乎不也？爲之記叙，時讀之如見畫焉。

三硯記

筆硯，書生進業之具。予自幼年玩之，今六十三矣，硯大概合記者有三。崇寧間，先子掛冠歸自長沙，不一年棄諸孤，家四壁立，忍飢爲學不敢荒，嘗鑿堅木用以當硯。一日於敗牆土下得折足硯一枚，濯滌視之，蓋歙石也。紋如瓜子，殆是百年瓦礫間物。由是携入舉場，踰二紀，大小凡百試。紹興壬子，以奉大對。所謂悲懽窮泰，未嘗一日廢其用者。後省親旁邑，弗以偕行，偶里中盗起，居人竄伏，還則硯亡矣。逮乙卯官永嘉，或貽以紫蓮葉琢，小而肉薄[一]，謂是觀音石。石初出永嘉，而知者猶少，質比端溪之良潤微不及。丁巳以後之省之寺，遊秘館，登曲臺，奏論訂議，無不與俱。辛酉冬，相隨使西方，至房陵，卧病郵亭中，瀕死。後雖得生，恍惚健忘，硯失所在，予亦留師坤維。越己亥，又得武昌陶硯，狀如風字，宜墨可意，不減前二者。或誚以愛惜過厚，予曰：『適用者貴，唐賢所用大率皆陶也。』檄置兵伍，書判刑殺，應對酬酢，偕在邊塵間者首尾六年。丁卯冬奏事，道次武昌，以曩惡暴著，上〔二〕寛恩令，食奉祠禄於桂陽，又與偕往。戊辰秋，因事復遺失之。自桂陽移景陵，由景陵南至嶺外，一二年間雖無文字可用，而筆墨遂無所歸赴。近又得一焉，名曰『玉斗』，衆謂下巖佳品，而予不能辨也。

嗚呼，孰謂得喪去來無數也哉？折足之歙以盜亡，永嘉之蓮以病亡，武昌之陶以事亡，予累硯耶？硯負予耶？顧今老矣，爲『玉斗』者，止用以疏《周易》，寫《維摩經》，不敢極汝用以磷汝德，能與予相終始乎？誤墜而毁，予當懲元賓；棄予而往，汝亦勿有三硯之負。

校勘記

〔一〕『薄』，原作『琢』，據吴藏本、康熙本、四庫本改。

〔二〕『上』，四庫本上有『蒙』字。

石花記

南海島嶼水濱，有石敷腴而上融結葩華者，俗謂石花。聞之老人，其根附土石之間，莖高不二三寸，則散而叢生，細管交合，不可枚數。其狀不一，而大體皆類於芝。至或圓根蟠屈，鱗紋隱起，時有若蛟螭然者，扣之琤然有聲，謂是海潮嗽齧岸石，久而成此，於理或是。以予觀之，鹹水浸淫既久，石皆銷蝕，所存獨其筋骨，輕沙蕩漾至上，留積附麗，因其脉理，遂成條達之形。其質脆而不堅，燥而不潤，色不能全白，蓋沙土之性在也。紹興庚午，遇一本於封州，審其生出如是。政和壬辰，予偕里人章少董之邵，以鄉書西上。少董篋中櫝置一物，護之惟謹。一日强請出之，少董曰：『此琅玕也，上世所愛重，將携至中都，更求識者觀之。』予時少年不博物，但嘗爲少董言：『郭璞謂琅玕狀似珠，若不相似然。』越明年，少董登科，予懷書東歸，不知其詳。後聞嘗持入相國寺，觀者聚首，信者多，疑者少。或曰：『琅玕雖叢生，乃崑崙木之似玉者，紺碧而高大，與此絶異。』少董則未信也，以疑藏之。按今所見，蓋石花也。

嗚呼，物之真僞，顧豈易辨哉！夫柳子厚之賈鞭，則是有心於飾僞。今此石初不以僞欺人，而人自不能識，坐不識故，雜然稱珍；使得所遭，則其定價何止於鞭乎？因叙石花，併記於此。

擬生祠記

君子之爲政也，民愛之，士頌之，念而相與言曰：君子寧久於是？增秩賜金不足報，璽書必召而入，吾邦既借之不留，丐之不聽，則君子之顔色，便如景星在天，不旦暮可仰，去思之心曷依乎？此生祠之所爲作也。雖然，生祠於古有之，後世行之，獨不可以勢力求，亦不得以謙遜避，蓋一方之誠意，士民之所樂爲者。

某州孤壘於二廣之間，地狹而瘠，丁疏而貧，并所治縣不千里。守土者謂無財不可以爲政，或苟且歲月，付以凋敝；終更善罷，則回首竊喜，謂之脱去，士民之病，所弗顧焉。紹興某年，某官至府，下車慨然歎曰：『朝廷以郡紱加我來，是雖小邦，豈不足以爲政！儻以異時所以奉太守者悉以奉公，所以取民者猶取諸己，則郡或可理。』於是詢訪利病，守以清約，倉庾門舍摧圮甚者，則斥廚傳之費以經營之。賦入之外，一錢之用，一日之役，弗以征也。經界法行，户部以土色税版責乎郡縣，公先甲而戒，周密簡易，吏畏事集，率先一路，以税書版，民無争者。黄堂下簾，白日無事，時詣學宫見諸生，告以聖主樂育教養之意，俾自修飭，士咸趨善進業，彬彬然日入於盛。於時公之爲政已逾年，蓋民愛之，士頌之，念而相與有言之日也。祠之建於泮水，所謂不得以謙遜避者，其公之謂歟！公諱某，字某，登某年進士第。某也承乏教官，所見聞爲親，敢摭實於石而刻之右。

草亭記

觀如所僦蒙氏半宅，四向止於壁。累月之後，主人謂予：『牆敗不相疑，棗過不見竊，可與爲鄰也。』又輟屋後三椽并西壁外數丈瓦礫之地，俾得營葺。庚午春，取後屋加窗牖爲山齋。

其冬，窖藏瓦礫，因立小亭其上，深廣皆一丈二尺，覆之以草。亭成，愚甥楊故達請命以名。予曰：城外草徑縈曲，里餘至吾居。主人元不以草爲廬，疏瓦不相銜，仰見星日，風雨之所漂濕，懲其陋，故是亭用豐草覆之。吾盤薄俛仰，既無準《易》草《玄》之宅；幽閑婉雅，又無『池塘』『夢草』之句。齕草飲水，方見真性，而此亭不甓不瓴，無丹無雘。每旦臨之，閲《羲經》一爻，間以蓍草考前愆，加深省；或讀《黄帝書》，辨金石草木之毒以養其身；詠詩人之什，觀鳥獸草木之名以廣其識。亭之下雖無杲之之菜，而夜雨亦可剪；無凱之之竹，而酒尊亦有陰。自蔓草不留之外，其餘抱寸心者，長短高低，聽其自緑。草屨往來，日涉成趣，雨餘遠望，動摇春風，則煙草極目，蓋亦草創而有趣者。旁舍皆草茅寒士，時至亭上問經義，説田畝草萊間事，懽至則草飲至暮，每事草草而止。惟是罪大恩深，結草願報之心，登吾亭者皆所不知。汝問亭之名，具紙筆，吾以『草亭』命之。

衆美堂記

衆美，酒名也。僦破屋三間居之，而堂云者，蓋假堂以足名酒之意〔一〕，亦猶行脚僧而自謂有彌勒樓閣也。予飲酒少，而性喜飲，知友憫憐流落，或遺酒以温其無聊，即以一甕雜貯之。辛平甘苦，集諸家之美，混爲一味，此酒之所爲名。嘗觀坡老《書東皋子傳後》，然後知事物多寡之理，未有不相爲乘除者。坡在惠州日，南雄、循、惠、梅、藤五太守時時送酒，坡又自釀，卒用米一斛，得酒六斗。予之居封也，日買米以炊，無餘粒可釀。德慶、梧、賀三太守遇新酒熟，冬歲節則以酒相及，廣帥忽然及之，而不可計爲常數，比坡酒少矣。然坡閑居未嘗無客，客至未嘗不置酒，較東皋日給三升，自謂日飲五合，有二升五合入野人道士腹中。予則無是也。杜門幽屏，客視予如棲苴之寓西江，雖相值不以爲情；至野人道士，予視之則又鷩麕駭鹿之若，俱不可得而飲。予盛寒之日，其所自飲又不過一盃，是用酒之數比坡亦少矣。豈非相乘除之理在是耶？書生窮餓，較量及此，真可一笑。書以爲記，使後人讀而笑之。

校勘記

〔一〕『蓋假』句，四庫本作『蓋假堂以足名其取意』。

記硨磲杯

坡蘇〔一〕居海南，盡鬻酒器以給衣食，餘一銀荷葉，工製巧妙，心所甚愛，獨存之。予初抵嶺右，於桂楊經營得鑞杯十隻，豈復有銀荷葉，視坡蘇益貧矣。後三年，親識憐予飲雖少而不可以無酒，前後增杯累三枚，皆海螺類。内一枚贈者謂是硨磲，色白而質堅，予固硨磲領之。然攷《説文》，硨磲蓋石之似玉者，今杯乃蚌屬，非石也。知杯者謂其材出朱崖，非廉州匠不能治，取材者不於山而於海，得之則曰硨磲也。隨材之小大、方圓、瑣細，但其形似某物，則廉人取而就之，器成則又曰硨磲也，得名固矣。封州太守趙子禮嘗酌予以硨磲杯，比所得長闊加倍，肉理細膩而明浄特異，要之非石也。瀕海人皆曰硨磲，予其敢獨以爲蚌？謾記於此，以俟識者。

校勘記

〔一〕『坡蘇』，四庫本作『坡翁』，下同。

記白朱砂

封有民郭生者，病寒瘴，治久不愈，氣血凋耗，日覆重衾，壓以銅錢五千重，僅免振掉。室中無晝夜然火，不知温，蓋垂死矣。有道士過，投丹一粒，不移時，病者令徹錢不用，又少頃去火。翌旦再餌一粒，起而食飲如常。或問藥於道士，道士曰：『此白朱砂也。』『方可得乎？』道士笑而不應。予去年來自湖北，隨行僮三人，瘴殺其二。餘一人汪舉，雖脱命鬼手，然毒沴不去，氣血之枯，大率與封民無異。宛轉從道士得一粒，親手投之，踰夕而蘇。太守趙公元信，一日欣然謂予曰：『道士肯以方授我矣。如方治藥，藥成，吾家有喘滿病彌年者，試以投之，喘隨藥定。欲再煅一爐，願得公證明。』予許之而往觀焉。自旦起火，抵暮火盡，鼎冷藥色如雪，相與滴水成圓，若珠玉之走槃，又經數火，益晶明可愛。嗚呼異哉！元信處心忠厚，視人疾病如痛在其身，今得其方甚真，豈天以活人之功畀之耶？雖然，世固多異病，亦未嘗無良藥，藥當病，則足以起人死；良藥誤投，亦可以傷人之生。願公秘方慎與，凡與〔一〕之藥者，必告之曰：『汝所苦如封民，則吾之藥爲司命矣。』

校勘記

〔一〕『凡與』原缺，據四庫本補。

題靈寶集後

《傳道》、《靈寶》二書，正陽、純陽二真人相授之筌蹄也。其間用字重複，或淺俚及儻恍近怪者，則流傳之誤，好事者之所增益。至其論乾坤之闔闢，陰陽之陞降，日月盈虚，五行消長，與夫形色氣數，配之在人，推以在萬物者，皆精深妙密，纚纚然蓋古之能言者也。或問：『書之指歸何如？』曰：『真有道之言。』『可學歟？』曰：『可。』『孰可以學之？』曰：『如純陽真人者，則可以學之。』『然則世安得皆真人，人真矣，何待於學？』予曰：『不然。僊不可以一日能也。洒濯凡骨，變其庸神，内外如冰雪，與天地之氣相流通，昏旦晷刻不揆測而契，姑遊戲此法，則猶等級而升堂，無甚難者。有如未然，欲以三百日致還丹於黄庭之下，不已愚乎！彼先達故相問答者，所以啓人爲善之心，救人逐物之失。但其説恍惚變化，不可求索。似易也而難，似幻也而真。示以有，則一法必陳；忽化爲無，則萬塵俱掃。非知道者，未易識此。漢武帝英傑蓋代之主，留神縹緲，盡致方術之士，無所得則尋安期於海上。僊而可學，帝何至是耶？初平兄弟，起卧於群羊羶膩之中，赤松父老蓋僮視之也。羊既化石，相顧一笑，騎鶴鹿以偕去，此豈一世修行人哉？予於此書，非欲取鏡中花、水中月，惟是寶隨珠而不彈，臨屋漏而無愧者，實有志於學之。』

可友亭記跋

予丁未歲作小亭於舍西，與山名四尖者正相對。亭〔一〕四柱，南北可坐二人。其前桑柘蔬茹，雜以桃李，後則梅楠松柏，黄楊篔簹。小徑紆曲，與永慕亭通，蓋太夫人棲真之隴也。布衣時，每汎掃永慕，徘徊既久，則携書至亭上觀之。空翠蕭森，山氣連接。禽鳥自在，聞其聲而不見其飛。往往忘言自得，竟日孤坐。家人求之，復懷書自木葉間出。是時能文之士，以詩相貢者近百篇，里人待制潘公義榮一詩尤予心所甚愛。有意掛冠得歸，少加增葺，以遂餘志。近聞義榮已下世，予復身在萬里，詩亦散亡，今無乃使西山有索居之歎乎？因追省舊所作亭記，并録義榮詩於此，用以自慰。記見《初集》。

君不見子猷嗜好與俗殊，愛竹不可一日無。又不見太白清狂世絶倫，舉杯邀月獨相親。風流二子去已遠，塵埃那復聞高人。鄭侯未遇身更閑，躬耕自樂園圃間。開軒容膝日寄傲，坐對樵嶢崒律之西山。西山〔二〕蒼翠如堆玉，松奏笙竽雲作屋。澄鮮爽氣日夕佳，不學時情易翻覆。田文唾面真小兒，翟公署門良可悲。悠悠權利悲一世，樂哉此友誰能知。鄭侯與我論心久，年少相從今白首。對山勿著絶交書，要須著我成三友。

校勘記

〔一〕『亭』，乾隆本作『亦』。

〔二〕『西山』原缺，據句意補。

人面竹説

嶺南以人面竹爲拄杖，蓋竹之奇也。其節疏密不齊，密則節相去不以寸。前平後擁，擁處傴僂下向，類人之背；平處上方下鋭，類人之面，竹由是而得名。予始見之，謂如顧凱之所譜篙篠者，是必中實。偶有折杖，剖視之，其心洞洞然也。嗟乎！竹類人之面，而人不類竹之心也。人心不同如面，謂面之生不一，而人心隨之。今竹之面如一，其心之虚亦如一，過人遠矣。夫具耳目口鼻之用者，必謂之人，而其心或非也。人面而人心者，固稱矣；人面而心不然者，果人也歟！竹無耳目口鼻之用，偶以體似，故人面目之，曾不知中虚且直，心與面如一，彼非特人面，而心亦人矣。世必有人其面，竹其心者，吾謂之君子。

學如不及説

道不遠人，然求道者不可以其近而忽也。目繫心思，雖已真積力久，惟日不足，常恐交一臂而失之，此學如不及之意也。天下有所謂不可及者，有所謂不及者。日月在漢，丘陵學山，此所謂不可及也。遺一簣而終輟，忽九仞而失泉，此所謂不及也。人之於學，如登天乎？如學山乎？曰不如是其難也，如是則不可及也。苟謂可及而不以爲難，則終輟失泉之患，必在其後，怠心乘之，而吾之於學果不及矣。故聖人之學，不肯以爲難，不敢謂其易。自視闕然，亦曰如不及而已矣。惟如是，故天下後世，不至於畏道而不求，亦不至於忽道而自怠。夫子，大聖人也，其爲言曰：『吾嘗終日不食、終夜不寢以思，無益，不如學也。』夫子集大成，而其言云爾，所以爲中人法也。雖然，有師如夫子，有弟子如顔回，而回猶瞠乎若其後者，豈亦如不及之意歟？回而降，雖其高第，猶有自畫願息者。學之爲道，嗚呼其難哉！

北山文集卷二十六

宋鄭剛中撰　郡後學胡鳳丹月樵校梓

筆格銘并序

所僦蒙居，溝中有斷石數塊，蓋其家爲山之廢也。一小石横不四寸，有尖三起伏，洒濯土壤，置諸几案，用以格筆，且爲之銘曰：

質不韞玉，使潤而生輝；器不爲硯，使磨而不磷。因形近似，予得取用之，實汝之病。然方駕則管城居士之所憑，接坐則子墨客卿之與並。較之雜斷甓於溝中，汝非不幸。

硯銘并序

玉斗硯得於艱難之後，恐或損失，不敢日用，窗明意静時出而寫《周易》。謹爲之銘曰：

實資汝堅，用利吾墨。彼舌者筆，爰闡潤色。咸汝德堅，久而或磷，利甚反賊。秃舌勿吐，爲過其則，汝其嗇。

自贊

咄咄斯人，來從何許？耳目周圍，手足備具。孰爲汝塗塞九竅，顛倒昏癡，懵不通乎世務。官窮〔一〕職峻，虚譽暴集，觀者稱贊，汝初不知其由；福過災生，萬罪矢發，觀者恐怖，汝亦莫知其故。詢其鄉，勿省桑梓；問其年，不記寒暑。訪其昆弟妻子，一笑解頤；扣其禮樂詩書，一辭不措。豈天子所謂物怪者是乎？其僕從旁而言曰：『赤松之鄉，谷口之渚，天聖後有以文行號滎陽先生者，乃斯人之父。』

校勘記

〔一〕『窮』，吴藏本、康熙本、乾隆本、四庫本均作『穹』。

贊所傳神

是耶非耶，爲此人者誰耶？面之是否，自不能識，中之類不類，吾豈得而知耶？天地間有所謂長物者，我也而耶？咄！

黎解元莊嚴觀音像見而贊之

端嚴净妙，具慈悲相；廣大智慧，具慈悲心。菩薩之心，如月在水。水性無邊，照亦不已。我同衆生，恭仰相貌。誓同一切，行菩薩道。

函鏡如書帙號曰觀如編題其首以伽陀

如謂夢、幻、泡、影、露、電六者，六物如人，人如六物。彼此相如，而衆生不作如是觀也。觀如居士説此偈言：

箇中三業身，如夢幻泡影，如露亦如電，無有真實相。是諸六物者，衆生悉如之。以實諸有故，遂隨起滅中。我今於諸有，不起空華見。普願同一切，常作如是觀。

宣和丁酉太夫人終天墓廬中讀金光明經見摩訶薩埵投身飼虎因緣嘗以頌贊歎之紹興庚午臨封又得是經誦讀復成一偈

前誦見《初集》

虎有爪距，如刀兵利。佛豈欲人，置身其喙。惟見前法，懽喜怖畏。猛火銷金，觀汝難易。大慈悲父，持戒定慧。作汝津梁，無有障蔽。瞿夷非虎，冤親無異。虎七子者，比丘等是。

海濱石有根莖而生類於芝者俗呼爲石花已爲作記今日敷設花座嚴置净室普奉十方用結山齋净緣爲此偈曰

幻化無窮，天巧難覷。諸香妙華，種種呈露。都隨春來，亦隨春去。繽紛顛倒，與空同處。

此華希有，周流四序。雨風霧烟，盈虛朝暮。以何因緣，其體堅固。無顏色染，無開落故。

最樂居士一日舉兜率説和尚話頭云撥草拈風且圖見性只今性在甚處既得見性便脱生死臘月三十日如何脱得既脱生死便知去處眼光落地向什麼處去觀如居士戲作伽陀云

莫疑慮，莫疑慮，順風開帆逆風住。要尋路，要尋路，直西須向東門去。但看枯藤倒掛天，山前幾度三春雨。

趙元信近來得〔一〕小鬟歌曲便須熟寐此還是有所得否予戲成此偈

清歌聲裏便高眠，古老詩中借一聯。猿抱子歸青嶂裏，鳥啼花落碧巖前。

相識惠菩提葉燈戲爲頌曰

我有菩提燈，常照虛室内。不用菩提葉，煩他巧裝綴。是燈無晝夜，光明遍沙界。癡風吹不滅，業雨漂不壞。君如亦須此，市上實無賣。歸向佛堂中，恐有一點在。

校勘記

〔一〕『趙元信近來得』，乾隆本作『趙元信問近來聽』。

臨行小頌别見春清潯二老

不在四旁，亦非中央。箇中生出老村漢，看盡桃花歸故鄉。

又一頌别趙使君

元從箇中來，却從箇中去。雲月團圓印海空，此是人間端的處。

北山文集卷二十七

宋鄭剛中撰　郡後學胡鳳丹月樵校梓

擬墓表 係《省記》

滎陽氏五季末有自閩中避亂趨浙東者，一族居婺之金華，今爲拱坦鄭；一族居衢之西安，今爲石室鄭。拱坦有諱百藥者，生三子：曰克從、克允、克明，後枝爲東西中三派。克從有子曰詳，以進士官至朝請大夫，累贈中散大夫，克從亦贈至金紫光禄大夫，蓋東鄭也。克允有子曰諮，累貢禮部不第。克明有子曰誥，進士特奏名，不顯。故西、中兩鄭，凋落不能起。先生蓋府君諮之子，西派之厚德君子也。諱某，字子憲，生於天聖辛未七月二十五日某甲子，卒於崇寧乙酉十一月四日某甲子，享年七十有五。嘗主衛之汲縣、岳之平江、潭之湘鄉簿，由湘鄉陞爲醴陵縣令，由醴陵致其仕，得承事郎。娶盛氏，男子二人：長曰某，次曰邵老，未名而卒。女子二人：長適申屠晏，次適楊某，皆同郡士。

先生有容止，美鬚髯，眉目如畫。未冠時入太學，賦《清微之風養萬物》，名稱大振，林希自以爲不及，文忠歐陽公以禮延致，謂爲〔一〕秀傑。後累入舉不第。元祐戊辰，始以特恩調官，非其志也。先生既遊學，悉以家事付兩弟，生理大匱。丁母太夫人方氏憂，毀過垂死。祥除，糜粥不贍，爲近寺僧所憐，分飯食之。年且五十，始娶盛氏。盛夫人竭所遺嫁，俾圖温飽，先生輒取以遺其弟。或誚之，則曰：『人患不義而生，古無貧死者。』遇大寒，獨處一室，竊竊誦書。夫人往窺之，多見其單露凍慄，問衣之所在，則曰解付某人矣，率以爲常。歷四任，口不及人之臧否。至其談説今古〔二〕，論道理，則衮衮成文。方其俛首小官，不見喜怒，有加謗嫚者，先生受而不拒。其在湘鄉，洞蠻寇邵州，朝廷出察訪使者、湖南北兩道安撫使交兵以進，期會旁午，先生事至即〔三〕辦。疇賞第功，同列或攘取之，先生與而不争。掛冠之日，醴陵士民相與言曰：『鄭大夫貧無以歸，各致厚贐。』先生中夜拏舟去，一錢不取。至鄉，無屋可入，從族人借環堵之舍，編竹以居，時年七十四。每歲時祭享〔四〕，見其尊夫人畫像，必流涕俯伏移時。顧謂其子某曰：『吾以不自振耀，使吾母半世桑苧，與辛苦同盡，玆爲大痛。汝勉卒業求富貴，他時無寒瘁汝母如吾母也。』乙酉冬三日，飲醇酒，觀圖畫，夜猶讀細字書。翌旦，如有所不樂，盥濯正衣冠以逝。有《詩集》二十卷。山谷嘗詠其『看書就日影，對客避簷風』及『酒量晚年終是減，花天雨意自然多』之句，曰：『平澹不刻削，雜置古作者中，未見孰先後。』其爲名流所推重如此。

戊子春三月十六日甲子，始克葬於東陽鄉官田山祖塋之側。某復窘窮，勢力未足以得鄉大夫之文以銘諸幽。宣和戊戌，予始得以先生之盛德表於墓上，而繫之以辭曰：

先生之壯，雖有文章，命窮而不得奮發；先生之老，雖在仕路，官小而不見施設。及其死也，所存者厚德清名而已。以此易彼，端不磨滅。

某宣和間嘗擬爲《先公墓表》，竊紀潛德之大概，以俟作者。待制潘公良貴一日探篋見之，歎曰：『上世委祉於後者如此其深，君其愛重。』後十年，某叨取科名。紹興壬戌，以端明殿學士繆當坤維寄閫。越乙丑，進職資政殿。恩寵日隆，材力寖敝，念一旦顛仆，則先公幽宮未銘之恨，必抱以終天。丁卯春，叩首致書潘公曰：『惟公鄉井筆硯之舊，知某最深，今兹名位踰分，滿盈之禍，恐勿克逭。官田之山，松楸拱抱，而下無信後之碑；先公所留詩文二十卷，又悉因盜火化去，其何以流清芬於永久？竊名賁身，日復一日，榮不蓋痛。公幸憐之，賜以大筆，表之墓上，使他時不肖孤骨朽而豐珉不壞，則存没之光不一朝夕止，敢狀以請。』公報曰：『先中奉長者之聲，人誰不聞，文字其敢輕道？然念福慶山先人之藏，亦未有銘，非公無所託者。禄食迷誤，兹志往來於懷，久而未敢有言，讀來示「榮不蓋痛」，不知涕淚之横落也。要是二老人之遺美，當互見吾二人之手。此非陋今日所以不得辭。曰「先生〔五〕之壯，雖有文章，命窮而不得奮發；先生之老，雖在仕路，官小而不見施設」，與夫「以彼易此」之句〔六〕，使良貴竭精盡慮，未知於此語上更能少進否也。』報至未幾，某以罪惡暴著，物論匆容，上懷不忍，止放南裔。年餘，待制潘公亦已傾逝。嗚呼！我之所以託公，公之所以屬我者，皆不遂矣。竊伏自念衰瘁餘生，裹以瘴癘，其何能久？謹録始末，以付後之有立者。〔七〕

校勘記

〔一〕『爲』原爲墨釘，據吴藏本、康熙本、乾隆本、四庫本補。

〔二〕『今古』，乾隆本作『古今』。

〔三〕『即』原爲墨釘，據吴藏本、康熙本、乾隆本、四庫本補。

〔四〕『享』，四庫本作『祀』。

〔五〕『生』，原作『王』，據吴藏本、康熙本、乾隆本、四庫本改。

〔六〕『以彼易此』前文作『以此易彼』，疑誤。『句』，乾隆本作『語』。

〔七〕此段跋語乾隆本題作《述先公行略大概》。

祭邢商佐文

嗚呼商佐！嗚呼痛哉！吾有女爲公家婦，女有子實公長孫。數年之間，隨我萬里，每書須百日乃傳公家，雖倚望婦孫之歸，勢未能也。去年秋，某與累偕出峽。至鄂，以罪獨之桂陽，婦孫各隨其母。某出門，謂糟糠曰：『到鄉稱力遣女，即命其往見廟拜舅姑。外孫已八歲，意趣類成人，婦携以歸，商佐當少慰意矣。』嗚呼！豈知吾爲此言，而公之易簀已七日矣。

嗚呼商佐！嗚呼痛哉！公病，吾不赴寢而問；公死，吾不臨棺而哭。吾女之歸，公不能坐受棗栗於堂；吾外孫不得扶公之膝，受城南讀書之詩。衰衣練服，號呼豆觴之前，而商佐如勿聞也。

嗚呼商佐！嗚呼痛哉！夢幻泡影，達觀不認以爲有；未能忘情，則親戚安得不以爲悲！然公諸郎自晦以下，相次以立，其事母孝，比父存有加。公之猶子，肅睦而勤幹，昕晦等手足。若九原回首，可以無恨。

某也登高而酹，涕不隨風，書以遺辭，哀感可寄，靈其鑒饗。

北山文集卷二十八

宋鄭剛中撰　郡後學胡鳳丹月樵校梓

回肇慶倅黄魁

某官學冠域中，名滿天下。雖步武玉堂，今已爲晚，然猶迂回外郡。豈眷注特異，晦其光者所以遠其用耶？即有殊恩，徑登近密，衰朽者尚幸見之。

又

某頃者瞻際英範於一日，而睽闊之恨，抱之十五年矣。謹俟羽儀騰上，用稱名實，即馳書贊慶，且料嚮往之懷。不謂退然自處於恬静之中，而區區之跡，旋以罪戾纏裹，書記不修，寢興莫問，因循以至於今。盛德高明，有以照察其心否？

又

某戊午年，以考工部[一]兼右司，因職事暫寓天竺。時如象罔隨群，同有得珠之譽，竊自欣幸。越辛酉，出使西南，又明年留師，自是渺邈一涯，名姓不至於几格之下，念之嘗負負也。高誼不忘，過蒙省記，言之慚懼。

校勘記

〔一〕『部』疑當作『郎』。按《宣撫資政鄭公年譜》：『八年戊午春，權尚書左司員外郎，除尚書考功員外郎，爲貢院參詳官。』

又

黄柑建茗，頒貺極珍。瘴烟中有此秋色，如一到洞庭也。小團猶是疇曩天上見之，不謂今而得此。佩奉情眷，言其可既？數日體中小不佳，老眼眩霧，書字不能楷，更惟台察。

又

某方約蔡簿，臨行爲取書呈達。書欲付而陳承務來，復領貺示，就聆即日台候萬福，不勝感慰。端石又荷尋致，屢拜嘉賜，尤極愧悚。硯不以眼爲輕重，第説硯〔一〕者謂石老則無眼，嫩則眼多，嫩與老以眼辨。又下巖所産，眼緑而精〔二〕明，他巖雖或有之，不及也。正如火黯、熨斗焦之類，雖是石病，要是〔三〕他巖石則不得有此。説之信否不能識，謾書以贊石工。率易皇恐，區區報謝，言不能盡。

校勘記

〔一〕『硯』，乾隆本作『眼』。
〔二〕『精』，乾隆本作『睛』。
〔三〕『是』，乾隆本作『自』。

與蒼梧陳簽

久不瞻晤，爲懷可知。枯冷杜門，無從修問，全恃乎照，不以爲尤。高才淹泊，備見静養。不擇事而安，政所以資光大。惟自珍護，以對來休。

又

中間旆從道江西，高誼肯過其門，幸矣！而蒲柳衰姿，望秋懷病，已恨不及迎肅。八月二十五日，遽被專帖，委曲周盡，若奉顯人。循省之衷，愓然增〔一〕愧，莫知所以蒙也。孫兒雖嘗率易稟叙，益以浼犯爲媿。久欲裁謝，羸敝未能，兹因順風，敢布其略。

校勘記

〔一〕『增』，原作『憎』，據吴藏本、康熙本、乾隆本、四庫本改。

回胡提舶

欽惟提舉都運培積官政，紳綬有光，茂植嘉祥，譽望增著。疇曩願見，旦旦不置。宦遊南北，未遂參際。今兹使節在望，而某也懷沴囚山，不敢與士夫通名謁史。中有愧恨，非言可陳。尚冀高明，賜之照矚。

又

某屏伏遠裔〔一〕，無所聞知。獨士民頌贊德政之聲，雖深山赤子，每竊聽之。謂敏肅廉平，非但洗萬舶累年之習，而生養安居，皆在條理之内。故身雖縶礙，而仰德之心常與西江俱下也。謹問之餘，輒復及此。

校勘記

〔一〕『裔』，四庫本作『方』。

又

某才力綿薄而繆當重寄，智識愚暗而自投罪罟。隆天厚地，一切容而恕之，此恩莫報也。

惟是深懲痛省，坐見前非，孤負眷知，有涕橫落。所以杜門斂跡，惕然不知寒暑之度，霾藏瘴霧，以待終斃而已。愛憐輒敢布之。

又

某罪廢以來，知友記問，時有及門。其或禮數謙厚，尚如待顯人者，必避而不敢領。五雲之賜，既已拜矣，獨散員廢吏，不敢恬然雙封，塵浼記史。謹別具劄子布稟，惟仁〔一〕明察其寸心，幸甚。

校勘記

〔一〕『仁』，乾隆本作『神』。

與方安撫務德

某不敢輒修開歲之慶，蓋鼎新之福，天所以報君子，而政成之寵，上所以錫侯藩，不俟〔一〕區區之頌也。惠履時經，茂對殊祉，即膺除召，徑上清華，惟日以俟。

校勘記

〔一〕『俟』，原作『似』，據四庫本改。

又

某伏蒙便舟，頒賜公釀海錯等，既多且旨，仰佩不忘之眷。門既無客，家亦無人，老饕口飫心醉，所以爲感媿者，未易以一紙言也。

與董梧州彦明

知郡綿歷之久，聞望之休，把麾南來，尤見静養。此距治府不遠，日夜隨江流過臨封者，皆公境内謳吟之聲也。政成期月，誰謂不然？

又

紹興壬子，廷唱既出，大雨無具，踸踔泥淖間，公旅瑣中治飲食，借衣服，陳輿馬以歸之。緘封此感，今二十年，不謂猶以囚罪之身，託餘芘於鄰壤也。近因傅幹具報記念之詳，輒爾自叙。

又

期集之三日，即懷刺上謁，偶台從他出，再往再不遇。踰月後，立馬門外，必求一見，而邸翁謂行李去矣。爾後宦遊之蹤，如水萍風絮，東西南北，自無定勢。高誼之懷於心者，日以未致一言爲恨也。何當面承，罄此曲折。

又

頃者解后猝猝中，但能問姓字而忘其名。逮備數班列，中外十年，嘗百色詢訪，竟不相得。彦明兄曾不以一聲相聞，何也？今者流落廢置，衆所不顧，而彦明兄乃謂識其舊，又何也？豈君子器識異人，高誼度越，進退敦篤每如是耶？媿荷不可言。

答鄧教授襲明

專使至，惠問勤甚。惟此高誼，不知閑廢之人何以得之也！第有媿荷而已。似聞足病尚未脱然，閑居蕭散，經史、山林之勝，皆所以導和氣而康壽履，宜不藥而平也。嶺外望湖南如天上，邈無瞻近之日，回首豈勝拳拳！

與董柳州邦直

頃昨短記，因緣塵浼，已荷報教之温。九月末傳幹來，復領貺示，問勞委曲，一一皆自古人高誼中來，非枯冷者所應得。於今感佩，尚溢於中。羅池古郡，昔賢之風流文采，散在溪山草木間者，尚歷歷可數。年兄雖暫煩小憩，亦可時覽以助嘯咏，資閑暇否？陳人以不得陪爲恨矣。某八月初忽感寒熱，投凉[一]藥失度，臟腑交相爲沴，纏綿八十日。今雖大略向平，而枯皮裹骨，百態俱敝，欲詳謹以浼記室，不能也。罪戾之息，每得書，具言託芘二天，無所不至。老懷感激，何以自勝！愚陋無訓，尚幸始終保全之。仰恃題塔之情，輒敢布其心腹，慚懼滋甚。老湯瓶剪刀，非但鐵工精練，亦正濟客中所乏。奉貺感荷之餘，僮婢皆知舞手，滋媿閑寂中無以爲報爾。今此作書，輒縷縷如家問者，遵不累幅之戒也，亦望台察。

校勘記

〔一〕『凉』，乾隆本作『良』。

與陳總領漢卿

某自聞寵膺宸渥，榮正郎位，綱領六路，委任專切。曾於九月内，因鄉僕還，以劄目宛轉附上，少道胸中懽慶之誠，未知得以何辰冒記室也。即日冬序向寒，伏惟神相賢業，台候動止萬福。亨塗浸啓，光大鼎來，雖寤寢之間，無俟勤祝。至於順時慎疾，亦古訓之所戒。具有區區，敢以是請。

又

伏自前冬奉廣右之帖，雖切感佩，終以不一見爲恨。後來益更渺邈，無從上記。交守印，領漕事，與今兹寵任高華，皆即得於風聞，而不敢輒爲問，惟日欽嚮。趙守使〔一〕來，乃更惠教，爲禮勤至。何高誼如此之篤，而某以率略蒙之耶？且荷且慚。某罪戾深重，無生全理，然隆恩混貸，得以尚存殘喘。但年益高，疾病相尋，春夏以來，瘴瘧腹臟，交相爲沴，今猶羸休未已。區區之懷，坐是不能宣究，伏冀台察。

校勘記

〔一〕『使』，乾隆本作『使』。

别方安撫

伏審光膺宸命，移鎮近藩，地與望隆，寵隨恩重，伏惟懽慶。某正兹卧病，尚阻修誠，更辱移書，惟知負媿。念旌麾之已遠，攀履舄以無從，感戀之私，毫楮難盡。

又

某自正月二日感瘴病，中聞新除，欣喜至於體輕，但欲略拜區區，亦不能成。止俟安健，而日復一日，病勢有加。今踰七十日，又旬餘不喜食。二月間，自羅池買得杉木四片，已治周身之具，雖未至昏迷，而皮骨自覺無神矣。託芘之久，語離之遽，懷此高誼，雖言何安？儻或未至顛仆，不知他時尚容修記犯門闌否？自餘惟爲遠業善保重。

别方稚川

某三年之間，無一字至記室者，豈自疎哉？度不可故已爾。忽辱墜書，既感且慰。伏承閣學移鎮近藩，聯舟北去，棣華光映，何慶如之。某〔一〕託庇之久，孤蹤有依，今遽一涯，徒劇瞻向。偶自正月感瘴，已七十日。邇來不能進食，加之嘔吐，裹骨之具，亦已營治，無再晤之日矣。牀前授語子弟，爲此不能周盡，然令兄書中可以互見也。未間，萬萬惠時珍愛。

校勘記

〔一〕『某』，四庫本作『況』。

答袁教授

戊午蘭省雖有得士之慶，然俾賢者志目中眉，亦有同媿。闊别彌年，繼以流落，杳不聞宦遊所向。自吕少衛憂去，始聞以絳帳猶與少衛爲代，密邇相望，負戾不敢通。凡懷嚮之心，莫得自見。專書下逮，情辭蔚然，佩荷之餘，如見天竺波瀾也，益以欽仰。某衰敝日甚，自正月二日感寒熱，至今未平，骨立肉銷，去死無幾。占語授甥孫輩書之，不能親染。爾後遇便，尚得别記，伏冀諒察。

附録疏文

温州普濟粥會疏文

竊見本州去歲年穀不登，目今小民無食，流移飢凍，殊可憫憐。今欲募善士共爲粥會賑之，日以五千人爲率，費米十石；足三月，約費米千石。飢民度三月，有生意矣。諸善士儻隨力信捨，米數過此，則人以半升米日一飯之，所濟尤厚。願賜允從，幸甚！右，伏以飢民滿道，皆懷填壑之憂；仁者動心，欲施兼濟之惠。募雖踰於千石，德已徧於萬人。儻分指囷之恩，當有翳桑之報。

祈雨疏文

雨暘不時，農民何罪？政事失當，官吏可誅。念承乏於此方，曾視事之未久，心誠無愧，責豈易逃？萬室告勞，運轉久勤於軍餉；千倉跂望，寬蘇倚俟於秋成。願布慈雲，化爲甘雨，救群生之就燎，鑒危懇之倒垂。惟此投誠，不勝悲切。

保福法堂疏文

保福名山，東陽勝刹，頃坐劫魔之火，化爲煨燼之烟。念閱歲之已深，欲鳩工而未逮，僅成寢舍，爰處緇流。顧兹演法之堂，是爲崇福之本，擬增輪奐，允賴檀那。四塢松楸，皆接麒麟之冢；百年香火，况鄰烏鳥之巢。敢憑洒掃之勞，溥獲霑濡之賜。

北山文集卷二十九

宋鄭剛中撰　郡後學胡鳳丹月樵校梓

寄家親里

剛中再啓〔一〕。承乏永嘉，日在文書深處，不時布問。中間曾附短簡爲信，計嘗〔二〕得之。去年九月，緣召旨趨行朝，遂備樞屬負。自正初予告般家，因而畢結女子姻事。前日方挈賤累抵敝舍，迫於嚴程，不逮走謁矣。日幾因時奮飛，副親朋區區之望。

校勘記

〔一〕『剛中再啓』，乾隆本作『某再拜』。以下數則『剛中』，乾隆本均作『某』。

〔二〕『嘗』，乾隆本作『當』。

寄茂先秘書

茂先秘書大孝親家：

即日苦寒，伏惟偏侍之餘，體力康寧。剛中區區待次，坐越窮年，參晤未期，敢幾益自調節，以全孝道，萬千之禱。不宣。

寄商佐親家

剛中頓首再拜。前日抱溪雖見未穎，尚幸過門寵臨。今日得之道左，知車馬已還矣，瞻仰〔一〕何窮！冬陰戒寒，伏惟尊候萬福。碧雲劉居士以有驗之術來訪，試使詣門下，可觀其術。或有宛轉薦道處，無惜一言，幸甚幸甚！謹奉啓執事者，區區有懷，須面乃究。不宣。

剛中再啓。還家之初，曾奉來使之書，未幾又辱惠字，殊用感愧。咫尺未緣良晤，惟對辱倍膺長至之福。區區餘不能盡也。

校勘記

〔一〕『仰』，吴藏本、康熙本、乾隆本、四庫本作『嚮』。

與茂先書

剛中再拜。比者茂先襄奉盡禮〔一〕，非但備見勞苦，而窀穸之事，種種不苟，益知孝子有愛親之意。送車未乘，於今欽嘆未已也。華緘遠來，尤佩盛眷。屬歲晏書記稍多，裁報草草，皇恐皇恐。

校勘記

〔一〕『禮』，四庫本作『福』。

與叔倚

易海陵遠闕爲奉祠，此亦良計。書至，即就劄以懇相公，今得之矣。屬承相公痰壅在告，五月文字積壓，故差遲，不免少留來人以待也。雖然，時方有爲，如吾叔倚者顧當在閑處耶？朋友言之有愧。

又

邊事殊擾，朝廷見會合大兵，爲進討之計，謾恐欲知。免解文字，垂成幾敗，蓋朝廷下禮部於都司，司堅持不可。再料理，僅於數日前降得指揮。不然，丁此擾攘，遂至廢壞，豈不幸哉！録書指揮，可以報達帥南諸公也，伏致不暇爲書之意。籠一隻至叔義，且煩留宅中，俟叔義來取，即付之。

與姻家

親家母孺人：

伏惟即日懿候萬福，七一姐孺人〔二〕并初娘一二均休，令姪兄同佳。家人輩再三附意。比歸浦江，不得略歸少款，何必遠有沾惠，殊使人不違也。向聞七一姐以小四嫂孺人不安，今必已十全無事。此有要示諭。剛中時問。

果子一奩〔二〕，海味兩瓶謾往，殊愧無物也。

太醫事俟宛轉試問之，但恐今爲臺諫，難辨爾。蓋自不能出見人，而人亦不能來故也。

校勘記

〔一〕『人』，原作『入』，據吴藏本、康熙本、乾隆本、四庫本改。

〔二〕『奩』，四庫本作『筐』。

與知郡大卿

知郡大卿殿撰：

即刻台候萬福。屢辱過臨，盡爲別恨。適嘗造詣，又不獲見，中懷依依。旦日旌旆便行，無緣出郭，便〔一〕言珍愛。勿薄淮陽，召還之命指日矣。不宣。

校勘記

〔一〕『便』，吴藏本、康熙本、四庫本作『願』。

缺　題〔一〕

四二郎可以來否？ 悳文、悳炤諸人，皆未暇作書，並多多致意也。 二女亦不作字，自好將息。 樞郎向前讀書，識好惡，賀娘、牙兒計安。

校勘記

〔一〕原作『前缺兩行』，據四庫本改。

與巨濟書〔一〕

剛中上啓巨濟弟友承務：

即日深秋甚凉，伏惟里居清閒，德履佳福。 老兄遇〔二〕此，同骨肉無恙，第以今歲大禮及科舉多事，逐日翻衮故紙，應接人事，其勞有不勝言者。 緬想村居之樂，豈勝欣羡！ 承縣道雖於吾族有所假借，而吾弟無一事撓之，此尤可喜。 州縣相識，止可濟緩急意外之撓爾。 聞馬潤有人至標墳，若欲理會，自可作公狀投之。 已寫批子，在抱溪書中矣。 諸公赴試而歸，值明堂習儀正冗，草草附此爲問，不盡所懷，惟順序加愛是望。 不宣。〔三〕

校勘記

〔一〕『書』，乾隆本無。

〔二〕『遇』，吳藏本、康熙本、乾隆本、四庫本作『寓』。

〔三〕『不宣』，吳藏本、康熙本下有『剛中啓上』。

缺　題

剛中悚息再拜。剛中暍吐已〔一〕在告，今數月。前日奉惠字，不能即報。今恐因循曠絶，獲罪將深，故力疾爲此，萬萬炤恕也。與公親且舊，而每書加以甚温不情之語，知其必有取罪之由也。今年久晴，行朝如甑釜，日日在文書重圍中，四體皆灼爛，不見佳處。鄉居不至焦枯否？西樞聞憂而歸，計已至永康矣。時事可問而知也。待制暫休還里，兄弟從容之樂，想不如九夏之炎也，可勝欽仰！病倦，復兩目皆赤，爲書草草，不盡所懷，但有慚怍馳仰而已。〔二〕

校勘記

〔一〕『已』，原作『和』，據四庫本改。

〔二〕『而已』，吳藏本、康熙本下有『剛中再拜』。

與叔義書〔一〕

剛中再拜。政此馳念，姚忠來，得所惠帖，大用慰藉〔二〕。剛中同賤累寓此無恙，第大暑異常，肌理灼爛。金石視之欲流，况田疇乎？鄉里若至今未得雨，雨至，早禾亦無及。但或謂念九日已通濟矣，不知果否？當此旱乾，所煩石牌之業，當隨分有勞旨揮矣。不皇皇尚阻披晤，切幾以時珍護，坐膺寵渥。

校勘記

〔一〕『書』字，乾隆本無。後《與叔倚書》、《與季誠書》等，乾隆本均同此例。

〔二〕『藉』原缺，據四庫本補。

與叔倚書

去歲之杪，蒙恩正位序，以非所當得，不敢言謝。今復領過情之語，殊愧悚也。材力秀拔如吾叔倚者，方久間待次，豈不使朽拙者自反而慚耶？何當面見，索罄此懷〔一〕。

校勘記

〔一〕『罄』，原作『技』，據四庫本改。『此懷』，吴藏本、康熙本、四庫本下有『剛中再拜』。

與季誠書

季誠教授奉議：

即日伏惟尊候萬福。近常以幅紙拜復，意欲別修記，今復困憊不能，當垂察也。奉聞已得旨除參，云自欲封歸，更不敢取到。此時事如許，正賢哲出力不足之時，丐閑静退，恐朝廷失計爲多爾。區區之懷，筆語所不能盡也。

與念二將仕

念二將仕：

念親思歸，亦欲參選尋調，因今附同官便船以還，庶遂庭幃之心。此間房下可以無慮，若其來復之期猶未可指，俟隨宜理會也。自餘曲折，可問而知，故此得以略。〔一〕

剛中再拜，念二承務：

來寒聞所履，兼沐佳汗，爲慰甚多。舍屋當已就緒，雨多損麥，人情安否？數日遽甚，爲問不能詳密。此間曲折，令似必具言之矣。未覿風度，正望多愛。

將仕位下安樂：

行者漸能行，體氣終弱，然近來全無病，極惺惺可喜，頗能隨樞哥念《蒙求》矣。九十姐八月二十七日生一女子，子母平善，此尤欣幸也。念二郎以四川差遣不可入，近與家人商量，來春欲令一歸鄉里。渠以久不侍省，念念欲得一歸，但萬里水陸之險，非得十分便順不可行。兼他日自鄉趨蜀，又非得良便不可。尚遲遲未決者以此。萬一成歸，當在初春啓行，至期自有報矣。九二豚犬，今更議得李氏，乃胡丞相邦彦之猶子。其父近知榮州解罷，已於七月念九日大歸。凡百初如意，但新婦未可責以家事，且作好看耳，恐至親欲知者。

校勘記

〔一〕『以略』，吴藏本、康熙本下有『剛中再拜』。

與邦直書

剛中皇恐頓首再拜。器狹用近，任重力微，日就盈滿，自致顛覆。向非朝廷一切混貸，是身無今日矣。己巳歲，自湖北再徙臨封，齒髪既衰，裹以烟瘴，其何能久？第隆天厚地，與夫知己之恩，絲毫未報，言之涕下。區區敢爲吾邦直布〔一〕之，皇悚無地。〔二〕

校勘記

〔一〕『布』，乾隆本作『告』。
〔二〕『無地』，吴藏本、康熙本下有『剛中頓首再拜』。

北山文集卷三十

宋鄭剛中撰　郡後學胡鳳丹月樵校梓

封州寄良嗣書

自許老三月來復州，衆謂汝輩皆當無恙。獨我自念罪犯深重，又汝所坐亦是錢物，決無徑還之理，今得信果然。柳佳郡，又去封亦不甚遠，此天地造物之私也。父子須當碎首知恩。我四月十日，復州備録到省劄，十一日[一]出門，六月九日到。到不二十日，杜方來，得媽媽安信，并汝開福寺所發書，慰喜非常。我自離復州，一路不入州郡，遇縣自更易夫脚外，皆徑過。止潭、衡間，暴下困乏，共遲留三四日。封守極賢明。今在半村郭間一小宅子居住，到即杜門念咎，此外一切勿以爲念。媽媽得書，與骨肉若能自寛者，又未知真是如何。

汝所陳般家利害亦分明，但思慮未甚周徧。人子之心，踰年不見母，自囹圄中免死得命，雖甚流落，亦願便得團聚。曾不知汝非他人比，既身坐重罪，又其父有大戾，朝廷不忍誅，以隆恩姑置父子於嶺表。正當杜門俯伏，以聽後命，豈可便望與骨肉會合？此事非但我如此，汝亦有焉。萬一辛苦拖拽，未及相就之間，更有施行，一家狼狽極矣，父子不足論也。杜方歸到鄉里，已是九月中旬，使倉猝收拾，亦是來春。今若得至秋放心般移，不過展却半年許，却無憂患，二者孰愈哉？

汝又謂般家後作經紀，經紀二字，切不可説着，此又啓禍之門。目下粗衣淡飯，莫問飢飽，且兢兢度日。更三四個月之後，莫若團聚一小學，教蒙童以給朝暮。婦黨之説，聞之且喜且憂。喜則喜汝有依，有所依而不善處，則吾所深憂也，安知其無深意乎？熟思之，熟思之。乍到，不得自以爲言，而對他人説及，仍禀白其人，亦令勿露，且只作尋常編置人相待，徐假其力。圖書社之事，亦須轉手。不此之思，但見目前少快，恐致遷移之禍。書社不得不謀，恐外議謂予自有盤費故也。在彼而謂是庶官，切不得與人亂往還。及出入之類，言語自〔二〕寒温之外，半字不得亂發，亦不須數遣人來封州。有便，度可通書，自通書矣。

來書又謂以我所作所寫爲念，不知謂何等文字？豈彊亦未曾加，丙恐吾憂，故謂謾已畢耶？《日録》頃見汝説與彊同置，今何如也？《烏有》長短編亦在拘數耶？更以實報來。藉没之事竟如何？恐無還理，或謂指揮不帶下，則自無没理。然汝指揮與子雲同，而子雲自謂已藉，何也？汝在彼聽敕，豈不知有無藉没指揮？謂無之，而子雲報我，謂渠已藉；謂指揮雖不帶，而物已在官，則官中自有行遣。今杜方來時，已是四月念二，而婺州略無施行。又我〔三〕在桂陽界上，得郡官五月十八日書，彼間亦無承受，何也？不可解，不可解。然此猶是餘事，且頭數月間無他聞，則萬幸萬幸。

自桂陽來，六百里半月程，不知柳距此〔四〕計幾里，可批來。十三郎六月二十日發遣歸矣。過桂陽界上日，自走介詣監，乞公據封州翻結而歸。長沙竟無耗。歸路恐亦不至狼狽。送到賀州，人已回。且得渠一人了當，甚幸甚幸！

涇童已深瘴，又徧身生瘡如大風，人已廢物，蓋往日拖拽損也。汪舉亦且而已，兩行却且在此。我小便猶有紅沙，然今亦豈計此？飲食并身體，比相別時並減一半。謂將息得好者，非小人亂說，則知識相寬之語，實不然也。媽媽頭雪白，不忍聞之。汝果足衣服，且逐日挨抵，不要歸煎迫家中，蓋彼實無所出，徒然生受也。杜方且支與到柳盤費，彼可支與回封盤費，俟我却支與回鄉。果足，家書便附取來。書中戒慎言語，我所以必欲杜方回此者，欲更得問汝仔細故也。

汝生日時，爲當時只寫册子上，已忘記，可再寫來。廣中將息之道，如汝所告，更不得少食生冷之類。飢飽生冷，不慎風，此取瘴之大者。此外無所言。七月五日晚。

熟讀公書未嘗不扼腕流涕，謂忠良困抑竟至此也。而公處流離顛沛中，猶且小心慎密，總無怨悱之念形於毫端。蓋其固窮不變，原非罪累所得而拘者也。康熙乙亥秋，後學曹定遠謹識。

校勘記

〔一〕『日』，原作『月』，據吳藏本、康熙本、四庫本改。

〔二〕『自』，乾隆本作『是』。

〔三〕『又我』，乾隆本二字互乙。

〔四〕『此』原缺，據四庫本補。

缺　題〔一〕

眷聚萬福，令似學業進茂，恃久契敢問也。簽判以次並告爲言名。剛中昨承趙添監遣發汪舉時曾惠書，以在道路未遑答。今有短記，煩轉達之，幸甚。〔二〕

舍姪行後五日，敝居遣兩僕送衣服至，其一至柳州豚犬處，其一封州也。僕以四月二十三日離東陽，糟糠與碎累並家居無他，恐愛念欲知耳。剛中又拜。羅二能還鄧丈否？因風亦望批裁也。

校勘記

〔一〕原本缺題，四庫本作『缺題』。

〔二〕『幸甚』下，吳藏本、康熙本有『剛中惶悚再拜』，四庫本有『剛中惶恐頓首再拜』。

與德和書

剛中啓奉德和友姪承務：

嬸來得書，知日來爲展之佳，偕一五嫂孺人、房下郎娘，一二均休，甚慰遠懷，且荷不忘也。

老嬸四月二十六日抵封州，道路安樂。又嬸在鄉日，凡百荷外護，豈敢忘德？門户事非叔義又不敢煩浼他人，渠亦灾蹇，有可爲老叔致力者，幸不惜也。諸弟各計無恙，位下骨肉同慶。此以遣僕，寫書稍多，未暇致問。餘惟慎愛，以振前業，不宣悉。剛中啓奉德和友姪承務，五月十二日。

銘德一人，遞一專人，皆如期否？此書到，襄奉計已了畢。金善病猶不省，欲要令將息幾時，苦要求歸。今令隨馬綱去，日行不過一驛，庶幾可趁。但觀其形神，斃於中道，未可知也。下處薄業在彼，凡百更望照顧，恐叔義心力亦有所不周爾。

今日遣五十八由水路去，使臣三員，次第十月盡或十一月初方到，更一番。五十八月初遣，却是十月初到也。適又發書，由夔路去了。今謾寫此，由金、房去報安。我自得家中五月念三日書，及至今不收隻字，不知九二郎如何也。若得此幾時書信通流，諸事亦自漸有頭緒。又如此隔斷，不知家中如今事是如何，前後所批歸分付事件，作如何措置也？懸懸之心不可說。且願兩處安樂，餘亦無事。次附書，彼亦日日寫書發來。七月念五日〔一〕。

校勘記

〔一〕『日』，四庫本下有『書』字。

青詞

臣聞安泰自便，積愆尤而弗悟者，多背道以興災；疾病既盈，投父母而不逮者，必呼天而求救。輒因迫切，敢冒高虛。伏念臣窮瘁一生，昏迷至老，雖當富貴之日，不忘寒苦之時。奈何入官罔功，享禄太過。九州無所，謂竄殛之何從；萬罪集身，賴君恩而終免。意者人漸略而天未訴，明可逭而神勿容。比年以來，毒瘴交裹，嘔吐不已，寒熱深攻。藥雖善而勿瘳，禱雖久而勿應，纏綿至此，沈謝可期。而陰陽者乃謂暗曜衝臨，今已漸輕而可救；厭勝者又謂沉痾牢結，恐當謁意以求天。用罄丹誠，歸依妙化。伏望包容積戾，濟度危幾。萬里衰齡，少緩塵埋之日；兩家稚耄，同寬狼狽之憂。雖幸曲全，仰惟洪造。

北山文集卷末

郡後學胡鳳丹月樵校梓

敕　跋

敕左文林郎鄭剛中

朕以干戈未戢，念斯民之阽危，思以實惠被之，而拊字之吏，或徇虛名，未能悉副朕意。夙宵興悼，爾召自疏遠，賜對便朝，占語詳明，首及責實之政，良中時病，非曉達治體，能若是乎？其略銓格，特易官聯，祇服厥職，更竚甄擢，可特授左宣議郎，充樞密院編修官，填見闕奉敕如右，牒到奉行。紹興六年十一月二十三日。

忠愍公樞密編修跋

杜　桓

拱坦鄭君周，裝潢其先世忠愍公誥文成卷，持以示桓，且請題識其後。桓生乎公之鄉，不勝夫高山仰止之思，今幸獲挂名於誥文之末，乃不復以晚陋辭。

謹按公以紹興二年登進士第，授溫州軍事判官，六年十一月召入，特授樞密院編修官，此則當時所被誥也。其云尚書左僕射、同中書門下平章事鼎，尚書右僕射、同中書門下平章事浚，鼎乃趙忠簡公鼎也，浚乃張忠獻公浚也。竊惟紹興三十年間，惟忠簡與忠獻並相之日爲盛，人才所當召用者，條而置之矣。復次第奏行之，一時得人，號爲『小元祐』。公被此誥之日，政二公並相之時也。今觀誥中有『召自疏遠』之詞，愚意公在疏遠獲召者，此亦出於二公之所薦耶？不然公在疏遠，則高宗何自而知之？然而二公之勠力王室，收用人才，以圖恢復中原，此其素志也。惜乎議論不合，忠簡先求罷去，而忠獻獨在相位。邪正雜揉，未幾秦檜秉政，倡主和議，而中興之業不振矣。公當是時，其能無憾乎？後公以資政殿大學士宣撫川陝，大著政績，竟以剛忤檜，爲檜所擠，謫居封州以没，兹非有志之士所爲太息流涕者邪？

此誥去今二百七十八年，中更變故，靡所不有，而周猶克謹藏而傳之，豈非賢哉！周字履直，公十一世孫也，以諒直見稱鄉里，蓋亦得公家傳之懿者歟！永樂十一年冬十一月。

敕左宣議郎守尚書考功員外郎

敕議官鄭剛中：考功爲南宫清曹，自漢魏以來，率選人物第一流爲之，以重其選，以爾剛中，文雅自將，介然有守。文昌望郎，肆以命汝，往服徽寵，以報知遇，可特授依前左宣議郎守尚書考功員外郎，奉敕如右，牒到奉行。紹興八年五月九日下。

歷觀忠愍公前後誥敕存者，僅五道。自紹興六年召自永嘉，敕賜左宣議郎，充樞密院編修。紹興八年，敕賜依前宣議守尚書考功員外郎。紹興十年，敕賜特封滎陽縣開國男，食邑三百户。紹興十一年，敕賜依前左奉議郎充寶文閣學士、樞密都承旨兼詳定一司敕令。至隆興二年敕誥，追復資政殿學士，贈左太中大夫。前敕四道，皆有先名賢跋其後，以表後世頌功稱德之忱，若吴沈、宋濂、潘霆孫、杜桓是也。獨紹興八年，敕尚書考功郎一道無跋。紹興九年，敕除宗正少卿秘書監。十二年除端明殿學士，十三年進伯爵，十五年除資政殿學士，十六年轉朝奉大夫，進爵郡侯。凡五道，敕跋俱無。嗟乎，跋亡而敕存，後之人猶可識其行能勞績之著。至於跋亡而敕并不存者，使公之節烈多所湮没，不亦深可慨哉！　康熙三十四年六月秋，同里後學曹定遠謹識。

敕特封滎陽縣開國男食邑三百户

敕：難進者士之操，故侍從不以次升；易失者時之幾，故考課由於歲會。若時明陟，用□□書。左通直郎、權尚書禮部侍郎兼詳定一司敕令、賜紫金魚袋鄭剛中，蚤以文名，繼縣才顯。擢副端於柏寺，藹著直聲；聯卿貳於春官，雅推清望。肆稽官簿，宜進文階，是爲厲世之公，式謹校年之令，益勤獻納，以稱恩休。可特授左奉議郎。依前權尚書禮部侍郎兼詳定一司敕令，特封滎陽縣開國男，食邑三百户，賜如故。奉旨如右，牒到奉行。紹興十年九月十五日。

跋禮部侍郎誥

吴沈

右誥文一道，宋鄭忠愍公爲權禮部侍郎日所受也。公紹興二年進士，初調温州事判官，用薦除敕令所删定官，改樞密院編修官，權太常博士，兼權尚書右司員外郎。時大臣主和議，公奏言金不可信，擢尚書考功員外郎、監察御史，遷殿中侍御史，抗疏條奏和議利害。胡銓上書，欲斬秦檜，禍將不測。公率臺屬入諫，銓得編置。又奏曾開不當罷，施庭臣可逐，柳約召命可寢，移宗正少卿，改祕書少監。樓炤出諭京陝，充參謀，還除權禮部侍郎兼詳定一司敕令。此誥則爲進文階、封國邑而降也。是後試尚書禮部侍郎，兼權刑部侍郎，除寶文閣直學士，樞密都承旨，進學士，出爲川陝宣諭使，與金人議畫地界，就除端明殿學士、四川宣撫副使，陞資政殿學士。公在蜀制驕將，抗黠虜，開營田，足軍食，當時有『伏熊臨西』之稱。屢忤秦檜意，遂斥逐以卒。檜死，始復官贈謚。前後所被誥文，兩易世後，散亡殆盡。今其裔孫謐所藏，止此一通而已。謐出以示沈，因爲考公歷任之大概，書之如右，以見公平生仕宦，終始不幸，而皆在奸人之秉鈞當軸之際，始雖不能廢公不用，而終爲其所忌害，竟使忠賢之志，卒不獲伸，豈不深可慨哉！洪武五年歲在壬子九月。

跋

鄭濤

右忠愍鄭公改官誥文一通，紹興十年九月十五日下也。時金歸侵疆，公爲宣諭司參謀官，及還，故有是命。所謂『副柏寺』，公嘗爲殿中侍御史。曰『卿貳春官』，則以侍郎而居儀曹也。未幾，出爲川陜宣諭使，尋以使分畫陜西地界。金使烏陵贊謨入境，欲盡得階、成、岷等六州，公力争不從；又欲於大散關立界，公亦堅不從。當時中外，莫不倚公爲重。繼除四川宣撫副使。公之治蜀，最多方略。如移司利州，省費百萬，請減成都對糴，而於階、成二州，營田三千餘頃，歲收十八萬斛也。如分三路，命三將，吴璘、楊政、郭浩之輩懼。公方威震巴蜀，奈何秉鈞者奸臣媒蘗。始以才而薦公，終以才而忌公，巧計貶謫，屢易其地。卒致賫志以没。於戲！柔佞易制，善於趨附。若韓肖胄、樓炤、范同之流，拔之冗散，遽躋政地，而公之及於禍也宜矣。孤危之跡，獨賴上知之，言公之自信已確。公雖云亡，又何憾焉？裔孫謐出示此誥，因攷公被命，追歷官布政之大概，濤之所知者，庸以附見焉。昭陽赤奮若二月初吉。

忠愍公樞密都承旨兼詳定一司敕令

敕：觀象斗樞，夙重本兵之地；密承帝命，尤嚴分職之司。遴擇通材，寵頒書贊。左奉議郎、試尚書禮部侍郎兼詳定一司敕令，滎陽縣開國男、食邑三百户、賜紫金魚袋鄭剛中，問學淵博，器識恢宏，蚤被簡命，及時顯仕。柏臺芸省，茂著夫聲猷；憲部秩閣，深資於明練。屬邊陲之未靖，方盪伐之是圖。比命虎臣，列居宥府；肆求髦士，式佐籌帷。其陞延閣之華資，往贊機廷之密務。顧論思獻納，久已罄於忠嘉；而制勝折衝，尚有勤於裨益。體予訓告，毋怠欽承。可特授依前左奉議郎、充寶文閣直學士、樞密都承旨兼詳定一司敕令。封賜如故，奉旨如右，牒到奉行。紹興十一年五月九日。

跋

潘霆孫

北山公敕賜尚書禮部侍郎，即奉命往贊樓公炤，宣撫機務也。公之問學器識，既已深被思陵之眷，而運籌措置，更仰體夫付託之心。所謂幼而學，壯而行者，蓋於公見之矣。乃未展宿抱，而斥逐以没，惜哉！

敕追復資政殿學士贈左大中大夫

敕：朕於肆大眚之朝，思我疇昔禁近之臣，或才德之富，或辭藻之勝，各用所長，同爲國華。而醜正實繁，爲所陷罔，朕未克省，死於遷所，以莫克與今日曠蕩一洗之恩，可悲也。故責授濠州團練副使、封州安置鄭剛中，術業敏卲，問學該洽，中外更試，所至飛譽。多言可畏，朕不得赦，才難之歎，今古所共。朕方欲復用汝，而汝不獲事朕矣。以朕追命之渥，將無窮之意，九原有知，嘉服無怠，可特追復資政殿學士、左朝奉大夫，前紹興二十六年二月六日，臣鄭良嗣故父鄭剛中復職。隆興二年十一月十五日，臣葉顒等言，謹以申聞，謹奏告追復資政殿學士、贈左太中大夫鄭剛中第計奏，被旨如右，符到奉行。隆興二年十二月一日下。

跋

宋濂

故責授濠州團練副使鄭忠愍公，與責授秘書少監、分司南京、贛州居住孫近，同奏復資政殿學士，其日乃紹興二十六年之正月甲子，距秦檜之死纔四月耳。今敕後云二月六日，乃誥下之時也。會予有千里之役，始獲見此卷，走筆識之，殊不暇詳，若夫公之大節，與賊檜之奸，諸先正已極論之，亦不待詳也。

鄭忠愍公傳 國史載

鄭剛中，登進士甲榜，累官監察御史，遷殿中侍御史。剛中由秦檜薦，檜主和議，剛中不敢言，移宗正少卿，請去，不許。改祕書少監，金歸侵疆，檜遣剛中爲宣諭司參謀官，及還，除禮部侍郎，爲川陜宣諭使，諭諸將罷兵。尋充陜西分畫地界使，金使烏陵贊謨入境，欲盡取階、成、岷、鳳、秦、商六州，剛中不從。欲姑取商、秦，於大散關立界，又堅不從。繼除川陜宣撫副使，兀朮遣人力求和尚原。剛中恐敗和好，乃割秦、商之半，棄和尚原以與金。

剛中治蜀，頗有方略。宣撫司舊在綿閬間，及胡世將就居河池〔一〕，饋餉不繼，剛中奏乞移司利州。自是省費百萬。常欲移屯一軍，大將楊政不從。呼政語曰：『剛中雖書生，不畏死。』聲色俱厲，政懼聽命。都統每入謁，必庭參，然後就坐。吴璘陞檢校少師來謝，語閤吏，乞講鈞敵之禮。剛中曰：『少師雖尊，猶都統制耳，倘變常禮，是廢軍容。』行禮如故。奏蠲四川雜征，又請減成都府路對糴及宣撫司激賞錢。於階、成二州營田，抵秦州界，凡三千餘頃，歲收十八萬斛。請弛夔路酒禁，復利州錢監爲紹興監，皆從之。秦檜怒剛中在蜀專擅，特置四川財賦總領官，以趙不棄爲之，不隸宣撫司。剛中怒，由是有隙。檜陽召不棄歸，因召剛中，剛中語人曰：『孤危之迹，獨賴上知之耳。』檜聞愈怒，遂罷責桂陽軍居住，再責濠州團練副使、復州安置，再徙封州卒。

校勘記

〔一〕『池』，原作『地』，從《宋史》本傳改。

鄭忠愍公傳　志書載

鄭剛中，字亨仲，紹興癸丑進士。調温州判官，以賑饑得法，秦檜薦爲敕令所删定官，累陞尚書右司員外郎。時檜主和議，剛中爲陳金不可信，弗聽。遷殿中侍御史，抗疏條奏和議利害甚詳。及胡銓上書得罪，禍且不測，剛中率同列論救，銓得編置。改宗正少卿，祕書少監。樓炤出諭川陝，辟充參謀，還除禮部侍郎，擢樞密直學士，出爲川陝宣諭使。尋充陝西分畫地界使。金使烏陵贊謨將至，出關迎之，與反覆爭辨，竟全階、成、岷、鳳等六州，列險據要，蜀賴以安。就除端明殿學士，四川宣撫使，宣司舊治河池，饋餉不繼，乞移利州省費百萬。又奏蠲雜征，請減對糴及宣撫司激賞。時蜀勁卒十萬，都統吴璘、楊政、郭浩，已加三少，皆驕悍難制。剛中每折之以威，接之以恩，無不帖服。初議移屯，楊政不從。剛中呼政語曰：『我雖書生，誠不畏死。』聲色俱厲，政遂聽命。虞允文嘗曰：『允文與諸將往來，見其私居言動，罔不忌憚，如家有一鄭宣撫在焉。』大開營田三千頃，歲收十八萬斛。弛夔路酒禁，復利州錢監，以救川引之弊。又奏罷都漕。在蜀六年，儲蓄豐積，將士用命，敵不敢犯。當時語曰：『宗澤如猛虎之在北，剛中如伏熊之在西。』其見推重如此。

秦檜諷使進金三萬，又令下錢米荆門。剛中曰：『今時講和，正爲他時恢復計，要當息民儲備爲先。』皆不從，檜不悦，令御史汪勃奏置四川財賦總領官，以趙不棄爲之，不隸宣撫司，因令刺剛中陰事。會金索北人在南者，剛中慮其驍勇生變，悉斬之。檜怒其專殺，召還，文致其罪。謫桂陽軍居住，再徙封州卒。檜死，詔追復原官，謚忠愍。所著有《北山集》、《周易窺餘》、《經史專音》、《塌碎》《烏有》等編。子良嗣，官至正議大夫，有《可軒奏議文集》及《上何祕監書》。

按：金仁山云：『人之稱公者，大抵多其勳業。而不知公之勳業，百未試一。』蓋天下大勢，惟關中可以舉山東，其次則蜀、漢可以入關中。公初副樓炤撫京陝，亟請重爲保關陝之計，此恢復第一籌也，而其言不用。及在四川，權奸決計事仇，割地辱國，而公獨争險隘，肅號令，營關外之田，以計軍實。使一日得便而爲之，出關陝如探囊爾，此恢復第二籌也。失此二籌，遺恨大矣。顧以區區保蜀爲功，至前時入關保陝之計，又無能道之者，獨朱子嘗稱嘆之耳。有志未就，亦與宗忠簡同科。悠悠蒼天，此何人哉！世稱北山先生，祀鄉賢。

初集自叙

《北山初集》即余所謂《笑腹編》也。余以紹興乙卯至甲子歲所録文字，自號《北山中集》。《笑腹編》則宣和辛丑至乙卯歲中所録者，因號《初集》。若辛丑以前見於紙筆者，皆爲盜所火，不復能記憶矣。甲子而後，時時因事有藁，老懶雜置篋中，他日有能爲余收拾者否，所未能知也。紹興甲子十月日序。

北山《初》、《中》二集，先君所自名且手所分類也。蓋録宣和辛丑至紹興甲子歲所作之文，良嗣因以第其卷，不敢有變易。《後集》則還篋中號《叢藁》者，良嗣放《初》、《中》而編次之，自戊辰至甲戌歲無遺焉。總三集爲三十卷，凡一千二百一十四篇，仍以年譜冠於篇首。庶幾覽者，按譜玩辭，得以見出處之大致。若乃甲子戊辰之間數載，先君方經理西南，公餘撰述亦富，而携藁之桂陽，以横逆故亡失，良嗣纔能省記一二，以附於《中集》之後。繼此或訪尋有得，當爲别集，以補其闕。先君之序《初集》也，其末云：『甲子而後，時時因事有藁，老懶雜置篋中，他日有能爲收拾者否？』嗚呼，頃所亡失乃爾，是豈逆知其然耶？不肖孤無以塞責，徒悒悒抱恨而重。惟先君一生，無他嗜好，惟簡編硯墨未始以居艱治劇而輟，蓋所樂者在是也。少之時業科舉，其所爲文，學者争誦讀之，而雅不自喜，故弗見於《集》。三《集》之外，有《周易窺餘》十五卷，晚年精力，殆畢於此書。又有《經史專音》、《左氏九六編》及其他雜著，皆可傳於世，今刊行自三《集》始。乾道癸巳仲夏朔旦，男良嗣拜手謹識。

年譜

宣撫資政鄭公年譜

元祐四年戊辰，公以夏五月二十三日，生於婺州金華縣之北山下，諱剛中，字亨仲。政和二年辛卯，爲鄉貢首。

宣和六年癸卯，發兩浙漕司薦。

建炎三年庚戌，爲鄉薦首。

紹興二年壬子，賜進士及第，授左文林郎，温州軍事判官。

紹興五年乙卯春，赴温州判官任。

紹興六年丙辰秋，召赴行在所。未至，除詳定一司敕令所删定官。既至，賜對，改左宣議郎，除樞密院編修官。

紹興八年戊午春，權尚書左司員外郎，除尚書考功員外郎，爲貢院參詳官。秋除監察御史。冬除殿中御史。

紹興九年己未春，除宗正少卿，移祕書少監。夏爲樞密行府參謀，出諭京陝，左宣教郎。冬除權尚書禮部侍郎，轉左通直郎，尋兼詳定一司敕令，又兼權尚書刑部侍郎。

紹興十年庚申秋，以年勞轉左奉議郎，遇明堂恩，封滎陽縣開國男，食邑三百户。冬除試尚書禮部侍郎。

紹興十一年辛酉夏，除寶文閣直學士，樞密都承旨。冬除寶文閣學士，爲川陝宣諭使。

紹興十二年壬戌夏，除端明殿學士，川陝宣撫副使，兼營田，轉左朝奉郎。冬遇太母回鑾恩，轉左朝散郎，進爵子，食邑六百户。

紹興十三年癸亥冬，以年勞轉左朝請郎，遇郊恩，進爵伯，食邑九百户。

紹興十五年乙丑夏，除資政殿學士。

紹興十六年丙寅冬，以年勞轉左朝奉大夫，遇郊恩，進爵郡侯，食邑一千二百户。

紹興十七年丁卯冬，以忤權臣罷使落職，提舉江州太平興國宫，桂陽監居住。

紹興十八年戊辰冬，責授濠州團練副使，復州安置。

紹興十九年己巳春，移封州安置。

紹興二十四年甲戌夏，感疾，以其生之月日，終於封州，享年六十有七。越乙亥喪歸里舍，會權臣死，公道行。

丙子春，追復原官職，冬葬於東陽鄉招福原。

誌　銘

宋故資政殿學士鄭公墓誌銘

何　耕

故資政殿學士東陽鄭公，紹興間宣撫四川，留蜀門者六年，承朝廷新與金和之後，外飭邊備，内御將帥。上接士大夫，辨其賢不肖，而采用其長。下撫五十六州之民，無有遠邇，皆便安之。道路歌謡，如出一口。故相秦檜忌其能，誣致其罪，置獄，遣酷吏鍛鍊之。竟竄嶺外以没，縉紳憤歎，而蜀人思之至今。檜死，朝廷知其寃，追復元官職。其孤良嗣，以二十四年十月五日，始克葬公於東陽鄉招福之原。後二十七年，良嗣以書抵耕曰：『先公名節在朝，勳績在蜀。

子蜀人，蓋知先公之詳者。乃今墓道之碑未立，子其圖之。』耕以不能文辭，不獲命，則退考其家傳，而次第其本末云。

公諱剛中，字亨仲。其先閩人，五代末避亂浙東，散居婺之金華與衢之西安。金華之祖百藥，生三子，克從、克允、克明。克從之子詳，仕至中散大夫。公，克允之曾孫也。大父諮，累貢禮部不第。父卞亦八上，晚用累舉恩，調醴陵令，致仕，終於承事郎，以公貴，累贈中奉大夫。公自幼秀穎，嗜讀書，不肯逐群兒嬉聚。既長，容貌偉然，器度磊落，博聞彊識，詞采焕發。丁中奉公憂，家徒四壁立。母盛氏夫人，賢而嚴，爲躬桑苧，以濟其須。公亦感激奮厲，益用力於學。與群進士試有司，必居首選。如是者數矣，至春官輒不利，繼丁母夫人憂，公年亦駸駸四十，簞瓢屢空，而氣終不少挫，識者期其遠到。

紹興二年廷對，擢第三人，賜進士及第，授左文林郎、温州軍事判官。温名郡，太守率用顯人，每與公商疑事，决滯獄，輒中理，郡政一以付公。會歲旱荒，公徒行閭巷間，籍饑民，窮日夜不倦。或欲責富民出米以給，公曰：『固也，然行之無法，則游手往往脅持譟競，反以生事。不若斂富民米，償以常平錢，官自給之。』用公策，全活甚衆，貧富皆賴焉。六年召赴行在所，未至，除詳定一司敕令所删定官，賜對便殿，所陳皆當世要務，光堯深器之，改宣議郎，除樞密院編修官。七年，兼權太常博士，將有事於明堂。前一日，當享太廟，或謂方行徽宗三年之喪，未宜以吉禮見宗廟。公獻議曰：『陛下以萬機之繁，奪罔極之哀，坐朝起居如平時矣。方將親御戎輅，以圖恢復，何獨至於見宗廟而曰未可？三年之喪，陛下行之內庭，不以爲朝廷之禮也。景德間明德太后之喪，未嘗廢享，臣以爲當如故事。』從之。八年，兼權尚書右司員外郎。嘗因面對，奏曰：『寬仁者人主之道，持法者臣下之職。今有司皆不肯任怨，苛察之聲，漸歸諸上，姑息之恩，各斂諸己，此豈善風俗持久之道乎？』帝嘉納之。時大駕自建康將移臨安，公又奏曰：『使朝廷謀慮足以料敵，賞罰足以使人，雖走一函之書，可以驅三軍於水火，孰謂舍建康而不可以制勝？使關防失計，外侮可入，則一馬朝渡，暮即東南，臨安庸足恃乎？臣願陛下既遷之後，勿以爲安，上下一心，不置中原於度外，乃可。不然，臣恐不能無後日之悔。』詞旨剴切，聞者悚然。會大臣主和議，金使在廷，中外疑〔一〕懼，又奏曰：『犬方齧人，豈可無因而自已；虎方得肉，必不無故而舍之。今敵人一旦欲與我和，還我已失之地，歸我已棄之民，是不可信也。然彼開我以好言，示我以善意，亦何辭而峻絶之乎？正當虛心，守以中正至當之道而已。』除尚書考功員外郎，號能舉職，除監察御史。未幾，除殿中侍御史，抗疏條奏和議利害尤詳，大抵以尊主威、察敵情爲本，語皆驚人。樞密院編修官胡銓上書，言不當與金和，歷詆建議者，至欲斬秦檜。帝怒，罪將不測。而銓母老甚，人莫敢言，公力爲申救。禮部侍郎曾開，亦以異議罷去。奏曰：『方今金使遠來，計議未定，愛君憂國之心魂夜悸，謂禍福之幾，皆在乎此。衆智交陳，群策並入，其區區之心，豈有他意？願陛下優容之。』其愛護善類如此。

九年，除宗正少卿，改祕書少監，金人歸我中原故地，樞密樓公，絶江踰淮，道京入洛，以至關陝。其所經歷，存問故老，襃表忠義。與夫敵情曲折，山川形要，悉以上聞。章奏一出公手，歸朝，又面奏保京陝之策，尋除權尚書禮部侍郎，轉通直郎，兼詳定一司敕令。十年，轉奉議郎，以明堂恩，封滎陽縣開國男，除試尚書禮部侍郎，兼權刑部侍郎。奉上太皇后册寶，宰臣當攝太尉行事。公謂：『太尉秦官，不雅馴，宜改爲少師。』至論獄事，反復精密，必歸於無冤而後已。十一年，除寶文閣直學士、樞密都承旨。金人叛盟，朝廷將用兵，公奏曰：『陛下震發沈潛，布昭聖武，檄書一行，萬物吐氣。然黠敵多計，善爲妖祥，稍覺失利，便以甘言相怵。陛下能持斷然之意否乎？』已而果再與金和，韓世忠、張俊、岳飛，各以宣撫使握兵於外，一日命爲樞臣，而收其權。公爲宰相言曰：『此策信美矣，然利害得失，常相倚伏，遇事更變，則激而復起，當周思熟計，益善其後。』因畫七事，皆施行之。進寶文閣學士，以本職出爲川陝宣諭使，且與金人分畫西北地界。金遣烏陵贊謨、孟浩二人至境，必欲得鐵山。公問之習邊事者，皆曰：『無鐵山，則無蜀矣。』公與反復論辨，卒屈之。又得商州、秦州地十之四五，凡可以屏蔽全蜀者皆在焉。始公將越境，與北官議事，父老數百遮馬前諫曰：『引之入，乃萬全。今往就之，得無意外慮邪？』公曰：『吾計之審矣，引之入，彼坐於吾家而不去，執之則爲國生事，縱之則重傷國威，固莫若出也。縱有他，不過殺一使者耳。』衆歎曰：『公勇過賁育矣。』除端明殿學士、川陝宣撫副使，後去『陝』字，專領四川云。轉朝奉郎，遇太母回鑾恩，轉朝散郎，進爵子。十三年磨勘，轉朝請郎，遇郊恩，進爵伯。十五年，除資政殿學士。十六年，除朝奉大夫，遇郊恩，進爵郡侯。

公自議畫界時，固已聳動群聽，逮專閫寄，號令肅然，旌旗爲之改色。邊軍十萬衆，皆西人勁悍。吴璘、楊政、郭浩，俱爲都統制，分領之，權勢相引，而政尤黠。公嘗欲移屯一軍，政意不欲，謂公曰：『公必欲移此軍，奈楊政不肯何。』公正色折之曰：『某蒙主上委寄，偶與諸君相臨，君欲以身試法邪？』政恐懼，下階推謝，公命之坐，曰：『君能知過，甚善。吾胸中即快然矣。』自是三大將拱手側足，奉命惟謹，訖公之去，不敢桀。公持紀律嚴，而濟之以恩，事細大必察，而行之以簡，推誠盡公，人人説服，不獨畏其威而已。蜀自軍興以來，横斂百出，民不聊生。講和之後，當有以休息之，而供億不少損。公每慮一旦有警，誅求無藝，民益不堪，於是畢精極思，求兵民可以兩足者，而力行之。首奏移司益昌，以便餽運。繼修營田之政，嘗於治所築亭，榜以『思耕』，而爲之記。其略曰：『嘉陵江水之險，以灘名者殆百，米舟相銜，遇石而碎，與汨俱入者，皆蜀人之脂膏也。今塞卒十萬，皆橐弓卷甲而卧。吾誠能借其餘力，雜耕關外，率以平歲計之，得粟一鍾，即減漕粟三鍾之力，度足支五歲，則可以請於天子，時貸農租矣。』然公行之，皆有條序。課之以程，分之以利，勤者必賞，怠者必罰，愈久而愈信，故軍樂從，訖有成效。蜀有紙幣，患無錢以權之，公請益昌置監，鑄小鐵錢，至今通行。凡六年間，爲民減科數至七百萬緡，而備邊金穀，亦數千萬計。蜀人方倚以爲長城，而奇禍作矣。

十九年，以秦事出蜀，至武昌，有旨罷使落職，提舉江州太平興國宫，桂陽監居住。明年，責授濠州團練副使，復州安置，仍興獄於九江，連逮甚衆，吹毛百端，無所得，竟以嫁怨朝廷爲名坐之，移封州安置。初檜使人諭公以金三萬兩進，公嘆曰：『此言何爲至於我哉？今日講和，正爲他時恢復計，要當息民儲備爲先。』卒不進，檜已不説。會金人欲取燕北人之在我者，公每每爲檜言不可遣，而檜悉遣之。蜀門有義勝一軍，其首領李謹等十四人皆梟勇，亦在遣中，以此自危，相結謀叛。事覺，公察其情雖可矜，而縱之必生患。乃先斬以聞，檜滋不説，積前後忿怨，且知公材器，决不爲己下，遂極力擠之。公至封，處之怡然，窮《大易》六十四卦之旨，而爲之説，手寫《華嚴經》，間以詩文自娱。留封六年，無幾微怨懟之意見於詞色。俄寢疾，索紙筆書兩頌，翛然而逝，實二十四年五月二十三也。公蓋以是日生，其始終之際，亦異哉！享年六十有七。未幾，復官職，後以良嗣遇郊恩，贈宣奉大夫。

公娶石氏，累贈永寧郡太夫人，有賢行，始能安公之貧，中能相公以富貴，未能經紀其患難。方禍之作，良嗣亦就逮，謫柳州，夫人往來封柳間，調護甚至。公死，獨任後事，以喪歸葬，皆夫人力也，後公二十四年卒。公二男子，良顯早卒，次即良嗣，今爲朝散郎，直徽猷閣、權知揚州，主管淮東安撫司公事。二女子，長適新權知柳州邢晦，次適故吏部侍郎章服。孫男女一十一人：男曰樞孫，宣教郎；曰莊孫，承事郎；曰正孫，通仕郎；曰季孫，將仕郎；女適迪功郎詹密、進士俞恪、將仕郎李耆嶽、進士蔣處和，餘在室。曾孫男女亦一十一人：男曰伯衍，將仕郎；伯謙、伯源，舉進士；餘皆幼。公平生著文甚多，遭禍散落。所傳於世者有《北山集》三十卷、《周易窺餘》十五卷、《經史專音》五卷，良嗣訪尋未已也。

公天資英傑，而養之者厚，發爲文章，渾渾如江河，而措諸事業者，光明俊偉如此，非間世異人，而能爾哉？向使得極其用，益大所施設，則其正君經國之方，開物成務之略，當不止是而已。故士君子之論，皆爲時惜，而不獨爲公惜也。然彼陷之者，能阨其身，而不能掩其名，能屈之於一時，乃所以伸之於萬代。異時權位烜赫，可以生殺人者，今皆與草木俱腐，人至羞稱之。而聞公之風者，斂衽敬慕，不敢少貶焉，其所得不既多矣乎？歲丁卯，耕以進士赴類省試於益昌，適遇公行。嘗爲三百許言以送公，至以諸葛武侯、韋南康爲公比，而論者不以爲過。此蓋非耕之言也，蜀父老之言也。銘曰：

維古聖賢，養氣浩然。自孟軻没，蓋失其傳。士餒厥中，見利則遷。或少沮之，惴慄以顛。英英鄭公，才雄氣全。其峻如山，其沈如淵。虚明内融，果鋭直前。入爲名卿，論事回天。出總元戎，於蕃於宣。帝惠西人，命公撫邊。公既厥心，振弊舉偏。悍將挫氣，疲甿息肩。迺實迺倉，迺營迺田。孰嚬孰呻，横賦汝蠲。孰蟊賊汝，以鉏以鐫。西人愛之，語必曲拳。彼相何人，醜正怙權。横加詆誣，寃犴逮連。投之瘴海，塊處拘攣。公甘若飴，抗節益堅。百世望軻，蓋庶幾焉。雲際天開，白璧洗湔。尊官顯名，追榮九泉。巋然其丘，東陽之阡。其不泯者，何千萬年。

校勘記

〔一〕『疑』原作墨釘，據康熙本補。

求何祕監作墓誌銘書

男良嗣

嘗謂世有公論，非大賢無所歸；人有至情，非知己無所訴。然而道可污也，故公論或不得行；天可勝也，故至情或不得用。而大賢與知己，俱不易得也。故忠臣義士，或遭陷罔，齎志而没，没之後，或遂至於名不稱焉。豈不甚可哀耶？所幸公論未始一日亡於下，至情未始一日昧於心。一旦道隆天定，而與大賢、知己者遇，則事雖千載猶可白，而恨雖九泉猶可平也。某用是敢以先君子之故，瀝懇於閣下，惟閣下一俯聽之。

伏念先君子，幼學壯行，惟古是訓。晚出經世，績用炳然。紹興中被命守蜀，更六寒暑，而卒以尊君愛民，竭忠盡瘁，爲權臣所嫉忌，備諸險苦，謫死嶺表，天下識與不識，無不爲之痛。後雖久已昭雪，而未得大賢名筆，作爲文章，以傳遠而信後，則公論徒溢於千萬人之口，無益也。葬之日，權臣之凶焰未息，不肖孤僅能叙次年月，以納諸壙。既乃負罪慄慄，周遊四方，覬得伸於知己，以爲不朽之託。而歲復歲，邈焉無從，懷此至情廢寢忘食，常恐溘先朝露，則終抱不孝已矣。天或矜之，特誘其衷，俾控投於閣下，亦切意閣下必慨然於此也。

恭惟某官，以英才盛德，爲西南之人傑，揚歷既久，入登華要，則山益高，斗益明。凡諸大夫國人，皆得所矜式，而略無異議。則今之所謂大賢，可歸以公論者，舍閣下其誰也？我先君子守蜀之狀，閣下既知之矣。當先君子出蜀時，閣下手送行之序，率俊造數千百人，追餞於舟次。其序有曰：『蜀人將强配之於諸葛武侯、韋南康之間，而不知公之肯居與否也。』後三十二年，閣下衮衮登進，而某亦自外入，備數尚書郎，亟走上謁，荷閣下一見，相慰勉如平生交。且謂蜀人思我先君，果與武侯、南康似。噫，斯言可忘哉？則愚之所謂知己可訴以至情者，舍閣下其誰也？夫如是而不披肝膽以告焉，則是先君子之潛德祕行，無時而可發矣。某舊讀韓昌黎文，見《張中丞傳後叙》，每掩卷太息曰：『使我先君子而遇今之昌黎公，其亦猶是乎！』夫張中丞固有李翰傳，得昌黎公乃益顯，若許遠、雷萬春輩，非昌黎公，則朽腐而已耳，豈能流芳於後世耶？嗚呼，今得所遇矣，且自謂加於前人一等矣。昌黎公曰：『愈嘗從事於汴、徐二府，屢道於兩州間，其老人往往説巡遠時事，蓋謂從所經由得之，故審也。』而閣下於我先君子，則親見而素聞。昌黎公又曰：『兩家子弟才智下，不能通知二父志，蓋傷其後之無所辨明也。』而閣下之於某，則辱與之進，而每勞問焉。此非加於前人一等耶？閣下之慨然於此，蓋可必無疑矣。

某於是勇於自決，謹繕録家傳八卷，鄉風拜手，以浼於執事者，儻不擯拒，爲一肆筆，勒爲銘文，使永表於神道，則死者不死，某亦得與人子齒矣。其爲德可以淺深計耶？輕瀆嚴重，狀紙震越。

詩文題跋

題跋

潘　桂

北山先生，功烈在蜀，孔明之後，一人而已。何道夫，蜀人也。故述其事爲詳，文亦鋪叙，首尾有法。若先生曲酬泛應，達權通變，凡寓之樽俎翰墨談笑間，至今縉紳韋布，流傳以爲故實者，亦不能備載，蓋其體然也。嗚呼，先生不可見已！見是文，亦足以知先生之大概矣。秋臺翁書此時甚得意，未久，與宇宙同變，銜恨而歿。觀此令人遠想，悵然短氣。

題跋

徐木潤

初心直欲復關河，保蜀功勞不自多。諸葛大名垂宇宙，北山千古共巍峨。

又

玄孫足老

秋臺翁生於嘉定戊辰，書此時六十一，風致不減率更《醴泉銘》，始欲命琢玉李琰摹刻嘉石，而流落頹墮，負其初志，忽忽三十七年矣。歲月不堪，把玩惟能撫遺編而流清涕，天其嘉相之。

又

吴師道

甲戌乙亥間，師道杜門深居，日無所爲，則取家所藏鄉先正遺文逸事裒集之，名《敬鄉録》，第聞見單寡，未敢旁及。間以詢之友朋，而許君益之手録北山鄭公行實以來，尚恨未見全集及銘誌之屬。時葉君審言寓坦溪，實公裔孫家。訊之，得墓銘遺事、《雪竹賦》卷。再拜伏讀，益知公之詳，唯吾邦人物挺出，建炎、紹興間，忠義威略，則忠簡宗公；文學氣節，則默成潘公；而公扞圉勤勞，志在恢復，當時並稱，『宗如老虎之當北，鄭如伏熊之臨西』。公平生與潘雅契，立朝不主和議亦合，至於忤卒檜相，竄斥以死，其受禍尤甚。若公者，參於二公之間，不亦偉乎？英風遺烈，照映鄉井，後生小子仰之，猶足矯然有立也。師道既取《雪竹賦》、《諫和議》、《救胡邦衡》二書，及他詩文入《録》中，而又反復此編，於其銘文之感慨，題篆之奇古，楷法之精麗，見諸公之風誼。又讀公之子良嗣乞銘之書，至情懇切，亦交有發焉，豈非平生大幸哉！既以歸之坦溪，因識歲月其後。元統三年十月下浣日。

又

宋濂

右《宋資政殿學士鄭忠愍公墓誌銘》一通，祕監何耕道夫之所撰也。道夫，廣漢人，故知公治蜀之事爲悉，而公行能勞烈，亦獨於蜀爲最著。紹興中，公爲川陜宣撫副使，患蜀之困於漕運也，乃於關外四州，及興州大安軍，行營田之法，所至二千六百十二頃，除糧種分給外，實入官十四萬一千四十九斛。而金州墾田五百六十七頃，歲入萬八千六十餘斛，不與焉。《誌》中所謂『移司益昌，以便餽運，繼修營田之政』是也。蜀雖罷兵，而財用不足，歲計猶缺錢七百七十八萬緡。公奏增印錢引四百萬，復患無錢以權之，即利州鑄鐵錢，歲十萬緡，以救錢引之弊。率費二千而得千錢，置官六人，兵匠五百人，歲用鹽官錢七萬緡，四路稱提錢十四萬緡爲鑄本，其後增至十五萬，蜀中因此優裕。宣總所樁積錢五千餘萬緡，其餘苛賦，一切裁削，《誌》中所謂『減科敷至七百萬緡』是也。公在閫時，吴武順璘以右護軍都統制駐武興，郭恭毅浩以樞密院都統制駐漢陰，楊襄毅政以宣司都統制居漢中，皆擁强兵自衛，與大帥抗，莫敢吐一語相可否。公恩威並立，獨能帖服之如犬羊，《誌》中所謂『三大將拱手側足，奉命爲謹』是也。嗚呼，公治蜀六年，而能俾財用足，横斂減，悍將服，其效乃章章如此！使久於其職，又將何如也？奈何天未厭亂，姦檜得秉鈞軸，忌公不附己，而竄逐以死，悲夫！

然公之見忌於檜，士大夫皆能誦之，至於道夫亦爲檜之所忌，則或者未必盡知之也。道夫常爲類省試第一，故事榜首不赴大對者，賜進士及第，恩數視殿試第三人，蓋優之也。檜方欲沮張魏公，而道夫對策，歷論蜀人難進易退之節，有『高視天下而竊笑』之語。檜嫉之，乃諭禮部，令奏但進士出身。道夫亦視之澹如，未嘗一踐貴人門。登第三十年，始召爲倉部郎，累遷祭酒。鄉人趙温叔爲相，雅欲相鈎致，亦不肯就。及温叔罷，蜀人爲所引者皆被逐。獨道夫不染物議，使其居公之位，其尚肯屈志以附檜乎？雖職位不同，功績遂異，道夫清峻之節，未必有愧於公也。然則公之墓誌，非道夫爲之，孰可爲之哉？公之子德肖，不求之他人，而屬之道夫，良有以也。

吾友彦淵氏，公之九世孫，以葉史君昌父所書此册求題，故濂以所聞，疏公治蜀之績，而詳及道夫之事，使覽者知士大夫立身以名節自砥礪，有不隨世而磨滅者，必將惕然自省也。道夫以淳熙辛丑春，始拜朝請大夫，試祕書監之命。其秋輒求去，乃除知潼川府，今以祕書繫銜，則《誌》文作於是歲春夏之間無疑。史君，公同郡人，果齋俞先生之高第弟子。雖南康之節不完，然字畫儘佳，鮮于伯幾謂其極善用筆，至欲下拜，而此册尤其得意書，可寶也，因併及之。至正十八年三月二十五日。

又

林彬祖

南渡無宗老，東陽有鄭公。飛騰年不早，恢復志誰同。謇謇當朝議，堂堂治蜀功。權奸何見忌，直道自多窮。瘴海無消息，先天悟始終。文章愁電速，魑魅喜才雄。身後名尤盛，生前爵已崇。子能傳孝友，天亦佑公忠。侍讀銘詞古，秋臺字畫工。兵前撫遺事，短髮樹秋風。

至正戊戌中秋。

又

蘇伯衡

伯衡竊聞公之宣撫川陜，節制諸將嚴甚，吴璘而下，每入謁，必先庭參，然後入就坐。一日璘除少保來謝，語主閤吏，欲講鈞敵之禮，吏以白公。公厲聲曰：『少保官雖高，猶都統制爾。倘變常禮，是廢軍容。少保若欲反，則可取吾頭去。庭參之禮，不可廢也。』璘皇恐聽命。時諸將咸陽憚而陰忌之。始見公擢自温州通判，不數年登禁近，以資政殿大學士帥蜀，意公秦檜之黨也，雖忌而莫敢出聲。後見公遇事輒與檜抗，知非其黨也。乃譖之檜，言其有跋扈狀。檜入其言，謀於王�，晚以爲不若選一宗室有風力者往制之，因薦趙德夫。於是創四川總制財賦，以命德夫。德夫至坤維，辟晁公武幹辦公事，且屬其物色公陰事，武起久廢。又引公所逐使臣魏彦忠者，相與盡力擠之，遂興大獄，而公竟謫封州以歿。於戲，正人之不能獨立，從古則然，豈惟公乎！且公帥蜀六年，欲加之罪，何患無詞。而况諸將忌之於外，宰相銜之於内，迎合狙同於前後左右者，又其仇人，此固司馬温公所謂『猶一黄葉之在風中』也。雖欲無危，其可得乎？偶觀墓銘文，輒疏所傳聞於後，以補其略。亦以著群枉害正，其勢蛇蟠蟻結，牢不可破如此，可慨也。洪武四年夏四月十日。

又

范祖幹〔一〕

北山鄭公之勳業行實，著之於銘，見之於群公之題贊，亦既顯白，而無事乎剿説而重述也。獨恨公以剛正磊落大有爲之才，適丁炎運之中裂，陽明之氣剥，陰濁之祲盛，遂使剛正之士，沮抑不振，邪暗之黨迭肆姦謀，卒至亡國而後已。故公之搆禍，雖曰人爲，夫亦氣運之致然歟。第有國有家者，不當以氣運諉，惟當盡力於人事，以斡旋拯救爾。此志士仁人之心也。然君子雖厄於一時，而生氣之不撓，則彌遠彌光；小人雖得志於當世，而唾駡於千載則無人不然，則作德作僞之效。有識之士，所以卒爲此而不爲彼也。是故士大夫讀公之《銘》，第當取公之志行爲法，以益自砥礪；監彼之奸黨爲戒，而深用警省。則公雖没，亦足爲世風教之助，此紀述者之本意也。故予讀公之《銘》，不暇他及，輒申此於群言之左，庶後之覽者，同一勸戒，不爲無用之空言云爾。洪武六年三月望前一日。

校勘記

〔一〕『幹』，原作『禹』，誤，據吴藏本、康熙本此文末『金華晚生范祖幹識』改。

又

游道存

古之忠臣正士，其氣量才識，有大過人者。其立言志行，不以權貴所壓而沮其志，不以横逆所加而改其節。其守之也堅，其養之也有素。罔不由學問之精，而施諸事業者然也。愚伏讀《鄭忠愍公墓誌銘》，有以見其人焉。公自紹興登科第，繇永嘉判官，歷仕至資政殿學士。孜其顛末，德行勳業，赫赫著顯，罔可殫紀。觀其在朝，奏議委曲，有回天之力，抗疏剴切，恢復中原之志，人莫敢者。而公力言之，非其才識之明，其能然乎？及其總戎於外，審山川之形勢，以察敵情，仗公忠之大義，以服悍將。上宣主威，下蘇民瘼，奈何以直道事人，卒忤時相，罷斥瘴海，死而無悔。豈非氣量宏偉，其能然乎？此雖一時之不幸，然流芳汗竹，則又萬世之幸也。視公之没，猶不没也。矧其餘慶流於奕葉，愈久而彌光，其亦天定亦能勝人之報也。洪武二十五年歲次壬申中秋日。

又

杜桓

宋之南渡，國勢不競，實由奸檜，操秉鈞軸，專政誤主。是以有志恢復中原之士，輒忌嫉之，不遠斥則死，卒不獲伸其志，若北山忠愍鄭公其人也。公忠義大節著於朝，其治西蜀，政尤焯著，終始以不附和議忤檜，遂致竄逐封州以没。於乎奸檜當國之日，勢位赫奕，威焰足以死生人，公固莫與之抗也。百世之下，仰公之英風遺烈，有如景星慶雲之昭晰於天。見公之名，皆斂衽起敬，而莫敢褻視。彼檜翊蟣蠓之微，犬彘之穢，見其名輒唾之。善惡之在人心，判若黑白，如此則夫人之於忠義，又何憚而不爲哉？今奸檜之後，不聞有爲士者，而人亦羞稱之。

公之後人，昔循循雅飭，有士君子之行。然則公之志，雖不得伸於當時，而德澤被於後世者，不既厚乎？桓拜觀《墓銘》，敬書於後而歸之。

可友亭記題跋〔一〕《記》見集中

香溪范浚茂明

鄭君坐窮交，結柳窮不去。無朋長獨立，老大荒村住。荒村掃人跡，取有爲西山。當應愛竹標，可望不可扳。牽蘿架風亭，藏薜揖高調。修簷入危碧，阮眼坐相照。嗟今輕薄子，對面生九疑。寧如友真山，真質終無移。憐君意迢迢，媿我勞匆匆。未共結交心，謾負心脾骨。

校勘記

〔一〕本篇及以下《可友亭記》題跋諸篇原無，皆據康熙本補。按，本篇在范浚《香溪集》卷九題作《寄題鄭亭仲可友亭》。

可友亭記跋

（見《北山文集》卷二十五）

跋

鄭良嗣

述先志，因祖墓爲宅一區，適與亭相逼，不得已撤而圖之。於是别築於溪岸，去舊址踰十步，亭稍增廣，而山愈近，迺薰沐書記跋于壁，庶幾朝夕對山，如先君在焉。

嗟乎，士之擇友尚矣！ 前未見定交於山者，寧不以樂華之謗，張陳之争，浸以成風，未易責之於人耶？ 當先君之仕也，位望不爲不高，事任不爲不重，而無一須臾舊山之好。 後雖終不復見，計其無所愧負之心，自相與忘言，復可友之故乎？ 讒之爲德厚也。 先君覽之，喜拊良嗣曰：『詞固鄙陋，而所賦者則吾心也。』是歲秋，以忤權臣被旨出蜀，下峽中流，顧瞻列岫，感而笑曰：『吾其得若效《歸去來》，登可友，即故山，以契神交而樂天年，雖茅椆竹牖之下無欠。奚金闕銀宮之獨仙，豈世之所謂友耶？』良嗣愚不肖，獨於父執知所欽慕久矣。 禍難而來，思欲托嵇紹之孤，下梁松之拜，亦久矣。 今將捨巨源、馬於生死之外矣。 自兹以往，名與山俱立，可與配天地而存。 噫！ 是友也，如凡卞亡豈足以喪，吾存慮不獲此身。 俄而責居桂陽，尋移竟陵，又移封川，良嗣亦竄于柳，封、柳幸時相聞。 癸酉冬，先君於家問中録所作《可友亭記跋》付良嗣曰：『吾與吾友殆永訣矣。 他日汝以此文示之，毋忽。』迨甲戌夏，先君果逝矣。 嗚呼，斯言可忘哉！ 越乙亥，援而效之西山，以期不朽於此亭也，其敢以易心處之？ 輒叙始末，以貽厥後。

紹興辛巳三月朔，良嗣百拜謹識之奚。

德有號可軒先生，終于廣陵帥外府卿，子有之曾王父也。 先是，子有既請遯澤、仡蘭二翁書北山先生《可友亭記》及默成先生諸公詩。 至是，復命余書其可軒先生續記。 余數世復通家子姓，當執筆研役，固不敢辭，特記中玉名數四，雖虚左畫，亦犯大不敬也。子有非其人不屬，于是乎書後二翁書後。二年暢月，通家子孫王進思記。

北山先生可友亭帖

答潘義榮

答石季平

（二文見《北山文集》卷九）

子有既屬余書《可友亭續記》，又令書此二帖，觀其辭氣，雖其録副以藏，亦覺干將、莫邪上貫日月，矧親撰杖履而侍函丈乎？嗚呼，已矣！進思再題。

可友亭記贊

潘　桂

鄭子有示先北山先生《可友亭記》及默成、香溪二老詩，府卿續記并二帖，皆近時前輩録本，欲得跋尾，後學潘桂輒題贊曰：

西山突兀，名曰四尖。先生對之，朝氣爽然。匪惟山爽，先生高朗。亭址雖移，精神可想。

匪山可友，友山有朋。義榮茂明，來遊來登。模寫有詩，紀載有記。爰有令男，善述善繼。物换星移，無異昔時。嗚呼子有，勿替引之。

時丁亥仲秋庚申日書。桂生於寶慶乙酉，今年六十三。

可友亭記贊詩

劉六芝

鄉之後學劉六芝敬已薰沐展卷拜觀畢，子有索余着句，辭不敢僭而請益堅，輒題二十八字，因勉後人善繼先志云。

古道今人慨不同，世情對面九疑峰。四尖山色元如舊，會搆新亭始亢宗。

歲在玄默執徐月中仲吕月哉生魄，書於抑齋。六芝生於嘉定庚辰，今年七十三。

可友樓記

劉洪任

賢者之興，愚者之廢，興而復者固難，廢而復者尤難。興而廢，今而復，循環牽引，不爲物役者，幾何人哉？　金華弘玉，鄭氏亢宗之賢嗣也，囑邑庠友章璉走東陽學，以《可友》手簡謁予爲記，斯固難人之所難矣。予詳其可友之義，乃曰：弘玉爲忠愍公十二世孫，公名亨仲，在宋辛未時搆一亭於舍西，昕夕讀書，坐對西山，非求取勝，無可與友，顔其亭曰『可友』。于以見公立大志，勵名節，持憲度于朝端，樹風聲於天下，垂休青史可知矣。

嗟夫，交友古今爲難。公知其所以難乎？苟或得其所以難，雖有蕪敗，則有日月之蝕、大圭之瑕，尚何能傷其明，玷其美哉？且孔氏之徒可者與之，其不可者拒之。釋者謂其迫挾，公之所擇似有類於是歟？故曰交之爲難。殊不知公顧西山在前，歲寒不改，我貧而彼不爲富，我賤而彼不爲貴，是可友也。故曰知之爲難。世之爲士者，挾其意，抽其華，曷足以知公之心哉？時義榮潘公、茂明范公形諸篇什，斯得其內外完好者，足以稔公之遺德矣。

今弘玉思及世祖修葺，其亭已遠，而頽垣廢址幾于澌盡。過而覽者，莫不爲之躊躕悽愴，獨《可友》親書，什襲猶存。爰拓地涓吉，建樓其上，揭二字於楣間。常嘆曰：『先世手澤尚令人竦然起敬，爲吾後人者，寧不惕然于懷乎？』弘玉之志，卓今不羈，其可謂嗣興之賢者也。賢莫大於廢墜之舉，而專故地之勝，豈易而得哉？事雖由愚者之廢，得賢者興而居之，則山若增而高，水若闢而廣，樓不待餙而已奂矣。予奚容贅及哉？百世之下必有如燕許大筆出而序之，潘、范士夫繼而和之，以爲斯樓之榮耀。弘玉之若子若孫，尤當以先世之手澤爲門路，常留於心目，先人之神明爲户牖，常接乎夢寐，趾其所溢美，行其所難行，庶有以昌先世之名寔而爲鄉人之望法也歟！

時成化八年歲壬辰春三月下澣日，東陽縣儒學教諭吉水劉洪任識。

跋可友亭記

王　毅

予嘗讀《班固傳》，有曰：『人生天地間，見可友而與之友者，則可謂知矣；見不可友而與之友者，則可謂不知矣。』孟子亦曰：『友也者，友其德也。不可以有挾也。』故《易》之麗澤，汲汲於講習；《詩》之伐木，渠渠於燕樂。古之人所以重友道者，如是其大乎。

吾婺東去城一舍餘，予仁友鄭均景致承庭訓，明理學，有叔祖鄭均弘玉，迺亢宗之令子也。存宋高宗時厥祖名剛中者，由名進士歷官宣撫副使，賜謚忠愍，寬厚清慎，犯而不校，與同郡宗忠簡公共輔宋室，無專主和議，有恢復遠圖。宗以疽没，公以貶終，仕止一致，喜怒不形於未仕，念友道相與之最難，見人生會合之不易。嘆世之友者，或趨勢利，或惡寒微，而朝聚暮散者益多矣。一旦顧瞻西山在前，乃曰：『盛衰不改其節，貴賤不貳其心，惟此西山耳。』因可友而遂與之友焉。吾想夫山之爲物，仁者也，其體常静且不騫不騰，與天地相爲終始。然忠愍公之心，亦仁者之心也。故孔子有曰：『仁者樂山。』先儒程子亦曰：『仁者以天地萬物爲一體。』觀於此言，概可見矣。公之心安于義理，重厚不遷，有似于山，所以見山之可友而與之友焉。世之人惟知其甘酒嗜音之樂，奚足以知公洪裕恬静之心哉？

於建炎丁未歲，乃搆一亭，越明年戊申，復書扁曰『可友』二字于亭，以垂不朽。諸名賢皆有詩文以華其行，豈虛譽過美，一皆令望之所致也。是亭也，歲久易湮，子孫常有志勿遂，至大明成化丙戌秋，弘玉乃曰：『亭既朽矣，而吾之爲子孫者，其孝思之心又奚可朽乎？』於是命工構樓，不逾月告成，倍前有作，以奉忠愍公手澤於上及待制潘先生、茂明范先生詩文，復徵諸君子之言以表之。今弘玉抱德林泉，不求聞達，且好學不倦，自忠愍公建亭後，迨至丙戌，屈指傳世十二，歷年三百有五十載矣。能知木本水源之義，有尊祖敬宗之心，其孝行之大，孰有能踰于此哉？故《中庸》有曰：『夫孝者，善繼人之志，善述人之事者也。』然人能繼述于近者固難，而繼述于數百年之遠者，豈不爲尤難乎？登斯樓也，有對山望雲之思，有玩物適情之樂。或把酒臨風，或吟詩賞月，則忠愍公之茂德逾彰，而賢子孫之孝行益著矣。觀《易》之幹蠱，《書》之肯堂，《詩》之永言孝思，弘玉以之。然使世之架高堂獨奉于一身，不念先德者，視弘玉固當顏厚，後之子孫與弘玉同志，嗣而葺之，庶斯樓之不朽，而忠愍公之流芳于千百年之遠，與西山、可友，同一悠久也歟！故《春秋傳》曰：『公卿之子孫必復其始。』予其爲弘玉望之。

大明成化十一年歲次乙未菊月吉旦，後學王穀天禄謹識。

可友樓詩序

錢　穎

予嘗讀吾邦先正鄭公忠愍公之《北山集》，見有所謂可友亭者，迺其薦書未録進士未第之時所見，而莫知其存亡。凡有人自坦溪來者，予必問之曰：『鄭忠愍公故居之旁，尚有可友亭巍然而屹立乎？』僉曰：『無有。亭址存而翬飛不存，名扁在而美奂莫在。春草凝烟，暮林鳴鴉矣。』予心甚傷之而不自言也。後又問人曰：『鄭忠愍公故居之旁，尚有可友亭峨然而壯觀乎？』有人則曰：『是亭址隳廢已久，近公有十二世孫曰弘玉者，慨是亭之易壞，由風雨之侵凌。遂于亭東建高大之樓以代可友之亭，奉亭之扁懸樓之上矣。』予心甚賢之而未信也。及今年春，弘玉之從孫標，以博洽之才，司吾家塾之教。接論之頃，亟訊及，而標之對乃與後一人之答無異。予心始信之，而喜不自已焉。標見予之喜，遂於囊中取遠近君子羨其叔祖能建樓以代可友亭之詩，索序於予。予之幸生鄭公之鄉，久景先哲之行者也，遂忻然引筆書其首簡，曰：

鄭公一代偉人，高出於南渡之初，其德行、功業、文章，史固已特書之，世固已人誦之，赫赫明明，萬世如見，不係乎是亭之存亡矣。若夫使一族之人知有公而興木本水源之思，使一鄉之人知有公而起泰山北斗之仰，使後世之人知公他日不肯阿附匪人，其心已權輿于此，則有係于是亭之存亡也。亭之所係不淺若是。今弘玉乃能思其易壞而代之以樓，基視亭益寬，楹視亭益高，廉隅大勢視亭益整，使族人、鄉人、後世之人昂首一覩，而興本原之思，起山斗之仰，知公他日不肯阿附匪人之心已權輿于此者，視亭益切、益廣、益久，豈不爲賢矣哉？樓之建，本其人之賢，則遠近君子見聞其事者，皆遑蘇李之高妙，肆曹劉之豪逸，鬬徐庾之華麗，而發爲聲詩以詠之，亦可謂宜矣。雖然，詩之宜在人，而愛之則在弘玉也。何也？弘玉愛之則後人必愛，後人愛之則流傳始久。昔忠愍公作亭之後，待制潘公、香溪范公皆有詩以發其意，而公則愛之如拱璧，至發『從今爽氣不在西山』之嘆。故世世保守而不失。使弘玉愛諸君子賦樓之詩，亦如公愛潘、范諸公之詩，則子孫又豈不體其愛，亦世世保守而不失哉？庸書以爲弘玉勸？若夫可友之義，則弘玉知之久矣，兹不著。

時成化十二年歲在丙申春三月之吉，金華後學錢穎書。

跋可友亭詩

臨安錢奎

鄉先正鄭忠愍公，宋中葉名臣，紹興壬子進士，授温州判官，丁巳編修密院，戊午給事省闈，己未從僉樞樓炤宣諭川陜，壬戌宣撫四川，有政績。秦檜忌之，丁卯召還，命諫官王鐵劾之，落職濠州團練，復州安置。庚午徙封州，乙亥卒於貶所，壽六十七，則登第時年已四十二矣。今其賢裔得可友亭舊扁，搆亭揭扁，命來徵詩，曰：『此先忠愍公之舊物也，亭乃公致仕歸來所築。』嗚呼，公之精忠大節具載《宋史》，歷官所可考者如右，未嘗聞有致仕之命，築亭揭扁在未仕之先可知矣。其志豈淺者之可量哉？奎非能詩者，托與公裔木爲斯文交，勉賦此以復，幸進而教之可也。

西北夜摇旄頭星，長安宫闕污羶腥。中興稱頌保江南，龍衣染血幽胡庭。秦檜北歸專樞軸，忠臣遠斥將軍戮。甘心左衽事讎□，廟堂無復論恢復。北山先生人中龍，閒居獨行莫與同。緝亭只謂山可友，洞視四海雙眼空。幡然忽爲蒼生起，誓將忠節雪國耻。國耻未雪心孔憂，狺狺群吠欺天理。封川謫去禍非常，我公纔殁檜亦亡。身後是非竟明白，贏得青史生輝

始。賊檜富貴若飄風，今日知有幾孫子？近，丹崖翠岫照軒楹。俗子何曾敢扣關，獨與青山尋舊盟。天報忠節猶未已，公侯孫子必復光。落落于今三百載，唯有青然山不改。繼述喜多賢子孫，可友亭新扁還在。遠山如拱近山

跋可友亭詩

吴　最

金華自古名勝地，氣孕清淑多佳致。八面山明峙峨峨，雙溪水秀流濟濟。山水鍾靈生鄭侯，致身自許齊伊周。眼空四海人難友，與山爲友敦交修。築亭雲間名可友，旦夕面山相對久。喜見山簪當盍簪，坐分賓主樂詩酒。一方重厚心不遷，惟愛雲山景自然。勿嫌娱耳無絲竹，風壑不琴松自絃。習隱斯亭樂既得，誰知胡北風太急。腥羶吹起污中華，侯處山林憂在國。幡然一出爲斯民，雲路累官至從臣。宣撫四川著忠節，君上知名稱絶倫。將欲高擢居大任，秦檜深忌侯爲甚。陰擬奇禍羅致之，封州貶坐王鈇譖。可憐徽欽陷虜庭，藝祖宗社已半傾。南渡君臣忘國恥，國恥不雪安偷生？騎紛紛，飲伊水，長安城闕蕩于洗。和戎不報戴天仇，竟棄中原如敝屣。賊檜區區一小人，妨賢病國專鈞衡。恣貪閑逸固和議，不圖恢復圖休兵。侯欲恢復心膽赤，進言忤奸奸甚嫉。一死是非悉反正，但恨不見秦先卒。追思侯殁三百年，烜赫功名今尚傳。文章政事起人慕，忠貫日月信史編。侯雖身死名不死，厥後子孫多濟濟。肯堂肯搆樹家聲，善繼箕裘述詩禮。當立可友扁還存，賢孫追遠重結亭。輪奂一新耀人

目，尤喜雲山依舊青。亭幽紅塵飛不到，掩關豈許俗人造。侯家子姓富且昌，信知忠義獲天報。檜逆天道欺其君，徼倖富貴如浮雲。千古遺臭穢青史，身亡嗣續寥不聞。聞昔人過賊檜墓，無不皆裂髪衝怒。今日題詩可友亭，清風高節還如故。

成化乙未年首夏望前日，雙溪吴最公勉書。

跋可友亭詩

吴興宇文淮

好山與我近爲隣，一榻清無半點塵。迎月夜陪孤醉客，引風時作故交人。秋光飛翠供詩興，晚雨添青入夢頻。况是歲寒同耐處，梅花滿塢不知春。

友山亭

東吴徐瓊

棲遲泉石搆孤亭，甘與青山結友朋。捲幔坐臨空翠裏，攜琴行到白雲層。鹿門高隱應相似，盤谷幽閒未足稱。一點紅塵無處着，夜窗長對讀書燈。

可友亭詩

句餘黄東藁

瀟洒軒居不染塵，青山惟喜日爲隣。投閒未羨多佳致，舉目渾疑見故人。歲久肯教隨世變，情深應不笑家貧。先生取友能如此，何必桃源訪隱淪。

可友亭詩

東吴徐璿藁

深搆危亭面碧山，山應與我伴餘閑。盍簪道誼誠何厚，投漆襟懷自不慳。翠竹黄花存晚節，清泉白石隔塵寰。何當容接成三友，願借溪南屋半間。

可友亭詩

潘瑋

力圖恢復建奇功，宋室堂堂忠愍公。留得友山親記跋，令人千載仰高風。

西山山友興超然，詞翰流傳幾百年。十襲珍藏雲錦爛，承家自是子孫賢。

北山鄭景致博雅好古善詩詞，間出其先世忠愍公所著《可友亭記跋》，屬予題其尾。予莊誦再四，信有德之言而可傳也。且公著此，揆今三百餘年，而子孫裝潢成軸，十襲唯謹，亦可以知其賢矣。傳曰：先祖有美而勿知，不明也。知而勿傳，不仁也。明且仁，景致以之。予辱交景致者，因其請，遂書此以歸。若夫公之忠節，則《宋史》已具，奚容置喙？

成化辛丑冬十月哉生明，同邑潘瑋書。

跋可友亭詩文

鄭琠

右可友亭詩文一卷。先忠愍公築亭舍西，謂西山可友，書扁摘之，且自爲記，以申其况，于是潘待制、范賢良、石季平諸名賢之詩作焉。亭築於宋建炎辛未，公以紹興壬子進士入官，紹興甲戌死封州，亭蕪而太府卿可軒先生修治而復記之。自後非唯詩卷零落，亭亦傾圮。建元泰定丙寅，予從先祖與進公，忠愍之七葉孫也，即故址新之。八葉孫玄默居士彦淵公納交名士，復有諸作，爲之發揚而亭益有光輝矣。玄默既没，亭非蕪廢。今所幸者，故扁無恙，文字僅存於蠹腐之餘，獲可軒之續記一篇。先公與潘待制、石季平二帖，皆王進思所書。進思書法著名者，與夫潘覸我、劉廷芝曁拾遺集得先公之記跋商求也。書得潘、范之二詩，諸名筆書之于卷。先公之跋云：『當時能文之士，以詩相賁志，僅百篇。里人待制潘公義榮一詩，尤予心所甚愛。』噫，盛矣！群公碩傳，吐爲文章，若星辰之昭回乎天，河嶽之流峙乎地，足可以泛先公之名節於後世。雖亡逸云多，而先公河查者存焉，豈二人璧兼矣之可比乎？璵落創小樓，既揭迷扁，裝潢群玉爲卷軸，缺其亡逸蠹腐者，附以復所作，以遺後人，庶幾承其尊祖敬宗之心。然而承先公之志，闢故址，建新亭，以待族之賢者能者，璵亦不得爲無罪焉。於是手書。

成化十七年歲次辛丑秋菊月九日，十二世孫璵弘玉百拜謹識。

感雪竹賦題跋《賦》已見集中

王　城

城髫齓間侍故老，講聞先世遺事，即知高王父莊敏公，與北山資政鄭公爲未第時貧賤交也。每過北山，必腰錢一貫，以助雞黍，爲竟日從容之適。及既入仕，則期以他日，不可阿媚權臣，以求官職。逮其晚年，果爲權檜所厄。獨北山翁受禍尤烈，謫居臨封者六年。先莊敏亦成坐廢，終以不倚見知思陵，至有『卿以不附秦檜故去國久』之語。二公風節，照暎一世，到今聞者凛然。今觀北山翁所作《雪竹賦》，則其平生不屈之操，概可見矣。『蔽欺髙君子，權勢折忠臣』，豈非讖耶？公履以其有通家之契，俾書於澤翁畫卷後，俯仰高風，不勝感慨。咸淳禩良月二十五日。

題　跋

方景山

北山鄭先生未遇時作。先生嘗以宣和庚子來寓浦陽，集中詩及《避亂録》所書後鄭者，景山自先世實家焉。林巒藪澤，深村梵寺，往往皆疇昔所經行處。時兵火方張，先生自言舉室流離，窮乏萬狀，僅脱瀕死，此一雪竹也。後既第，更靖康元二，以至被遇思陵，秉鉞全蜀，然卒以執論不阿，忤檜相，謫臨封，此又一雪竹也。困而能自奮，既奮復摧壓，而所守固自若，先生之高節勁氣，其不屈於權奸如此。使後乎元二之禍，而有如先生者立乎其間，則所以處陰陽鄉背者，宜有甚於曩時，其爲雪竹益凛凛百世下矣。嗚呼，悲夫！景山與客謝翺將往金華山中，過先生故居。先生五世孫足老出雪竹畫卷，及諸賢所書是賦，肅襟諦玩，因得想見風烈，蓋於是距宣和之庚子，一百七十年矣。其年孟陬既望。

又

謝翱

金華鄭子有家藏其祖北山先生所作《感雪竹賦》。其匠意造語，與後所爲事業以至謫死輒相應，不差毫髮。子有既求名畫寫雪竹於前，復扣諸公作行草古篆書其後。最先秋臺葉公閶，草法類小王，勁潔可愛，作於咸淳辛未，至今寶之以爲妙。余嘗評北山賦於窮約時作，疑一時率然以氣爲文者，皆可能。至曰『覩負荷兮，類積羽之將沈；忽奮起兮，信泥塗之可拔』，則不特一時之氣淩轢埃壒，而狀物之妙，因以發其胸中之所藴者，殆不減古人。此其所以卒忤檜相，而客死臨封。其屈也乃所以自拔而伸，而物莫得而沈之也。秋臺晚亦有志於自拔者，卒沈焉，可傷已。後之欲拔乎流俗者，其毋爲積羽之所沈哉！後辛未十九年正月。

又

柳貫

時予舅鄭公子有，保愛其先世故物，如寶玉大弓，罔敢失墜。念先正資政公所作《雪竹賦》，真迹不可復得，則求名手象雪竹於卷，復請里中前輩，用行草籀體雜書是賦其後。予三十年前，見之公家淩雲山房。今病耗十忘八九，視袖簡之未亡，如白水之再見，爲之驚怖雜喜，把翫不能釋手。蓋自公下地，家世所藏，皆雲散鳥滅，而此卷迺猶賴其猶子子升，得不爲他姓之所饜奪。意北山之靈，在所護持，使先正之高風勁節，因是勿泯，猶足以爲後人憑藉之地。不然，一紙墨之微，亦安能傲兀世變而獨存哉？　此賦資政公未遇時作，觀其負荷奮起之辭，既足以信夫平生事業之著，至於『積羽將沈』、『泥塗可拔』，則晚節竄斥流離之禍，早已兆見於斯。使當時阿意取容之念，一萌於心，則絺繪雲月，雕鏤冰玉，衹以取嗤來世。　雖孝子慈孫，欲爲之抆拭以蓋往愆，誰其信之？　此士大夫所以砥身礪行，常不敢後，而孟子所謂『聞伯夷、柳下惠之風，廉頑立懦，寬鄙敦薄』，直以百世言之也。　葉公昌父小草，出入章草羲獻間。　潘公希聲行書，全倣顔徐迹，其辭氣風流，尚足想見承平故家文物之懿。　謂予知有管仲晏子，則予豈齊人而已？　至順二年歲陽辛未秋九月十又四日。

又

葉謹翁

憶昔紹興間，國步日云蹙。　廟堂倡和議，僅保一隅足。　桓桓宣撫公，六載鎮全蜀。　力争關外地，盡樹漢中粟。　寬征弛民力，倉庾富儲蓄。　讜言抗狄使，君命誓不辱。　拳拳葵藿心，素志在匡復。　奸臣持國柄，忠義遭斥逐。　傷哉炎洲竄，九死墮瘴毒。　繄公未達時，有感賦雪竹。　詞氣何激昂，兆見若龜卜。　聞孫念家氈，圖象寫盈軸。　憶予弱冠初，殿玩曾三復。　凌雲竟丘墟，文脉誰能續。　君其善寶藏，奚啻護珠玉。　千古一歔欷，令人仰高躅。

至元己丑春，予過凌雲山房。　時浦陽方韶父、建安謝皋羽二先生，將遊卧羊山，邂逅凌雲鄭公子有，出此卷相與展玩，逮今四十又三年矣。　至順辛未秋，因訪拱山坦水間，子有公仙去已久。其猶子子升，予妹婿也。以前輩遺墨數大軸見示，此其一耳。感嘆之餘，輒題卷末以歸之。

又

吴師道

士君子以平生之志，發爲一時之言，而一時之言，或爲終身之符，若北山鄭公所作《感雪竹賦》是也。方其比物發興，引以自道，異時奮拔於困阨之餘，不屈於摧折之際，往往如之。夫修身踐言，之死勿變，固有志者之事，而辭氣威儀，所以定命者，其理亦微矣。昔王沂公賦梅雪中云云，果踐魁名；韓魏公賦雪，老枝擎重，卒荷大任。今鄭公雪竹，前後輝暎。三公者，皆宋之偉人也。吁，亦異哉！元統乙亥十月。

寄相仲積題北山先生鄭公雪竹賦并畫卷五古一章

吴　萊

古人不可作，雪竹有奇思。鄭公詠騷詞，或者攻繪事。向來拈筆間，才士巧相值。誰從歲寒窺，便得瑚璉器。東國正擾攘，靖康更元二。上天忽同雲，大地惟朔吹。玄陰知已凝，積羽忍不墜。狂曾鶊炙求，因及螘漿饋。離明乃煌煌，勁節特一致。秦關收甲兵，蜀閫擁旗幟。每疑一寸心，長挺千畝翠。學行尚吾時，窮達等墨戲。相君本彌甥，年耄常拭眥。自應守遺文，重襲在篋笥。滿山蒼竹林，凡木總顛顇。因之寄題詩，爲洒懷古淚。

又

杜　桓

植物中，唯竹禀貞剛之氣獨多，故能淩厲夫霜雪之摧折，而不易行改度，此竹之所以可貴歟。以其可貴也，是以士君子每託之以比德焉。北山鄭資政忠愍公未遇之時，有感於雪竹而爲賦之。其中含比興之義，終始取竹以自喻，辭氣正毅，凛乎莫犯。後公出爲國家之用，以忠義爲質，特立當世，爲奸檜摧壓排抑，不撓不隨，之死以之，質諸賦中之詞，無少爽也。於戲，若公之氣節，比之於竹，殆無愧焉！斯所謂唯其有之，是以似之者矣。百世之下，讀公之賦，惕然有以自警也。不揆末學，輒敢挂陋書於後者，蓋亦不勝夫仰止之私焉爾。永樂十二年龍集甲午冬十一月朔日。

梅花三絶題跋　詩已見集中

劉應龜

陋巷之癯，澤乎道腴。河朔一老，北風愁余。天寒憔悴，嗟哉三閭。梅有三似，是耶非歟？北山老仙，其梅之徒。作爲此詩，夫豈厚誣。有之似之，終身之符。耳孫克肖，雋氣蔚扶。寫此先什，爛然驪珠。存翁示我，寐醒憒蘇。仰止先哲，拜手敬書。

比梅三絶并序

陳 深

北山先生鄭公微時所作也，距今幾二百年。一日公玄孫足老，道余舊事，知少□□爲模寫三絶之意。命僧濟澤翁作其畫，且請鄉之老成善書者，如葉昌父作楷，潘希聲作行，何無適作草，余聖錫作篆，潘仲性作隸，而王會之、徐玉汝、李聖傳、陳伯修，及僧玢玉澗輩，爲之叙跋，遂成鉅軸。中更兵燹，每一追憶，悵恨無已。因誦公所作，屬余爲寫一通，庶幾猶存焉爾。余亦愀然領其命。時天意欲雪，案有初梅着花，即相對磨墨瀋，信紙捉筆。書既，朗吟一二過，信公行實也。輒賦數語，以想望公之風節云。

陰雲連天漲飛雪，物色蒼茫困摧折。孤根偃蹇不受哀，故發冰華自芳潔。畸人出處亦相似，三向花前比君子。但知老氣隨名高，不覺炎荒有身死。後來摸索謾存古，骨脉猶香精靈聚。信哉奇物誰與留，電挾霆威六丁取。當時紀詠四五人，於今追憶那得真。公子語我泣如雨，懷新感舊情紛紛。吾生自愧不學書，家雞野鶩渾荒蕪。情真語切心已領，揮灑横出從模糊。花開花落還成空，人亡人存俱飄風。君不見萬形皆有壞，此理此心終古在。

元貞乙未十二月十有二日，書於月泉精舍。

又　張　森

元貞乙未冬，金華鄭君子有訪余浦陽。一日，誦鼻祖滎陽公《比梅三絶并叙》，時月泉主人已爲援筆大書，且賦詩紀其事，子有復俾余别寫一本。余不識字，詎敢當命？辭不獲，并書二絶以謝。

梅花長在美人空，朗詠清吟似見公。自愛孤芳比三子，那知出處正相同。

昔人妙墨敵蘭亭，不入昭陵付六丁。蚍蜉欲縈殊掣肘，料應貽笑北山靈。

又　潘　桂

鄭子有常輯北山《梅花三比》詩，余既爲之書，因竊謂梅之晚開者，在正二月間，日和風軟，烟紅霧緑，照映上下，而清香素艷，挺然其中，淩霜傲雪之意，曾未減臘之初也。余以比司馬温公，官雖至宰輔，自處如寒士，惜北山不及之，遂作一絶補其闕。震翁見而喜之，俾余書此紙云。

鐵肝迂叟秉剛腸，只有梅花可比方。任意東風染紅紫，自留冰雪臘前香。

又

潘　桂

曩余爲震翁書北山《三比》，謂北山以自况，後人常復以北山比梅。余既比温公，暇日又須作一絶，以頌北山，先書此紙識之。

功名高並蜀山蒼，已矣封州道路長。歲晚凜然何所似，暗香疏影正昏黄。

又

潘　桂

陳震翁曩令余書鄭北山《三比》詩，余續寫比温公一絶，且云又將以比北山，三載矣。震公今以桂大病稍愈，欲踐之。亟索鄙句，勉成一章云。

半枝枯瘁剩殘葩，雪虐風饕壓不斜。人道梅花似潘子，如何自不比梅花。

又

玄孫足老

足老竊聞先北山《梅花三比》既成，常有言曰：『三詩鄙甚，但取類不惡，庶幾不致以脂澤汙漫吾梅耳。』後百數十年，不肖耳孫，請書於鄉之前輩，竹真作楷，秋臺作行，尚絅作草，稹齋作篆，觀我作隸，澤翁作畫，魯齋諸公作跋，軸成牛腰。□子寄藏龍門山中，遂於六丁下取，隨而入空虛者數十種，每一念求，未嘗不□之以折。震翁出示此卷，有神物護持，令人幾欲抱遺書而感泣。尚忍言哉，尚忍言哉？

又　　邵傳孫

涪翁賦此君軒，以程嬰、杵臼、夷齊比竹。北山鄭先生，以二顔、屈平比梅。上下百餘年，二老鑒裁，如出一律，曰竹曰梅之幸如斯。王佳翁得寓目焉。其幸浮於梅竹哉。謹題歲月，以識大德。庚子仲春分社日，書於小隱空菴，題北山先生《梅花三比》之後，復以比北山温公玉齋，遂有『如何自不比梅花』之句，敬爲補亡。知空菴者，必以余言爲然。

桃李場中幾度春，高標元不染芳塵。知君惟有逋仙鶴，終老荒山野水濱。

又　　李貫

萬物從來各有真，彼爲草木此爲人。梅花不管人間事，歲歲年年自在春。

又　　陳夢發

諸老留題盡可珍，一時巨軸劫灰塵。空菴妙墨猶遺在，千載於今見似人。

又

潘桂

右《梅花三比》詩，故四川宣撫北山先生鄭公所作。公在南渡，厄貧不振，而志氣凜凜，故假以自況耳。紹興末年，因忤檜相，流落封州，又如梅花不及移植於何遜之東閣、林逋之孤山，而橫陳於糞壤間，然清香正色，固自不減，祇動識花者之浩歎也。惜未有人以梅比公耳。丁亥中元後四日。

又

洪天祐

風微寒，清曉行孤山籬落間。若聞梅兄竹其弟礬而語之曰：『吾非凡草木比，或擬人不以其倫。予敢辭。』弟告之：『不知誰可與兄儔也？』曰：『必如孤竹二子，才可與吾同出處；必徵君處士，方可與吾同氣味。又否，則鐵心石腸，風饕雪虐中，彊項不肯屈者，斯分我半席。若夫艷陽天、紅紫場中，朝榮華而暮飄風者，非但我不屑，而彼亦自三舍。』予拜觀北山翁，指顔子、清臣、正則三賢爲梅花比，作三絶句。讀罷，作而嘆曰：『無此主人，則無此客，梅花亦須爲北山首肯。』愚也一轉，爲梅花補亡。

又

賈復

籬落横枝，素澹吾儒。風饕雪虐，剛烈丈夫。月香水影，獨清江湖。瞻彼北山，有懷林逋。託興方人，兼而有諸。青年處約，癯體德腴。既顯氣節，生死弗渝。晚斥嶺海，汎汎自如。未遇已兆，徵久乃符。詩聲其心，花貌其膚。聲者其精，貌者其粗。百世如在，英爽曷摹。聞者有人，先志昭乎。元統乙亥季夏一日。

又

杜桓

梅花至清潔，實兼美之木也。精英不閟於歲寒之餘，碩果先成於純陽之月。其爲用也，見比於《商書》，見詠於《召南》。夫水陸之花，可愛者甚繁，而中古以來，君子之所以詠歌者甚多，未有踰於梅者也。昔人有云：『觀其所好，可以知其人焉。』北山鄭忠愍公未遇時，賦《梅花三絶》，謂其姿色秀潤，獨守孤寂，有似顔子之甘貧；謂其冒犯霜雪，正色凜然，有似顔平原之不撓；高標真潔，不甘蕪穢，則又有似屈原之孤立也。然則託興梅花，儗夫三賢者，比德之義至當矣。公之家居，自幼讀書樂道，素位而行，年踰四十，傫然猶布衣也。及以科第發身，立朝鎮蜀，爲時名卿，抗志權奸，不少屈意以迎合附麗，卒致誣搆，竄逐封州，其節操愈堅。是則公之出處，始終有似於比梅三絶，無少爽也。託物擬倫，君子豈偶然哉？於乎，公之忠節直氣，奕奕見諸詩文間。學士大夫，所當觀感而慕效者歟。是以公之玄孫足老，命善寫梅者，作圖於首，復請善書，録公《比梅三絶》，并叙於右，裝潢成卷。及今公之後人，善保藏之，時出而與友共觀，亦足以作其生氣玩好云乎哉！三讀降嘆，識而歸之。宣德三年歲次戊申秋九月初吉。

三硯記題跋《記》已見集中

汪　遠

澄泥古硯尤精美，未遜馬肝與龍尾。吕翁仙去幾百年，祕法不傳今已矣。道人平生手三昧，散落世間寧有幾。製成風字乃絶品，首圓質重下留趾。□身爐鞴天所憐，摩挲冷面凝青紫。瓜紋剥落真實在，黝然上有玄雲委。坐令焦土爲至寶，不隨草木同銷毁。前生來結文字緣，天乎謫墮芸香裏。背題却無建安字，藏歌蓋舞吾所恥。當時澤潞限南北，今喜萬方車同軌。鄭公何處忻得之，武昌曾費百金市。晚年竟參林下禪，案頭屢滴華嚴水。一朝委棄真可惜，天數離合固其理。千枝萬索縻歲月，豈期朋舊特分似。昔年舊物今復見，戒爾後人謹緘啓。書房夜静驚不寐，恍然紫氣射窗几。念居未忍遽磨研，睍睥令儂淚如洗。至大己酉仲冬晦日拜觀。

題　跋

玄孫足老

先北山風字陶泓，失於紹興丁卯，得於咸淳壬申。喜其亡恙，出爲吾家文字之祥歟？玄孫足老銘曰：

呂氏陶泓傳最古，從翁旬宣來蜀土。不遭秦燄固其所，天乎璧返珠還浦。拂拭再拜覿吾祖，摩抄手澤續前緒。潤涵靈液庸玉女，風自火出乃能雨。

又

玄孫足老

我聞亡硯存，心形久役役。青氈故物在，美比端溪石。大勝煮破缸，鐫鑱古瓦甓。呂仙作陶泓，堅緻可行墨。臨風寫楚騷，□□抄周易。日陳素几間，事若先友執。盥手復研磨，此樂足超逸。去來豈無數，世事固難必。百年韞匵藏，我祖時而出。瞻言四友中，頗覺嗜好癖。敬仰山齋翁，三硯記平昔。六載填銅梁，歷歷可致詰。釦以二口字，仙乎儼遺跡。珍重玉潤賢，補綴善收拾。在在有護持，其物元非失。天公教受用，文字發祥德。玉色配金聲，良工陶不得。若比鄴臺雀，相去乃伯什。

又

玄孫足老

後一百二十有五年，五世孫鄭足老得先高王父宣撫資政山齋先生亡硯於曾老姑肇慶邢侯家，神呵璧返，歐陽文忠公《硯譜》所載，澤潞萬道人澄泥硯是也。滌濯視之，硯陰刻先翁之字，手澤煥然。旁篆二方圈，玉色金聲，青氈舊物，如誦山谷、簡齋詩。捧呈秋臺史君，大書《陶硯銘》下贈，筆力超卓，字法遒勁，如獲少霞、長吉銘。丙子避兵，匱藏土窖，命髹工製新匣，請真空道人繕録《三硯記》，因寫《和醒泉長韻》於其後。

又

蘇伯衡

余歸自京師，謁玄默居士於坦溪之上，其從子仲愚，出示家藏風字陶硯，乃其先忠愍公帥蜀時所用者也，本末在公所爲《三硯記》中。按公以紹興十一年辛酉歲出宣諭川陝，明年五月就命爲川陝宣撫副使，至十七年六月罷，證以『俱在邊塵間者首尾六年』，與『戊辰秋因事遺失』之語，則得硯之歲實癸亥，而今作乙亥，其爲筆誤無疑。後百二十五年，公之五世孫雙巖居士，復得之於邢侯之家，則咸淳八年壬申也。逮今洪武丁巳，又二百二十二年矣。仲愚視如曲阜之履、秀實之笏，寶而藏之，罔敢失墜。雖有好之者，易之以明月夜光，勿與易也。昔人有云：『懸千金與硯，而聘夫學士大夫，彼必將辭金而受硯。』是硯爲文房之寶明矣。硯爲文房之寶，苟名學士大夫於凡天下之硯，且猶貴重之，而况鄭氏家藏先祖之硯？氏名猶存，手澤未泯，然則爲子孫者，其貴之重之又當何如？宜乎仲愚之寶藏也。仲愚上距忠愍公七世，距居士君二世，以詩書傳業，而又能守其故廬，保其器物，世澤之滋，亦可概見矣。高門大閈，無非故家右族，世變之洊更，宗祧之不能守，矧望寶有其先世舊物，而尚論其世如鄭氏者乎？此余觀此硯，不惟有以窺公之風烈，而且喜公之有後。洪武十年夏四月二日。

又　葉囝

鄭忠愍公之九世孫杰子虞氏，乃蘇太史稱仲愚者是也。一日爲予出其家之所藏先世陶硯，并公所爲《硯記》，古今諸作，題識備悉。余得而觀之，不惟知硯之美，可敬可愛，而於公之志節，雖歷顯微而不忘乎筆硯之好者，抑可見也。且公之少年，侍父宦歸，而貧無一硯，以資其學。至研堅木以爲書，則公之所守，固有所自矣。及公既貴，任歷外藩，而至於耆耄之歲，雖所用之硯，屢得屢失，而訖不能忘情於文字之間。及至晚年，得硯玉斗，而特誓以疏《易》寫經，不許他用。於此見公之所以貴重乎硯者，至老而不衰。惜乎玉斗今不復存，而所謂陶硯者，以公之文考之，則於桂陽遷謫之際，已失之矣。及公之後裔雙巖翁，乃始購而得之故里邢侯之家，其地里歲時相去之遠，蓋有不可知者，姑置勿論也。但推公之所嗜，而其子孫又能寶公之文與公之玩而藏之，則凡所以繼公之學，而發泄乎公之事業者，將必能用公之硯，而垂之無窮，不徒愛玩之而已也。然則公雖没世，其德澤之在於人、在於子孫者，千載猶一日，今古猶一時耳。嗚呼，其引長乎哉！　洪武己未正月。

又　杜桓

咸淳壬申，雙巖鄭居士，復得其先忠愍公帥蜀時所用風字陶硯，硯陰刻公之字，蓋公親筆云，雙巖視之，不啻得弘璧大圭也。乃裝潢一卷，請鄉先達潘公桂書公《三硯記》於首，復自撰銘賦詩，記其復硯歲月於後。其寶之、愛之、尊之、重之爲何如哉！洪武丁巳，眉山蘇公平仲爲題識之，是年去咸淳壬申實一百六年，蘇公書爲百二十二年者，一時逆推之誤耳。逮今永樂一百四十三年，上距紹興癸亥公得硯之日，則二百七十一年矣。公之八世孫履直，相傳藏弆日謹，一日遣其子焕，持此卷并硯相示，俾桓識之。按公登紹興壬子甲科進士第，授温州判官，辛酉以資政殿學士宣撫川陝。其立朝大節，治蜀功業，鏗鍧炳焕，皆非常人所能及者。卒以剛正忤奸檜，謫居封州，材不獲盡展，而竟吞志以没。惜哉！今公之後嗣，皆能敬承公之餘緒，而寶有文獻之傳，罔敢失墜。况公之故物有若斯硯焉者，名字具在，氣澤斯存，其可不知寶愛尊貴而藏之者乎？雖然，公之所以不朽者，固不係硯之存亡。而公之賢，則硯之輕重係焉，斯所謂物因人而重者也。桓竊觀斯硯，三復《記》文，慨想風烈，令人斂衽起敬不已，敬識而歸之。

題跋忠愍公送婿邢得昭歸婺女詩後

胡　銓

健將皆降將，今時異昔時。任渠天柱折，好在北山碑。

紹興丁巳，公與銓同爲編修官密院。戊午夏，又同考校省闈。給事欲屈無提之輿下拜，公與銓力争不可，言頗訐，上大震怒，禍將不測。公與諫議大夫李誼等，夜半引救，上賜可，銓得釋，謫監廣州鹽倉。公又引大義折檜，遂改除僉書福唐幕。辛酉到官，壬戌秋，閩帥程邁中銓以飛語，復投嶺表。己巳春，新州守張棣，承廣帥王鈇風旨，劾奏銓，移吉陽。未幾，亦自四川被譴，徙封州，亦坐鈇之譖也。乙亥夏，一病不起，銓方拘島上，愧不能效欒布、云敞，習收葬之義以報公恩，抱恨千古。丙子夏，銓徙衡。戊寅冬，公之壻邢晦罷官，道雁城，出示公遺墨，讀之潸然出涕。屬有悼亡之慽，輒書楚詞於後，蓋上以爲天子慟，而下以哭其私也。詞曰：

□□□兮水深。懷高風兮，涕漸我襟。無□□人兮，青規黄閣。康瓠登庸兮，黄鍾□卻。死者不可作兮，云誰與歸。喟斯文之不遭兮，莫知我悲。恭覽遺墨兮，風雅具體。彼羊質蒙皋比兮，其顙有泚。

又

李　光

紹興丁巳，予守永嘉，亨仲始登上第，以文林郎爲幕官。予慰薦之。未幾改秩，爲朝廷所知，擢任御史。不十年爲從臣，上益知其賢，遂宣撫四川，盡護諸將。權臣忌其才，以奇禍中之。乙亥冬十一月，害公者既殂，上知其冤，將復大用而公前已物故，哀哉！予量移至郴，公之壻義郴司户邢德昭出示送行詩遺墨，覽之悽然，因書其後云。

又

潘霆孫

胡適亦由廣帥，李還不出郴陽。相慨冰清在紙，至今遺墨猶香。

又

潘　桂

北山先生此詩，有胡、李二公跋尾，後學不容復措辭。桂三讀而嘆曰：『吴子野訪東坡於惠州，交遊之誼也。黄元明訪山谷於宜州，兄弟之誼也。邢德昭訪北山於封州，翁壻之誼也。』此詩句法精鍊，字畫嚴整，了無遷謫衰墮之氣，不減蘇、黄。第二聯尤工，蓋胡李二公未發者，故敢及之。

又

劉庭芝

萬里問安，壻之誼也。一詩惜别，翁之情也。千載之下，凛凛有生氣者，胡、李二公之跋也。子有其善保之哉！

又

曹稽孫

路八千來壻亦難，相看冰玉問平安。翦燈夜話思全蜀，五十四州天上寬。

又

釋自閑

玉潔冰清五十六，北山草木亦含芳。自如胡李堪同傳，璧合珠聯有耿光。

又

徐木潤

中軍歎韓甥去，潮州喜湘姪來。欲識邢郎高誼，但看鄭老餞詩。
小人護局可畏，君子得興常遲。老秦没已一歲，胡李方始量移。
準用於丁殞後，瓘亡在京死前。惜是蒼生無福，北山不待隆乾。
仲方主和忝祖，知孝朋奸辱先。却是北山有後，可軒論奏凜然。

又

盛夬

北山先生鄭公送其壻邢德昭詩，蓋謫居封州時也。賊檜忌公爲甚，而害公爲深，摧以重劾，羅以大獄。子有柳州之竄，而將吏賓客無一免者。紹興己巳，公赴謫所，趙成之之徒，又從而逼辱之。德昭不以利害禍福動其心，而萬里跋涉，訪問安否。公賦詩餞别，方且雍容莊重，不撓不挫，沛然若無事時，非《易》所謂『澤滅木，大過，君子以獨立不懼』者乎？世徒以能推公者，殆見其淺耳。乙亥夏，公在封州捐館，而是冬檜亦殂，利害禍福，蕩爲太空，而是非榮辱，悉返其正。但恨不見其秦先亡耳。夬生也晚，近遊金陵，後公且百餘年矣。見有過檜之墟墓者，無不眥裂髮衝。墓側有仆碑數尺，漫無一字，蓋人恥污其筆，其後嗣子孫，亦無敢起穢以自臭。暨夬歸婺，訪北山遺事，以廣舊聞，咸謂公不可以紹興中年人物暨論，而此詩真跡，出於其玄孫足老，且有當時胡、李二公名筆，以佐其光明。故後進生稱誦讚述，惟恐勿逮。然後知小人之忌君子，其摧折於一時者，所以揄揚於異日，彼之自謂得志者，予以爲大不得志也。觀是詩者，當有超於利害禍福之外。足老字子有，以儒學粹行，世其家云。

又

九世孫謚

家傳數卷，乃太府卿可軒翁之所編次也，傳載先忠愍公事，視他書爲最詳。其藁本舊藏竹友伯父處，奈何古人書册，多用緯穿，歲久線脱，錯亂混淆，莫可求其端緒。考覈中間，故嘗失去一十五幅，謚恭覩先訓，謂欲搜訪，以補不足。其有望於後人者至矣。噫，今不能益之，而反損之，豈不大可懼乎？嘗記頃年雖僅能收拾，而勿遂整理，繼以兵燹相仍，凡家之遺書，散亡十九，猶幸此傳獨存。意忠義之氣所感，若有神物而護持者也。壬子歲，偶因檢閲故書，復得之於殘編敗幅間，深慮去後不無爲覆瓿之歸，由是勉加訂正，其脱簡文義之不續者，於中只得除去數段，謄録成章，俾吾家子姪，各録一本，相與寶而藏之。庶使先世之風節勳業，不遂泯滅，而將來之人，亦可因此以知積慶流芳之所自也。嗟余力薄志墮，勿能鋟梓，以壽其傳，實祖宗之罪人，天其或嘉相之，則繼志述事之責，尚有望於後人也。

又

曹定遠

鄭彦淵先生，諱謐，號玄默居士，忠愍公九世諸孫也。資稟絶俗，學問藴涵，嘗與許文懿公門人葉儀景翰、范祖幹景先遊，得聞聖賢之道，心性之理，著有《心學圖説》七篇行於世。而景純《葬經新註》，亦攄獨見。然且搜羅編輯，紹祖業於不衰，所以蘇平仲、宋景濂諸先生，皆序其書首，而述其行實也，其見重於名流巨卿如此。此固見其問學之源流，而忠愍不賴有傳人也夫。

北山集後跋

曹定遠

忠愍鄭公，挺然命世之才，精忠之氣。在朝則書之，在野則頌之者也。然源深則流自遠，根固其葉必茂，故其子德肖，名稱其實，克紹箕裘，而其後表表出塵者，又難以枚舉。至如足老子有、彦淵謐、宗彊南夫者，道揚前烈，廣集衆譽，使先公之辭翰篇章得延於五百年後者，豈非諸子孫能保其氣澤，續其風聲，世守其業而不墜哉？况繼此而任修明之責，又有如世臣，如弘能、弘升其人，所謂遐接夫數十傳之遺緒，而無遏抑乎前人之休光者，數子有之矣。

節義紀録跋

五世孫宗强

忠義，立身之大節，行於己者至，則感於人者亦至，雷奮蟄起，鶴鳴子和，秋豪無間然矣。方高大父北山先生玉所之著足也。夜半冒鐵鉞，叩天閽，以活胡編修之死。及使川陜也，隻馬出關，獨立於狄塵萬騎内，干犯鋒鏑，面扞狄使，遂界蜀地之險，全骨皆忠，徹髓純義，而視此身若無有焉。兹所以吴江州甘於廢斥，師貳郡安於囚纍，賀舍人無悔於横州之竄，皆於此乎權輿。嗚呼，天理人事，相爲感通。向使吾先公至誠未至於貫金石，危行未至於泣鬼神，其何以影響於施行也哉？是雖先公所遭之不幸，而又於其間有大幸者存焉。顧非秦焰之所能盡灰滅也，詎非天乎？若夫司法石公之高誼，絶出儔倫，又豈非吾皇祖平素履行清苦之所根蒂歟？視紹興時事，亦相與吻合矣。顧不後先輝暎，用是列叙其詳，以爲吾家大訓云。

題祭吴忠烈公磨崖碑

潘霆孫

《祭吴忠烈磨崖碑》文辭瑰奇，字畫遒勁，追配古昔。端明此舉豈獨爲往者設哉？所以推廣朝廷將帥之意，增重礪帶之誓，激揚士卒，教勸忠義，爲無窮之休，至矣遠哉！想落成之初，歡呼感泣，不止如昔人有挾纊之喻也。此乃默成先生復北山先生所寄之書，其他語尚多。霆孫少時，因族家集中〔一〕。咸淳戊辰年夏，吾始得見先生模本。五世孫足老〔二〕其曰：『公有賢季，聲名隱然。』又曰：『公所門下，忠義相傳。』且終之曰：『率皆謹畏，罔敢恣專。』默成先生所指，意在是乎？嗚呼，後二十年，雍公開宣威府，猶有『蜀將家家如有鄭宣撫在』之論，在時當又何如耶？

校勘記

〔一〕此處疑有脱文。

〔二〕此處疑脱一『於』字。

題跋

王柏

以書生馭宿將，危事也，豈虚言足以服其心哉？每讀北山鄭公吴廟之誄，使人躍如凜乎，壯哉辭也！默成先生所謂『至矣遠哉』，尤有餘味。然不有英氣鼓舞於灌薦之表，而警戒豈能竦然於稱贊之中乎？嗚呼，子房妙於機，策士也；孔明精於才，士用也。惟裴晋公謂處置得宜者近之。後一百三十年，里下士王柏傷今思古，乃爲之長太息，敬書於崖碑之後。

又

胡翰

偉矣鄭公！負氣之剛，負才之雄。其立朝有長孺之忠，其治蜀有孔明之功。不能杜君側之奸，卒殞於嶺南之封。嶷乎其山立，廓乎其川融。其得於天者不以人窮，固一世之豪傑，間氣之所鍾也。

又　　　　　　　　曹　志

忠愍堂堂百世師，西川草木尚餘威。天生一部英雄氣，化作龍蛇紙上飛。先祖伯康，潛修静退，絶意科名。元末避亂，隱居於坦溪之協和，乃定遠曹氏創業始祖也。

像　贊　　　　　　曹一岳

光嶽英資，邦家重器。捍患之才，恢復之志。權奸忌之，强藩奪氣。一時道屯，千載公議。

又　　　　　　　　曹茂緒

動心忍性，學乃見真。危論極疏，聳動天聽。營田減賦，西土攸定。建牙秉鉞，敵人遠屯。道行儼然，百世起敬。

題　跋　　　　　　曹時震

吳、楊在當時諸將中號雄傑，視書生輩爲何如。北山公以英才偉略，行事適機宜，丰采可畏愛，卒使之聽伏不敢動。公心之精微，於祭忠烈廟文亦足管窺一班矣。西山真文忠公有云：『非誠與材合，不能任天下之大事。非人與天合，不能成天下之功。』信哉斯言！嗚呼，獨如天何哉。

又　　黄　珍

馬謖敢違武侯令，神功不受李公呼。北山老子真豪傑，坐據中權役二吴。

又　　曹永祚

近日西陲兩虎臣，吴楊亦合遜威名。無人駕馭俱飈去，安得先生起九京。

又　　王　策

功高宇宙誰堪並，帥蜀威名振北庭。千古文章難泯没，重輝珠玉北山靈。

忠愍公北山文集跋

是集之遺，大宋迄今五百餘秋矣。故雖傳同家寶，而雲亡鳥散，感慨係之。自去歲邑侯趙過謁先祠，而是集藏稿遂呈覽焉。乃侯旋諭刊行，公諸海内，而曹君良求者，參誤訂闕，相與觀成，而是集之鐫，倏然告竣矣。雖吾先祖忠愍公之後，輝耀朝廊，修明舊章者，類不乏人，而遥遥數百年後，夫且賞鑒多賢，樂襄厥美，則吾祖之餘芳，與今兹之大雅，並垂不朽矣。能固與宗叔世成輩，務成斯舉。世之君子，有不以是集爲迂疏，而辱賜品題者，夫固終日望之焉爾。康熙三十四年歲次乙亥冬日，裔孫弘能百拜敬跋。

補遺

補遺

佚文

論朝享奏

高宗時，監察御史鄭剛中上奏，曰：竊見明堂大禮前一日，皇帝躬詣太廟，名曰朝享，臣僚奏議以方行三年之喪，未當見宗廟行吉祭。五月二十四日，詔令侍從、臺諫官并禮官共詳定以聞。臣等謹按《春秋》僖公三十三年《傳》：『凡君薨，卒哭而祔，祔而作主，特祀於主，烝、嘗、禘於廟。』杜預謂：『新主既特祀於寢，則宗廟四時常祀，自當如舊。』是則考之往古，居喪得見宗廟有如此者。又按景德三年明德皇太后之喪，既易月而服除，真宗遂享太廟，合祀天地於圜丘；熙寧元年神宗居諒闇，復用景德故事，躬行郊廟之禮。是則考之本朝，居喪得見宗廟有如此者，將来明堂大禮已在易月服除之後，躬行朝享，自無足疑。

議者止謂：『三年之喪，前此未有，故恐今日行之爲非。』夫三年之喪，陛下行之内廷，所謂諒闇心喪者也，麄衣蔬食，不以爲朝廷之禮也。陛下以萬機之繁，恢復之重，故奪罔極之悲，躬宵旰之勤，坐朝廷居如平時矣，裁決庶務如平時矣，親御戎輅亦復進幸矣，何獨至於見宗廟而曰『未可』？又按唐故事，時將有事于上帝，則百神皆預，遣使祭告，惟太清宮、太廟則皇帝親行。其册祝皆曰：某月日有事于某所，不敢不告。宫廟謂之奏告，餘皆謂之祭告。至天寶九載，乃謂『告者，上告下之詞』，遂下詔『太清宫宜稱朝獻，太廟稱朝享』，累世相因，遂失奏告之名。明堂前期之禮，蓋告也，非祭也，謂之祭則在典故亦爲可行，謂之告則尤無可議者。先王制禮本諸人情，惟彼此參酌以無違，故情文協中而可舉所有。今年明堂大禮前一日，皇帝合詣太廟朝享，臣等謹議。

録自《歷代名臣奏議》卷二二

論通虜保疆之道奏

監察御史鄭剛中上奏，曰：臣聞執一隅之見，偏信自守者，謂之衆人；見善則改，惟義之適者，謂之智人；通流變化，不可測知者，謂之聖人。惟聖人之見高出一世之上，故能宰制籠絡，御天下而爲之主。臣謂和議高世之見，陛下得之矣，何則？虜人虐犯中國，禍毒流布，則號呼怨恨，思欲犁庭而報耻者，衆人之所同也，而有智者不以爲然。顧我之勢，既未可與爲敵；料彼之情，猶不敢以爲信。則卑辭遜意，姑曰從之者，智士之所同也，而陛下不以爲然。陛下之意，決謂虜人之心在於休兵，河南之地必以歸我，故於衆論猶豫之時，守以剛明不回之斷，所以得陝得洛得汴，又得禁軍弓箭手以備西入之夏，得穀粟布枲以寬出蜀之兵，可謂盛舉矣。然而今也，迎請之使半留半返，凡我所以懇祈于彼者，皆靳且遲，陛下於此雖已有高世之見，然通流變化，區區臣子之心，尚有望於陛下焉。

蓋虜今日之勢非前日之勢也，我之勢非前日之勢也。何以言之？昔爲虜謀者，主爲和好者也；而今爲虜謀者，其和好非自己出也。然虜捨河南之地，斂跡而北，非其國中内有牽制之患，外無及人之力。當未至此，則通和之議，彼豈遽變？第其謀國之臣必不肯一遵前議，勢須少示齟齬艱難之狀，然則我所以懇祈于彼者，能一請而遂乎？臣故曰：虜今日之勢非前日之勢也。河南之民，方其陷没，日有懷朝廷之心；今其歸矣，日有失朝廷之憂。臣比見陝西兵民具言虜無技能，用一人可當其四五。臣卜之曰：『如是，則關陝當永無亡失之患。』對曰：『不然，朝廷主之則虜爲可勝，朝廷棄而不顧，則又復解散而已。』嗚呼！殆真情也。使果有解散之患，其何以爲國哉？臣故曰：我之勢非前日之勢也。夫彼己之勢皆有不同，則所以通虜人，所以保新疆者，必有道焉。静而勿躁，緩而弗迫，堅忍以濟其誠，慮遠以防其變。如有須於我者，於其所可，酌中道以從之；於所不可，遜辭意以違之。此通虜人之道也。定帥臣以專其託，通兵勢以示其形，料理三京，使其血脉相連，分委大將，使其號令相及，此保新疆之道也。

録自《歷代名臣奏議》卷八九

論保養三京之道奏紹興九年十一月

剛中又上奏曰：臣聞人君之有天下，猶人之有四體也。人之四體，惟血氣浹洽，脉絡流通，然後疾病不生。一者有痞塞，則膚理爲之不榮。人君之天下，惟德意交孚，政事偏舉，然後危亂不作。一者廢隔，則綱紀爲之不貫。國家多故以來，江淮之北，陰邪之氣結爲癰疽，聚爲痼癖者，不可勝數。賴陛下感動天地，强敵革心，和氣一通，而大河以南妖沴平息，甚盛德也。臣今年四月被旨爲樞密院行府參謀官，渡江踰淮，道京洛，抵關陝，嘗爲陛下詳觀今日天下之勢。關陝新復而且遠，然其就緒也必易；三京去東南爲近，然其就緒也尚難。關陝就緒矣，三京之力又從而相接，則關陝之安，久而可保；苟三京之力衰敝不振於中，則關陝孤絶，後當有可慮者。臣請備言之。陝西諸路雖號新復，然得禁軍可四萬，皆壯勇善戰之人，是官不至於無兵也；弓箭手舊額一十四萬，今猶得六萬，是民尚可以爲兵也；年穀既狠戾，官中見管之粟與和糴相當，共可以足一歲之食，是土地不全曠也。今又益之以秦鳳熙河出蜀之兵，宣撫使節制其間，有一旦之警，利兵據險，六經略趨走而聞號令，未易窺也，臣故曰：就緒爲易。

惟洛陽百戰之餘，凋殘尤甚。其西則陝府爲鄰，陝自李彦僊死守，虜悉力取之，民無噍類。其東則汴京、應天府一帶，久爲劉豫兇焰所焚，焦痛未蘇。三京户口，今計雖僅四十萬，比平時不能十分之三。近又緣屯田司收其已租之田，追其元買農具，公私相礙，宿麥不入土，民力殊困。論其地勢，則平川通道，不見藩籬，無一兵可以受甲，無一家可以輸上。孤城乍聚之衆，不相統屬，釁隙之所易生，臣故曰：就緒爲難。夫關陜先就緒而三京不能振起，則朝廷之德意政事痞塞于數千里之間。有如盗賊蒙死徼幸，乘執事之不備，則潼關以西，不過自能保守，當無氣力相援，紀綱廢隔，豈不再貽關陜之憂哉？

臣願陛下與二三大臣，講究所以保養三京之道，選任名德重望之士置之要郡，審擇材猷敏博之吏使爲監司，增廣戍兵而謹備不虞，精究屯田而俾民安業。使朝廷和氣自東南達乎西北，中間血氣浹洽，脉絡流通，起居食息，日就安彊，則事功之興起未易量也。苟惟不然，膚理不榮，復有受病之處，不治將深矣。

録自《歷代名臣奏議》卷八九

論不可摇東南根本以濟西北疏

剛中又論東南根本疏，曰：臣聞第五琦謁見肅宗於彭戍原，奏言：『今之急在兵，兵强弱在賦，財賦所出，江淮爲淵，臣請悉東南寶貨，飛餉函谷。』肅宗悦之。臣不識陛下以肅宗之悦琦爲是耶，非耶？陛下見肅宗之非，則臣不復論，若以爲是，則臣欲有言。夫西北有亂，藉東南爲根本。奈何欲先摇其本，以徇西北乎？國家兩宫遠狩，中原未復，生靈日望陛下出之於塗炭，謂可棄西北而不顧者非也。而又人心久而不收則離，德澤久而不繼則竭，僭竊之勢，豈可容其蟠結漸牢？謂可棄西北而不顧者非也。知以西北爲念，力守其説而不忘經營，則濟矣；謂可困東南以徇西北者，亦非也。《書》曰：『民罔常懷，懷于有仁。』西北之民以東南爲裕，則如水就下，雖萬折而必至；若東南自有愁嘆之苦，彼何所慕而歸乎？大抵事不可令再失策，今陛下親撫六師，大臣統護，將展力共洗前日退避失策之悔，則天下幸甚。不然，桀水一跌，恐無有再能收拾者。

録自《歷代名臣奏議》卷八九

論移蹕奏

剛中又上奏曰：臣竊見朝廷自去冬建議移蹕，論者是非相半。或謂建康阻江爲固，有如胡馬儌幸萬一，則受敵在先，非百司安枕之地，故以幸浙西爲是；或謂士卒之氣恃朝廷進退爲强弱，進尺則有賈勇之望，退寸則有解體之憂，故以幸浙西爲非。臣皆以爲不然也。古人之言曰：『人君門庭遠於千里，堂下遠於萬里。』必待近而後理，則其遠已如此，身臨戎馬者，便足以爲治乎？又曰：『不出户而知天下，坐於室而見四海。』必謂遠者難治，則易亦如此，決勝千里者，亦豈不然哉？鄰有堅敵，士未解鞍，或進或退，觀時應變，此未足以定是非，而恐是非在其後也。使朝廷謀慮足以料敵，賞罰足以使人，雖走一函之書，可以驅三軍於水火，孰謂捨建康而不可以制勝？人亦不得而非之矣。使防閑失計，外侮可入，則一馬朝渡，暮即東南，何臨安之可保？吾亦安能獨是哉？爲今之計，要當保其所謂是，無使爲人所非也。乘輿還臨安矣，侍衛亦臨安矣，百司庶府皆臨安矣，朝廷以爲安且治邪？其以爲未然邪？陛下與二三大臣密勿之意，以爲未治未安，夙夜圖畫，如是守淮，如是守江，何地置兵，何人應敵，上下同心，不置中原於度外，如是則豈害中興之功？陛下與二三大臣以爲已治已安，兵自此可以漸息，民自此可以少休，虜人不復來，東南不復擾，我在堂奥，藩籬已自可託，如是則臣恐不能無後日之悔。二者朝廷當自知所擇矣。

陛下豈不見鑾輅所臨，州里老人携子抱孫，駢肩跰足，如見父母。其鞠育保全之道，陛下宜有以勉之。董仲舒曰：『高明光大，不在於他，在乎加之意而已。』臣不勝區區之心。

録自《歷代名臣奏議》卷八九

持堅果不變之志奏

剛中又上奏曰：臣伏見虜人敗約，中外不以爲憂而爲喜。虜逆天太甚，養禍彌深，變已和之議而神必誅，驅久戰之兵而人極怨，措身危絶之地，行師盛夏之中，兹故可以無憂。陛下以孝悌之至，雖從其請，初未嘗爲屈己太過之事也。根本不移，藩籬如故，比前日實無所損，而敵人受其田，兹故可以爲喜。夫舉大事者，在酌民情，中外之情如是，勝負之形形矣。然區區之愚，憂喜猶交戰也。陛下精兵勁甲，需險有年，今欲震發沉潛，布昭聖武，則檄書一行，萬物吐氣，其誰敢敵？臣固安得不爲喜？然用兵者如槃水在檠，臨敵者如養虎遺患，惟持重可以鎮物，惟果斷可以成功，旋踵之間，禍福相倚，臣亦安得不爲憂？又念黠虜多計，善爲妖祥，稍覺失利，便能以甘言相怵。正恐他時將帥鼓行，士卒用命，兇孽遊魂之日，或我師顔行不備，小有萬一之虞，彼未必不再遣一介持消釋釁憾之語，復相紿弄于斯時也。陛下持以斷然之志不乎？臣又安得不以爲憂？持之不堅，行之不果，既已爲强，又欲爲弱，遲疑兩端之間，吾進無所鼓，退失所據，皆志士寒心之日也，臣又安得不以爲憂？

臣嘗精思深念，以爲今日之事，雖感動士心，同力赴敵，猶是中策，而陛下持以斷然之志，終始不變者，上策之上也。苟士氣不衰，國論堅决，鼓而進之，敵人震壞，則破竹之勢，次第可圖；知難而退，以戰爲守，則長江之險，方可爲固。不然，則後日持之不堅，與今日畏縮退避，其患一也。新疆之民，方如赤子之得父母，父母今又棄而遠之，計其宛轉塗炭、延頸拯救者，日夜號呼以幾。願陛下以臣堅果不變之説詔之大臣，天下幸甚。

録自《歷代名臣奏議》卷八九

乞委任李宲奏

剛中又乞任李宲，上奏曰：臣竊觀《四牡》，勞使者之詩也，序《詩》者謂『有功而見知則説矣』。臣昨日上殿，因稟奏江西盗賊，聖訓以李宲恐不能辨了此事，臣退而有疑。朝廷頃以江西多盗，恐州縣不能存撫，至於失業，遣寀官採訪措置，而名以宣諭，此寀奉使之指也。爲寀者布宣德意，按察官吏，訪求致盗之端，講究弭盗之術，則寀之事舉矣；至於討捕誅戮，則非兵不可。猶一病人，陛下方命醫視之，而藥未具也。爲醫者，覩其形色，審其氣候，某處納邪，某處受病，歸告主人，使具藥而攻之，則醫之事舉矣。江西之盗，在處皆有，而虔、吉最甚。江西之兵，合不過三二千人，餘皆土軍巡尉之屬，與賊不相當也。深山峻谷，如窟如巢，兵至散而民，兵退聚而盗。寀將所有之兵分布搜討，能當幾處？筠州黄十五負險不服，寀方督申世景圍捕，而處、吉、袁、撫接連湖南諸處，往往三五百人成群出没，此蓋盗多兵少，力所不及也，非擁兵坐視而徒以招安爲事也。若謂寀出使之日，便不帶兵前去，則寀之意豈不以數郡皆有盗賊，根株連結，自非得其要領，未易進兵？又恐前期遣發，重有勞費，是猶醫者欲見病，然後求藥於朝廷爾。寀之策非不善也。如聞寀自到江西，展體盡力，一路官吏，遂皆究心，數千里之外利害動息皆便到朝廷，此其爲補亦非小小。雖未可謂之有功，陛下亦當知而使之説矣。得無有告陛下者曰『李寀授之以兵而不欲，今果不辦矣』？信有是也，則願陛下思朝廷所以遣寀之意，本不專使捕賊，而寀所以先措畫招安者，蓋坐無兵。今朝廷方分遣大兵隨張守以去，亦須得寀徧歷諸郡，詳究利害，使民間知朝廷專有耳目之官，與之採訪，上下感懼而平定有期。若謂寀無功於江西，而不令究其施設，則前日遣使之意虚矣。願闡燭微之睿，旁昭靡監之臣，臣不勝區區。

録自《歷代名臣奏議》卷一四三

論人才疏

剛中又論人才，上奏曰：臣聞世之論治道者，莫不以求才爲急。夫人君以一身之微，受寄託之重，孰不欲與賢智共之？然用之不因所長，則得之雖多，寧有補於治道乎？大抵用才如用藥，苓、术、參、桂，徒聚之無益也，惟寒温緩急，各因其性，然後有起病之功；不然，是與無藥等爾。道德才智，徒取之無益也，惟長短小大，各隨其能，然後有致治之效；不然，是與無才等爾。皋、禹、稷、契、夔、龍、伯益，皆一世俊傑，舜知用之，至於禮樂刑政，各不失其所付，兹其所以聖歟！陛下履中微之運，圖復古之功，以禮爲羅，賢俊並致。臣子雖一介無它技而盛德包覆，皆所不遺。是則無才者非今日之患，而量才任用者正所急爾。昔馮簡子善斷事，子太叔善決，公孫揮善辭令，裨諶善謀，而鄭國之政，常使裨諶謀可否，簡子斷之，公孫爲辭令，成乃付子太叔行之，是以無敗事也。陛下以至誠之意，昭日月之明，何所不察？區區之言，尚願陛下因任群材，使小大之臣各迪有功，且無用非所長之失，則涓埃之微，或有補於萬分。惟陛下留神省察，與三數大臣圖之。

録自《歷代名臣奏議》卷一四三

論久任良郡守奏

剛中又論任良郡守，上奏曰：臣聞人君張官置吏，欲其以實德惠民而已。官吏不能皆良，而畏朝廷之責，故虚文之弊由之以生。臣頃以責實之説，區區爲陛下言之，退而又爲陛下求所以革虚文之道，其莫如久任乎！夫吏員之冗，無如今日，久任之説，非所宜言。而臣所謂久任者，謂良郡守也。郡守不良者，易而去之，一方之福；其有安使風俗，百姓信愛，確然能布宣上意，使實惠被民者，大抵閲三數政而得一人，輕爲奪之，爲害多矣。臣親見州郡長吏更易之際，非但公私費耗，迎送煩擾，文書獄訟變移之弊，爲不可言，往往上下苟且，人情弛慢，踰時未定。既而長吏者至，風俗不能周知，利害不能徧察。慮朝廷督辦有條，苟不誕謾以紓一時之急，則無以塞責。況復遷延歲月，得更易而去，則其自爲謀者善矣。此所以忍爲虚文而不顧也。幸而得一良吏，教令已孚，績用方著，朝廷亦何苦奪此而與彼乎？謂欲以旌其能，則增秩賜金之典，可按而行也。或謂臣曰：『守令之選，既有成法，今無遽易者矣。』如臣所聞，或三兩月，或半歲，久者亦不至於成資而罷，是法雖具，有時而廢也。

前史謂：『忠良之吏，國家所以爲治也，求之甚勤，得之至寡。』臣願陛下申嚴成法，重長吏之遷徙，可乎？令有治狀者，亦可賜金增秩，俟其終滿召用之未晚也。聖人爲官擇人，不爲人擇官，陛下留意行之，臣恐州縣虚文之弊，自此可息。

録自《歷代名臣奏議》卷一四三

乞增添試官奏

殿中侍御史鄭剛中上奏，曰：檢准貢舉法，試院官考試進士，不滿三百人二員，五百人四員，每增五百人添一員，至七員止。伏見兩浙轉運司見置院差官引試進士，取到本司狀，稱今歲合赴試約計一千餘人；又取到本司前舉赴試人數計六百五十四人，差過考試官四員，點檢試卷官二員。今舉且作一千二百人赴試，比之前舉，計添七百餘人。若差官至七員止，則可添試官一員，是以一人之力，增前舉二千卷之多也。竊詳士子三歲一試，全在有司精明，去留詳允，故績學能文者不至有淹冒之嘆。苟考官目力不逮，試卷沓來，心志既疲，工拙交進，眩然不知朱墨之可施，如是而曰不遺士者，未之有也。欲望朝廷下本司契勘，如就試委及千人以上，許通差試官一十員，仍精選文藝有稱者充。場屋費用必不因三人而大有增損。庶幾考校得人，上副朝廷樂育成就之意。

録自《歷代名臣奏議》卷一六九

論責實疏紹興六年十月

高宗時，樞密院編修鄭剛中上奏，曰：臣聞人君之道，内在於盡誠，外在於責實，誠實備至而天下不治者，未之有也。陛下比年寬刑罰，省科徭，戒貪贓，嚴警備，恤饑窮，每一詔下，丁寧懇惻，其思治望道之心，計亦切矣。然而百姓不盡知，德澤不徧及者，何哉？責實有所未至爾。天下君子少，小人多；臣子效職者少，欺陛下者多。朝廷施行一事，付之監司，監司付郡守，郡守付縣令，各了一司文移之具，不問其有無實惠及民，是則雖堯、禹在上，功效何由而著乎？故民間往年聞寬厚之詔，猶咨嗟怨恨，曰：『吾君愛民如此，而官吏弗之行也。』今則不然，美意一頒，天下知其爲虚設爾。蓋欺罔誕謾之弊，至今不革。廣設文具，應辦目前，髣髴近似，以報其上，故視其已具之文，雖陛下不能無疑。吾法既美矣，吾官吏亦奉行如此矣，一何治道之難成？曾不知有名無實，受陛下之惠者，百不一二有也。陛下以誠意鼓衆動化，立中興之治，而官吏乃至變移之，豈不痛乎！

嘗觀漢宣帝之所行，成帝亦行之，而治功爲不及者，蓋總核名實，孝宣帝之所長故也。元康二年，孝宣即位十載矣，方下詔與士大夫厲精更始矣。今陛下臨御亦十年，而天下有虚文之弊。臣願爲士大夫下厲精之詔，許自今宣布實德，視斯民利害，如在其家，如在其身，不得虚名文具欺罔朝廷。使陛下之誠意被覆赤子之身，而不在於官府文書之上，則樞機周密，可以不媿漢宣帝之時。苟爲不然，因循苟且，日復一日，必累陛下責實之政也。

録自《歷代名臣奏議》卷一七二

論馭將帥當恩威并用奏紹興十年二月

殿中侍御史鄭剛中上奏，曰：臣聞人主之恩，天也，含容包覆，混貸惟一，故人無不悦；人主之威，雷霆也，摧壓震曜，超忽變化，故人無不畏。有如偏廢，則是猶太虛廓廓，而不示以風雷之象、生物之功，無造化矣。矧其駕馭桀黠、延接雄隽之際，所以籠絡控制，收其心而折之氣者，宜又如何？

臣伏聞陝西二三大帥被旨入覲，旦夕且至，陛下高官顯服焕寵其身者既無不周，祥風慶澤蕩滌其意者又無不盡，彼方蒙戴懲省，感激悼懼之不暇，陛下引見之日，所以勞徠撫存，推誠意而收其心者，雖不可後，至於釋罪宥過，責以後效而折其氣者，正宜摧壓震曜，示以風雷之象。不然，位極則賤，恩極則慢，恐有不知朝廷之尊者。英布之歸漢也，高祖踞床見之，布大怒悔來，欲自殺，出就舍，又大喜過望。夫淮南亦亂世之奇傑，不背楚，則漢取天下未有萬全之策，功亦大矣。然高祖所以見之之禮尊嚴如是，曾不以半言摩附，誠以詐力權變之士，初拔身以歸，安知無恃功矜德、廣己造大之心？故高祖先求所以折服之者，而徐以厚意慰藉之爾。非特如此，光武之受赤眉也，陳兵臨洛水，而問盆子曰：『汝知當死否？』其衆請命，則又曰：『得無悔降乎？吾不强服汝也。』衆皆屈服，然後陳其三善而釋之，人賜田宅，各使以妻子居洛陽。又聞太祖皇帝一日飲王審琦等酒而與之語，明日相率乞罷兵權奉朝請。嗚呼！是必有以感動其心者。

今日入覲之臣，朝廷所以待遇之者，聖心自有恩威之度，臣敢以區區之説爲陛下言之者，蓋亦狂瞽之愚，有不能自已也。

録自《歷代名臣奏議》卷一九八

論有司奉職持法奏紹興八年七月

殿中侍御史鄭剛中上奏，曰：説者謂有陽而無陰，不可以成歲功；有德而無刑，不可以成政事。臣常惑之。今試使一人持刻薄之説，勸人主爲苛察之政，則有識者必指爲法家者流，是欲置天下於澆疵怨謗之地，不可聽也。又使一人持寬大之説，勸人主爲姑息之政，則有識者必指爲敗法之人，是欲置天下於委靡不振之域，亦不可聽也。臣反覆計慮而後得其説，蓋寬仁者人主之道，持法者臣下之職，二者不可易也。人主與天地同德，惟高明博厚，然後公公私私，有生能言之類各足其欲。至於百官有司，則法度之所在，猶四時之氣，推行造化，可生則生，可長則長，可肅則肅，可殺則殺，予奪之間，不可有毫釐之謬。惟使生育之恩歸於上，法度之章謹於下，四海之内戴君父之德而畏有司之嚴，然後朝廷尊而政事修矣。

恭惟祖宗以愷悌之風蕩五代之毒螫，陛下以澤潤之德救百六之塗炭，累聖相承，前後一軌，大君之道，咸不約而得之矣。考其忠厚之極，則無如仁宗皇帝之時。慈惠之氣，盎然如春風者幾五十載，覆載之功，不爲不大，然所謂法度者，未嘗弛也。内之朝廷，外之郡縣，有人犯一非義，則郡守必劾，監司必按，臺諫必言。以至一官資之予奪，一刑名之輕重，一錢穀之出入，有司各守其法以争之。不得於法，雖力彊勢重，不敢有徼幸之望。小大同心，共以身任之而不顧，天下惟見人主簡易優游，坐收寬仁之名，而天下亦無敢爲非者，此祖宗與三代治古之道也。

至陛下臨御以來，寛仁愛物之心於古有光，而臣下持法之心頗與古異，大率有司皆不肯以身任怨責。縣有罪，郡守不敢劾，留以俟監司；守有過，監司不敢按，留以俟臺諫。某事於法不可行也，郡猶問於監司，監司問六部，六部問朝廷，朝廷作聖旨罷之；某事於法不可得也，郡猶請於監司，監司請六部，六部請朝廷，朝廷作聖旨奪之。積日累月，罷之奪之，皆自一人出，而百官有司無一拂戾人情者。苛察之怨日漸歸於上，姑息之恩各欲歸諸己。此豈善風俗持久之道乎？

諸葛孔明曰：『寵之以位，位極則賤；順之以恩，恩竭則慢。是故吾繩之以法，法行則知恩。』善乎其能言也。蓋法者，百王相授之具，上下守之，而皆出於無心，惟使寛宥曠蕩之澤，時出於人主，則天下皆若履秋霜之嚴而知有春陽之暖，豈不偉歟！臯陶爲士，將殺人，堯曰『宥之』三，臯陶曰『殺之』三。夫臯陶豈不知將順之美，以謂宥罪者人君之恩，至有司則奉法而已，不知其它也。此後世所以樂堯宥刑之寛，而畏臯陶執法之堅。臣願陛下戒敕臣吏，各使持職奉法，凡予奪之際，自有成書，無大疑惑者，不得互相推避。其失職廢法、全身避怨者，咸按督之。常使紀綱持循，賞罰明信，不廢法度，而陛下寬厚之仁，泊然與覆載同功，俾天下獨知斯謀斯猷，惟我后之德，則生靈幸甚。

録自《歷代名臣奏議》卷二一三

看定引例劄子奏

刑部侍郎鄭剛中奏看定引例劄子，曰：本部契勘《刑部令》『諸奏獄以格擬上，格不該者取裁』，注謂『情法不相當而無格及雖有格而輕重不可比者』，以此見本部職在檢例擬斷。但緣自來獄案，雖先付大理寺法官斷定刑名有無可憫，次到刑部審詳擬例，然罪人情犯亦有與斷例無一般親的者，并所斷過刑名，亦未必皆是情法相當、灼然詳允之例。久來拘於引例，必欲牽强相合，故增損出入，不無差失。今欲依臣僚奏請，大辟罪人，如情理别無可憫，自合依法斷上。其無情犯一般的例，或情犯雖同，而當來所斷刑名自有差失者，更不泛引，外有法寺雖不引可憫而情理不至巨蠹者，亦乞從本部貼説，上朝廷參酌寛貸。庶幾殺人者死，過誤者生，上副朝廷詳審之意。

録自《歷代名臣奏議》卷二一七

論斷獄持平奏

剛中爲殿中侍御史，又上奏曰：臣嘗觀古人稱斷獄無冤者，謂不使有罪者誤陷於死爾，非謂於法當死，縱之使生，而謂之無冤也。廷尉，天下之平，謂死生各得其平爾，不應偏倚一隅，故釋有罪而可謂之平也？聖人謂赦宥之澤如春風時雨出於造化者，固吾所獨，至於付在有司者，惟當詳明謹恕，一歸諸平而已。彼不知此者，遂謂解弛禁綱，隳廢國憲，取有罪當死者，一切付之生全，乃爲平反，曾不知已死者有恨，則固可沴陰陽而干和氣也。

邇者州郡疑獄，類以情理可憫來上。夫可憫之情，謂被殺者無道，殺之者有理。聽其獄，方惻然可憐，乃欲寘之於法，故有司列事狀以聞。豈有閱案察情，無一可念而猥謂情理有疑乎？遠近相觀，彼此視效，獄吏知之，教訟者知之，犯法者知之，具款自言，未嘗不以遭罵爲解，一涉於此，咸脱其罪。詈人者死，殺人者生，世無復讎之法，而孝子慈孫日抱戴天之恨，豈不重可憐哉？而大理寺約法上部，刑部引例爲證，類多乖錯。某事誠重也，問吏輕之之由，則曰：『例嘗輕矣，今其敢重？』某事誠輕也，問吏重之之由，則曰：『例嘗重矣，今其敢輕？』於固執不通之中，雜以情僞，其害多矣。嗚呼！殺孝婦固足以致久旱，而亨洪羊亦足以得大雨。殺不辜雖有大舜之戒，而殺人者死亦足以成漢高之治，要當使有罪者死爾。願陛下申戒有司，益加詳謹，務令生死兩平，不致招積。

録自《歷代名臣奏議》卷二一七

論復祖宗選人關陞舊制奏

權尚書禮部侍郎鄭剛中，上奏曰：臣嘗謂静退廉耻，百吏之所當勉，然中人爲善之心，非聖人養成之，無以自進。故善治天下者，制禮立法，崇長禁戒，未嘗不有勸沮之意焉。臣伏聞祖宗舊制，選人關陞，令録滿六考致仕，與初等朝官，遇大禮許其封贈；即滿六考而有贓罪者，止以本官致仕，遇大禮無復封贈之榮。所以崇長禁戒，成就中人而俾之爲善也。自舊法變廢，選人致仕不得陞朝，而此道亡矣。何以言之？郡邑之吏，既粗更考第，其榮親之念，又不能一日忘，苟前有致仕陞朝之路，則性資静退之人便可恬然自守，謹俟掛冠而去，寧復干求儌倖，爲得已不已之事乎？有如鄙賤饕竊，不自愛重，則致仕之法繩於彼，陞朝之念動於中，審較重輕，必知顧惜。所謂崇長禁戒、成就中人爲善之道，莫大乎此。朝廷靳此一官之後，念親求進者數計資品，往往欲歸而未能；日暮塗遠者望絶朝路，有至自棄而貪墨，其傷多矣！

臣愚敢望聖慈下有司講明舊制，應關陞令録滿六考無贓罪致仕者，與通直郎；遇大禮，得封贈如法。上可以崇長廉静之風，下可以禁戒貪躁之吏，是於朝廷之虚名雖略有所費，而於陛下之風化誠有補焉。陸贄有言：『立國惟義與權，誘人惟名與利。』惟陛下幸察。

録自《歷代名臣奏議》卷二八六

論遽改差撥左護軍奏

宋高宗時，監察御史鄭剛中奏曰：臣竊聞張守以江西盜賊未平，兵力單寡，乞行增戍，朝廷降指揮，差左護軍千人、馬三百疋，聽張守節制。皆謂李宲既宣諭德意於前，張守又增强兵力於後，江西之盜無矣。無何，左護軍之人更不差撥，却於殿前司後軍差二千人、馬一百疋權聽張守節制，所有李貴、申世景兵却替歸行在扈衛，此未能曉也。李貴之兵，臣實未知其詳；申世景之兵，人多稱其忠勇有謀慮。其在江西久不能弭盜者，則盜多兵少，力所不能制也。又從來節制不一，郡守不能皆良，因循玩習，養成盜勢，亦專非李貴、申世景之過。今筠州黄十五等負險不服，李宲督申世景等圍捕正急，若遽聞更戍之命，則衆必解體而無功。今新差人，與彼處人情窟穴卒未相諳，恐賊未平而先有擾人之患，此臣所以重惜之也。又今所差二千人權聽張守節制，它日盜平之後，必復歸於殿司，則是二千人暫出，三千人即來，通五千人，殿司皆得以有之也。今日兵勢，正當拔置偏裨，多作頭項，使各自奮立。聚而增大之則易，析而運動之則難，此臣所以又重惜之也。陛下已降睿旨差撥左護軍人矣，不知何爲而遽改？若出於朝廷議論，猶之可也；若有請而從之，則更望陛下將今來所陳事理曲賜裁斷，務令允當。

淳化二年，太宗皇帝嘗謂近臣曰：『前代武臣，難爲防制，苟欲分移，必先與之商議，今日且無此事。』吕蒙正曰：『上之制下，如臂使指，乃爲合宜。』夫差撥二三千人，事非甚大，但人主

必蒙幸赦。之命令一行，不可爲人所改易，此臣所以又重惜之也，陛下聽言從善，舜禹不能過，微臣之愚，

録自《歷代名臣奏議》卷三一九

論弭海賊奏

剛中爲殿中侍御史，又上奏曰：海賊之患，今而不慮，恐爲他日之害。晉孫恩初因報仇結聚，其後破州縣，殺長吏，永嘉、東陽等八郡皆相應，遂至有衆數萬。雖劉牢之輩將兵轉鬬，而恩出没海上，吴會閩廣皆被其毒。恩没，盧循繼之，劉裕因之以成事，可不戒哉！說者曰：『海上之盜，招之則無矣。』曾不知海盜非招安所能盡也。往年招朱聰矣，其徒聚而爲劉廣；後又招廣矣，其徒聚而爲李元。蓋招致其魁，其徒必縱以歸業；魁得官，其徒謂可取以爲準也，什百嘯聚，又作一頭。凡其所略，縱而不殺，又厚以物予之，許其去而復來，無業者欣然附之。官兵弱則奮臂而爲敵，官兵强則乘風絶洋而遁，又急則孤槳單下，變爲客舟。官兵不能辨也，止能於瀕岸淺海互相回避，驅入深洋，則巨浪之中，不能坐立，何暇議鬬哉？臣以是知招安之不能盡，捕殺之不可及也。

臣官永嘉，聞瀕海諸郡各有土豪，習知鄉道。凡海旁桀黠無賴之人，彼皆素得其情，盜之所向，豪皆知之。爲今之計，莫若使諸郡以禮求訪，使自爲捍守，仍將海旁之民結爲保伍。如

其境上無盜賊侵擾，或自設方略而能格捕之者，朝廷第其勞而官之，容隱坐視者，待之有法。如是則朝廷不費官，官兵不費糧，而海盜可以漸息。如只以招安爲術，制置司兵爲用，常使江北無警則已，萬一被兵，或飢饉仍歲，則孫恩、盧循之患，蔓難圖已。

録自《歷代名臣奏議》卷三一九

論邊郡守臣疏紹興八年十二月

監察御史鄭剛中論邊郡，上奏曰：臣竊謂張官置吏，皆以爲民，而治外之官尤重於郡守。承流宣化，莫先於太守，而今日之勢尤急於邊郡。甚矣，邊郡之欲得人！臣請爲陛下詳言之也。

在内諸郡簿書、獄訟、户口、農桑、財賦、盜賊，是數者有一不治，皆足以爲害，然患小勢緩，而所係猶輕。至於邊郡，則維持控扼，與國勢常相關。撫綏不至，則生齒凋而力孤；備禦不嚴，則罅隙開而釁入；巡徼不謹，則姦僞容而謀泄；關市不修，則物貨艱而錢陷。朝廷非可謾委以付人，得一人亦非可輕以更易也。三國魏據中原，自廣陵、壽春、沔口之屬，皆其東邊也，而吴亦以所抵爲鄰；南安、祈山、陳倉之屬，皆其西邊也，而蜀亦以所抵爲鄰。大率曩之爲魏者，今多在虜僞；曩之爲吴、蜀者，今皆在朝廷。如楚、泗、通、泰，以至滁、濠、江、鄂，接連襄、鄧、關陜之地，爲今邊郡者，大略不過二三十郡，委以與人，誠不可忽。臣願陛下詔大臣詳閲吏瑣，將諸處見任及已除未到之人精加審察。訪求材術之士，略其細行，但平時績效著聞，實可任用者，精選二十餘輩，布之邊郡，使其講究利源，招徠士卒，種殖牧養，蓄息疲瘵。分委既定，時遣朝廷官吏按行省察，取其無狀者復更易之。俟其處處得人，則須以持久，增秩賜金之事可行也。朝廷亦何惜數闕，必欲以資任終更？亦何輕數郡，但欲作尋常委付耶？昔韓延壽善爲郡，所在置正長，閭里阡陌有非常，吏輒聞知，姦人莫敢入界。又晁錯爲文帝陳守邊備塞之說甚詳，大要欲使著業安居，家室田作，爲久遠之計。所用之吏，存邺老弱，善遇壯士，和輯其心，而無侵刻之苦。由是觀之，陛下用以守邊者宜加審擇，既得其人，宜加久任，無可疑者。

或謂臣曰：『朝廷和議既成之後，故地可還，今日所謂鄰邊者，却爲内郡，勢若可緩。』此大無理也！人君立國，惟在因時，本無定勢。借使故地果因通和而還，則要當以江淮爲根本，所謂故地者却是新民。根本殖立於内，護之當益工；新民屏蔽於外，倚之當以漸。更須數年經理，力彊勢重，始可望其通一。所謂江淮者，在今日尤當愛重也，故臣切切以邊郡守臣爲言，望陛下與二三大臣留意選擇，特賜施行，不勝幸甚。

録自《歷代名臣奏議》卷三三五

乞併減秦茶司奏紹興十二年十二月

陝西買馬見今止是宕昌一處，茶馬司見差官在彼買發。秦茶司自復置以來，未嘗一到，誠爲虚設，欲併入川司管幹，所有官吏，並隨司減罷。

録自《建炎以來繫年要録》卷一四七

相度茶馬兩司應副錢物奏紹興十三年二月

奉旨相度茶馬兩司每年應副都轉運司錢物。今相度，乞將成都府路提刑轉運司合椿坊場鼓鑄食茶税錢三色，共三十二萬緡，令都運司徑行取撥外，更那融續添錢八萬緡，通作四十萬緡，并取博馬緡一萬八千七百五十匹，自紹興十二年爲頭應副。

録自《建炎以來繫年要録》卷一四八

格法事收還省部奏紹興十四年十月

今邊事寧息，除軍政不可待報者且從便宜指揮外，其有格法事，并收還省部。吏、刑部請除文武臣僚磨勘、封贈、酬賞、叙復、章服、奏薦，及諸州應奏讞獄案外，令本司照前後指揮施行。

録自《建炎以來繫年要録》卷一五二

乞分利州路爲兩路奏紹興十四年九月

今措置，欲將利州路分作東西兩路，内吴璘乞差充利州西路安撫使，以階、成、西和、鳳、興、文、龍州隸屬；楊政乞差充利州東路安撫使，以興元府、洋、利、閬、巴、蓬、劍州、大安軍隸屬。郭浩所帶理合一體，今欲除落『經略』二字，乞以金房開達州安撫使爲名。知成州王彦、知階州姚仲、知西和州程俊、知鳳州楊從儀所帶沿邊安撫及管内安撫，并合除落。

見《宋會要輯稿》職官四一之一一〇，轉録自《全宋文》卷三八九四

乞降處分減對糴糧米奏紹興十五年五月

欲減成都府路對糴糧米一十二萬石，潼川府路六萬石，切慮兩路州縣却將已前積年欠負驅催，或以那兑別色斛斗支遣撥還爲名，復行搔擾，甚非寬恤之意，伏望特降處分。

見《宋會要輯稿》食貨六三之一〇，轉録自《全宋文》卷三八九四

賀吴少師啓

入覲龍庭，親承天睠。功酬萬敵，禮視三孤。伏惟某官，勁節有常，奇謀多算。英豪特立，豈惟地氣之所生；忠義不移，蓋是家風之馴致。破敵如破竹，摧堅若摧枯。惟此殊勳，宜蒙異寵。九天賜遣，香隨輿馬之茵；萬里還營，光動旌旗之色。某叨承命綍，猥在帥壇。獲觀覲對之歸，遂有參承之幸。其爲欣快，罔既敷陳。

録自《永樂大典》卷九一八

謝除寶文閣直學士樞密都承旨表

久玷清曹，宜招大戾；遽移要地，仍冠華資。識睿奬之優隆，撫微躬而震越。中謝。竊以國有二柄，古列鴻樞；事分五房，均承上制。爰自熙寧而後，始參用於士人；故兹承旨之員，或旁兼於史館。誠以斗極執化元之本，機廷爲宥密之親。拱侍天墀，躬聆帝訓，宜求洵直，克用稟承。而況西清寶棟之崇，實仁廟宸章所秘，服是邃嚴之職，並爲儒雅之流，兼以授人，誰宜蒙者？伏念臣性資愚下，學藝淺荒。觸事多艱，漸覺桑榆之向暮；戴恩甚重，常如山嶽之在巔。念從召用而來，誤被睠知之寵，超騰省户，擢副臺端。覩秘書者，頃嘗一年；奉典禮者，今亦踰歲。卒無善狀，可穆師言。荐拜鴻私，惟知感涕。此蓋伏遇皇帝陛下，照臨如日，覆冒法天。獨運乾剛，總六師而並用；大修機政，開二府以兼收。圖回不世之功，盡革累年之弊。兹所選仕，宜先俊良。夫何庸瑣之才，亦在訪咨之數？臣不周旋體國，恪檢持身。雖懼疏愚，無補樞機之密；誓磨頑頓，少酬造化之功。臣無任。

録自《永樂大典》卷一〇一一六

賀秦撫幹登第啓

對策宸庭，標名前列。儒術可信，士類增榮。某官世積清芬，學傳正緒。不見塵埃之氣，元非州縣中人。滿殿春風，錫冠裳而换骨；全家和氣，連□萼以開華。某身繫遐邊，耳聞盛事。陪慶未遑於馳問，置郵先荷於飛緘。感愧之情，敷宣罔既。

錄自《永樂大典》卷一四一三一

題邢侯遺像

氣宇不凡，面猶心赤。殁爲靈神，生爲豪傑。護國佑民，恩封三錫。冕旒袞衣，萬年血食。

見《金華徵獻略》卷一六，轉錄自《全宋文》卷三九〇九

詩　詞

木芙蓉

池邊幾簇木芙蓉，裛露棲煙花更濃。地有鮮鮮金菊對，賞時莫惜醉千鍾。

錄自《永樂大典》卷五四〇

沈商卿硯詩

眼明見此超萬古，色如馬肝涵玉質。白圭之玷尚可磨，澀不拒筆滑留墨。

范達夫硯詩

范郎紫玉餘半圭，翻手作雲雨雹隨。龍蛇起陸孔翠飛，雲收雨霽千首詩。

右二首録自宋高似孫《硯箋》卷一

牡　丹

既全國色與天香，底用家人紫共黄。却喜騷人稱第一，至今喚作百花王。

海　棠

幾樹繁紅一徑深，春風裁剪錦成屏。花前莫作淵材恨，且看楊妃睡未醒。

右二首録自《錦繡萬花谷》後集卷三七

梅

斷橋斜路水聲平，茅舍踈籬月色新。千里故人如念我，不妨早寄一枝春。

録自《錦繡萬花谷》後集卷三八

枕上聞秋雨

被麓骨老夢魂清，月暗窗昏烏鵲驚。茅屋不知疏雨過，但聞高樹作寒聲。

嚴陵懷古

一舉無心爲六鼇，萬鍾於我亦毫毛。客星不到雲臺上，莫訝先生索價高。

右二詩録自《兩宋名賢小集》卷一二四《石羊山房集》

殘　句

一寸玄雲萬斛泉。

録自宋高似孫《硯箋》卷二

杜老簷前新種植，淵明籬下舊精神。

録自《錦繡萬花谷》後集卷三八

一剪梅

漢粉重番内樣妝。新染冰肌，淺淺鵞黄。廣寒宫迥阻歸期，襟袖空餘黯淡香。　江路迢迢楚塞長。夢裏題詩欲寄將。覺來斜月又沉西，一點檀心，半染微霜。

録自《永樂大典》卷二八一一

醉蓬萊　壽錢尚書

正皇家圖任舊人，同政再追前軌。湖海名臣，盡作皤然計。安石雖閑，束手自有經綸志。年德彌高，不應未爲，蒼生而起。　天氣清寒，東箕南翼，胎鶴蓮龜，又添一歲。好與鄉鄰，且婆娑同醉。看取來年，我公今日，正在夔龍地。賜帶頒衣，天香散漫，一番恩意。

見清嘉慶四年刻本《蘭江錢氏宗譜》，轉録自《詞學》二〇二二年第二輯吴學敏《新見北宋鄭剛中佚詞一首》

附录

附録

鄭剛中《北山文集》版本考

鄭剛中（一〇八八—一一五四），字亨仲，號北山，又號觀如居士，婺州金華（今屬浙江）人，兩宋之際的政治家、文學家。宋高宗紹興二年（一一三二）第三名登進士第，歷任温州軍事判官、樞密院編修官、殿中侍御史、宗正少卿、樞密行府參謀官、權尚書吏部侍郎、川陜宣撫副使、四川宣撫副使等。因忤秦檜遭黜，紹興二十四年（一一五四）卒於封州，謚『忠愍』，事見《宋史》本傳。

鄭剛中著述頗豐，有《北山文集》、《周易窺餘》、《烏有編》、《經史專音》、《九六編》、《碎礙集》、《達嘗編》、《觀如編》、《集芳編》、《避盜録》、《圃中雜論》等十餘種，然多散佚。今有《北山集》、《周易窺餘》傳世，另有《石羊山房集》、《西征道里記》爲後人自《北山文集》輯出單行。《北山文集》共三編，又題作《鄭忠愍公北山文集》，省稱作《北山集》，其《初集》、《中集》爲鄭剛中所自編，《後集》爲其子鄭良嗣所編，所收乃剛中生平所撰詩歌、奏疏、序記、祭文等，祝尚書先生於《宋人别集叙録》中對是書的版本進行了介紹〔一〕。本文在現有研究的基礎上對《北山文集》諸本之關係進行比較和梳理，力求有利於是書的整理和利用。

一、《北山文集》祖本的編刻及流傳

《北山文集》的最初結集始於鄭剛中，現存《北山文集》前有剛中撰《初集自叙》，云：

> 《北山初集》即余所謂《笑腹編》也，余以紹興乙卯至甲子歲所録文字自號《北山中集》，《笑腹編》則宣和辛丑至乙卯歲中所録者，因號《初集》。若辛丑以前見於紙筆者皆爲盜所火，不復能記憶矣。甲子而後，時時因事有稿，老懶，雜置篋中，他日有能爲余收拾者否？所未能知也。紹興甲子十月日序。[一]

由此可知鄭剛中早在紹興五年（一一三五）便將自己詩文結集，名爲《笑腹編》，其所收作品爲宣和三年辛丑（一一二一）至紹興五年乙卯所作。紹興十四年（一一四四）時，剛中又將其紹興五年乙卯至紹興十四年甲子所作編成《北山中集》，並改《笑腹編》爲《北山初集》。鄭剛中本人完成了《北山文集》初集、中集的編撰，其子鄭良嗣則完成了全集的編刻。鄭良嗣撰序云：

> 《北山》初、中二集，先君所自名，且手所分類也，蓋録宣和辛丑至紹興甲子歲所作之文。良嗣因以第其卷，不敢有變易。後集則遷篋中號叢稿者，良嗣放初、中而編次之。自戊辰至甲戌，歲無遺焉。總三集，爲三十卷，凡一千二百一十四篇，仍以年譜冠於篇首，庶

幾覽者按譜玩辭，得以見出處之大致。若甲子戊辰之間數載，先君經理西南，公餘撰述亦富，而攜稿之桂陽，以横逆亡失，良嗣才能省記一二，附於中集之後……今刊行自三集始。乾道癸巳仲夏朔旦，男良嗣拜手謹識。〔三〕

鄭良嗣曾爲其父續編詩文集，將剛中於紹興十八年戊辰（一一四八）至紹興二十四年甲戌（一一五四）所作編成《北山後集》，與剛中自編之《初集》、《中集》於乾道九年癸巳（一一七三）一同刊行，總題爲《北山文集》。其中鄭剛中作於紹興十四年甲子至紹興十八年戊辰間的手稿亡佚，鄭良嗣憑記憶録於《中集》之後。關於散佚原因，叢書集成初編本《北山集》卷一《除端明殿學士疏》後有良嗣言：

先君所爲宣撫司奏報，及其他文章稿册十數，盡爲宋仲堪之所追取，後莫知所在。故良嗣録鎮蜀以來事，皆不得系先君之文。又先君遇子弟特嚴密，而良嗣在侍旁日，復騃不習知。今據所記憶者，恐不能十一二，姑爲之傳藏於家……〔四〕

紹興十七年（一一四七），剛中罷四川宣撫副使，落職提舉江州太平興國宮，桂陽監居住。紹興十八年六月，太府寺丞宋仲堪至江州鞫剛中獄，而剛中之文稿十餘册，『盡爲宋仲堪之所追取，後莫知所在』，紹興十四年甲子至紹興十八年戊辰間之手稿當在十餘册中。

此三十卷本，以鄭剛中之年譜冠於卷首，爲後世諸本之祖本。陳振孫《直齋書録解題》卷十八著録之《北山集》三十卷，即當爲良嗣所刊乾道本。〔五〕明楊士奇《文淵閣書目》卷九著録

『鄭剛中《北山集》一部三册，全』。焦竑《國史經籍志》卷五集類著録『鄭剛中《北山集》三十卷』。《内閣藏書目録》卷三『《北山集》十册，全，宋高宗朝鄭剛中著』。《現存宋人别集版本目録》〔六〕與祝尚書《宋人别集叙録》〔七〕又著録『上海圖書館藏崇禎刻本《鄭忠愍公北山文集》十四卷』，然筆者於上海圖書館訪得是本，實爲康熙三十四年本（詳見下文）之殘本，存前十四卷，上海圖書館誤著録爲崇禎本。

康熙三十四年吴藏本（詳見下文）書後剛中九世孫鄭謐跋文云：

其稿本舊藏竹友伯父處，奈何古人書册，多用緯穿，歲久線脱，錯亂混淆，莫可求其端緒……壬子歲，偶因檢閲故書，復得之於殘編敗幅間，深慮去後不無爲覆瓿之歸，由是勉加訂正，其脱簡文義之不續者，於中只得除去數段，謄録成章，俾吾家子侄，各録一本，相與寶而藏之。

是本吴沈跋文云：『謐出以示沈，因爲考公歷任之大概，書之如右，以見公平生仕宦。』吴跋作於洪武五年（一三七二）壬子，由是知鄭謐於洪武五年曾對《北山集》加以修訂。是本書後杜桓跋文云：『拱坦鄭君周，裝潢其先世忠愍公誥文成卷，持以示桓，且請題識其後……永樂十一年冬十一月。』可知明永樂年間鄭周亦曾修訂《北山集》。

二、清代《北山文集》的編刻

《北山文集》的重刻主要在清代，有康熙三十四年本、康熙三十六年本和同治《金華叢書》本。

（一）康熙三十四年本

康熙三十四年本實有兩種，國家圖書館均有藏本。

其一，一函六册，三十卷，半葉十行，行二十二字，小字雙行同，左右雙邊，白口，單黑魚尾，版心刻卷數，象鼻處刻『北山文集』，每卷卷端刊『膠西趙鹿友先生鑒定、後學曹定遠輯，裔孫鄭弘能梓』，第一册卷端鈐有朱文印『傅增湘讀書』、『北京圖書館藏』。是本刊有夾批，且正文中另有手書墨批，所刊夾批多是對正文之解釋，後書之墨批多爲改字。檢傅增湘訂補之《藏園訂補郘亭知見傳本書目》中云：『《北山文集》三十卷，宋鄭剛中撰，清康熙三十四年曹定遠刊本，六册，余藏。』〔八〕以此知是本爲傅增湘藏康熙三十四年本，以下簡稱傅藏本。

其二，版式與傅藏本同，文中刊有夾注，無墨批。每册卷端鈐有朱文方印『真州吴氏有福讀書堂藏書』，此爲清末吴引孫藏印，檢吴引孫《揚州吴氏測海樓藏書目録》卷七載『《北山文集》三十卷，宋鄭剛中，四本一函』〔九〕。爲便於與傅藏本區分，下文簡稱此本爲吴藏本。

傅藏本、吴藏本行款正文等完全一致，以《金華叢書》本（關於《金華叢書》本的論述詳見下文）與之對校，『虜』、『戎狄』、『夷狄』皆空而不刊，凡『慎』字皆刊小字『御名』，此是避宋孝宗趙昚諱，『恒』字缺筆，此避宋真宗趙恒諱，蓋此康熙三十四年本之底本爲鄭良嗣所刊之乾道本。

然而傳藏本與吴藏本兩者也有相異之處，即卷前書後的序跋題記吴藏本較爲繁多。傳藏本卷首有敕跋、《鄭忠愍公傳國史載》、《鄭忠愍公傳志書載》、鄭剛中撰《初集自叙》、鄭良嗣序、《宣撫資政鄭公年譜》。敕跋部分收跋語十一則，其中有杜桓、吴沈等明人所撰跋文，《鄭忠愍公傳志書載》後有元代金履祥按語，鄭良嗣所撰之序中亦未提及敕跋與鄭剛中傳，只言及『以年譜冠於篇首』，故敕跋與剛中傳當均爲後人所加。

吴藏本的序跋題記比傳藏本多，如第一册書前有王文龍序、張士紘序、嚴子序、余士燾序、嚴正序、曹定遠《宋資政鄭忠愍公文集小引》、鄭弘升《北山遺集引》、敕跋、《鄭忠愍公傳國史載》、《鄭忠愍公傳志書載》、鄭剛中《初集自叙》、鄭良嗣序、《宣撫資政鄭公年譜》、目録。王文龍序文末刊有白文印『王文龍印』、墨文印『宛虹』，張士紘序文末刊有白文印『張士紘印』、墨文印『字曰淵臣』，嚴子序文末刊有墨文印『嚴子』、『區陵』，嚴正序文末刊白文印『嚴正之印』、墨文印『冉南』。敕跋、《鄭忠愍公傳國史載》、《鄭忠愍公傳志書載》、鄭剛中《初集自叙》、鄭良嗣序、《宣撫資政鄭公年譜》均與傳藏本同。目録前刻有『膠西趙鹿友先生鑒定，後學曹元寬、後學曹定遠、裔孫鄭世成、裔孫鄭弘能、鄭時定、曹元宇、鄭弘升、曹家瑚全輯梓』。卷端題『膠西趙鹿友先生鑒定、後學曹定遠輯，裔孫鄭弘能梓』，以是本之卷首與《金華叢書》本對校，除同治年間胡鳳丹刊《金華叢書》時所撰之序外，缺《北山文集卷之首目録》、趙泰甡（即膠西趙鹿友）序、《先正題跋像贊姓氏目録》、曹定遠撰《北山集凡例》，且吴藏本王文龍之序『乘時建立直聲……』上脱八十四字，《金華叢書》本張士紘序在王文龍序之前。

筆者經眼國家圖書館所藏吴藏本第四册卷末跋文書頁錯亂，蓋是本裝訂散亂，重訂之時誤將書頁次序顛倒。是本卷末分別爲鄭弘能撰《忠愍公北山文集跋》、胡翰跋（胡跋此處僅『傑間氣之所鍾也洪武九年二月一日胡翰敬書』十九字）、曹志跋、曹一岳《像贊》、曹茂緒《像贊》、曹時震跋、黄珍跋、曹定遠《北山集後跋》（此跋文頁版心處刻『後跋』與其餘諸跋版心處刻『跋』不同）、曹永祚跋、王策跋（曹永祚與王策之跋文爲一頁，當是重訂時誤置於此，王跋後另題有『《北山文集》跋終』，且《金華叢書》本曹、王跋文皆在黄珍跋文之後）、鄭謐跋、鄭宗强《節義紀録跋》、潘霆孫《題祭吴忠烈公摩崖碑》、王柏跋、胡翰跋（此處胡跋爲此前胡跋所脱之前文）。

諸跋之後爲『誌銘』卷，此卷有何耕撰《宋故資政殿學士鄭公墓誌銘》、鄭良嗣《求何秘監作墓誌銘書》，以及題鄭剛中墓誌之跋文十篇（潘桂跋、徐木潤跋、鄭足老跋、吴師道跋、宋濂跋、林彬祖跋、蘇伯衡跋、范祖幹〔一〇〕跋、游道存跋、杜桓跋）。後爲諸賢書鄭剛中詩文之題跋，分別爲《感雪竹賦》題跋（王城跋、方景山跋、謝翺跋、柳貫跋、葉謹翁跋、吴師道跋、吴萊跋、杜桓跋）、《梅花三絶》題跋（劉應龜跋、陳深跋、張森跋、潘桂跋、邵傳孫跋、鄭足老跋、李貫跋、陳夢發跋、潘桂跋、洪天佑跋、賈復跋、杜桓跋）、《三硯記》題跋（汪遠跋、鄭足老跋、蘇伯衡跋、葉囦跋、杜桓跋）、題跋忠愍公送婿邢得昭詩後（胡銓跋、李光跋、潘霆孫跋、潘桂跋、劉庭芝跋、曹稽孫跋、釋自閑跋、徐木潤跋、盛夬跋）。《金華叢書》本將墓誌諸跋與題鄭剛中詩文諸跋合於『題跋』卷，『誌銘』卷僅餘何耕撰墓誌銘與鄭良嗣《求何秘監作墓誌銘書》。

爲什麽傳藏本與吴藏本在序跋題記上有這麽大的差别呢？筆者揣度，曹定遠序言是書『糾工於乙亥之春，迄冬告竣』，嚴正之序却云『考訂校覈，歷半載而書成』，揣其文意自考訂校勘至書成僅耗時半年，與曹定遠所言頗不合。鄭弘升之序云『是秋梓工告竣，用慶厥成，爰勒短篇』，鄭序作於『桂月朔旦』即八月初一，書成之時當在其作序之前，其云『是秋梓工告竣』則書成當是七月。王文龍序文云：『時文龍讀書函丈之傍，爰得卒業是編，因藉是以伸其仰止之私衷云爾。』顯然王文龍在作序之前已讀過鄭氏等人所刊之《北山文集》。聯繫以上叙述，可推斷鄭氏等人於康熙三十四年七月刊定《北山文集》正文後，梓印數册，傳閲鄉里賢達求序。待諸鄉賢作序文後，再行補刻，又附卷末諸文，成於康熙三十四年冬。

傳藏本與吴藏本均有目録，一至十二卷題爲『《北山文集》初集目録』，十三至二十卷題爲『《北山文集》二集目録』，二十卷至三十卷題爲『《北山文集》三集目録』。據剛中自序及良嗣之序，《初集》所收爲宣和三年至紹興五年所作詩文，《中集》爲紹興五年至紹興十四年所作詩文，《後集》爲紹興十八年至紹興二十四年所作詩文，紹興十四年至紹興十八年間手稿亡佚，良嗣憑記憶録於《中集》之後。然而卷一文章系年之可考者，《辭監察御史疏》作於紹興五年（一一三五），《辭殿中御史疏》作於紹興八年（一一三八），《修纂屬籍總要疏》、《除宗正少卿疏》、

《十一月除權尚書禮部侍郎轉通直郎疏》、《十一月除試尚書禮部侍郎疏》皆作於紹興九年（一一三九），《議和分畫復旨疏》、《除端明殿學士疏》作於紹興十二年（一一四二）。且卷一奏疏多有『良嗣曰』，並有《良嗣述與北官分畫疆界事》，卷一後有良嗣言：『故良嗣録鎮蜀以來事，皆不得繫先君之文。又先君遇子弟特嚴密，而良嗣在侍旁日，復騃不習知。今據所記憶者，恐不能十一二』，良嗣所撰序文中言其將回憶剛中所撰之文『附於《中集》之後』。可見，此卷一當爲乾道本《中集》，由此可知，康熙本之卷次排列錯亂，卷十二有詩《丁巳年七月二十一日禱雨》，丁巳年即紹興七年（一一三七），此卷《送陳季常判院》作於紹興十二年，則此卷疑當屬乾道本《中集》。卷二十三有詩《陝西戲成二絶句》、《在鳳翔有何日隨堤霜後路亂飛榆柳踏平沙之句今至堤上復用前韻》，紹興十七年（一一四七）十二月剛中落職離蜀監居桂陽，則此二詩當作於紹興十七年之前，此卷《移司道中四絶》當作於紹興十二年冬自河池移司利州道中，而《河池秋雨》則當作於移司之前，故卷二十三蓋屬乾道本《中集》。

據吴藏本所載卷首張士紘、曹定遠序可知得知此書的刊刻情況，前者云：

歲在甲戌，邑侯趙公省耕於郊，經其故里，登其堂，禮其像，遂詢其後裔而《北山集》出焉。公讀之而慨然曰：『予於史册知公之氣節政事久矣，今覩是集而益知公之文章著述，固百世不能磨者，盍付梨棗以公諸世乎？』維時其裔孫世成、弘能、弘升，皆承教唯唯，然猶慮篇帙繁多，艱於資費。藉曹子定遠姻契，雅慕先賢，遂忻然任梓費之半，而是集遂成……康熙乙亥仲秋朔旦，後學張士紘薰沐拜題。

後者《宋資政鄭忠愍公文集小引》云：

膠西趙夫子……甲戌之夏，過謁公祠……因命出是集梓之……某承夫子之命，與其裔孫世成、弘能、弘升編輯付梓，糾工於乙亥之春，迄冬告竣……康熙三十四年歲次乙亥陽月，同里後學曹定遠薰沐謹題。

可知康熙三十三年甲戌（一六九四）縣令趙泰甡（字鹿友）過鄭剛中故里，其後人出示家藏《北山文集》，而趙氏命其整理刊刻。同鄉曹定遠出資費一半，與鄭氏後人鄭世成、鄭弘能、鄭弘升搜殘補缺，刊刻於康熙三十四年，即爲傳藏本，後續添上衆多序跋者是爲吴藏本。

（二）康熙三十六年本

關於康熙三十六年（一六九七）刻本，據《中國古籍善本書目》著録『《鄭忠愍公北山文集》首一卷末四卷，清康熙三十六年鄭世成刻本』。〔一二〕是本傳增湘訂補之《藏園訂補郘亭知見傳本書目》亦有著録：『清康熙三十六年鄭世成刊本，十行二十二字，白口，左右雙欄，余藏。』〔一三〕筆者所經眼康熙三十六年本爲上海圖書館藏本、天津圖書館藏本。上海圖書館藏本經過修補爲金鑲玉本，八册，行款與三十四年本同，鈐長方形白文印『藏真精舍偶得』，此爲清康乾間藏書家宋筠藏印。

第一册爲王文龍序、張士紘序、葉之綱序、趙隃序、鄭世成《北山遺集小引》、《先正題跋詩贊姓氏目録》、敕跋、《鄭忠愍公傳國史載》、《鄭忠愍公傳志書載》、朱天球序、曹隆甲序、李長泓序、胡彬如序、鄭世成《北山遺集跋》、目録，目録前刻『膠西趙鹿友先生鑒定，裔孫鄭世成、全男煒、燦、煌梓』。第二册卷首有鄭剛中《初集自叙》、鄭良嗣序、《宣撫資政鄭公年譜》。第八册書後有誌銘卷（何耕撰《剛中墓誌銘》、良嗣撰《求何秘監作墓誌》、潘桂、徐木潤等跋文）、剛中詩文題跋卷（《感雪竹賦》題跋、《梅花三絶》題跋、《三硯記》題跋、題跋忠愍公送婿邢得昭詩後）、《鄭忠愍公北山文集》跋（鄭宗强《節義紀録跋》、潘霆孫《題祭吴忠烈公摩崖碑》、王柏跋、胡翰跋、曹志跋、曹一岳《像贊》、曹茂緒《像贊》、曹時震跋、黄珍跋、曹永祚跋、王策跋）、鄭謐跋、陳學乾跋、《可友亭記》題跋（范浚跋、剛中自跋、鄭良嗣跋、王進思跋、鄭剛中撰《答潘義榮》《答石季平》、王進思跋、潘桂跋、劉洪任跋、王縠跋、錢穎跋、錢奎跋、吴最公跋、宇文淮跋、徐□跋、黄東跋、徐瑃跋、潘瑋跋、鄭琠跋）。每卷卷端皆刻『膠西趙鹿友先生鑒定，裔孫鄭世成梓』，與康熙三十四年本對勘，是本卷二十七《祭邢商佐文》無脱文。

是本書前葉之綱序、趙隃序、鄭世成《北山遺集小引》、朱天球序、曹隆甲序、李長泓序、胡彬如序、鄭世成《北山遺集跋》等皆爲康熙三十四年本所無，且都作於康熙三十六年，《可友亭記》題跋亦爲康熙三十四年本所無。

天津圖書館藏本與上海圖書館藏本稍有不同，共六册，第一册分别爲葉之綱序、張士紘序、趙泰牲序、鄭世成《北山遺集小引》、曹定遠《北山集凡例》、《先正題跋詩贊姓氏目録》、目録、《鄭忠愍公傳國史載》、《鄭忠愍公傳志書載》、鄭剛中《初集自叙》、鄭良嗣序、《宣撫資政鄭公年譜》。第六册書後分别詩文題跋卷、敕跋、誌銘卷、《可友亭記》題跋、《鄭忠愍公北山文集》跋。

三十六年本以文體分類編排卷次，除此本外諸本皆以《初集》、《中集》、《後集》次序編排，是本分卷如下（括弧内爲其他版本卷次）：卷一奏疏（一）、卷二表啟（二十四）、卷三策問（八）、卷四策問（十七）、卷五序記辨説（五）、卷六序記（十三）、卷七序記題跋（二十五）、卷八賦（十）、卷九題跋（十六）、卷十銘贊偈頌（二十六）、卷十一祭文（六）、卷十二祭文（十四）、卷十三墓表誌文（二十七）、卷十四墓誌行狀（七）、卷十五墓誌（十五）、卷十六書啟（四）、卷十七小簡（九）、卷十八小簡（二十）、卷十九小簡（二十八）、卷二十書簡（二十九）、卷二十一家書（三十）、卷二十二古詩（二）、卷二十三古詩（十二）、卷二十四古詩（二十一）、卷二十五律詩（三）、卷二十六律詩（十八）、卷二十七律詩（二十二）、卷二十八絶句（十一）、卷二十九絶句（十九）、卷三十絶句（二十三）。

鄭世成《北山遺集小引》云：

得遇邑侯趙夫子親謁於祠，訪求遺集，世成急出是編以呈，侯覽之喟然嘆曰：『是當急公之海内者也。』遂進世成而叩之曰：『能付梓當爲輯校。』世成再拜曰：『誠得藉侯之光以揚先烈，是世成之所早夜心祝也，敢不黽勉從事，以求副祝私……』康熙三十六年丁丑巧月望日，裔孫世成百拜敬引。

曹隆甲序云：

今所存者，僅《北山》一集而已，其裔孫什襲而藏之，特以未經梓緝爲憾耳。幸際膠西趙夫子來宰吾邑，重道崇儒，善體朝廷修文嗜古之意，遍搜名山石室之藏，而正學淵源，業已刊行廣布。及觀風問俗，經公祠而禮謁之，因訪遺文，遂以《北山集》呈焉，閱而深賞，令付諸梓。裔孫世成即承命，維謹昔之什襲而藏者，今且付梨棗以公世矣……康熙三十六年歲次丁丑菊秋之吉，同里後學曹隆甲熏沐拜題。

李長泓序云：

趙夫子者正氣相通，性情與合，以及裔孫世成志克振拔，慨然仔肩，不惜傾囊付於梨棗，亦安所得，此唱彼和，且使《可友亭記》及時賢所載筆共傳不朽也耶。予於告成七日得其本而讀之……康熙歲次丁丑望浚之吉，後學李長泓拜題。

通過以上諸序可知鄭世成康熙三十六年刊《北山文集》之緣起亦爲趙泰甡過鄭剛中故里，與康熙三十四年間刊《北山文集》之緣由當爲一事，且絶口不言曹定遠、鄭弘能諸人，而鄭世成亦參與了康熙三十四年輯刻《北山文集》，張士紘序中言『其裔孫世成、弘能、弘升，皆承教唯唯，然猶慮篇帙繁多，艱於資費。藉曹子定遠姻契，雅慕先賢，遂忻然任梓費之半，而是集遂成』，顯然鄭世成於康熙三十四年時困於費用不夠，得曹定遠援助才得以校刻。但是在三十六年本中，李長泓序稱鄭世成『不惜傾囊付於梨棗』，當指其獨自承擔刊刻費用。以是本卷首之張士紘序、王文龍序與吴藏本對校，發現此二序竟然經過了挖改。是本張序云（吴藏本張序見前文）：

維時其裔孫世成即承教唯唯，然猶慮篇帙繁多，艱於資費，雅慕先賢者贊之，彼且毅然以爲己任，不敢他委，而是集遂成……斯集非世成不能得任梓……康熙乙亥仲秋朔旦，後學張士紘薰沐拜題。

鄭世成再刊時將張士紘序文中關於曹定遠、鄭弘能、鄭弘升之文字盡皆删去。吴藏本王文龍序中『公裔孫輩弃藏遺編，與姻友曹定遠君共謀殺青，以傳不朽』，三十六年本則删改爲『公裔孫輩更能梓此遺編，以傳不朽』。顯然鄭世成有意隱瞞曹定遠出資以及鄭弘能等人參與刊刻一事，或世成羞於康熙三十四年時因困於費用，而不能獨自刻印先祖遺文，故又於兩年後獨自出資再行刊刻。以康熙三十四本正文與是本對勘，其行款版式皆同，且除卷二十七《祭邢商佐文》三十六年本無脱文外絶少有異文，當是鄭世成以三十四年本爲底本又加以編輯校勘重刻於康熙三十六年。

（三）《金華叢書》本

《金華叢書》本爲同治年間胡鳳丹退補齋刻，是本半葉九行，行二十字，四周雙邊，白口，單黑魚尾，卷首有胡鳳丹序、《北山文集卷之首目録》、趙泰甡序、曹定遠撰《凡例》、《先生題跋詩贊姓氏目録》。《先生題跋詩贊姓氏目録》爲康熙三十四年吴藏本所無，餘則與吴藏本同。卷末有敕跋、《鄭忠愍公傳國史載》、《鄭忠愍公傳志書載》、鄭剛中《初集自叙》、鄭良嗣序、《宣撫資政鄭公年譜》、誌銘、題跋、鄭弘能《忠愍公北山文集跋》。

是本卷首胡鳳丹序云：

其初集十二卷，中集八卷，皆公自定，後集十卷，公子良嗣所編，公有自序已載諸集中。是編其里人曹定遠重刻於康熙間，首序者膠西趙泰甡也……同治十二年癸酉夏五月，永康後學胡鳳丹月樵甫序於鄂垣之退補齋。

通過以上叙述可知《金華叢書》本之底本亦當爲吴藏本，然吴藏本卷二十七《祭邢商佐文》『公諸郎自晦以下』下脱五十八字，《金華叢書》本不脱，康熙三十四年傅藏本與《四庫全書》本此處亦脱五十八字，以此可知《金華叢書》本是以康熙三十四年吴藏本爲底本，同時又參校他本以補缺正誤。是本卷十三之《西征道里記并序》有目無文，而此文康熙間刻本與四庫本皆不脱。胡鳳丹將《西征道里記并序》自《北山集》中抽出，單獨梓行，並收入《金華叢書》。

二十世紀三十年代，商務印書館所刊《叢書集成初編》中收《北山文集》，即據《金華叢書》本排印，曾棗莊、劉琳先生主編的《全宋文》中所收鄭剛中文亦以此本爲底本。

三、清代《北山文集》鈔本

清張金吾《愛日精廬藏書志》卷三十一著録：「《鄭忠愍公北山文集》三十卷，抄本」〔一三〕，並録鄭剛中和鄭良嗣所撰序文。張氏未録康熙間刻本鄭弘能等人之序，其所藏之本或是康熙三十四年前之本，或是自康熙三十四年前之本抄録。丁日昌撰《持静齋書目》卷四：「《北山集》三十卷，宋鄭剛中撰，舊鈔本僅十三卷」〔一四〕，丁氏言「僅十三卷」，似乎指其所藏之本並非完帙，然未詳是何本。傅增湘訂補之《藏園訂補郘亭知見傳本書目》於康熙三十四年本後云：「清寫本，辛亥八月李紫東送閲」〔一五〕，此本當自康熙三十四年刻本抄録。

（一）上海圖書館藏清鈔本

《中國古籍總目》著録上海圖書館藏清初鈔本〔一六〕，是本爲十册本，半葉九行，行十八字，左右雙邊，黑口無魚尾，卷首鈐朱文方印「伯寅經眼」、白文方印「小脈望館」，皆爲清代藏書家潘祖蔭藏印，長方形朱文印「明善堂珍藏書畫印記」，爲康熙帝十三子怡親王之子弘曉藏印。陸沁源言「怡府之書，藏之百餘年，至端華以狂悖誅，而其書散落人間」，「聊城楊學士紹和，常熟翁叔平相國同龢，吴縣潘文勤公祖蔭，錢塘朱修伯宗丞得之爲多』[一七]，由此可知是本先爲怡府所藏，後爲潘祖蔭所得，然檢《怡府書目》及潘祖蔭《滂喜齋讀書記》皆無著録。是本卷首有鄭剛中自序、鄭良嗣序、《鄭忠愍公傳國史載》、《鄭忠愍公傳志書載》、《宣撫資政鄭公年譜》，書後有何耕撰《宋故資政殿學士鄭公墓誌銘》、鄭良嗣《求何秘監作墓誌銘書》。

此本『玄』字缺筆，『弘』字之『厶』書作『口』。《歷代避諱字彙典》中言：『又避「弘」聲旁字「强」，《輶軒語・敬避字》曰：「强字上寫作口，不可作厶，上半本是諱字。」』[一八]以此可推測『弘』字之『厶』書爲『口』，是避乾隆皇帝諱，『寧』字不避，故此本最晚則抄自嘉慶年間。然弘曉卒於乾隆四十三年（一七七八），是本抄録之時當在此之前，則此本爲乾隆時鈔本。是本凡『慎』字亦皆書『御名』，『虜』、『夷狄』等皆空而不書，以《金華叢書》本對校，是本卷二十七《祭邢商佐文》一文缺，且闕佚情況與康熙三十四年刻本一致，蓋是本自康熙三十四年本出。

（二）《四庫全書》本

《四庫全書》本（以下簡稱四庫本）《北山文集》半葉八行，行二十一字，卷首有乾隆《御制題鄭剛中北山集》、館臣所撰提要、鄭剛中及鄭良嗣之序。是本『虜』字或作『敵』或作『北使』，『戎狄』或作『荊秦』或作『腹心』（卷二《四諫議和疏》『彼或腹心相攻』金華本作『彼或戎狄相攻』），『夷狄』作『敵』。《四庫全書總目提要》著録是本爲浙江鮑士恭家藏本[一九]，即鮑廷博藏本，鮑士恭爲鮑廷博之子，廷博於乾隆開四庫館詔訪天下之書時嘗囑其子獻書。《各省進呈書目》中浙江第四次鮑士恭呈送書目著録：『《北山文集》三十卷，宋鄭剛中撰，四本』〔二〇〕，檢鮑廷博《知不足齋宋元文集書目》『《北山文集》三十卷，刻本』，〔二一〕以此可知四庫本《北山文集》之底本爲鮑氏知不足齋藏四册刻本。

是本書前提要云：『此本題《初集》、《二集》、《三集》而相連編爲三十卷，蓋康熙乙亥其里人曹定遠重刻所改，非其舊也。』此稱『《初集》、《二集》、《三集》』，爲康熙三十四年吴藏本卷首目録所題。《四庫》本卷二十七《祭邢商佐文》『公諸郎自晦以下』下脱五十八字與吴藏本和傅藏本同，《金華叢書》本不脱。且以諸本對校，四庫本與康熙三十四年本闕佚情況一致，由此可知四庫本所據底本鮑氏知不足齋四册刻本爲康熙三十四年吴藏本。

（三）台灣藏清鈔本

台灣『國家』圖書館藏《北山文集》有兩種清鈔本。其一爲十四册本，每半葉十行，行二十二字，卷端鈐朱文印『國立中央圖書館收藏』、『管理中英庚款董事會保存文獻之章』。其二僅存十三卷，四册，每半葉十行，行二十二字，卷端鈐朱文印『國立中央圖書館收藏』、『莚圃收藏』。此兩種鈔本皆出自康熙三十四年本。

四、關於《全宋詩》收鄭剛中詩底本判斷之失誤

北京大學古文獻研究所編撰之《全宋詩》共七十二册，集有宋一代詩歌，是我國學術界重要的古籍整理成果。其收鄭剛中之詩共十卷，第十卷輯自《北山集》各卷文集及他書，如《黎解元莊嚴觀音像見而贊之》、《函鏡如書帙號曰觀如編題其首以伽陀》等，其餘九卷皆爲《北山文集》中詩歌卷次。《全宋詩》卷一六九二題叙中言所收鄭剛中詩之版本道：『鄭剛中詩，以清康熙三十六年鄭世成刻本（藏北京圖書館）爲底本。校以影印文淵閣《四庫全書》本、《金華叢書》所收同治十一年永康胡鳳丹據康熙重刻本及《兩宋名賢小集·石羊山房集》等。』〔一二〕然而筆者發現《全宋詩》所收鄭剛中詩歌實是以今國家圖書館藏吴氏康熙三十四年本爲底本的，所謂『清康熙三十六年鄭世成刻本（藏北京圖書館）爲底本』實爲對版本判斷的失誤，其理由有二。

其一，北京圖書館即今國家圖書館古籍館，筆者於國家圖書館古籍館並未檢索到其藏有康熙三十六年本，國圖所藏康熙本兩種，皆爲康熙三十四年本，一爲傅增湘藏本，一爲吴引孫藏本。

其二，據筆者於上海圖書館經眼康熙三十六年本，其與三十四年本最大不同爲卷次順序，《全宋詩》所收鄭剛中詩之卷次皆與康熙三十四年本同。《全宋詩》卷一即康熙三十四年本卷

二(二十二)〔二三〕、卷二即三十四年本卷三(二十五)、卷三即三十四年本卷十一(二十八)、卷四即三十四年本卷十二(二十七)、卷五即三十四年本卷十八(二十六)、卷六即三十四年本卷十九(二十九)、卷七即三十四年本卷二十一(二十四)、卷八即三十四年本卷二十二(二十七)、卷九即三十四年本卷二十三(三十)。由此可見《全宋詩》中鄭剛中詩卷次的排列順序與康熙三十六年本並不一致,而與三十四年本完全相同。致誤之因蓋有二。

其一,將康熙三十四年吴藏本與康熙三十六年鄭世成刻本相混。吴藏本卷首目録前刻有『膠西趙鹿友先生鑒定,後學曹元寬、後學曹定遠、裔孫鄭世成、裔孫鄭弘能、鄭時定、曹元宇、鄭弘升、曹家瑚仝輯梓』,其中有鄭世成之名,而康熙三十四年傅藏本則無此目録。且吴藏本卷首和卷末所附之序跋亦多與康熙三十六年本相同,若未見康熙三十六年鄭世成刻本,便很容易將吴藏本認定爲三十六年本。

其二,《全宋詩》之前目録書多將吴藏本認定爲康熙三十六年本。如《現存宋人别集版本目録》〔二四〕、《現存宋人著述總録》〔二五〕皆著録北京圖書館藏有康熙三十六年本《北山集》,且其後的《中國古籍總目》亦循前人之誤,著録國家圖書館藏有康熙三十六年鄭世成刻本〔二六〕。

綜上所述,《北山文集》之《初集》、《中集》爲鄭剛中本人所整理,其子鄭良嗣整理剛中後期所撰詩文結爲《後集》並與《初》、《中》二集於乾道年間一同刊印,此本爲後世諸本之祖本。

清康熙三十四(一六九五)年,鄭弘能等人以鄭氏家藏舊本爲底本刊《北山文集》,鄉人曹定遠出資其半助刻。康熙三十六年(一六九七)鄭世成獨自出資以康熙三十四年本爲底本加以編輯,挖改序跋,重刊《北山文集》。《四庫全書》本、上海圖書館藏乾隆間鈔本,亦出自康熙三十四年刻本。同治年間,胡鳳丹刊《金華叢書》本《北山文集》以康熙三十四年吴藏本爲底本,同時又參校他本以補缺正誤,實爲目前可見最善之本。然《金華叢書》本亦存在訛誤,只有與其他版本取長補短,詳加校勘,才能得到更好的版本。

注釋

〔一〕祝尚書著:《宋人别集叙録》卷十七,中華書局,一九九九年版,第八〇七頁。

〔二〕〔宋〕鄭剛中:《北山集》叢書集成初編本,商務印書館一九三五年版,第三七六頁。

〔三〕〔宋〕鄭剛中:《北山集》叢書集成初編本,商務印書館一九三五年版,第三七六頁。

〔四〕〔宋〕鄭剛中:《北山集》叢書集成初編本,商務印書館一九三五年版,第三二頁。

〔五〕〔宋〕陳振孫撰,徐小蠻、顧美華點校:《直齋書録解題》,上海古籍出版社一九八七年版,第五三三頁。

〔六〕四川大學古籍整理研究所編:《現存宋人别集版本目録》,巴蜀書社一九八九年版,第一七八頁。

〔七〕祝尚書:《宋人别集叙録》卷十七,中華書局一九九九年版,第八〇七頁。

〔八〕〔清〕莫友芝撰,傅增湘訂補,傅熹年整理:《藏園訂補郘亭知見傳本書目》,中華書局二〇〇九年版,第一一九〇頁。

〔九〕〔清〕吴引孫：《測海樓藏書目録》，廣陵書社二〇一五年版，第四〇六頁。

〔一〇〕按《金華叢書》本誤刊爲『范祖禹』，范祖禹卒於北宋，不可能爲鄭剛中誌銘題跋。

〔一一〕中國古籍善本書目編委會編：《中古籍善本書目（集部）》，上海古籍出版社一九九六年版，第三二〇頁。

〔一二〕〔清〕莫友芝撰，傅增湘訂補，傅熹年整理：《藏園訂補郘亭知見傳本書目》，中華書局二〇〇九年版，第一一九〇頁。

〔一三〕〔清〕張金吾撰，馮惠民整理：《愛日精廬藏書志》，中華書局二〇一二年版，第四六五頁。

〔一四〕〔清〕丁日昌撰，路子强、王雅新點校：《持静齋書目》，上海古籍出版社二〇〇八年版，第四四〇頁。

〔一五〕〔清〕莫友芝撰，傅增湘訂補，傅熹年整理：《藏園訂補郘亭知見傳本書目》，中華書局二〇〇九年版，第一一九〇頁。

〔一六〕中國古籍總目編委會編：《中國古籍總目・集部》，中華書局、上海古籍出版社二〇一二年版，第二九〇頁。

〔一七〕〔清〕葉昌熾著，王欣夫補正，徐鵬輯：《藏書紀事詩附補正》，上海古籍出版社一九九九年版，第三三三頁。

〔一八〕王彦坤：《歷代避諱字彙典》，中華書局二〇〇九年版，第一〇〇頁。

〔一九〕〔清〕紀昀等撰，四庫全書研究所整理：《四庫全書總目》，中華書局一九九七年版，第二一一六頁。

〔二〇〕孫毓修輯《各省進呈書目·浙江第四次鮑士恭呈送書目》，涵芬樓秘笈本。
〔二一〕〔清〕鮑廷博撰，周生傑等輯：《鮑廷博題跋集》附録《知不足齋宋元文集書目》，浙江古籍出版社二〇一二年版，第二六九頁。
〔二二〕北京大學古文獻研究所：《全宋詩》（第三〇册），北京大學出版社一九九八年版，第一九〇四五頁。
〔二三〕括弧内爲康熙三十六年本卷次，下同。
〔二四〕四川大學古籍整理研究所：《現存宋人别集版本目録》，巴蜀書社一九八九年版，第一七八頁。
〔二五〕劉琳、沈治宏：《現存宋人著述總録》，巴蜀書社一九九五年版，第二四七頁。
〔二六〕《中國古籍總目》編纂委員會：《中國古籍總目（集部）》，中華書局、上海古籍出版社二〇一二年版，第二九〇頁。

圖書在版編目(CIP)數據

鄭剛中集 / (宋) 鄭剛中著 ; 任群, 劉澤華點校.
—杭州 : 浙江古籍出版社, 2023.10
(浙江文叢)
ISBN 978-7-5540-2700-4

Ⅰ. ①鄭… Ⅱ. ①鄭… ②任… ③劉… Ⅲ. ①中國文學—古典文學—作品綜合集—南宋 Ⅳ. ①I214.422

中國國家版本館 CIP 數據核字(2023)第 176468 號

浙江文叢
鄭剛中集
(全二册)
(宋) 鄭剛中 著 任 群 劉澤華 點校

出版發行 浙江古籍出版社
(杭州市體育場路 347 號 郵編:310006)
網 址 https://zjgj.zjcbcm.com
責任編輯 徐 立
封面設計 吴思璐
責任校對 吴穎胤
責任印務 樓浩凱
照 排 浙江大千時代文化傳媒有限公司
印 刷 浙江新華數碼印務有限公司
開 本 710mm×1000mm 1/16
印 張 45.25
字 數 418 千
版 次 2023 年 10 月第 1 版
印 次 2023 年 10 月第 1 次印刷
書 號 ISBN 978-7-5540-2700-4
定 價 320.00 圓(精裝)
如發現印裝質量問題,影響閱讀,請與市場營銷部聯繫調换。

ISBN 978-7-5540-2700-4
9 787554 027004 >